O JOGO
DO ANJO

Carlos Ruiz Zafón

O JOGO DO ANJO

TRADUÇÃO
Eliana Aguiar

6ª reimpressão

Copyright © Dragonworks SL 2008 by Carlos Ruiz Zafón

Grafia atualizada segundo o Acordo Ortográfico da Língua Portuguesa de 1990, que entrou em vigor no Brasil em 2009.

Título original
El juego del Ángel

Capa
Claudia Espínola de Carvalho

Foto de capa
F. Català-Roca. *Passeig de Gràcia*. Barcelona, c.1952 © Photographic Archive F. Català-Roca – Arxiu Històric del Col·legi d'Arquitectes de Catalunya

Preparação
Isis Batista Pinto

Revisão
Renata Lopes Del Nero
Luciana Baraldi

Dados Internacionais de Catalogação na Publicação (CIP)
(Câmara Brasileira do Livro, SP, Brasil)

Ruiz Zafón, Carlos
 O jogo do anjo / Carlos Ruiz Zafón; tradução Eliana Aguiar. — 2ª ed. — Rio de Janeiro: Suma de Letras, 2017.

 Título original: El juego del Ángel.
 ISBN 978-85-5651-037-2

 1. Ficção espanhola I. Título.

17-03843   CDD-863

Índice para catálogo sistemático:
1. Ficção: Literatura espanhola   863

Todos os direitos desta edição reservados à
EDITORA SCHWARCZ S.A.
Praça Floriano, 19, sala 3001 — Cinelândia
20031-050 — Rio de Janeiro — RJ
Telefone: (21) 3993-7510
www.companhiadasletras.com.br
www.blogdacompanhia.com.br
facebook.com/editorasuma
instagram.com/editorasuma
twitter.com/Suma_BR

Para MariCarmen,
"uma nação de duas"

O CEMITÉRIO DOS
LIVROS ESQUECIDOS

Este livro faz parte de um ciclo de romances que se entrecruzam no universo literário do Cemitério dos Livros Esquecidos. Os romances que formam este ciclo estão interligados por personagens e linhas argumentativas que constroem pontes narrativas e temáticas, embora cada um deles ofereça uma história fechada, independente e contida em si mesma.

As diversas partes da série do Cemitério dos Livros Esquecidos podem ser lidas em qualquer ordem ou separadamente, permitindo ao leitor explorar e entrar no labirinto de histórias através de diferentes portas e caminhos que, entrelaçados, o conduzirão ao coração da narrativa.

PRIMEIRO ATO
A CIDADE DOS MALDITOS

1

Um escritor nunca esquece a primeira vez que aceita algumas moedas ou um elogio em troca de uma história. Nunca esquece a primeira vez que sente o doce veneno da vaidade no sangue e começa a acreditar que, se conseguir disfarçar sua falta de talento, o sonho da literatura será capaz de lhe garantir um teto, um prato quente no fim do dia e aquilo que mais deseja: seu nome impresso em um miserável pedaço de papel que certamente vai viver mais do que ele. Um escritor está condenado a recordar esse momento porque, a partir daí, ele está perdido e sua alma já tem um preço.

Minha primeira vez chegou em um dia distante de dezembro, em 1917. Na época, eu tinha dezessete anos e trabalhava no *La Voz de la Industria*, um jornal decadente que definhava em um edifício cavernoso que, em tempos passados, tinha abrigado uma fábrica de ácido sulfúrico e cujas paredes ainda exalavam aquele vapor corrosivo que consumia o mobiliário, a roupa, o ânimo e até a sola dos sapatos. A sede do jornal se erguia atrás do bosque de anjos e cruzes do cemitério de Pueblo Nuevo e, de longe, sua silhueta se confundia com a dos mausoléus, que se recortavam contra um horizonte espetado por centenas de chaminés e fábricas que teciam um perpétuo crepúsculo vermelho e negro sobre Barcelona.

Na noite que mudaria o rumo de minha vida, o subdiretor do jornal, dom Basilio Moragas, achou por bem convocar-me, um pouco antes do fechamento da edição, ao escuro cubículo encravado no fundo da redação, que fazia as vezes de escritório e de área para fumantes de charutos cubanos. Dom Basilio era um homem de aspecto feroz e bigode farto que não estava para brincadeiras e adotava a teoria de que tanto o uso liberal de advérbios quanto o excesso de adjetivos eram coisa de pervertidos e de gente com deficiências vitamínicas. Quando descobria um redator inclinado à prosa mais floreada, tratava de transferi-lo para a redação de obituários por três semanas. Se, depois do castigo, o indivíduo reincidisse, dom Basilio o mandava para a seção de tarefas domésticas para todo o sempre. Todos tínhamos pavor dele, e ele sabia disso.

— Mandou me chamar, dom Basilio? — arrisquei timidamente.

O subdiretor me olhou de canto de olho. Entrei no escritório, que cheirava a suor e tabaco, nessa ordem. Dom Basilio ignorou minha presença e continuou revisando um dos artigos que estavam na escrivaninha, com o lápis vermelho em punho. Durante alguns minutos, o subdiretor metralhou o texto, corrigindo, quando não amputando, e resmungando grosserias como se eu não estivesse ali. Sem saber o que fazer, vi que havia uma cadeira encostada na parede e fiz menção de me sentar.

— Quem disse que podia se sentar? — murmurou ele, sem tirar os olhos do texto.

Ergui-me apressadamente e prendi a respiração. O subdiretor suspirou, deixou cair o lápis e reclinou-se em sua poltrona para examinar-me como se eu fosse um traste imprestável.

— Me disseram que você escreve, Martín.

Engoli em seco e quando abri a boca, só o que saiu foi um ridículo fio de voz.

— Bem, um pouco, quer dizer, não sei... ou seja, sim, escrevo...

— Espero que escreva melhor do que fala. Mas escreve o quê, se não for demais perguntar?

— Histórias policiais. Quer dizer...

— Já entendi.

O olhar que dom Basilio me dirigiu foi indescritível. Se eu tivesse dito que fazia bonequinhos de presépio com esterco fresco teria obtido dele o triplo de entusiasmo. Suspirou de novo e deu de ombros.

— Vidal diz que você não é de todo mau. Que se destaca do resto. Claro que, com a concorrência que se vê por essas bandas, também não é preciso ser grande coisa. Mas, se Vidal falou...

Pedro Vidal era a estrela literária do *La Voz de la Industria*. Escrevia uma crônica semanal na editoria de polícia, que era a única coisa que merecia ser lida em todo o jornal, e era autor de uma dezena de livros de suspense sobre gângsteres do bairro do Raval — o Distrito V — que viviam em concubinato com damas da alta sociedade, os quais lhe garantiram uma modesta popularidade. Metido invariavelmente em impecáveis ternos de seda e reluzentes mocassins italianos, Vidal tinha os traços e os gestos de um galã de sessão da tarde: cabelo louro sempre bem penteado, bigode fino e o sorriso fácil e generoso de quem se sentia confortável na própria pele e no mundo. Provinha de uma dinastia de emigrantes que tinha feito fortuna nas Américas com a produção de açúcar e que, de volta à Espanha, tinha cravado os dentes em uma suculenta fatia do plano de eletrificação da cidade. Seu pai, o patriarca do clã, era um dos acionistas majoritários do jornal, e dom Pedro usava a redação como pátio de recreação para matar o tédio de nunca, nem um único dia de sua vida, ter trabalhado por necessidade. Pouco importava que o diário perdesse tanto dinheiro quanto os automóveis que começavam a circular pelas ruas de Barcelona perdiam óleo: com abundância de títulos de nobreza, a dinastia dos Vidal dedicava-se agora a colecionar bancos e mansões do tamanho de pequenos principados no Ensanche.

Pedro Vidal foi a primeira pessoa a quem mostrei os rascunhos que escrevia quando era apenas um menino e trabalhava servindo café e cigarros na redação. Sempre teve tempo para mim, para ler meus escritos e dar bons conselhos. Com o tempo, chamou-me para ser seu assistente e permitia que datilografasse seus textos. Certo dia me disse que, se eu quisesse mesmo apostar meu destino na roleta-russa da literatura, estava disposto a me ajudar e a guiar meus primeiros passos. Fiel à palavra dada, tinha me jogado nas garras de dom Basilio, o cão de guarda do jornal.

— Vidal é um sentimental que ainda acredita em lendas profundamente antiespanholas, como a meritocracia, e em dar oportunidade a quem merece e não ao apadrinhado da vez. Cheio da grana como é, pode sair pelo mundo dando uma de lírico. Se eu tivesse um centésimo da grana que sobra para ele, teria me dedicado a escrever sonetos, e os passarinhos viriam comer na minha mão, fascinados por minha bondade e meu encanto.

— O sr. Vidal é um grande homem — protestei eu.

— É mais do que isso. É um santo porque, apesar dessa sua pinta de morto de fome, há semanas que ele me aporrinha com exemplos de como é talentoso e trabalhador o caçula da redação. Ele sabe que, no fundo, sou um sentimental e, além do mais, garantiu que, se eu lhe der uma oportunidade, ele me dará uma caixa de charutos. E, se Vidal pede, para mim é como se Moisés descesse do monte Sinai com os Dez Mandamentos em uma mão e a verdade revelada na outra. Então, concluindo, como é Natal e para que seu amigo feche a porra da matraca de uma vez por todas, vou convidá-lo para estrear como os heróis: contra ventos e marés.

— Muitíssimo obrigado, dom Basilio. Garanto que não vai se arrepender de...

— Menos, moleque. Vejamos o que pensa do uso generoso e indiscriminado de advérbios e adjetivos...

— Que é uma vergonha e deveria ser crime previsto no código penal — respondi com a convicção de um crente militante.

Dom Basilio concordou com entusiasmo.

— Muito bem, Martín. Tem prioridades claras. Os que sobrevivem nessa profissão são os que têm prioridades e não os que têm princípios. Eis o plano. Pode se sentar e tratar de entender, pois não vou repetir.

O plano era o seguinte: por motivos que dom Basilio não considerou oportuno esclarecer, a última página da edição dominical, tradicionalmente reservada para um relato literário ou de viagem, tinha caído na última hora. Tratava-se de uma narrativa de índole patriótica e inflamado lirismo sobre as façanhas dos almogávares, nas quais, canção vai, canção vem, eles salvavam a cristandade e tudo o que havia de decente sob o céu, a começar pela Terra Santa e a terminar pelo delta do Llobregat. Lamentavelmente, o texto não chegou a tempo ou, suspeitava eu, dom Basilio não tinha a menor vontade de publicá-lo. Isso nos deixava a seis horas do fechamento e sem nenhum outro candidato para substituir o conto senão um anúncio de página inteira de uma marca de cintas feitas de barbatana de baleia, que prometia quadris de sonho e imunidade às macarronadas. Diante do dilema, o conselho editorial determinou que era necessário estufar o peito e convocar os talentos literários que brotavam em todos os cantos da redação, a fim de tapar o buraco e ocupar as quatro colunas com um texto de interesse humano, para o deleite de nosso leal público familiar. A lista de talentos comprovados disponíveis era composta de dez nomes, nenhum dos quais, claro, era o meu.

— Amigo Martín, as circunstâncias conspiraram para que nenhum dos paladinos da lista esteja aqui de corpo presente ou possa ser localizado em uma margem de tempo prudente. Diante do desastre iminente, resolvi lhe dar uma oportunidade.

— Conte comigo.

— Conto com cinco laudas em espaço duplo, antes das seis horas, dom Edgar Allan Poe. Traga uma história, não um discurso. Se quisesse um sermão, iria à Missa do Galo. Traga uma história que eu não tenha lido antes ou, se já tiver lido, que esteja tão bem escrita que eu nem perceba.

Já ia sair correndo, quando dom Basilio se levantou, rodeou a escrivaninha e apoiou a mão, do tamanho e do peso de uma bigorna, em meu ombro. Só então, ao vê-lo de perto, percebi que seus olhos sorriam.

— Se a história for decente, pagarei dez pesetas. E se for mais que decente e agradar aos leitores, publicarei outras suas.

— Alguma orientação específica, dom Basilio? — perguntei.

— Sim: não me decepcione.

Passei as seis horas seguintes em transe. Instalei-me na mesa que ficava bem no meio da redação, reservada para os dias em que Vidal cismava de passar um tempinho no jornal. A sala estava deserta e mergulhada em uma penumbra formada pela fumaça de dez mil charutos. Fechei os olhos um instante e invoquei uma imagem: um manto de nuvens negras derramando-se sobre a cidade em forma de chuva, um homem que caminhava buscando as sombras, com sangue nas mãos e um segredo no olhar. Eu não sabia quem era nem do que fugia, mas, durante as seis horas seguintes, ele se transformaria no meu melhor amigo. Enfiei uma folha na máquina e, sem trégua, comecei a despejar tudo o que tinha dentro de mim. Lutei com cada palavra, cada frase, cada imagem e cada letra como se fossem as últimas que escreveria. Escrevi e reescrevi cada linha como se minha vida dependesse daquilo e, depois, reescrevi de novo. Toda a companhia que tinha era o eco incessante do teclado, perdendo-se na sala escura, e o grande relógio da parede esgotando os minutos que restavam até o amanhecer.

* * *

Pouco antes das seis da manhã, arranquei a última folha da máquina e suspirei derrotado e com a sensação de ter um vespeiro no lugar do cérebro. Ouvi os passos vagarosos e pesados de dom Basilio saindo de uma de suas sestas com hora marcada e aproximando-se lentamente. Juntei as páginas e entreguei a ele, sem me atrever a enfrentar seu olhar. Dom Basilio escolheu uma das mesas próximas, sentou-se e acendeu a lâmpada. Seus olhos deslizaram para cima e para baixo sobre o texto, sem deixar transparecer nenhuma emoção. Então, largou o charuto na beira da mesa por um instante e, olhando para mim, leu em voz alta a primeira linha.

— "Cai a noite sobre a cidade e as ruas carregam o cheiro de pólvora como o hálito de uma maldição."

Dom Basilio me olhou de esguelha e eu me protegi em um sorriso que deixava todos os dentes à mostra. Sem dizer nada mais, ele se levantou e partiu com meu conto nas mãos. Eu o vi caminhar até o escritório e fechar a porta depois de entrar. Fiquei petrificado, sem saber se devia sair correndo ou esperar a sentença de morte. Dez minutos depois, que para mim foram dez anos, a porta do escritório do subdiretor se abriu e sua voz retumbante se fez ouvir em toda a redação.

— Martín. Faça o favor de vir aqui.

Arrastei-me tão lentamente quanto pude, encolhendo vários centímetros a cada passo, até que não tive outra saída senão mostrar a cara e levantar os olhos. Dom Basilio, com o temível lápis vermelho em riste, me olhava friamente. Tentei engolir saliva, mas minha boca estava seca. Dom Basilio pegou as folhas e me devolveu. Agarrei-as e dei meia-volta rumo à porta tão rápido quanto pude, pensando que sempre haveria lugar para mais um engraxate na recepção do hotel Colón.

— Leve isso para a gráfica e mande rodar — disse a voz às minhas costas.

Virei-me, pensando que estava sendo alvo de uma brincadeira cruel; dom Basilio abriu a gaveta da escrivaninha, contou dez pesetas e colocou-as sobre a mesa.

— Isso é seu. Sugiro que compre outro terno, pois faz quatro anos que o vejo por aí com esse que, ainda por cima, é seis números maior que você.

Se quiser, procure o sr. Pantaleoni na alfaiataria da rua Escudellers e diga que fui eu quem mandou. Vai tratá-lo bem.

— Muito obrigado, dom Basilio. É o que farei.

— E vá preparando outra história como essa. Vou lhe dar uma semana para isso. Mas não durma no ponto. E vamos ver se bota menos mortos, que o leitor de hoje gosta de um final bem meloso, em que a grandeza do espírito humano triunfa e outras baboseiras.

— Sim, dom Basilio.

O subdiretor assentiu e estendeu a mão. Apertei-a.

— Bom trabalho, Martín. Segunda-feira quero vê-lo na mesa que era do Junceda e que agora é sua. Vou colocá-lo na editoria de polícia.

— Não vou desapontá-lo, dom Basilio.

— Não, não vai. Mas cedo ou tarde me deixará na mão. E fará bem, pois não é um jornalista e nunca será. Mas também não é um escritor de romances policiais, embora pense que sim. Fique por aqui um tempo e poderemos lhe ensinar duas ou três coisas que nunca serão demais.

Naquele momento, com a guarda baixa, fui invadido por um sentimento de gratidão tão grande que tive vontade de abraçar aquele homenzarrão. Dom Basilio, com a máscara feroz de volta ao lugar, cravou-me um olhar de aço e indicou a porta.

— Nada de cenas, por favor. Feche quando sair. Por fora. E feliz Natal.

— Feliz Natal.

Na segunda-feira seguinte, quando cheguei à redação disposto a ocupar pela primeira vez minha própria escrivaninha, encontrei um envelope de papel pardo com um laço e meu nome escrito na mesma caligrafia que eu vinha datilografando havia anos. Abri e encontrei a última página do jornal de domingo, com minha história marcada e um bilhete que dizia:

"Isso é só o começo. Em dez anos, eu serei o aprendiz e você, o mestre. Seu amigo e colega, Pedro Vidal."

2

Minha estreia na literatura sobreviveu ao batismo de fogo, e dom Basilio, fiel a sua palavra, realmente me deu a oportunidade de publicar mais um ou dois contos de perfil semelhante. Logo depois, a diretoria resolveu que minha fulgurante carreira teria periodicidade semanal, desde que eu continuasse a desempenhar pontualmente minhas tarefas na redação, e pelo mesmo preço, claro. Intoxicado de vaidade e cansaço, passava meus dias revisando o texto dos colegas e redigindo rapidamente incontáveis colunas de crimes e horrores para que, depois, pudesse reservar minhas noites para escrever, sozinho na sala da redação, o folhetim pretencioso e operístico que acalentava havia tempos na imaginação e que, sob o título de *Os mistérios de Barcelona*, misturava despudoradamente de Dumas até Stoker, passando por Sue e Féval. Dormia umas três horas por dia e ostentava a aparência de quem passava as noites em um caixão. Vidal, que nunca conheceu essa fome que nada tem a ver com o estômago e que devora a pessoa por dentro, achava que eu estava queimando os miolos e que, no ritmo em que ia, celebraria meu próprio funeral antes dos vinte anos. Dom Basilio, que não se escandalizava com meu esforço, tinha outras reservas. Publicava cada episódio muito a contragosto, incomodado pelo que considerava uma morbidade excessiva e um infeliz desperdício de meu talento a serviço de argumentos e tramas de gosto muito duvidoso.

Os mistérios de Barcelona trouxeram à luz uma pequena estrela dos folhetins, uma *femme fatale* imaginada como só se é capaz de fazê-lo aos dezessete anos. Minha heroína, Chloé Permanyer, era a princesa soturna de todas as vampiras. Muito inteligente e ainda mais complicada, Chloé Permanyer fazia questão de usar o que havia de mais incendiário e requintado em matéria de lingerie e atuava como amante e mão esquerda do enigmático Baltasar Morel, cérebro do submundo que vivia em uma mansão subterrânea povoada de robôs e relíquias macabras, cuja entrada secreta ficava nos túneis escavados sob as catacumbas do Bairro Gótico. O método preferido de Chloé para liquidar suas vítimas era seduzi-las com uma dança hipnótica, despindo-se lentamente de todos os seus adornos para, em seguida, beijá-las com um batom envenenado que paralisava todos os músculos do corpo e as matava asfixiadas, em silêncio, enquanto ela as fitava, olhos nos olhos. Para proteger-se, bebia previamente um antídoto dissolvido em champanhe Dom Pérignon da mais fina reserva. Chloé e Baltasar tinham o próprio código de honra: só liquidavam a escória, limpando o mundo de valentões, vermes, falsos santos, fanáticos, dogmáticos toscos e todo tipo de cretinos que faziam deste mundo um lugar ainda mais miserável para os outros em nome de bandeiras, deuses, línguas, raças ou qualquer tipo de lixo que usavam para mascarar sua cobiça e sua mesquinhez. Para mim, eles eram heróis heterodoxos, como todos os heróis de verdade. Para dom Basilio, cujos gostos literários tinham se aposentado na idade de ouro da poesia espanhola, aquilo não passava de um disparate colossal. No entanto, diante da boa acolhida que as histórias tiveram e do afeto que, mesmo contra a vontade, sentia por mim, tolerava minhas extravagâncias, atribuindo-as a um excesso de ardor juvenil.

— Você tem mais habilidade do que bom gosto, Martín. A patologia que o aflige tem nome e esse nome é *grand guignol*, que está para o drama assim como a sífilis está para as partes íntimas. Contraí-la talvez seja prazeroso, mas daí em diante, é tudo ladeira abaixo. Você deveria ler os clássicos, ou pelo menos dom Benito Pérez Galdós, para elevar suas aspirações literárias.

— Mas os leitores gostam dos meus contos — argumentava eu.

— E o mérito não é seu. É da concorrência, que é tão ruim e pedante que seria capaz de, em um único parágrafo, deixar até um burro em estado catatônico. Vamos ver se amadurece de uma vez por todas e cai da árvore do fruto proibido.

Eu concordava fingindo arrependimento, mas acariciava secretamente aquelas palavras proibidas, *grand guignol*, dizendo a mim mesmo que toda causa, por mais frívola que fosse, necessitava de um campeão que defendesse sua honra.

Estava começando a me sentir o mais feliz dos mortais quando descobri que alguns colegas do jornal estavam incomodados porque o caçula e mascote oficial da redação tinha começado a dar seus primeiros passos no mundo das letras, enquanto suas próprias aspirações e ambições literárias murchavam havia anos em um limbo cinzento de esquecimento. O fato de que os leitores do jornal liam avidamente e apreciavam aqueles modestos relatos, mais do que qualquer outra matéria impressa pelas rotativas nos últimos vinte anos, só piorava as coisas. Em algumas semanas, vi que o orgulho ferido das pessoas que havia tão pouco tempo eu considerava como minha única família era capaz de transformá-las em um tribunal hostil, que me negava a palavra ou mesmo um simples cumprimento, e se comprazia em aprimorar seu talento rejeitado dedicando-me, pelas costas, expressões de escárnio e desdém. Minha boa e incompreensível sorte era atribuída à proteção de Pedro Vidal, à ignorância e à estupidez dos nossos assinantes e ao disseminado e batido paradigma nacional que decretava que alcançar certo reconhecimento em qualquer âmbito profissional era, sem exceções, prova irrefutável de incapacidade e falta de merecimento.

Diante daquela inesperada e abominável reviravolta dos acontecimentos, Vidal ainda tentava me animar, mas eu começava a suspeitar que meus dias na redação estavam contados.

— A inveja é a religião dos medíocres. Ela os reconforta, responde às angústias que os devoram por dentro. Em última análise, apodrece suas almas, permitindo que justifiquem a própria mesquinhez e cobiça, até o ponto de pensarem que são virtudes e que as portas do céu se abrirão para os infelizes como eles, que passam pela vida sem deixar outro rastro senão suas trapaceiras tentativas de depreciar os demais, de excluir e, se possível, destruir quem, pelo mero fato de existir e de ser quem são; põe em evidência sua pobreza de espírito, de mente e de valores. Bem-aventurado aquele para quem os cretinos ladram, pois sua alma nunca lhes pertencerá.

— Amém — concordava dom Basilio. — Se você não tivesse nascido rico, poderia ser padre. Ou revolucionário. Com sermões assim, até o bispo se ajoelha arrependido.

— Certo, podem rir — protestava eu. — Mas sou eu quem eles não querem ver nem pintado.

Além do leque de inimizades e ciúmes que meus esforços me angariavam, a triste realidade era que, apesar de minhas glórias de autor popular, meu salário só dava para sobreviver, comprar mais livros do que teria tempo de ler e alugar um quartinho em uma pensão escondida em uma viela junto à rua Princesa, administrada por uma galega devota que respondia pelo nome de dona Carmen. Dona Carmen exigia discrição e mudava os lençóis uma vez por mês e, portanto, aconselhava aos residentes que se abstivessem de sucumbir às tentações do onanismo e de se deitar na cama com roupas sujas. Não era necessário restringir a presença de mulheres nos quartos, porque não havia uma única mulher em toda Barcelona que concordasse em entrar naquele buraco, nem sob ameaça de morte. Lá aprendi que nessa vida quase tudo se releva, a começar pelos cheiros, e que, se tinha alguma aspiração nesse mundo, era a de não morrer em um lugar como aquele. Nos momentos difíceis, que eram a maioria, dizia a mim mesmo que, se alguma coisa podia me tirar de lá antes que um surto de tuberculose o fizesse, era a literatura, e se isso atiçava a alma de certas pessoas, ou as vergonhas, por mim elas podiam ir para o quinto dos infernos.

Aos domingos, na hora da missa, quando dona Carmen partia para seu encontro semanal com o Altíssimo, os hóspedes aproveitavam para se reunir no quarto do mais velho de todos, um infeliz chamado Heliodoro que, quando jovem, teve aspirações de ser um grande toureiro, mas que só tinha chegado a comentarista e encarregado dos banheiros da praça Monumental.

— A arte de tourear morreu — proclamava. — Agora não passa de um negócio de donos de gado ambiciosos e toureiros sem alma. O público não sabe distinguir entre a tourada popular e a tourada artística, que só os entendidos sabem apreciar.

— Ah, dom Heliodoro, se tivessem lhe dado uma oportunidade, a história seria outra.

— É que neste país só os incapazes têm vez.

— Nem me diga.

Depois do sermão semanal de dom Heliodoro, chegava a hora da festa. Amontoados como sardinhas junto à janelinha do quarto, os moradores podiam ver e ouvir através de uma claraboia os ruídos de uma vizinha do prédio ao lado, Marujita, apelidada de Pimentinha, por causa de seu vocabulário picante e de sua generosa anatomia em forma de pimentão. Marujita ganhava dinheiro fazendo faxina em estabelecimentos ordinários, mas dedicava domingos e feriados religiosos a um namorado seminarista, que vinha de Manresa para a cidade de trem, incógnito, e se entregava com vontade e brio ao conhecimento do pecado. Estavam meus companheiros de alojamento espremidos na janela para captar uma visão fugaz das titânicas nádegas de Marujita em pleno vaivém, espalhando-se como massa de rosca de Páscoa contra o vidro da claraboia de seu quarto, quando a campainha da pensão tocou. Diante da falta de voluntários para atender e arriscar-se a perder um lugar com boa visão do espetáculo, desisti do meu esforço para fazer parte da plateia e caminhei até a porta. Ao abrir, topei com uma visão insólita e improvável em circunstâncias tão miseráveis. Dom Pedro Vidal em todo o seu gênio, esplendor e terno de seda italiana sorria na entrada.

— Fez-se a luz — disse, entrando sem esperar convite.

Vidal parou para examinar o salão que fazia as vezes de refeitório e sala de visitas daquele buraco, e suspirou de desgosto.

— Acho que é melhor irmos para o meu quarto — sugeri.

Levei-o até os meus aposentos. Os gritos e aplausos de meus colegas em honra a Marujita e suas acrobacias eróticas enchiam as paredes de júbilo.

— Que lugar mais alegre — comentou Vidal.

— Faça o favor de passar à suíte presidencial, dom Pedro — convidei.

Entramos e fechei a porta. Depois de uma sumaríssima olhada ao redor, sentou-se na única cadeira que havia e olhou-me com displicência. Não era difícil imaginar a impressão que meu modesto lar deveria lhe causar.

— E então, o que acha?

— Encantador. Vou acabar me mudando para cá também.

Pedro Vidal vivia em Villa Helius, um monumental casarão modernista de três andares e terraço, recostado nas ladeiras que subiam pelo bairro de Pedralbes no cruzamento das ruas Abadesa Olzet e Panamá. A casa tinha sido um presente que seu pai lhe dera dez anos antes, com a esperança de que assentasse a cabeça e formasse uma família, projeto no qual Vidal já acumulava anos de atraso. A vida tinha abençoado dom Pedro Vidal com muitos talentos, entre eles o de decepcionar e ofender seu pai com cada gesto e cada passo que dava. Vê-lo confraternizando com indesejáveis como eu não ajudava. Lembro-me de uma vez em que visitei meu mentor para entregar uns papéis do jornal e tropecei com o patriarca do clã Vidal em uma das salas da Villa Helius. Ao me ver, o pai de dom Pedro ordenou que fosse pegar um copo de refrigerante e um pano limpo para tirar uma mancha de sua lapela.

— Creio que está me confundindo, senhor. Não sou empregado...

Ele lançou-me um sorriso que esclarecia a ordem das coisas no mundo sem precisar de palavras.

— Quem está se confundindo é você, meu rapaz. É um empregado, mesmo que não saiba disso. Como se chama?

— David Martín, senhor.

O patriarca saboreou meu nome.

— Siga meu conselho, David Martín. Saia desta casa e volte ao lugar a que pertence. Evitará muitos problemas para você, além de evitá-los para mim também.

Nunca confessei a dom Pedro, mas imediatamente saí correndo até a cozinha em busca do refrigerante e do pano e passei quinze minutos limpando o paletó do grande homem. A sombra do clã era enorme, e por mais que dom Pedro gostasse de ostentar um ar de boemia, toda a sua vida era uma extensão da rede familiar. Convenientemente, a Villa Helius ficava situada a cinco minutos da grande mansão paterna, que dominava a parte superior da avenida Pearson em um amontoado suntuoso de balaustradas, escadarias e mansardas que contemplava a cidade de Barcelona a distância, como uma criança contemplava seus brinquedos caídos. Todo dia, uma expedição de dois empregados e uma cozinheira da casa grande, como a vizinhança costumava chamar a residência patriarcal, comparecia à Villa Helius para limpar, polir, passar, cozinhar e acolchoar a existência de meu abastado protetor em seu leito de comodidades e perpétuo desconhecimento dos tediosos aborrecimentos da vida cotidiana. Dom Pedro Vidal deslocava-se pela cidade em um reluzente Hispano-Suiza conduzido pelo motorista da família, Manuel Sagnier, e provavelmente nunca tinha entrado em um bonde em toda a vida. Como boa cria de palácio e estirpe, Vidal não conhecia o lúgubre e macilento encanto que tinham as pensões baratas na Barcelona da época.

— Não se reprima, dom Pedro.

— Esse lugar parece uma masmorra — proclamou finalmente. — Não sei como pode viver aqui.

— Com meu salário, a duras penas.

— Se for necessário, pago o que falta para que possa viver em um lugar que não cheire nem a enxofre nem a mijo.

— Nem pensar.

Vidal suspirou.

— Morreu de orgulho na mais absoluta asfixia. Pronto, um epitáfio grátis.

Por alguns instantes, Vidal perambulou pelo quarto sem abrir a boca, parando para inspecionar meu minúsculo armário, olhar pela janela com cara de nojo, apalpar a pintura esverdeada que cobria as paredes e bater suavemente com o indicador na lâmpada nua que pendia do teto, como se quisesse comprovar que a qualidade de tudo aquilo era mesmo ínfima.

— Mas o que o traz aqui, dom Pedro? Excesso de ar puro em Pedralbes?

— Não venho de casa. Venho do jornal.

— E então?

— Tinha curiosidade de ver onde vivia e, além do mais, tenho uma coisa para você.

Tirou um envelope de pergaminho branco da jaqueta e me entregou.

— Chegou hoje à redação, em seu nome.

Peguei o envelope e examinei. Estava fechado com um lacre que exibia o desenho de uma silhueta alada. Um anjo. À parte isso, tudo o que se via era meu nome lindamente escrito em uma caligrafia escarlate de traço requintado.

— Quem é o remetente? — perguntei intrigado.

Vidal deu de ombros.

— Algum admirador. Ou admiradora. Não sei. Abra.

Abri o envelope e tirei uma folha dobrada na qual, na mesma caligrafia, lia-se o seguinte:

Querido amigo:

Tomei a liberdade de escrever para externar minha admiração e cumprimentá-lo pelo sucesso alcançado por Os mistérios de Barcelona *durante essa temporada, nas páginas do* La Voz de la Industria. *Como leitor e amante da boa literatura, é motivo de grande prazer encontrar uma nova voz transbordante de talento, juventude e promessa. Permita-me, portanto, como mostra de minha gratidão pelas boas horas que a leitura de seus contos me proporcionou, convidá-lo para uma pequena surpresa que espero que seja do seu agrado, esta noite, à meia-noite, no El Ensueño. Estarei esperando.*

Afetuosamente,

A.C.

Vidal, que tinha lido por cima de meu ombro, ergueu as sobrancelhas, intrigado.

— Interessante — murmurou.

— Interessante como? — perguntei. — Que tipo de lugar é esse El Ensueño?

Ele tirou um cigarro da cigarreira de platina.

— Dona Carmen não permite fumar na pensão — avisei.

— Por quê? O fumo atrapalha o perfume de esgoto?

Vidal acendeu o cigarro, saboreando-o com o dobro de prazer, como se desfrutava de tudo que era proibido.

— Já conheceu alguma mulher, David?

— Claro. Montes delas.

— Quero dizer, em sentido bíblico.

— Na missa?

— Não, na cama.

— Ah.

— Então?

A verdade era que não tinha grande coisa para contar que pudesse impressionar alguém como Vidal. Minhas andanças e meus namoricos de adolescência tinham se caracterizado até o fim por sua modéstia e por uma notável falta de originalidade. Nada em meu breve catálogo de apertos, carícias e beijos roubados em portões e salas de cinema na penumbra podia aspirar à consideração do mestre consagrado das artes e das ciências dos jogos de alcova de Barcelona.

— O que uma coisa tem a ver com a outra? — protestei.

Vidal adotou um ar de professor e despejou mais um de seus discursos.

— Nos meus tempos de juventude, o normal era, pelo menos para rapazes de boa família como eu, que nos iniciássemos nessas lides pela mão de uma profissional. Quando tinha a sua idade, meu pai, que era e ainda é frequentador assíduo dos estabelecimentos mais finos da cidade, levou-me a um lugar chamado El Ensueño, que ficava a poucos metros daquele palácio macabro que o nosso querido conde Güell tanto insistiu que Gaudí construísse junto à Rambla. Não me diga que nunca ouviu falar dele.

— Do conde ou do bordel?

— Muito engraçadinho. El Ensueño costumava ser um estabelecimento elegante, para uma clientela seleta e criteriosa. Na verdade, pensei que estivesse fechado há muitos anos, mas pelo visto não. Ao contrário da literatura, certos negócios sempre estão em alta.

— Entendi. Isso é ideia sua? Algum tipo de brincadeira?

Vidal negou.

— De algum dos cretinos da redação, então?

— Estou percebendo certa hostilidade em suas palavras, mas duvido que alguém que se dedique ao nobre ofício da imprensa no posto de soldado raso possa se permitir a pagar os honorários de um lugar como El Ensueño, se é que me lembro bem.

Bufei.

— Tanto faz, pois não pretendo ir.

Vidal franziu as sobrancelhas.

— Ora, não me venha com essa de que não é um cético como eu e pretende chegar ao leito nupcial virgem de coração e de partes baixas;

que é uma alma pura que anseia pelo momento mágico em que o amor verdadeiro vai levá-lo aos êxtases da carne e da alma em uníssono, abençoados pelo Espírito Santo, povoando o mundo de criaturas que tenham o seu sobrenome e os olhos de sua mãe, aquela santa mulher, modelo de virtude e recato, que lhe dará a mão para cruzar as portas do céu, sob o olhar benevolente e aprovador do menino Jesus.

— Não ia dizer nada disso.

— Fico contente, pois é possível, e friso o "possível", que esse momento não chegue nunca, que você não se apaixone e que não queira nem possa entregar a vida a ninguém; que, como eu, um dia complete quarenta e cinco anos e perceba que não é mais jovem e que para você não houve nem coro de cupidos com liras, nem leito de rosas brancas estendido até o altar; que a única vingança que lhe resta é roubar da vida o prazer dessa carne firme e ardente que se evapora mais rápido que as boas intenções; e, finalmente, que essa é a coisa mais parecida com o céu que poderá encontrar nessa droga de mundo, onde tudo apodrece, a começar pela beleza e a terminar pela memória.

Deixei que se fizesse uma pausa grave como uma ovação silenciosa. Vidal era um grande fã de ópera e, com o tempo, o ritmo e a entonação das grandes árias tinham penetrado em sua pele. Nunca faltava a seu encontro com Puccini no Teatro del Liceo, no camarote da família. Era um dos poucos, além dos infelizes amontoados na torrinha do teatro, que iam à ópera para ouvir a música que ele tanto amava e que tanto influenciava os discursos sobre o divino e o humano com que, às vezes, como naquele dia, presenteava meus ouvidos.

— O que foi? — perguntou Vidal, desafiador.

— Essa última frase me lembra de alguma coisa.

Apanhado com a mão na massa, suspirou e concordou.

— É de *Assassinato no círculo do Liceu* — admitiu Vidal. — A cena final em que Miranda LaFleur atira no perverso marquês que destroçou seu coração, traindo-a na suíte nupcial do hotel Colón, em uma noite de paixão com a espiã do czar, Svetlana Ivanova.

— Bem que eu reconheci. Não podia ter escolhido melhor. É sua obra-prima, dom Pedro.

Vidal sorriu para o elogio e pensou em acender outro cigarro.

— O que não impede que haja algo de verdade em tudo isso — rematou.

Vidal sentou-se no parapeito da janela, não sem antes colocar um lenço, para não manchar suas calças de alta classe. Vi que o Hispano-Suiza estava estacionado mais embaixo, na esquina da rua Princesa. O motorista, Manuel, lustrava os cromados com um pano, como se o carro fosse uma escultura de Rodin. Manuel me lembrava muito do meu pai, homens da mesma geração que passaram por muitos infortúnios e que carregavam a memória estampada no rosto. Os empregados da Villa Helius contavam que Manuel Sagnier tinha passado uma longa temporada na prisão e que, ao sair, sofrera anos de penúria porque o único emprego que conseguia era de estivador, descarregando sacos e caixas no cais, um trabalho para o qual não tinha mais idade nem saúde. Rezava a lenda que, em certa ocasião, arriscando a própria vida, Manuel tinha salvado dom Pedro de morrer atropelado por um bonde. Em sinal de agradecimento, ao saber da penosa situação do pobre homem, Vidal lhe ofereceu trabalho e a oportunidade de se mudar, com a esposa e a filha, para o pequeno apartamento localizado em cima das cocheiras de Villa Helius. Garantiu que a pequena Cristina estudaria com os mesmos professores que davam aulas aos filhotes da dinastia Vidal, todo dia, na casa da avenida Pearson, e que sua esposa poderia desempenhar o ofício de costureira para a família. Como andava pensando em adquirir um dos primeiros automóveis comercializados em Barcelona, se Manuel aprendesse a arte da direção motorizada e deixasse as carroças e carruagens para trás, Vidal poderia usá-lo como motorista, pois na época os jovens senhores não sujavam suas mãos em máquinas de combustão nem em mecanismos com escapamentos gasosos. Manuel, claro, aceitou. Depois de semelhante resgate da miséria, a versão oficial garantia que Manuel Sagnier e sua família nutriam uma devoção cega por Vidal, eterno paladino dos deserdados. Eu não sabia se devia acreditar naquela história ao pé da letra ou acrescentá-la ao longo rosário de lendas tecidas ao redor do mito do aristocrata bondoso que Vidal cultivava: às vezes, parecia que só lhe faltava surgir envolto em um halo luminoso para alguma pastorinha órfã.

— Você está com aquela cara de pilantra que fica quando se entrega a pensamentos maliciosos — comentou Vidal. — O que anda tramando?

— Nada. Só estava pensando na sua bondade, dom Pedro.

— Na sua idade e na sua posição, o cinismo não abre portas.

— Isso explica tudo.

— Ande, cumprimente o nosso bom Manuel. Ele sempre pergunta por você.

Cheguei à janela e o motorista, que sempre me tratava como um lorde, e não como o pé-rapado que eu era, me cumprimentou de longe. Devolvi o aceno. Sentada no banco ao lado do motorista, estava sua filha Cristina, uma criatura de pele pálida e lábios que pareciam desenhados, com uns dois anos a mais que eu, e que tinha me tirado o fôlego desde a primeira vez em que Vidal me convidou para visitar a Villa Helius.

— Não olhe assim, que ela vai quebrar — murmurou Vidal às minhas costas.

Virei e topei com aquela expressão maquiavélica que ele reservava para os assuntos do coração e outras vísceras nobres.

— Não sei do que está falando.

— Que sinceridade... — replicou Vidal. — E então, o que vai fazer com o convite dessa noite?

Reli o bilhete e hesitei.

— Ainda frequenta esse tipo de local, dom Pedro?

— Não pago por uma mulher desde que tinha quinze anos e, tecnicamente, foi meu pai quem pagou — replicou Vidal, sem arrogância alguma. — Mas a cavalo dado...

— Não sei não, dom Pedro.

— Claro que sabe.

A caminho da porta, Vidal deu uma palmadinha em meu ombro.

— Ainda lhe restam sete horas até a meia-noite — disse. — Estou falando para o caso de querer tirar um cochilo e recuperar as forças.

Cheguei à janela e vi que ele caminhava em direção ao carro. Manuel abriu a porta e Vidal se deixou cair languidamente no banco traseiro. Ouvi o motor do Hispano-Suiza acionar sua sinfonia de pistões e êmbolos. Naquele instante, Cristina, a filha do motorista, levantou os olhos e mirou minha janela. Sorri, mas percebi que ela não lembrava quem eu era. Um segundo depois, desviou o olhar, e a grande carruagem de Vidal partiu de volta a seu mundo.

3

Naquela época, a rua Conde del Asalto exibia um corredor de lampiões e cartazes luminosos que cruzava a escuridão do Raval. Cabarés, salões de baile e locais de difícil denominação acotovelavam-se em ambas as calçadas com estabelecimentos especializados em doenças venéreas, camisinhas e banhos de assento, que ficavam abertos até o amanhecer, enquanto gente de toda laia, desde filhinhos de papai de certa posição até membros das tripulações dos navios atracados no porto, misturava-se com todo tipo de personagens extravagantes que viviam para a noite. Dos dois lados da rua, abriam-se vielas estreitas, sufocadas pela névoa, que abrigavam um rosário de prostíbulos com preços decrescentes.

El Ensueño ocupava o andar superior de um edifício que, no térreo, hospedava uma sala de *music hall*, onde dois grandes cartazes anunciavam o show de uma bailarina enfiada em uma toga diáfana e sucinta que não fazia segredo de seus encantos, sustentando nos braços uma serpente negra, cuja língua bifurcada parecia beijar seus lábios.

"Eva Montenegro e o tango da morte", dizia o cartaz em letras de forma. "A rainha da noite em seis apresentações exclusivas e improrrogáveis. Com a participação estelar de Mesmero, o leitor de mentes que revelará seus mais íntimos segredos."

Junto à entrada havia uma portinha estreita que dava para uma longa escadaria com as paredes pintadas de vermelho. Subi os degraus e dei de cara com uma grande porta de carvalho entalhado, cuja aldrava forjada em bronze tinha a forma de uma ninfa, com um modesto trevo sobre o púbis. Bati um par de vezes e esperei, fugindo de meu reflexo no grande espelho escuro que cobria boa parte da parede. Estava pensando em fugir dali quando a porta se abriu e uma mulher de meia-idade e cabelos completamente brancos, delicadamente presos em um coque, sorriu para mim serenamente.

— Você deve ser o sr. David Martín.

Ninguém nunca tinha me chamado de senhor em toda a minha vida, e a formalidade me pegou de surpresa.

— Ele mesmo.

— Faça a gentileza de entrar e me acompanhar.

Seguimos por um curto corredor que conduzia a uma ampla sala circular de paredes revestidas de veludo vermelho e lâmpadas à meia-luz. O teto formava uma cúpula de cristal esmaltado, da qual pendia um lustre, também de cristal, sob o qual uma mesa de mogno sustentava um enorme gramofone que sussurrava uma ária de ópera.

— Posso lhe oferecer algo para beber, cavalheiro?

— Agradeceria um copo d'água, se fosse possível.

A dama de cabelo branco sorriu sem pestanejar, imperturbável em seu porte amável e sereno.

— Talvez prefira uma taça de champanhe ou um licor. Ou quem sabe um xerez.

Meu paladar não distinguia nem sequer as diferenças entre as várias safras da água de torneira, de modo que dei de ombros.

— Pode escolher.

A dama concordou sem perder o sorriso e apontou para uma das suntuosas poltronas espalhadas pela sala.

— O cavalheiro pode se sentar, se quiser. Chloé logo estará aqui.

Pensei que fosse engasgar.

— Chloé?

Alheia à minha perplexidade, a dama de cabelo branco desapareceu por uma porta atrás de uma cortina de contas negras, deixando-me a sós com meus nervos e meus inconfessáveis desejos. Perambulei pela sala para dissipar a tremedeira que tomava conta de mim. À exceção da música suave e da batida de meu coração nas têmporas, aquele lugar era uma tumba. Seis corredores partiam da sala, flanqueados por aberturas cobertas por cortinados azuis que conduziam a seis portas brancas de folha dupla fechadas. Deslizei para uma das poltronas, concebida para balançar o traseiro de príncipes regentes e generalíssimos com certa queda por golpes de Estado. Logo a dama voltou com uma taça de champanhe em uma bandeja de prata. Aceitei e ela desapareceu de novo pela mesma porta. Bebi a taça de um só gole e afrouxei o colarinho da camisa. Começava a suspeitar que talvez tudo aquilo não passasse de uma peça montada por Vidal para se divertir às minhas custas. Naquele momento vislumbrei uma figura que avançava em minha direção por um dos corredores. Parecia uma menina, e era. Caminhava com a cabeça baixa, sem que eu pudesse ver seus olhos. Levantei-me.

A menina inclinou-se em uma reverência e fez sinal para que eu a seguisse. Só então percebi que uma de suas mãos era postiça, como a de um manequim. Levou-me até o final do corredor e, com uma chave que levava pendurada no pescoço, abriu a porta e me deu passagem. O cômodo estava praticamente às escuras. Avancei alguns passos, tentando forçar a vista. Ouvi a porta se fechar e, quando me virei, a menina tinha desaparecido. Ouvi o mecanismo da fechadura girar e entendi que estava trancado. Fiquei ali quase um minuto, imóvel. Lentamente, meus olhos se acostumaram à penumbra e o contorno do aposento se materializou a meu redor. O quarto tinha sido coberto do chão ao teto com um tecido negro. De um lado, notava-se uma série de estranhos artefatos que nunca tinha visto e que não fui capaz de decidir se eram sinistros ou tentadores. Um amplo leito circular repousava sob uma cabeceira que parecia uma grande teia de aranha. Da teia, pendiam dois candelabros, nos quais ardiam dois círios negros, desprendendo aquele cheiro de cera que costumava impregnar capelas e velórios. Ao lado da cama havia um biombo de treliça e desenho sinuoso. Senti um calafrio. Aquele lugar era idêntico ao quarto que eu tinha criado para minha inefável vampira Chloé em suas aventuras de *Os mistérios de Barcelona*. Algo naquela história cheirava mal. Já estava disposto a arrombar a porta quando percebi que não estava sozinho. Parei, gelado. Uma silhueta se perfilava atrás do biombo. Dois olhos brilhantes me observavam e pude ver dedos brancos e afilados ornados por longas unhas negras surgirem entre os orifícios da treliça. Engoli em seco.

— Chloé? — murmurei.

Era ela, a *minha Chloé*. A operística e insuperável *femme fatale* de meus contos, em carne e lingerie. Tinha a pele mais pálida que já tinha visto, e o cabelo negro e brilhante, cortado em ângulo reto, emoldurava seu rosto. Seus lábios estavam pintados com algo que parecia sangue fresco, e círculos esfumaçados de sombra escura rodeavam seus olhos verdes. Movia-se como um felino, como se aquele corpo apertado em um corselete reluzente como escamas fosse de água e tivesse aprendido a enganar a gravidade. Em seu pescoço esguio e interminável enrolava-se uma fita de veludo escarlate, da qual pendia um crucifixo invertido. Sem conseguir ao menos respirar, vi que ela se aproximava lentamente; meus olhos estavam grudados naquelas pernas desenhadas com traço impossível, sob meias de seda que provavelmente custavam mais do que eu ganhava em um ano, apoiadas em sapatos pontiagudos como punhais, presos a seus tornozelos por fitas de seda. Em toda a minha vida nunca tinha visto nada que fosse mais belo nem que me desse tanto medo.

Deixei-me levar por aquela criatura até a cama, onde caí, literalmente, de bunda. A luz das velas acariciava o perfil de seu corpo. Meu rosto e meus lábios estavam na altura de seu ventre nu e, sem nem perceber o que estava fazendo, dei-lhe um beijo sob o umbigo e acariciei sua pele com as maçãs do rosto. A essa altura, já tinha esquecido quem era e onde estava. Ela se ajoelhou diante de mim e pegou minha mão direita. Languidamente, como um gato, lambeu meus dedos um a um. Depois, olhou-me fixamente e começou a tirar minha roupa. Quando quis ajudá-la, sorriu e afastou minhas mãos.

— Shhhh.

Quando terminou, inclinou-se para mim e lambeu meus lábios.

— Agora você. Dispa-me. Devagar. Bem devagar.

Percebi então que tinha sobrevivido à minha infância doentia e lamentável apenas para viver aqueles segundos. Vagarosamente, eu a despi, descobrindo sua pele até que sobre seu corpo restou apenas a fita de veludo em torno do pescoço e aquelas meias negras de cuja lembrança um infeliz como eu poderia viver cem anos.

— Acaricie-me — sussurrou a meu ouvido. — Brinque comigo.

Acariciei e beijei cada centímetro de pele como se quisesse memorizá-lo para toda a vida. Chloé não tinha pressa e respondia ao toque de minhas mãos e meus lábios com suaves gemidos que me guiavam. Em seguida, estendeu-me na cama, cobriu meu corpo com o seu, e senti que todos os poros de minha pele queimavam. Pousei as mãos em suas costas e percorri a linha milagrosa que marcava sua coluna. Seu olhar impenetrável me observava a apenas alguns centímetros do meu rosto. Senti que precisava lhe dizer algo...

— Meu nome...

— Shhhh.

Antes que pudesse dizer mais alguma bobagem, Chloé pousou seus lábios sobre os meus e, por uma hora, me fez esquecer o mundo. Consciente de minha inabilidade, mas sem deixar que eu percebesse, Chloé antecipava cada um de meus movimentos e guiava minhas mãos por seu corpo sem pressa nem pudor. Não havia tédio nem ausência em seus olhos. Deixava-se levar e saborear com infinita paciência e uma ternura que me fez esquecer de como tinha chegado ali. Naquela noite, pelo breve período de uma hora, decorei cada linha de seu corpo como outros decoravam preces ou condenações. Mais tarde, quase sem fôlego, Chloé me deixou apoiar a cabeça em seu colo e acariciou meu cabelo durante um longo silêncio, até que adormeci em seus braços, com as mãos entre suas coxas.

Quando despertei, o quarto permanecia na penumbra e Chloé tinha desaparecido. Sua pele já não estava em minhas mãos. Em seu lugar, havia um cartão de visita impresso no mesmo pergaminho branco do envelope em que me foi entregue o convite, no qual, sob o emblema do anjo, lia-se o seguinte:

ANDREAS CORELLI
Editor
Éditions de la Lumière
Boulevard St.-Germain, 69, Paris.

No verso, havia uma anotação escrita à mão.

Querido David, a vida é feita de grandes esperanças. Quando estiver pronto para transformar as suas em realidade, entre em contato comigo. Estarei esperando. Seu amigo e leitor,

A.C.

Peguei minha roupa no chão e me vesti. A porta do quarto já não estava trancada. Percorri o corredor até o salão, onde o gramofone tinha silenciado. Não havia sinal da menina nem da mulher de cabelo branco que tinha me recebido. O silêncio era absoluto. À medida que avançava, tinha a impressão de que as luzes às minhas costas iam se apagando e corredores e quartos mergulhavam lentamente na escuridão. Fui para a entrada e desci as escadas de volta ao mundo, sem ânimo. Ao chegar à rua, segui em direção à Rambla, deixando a confusão e a multidão dos locais noturnos para trás. Uma névoa tênue e cálida subia do porto e os reflexos das vidraças do hotel Oriente a tingiam de um amarelo sujo e poeirento no qual os transeuntes sumiam como desenhos de vapor. Comecei a caminhar enquanto o perfume de Chloé começava a evaporar de meu pensamento. Fiquei me perguntando se os lábios de Cristina Sagnier, a filha do motorista de Vidal, teriam o mesmo sabor.

4

A gente não sabe o que é sede até beber pela primeira vez. Três dias depois de minha visita a El Ensueño, a memória da pele de Chloé queimava até meus pensamentos. Sem dizer nada a ninguém — e menos ainda a Vidal —, resolvi juntar minhas parcas economias e ir até lá à noite, na esperança de que fossem suficientes para comprar um instante que fosse em seus braços. Passava de meia-noite quando cheguei à escada de paredes vermelhas que levava a El Ensueño. A luz da escadaria estava apagada e subi lentamente, deixando para trás a ruidosa cidadela de cabarés, bares, *music halls* e locais indefiníveis que se espalharam pela rua Conde del Asalto durante os anos da grande guerra na Europa. A luz trêmula que se filtrava pela porta de entrada ia desenhando os degraus em meu caminho. Chegando ao patamar, parei e comecei a tatear a porta em busca da aldrava. Meus dedos roçaram no pesado batedor de metal e, ao levantá-lo, a porta cedeu alguns centímetros e vi que estava aberta. Empurrei suavemente. Um silêncio absoluto acariciou meu rosto. Diante de mim, abria-se uma penumbra azulada. Dei alguns passos, desconcertado. O eco das luzes da rua piscava no ar, revelando visões fugazes das paredes nuas e do chão de madeira todo quebrado. Cheguei à sala que tinha visto forrada de veludo e com mobiliário suntuoso. Estava vazia. O manto de poeira que cobria o chão brilhava como areia sob os reflexos dos luminosos da rua. Avancei deixando pegadas na poeira. Não havia sinal do gramofone, das poltronas, nem dos quadros. O teto estava arrebentado e entreviam-se vigas de madeira escurecida. A pintura das paredes pendia em tiras como pele de serpente. Fui para o corredor que levava ao quarto onde tinha encontrado Chloé. Atravessei aquele túnel escuro até chegar à porta de folha dupla, que já não era branca. Não havia maçaneta, apenas um buraco na madeira, como se ela tivesse sido arrancada. Abri a porta e entrei.

O quarto de Chloé era uma cela escura. As paredes estavam carbonizadas e a maior parte do teto tinha desmoronado. Podia ver o lençol de nuvens negras que cruzava o céu e a lua, que projetava sua luz prateada sobre o esqueleto metálico do que tinha sido um leito. Foi então que ouvi o chão estalar às minhas costas e me virei rapidamente, compreendendo que não estava sozinho naquele lugar. Uma silhueta escura e esguia, masculina, recortava-se na entrada do corredor. Não podia ver seu rosto, mas tinha certeza de que estava me observando. Permaneceu ali, imóvel como uma aranha durante alguns segundos, o tempo que levei para reagir e dar um passo em sua direção. Em um piscar de olhos, a silhueta retirou-se para as sombras e, quando cheguei ao salão, não havia mais ninguém. Um sopro de luz procedente de um cartaz luminoso suspenso do outro lado da rua inundou a sala por um segundo, revelando um pequeno monte de escombros empilhados contra a parede. Aproximei-me e me ajoelhei diante dos restos carcomidos pelo fogo. Algo se destacava na pilha. Dedos. Comecei a retirar as cinzas e o contorno de uma mão aflorou lentamente. Peguei-a e, ao puxá-la, vi que estava cortada na altura do punho. Reconheci imediatamente a mão daquela menina e compreendi que não era de madeira como havia pensado, mas de porcelana. Deixei a mão cair de novo sobre os escombros e afastei-me de lá.

Perguntei-me se não teria imaginado aquela silhueta, pois não havia pegadas na poeira. Desci para a rua de novo e fiquei na calçada ao pé do edifício, examinando as janelas do primeiro andar, completamente confuso. As pessoas passavam a meu lado rindo, alheias à minha presença. Tentei reconhecer a silhueta do desconhecido na multidão. Sabia que estava ali, talvez a uns poucos metros, observando-me. De repente, resolvi atravessar a rua e entrar em um café acanhado e abarrotado de gente. Consegui abrir espaço no balcão e fiz sinal para o garçom.

— O que deseja?

Tinha a boca seca e arenosa.

— Uma cerveja — improvisei.

Enquanto o garçom me servia a bebida, inclinei-me em sua direção.

— Ouça, sabe se o local aí da frente, El Ensueño, está fechado?

O garçom deixou o copo no balcão e olhou-me como se eu fosse idiota.

— Está fechado há quinze anos — disse.

— Tem certeza?

— Claro. Não voltou a abrir depois do incêndio. Mais alguma coisa?

Neguei.

— São quatro cêntimos.

Paguei a consumação e fui embora sem nem tocar no copo.

No dia seguinte, cheguei à redação do jornal antes da minha hora e fui direto para os arquivos do sótão. Com a ajuda de Matías, o encarregado, e guiando-me pelo que o garçom tinha me contado, comecei a consultar as manchetes do *La Voz de la Industria* de quinze anos atrás. Precisei de cerca de quarenta minutos para achar a história, apenas uma nota. O incêndio tinha acontecido durante a madrugada do dia de Corpus Christi, em 1903. Seis pessoas tinham morrido presas entre as chamas: um cliente, quatro profissionais do local e uma menina que trabalhava lá. A polícia e os bombeiros tinham apontado um acidente com um candeeiro como causa da tragédia, embora os responsáveis por uma paróquia vizinha falassem em castigo divino e intervenção do Espírito Santo.

Ao voltar à pensão, deitei em minha cama e tentei inutilmente dormir. Tirei do bolso o cartão daquele estranho benfeitor, que encontrei em minhas mãos quando acordei no leito de Chloé, e reli na penumbra as palavras escritas no verso: grandes esperanças.

5

Em meu mundo, as esperanças, grandes e pequenas, raramente se tornavam realidade. Até alguns meses antes, meu único desejo toda noite ao me deitar era poder reunir coragem suficiente para, algum dia, dirigir a palavra à filha do motorista de meu mentor, Cristina, e que as horas que me separavam do amanhecer, para poder voltar à redação do *La Voz de la Industria*, passassem logo. Agora, até mesmo aquele refúgio começava a escapar de minhas mãos. Talvez conseguisse recuperar o afeto de meus colegas, se algum de meus empenhos fracassasse terrivelmente, dizia comigo mesmo. Talvez os meus pecados de juventude fossem perdoados se escrevesse algo tão medíocre e abjeto que nenhum leitor conseguisse passar do primeiro parágrafo. Talvez esse não fosse um preço muito alto para voltar a me sentir em casa. Talvez.

Tinha chegado ao *La Voz de la Industria* muitos anos antes, pela mão de meu pai, um homem atormentado e sem sorte que, ao voltar da guerra das Filipinas, tinha se deparado com uma cidade que preferia não o reconhecer e com uma esposa que já o tinha esquecido e que, dois anos depois de sua volta, resolveu abandoná-lo. Quando foi embora, ela deixou sua alma em pedaços e um filho que nunca tinha desejado e com o qual não sabia bem o que fazer. Meu pai, que mal sabia ler e escrever o próprio nome, não tinha eira nem beira. A guerra só lhe ensinou a matar outros homens iguais a ele antes que o matassem, sempre em nome de causas grandiosas e vazias que, quanto mais perto do combate se estava, mais absurdas e vis se mostravam.

Quando meu pai voltou, parecendo vinte anos mais velho do que quando tinha partido, procurou emprego em várias indústrias do Pueblo Nuevo e do bairro de Sant Martí. Ficava nesses empregos apenas alguns dias e, cedo ou tarde, eu o via voltar para casa com a fisionomia endurecida de rancor. Com o tempo, na falta de alternativa, aceitou um emprego como vigia noturno no *La Voz de la Industria*. O salário era modesto, porém os meses passaram e, pela primeira vez desde que voltara da guerra, parecia que não estava se envolvendo em confusão. No entanto, a paz durou pouco. Alguns de seus antigos companheiros de armas, cadáveres em vida mutilados no corpo e na alma, que voltaram para ver as mesmas pessoas que os enviaram para a morte em nome de Deus e da pátria cuspirem em suas caras, envolveram-no em negócios nebulosos que lhe pareciam grandes, mas que nunca chegou a entender completamente.

Com frequência, meu pai desaparecia por alguns dias e, quando voltava, suas mãos e suas roupas cheiravam a pólvora, e seu bolso, a dinheiro. Então, refugiava-se em seu quarto e, embora pensasse que eu não percebia, injetava-se o pouco ou o muito que tivesse conseguido. No começo, não trancava a porta, mas um dia me pegou espiando e me deu um bofetão que cortou meus lábios. Em seguida, abraçou-me até perder a força nos braços e ficou estendido no chão, com a agulha ainda espetada na pele. Tirei a agulha e cobri meu pai com uma manta. Depois daquele incidente, ele começou a trancar a porta com a chave.

Vivíamos em um pequeno sótão suspenso sobre as obras do novo Palácio da Música do Orfeão Catalão. Era um lugar frio e estreito, no qual o vento e a umidade pareciam zombar das paredes. Costumava me sentar em uma pequena sacada, com as pernas penduradas, vendo as pessoas passarem e contemplando aquele arrecife de esculturas e colunas impossíveis que crescia do outro lado da rua. Às vezes, tinha a impressão de que poderia tocá-lo com os dedos e, outras, a maioria, me pareciam tão distantes quanto a lua. Fui um menino frágil e doente, com propensão a febres e infecções que me deixavam à beira da morte, mas que, na última hora, sempre se arrependiam e partiam em busca de uma pessoa de maior envergadura. Quando caía doente, meu pai acabava perdendo a paciência e, depois da segunda noite acordado, me deixava aos cuidados de alguma vizinha e desaparecia de casa por alguns dias. Com o tempo, comecei a suspeitar que ele tinha esperança de que eu estivesse morto quando voltasse, para se ver livre do peso daquela criança com saúde de papel, que não lhe servia para nada.

Mais de uma vez, desejei que isso acontecesse, mas meu pai sempre regressava e sempre me encontrava vivo, abanando o rabinho e um pouco mais alto. A mãe natureza não tinha pudor de obrigar-me a saborear seu extenso código penal de germes e misérias, mas nunca encontrou um modo de jogar todo o peso da lei da gravidade sobre mim. Contra qualquer prognóstico, sobrevivi àqueles primeiros anos na corda bamba de uma infância anterior à penicilina. Nessa época, a morte ainda não vivia no anonimato e era possível vê-la e sentir seu cheiro por todo lado, devorando almas que nem sequer tinham tido tempo para pecar.

Já naqueles tempos, meus únicos amigos eram feitos de papel e tinta. Na escola, tinha aprendido a ler e escrever muito antes das outras crianças do bairro. Onde meus colegas viam manchas de tinta em páginas incompreensíveis, eu via luz, ruas, gente. As palavras e o mistério de sua ciência oculta me fascinavam e, para mim, eram a chave que abria um mundo sem fim e a salvo daquele caos, daquelas ruas e daqueles dias turvos em que até eu podia intuir que uma sorte minguada me esperava. Meu pai não gostava de ver livros em casa. Havia alguma coisa neles, além das letras que não podia decifrar, que o ofendia. Dizia que, quando eu tivesse dez anos, ia me obrigar a trabalhar e que era melhor ir tirando aquelas caraminholas da cabeça, pois do contrário acabaria me transformando em um desgraçado e em um morto de fome. Eu escondia os livros debaixo do colchão e esperava que ele saísse ou estivesse dormindo para poder ler. Certa vez, flagrou-me lendo de noite e ficou furioso. Arrancou o livro das minhas mãos e o jogou pela janela.

— Se encontrar você gastando luz de novo para ler essas bobajadas, vai se arrepender.

Meu pai não era pão-duro e, apesar da miséria em que vivíamos, quando podia, me dava uns trocados para comprar doce como as outras crianças do bairro. Estava convencido de que gastava aquelas moedas em guloseimas, mas eu guardava tudo em uma lata de café, debaixo da cama e, quando conseguia juntar quatro ou cinco reales, corria para comprar um livro sem que ele soubesse.

Meu lugar favorito em toda a cidade era a livraria Sempere & Filhos, na rua Santa Ana. Aquele lugar cheirando a papel velho e poeira era meu santuário e refúgio. O livreiro deixava que me sentasse em um cantinho e lesse, à vontade, o livro que quisesse. Sempere nunca permitia que pagasse pelos livros que me dava, mas quando estava distraído, antes de ir embora eu deixava no balcão as moedas que tinha conseguido juntar. Não passava de uma mixaria e, se tivesse que comprar alguma coisa com aquela miséria, com certeza só daria para um bloquinho de papel para enrolar cigarro. Quando chegava a hora, eu partia arrastando os pés e a alma, pois se dependesse de mim, ficaria vivendo ali.

Em um dia de Natal, Sempere me deu o melhor presente que recebi em toda a vida. Era um exemplar velho, lido e relido a fundo.

— *Grandes esperanças*, de Charles Dickens... — Li na capa.

Sabia que Sempere conhecia alguns escritores que frequentavam seu estabelecimento e, pelo carinho com que manuseava aquele volume, pensei que, no mínimo, dom Charles fosse um deles.

— Amigo seu?

— Da vida inteira. E a partir de hoje, seu também.

Naquela tarde, escondido sob a roupa para que meu pai não visse, levei meu novo amigo para casa. Aquele foi um outono de chuva e dias de chumbo, durante o qual li *Grandes esperanças* umas nove vezes seguidas, em parte porque não tinha outro à mão, em parte porque pensava que não poderia existir nada melhor que aquilo. Começava, aliás, a suspeitar que dom Charles o tinha escrito só para mim. Logo estava firmemente convencido de que não queria outra coisa na vida senão aprender a fazer o que o tal de sr. Dickens tinha feito.

Certa madrugada, acordei de repente sacudido por meu pai, que tinha voltado do trabalho antes da hora. Tinha os olhos injetados de sangue e seu hálito cheirava a bebida. Olhei para ele aterrorizado e ele tocou com os dedos a lâmpada nua pendurada em um fio.

— Está quente.

Ele cravou os olhos em mim e jogou a lâmpada contra a parede raivosamente. O vidro se quebrou em mil pedaços que caíram no meu rosto, mas não me atrevi a retirá-los.

— Onde está? — perguntou meu pai, com a voz fria e serena.

Neguei, tremendo.

— Onde está esse livro de merda?

Neguei outra vez. Na penumbra, mal vi o tapa chegar. Senti que perdia a visão e caía da cama, com sangue na boca e uma dor intensa como fogo ardendo atrás dos lábios. Ao virar a cabeça, vi algo que pensei ser pedaços de dentes quebrados no chão. A mão de meu pai me agarrou pelo pescoço e me levantou.

— Onde está?

— Por favor, pai...

Jogou-me de cara contra a parede com toda a sua força e a pancada na cabeça me fez perder o equilíbrio e desmoronar como um saco de ossos. Arrastei-me para um canto e fiquei ali, encolhido como um novelo, olhando meu pai abrir o armário, tirar e jogar no chão as quatro peças de roupa que eu possuía. Revistou gavetas e baús sem encontrar o livro até que, esgotado, voltou-se outra vez para mim. Fechei os olhos e esperei pela pancada que nunca chegou. Reabri-os e vi que meu pai estava sentado na cama, chorando de asfixia e vergonha. Quando viu que o fitava, saiu correndo escada abaixo. Ouvi o eco de seus passos afastando-se no silêncio da madrugada e, quando tive certeza de que estava bem longe, arrastei-me até a cama e tirei o livro de seu esconderijo embaixo do colchão. Vesti minha roupa e, com o romance debaixo do braço, fui para a rua.

Um lençol de bruma descia sobre a rua Santa Ana quando cheguei à porta da livraria. O livreiro e seu filho viviam no segundo andar do mesmo edifício. Eram seis da manhã e sabia que não era hora de bater na casa de ninguém, mas meu único pensamento naquele momento era salvar o livro, pois tinha certeza de que, se meu pai o encontrasse ao voltar para casa, iria destroçá-lo com todo o ódio que carregava no sangue. Toquei a campainha e esperei. Tive que insistir duas ou três vezes até ouvir a porta do sobrado abrir e o velho Sempere aparecer, de pijama e chinelo, e ficar me olhando, espantado. Meio minuto mais tarde, desceu para abrir e, assim que viu meu rosto, todos os vestígios de aborrecimento desapareceram. Ajoelhou-se diante de mim e me segurou pelos braços.

— Meu Deus! Você está bem? Quem lhe fez isso?

— Ninguém. Eu caí.

Estendi o livro.

— Vim devolver porque não quero que nada aconteça com ele...

Sempere ficou me olhando sem dizer nada. Pegou-me em seus braços e subiu comigo para o apartamento. Seu filho, um menino de doze anos, tão tímido que eu não lembrava de ter escutado sua voz algum dia, tinha acordado ao ouvir o pai sair e esperava no patamar da escada. Ao ver o sangue em meu rosto, olhou para o pai, assustado.

— Chame o dr. Campos.

O menino fez que sim e correu para o telefone. Ouvi sua voz e comprovei que não era mudo. Acomodaram-me entre os dois, na cadeira da mesa de jantar, e limparam o sangue dos ferimentos, à espera da chegada do médico.

— Não vai me dizer quem foi?

Não abri a boca. Sempere não sabia onde eu morava e eu não queria que tivesse nenhuma ideia.

— Foi seu pai?

Desviei o olhar.

— Não. Eu caí.

O dr. Campos, que morava a quatro ou cinco portas dali, chegou em cinco minutos. Examinou-me dos pés à cabeça, apalpando os roxos e fazendo curativos nos cortes com toda a delicadeza possível. Era claro que seus olhos ardiam de indignação, mas não disse nada.

— Não há fraturas, mas temos algumas contusões que vão durar e doer por alguns dias. E esses dois dentes precisam ser extraídos. Estão perdidos e há risco de infecção.

Quando o médico saiu, Sempere preparou um copo de leite morno com chocolate e me observou beber, sorrindo.

— Tudo isso para salvar *Grandes esperanças*, hein?

Dei de ombros. Pai e filho olharam-se com um sorriso cúmplice.

— Da próxima vez que quiser salvar um livro, mas salvá-lo de verdade, não arrisque a vida. Basta falar comigo e eu o levo a um lugar secreto onde os livros nunca morrem e ninguém pode destruí-los.

Olhei para eles, intrigado.

— Que lugar é esse?

Sempere piscou e deu aquele sorriso misterioso que parecia roubado de um folhetim de Alexandre Dumas e que, diziam, era marca de família.

— Tudo tem seu tempo, meu amigo. Tudo tem seu tempo.

Meu pai passou a semana inteira cabisbaixo, olhando para o chão, corroído pelo remorso. Comprou uma lâmpada nova e chegou a dizer que, se quisesse acendê-la, que o fizesse, mas não por muito tempo, pois a eletricidade era muito cara. Porém, preferi não brincar com fogo. No sábado daquela mesma semana, meu pai quis comprar um livro para mim e foi a uma livraria na rua da Palla, em frente à velha muralha romana, a primeira e última em que pisou. Porém, como não conseguia ler os títulos nas lombadas das centenas de livros ali expostos, saiu de mãos vazias e, em seguida, me deu dinheiro, mais do que de costume, e disse que comprasse o que quisesse. Achei que aquele era o momento certo para trazer à tona um assunto para o qual procurava, havia muito tempo, uma ocasião propícia.

— Dona Mariana, a professora, pediu que perguntasse se pode passar na escola um dia para conversar com ela — soltei.

— Falar de quê? O que andou aprontando?

— Nada, pai. Dona Mariana queria falar sobre minha educação futura. Disse que tenho potencial e que poderia me ajudar a conseguir uma bolsa para estudar nas Escolas Pias...

— Quem essa mulher pensa que é para encher sua cabeça de caraminholas e dizer que vai botar você em uma escola de filhinhos de papai? Sabe como é essa gentinha? Sabe como vão olhar para você e como vão tratá-lo quando souberem de onde vem?

Baixei os olhos.

— Dona Mariana só quer ajudar, pai. Nada mais. Não se aborreça. Vou dizer que não vai dar e pronto.

Meu pai olhou para mim com raiva, mas respirou fundo várias vezes e conseguiu se conter, fechando os olhos antes de dizer mais alguma coisa.

— Vamos melhorar de vida, entendeu? Você e eu. Sem as esmolas desses filhos da puta. E com a cabeça bem erguida.

— Sim, pai.

Meu pai pôs a mão em meu ombro e me olhou como se, por um breve instante que nunca voltaria, estivesse orgulhoso de mim, embora fôssemos tão diferentes, embora eu gostasse de livros que ele não conseguia ler, embora ela tivesse nos abandonado, aos dois, eu e ele, um contra o outro. Naquele momento, acreditei que meu pai era o melhor homem do mundo e que todos se dariam conta disso se, por uma vez, a vida se dignasse a lhe dar uma boa mão de cartas.

— Todo o mal que se faz na vida volta, David. E eu fiz muito mal. Muito. Mas paguei o preço e a nossa sorte vai mudar. Você vai ver. Você vai ver...

Apesar da insistência de dona Mariana, que era mais persistente que a fome e que já imaginava como eram as coisas, não voltei a mencionar o assunto de minha educação com meu pai. Quando a professora entendeu que não havia esperanças, veio me dizer que todo dia, no final das aulas, dedicaria uma hora a mais só para mim, para falar de livros, de história e de todas aquelas coisas que tanto assustavam meu pai.

— Será o nosso segredo — disse a professora.

Nessa época, eu já tinha entendido que meu pai tinha vergonha de ser visto pelas pessoas como um ignorante, um resto de uma guerra em que, como todas as guerras, se combatia em nome de Deus e da pátria apenas para tornar ainda mais poderosos homens que já tinham influência demais antes de provocá-la. Nessa época, comecei a acompanhar meu pai de vez em quando em seu plantão noturno. Pegávamos o bonde da rua Trafalgar que nos deixava na porta do cemitério. Eu ficava na guarita, lendo velhos exemplares do jornal e, de vez em quando, tentava conversar com ele, uma tarefa árdua. Meu pai quase não falava mais, nem da guerra nas colônias nem da mulher que o tinha abandonado. Certa ocasião, perguntei por que minha mãe tinha nos deixado. Suspeitava que tinha sido por minha culpa, por algo de ruim que eu havia feito, embora tivesse acabado de nascer.

— Sua mãe já tinha me deixado antes mesmo que me mandassem para a guerra. O idiota fui eu, que não percebi nada até a volta. A vida é assim, David. Cedo ou tarde, tudo e todos nos abandonam.

— Eu nunca vou abandonar o senhor, pai.

Tive a impressão de que ele ia começar a chorar e abracei-o para não ver seu rosto.

No dia seguinte, sem aviso prévio, meu pai me levou até a loja de tecidos El Indio, na rua del Carmen. Não chegamos a entrar, mas ele apontou, através das vitrines do vestíbulo, uma mulher jovem e risonha que atendia os clientes, mostrando panos e tecidos de luxo.

— É sua mãe — disse. — Um dia desses voltarei aqui para matá-la.

— Não diga isso, pai.

Ele olhou para mim com os olhos vermelhos e entendi que ainda a amava e que eu nunca a perdoaria por isso. Lembro que a observei em segredo, sem que soubesse que estávamos ali, e que só a reconheci graças a um retrato que meu pai guardava em uma gaveta em casa, junto com a pistola do exército que, toda noite, quando pensava que eu estava dormindo, tirava e examinava como se ela pudesse dar todas as respostas, ou pelo menos aquelas de que precisava.

Durante anos, eu retornaria à porta daquele bazar para espiá-la em segredo. Nunca tive coragem de entrar nem de falar com ela quando a via sair e afastar-se Rambla abaixo, rumo à vida que tinha imaginado para ela, com uma família que a fazia feliz e um filho que merecia seu afeto e o contato de sua pele mais do que eu. Meu pai nunca ficou sabendo que de vez em quando eu escapava para ir vê-la e que havia ocasiões em que a seguia bem de perto, sempre prestes a pegar sua mão e caminhar a seu lado, sempre fugindo no último momento. Em meu mundo, as grandes esperanças viviam apenas nas páginas dos livros.

A boa sorte que meu pai tanto desejava nunca chegou. A única cortesia que a vida se dignou a ter com ele foi não fazê-lo esperar demais. Uma noite, quando chegávamos à entrada do jornal para começar o plantão, três pistoleiros saíram das sombras e crivaram-no de balas diante de meus olhos. Lembro-me do cheiro de enxofre e do halo esfumaçado dos buracos que as balas tinham abrasado em seu casaco. Um dos pistoleiros estava prestes a dar o tiro de misericórdia em sua cabeça quando me atirei sobre meu pai, e o outro assassino o deteve. Eu me lembro dos olhos do pistoleiro sobre os meus, ainda decidindo se deveria me matar ou não. De repente, os homens afastaram-se apressados e desapareceram pelas vielas espremidas entre as fábricas de Pueblo Nuevo.

Naquela noite, os assassinos largaram meu pai sangrando em meus braços e me deixaram sozinho no mundo. Passei quase duas semanas dormindo nas oficinas da gráfica do jornal, escondido entre máquinas de linotipo que pareciam gigantescas aranhas de aço, tentando abafar aquele silvo enlouquecedor que perfurava meus tímpanos ao anoitecer. Quando me descobriram, ainda estava com as mãos e a roupa manchadas de sangue seco. No começo, ninguém soube quem eu era, pois não falei durante quase uma semana e, quando o fiz, foi para gritar o nome de meu pai até perder a voz. Quando perguntaram por minha mãe, disse que tinha morrido e que não tinha ninguém no mundo. Minha história chegou aos ouvidos de Pedro Vidal, a grande estrela do jornal e amigo íntimo do editor que, a seu pedido, ordenou que me dessem um emprego de contínuo na casa e que permitissem que eu ocupasse as modestas dependências do porteiro, no porão, até segunda ordem.

Aqueles eram anos em que o sangue e a violência nas ruas de Barcelona começavam a se transformar em rotina. Dias de panfletos e bombas que deixavam pedaços de corpos tremendo e fumegando nas ruas do Raval, de bandos de figuras obscuras que percorriam a noite derramando sangue, de procissões e desfiles de santos e generais que cheiravam a morte e a enganação, de discursos incendiários em que todos mentiam e todos tinham razão. A raiva e o ódio, que anos mais tarde levariam uns e outros a assassinarem uns aos outros em nome de palavras de ordem e trapos coloridos, já se faziam sentir no ar envenenado. A névoa perpétua das fábricas arrastava-se sobre a cidade e mascarava suas avenidas de pedra sulcadas por bondes e carruagens. A noite pertencia aos lampiões a gás, às sombras das vielas interrompidas pelo lampejo dos disparos e pelo traçado azul da pólvora queimada. Eram anos em que se crescia depressa, e quando a infância se despedia, muitos já tinham um olhar de velho.

Sem outra família salvo aquela tenebrosa Barcelona, o jornal transformou-se em meu refúgio e meu mundo até que, aos catorze anos, meu salário permitiu que eu alugasse aquele quarto na pensão de dona Carmen. Estava vivendo ali havia apenas uma semana, quando certo dia a zeladora chegou ao meu quarto avisando que um cavalheiro estava perguntando por mim na porta. No patamar da escada encontrei um homem vestido de cinza, de olhar cinza e voz cinza que perguntou se eu era David Martín e, quando confirmei, estendeu um pacote enrolado em papel pardo e perdeu-se escadas abaixo deixando sua ausência cinzenta empesteando aquele mundo de misérias ao qual tinha me incorporado. Levei o pacote para meu quarto e fechei a porta. Ninguém, à exceção de duas ou três pessoas no jornal, sabia que eu morava ali. Desfiz o embrulho, intrigado. Era o primeiro pacote que recebia em minha vida. Seu conteúdo era um estojo de madeira velha, cujo aspecto me pareceu vagamente familiar. Pus sobre a cama e abri. Dentro estava a velha pistola de meu pai, a arma que o exército lhe dera e com a qual tinha retornado das Filipinas e construído para si mesmo uma morte prematura e miserável. Junto à arma havia uma caixinha de papelão contendo balas. Peguei a pistola nas mãos e senti seu peso. Cheirava a pólvora e óleo. Fiquei me perguntando quantos homens meu pai tinha matado com aquela arma, com a qual seguramente daria fim à própria vida se não tivessem feito isso antes. Devolvi a arma ao estojo e o fechei. Meu primeiro impulso foi jogá-la no lixo, mas me dei conta de que aquela pistola era tudo o que me restava de meu pai. Supus que o agiota de plantão, que quando meu pai morreu, confiscou para pagamento de dívidas o pouco que tínhamos naquele velho apartamento suspenso na frente do telhado do Palácio da Música, tivesse enviado aquela lembrança macabra para comemorar minha entrada na idade adulta. Escondi o estojo em cima do armário, encostado contra a parede sebosa, que dona Carmen não alcançaria nem com perna de pau, e não voltei a tocar nele durante anos.

Naquela mesma tarde, voltei à livraria Sempere & Filhos onde, sentindo-me um homem experiente e com recursos, manifestei ao livreiro minha intenção de adquirir o velho exemplar de *Grandes esperanças* que tinha sido forçado a devolver tempos atrás.

— Ponha o preço que quiser — disse eu. — Pode botar o preço de todos os livros que não lhe paguei nos últimos dez anos.

Lembro que Sempere sorriu com tristeza e pousou a mão em meu ombro.

— Vendi o livro hoje de manhã — confessou, abatido.

6

Trezentos e sessenta e cinco dias depois de ter escrito meu primeiro conto para o *La Voz de la Industria*, cheguei à redação do jornal, como era de costume, encontrando-a quase deserta. Havia apenas um pequeno grupo de redatores que meses antes me davam desde apelidos afetuosos até palavras de apoio e que, naquele dia, ao me verem entrar, ignoraram meu cumprimento e reuniram-se em uma roda, murmurando. Em menos de um minuto, haviam recolhido seus casacos e desaparecido como se temessem algum contágio. Fiquei sentado sozinho naquela sala insondável, contemplando o estranho espetáculo de dezenas de mesas vazias. Passos lentos e contundentes às minhas costas anunciaram que dom Basilio estava chegando.

— Boa noite, dom Basilio. O que houve por aqui hoje que todo mundo foi embora?

Dom Basilio olhou-me com tristeza e sentou-se na mesa ao lado.

— Organizaram uma ceia de Natal para toda a redação. No Set Portes — disse em voz baixa. — Suponho que não tenham lhe dito nada.

Fingi um sorriso despreocupado e neguei.

— O senhor não vai? — perguntei.

Dom Basilio negou.

— Perdi a vontade.

Olhamo-nos em silêncio.

— E se eu o convidasse? — ofereci. — Onde quiser. Can Solé, se preferir. O senhor e eu, para comemorar o sucesso de *Os mistérios de Barcelona*.

Dom Basilio sorriu, consentindo lentamente.

— Martín — disse, por fim. — Não sei como lhe dizer isto.

— Dizer o quê?

Dom Basilio pigarreou.

— Não vou poder publicar mais nenhum episódio de *Os mistérios de Barcelona*.

Olhei-o sem compreender. Dom Basilio evitou meu olhar.

— Quer que escreva outra coisa? Algo mais ao estilo de Galdós?

— Martín, você sabe como essa gente é. Houve queixas. Tentei dar um basta no assunto, mas o diretor é um homem fraco e não gosta de conflitos desnecessários.

— Não estou entendendo, dom Basilio.

— Martín, pediram-me que eu mesmo lhe dissesse.

Por fim, olhou para mim e encolheu os ombros.

— Estou despedido — murmurei.

Dom Basilio fez que sim.

Sentia que, embora tentasse evitar, meus olhos enchiam-se de lágrimas.

— Agora pode parecer o fim do mundo, mas acredite quando lhe digo que, no final das contas, é o melhor que podia acontecer. Este lugar não é para você.

— E que lugar é para mim? — perguntei.

— Sinto muito, Martín. Acredite, sinto muito mesmo.

Dom Basilio se levantou e pôs a mão em meu ombro afetuosamente.

— Feliz Natal, Martín.

Esvaziei minha escrivaninha naquela mesma noite e deixei para sempre o lugar que tinha sido meu lar, perdendo-me nas ruas escuras e solitárias da cidade. A caminho da pensão, aproximei-me do restaurante Set Portes, sob os arcos da Casa Xifré. Fiquei do lado de fora, contemplando meus colegas rindo e brincando atrás das vitrines. Pensei que minha ausência os deixava felizes ou que, pelo menos, permitia que esquecessem aquilo que não eram e que não seriam jamais.

Passei o resto da semana à deriva, refugiando-me todos os dias na biblioteca do Ateneu e tentando acreditar que, ao voltar à pensão, encontraria um bilhete do diretor pedindo que me reincorporasse à redação. Escondido em uma das salas de leitura, pegava o cartão de visita que estava na minha mão quando despertei no El Ensueño e começava a escrever uma carta para Andreas Corelli, meu benfeitor misterioso, mas sempre acabava rasgando o papel e recomeçando no dia seguinte. No sétimo dia, farto de tanta autocomiseração, resolvi fazer a inevitável peregrinação ao lar do meu criador.

Tomei o trem de Sarrià, na rua Pelayo. Naquela época, ele ainda circulava na superfície. Sentei-me bem na frente do vagão para contemplar a cidade e as ruas tornando-se mais amplas e senhoriais à medida que nos afastávamos do centro. Desci na parada de Sarrià e peguei um bonde que parava bem na porta do monastério de Pedralbes. Era um dia de calor incomum para aquela época do ano e eu podia sentir na brisa o perfume dos pinheiros e da giesta que salpicavam as ladeiras da montanha. Emboquei pela avenida Pearson, que já começava a se urbanizar, e logo vislumbrei a inconfundível silhueta da Villa Helius. À medida que subia a ladeira e me aproximava, pude distinguir Vidal sentado na janela de seu torreão, vestido em mangas de camisa e saboreando um cigarro. Ouvi música flutuando no ar e lembrei então que Vidal era um dos poucos privilegiados que possuía um receptor de rádio. Como a vida era bela vista lá de cima, e como eu deveria parecer pequeno.

Acenei com a mão e ele respondeu. Ao chegar à mansão, encontrei o motorista Manuel, que ia em direção às cocheiras carregando alguns panos e um balde com água fumegante.

— Que alegria vê-lo por aqui, David — disse ele. — Como vai a vida? Continua fazendo sucesso?

— A gente faz o que pode — respondi.

— Não seja modesto, até minha filha lê as aventuras que você escreve no jornal.

Engoli em seco, surpreso de saber que a filha do motorista não apenas sabia da minha existência, mas até tinha lido algumas das bobagens que escrevia.

— Cristina?

— Não tenho nenhuma outra — replicou dom Manuel. — O patrão está lá em cima, no escritório, se quiser subir.

Concordei agradecido e entrei no casarão. Subi ao torreão do terceiro andar, que se erguia no meio do terraço ondulado de telhas policromadas.

Lá estava Vidal, instalado no escritório com vista para a cidade e para o mar. Ele desligou o rádio, um trambolho do tamanho de um pequeno meteorito que ele tinha comprado havia alguns meses, quando foram anunciadas as primeiras emissões da Rádio Barcelona, a partir dos estúdios camuflados sob a cúpula do hotel Colón.

— Custou quase duzentas pesetas e só toca baboseiras.

Sentamos em duas cadeiras, uma diante da outra, com todas as janelas abertas para aquela brisa que, para mim, habitante da velha e tenebrosa cidade, parecia do outro mundo. O silêncio era especial, quase um milagre. Dava para ouvir os insetos borboleteando no jardim e as folhas das árvores movendo-se ao vento.

— Parece que estamos em pleno verão — arrisquei.

— Não disfarce falando do tempo. Já me contaram o que aconteceu — disse Vidal.

Dei de ombros e passei os olhos por sua mesa. Segundo me constava, fazia meses, quiçá anos, que meu mentor tentava escrever aquilo que ele chamava de um "romance sério", bem diferente das tramas leves de suas histórias policiais, para inscrever seu nome nas seções mais nobres das bibliotecas. Porém, não havia muitas folhas escritas por ali.

— Como vai a obra-prima?

Vidal jogou a ponta do cigarro pela janela e olhou para longe.

— Não tenho nada a dizer, David.

— Bobagem.

— Tudo nesta vida é bobagem. Trata-se simplesmente de uma questão de perspectiva.

— Deveria colocar isso em seu livro. *O niilista da colina*. Um sucesso garantido.

— Quem vai precisar rapidamente de um sucesso é você, pois, ou estou muito enganado, ou já deve estar bem magro de dinheiro.

— Sempre posso aceitar a sua caridade. Para tudo tem uma primeira vez.

— Agora está parecendo o fim do mundo, mas...

— ... logo me darei conta de que é o melhor que poderia ter me acontecido — completei. — Não venha me dizer que agora é dom Basilio quem escreve as suas falas.

Vidal riu.

— O que pretende fazer? — perguntou.

— Não está precisando de um secretário?

— Tenho a melhor secretária que pode existir. É mais inteligente do que eu, infinitamente mais trabalhadora e quando sorri até acredito que essa droga de mundo tem algum futuro.

— E quem é essa maravilha?

— A filha de Manuel.

— Cristina.

— Finalmente, eu o vejo pronunciar seu nome.

— Escolheu uma semana ruim para debochar de mim, dom Pedro.

— Não fique me olhando com essa cara de bezerro desmamado. Acha mesmo que Pedro Vidal ia permitir que esse bando de medíocres detestáveis e invejosos jogassem você no olho da rua sem fazer nada?

— Uma palavra sua ao diretor certamente teria mudado as coisas.

— Eu sei. Por isso fui eu mesmo quem sugeriu ao diretor que o despedisse — disse Vidal.

Senti como se tivesse acabado de me dar uma bofetada.

— Muito obrigado pelo empurrãozinho — improvisei.

— Mandei despedi-lo porque tinha uma coisa muito melhor para você.

— A mendicância?

— Homem de pouca fé. Ontem mesmo estive falando com uma dupla de sócios que acaba de abrir uma nova editora e estão procurando carne fresca a quem dar voz e explorar.

— Parece maravilhoso.

— Eles já conhecem *Os mistérios de Barcelona* e estão dispostos a fazer uma oferta que fará de você um homem estabelecido na vida.

— Está falando sério?

— Claro que estou. Querem que escreva um folhetim em episódios na mais barroca, sangrenta e delirante tradição do *grand guignol*, capaz de transformar *Os mistérios de Barcelona* em sucata. Creio que é a oportunidade que estava esperando. Disse que você iria vê-los e que estava pronto para começar a trabalhar imediatamente.

Suspirei profundamente. Vidal piscou e me abraçou.

7

Foi assim que, poucos meses antes de completar vinte anos, recebi e aceitei a oferta para escrever melodramas baratos sob o pseudônimo de Ignatius B. Samson. O contrato me obrigava a entregar duzentas páginas datilografadas por mês, repletas de intrigas, assassinatos na alta sociedade, inúmeros horrores nos submundos do crime, amores ilícitos entre cruéis fazendeiros de mandíbulas cerradas e senhorinhas de desejos inconfessáveis e toda espécie de retorcidas sagas familiares que escondessem meandros mais escabrosos e turvos do que as águas do porto. A série, que resolvi batizar de *A cidade dos malditos*, seria publicada mensalmente, em um volume encadernado, com capa ilustrada em cores. Em troca, receberia mais dinheiro do que jamais pensei que poderia ganhar fazendo algo que me inspirasse respeito, e não teria nenhuma censura, senão a obrigação de conquistar e manter o interesse dos leitores. Os termos da oferta me obrigavam a escrever sob o anonimato de um pseudônimo extravagante, mas naquele momento me pareceu um preço muito pequeno a pagar em troca de poder ganhar a vida com o ofício que sempre sonhei desempenhar. Renunciaria à vaidade de ver meu nome impresso em minha obra, mas não a mim mesmo e ao que eu era.

Meus editores eram uma dupla de pitorescos cidadãos chamados Barrido e Escobillas. Barrido, baixinho, rechonchudo e sempre envolto em um sorriso oleoso e enigmático, era o cérebro da operação. Vinha da indústria de embutidos e, embora não tivesse lido mais do que três livros na vida, incluídos os de catecismo e a lista telefônica, era dono de uma criatividade única para fraudar livros de contabilidade, que adulterava em prol de seus investidores com toques de ficção que mais pareciam obra dos autores que a editora, tal como previu Vidal, exauria, explorava e, em última análise, jogava aos leões quando os ventos sopravam na direção contrária, coisa que cedo ou tarde acabava acontecendo.

Escobillas desempenhava o papel complementar. Alto, enxuto e com ar vagamente ameaçador, tinha se formado no ramo das agências funerárias e, sob o horripilante perfume que banhava suas vergonhas, sempre se adivinhava um vago odor de formol de arrepiar os cabelos. Seu ofício era essencialmente o de um capataz sinistro, com o chicote na mão e disposto a fazer o trabalho sujo para o qual Barrido, por sua índole mais risonha e disposição não muito atlética, tinha menos aptidão. O ménage à trois se completava com a secretária executiva, Herminia, que os seguia por toda parte como um cão fiel e que todos chamavam de Veneno, pois, apesar de seu jeito de mosca morta, era tão confiável quanto uma cascavel no cio.

Cortesias à parte, tentava vê-los o mínimo possível. Tínhamos uma relação estritamente comercial e nenhuma das partes demonstrava muita vontade de alterar o protocolo estabelecido. Eu estava decidido a aproveitar aquela oportunidade e trabalhar duramente para provar a Vidal, e a mim mesmo, que estava lutando para merecer sua ajuda e sua confiança. Com um pouco de dinheiro fresco nas mãos, resolvi abandonar a pensão de dona Carmen em busca de horizontes mais confortáveis. Já fazia tempo que andava de olho em um casarão de aspecto monumental no número trinta da rua Flassanders, a poucos passos do passeio Borne, diante do qual tinha passado durante anos, quando ia e voltava do jornal para a pensão. A propriedade, munida de uma torre que brotava da fachada lavrada com relevos e gárgulas, estava fechada havia anos, o portão trancado com correntes e cadeados carcomidos pela ferrugem. Apesar do aspecto fúnebre e descomunal, ou talvez justamente por isso, a ideia de morar ali despertava em mim aquela luxúria das ideias desaconselháveis. Em outras circunstâncias, teria aceitado que um lugar daqueles excedia largamente os meus magros vencimentos, mas os longos anos de abandono e esquecimento a que a casa parecia condenada me fizeram acalentar a esperança de que, se ninguém mais queria aquele lugar, talvez seus proprietários aceitassem minha oferta.

Investigando no bairro, pude confirmar que a casa estava desabitada havia muitos anos e que a propriedade estava nas mãos de um corretor de imóveis chamado Vicenç Clavé, cujo escritório ficava na rua Comercio, em frente ao mercado. Clavé era um cavalheiro à antiga, que gostava de se vestir como as esculturas de governantes e pais da pátria que se viam na entrada do Parque de la Ciudadela e que, ao menor descuido, se lançava em voos de retórica que não perdoavam nem o divino, nem o humano.

— Então o senhor é escritor. Pois veja bem, poderia lhe contar algumas histórias que dariam bons livros.

— Não duvido. Por que não começa contando a história da casa da rua Flassanders, número trinta?

Clavé adotou um semblante de máscara grega.

— A casa da torre?

— Ela mesma.

— Acredite em mim, meu rapaz, nem pense em morar lá.

— E por que não?

Clavé baixou a voz e, murmurando como se temesse que as paredes o ouvissem, proferiu uma frase em tom fúnebre:

— A casa é mal-assombrada. Fui visitá-la com o tabelião para a avaliação e posso garantir que a parte velha do cemitério de Montjuïc é mais alegre. Está vazia desde então. O lugar abriga lembranças ruins. Ninguém quer saber dele.

— Essas lembranças não podem ser piores do que as minhas e, de qualquer forma, isso ajuda a diminuir o preço que pedem por ela, não é mesmo?

— Mas há preços que não podem ser pagos com dinheiro.

— Posso vê-la?

Visitei a casa da torre pela primeira vez em uma manhã de março, em companhia do corretor, seu secretário e um funcionário do banco que detinha o título de propriedade. Ao que parecia, o imóvel passara anos preso a um confuso labirinto de disputas legais, até reverter finalmente à entidade de crédito que tinha sido avalista do último proprietário. Se Clavé não mentia, ninguém tinha entrado ali nos últimos vinte anos, pelo menos.

8

Anos depois, ao ler a crônica de alguns exploradores britânicos que penetraram nas trevas de um milenar sepulcro egípcio, com labirintos e maldições incluídos, haveria de relembrar aquela primeira visita à casa da torre da rua Flassanders. O secretário compareceu munido de um lampião a óleo, pois nunca chegaram a instalar a luz na casa. O funcionário do banco trouxe um jogo de quinze chaves para abrir os incontáveis cadeados que seguravam as correntes. Ao abrir o portão, a casa exalou um hálito pútrido, de sepultura e umidade. O funcionário começou a tossir e o corretor, armado com sua melhor expressão de ceticismo e censura, colocou um lenço na boca.

— O senhor primeiro — convidou.

A entrada era uma espécie de pátio interno, comum nos antigos palácios da região, com um revestimento de grandes lousas e uma escadaria de pedra que subia até a porta principal da residência. Uma claraboia de vidro completamente inundada de excrementos de pombos e gaivotas piscava no alto.

— Não há ratazanas — anunciei ao entrar no edifício.

— Alguém precisava ter bom gosto e bom senso — disse o corretor às minhas costas.

Seguimos escada acima até o patamar de entrada para o andar principal e o funcionário do banco precisou de dez minutos para encontrar uma chave que encaixasse na fechadura. O mecanismo cedeu com um resmungo que não soava a boas-vindas. O portão se abriu, revelando um corredor infinito pontilhado de teias de aranha que ondulavam na escuridão.

— Deus do céu! — murmurou o corretor.

Ninguém se atreveu a dar o primeiro passo, de modo que, mais uma vez, fui eu quem liderou a expedição. O secretário sustentava a lanterna no alto, observando tudo com ar penalizado.

O corretor e o representante do banco trocaram um olhar indecifrável. Quando perceberam que eu os estava encarando, o bancário sorriu placidamente.

— Depois de tirar o pó e com uma meia dúzia de ajustes, isso vira um palácio — disse eu.

— Palácio do Barba Azul — comentou o corretor.

— Sejamos positivos — emendou o bancário. — A casa está desocupada há algum tempo e isso sempre acarreta algumas pequenas imperfeições.

Eu mal prestava atenção. Tinha sonhado tantas vezes com aquele lugar, passando diante de suas portas, que só conseguia ver a aura fúnebre e obscura que o dominava. Avancei pelo corredor principal, explorando quartos e aposentos nos quais móveis velhos jaziam abandonados sob uma espessa camada de poeira. Sobre uma mesa coberta por uma toalha esfiapada, havia um jogo de louças e uma bandeja com frutas e flores petrificadas. Os copos e talheres continuavam lá, como se os habitantes da casa tivessem se levantado no meio da refeição.

Os armários estavam repletos de roupas puídas, vestidos desbotados e sapatos. Havia montes de gavetas cheias de fotografias, óculos, canetas e relógios. Retratos que a poeira velava nos observavam das cômodas. As camas estavam feitas e cobertas por um véu branco que reluzia na penumbra. Um gramofone monumental descansava sobre uma mesa de mogno. Havia um disco colocado sobre ele, no qual a agulha tinha deslizado até o fim. Soprei a lâmina de poeira que o cobria e o título da gravação emergiu, o *Lacrimosa* de W.A. Mozart.

— A sinfônica em casa — disse o funcionário do banco. — O que mais se pode pedir? O senhor vai se sentir como um paxá.

O corretor lançou-lhe um olhar assassino, discordando dissimuladamente. Percorremos as dependências até a sala situada ao fundo, onde um jogo de café repousava na mesa e um livro aberto em uma poltrona continuava esperando que alguém virasse a página.

— Parece que foram embora de repente, sem tempo de levar nada — disse eu.

O funcionário pigarreou.

— O senhor quer ver o escritório?

Ficava no alto de uma estreita torre, uma estrutura peculiar cuja alma era uma escada em caracol à qual se chegava pelo corredor principal. Na fachada exterior liam-se as marcas de todas as gerações de que a cidade podia se lembrar. A torre constituía uma guarita suspensa sobre os telhados do bairro da Ribera, rematada por uma estreita cúpula de metal e vidro pintado que fazia as vezes de claraboia, sobre a qual se erguia uma rosa dos ventos em forma de dragão.

Subimos pela escadaria e chegamos a uma sala, da qual o funcionário do banco apressou-se a abrir as janelas para deixar entrar o ar e a luz. O aposento era constituído por um salão retangular de pé-direito alto e chão de madeira escura. De seus quatro janelões em arco, abertos nos quatro lados, contemplava-se a basílica de Santa María del Mar, ao sul, o grande mercado do Borne, ao norte, a velha estação da França, a leste, e a oeste, o labirinto infinito de ruas e avenidas atropelando-se umas sobre as outras em direção ao monte Tibidabo.

— O que me diz? Uma maravilha, não? — comentou o bancário, entusiasmado.

O corretor examinava tudo com reserva e desgosto. Seu secretário mantinha o lampião no alto, embora não fizesse mais falta alguma. Aproximei-me de uma das janelas e debrucei-me diante do céu, fascinado.

Barcelona inteira aparecia a meus pés e comecei a acreditar que, quando abrisse minhas novas janelas, ao anoitecer as ruas sussurrariam a meu ouvido histórias e segredos, para que eu os eternizasse no papel e os contasse a quem quisesse ouvir. Vidal tinha sua exuberante e nobre torre de marfim na parte mais alta e elegante de Pedralbes, rodeada de colinas, árvores e céus de sonho. Eu teria meu sinistro torreão erguido sobre as ruas mais antigas e tenebrosas da cidade, rodeado pelas emanações e trevas daquela necrópole a quem os poetas e os assassinos deram o nome de "Rosa de Fogo".

O que consolidou minha decisão foi a escrivaninha que dominava o centro do escritório. Sobre ela, como uma grande escultura de metal e luz, descansava uma impressionante máquina de escrever Underwood, pela qual eu já daria o preço do aluguel. Sentei na cadeira de marechal que estava diante da mesa e acariciei as teclas da máquina, sorrindo.

— Vou ficar com ela — disse.

O funcionário do banco suspirou de alívio e o corretor, revirando os olhos, fez o sinal da cruz. Naquela mesma tarde, assinei o contrato de aluguel por dez anos. Enquanto os operários da companhia de eletricidade instalavam a energia elétrica, comecei a limpar, organizar e arrumar a casa com a ajuda da tropa de três empregados que Vidal enviou, sem nem perguntar se precisava de ajuda ou não. Logo descobri que o modus operandi daquele comando de especialistas consistia em furar as paredes a torto e a direito e só perguntar depois. Três dias após a sua chegada, a casa não tinha uma única lâmpada funcionando, mas qualquer um poderia dizer que havia uma infestação de carunchos devoradores de gesso e minerais nobres.

— Quer dizer que não havia outra maneira de solucionar isso? — perguntei eu ao chefe do batalhão, que resolvia tudo com marteladas.

Otilio, pois era assim que se chamava esse talento, mostrou um jogo de plantas que o corretor tinha entregado junto com as chaves e argumentou que a culpa era da casa, que tinha sido mal construída.

— Olhe isso aqui — disse. — O problema é que quando as coisas são mal feitas, não tem jeito. É isso aí. Diz aqui que o senhor tem uma cisterna no sótão. Nada disso. O senhor tem uma cisterna no pátio de trás.

— E o que tem isso? A cisterna não é da sua conta, Otilio. Concentre-se na questão elétrica. Luz. Nem torneiras, nem encanamentos. Luz. Quero luz.

— Mas é que está tudo relacionado. O que me diz da galeria?

— Que não tem luz.

— Segundo a planta, isso deveria ser uma parede mestra. Pois bem, o colega Remiggio deu uma encostadinha de nada e quase metade da parede desabou. E sobre os quartos nem lhe conto. Segundo isso aqui, a sala no fundo do corredor tem quase quarenta metros quadrados. De jeito nenhum. Se tiver vinte, eu corto a minha língua. Há uma parede onde não deveria haver. E os ralos, bom, melhor nem falar. Não tem nenhum onde deveria ter.

— Tem certeza de que sabe ler as plantas?

— Escuta, sou um profissional. Vai por mim, esta casa é um quebra-cabeça. Todo mundo meteu a mão aqui.

— Pois vai ter que se virar com o que há. Faça milagres ou o que achar melhor, mas sexta-feira quero as paredes consertadas, pintadas e a luz funcionando.

— Não fique me apressando, que esse é um trabalho de precisão. É necessária uma estratégia.

— E o que pensam fazer?

— Por ora, vamos tomar café.

— Mas vocês chegaram faz meia hora.

— Olhe, sr. Martín, desse jeito não chegamos a lugar nenhum.

A via-crúcis de obras e jeitinhos prolongou-se por uma semana além do previsto, mas mesmo com a presença daqueles gênios fazendo buracos onde não deviam e usufruindo de almoços de duas horas e meia, a felicidade de poder finalmente morar naquele casarão com o qual tinha sonhado tanto tempo teria permitido que vivesse ali anos a fio, com velas e lampiões a óleo, se necessário fosse. Tive a sorte de a Ribera ser um reduto de artesãos de todos os tipos e encontrei a poucos passos de meu novo domicílio alguém que instalasse novas trancas que não parecessem roubadas da Bastilha e luminárias e torneiras em uso no século xx. A ideia de dispor de uma linha telefônica não me convencia e, pelo que pude ouvir no rádio de Vidal, aqueles que a imprensa do momento chamava de novos meios de comunicação de massa não contariam comigo na hora de ganhar seu público. Resolvi que levaria uma existência entre livros e silêncio. Da pensão, trouxe apenas uma muda de roupa e aquele estojo contendo a pistola de meu pai, sua única lembrança. Reparti o resto de minhas roupas e objetos pessoais entre os pensionistas. Se fosse possível deixar para trás a pele e a memória, eu o teria feito.

Passei minha primeira noite oficial e eletrificada na casa da torre no mesmo dia em que foi publicado o episódio inaugural de *A cidade dos malditos*. O romance era uma intriga imaginária tecida em torno do incêndio do El Ensueño, em 1903, e de uma criatura fantasmagórica que enfeitiçava as ruas do Raval desde a tragédia. Antes que a tinta daquela primeira edição secasse, já tinha começado a trabalhar no segundo episódio da série. De acordo com meus cálculos e partindo da base de trinta dias de trabalho ininterruptos por mês, Ignatius B. Samson deveria produzir uma média de 6,66 páginas de manuscrito útil por dia para cumprir os termos do contrato, o que era uma loucura, mas tinha a vantagem de não me deixar muito tempo livre para que me desse conta disso.

Percebi apenas que, com o passar dos dias, tinha começado a consumir mais café e cigarros que oxigênio. À medida que eu o envenenava, tinha a impressão de que meu cérebro ia se transformando em uma máquina a vapor que nunca chegava a esfriar. Ignatius B. Samson era jovem e aguentava bem. Trabalhava a noite inteira e caía exausto pela manhã, entregue a estranhos sonhos nos quais as letras da página enfiada na máquina de escrever do escritório se desprendiam do papel e, como aranhas de tinta, arrastavam-se sobre seu rosto, atravessando a pele e aninhando-se em suas veias até cobrir seu coração de negro e nublar suas pupilas em poços de escuridão. Passava semanas inteiras quase sem sair daquele casarão e esquecia até o dia da semana ou mês do ano que estava vivendo. Eu não prestava atenção às dores de cabeça recorrentes que me assaltavam repentinamente, como se um furador de metal penetrasse meu crânio, apagando minha visão em uma explosão de luz branca. Tinha me acostumado a viver com um silvo constante nos ouvidos, que somente o sussurro do vento ou da chuva conseguia encobrir. Por vezes, quando o suor frio cobria meu rosto e eu sentia minhas mãos tremerem sobre o teclado da Underwood, prometia a mim mesmo que iria procurar um médico no dia seguinte. Porém, no dia seguinte, sempre havia outra cena ou outra história para contar.

Ignatius B. Samson completava seu primeiro ano de vida quando, para comemorar, resolvi tirar um dia de folga e reencontrar-me com o sol, a brisa e as ruas da cidade que eu tinha deixado de pisar para apenas imaginar. Fiz a barba, tomei um banho, arrumei-me e enfiei o melhor e mais apresentável de meus ternos. Deixei as janelas do escritório e da galeria abertas para ventilar a casa e para que aquela névoa espessa que tinha se transformado em seu perfume característico se espalhasse aos quatro ventos. Ao descer à rua, encontrei um grande envelope junto da abertura da caixa de correio. Dentro havia uma folha de pergaminho lacrado com o selo do anjo e escrita naquela caligrafia especial, que dizia o seguinte:

Querido David:

Queria ser o primeiro a cumprimentá-lo por essa nova etapa de sua carreira. Deliciei-me enormemente com a leitura dos primeiros episó-dios de A cidade dos malditos. *Espero que este pequeno presente seja de seu agrado.*

Reitero minha admiração e minha vontade de que algum dia nossos destinos se cruzem. Na certeza de que assim será, receba as saudações do amigo e leitor,

Andreas Corelli

O presente era o mesmo exemplar de *Grandes esperanças* que o sr. Sempere tinha me dado quando era criança, o mesmo que eu tinha devolvido antes que meu pai pudesse encontrá-lo e o mesmo que, quando quis recuperar anos depois, tinha desaparecido algumas horas antes nas mãos de um desconhecido. Contemplei aquele monte de papel que, em um dia não muito distante, parecera conter toda a magia e a luz do mundo. Na capa ainda podia ver as marcas de meus dedos de menino manchados de sangue.

— Obrigado — murmurei.

9

O sr. Sempere pôs seus óculos de precisão para examinar o livro. Pousou-o sobre um pano estendido na escrivaninha no fundo da livraria e dobrou a luminária para que o feixe de luz se concentrasse no volume. Sua análise pericial prolongou-se por vários minutos, durante os quais guardei um silêncio religioso. Observei-o passando as folhas, cheirando-as, acariciando o papel e a lombada, sentindo o peso do livro com uma mão e em seguida com a outra e, finalmente, fechando a capa e examinando com uma lupa as marcas tingidas de sangue seco que meus dedos tinham deixado doze ou treze anos antes.

— Inacreditável — sussurrou, tirando os óculos. — É o mesmo livro. Como foi que disse que o recuperou?

— Nem eu mesmo sei. O que sabe a respeito de um editor francês chamado Andreas Corelli, sr. Sempere?

— Assim de cara me soa mais italiano que francês, embora Andreas também pareça grego...

— A editora fica em Paris. Éditions de la Lumière.

Sempere ficou pensativo por alguns minutos, hesitante.

— Temo que o nome não me seja familiar. Perguntarei a Barceló, que sabe de tudo, para ver o que diz.

Gustavo Barceló era um dos decanos da associação dos comerciantes de livros antigos de Barcelona, e seu acervo enciclopédico era tão lendário quanto seu temperamento vagamente ríspido e pedante. Entre os profissionais, a tradição rezava que, na dúvida, era melhor perguntar a Barceló. Naquele instante, surgiu o filho de Sempere que, embora dois ou três anos mais velho que eu, era tão tímido que ficava quase invisível, e fez um sinal ao pai.

— Pai, vieram pegar um pedido que acho que foi o senhor quem recebeu.

O livreiro assentiu e me estendeu um volume grosso muito surrado.

— Aqui está o último catálogo de editores europeus. Se quiser, pode ir dando uma olhada para ver se encontra alguma coisa, enquanto atendo o cliente — sugeriu.

Fiquei a sós nos fundos da livraria, procurando em vão pela Éditions de la Lumière, enquanto Sempere voltava para o balcão. Folheando o catálogo, ouvi que conversava com uma voz feminina que me soou familiar. Quando mencionaram Pedro Vidal, aproximei-me, intrigado, para bisbilhotar.

Cristina Sagnier, filha do motorista e secretária de meu mentor, repassava uma pilha de livros, cujos títulos Sempere ia anotando no registro de vendas. Ao me ver, sorriu com delicadeza, mas tive certeza de que não estava me reconhecendo. Sempere ergueu os olhos e, ao perceber minha cara de bobo, fez uma rápida radiografia da situação.

— Então, vocês já se conhecem, não é mesmo? — disse.

Cristina ergueu as sobrancelhas, surpresa, e olhou de novo para mim, incapaz de me reconhecer.

— David Martín. Amigo de Pedro Vidal — socorri.

— Ah, claro — disse ela. — Bom dia.

— E seu pai, como vai? — improvisei.

— Bem, muito bem. Está me esperando na esquina com o carro.

Sempere, que não deixava passar uma, interveio:

— A srta. Sagnier veio pegar os livros que Vidal encomendou. Como são um pouco pesados, talvez possa ter a bondade de ajudá-la a levá-los até o carro...

— Não se preocupem... — protestou Cristina.

— Ora, imagine. — Eu saltei, pronto para levantar a pilha de livros, que pesava como a edição de luxo da Enciclopédia Britânica, anexos incluídos.

Senti alguma coisa estalar em minhas costas e Cristina olhou para mim, preocupada.

— O senhor está bem?

— Não tenha medo, senhorita. O amigo Martín, embora se dedique às letras, é um touro — disse Sempere. — Não é mesmo, Martín?

Cristina observava, pouco convencida. Exibi meu melhor sorriso de macho invencível.

— Puro músculo — disse. — Isso para mim é só aquecimento.

Sempere filho fez menção de oferecer ajuda para carregar metade dos livros, mas seu pai, em um golpe de diplomacia, segurou-o pelo braço. Cristina segurou a porta e aventurei-me a percorrer os quinze ou vinte metros que me separavam do Hispano-Suiza estacionado na esquina com Puerta del Ángel. Cheguei a duras penas, com os braços a ponto de pegar fogo. Manuel, o motorista, ajudou a descarregar os livros e cumprimentou-me efusivamente.

— Que coincidência encontrá-lo por aqui, sr. Martín.

— Mundo pequeno...

Cristina me brindou com um leve sorriso de agradecimento e entrou no carro.

— Lamento pelos livros.

— Não foi nada. Um pouco de exercício levanta o moral — argumentei, ignorando o nó que os músculos tinham dado em minhas costas. — Lembranças a dom Pedro.

Fiquei olhando enquanto se dirigiam para a praça de Catalunha e, quando me virei, vi Sempere na porta da livraria, olhando com um sorriso felino e fazendo gestos para que eu limpasse a baba. Fui até ele e não pude deixar de rir de mim mesmo.

— Agora já conheço o seu segredo, Martín. Pensei que fosse mais resistente a essas coisas.

— Tudo nesse mundo enferruja.

— E eu não sei? Posso ficar com o livro por alguns dias?

Concordei.

— Cuide bem dele.

10

Só voltei a vê-la meses depois, em companhia de Pedro Vidal, na mesa permanentemente reservada para ele na Maison Dorée. Vidal me convidou a sentar-me com eles, mas bastou trocar um olhar com ela para perceber que deveria recusar a oferta.

— Como vai o romance, dom Pedro?

— De vento em popa.

— Fico feliz. Bom proveito.

Nossos encontros eram fortuitos. Às vezes tropeçava com ela na Sempere & Filhos, onde costumava aparecer para pegar as encomendas de dom Pedro. Sempere me deixava sozinho com ela quando a ocasião se apresentava, mas Cristina logo descobriu o truque e começou a mandar um dos empregados da Villa Helius para buscar os livros.

— Sei que não é da minha conta — dizia Sempere. — Mas acho que é melhor tirar essa moça da cabeça.

— Não sei do que está falando, sr. Sempere.

— Martín, já nos conhecemos há tempos...

Os meses passaram em um piscar de olhos, sem que eu percebesse. Vivia à noite, escrevendo desde o entardecer até o amanhecer e dormindo durante o dia. Barrido e Escobillas só faziam exultar com o sucesso de *A cidade dos malditos* e, quando me viam à beira de um colapso nervoso, garantiam que, depois de mais uns dois episódios, me concederiam um ano sabático, para que descansasse ou me dedicasse a escrever uma obra pessoal, que publicariam com pompa e circunstância, além de com meu nome verdadeiro na capa, em grandes letras maiúsculas. Contudo, sempre faltavam mais dois ou três episódios. As pontadas, as dores de cabeça e os enjoos iam ficando mais frequentes e mais intensos, mas eu atribuía tudo aquilo ao cansaço e tratava de afogá-los com novas injeções de cafeína, cigarros e uns comprimidos de codeína e sabe Deus mais o quê, obtidos às escondidas de um farmacêutico da rua Platería, e que tinham gosto de pólvora. Dom Basilio, com quem almoçava quinta sim quinta não em uma varanda da Barceloneta, insistia para que eu procurasse um médico. Eu sempre dizia que sim, que tinha hora marcada naquela mesma semana.

Com exceção de meu antigo chefe e os Sempere, não dispunha de tempo para ver mais ninguém além de Vidal, e quando o fazia era mais porque ele me procurava do que por minha própria iniciativa. Ele não gostava da casa da torre e sempre insistia para que déssemos um passeio, que acabava invariavelmente no bar Almirall, na rua Joaquim Costa, onde ele tinha conta e mantinha uma tertúlia literária toda sexta-feira à noite, para a qual não me convidava porque sabia que os participantes, poetas frustrados e puxa-sacos que riam de suas piadas à espera de uma esmola, uma recomendação para algum editor ou uma palavra de elogio para amenizar as feridas da vaidade, me detestavam com a consistência, o vigor e o empenho que faltavam a seus projetos artísticos, que o danado do público insistia em ignorar. Lá, à base de absinto e charutos caribenhos, me falava de seu romance, que nunca terminava, de seus planos de se aposentar da vida de aposentado, de seus namoricos e de suas conquistas: quanto mais velho ele ficava, mais jovens e casadoiras eram elas.

— Não vai perguntar por Cristina? — dizia às vezes, malicioso.

— O que quer que pergunte?

— Se ela perguntou por você.

— Perguntou por mim, dom Pedro?

— Não.

— Então pronto.

— Na verdade, outro dia falou em você.

Olhei-o nos olhos para ver se estava só pegando no meu pé.

— E o que disse?

— Não vai gostar.

— Diga logo.

— Não falou com essas palavras, mas o que captei é que ela não entendia por que você se prostituía escrevendo folhetins de quinta para aquela dupla de ladrões, e que estava jogando fora seu talento e sua juventude.

Senti como se Vidal tivesse acabado de cravar um punhal gelado em meu estômago.

— É isso que ela pensa? — Vidal deu de ombros. — Pois, por mim, pode ir para o inferno.

Trabalhava todos os dias, exceto domingos, que dedicava a perambular pelas ruas, acabando quase sempre em algum botequim do Paralelo, onde não era difícil encontrar companhia e afeto passageiro nos braços de alguma alma solitária ou à espera como a minha. Até a manhã seguinte, quando despertava a seu lado e descobria apenas uma estranha, não percebia que todas se pareciam com ela, a cor dos cabelos, o modo de caminhar, um gesto, um olhar. Cedo ou tarde, para afogar aquele silêncio cortante das despedidas, aquelas damas de uma noite me perguntavam como ganhava a vida e, quando a vaidade me traía e dizia que eu era escritor, tomavam-me por mentiroso, pois ninguém nunca tinha ouvido falar de David Martín, embora algumas soubessem quem era Ignatius B. Samson e conhecessem *A cidade dos malditos* de ouvir falar. Com o tempo, comecei a dizer que trabalhava no edifício da alfândega portuária das Atarazanas ou que era estagiário no escritório de advocacia Sayrach, Muntaner & Cruells.

Lembro-me de uma tarde em que estava sentado no café da Ópera em companhia de uma professora de música chamada Alicia. Suspeitava que ela também me usava para não pensar em alguém que não conseguia esquecer. Ia beijá-la, quando encontrei o rosto de Cristina atrás da vidraça. Quando saí à rua, já tinha se perdido entre os passantes da Rambla. Duas semanas depois, Vidal insistiu para que eu fosse à estreia de *Madama Butterfly* no Teatro del Liceo. A família Vidal era proprietária de um camarote no primeiro andar, e ele costumava assistir à temporada com periodicidade semanal. Ao encontrar-me com ele na entrada, vi que também tinha levado Cristina. Ela me cumprimentou com um sorriso glacial e não voltou a me dirigir a palavra e nem mesmo um olhar, até que Vidal, na metade do segundo ato, resolveu descer à plateia para cumprimentar um de seus primos, deixando-nos a sós no camarote, um contra o outro, sem nenhum escudo senão Puccini e centenas de rostos na penumbra do teatro. Aguentei uns dez minutos antes de me virar para fitá-la nos olhos.

— Fiz alguma coisa que a tenha ofendido? — perguntei.

— Não.

— Então podemos tentar fingir que somos amigos, pelo menos em situações como essa?

— Não quero ser sua amiga, David.

— E por que não?

— Porque o senhor também não pretende ser meu amigo.

Tinha razão, não queria ser seu amigo.

— É verdade que acha que estou me prostituindo?

— O que acho ou deixo de achar é o de menos. O que conta é o que o senhor pensa.

Fiquei ali mais cinco minutos e, em seguida, levantei-me e saí sem uma palavra. Ao chegar à grande escadaria do Liceo, tinha prometido a mim mesmo que nunca mais lhe dedicaria um pensamento, um olhar ou uma palavra amável.

No dia seguinte, topei com ela na frente da catedral e, quando tentei evitar o encontro, ela acenou com a mão e sorriu. Fiquei paralisado, vendo que se aproximava.

— Não vai me convidar para um lanche?

— Estou fazendo ponto na rua e não estarei livre em menos de duas horas.

— Então permita que o convide. Quanto cobra para acompanhar uma dama por uma hora?

A contragosto, fui com ela até uma chocolateria da rua Petritxol. Pedimos duas xícaras de chocolate quente e nos sentamos um diante do outro disputando quem abriria a boca primeiro. Pela primeira vez, ganhei eu.

— Não tive intenção de ofendê-lo ontem, David. Não sei o que dom Pedro andou lhe dizendo, mas nunca disse nada daquilo.

— Mas pensa, e foi por isso que dom Pedro falou.

— Você não faz ideia do que penso — replicou, com dureza. — E dom Pedro também não.

Dei de ombros.

— Está bem.

— O que falei era muito diferente. Disse que não entendia por que você não fazia algo que queira fazer.

Sorri, concordando. A única coisa que queria fazer naquele momento era beijá-la. Cristina sustentou meu olhar, desafiante. Não afastou o rosto quando estendi a mão e acariciei seus lábios, deslizando os dedos pelo queixo e pelo pescoço.

— Não — disse, por fim.

Quando o garçom chegou com as xícaras fumegantes, ela já tinha partido. Passaram-se meses sem que eu voltasse a ouvir seu nome.

Em um dia de fins de setembro, quando tinha acabado de terminar um novo episódio de *A cidade dos malditos*, resolvi tirar uma noite de folga. Pressentia que uma nova tempestade de náuseas e punhaladas no cérebro se aproximava. Engoli um punhado de comprimidos de codeína e joguei-me na cama para esperar que o suor frio e o tremor nas mãos passassem. Começava a pegar no sono quando ouvi que batiam à porta. Arrastei-me até a entrada e abri. Vidal, enfiado em um de seus impecáveis ternos de seda italiana, acendia um cigarro sob uma luz que o próprio Vermeer parecia ter pintado para ele.

— Está vivo ou estou vendo um fantasma? — perguntou.

— Não me diga que se despencou da Villa Helius até aqui só para me dizer isso.

— Não. Vim porque já faz meses que não tenho notícias suas e fiquei preocupado. Por que não manda instalar uma linha telefônica neste mausoléu, como todas as pessoas normais?

— Não gosto de telefones. Gosto de ver a cara das pessoas com quem falo, e de que vejam a minha também.

— No seu caso, não sei se é uma boa ideia. Tem se olhado no espelho ultimamente?

— Isso é especialidade sua, dom Pedro.

— Tem gente no necrotério do Hospital Clínico com uma cor melhor. Ande, vista-se.

— Por quê?

— Porque eu mandei. Vamos dar um passeio.

Vidal não aceitou negativas nem protestos. Arrastou-me até o carro que esperava no passeio Borne e mandou Manuel dar a partida.

— Para onde vamos? — perguntei.

— Surpresa.

Atravessamos Barcelona inteira para chegar à avenida Pedralbes e começar a subir a ladeira da colina. Alguns minutos depois, avistamos a Villa Helius, com todas as janelas acesas projetando uma cascata de ouro candente sobre o crepúsculo. Vidal não abria o bico e sorria misteriosamente. Ao chegar ao casarão, mandou que o seguisse e levou-me até o grande salão. Um grupo de pessoas esperava e, ao me ver, aplaudiu. Reconheci dom Basilio, Cristina, Sempere pai e filho, minha antiga professora, dona Mariana, alguns dos autores que publicavam comigo em Barrido & Escobillas e com quem tinha feito amizade, Manuel, que tinha se juntado ao grupo e algumas das conquistas de Vidal. Dom Pedro me deu uma taça de champanhe e sorriu.

— Felizes vinte e oito primaveras, David!

Não tinha me lembrado.

No fim do jantar, pedi licença um instante para ir ao jardim tomar ar. Um céu estrelado estendia seu véu de prata sobre as árvores. Tinha se passado apenas um minuto quando ouvi passos e me virei para dar de cara com a última pessoa que esperava ver naquele instante: Cristina Sagnier. Ela sorriu, quase se desculpando pela intrusão.

— Pedro não sabe que vim conversar com o senhor — disse.

Notei que o dom tinha sumido do tratamento, mas fiz que não percebia.

— Gostaria muito que conversássemos, David. Mas não aqui, nem agora.

Nem a penumbra do jardim conseguiu esconder meu desconcerto.

— Podemos nos encontrar amanhã, em algum lugar? — perguntou. — Prometo que não tomarei muito do seu tempo.

— Com uma condição — respondi. — Que não me chame mais de senhor. Os aniversários já nos envelhecem o suficiente.

Cristina sorriu.

— Certo, mas também quero que me chame de você.

— É uma de minhas especialidades. Onde quer que nos encontremos?

— Pode ser em sua casa? Não quero que ninguém nos veja, nem que Pedro saiba que falei com você.

— Como quiser...

Cristina sorriu, aliviada.

— Obrigada. Amanhã, então? À tarde?

— Quando quiser. Sabe onde moro?

— Meu pai sabe.

Inclinou-se levemente e beijou-me no rosto.

— Feliz aniversário, David.

Antes que pudesse dizer mais alguma coisa, ela tinha desaparecido no jardim. Quando voltei à casa, tinha ido embora. Vidal lançou-me um olhar frio do outro lado do salão e só depois de perceber que eu o tinha visto, sorriu.

Uma hora mais tarde, Manuel, com a concordância de Vidal, ofereceu-se para me levar para casa no Hispano-Suiza. Sentei-me a seu lado, como costumava fazer quando viajava sozinho com ele ou quando o motorista aproveitava para me ensinar alguns truques de direção e, sem que Vidal ficasse sabendo, até me deixava tomar o volante por alguns minutos. Naquela noite, Manuel estava mais taciturno que de costume e não abriu a boca até chegarmos ao centro da cidade. Estava mais magro que da última vez que o tinha visto e tive a impressão de que a idade começava a deixar suas marcas.

— Aconteceu alguma coisa, Manuel? — perguntei.

Ele deu de ombros.

— Nada de importância, sr. Martín.

— Se estiver preocupado com alguma coisa...

— Bobagens de saúde. Nessa idade, tudo é preocupação, sabe como é. Mas não me preocupo por mim. Só me importo com minha filha.

Não sabia muito bem o que responder e limitei-me a balançar a cabeça.

— Creio que goste dela, sr. Martín. Da minha Cristina. Um pai percebe essas coisas.

Concordei de novo, em silêncio. Não trocamos mais nenhuma palavra até que Manuel parou o carro ao pé da rua Flassanders, me deu a mão e, mais uma vez, desejou feliz aniversário.

— Se acontecer alguma coisa comigo — disse então —, o senhor a ajudaria, não é verdade, sr. Martín? Faria isso por mim?

— Claro, Manuel. Mas o que pode acontecer?

O motorista sorriu e se despediu com um aceno. Eu o vi entrar no carro e afastar-se lentamente. Não tinha certeza absoluta, mas poderia jurar que, depois de um trajeto inteiro quase sem abrir a boca, agora estava falando sozinho.

11

Passei a manhã inteira dando voltas pela casa, arrumando e organizando, ventilando e limpando objetos e cantos que nem lembrava que existiam. Desci correndo até um florista do mercado e, quando voltei carregado de flores, vi que não sabia onde tinha guardado os vasos para colocá-las. Vesti-me como se fosse sair para procurar trabalho. Ensaiei palavras e cumprimentos que soavam ridículos. Olhei-me no espelho e comprovei que Vidal tinha razão, parecia um vampiro. Por fim, sentei-me em uma poltrona na galeria, esperando com um livro nas mãos. Em duas horas, não consegui passar da primeira página. Finalmente, às quatro da tarde em ponto, ouvi os passos de Cristina na escada e levantei de um salto. Quando bateu na porta, eu já estava ali havia uma eternidade.

— Olá, David. Cheguei em má hora?

— Não, não. Ao contrário. Entre, por favor.

Cristina sorriu, cortês, e tomou o corredor. Levei-a até a sala de estar e pedi-lhe que se sentasse. Seu olhar examinava tudo detidamente.

— É um lugar muito especial. Pedro já tinha dito que morava em uma casa imponente.

— Ele costuma preferir o termo "tétrica", mas suponho que tudo é uma questão de grau.

— Posso perguntar por que resolveu morar aqui? É uma casa muito grande para quem vive sozinho.

Alguém que vive sozinho, pensei. *Uma pessoa acaba se transformando naquilo que vê nos olhos de quem deseja.*

— Quer a verdade? — perguntei. — Bem, a verdade é que vim morar aqui porque durante muitos anos admirava essa casa quase todos os dias, quando ia e vinha do jornal. Estava sempre fechada e comecei a pensar que estava esperando por mim. E acabei sonhando, literalmente, que algum dia ia viver aqui. E foi o que aconteceu.

— Todos os seus sonhos se realizam, David?

Aquele tom de ironia lembrava, demasiadamente, Vidal.

— Não. Esse foi o único. Mas você precisava falar comigo e eu aqui contando histórias que certamente não lhe interessam...

Minha voz soou mais defensiva do que desejava. Estava acontecendo, com o anseio de vê-la, a mesma coisa que tinha acontecido com as flores: assim que consegui, não sabia bem onde colocá-las.

— Queria falar de Pedro — começou Cristina.

— Ah.

— Você o conhece bem, é seu melhor amigo. E ele fala de você como de um filho. Gosta de você como de mais ninguém. Sabe disso.

— Dom Pedro tratou-me como um filho — respondi. — Se não fosse por ele e pelo sr. Sempere, não sei o que teria sido de mim.

— A razão pela qual queria falar com você é que estou muito preocupada com ele.

— Preocupada por quê?

— Como sabe, comecei a trabalhar como sua secretária há anos. A verdade é que Pedro é um homem generoso e acabamos nos tornando bons amigos. Comportou-se muito bem com meu pai e comigo. Por isso, me dói muito vê-lo desse jeito.

— Desse jeito como?

— Esse maldito livro, o romance que pretende escrever.

— Há anos que trabalha nele.

— Há anos que o destrói. Eu corrijo e datilografo todas as suas páginas. Em todos esses anos como secretária, ele destruiu pelo menos duas mil. Diz que não tem talento. Que é um farsante. Bebe sem parar. Às vezes o encontro no escritório, lá em cima, bêbado e chorando como uma criança.

Engoli em seco.

— ... diz que tem inveja de você, que gostaria de ser como você, que as pessoas só o elogiam porque querem alguma coisa dele, dinheiro, ajuda, mas que sabe que sua obra não tem nenhum valor. Com os outros, mantém as aparências, a fachada e tudo o mais, mas para mim, que o vejo todo dia, está se consumindo. Às vezes tenho medo de que cometa um desatino. Já faz tempo. Não disse nada porque não sabia com quem falar. Sei que, se ficar sabendo que vim procurá-lo, ficará furioso. Sempre repete: "Não vá incomodar David com minhas coisas. Ele tem a vida pela frente e eu já não sou mais nada". Está sempre dizendo coisas desse tipo. Desculpe por lhe contar tudo isso, mas não sabia a quem procurar...

Mergulhamos em um longo silêncio. Senti que um frio intenso me invadia, com a certeza de que o homem a quem devia a vida caíra na desesperança, e eu, encerrado em meu próprio mundinho, não tinha parado nem um segundo para lhe dar atenção.

— Talvez não devesse ter vindo.

— Não — disse eu. — Fez muito bem.

Cristina me olhou com um sorriso terno e, pela primeira vez, tive a impressão de que não era um estranho para ela.

— O que vamos fazer? — perguntou.

— Vamos ajudá-lo.

— E se ele não quiser?

— Então vamos fazer isso sem que ele perceba.

12

Nunca saberei se o fiz para ajudar Vidal, como dizia a mim mesmo, ou simplesmente para ter uma desculpa para passar mais tempo ao lado de Cristina. Nós nos encontrávamos quase todas as tardes na casa da torre. Cristina levava as laudas que Vidal tinha escrito à mão no dia anterior — sempre cheias de borrões, parágrafos inteiros riscados, anotações por todos os lados — e a pretensão de resgatar o irresgatável. Subíamos para o escritório e nos sentávamos no chão. Cristina as lia em voz alta uma primeira vez e em seguida discutíamos longamente sobre elas. Meu mentor estava escrevendo uma tentativa de saga épica que abraçava três gerações de uma dinastia barcelonense não muito diferente dos Vidal. A ação tinha início alguns anos antes da Revolução Industrial e, com a chegada de dois irmãos órfãos à cidade, evoluía para uma espécie de parábola da história bíblica de Caim e Abel. Um dos irmãos acabava se transformando no mais rico e poderoso magnata de sua época, enquanto o outro entregava seu destino à Igreja e a amparar os mais pobres, terminando seus dias tragicamente em um episódio que recordava as desventuras do sacerdote e poeta sacro Jacint Verdaguer. Os irmãos passavam a vida se enfrentando e uma interminável galeria de personagens desfilava por tórridos melodramas, escândalos, assassinatos, amores ilícitos, tragédias e todos os demais requisitos do gênero, tudo isso ambientado no cenário do nascimento de uma metrópole moderna e do mundo industrial e financeiro. O romance era narrado pelo neto de um dos irmãos, que reconstruía a história enquanto contemplava, de um palácio de Pedralbes, a cidade arder durante a Semana Trágica de 1909.

A primeira coisa que me surpreendeu foi que eu mesmo tinha proposto aquele argumento a Vidal, cerca de dois anos antes, como sugestão de um ponto de partida para o grande romance que ele vivia dizendo que escreveria. A segunda foi que ele nunca disse que tinha resolvido usá-la nem que já tinha investido anos nisso — e não foi por falta de oportunidade. A terceira foi que o romance, tal como estava, era um completo e monumental fiasco: nenhuma peça funcionava, a começar pela estrutura e pelos personagens, passando pela atmosfera e pela dramatização e terminando por uma linguagem e um estilo que faziam lembrar os esforços de um amador com tantas pretensões quanto tempo livre à disposição.

— O que achou? — perguntava Cristina. — Acha que tem conserto?

Preferi não dizer que Vidal tinha tomado emprestado a minha ideia e, com intenção de não preocupá-la ainda mais, sorri e fiz que sim.

— Precisa de um pouco de trabalho. Isso é tudo.

Quando já começava a anoitecer, Cristina sentava-se à máquina e, em segredo, reescrevíamos o livro de Vidal, letra por letra, linha por linha, cena por cena.

O argumento criado por Vidal era tão vago e insosso que optei por recuperar o que tinha improvisado quando sugeri a ideia. Lentamente, começamos a ressuscitar os personagens, explodindo-os por dentro e refazendo tudo dos pés à cabeça. Nem uma única cena, momento, linha ou palavra sobrevivia ao processo e, mesmo assim, à medida que avançávamos, eu tinha a impressão de que estávamos fazendo justiça ao romance que Vidal tinha no coração e queria escrever, mas não sabia como.

Cristina me dizia que Vidal, às vezes, semanas depois de pensar que tinha escrito uma cena, quando a relia na versão datilografada, se surpreendia com o fino labor e a plenitude de um talento no qual tinha deixado de acreditar. Cristina temia que descobrisse o que estávamos fazendo e defendia que deveríamos ser mais fiéis ao original.

— Nunca subestime a vaidade de um escritor, sobretudo de um escritor medíocre — replicava eu.

— Não gosto que fale assim de Pedro.

— Eu também não, sinto muito.

— Mas você devia, no mínimo, diminuir um pouco o ritmo. Sua aparência não está boa. Já não estou tão preocupada com Pedro, o que me preocupa agora é você.

— Alguma coisa de bom tinha que sair disso tudo.

Com o tempo, acostumei-me a viver para saborear aqueles instantes que partilhava com ela. No entanto, meu próprio trabalho não demorou a se ressentir. Arranjava tempo que não tinha para trabalhar em *A cidade dos malditos*, dormindo apenas três horas por dia e acelerando ao máximo para cumprir os prazos do contrato. Barrido e Escobillas tinham por norma não ler livro algum, nem os que publicavam, nem os da concorrência, mas a Veneno lia, e logo começou a suspeitar de que algo estranho estava acontecendo comigo.

— Isso não é você — dizia às vezes.

— Claro que não sou eu, Herminia querida. É Ignatius B. Samson.

Estava consciente do risco que corria, mas não me importava. Não me importava em acordar todos os dias coberto de suor, com o coração palpitando como se fosse me partir as costelas. Teria pagado aquele preço, e muito mais, para não ter de renunciar à convivência suave e secreta que sem querer nos convertia em cúmplices. Sabia perfeitamente que Cristina lia isso em meus olhos toda vez que chegava em minha casa e também sabia perfeitamente que ela nunca corresponderia a meus gestos. Não havia futuro ou grandes esperanças naquela corrida para lugar nenhum, e ambos sabíamos disso.

Às vezes, já cansados de tentar manter na superfície aquele barco em que entrava água por todos os lados, abandonávamos o manuscrito de Vidal e nos atrevíamos a falar de algo que não fosse aquela proximidade que, de tanto se esconder, começava a queimar na consciência. Em algumas ocasiões, me enchi de coragem e peguei sua mão. Ela deixava, mas eu sabia que aquilo a incomodava, que pensava que o que fazíamos não estava certo, que a dívida de gratidão que tínhamos para com Vidal nos unia e nos separava ao mesmo tempo. Certa noite, pouco antes de ela ir embora, tomei seu rosto e tentei beijá-la. Cristina ficou imóvel e, quando me vi no espelho de seu olhar, não me atrevi a dizer nada. Levantou-se e partiu sem uma palavra. Não a vi durante duas semanas e, quando regressou, me fez prometer que aquilo nunca mais aconteceria.

— David, quero que entenda que quando acabarmos de trabalhar no livro de Pedro, não voltaremos a nos ver como agora.

— Por que não?

— Você sabe o por quê.

Meus avanços não eram a única coisa que Cristina não via com bons olhos. Começava a suspeitar que Vidal estava certo, quando contou o que ela pensava dos livros que eu escrevia para a Barrido & Escobillas, embora nunca tivesse dito nada. Não era difícil imaginá-la pensando que meu trabalho era mercenário e sem alma, que estava vendendo minha integridade em troca de uma esmola e enriquecendo aquela dupla de ratazanas de esgoto porque não tinha coragem de escrever com o coração, com meu nome e com meus próprios sentimentos. O que mais me doía era que, no fundo, ela tinha razão. Comecei a fantasiar com a ideia de renunciar a meu contrato, de escrever um livro só para ela, de ganhar, enfim, o seu respeito. Se a única coisa que sabia fazer não era suficientemente boa para Cristina, talvez valesse a pena voltar aos dias cinzentos e miseráveis do jornal. Eu sempre tinha a opção de viver da caridade e dos favores de Vidal.

Tinha saído para caminhar depois de uma longa noite de trabalho, incapaz de pegar no sono. Sem rumo certo, meus passos me guiaram cidade acima até as obras da igreja da Sagrada Família. Quando pequeno, meu pai tinha me levado lá algumas vezes, para contemplar aquela babel de esculturas e pórticos que nunca acabava de levantar voo, como se fosse amaldiçoada. Gostava de visitá-la sempre e de comprovar que não tinha mudado, que a cidade não parava de crescer a seu redor, mas a Sagrada Família permanecia em ruínas desde o seu primeiro dia.

Quando cheguei, despontava um amanhecer azul corado por luzes vermelhas que desenhavam a silhueta das torres da fachada da Natividade. O vento leste arrastava a poeira das ruas de terra e o cheiro ácido das fábricas que marcavam a fronteira do bairro de Sant Martí. Estava atravessando a rua Mallorca quando vi as luzes de um bonde aproximando-se na neblina da alvorada. Ouvi o matraquear das rodas de metal sobre os trilhos e o som da sineta que o motorneiro fazia soar para avisar de sua passagem pelas sombras. Quis correr, mas não consegui. Fiquei ali, cravado, imóvel entre os trilhos, contemplando as luzes do bonde que arremetia contra mim. Ouvi os gritos do motorneiro e vi a esteira de faíscas que as rodas arrancaram quando os freios foram puxados. E mesmo assim, com a morte a apenas alguns metros, não consegui mover um músculo. Senti aquele cheiro de eletricidade da luz branca que prendeu meus olhos, até que o farol do bonde foi ficando nublado. Desmoronei como um boneco, conservando os sentidos apenas alguns segundos mais, justamente o necessário para ver que a roda do bonde, fumegante, se detinha a vinte centímetros do meu rosto. Em seguida, tudo era escuridão.

13

Abri os olhos. Colunas de pedra grossas como árvores ascendiam na penumbra até uma abóbada nua. Agulhas de luz poeirenta caíam em diagonal e delineavam fileiras intermináveis de catres miseráveis. Pequenas gotas d'água se desprendiam das alturas como lágrimas negras, que explodiam em eco ao tocar o chão. A penumbra cheirava a mofo e umidade.

— Bem-vindo ao purgatório.

Levantei-me e virei para descobrir um homem vestido de farrapos, que lia um jornal à luz de um lampião e exibia um sorriso sem a metade dos dentes. A manchete do jornal que tinha nas mãos anunciava que o general Primo de Rivera assumia todos os poderes do Estado e instaurava uma ditadura de índole branda para salvar o país da hecatombe iminente. Aquele jornal tinha pelo menos seis anos.

— Onde estou?

O homem olhou para mim por cima do jornal, intrigado.

— No hotel Ritz. Não notou?

— Como cheguei aqui?

— Feito um trapo. Foi trazido de manhã, de maca, e ficou curtindo a bebedeira desde então.

Apalpei minha jaqueta e verifiquei que todo o dinheiro que estava comigo tinha desaparecido.

— Como anda o mundo! — exclamou o homem diante das notícias de seu jornal. — Todos sabem que, nas fases mais avançadas do cretinismo, a falta de ideias é compensada pelo excesso de ideologias.

— Como faço para sair daqui?

— Que pressa... Tem duas maneiras, a permanente e a temporária. A permanente é pelo telhado: um bom salto e você fica livre de toda essa mixórdia para sempre. A saída temporária fica lá no fundo, onde está aquele imbecil de punho em riste com as calças caindo fazendo a saudação revolucionária para todos os passantes. Mas, se sair por ali, cedo ou tarde acabará voltando.

O homem do jornal me observava com ar divertido e aquela lucidez que às vezes brilhava só nos loucos.

— Foi você quem me roubou?

— Duvidar ofende. Quando chegou, você já estava sem nada e, além do mais, só aceito títulos negociáveis na bolsa.

Deixei o lunático em sua cama com seu jornal atrasado e seu discurso avançado. Minha cabeça ainda girava e, a duras penas, consegui dar quatro passos em linha reta e cheguei a uma porta em uma das laterais da grande abóbada, que abria para uma escadaria. Uma tênue claridade parecia vir do alto das escadas. Subi quatro ou cinco andares até sentir um sopro de ar fresco que entrava por um portão no fim dos degraus. Saí, e lá fora compreendi finalmente onde tinha ido parar.

Diante de mim estendia-se um lago suspenso sobre o arvoredo do Parque da Ciudadela. O sol começava a se pôr sobre a cidade, e as águas cobertas de algas ondulavam como vinho derramado. O Depósito das Águas parecia um castelo tosco, ou uma prisão. Foi construído para abastecer de água o pavilhão da Exposição Universal de 1888, mas, com o tempo, suas tripas de catedral laica acabaram servindo de refúgio para moribundos e indigentes que não tinham nenhum outro abrigo quando a noite ou o frio apertavam. Atualmente, a grande represa suspensa no terraço era um lago lamacento e turvo que se dessangrava lentamente pelas fendas do edifício.

Foi então que reparei na figura parada em um dos extremos do terraço. Como se o simples roçar dos meus olhos o tivesse alertado, o vulto deu meia-volta bruscamente e olhou para mim. Ainda me sentia um pouco tonto e tinha a visão embaçada, mas tive a impressão de que a figura estava se aproximando. Deslocava-se muito rapidamente, como se seus pés não tocassem o solo ao caminhar e ele se movesse de modo brusco e ágil demais para que os olhos pudessem captar. Mal dava para observar seu rosto na contraluz, mas percebi que se tratava de um homem de olhos negros e reluzentes, que pareciam grandes demais para o rosto. Quanto mais perto ficava, maior era a impressão de que sua silhueta se alongava e crescia em altura. Senti um calafrio diante daquele avanço e retrocedi alguns passos, sem me dar conta de que estava caminhando para a beira do lago. Senti que perdia o equilíbrio e começava a cair de costas nas águas escuras do tanque, quando o estranho me segurou pelo braço. Puxou-me delicadamente de volta para terra firme. Sentei em um dos bancos que rodeavam o tanque e respirei fundo. Levantei os olhos e, pela primeira vez, pude vê-lo com clareza. Seus olhos eram de tamanho normal, sua estatura, como a minha, seus passos e gestos, os de um cavalheiro como outro qualquer. Tinha uma expressão amável e tranquilizadora.

— Obrigado — disse eu.

— Sente-se bem?

— Sim. Foi só um enjoo.

O estranho se sentou perto de mim. Estava vestido com um terno escuro, de corte requintado, enfeitado com um pequeno broche prateado na lapela do paletó: um anjo de asas abertas, que me pareceu estranhamente familiar. De repente, ocorreu-me que a presença de um cavalheiro em trajes tão impecáveis naquele terraço era um tanto incomum. Como se pudesse ler meus pensamentos, o estranho sorriu.

— Espero não o ter assustado — declarou. — Suponho que não esperava encontrar ninguém aqui em cima.

Fitei-o, perplexo. Vi o reflexo de meu rosto em suas pupilas negras, que se dilatavam como uma mancha de tinta sobre papel.

— Posso perguntar o que o traz aqui?

— O mesmo que ao senhor: grandes esperanças.

— Andreas Corelli — murmurei.

Seu rosto se iluminou.

— Que grande prazer poder enfim cumprimentá-lo pessoalmente, meu amigo!

Falava com um leve sotaque que não consegui identificar. Meu instinto dizia que me levantasse e fosse embora dali o mais rápido possível, antes que aquele estranho pronunciasse uma única palavra a mais, mas havia alguma coisa em sua voz, em seu olhar, que transmitia serenidade e confiança. Preferi não perguntar como ele podia saber que me encontraria naquele lugar, se eu mesmo não sabia onde estava. O som de suas palavras e a luz de seus olhos me reconfortavam. Andreas Corelli estendeu a mão, que apertei. Seu sorriso prometia um paraíso perdido.

— Creio que deveria lhe agradecer por todas as gentilezas que teve para comigo ao longo desses anos, sr. Corelli. Temo estar em dívida com o senhor.

— Em absoluto. Sou eu quem está em dívida, amigo, e quem deve se desculpar por abordá-lo dessa forma, em um lugar e em uma ocasião tão inconvenientes, mas confesso que já faz tempo que queria lhe falar e não conseguia encontrar um momento propício.

— O que posso fazer pelo senhor, então? — perguntei.

— Quero que trabalhe para mim.

— Perdão?

— Quero que escreva para mim.

— Claro. Estava esquecendo que é um editor.

O estranho riu. Tinha um sorriso doce, de criança que nunca quebrou um prato.

— O melhor de todos. O editor por quem o senhor esperou a vida inteira. O editor que o fará imortal.

O estranho estendeu um de seus cartões de visita, idêntico ao que ainda conservava e que tinha encontrado em minha mão ao despertar do sonho com Chloé.

ANDREAS CORELLI
Editor
Éditions de la Lumière
Boulevard St.-Germain, 69, Paris

— Sinto-me lisonjeado, sr. Corelli, mas temo não poder aceitar seu convite. Tenho um contrato assinado com...

— Barrido & Escobillas, eu sei. Gentalha com a qual, sem intenção de ofendê-lo, o senhor não deveria ter nenhuma relação.

— É uma opinião partilhada por muitas pessoas.

— A srta. Sagnier, por exemplo?

— O senhor a conhece?

— De ouvir falar. Parece ser o tipo de mulher cujo respeito e cuja admiração um homem faria qualquer coisa para conquistar, não é mesmo? Ela não o anima a abandonar essa dupla de parasitas e a ser fiel a si mesmo?

— Não é tão simples. Tenho um contrato que me obriga a trabalhar com exclusividade para eles durante seis anos.

— Eu sei, mas isso não deveria preocupá-lo. Meus advogados estão estudando a questão e posso garantir que encontrariam diversos modos de dissolver definitivamente qualquer obrigação legal, caso decidisse aceitar minha proposta.

— E que proposta seria essa?

Corelli sorriu com ar brincalhão e malicioso, como um colegial que se diverte descobrindo um segredo.

— Que dedique um ano, com exclusividade, para trabalhar em um livro sob encomenda, um livro cujo tema discutiríamos, o senhor e eu, quando da assinatura do contrato e pelo qual pagaríamos, adiantado, a soma de cem mil francos. — Olhei para ele atônito. — Se essa soma não lhe parece adequada, estou pronto a estudar o que o senhor considerar mais apropriado. Serei sincero, sr. Martín, não vou brigar com o senhor por dinheiro. E, cá entre nós, creio que também não o fará, pois quando lhe contar que tipo de livro terá de escrever para mim, o preço será o de menos.

Suspirei e ri com meus botões.

— Estou vendo que não acredita.

— Sr. Corelli, sou um autor de romances de aventuras que nem sequer levam meu nome. Meus editores, que o senhor parece conhecer, são uma dupla de exploradores de quinta categoria que não valem seu peso em esterco, e meus leitores nem sabem que existo. Ganho a vida com isso há anos e ainda não escrevi uma única página que me satisfaça. A mulher que amo pensa que estou desperdiçando minha vida, e acho que tem razão. Ela pensa também que não tenho direito de desejá-la, pois somos um par de almas insignificantes cuja única razão de ser é a dívida de gratidão que temos com um homem que nos tirou, os dois, da miséria, e pode ser que também tenha razão sobre isso. Pouco importa. Quando menos esperar, estarei completando trinta anos e perceberei que a cada dia pareço menos com a pessoa que queria ser quando tinha quinze. Isso se chegar lá, pois minha saúde ultimamente anda tão consistente quanto o meu trabalho. Agora, neste exato momento, se for capaz de juntar duas ou três frases legíveis por hora, me dou por satisfeito. Esse é o tipo de autor e de homem que sou, não aquele que recebe visitas de editores de Paris, com cheques em branco para escrever um livro que mudará a sua vida e transformará todas as suas esperanças em realidade.

Corelli me ouviu com expressão grave, avaliando minhas palavras.

— Creio que é um juiz demasiado severo de si mesmo, o que sempre é uma qualidade típica das pessoas de valor. Pode acreditar quando digo que, ao longo de minha carreira, tratei com uma infinidade de personagens pelos quais você não daria um níquel e que se tinham em altíssimo conceito. Mas quero que saiba que, embora não acredite, sei exatamente que tipo de autor e de homem o senhor é. Faz anos que sigo suas pegadas, sabe disso. Li desde o primeiro relato para o *La Voz de la Industria* até a série *Os mistérios de Barcelona* e agora cada episódio dos folhetins de Ignatius B. Samson. Atrevo-me a dizer que o conheço melhor do que o senhor mesmo. Por isso sei que, no final, acabará aceitando minha oferta.

— E o que mais sabe?

— Sei que temos algo, ou muita coisa, em comum. Sei que perdeu seu pai, e eu também. Sei o que é perder um pai quando ainda se precisa dele. O seu lhe foi arrebatado em circunstâncias trágicas. O meu, por motivos que não vêm ao caso, repudiou-me e expulsou-me de casa. Quase diria que isso pode ser até mais doloroso. Sei que se sente sozinho e pode acreditar quando digo que esse é um sentimento que também conheço profundamente. Sei que alimenta grandes esperanças em seu coração, mas que nenhuma delas se cumpriu e sei que isso, sem que o senhor se dê conta, o está matando um pouco a cada dia que passa.

Suas palavras trouxeram consigo um longo silêncio.

— Realmente, sabe de muita coisa, sr. Corelli.

— O suficiente para pensar que gostaria de conhecê-lo melhor e ser seu amigo. Acho que o senhor não tem muitos amigos. Nem eu. Não confio nas pessoas que acham que têm muitos amigos. É sinal de que não conhecem os outros.

— Mas o senhor não está procurando um amigo, e sim um empregado.

— Procuro um sócio temporário. Procuro pelo senhor.

— Está muito seguro de si mesmo — arrisquei.

— É um defeito de nascença — replicou Corelli, levantando-se. — O outro é a clarividência. Por isso, compreendo que talvez ainda seja muito cedo para o senhor e que ouvir a verdade de meus lábios ainda não seja o suficiente. Precisa vê-la com os próprios olhos. Senti-la em sua carne. E acredite, o senhor vai sentir.

Ele estendeu a mão e não a retirou até que eu a apertasse.

— Posso pelo menos levar a certeza de que vai pensar no que disse e de que voltaremos a nos falar? — perguntou.

— Não sei o que dizer, sr. Corelli.

— Não precisa dizer nada agora. Prometo que da próxima vez que nos encontrarmos o senhor verá as coisas muito mais claramente.

Com essas palavras, ele sorriu cordialmente e afastou-se em direção às escadarias.

— Haverá uma próxima vez? — perguntei.

Corelli parou e virou-se.

— Sempre há.

— Onde?

As últimas luzes do dia caíam sobre a cidade e seus olhos brilharam como duas brasas.

Fiquei olhando enquanto ele desaparecia pela porta da escada. Só então me dei conta de que, durante toda a conversa, não o tinha visto piscar nem uma única vez.

14

O consultório situava-se em um andar alto, do qual se viam o mar reluzindo à distância e a ladeira da rua Muntaner, pontilhada de bondes que deslizavam até o Ensanche entre grandes casarões e edifícios senhoriais. O local cheirava a limpeza. Suas salas eram decoradas com gosto refinado. Seus quadros eram tranquilizadores e cheios de paisagens de esperança e paz. Suas estantes estavam repletas de livros imponentes transpirando autoridade. As enfermeiras se moviam como bailarinas e sorriam ao passar. Aquilo era um purgatório para bolsos abastados.

— O doutor vai recebê-lo, sr. Martín.

O dr. Trías era um homem de ar nobre e aspecto impecável, que transmitia serenidade e confiança em cada gesto. Olhos cinzentos e penetrantes atrás de lentes sem aro. Sorriso cordial e afável, nunca frívolo. O dr. Trías era um homem acostumado a lidar com a morte e quanto mais sorria, mais medo dava. Embora dias antes, quando comecei a fazer os exames, tivesse me falado dos recentes avanços científicos que permitiam alimentar esperanças na luta contra os sintomas que eu tinha descrito, pelo modo como me fez entrar e sentar, tive a impressão de que, no que lhe dizia respeito, não havia mais dúvidas.

— Como está? — perguntou, hesitando entre olhar para mim ou para o prontuário sobre a mesa.

— O senhor é quem sabe.

Ele esboçou um sorriso leve, de bom jogador.

— A enfermeira disse que é escritor, embora tenha dito aqui, ao preencher a ficha de entrada, que era mercenário.

— No meu caso, não há diferença alguma.

— Creio que alguns dos meus pacientes são seus leitores.

— Espero que o dano neurológico causado não seja permanente.

O médico sorriu como se meu comentário lhe parecesse divertido e adotou uma postura mais direta, dando a entender que as amáveis e banais preliminares da conversa tinham chegado ao fim.

— Sr. Martín, vejo que veio sozinho. Não tem família imediata? Esposa? Irmãos? Pais ainda vivos?

— Isso me soa um tanto fúnebre — aventurei.

— Sr. Martín, não vou mentir. Os resultados dos primeiros exames não são tão animadores quanto esperávamos.

Fitei-o em silêncio. Não sentia medo nem inquietude. Não sentia nada.

— Tudo indica que apresenta um crescimento celular alojado no lóbulo esquerdo do cérebro. Os resultados confirmaram aquilo que os sintomas que apresenta faziam temer e tudo nos leva a crer que se trate de um carcinoma.

Durante alguns segundos, fui incapaz de dizer qualquer coisa. Não conseguia nem fingir surpresa.

— E há quanto tempo tenho isso?

— É impossível dizer com exatidão, embora possa me atrever a supor que o tumor está crescendo há bastante tempo, o que explicaria os sintomas que descreveu e as dificuldades que tem sentido ultimamente no trabalho.

Respirei profundamente, concordando. Dr. Trías me observava com ar paciente e benévolo, deixando que eu tivesse o tempo necessário. Tentei começar várias frases que não chegaram a aflorar a meus lábios. Finalmente, nossos olhares se encontraram.

— Suponho que eu esteja em suas mãos, doutor. Deve me dizer que tratamento devo seguir.

Vi que os olhos dele se inundavam de desesperança e que se dava conta de que eu não tinha entendido o que ele estava dizendo. Concordei de novo, combatendo a náusea que começava a escalar minha garganta. Ele serviu um copo d'água de uma jarra e passou para mim. Bebi de um só gole.

— Não há tratamento — disse eu.

— Há. Há muitas coisas que podem ser feitas para aliviar a dor e para garantir que tenha o máximo de conforto e tranquilidade...

— Mas vou morrer.

— Sim.

— Rápido.

— Possivelmente.

Sorri para mim mesmo. Até as piores notícias eram um alívio quando não passavam da confirmação de algo que já sabíamos, sem querer admitir.

— Tenho vinte e oito anos — disse eu, sem saber muito bem por quê.

— Sinto muito, sr. Martín. Gostaria de poder lhe dar outras notícias.

Senti como se finalmente tivesse confessado uma mentira ou um pecado venial, e o peso do arrependimento tivesse desaparecido de um só golpe.

— Quanto tempo me resta?

— É difícil determinar exatamente. Diria que um ano, um ano e meio no máximo.

Seu tom dava a entender claramente que aquilo era um prognóstico mais do que otimista.

— E desse ano, ou o que for, por quanto tempo pensa que poderei conservar minhas faculdades para poder trabalhar e cuidar de mim mesmo?

— O senhor é escritor e trabalha com o cérebro. Lamentavelmente é exatamente aí que está localizado o problema e aí é que as limitações vão aparecer primeiro.

— Limitações não é um termo médico, doutor.

— O normal é que, à medida que a doença avance, os sintomas que tem experimentado se manifestem com mais intensidade e frequência e que, a partir de certo momento, precise ficar internado em um hospital para que cuidemos do senhor.

— Não poderei escrever.

— Não poderá nem pensar em escrever.

— Quanto tempo?

— Não sei. Nove ou dez meses. Talvez mais, talvez menos. Sinto muito, sr. Martín.

Concordei e me levantei. Minhas mãos tremiam e eu sentia falta de ar.

— Sr. Martín, compreendo que precise de tempo para pensar em tudo o que estou dizendo, mas é importante que tomemos certas providências o quanto antes...

— Ainda não posso morrer, doutor. Ainda não. Tenho coisas a fazer. Depois terei a vida inteira para morrer.

15

Naquela mesma noite, subi para o escritório da torre e me sentei diante da máquina de escrever, embora soubesse que estava seco por dentro. As janelas estavam escancaradas, mas Barcelona não queria me contar mais nada e não consegui completar uma única página. Tudo o que conseguia inventar me parecia banal e vazio. Bastava relê-las para compreender que minhas palavras mal valiam a tinta em que estavam impressas. Já não era capaz de ouvir a música que um pedaço decente de prosa desprendia. Pouco a pouco, como um veneno lento e prazeroso, as palavras de Andreas Corelli começaram a gotejar em meu pensamento.

Faltavam pelo menos cem páginas para terminar aquele enésimo episódio das rocambolescas aventuras que tanto tinham engordado os bolsos de Barrido e Escobillas, mas naquele exato momento descobri que não ia terminá-las. Ignatius B. Samson tinha ficado estirado nos trilhos diante daquele bonde, exaurido, com a alma sugada por um excesso de páginas que nunca deveriam ter visto a luz. Porém, antes de partir, tinha deixado uma última vontade: ser enterrado sem choro nem vela e que, por uma vez na vida, eu tivesse a coragem de usar minha própria voz. Deixava-me o legado de seu considerável arsenal de mistérios e pedia que o deixasse partir, pois tinha nascido para ser esquecido.

Peguei as últimas páginas que tinha escrito em seu nome e toquei fogo, sentindo como se um peso saísse de cima de mim a cada folha que entregava às chamas. Uma brisa úmida e calorosa soprava naquela noite sobre os telhados e, ao entrar por minhas janelas, levou as cinzas de Ignatius B. Samson e espalhou-as entre as vielas da cidade velha que nunca, por mais que suas palavras se perdessem para sempre e seu nome sumisse da memória de seus mais devotos leitores, haveria de deixar.

No dia seguinte, apresentei-me nos escritórios da Barrido & Escobillas. A recepcionista era nova, apenas uma mocinha, e não me reconheceu.

— Seu nome?

— Hugo, Victor.

A recepcionista sorriu e avisou Herminia pela central telefônica.

— Dona Herminia, dom Victor Hugo está aqui para ver o sr. Barrido. Pude vê-la concordar e desligar a central.

— Disse que já vem.

— Faz muito tempo que trabalha aqui? — perguntei.

— Uma semana — respondeu a moça, solícita.

Se meus cálculos não estavam errados, aquela era a oitava recepcionista que via na Barrido & Escobillas no período de um ano. Os empregados que dependiam diretamente da sorrateira Herminia duravam pouco, pois a Veneno, quando descobria que eram um pouco mais competentes que ela e começava a temer que pudessem ofuscá-la, o que acontecia nove entre dez vezes, os acusava de roubo, furto ou algum erro absurdo e desfiava um rosário de queixas até que Escobillas os pusesse no olho da rua e lhes ameaçasse enviar algum capanga se porventura dessem com a língua nos dentes.

— Que alegria vê-lo por aqui, David — disse a Veneno. — Está mais bonito, com ótimo aspecto.

— É que fui atropelado por um bonde. Barrido está?

— Ora, o que é isso? Para você, ele sempre está. Vai ficar felicíssimo quando disser que veio nos visitar.

— Você não tem nem ideia...

A Veneno conduziu-me até o escritório de Barrido, decorado como o gabinete de um chanceler de opereta, com profusão de tapetes, bustos de imperadores, naturezas mortas e volumes encadernados em couro e adquiridos a peso e, pelo que eu podia imaginar, todos em branco. Barrido abriu o mais agradável de seus sorrisos e apertou minha mão.

— Já estamos todos impacientes para receber seu novo episódio. Saiba que estamos reeditando os dois últimos e as livrarias quase nos arrancam os livros das mãos. Mais cinco mil exemplares. O que lhe parece?

Pois para mim parecia que deviam ser pelo menos cinquenta mil, mas me limitei a concordar com entusiasmo. Barrido e Escobillas tinham refinado a um nível de extremo requinte aquilo que, no sindicato editorial barcelonês, se conhecia como tiragem dupla. Faziam uma edição oficial e declarada de cada episódio, com uma tiragem de dois ou três mil exemplares, pelos quais pagavam uma porcentagem ridícula ao autor. Em seguida, se o livro funcionasse, rodavam mais uma ou várias edições reais, mas sempre clandestinas, de algumas dezenas de milhares de exemplares, pelos quais o autor não via um tostão furado. Estes últimos distinguiam-se dos primeiros porque Barrido os mandava imprimir em uma antiga fábrica de embutidos em Santa Perpétua de Mogoda e, ao folheá-los, sentia-se o inconfundível perfume de linguiça bem curada.

— Temo ter que lhe dar más notícias.

Barrido e a Veneno trocaram um olhar sem mudar de expressão. Nessa altura, Escobillas materializou-se porta adentro e olhou para mim com aquele ar seco e displicente de alguém que estava tirando, de olho, as suas medidas para um ataúde.

— Olhe só quem veio nos ver. Que surpresa agradável, não é mesmo? — perguntou Barrido a seu sócio, que se limitou a concordar.

— E que más notícias seriam essas? — perguntou Escobillas.

— Está com algum problema de atraso, amigo Martín? — acrescentou Barrido amistosamente. — Com certeza, podemos acertar...

— Não. Não há nenhum atraso. Simplesmente não vai haver livro.

Escobillas deu um passo à frente e arqueou as sobrancelhas. Barrido deixou escapar uma risadinha.

— Como não vai haver livro? — perguntou Escobillas.

— É porque ontem queimei tudo e não sobrou uma única página do manuscrito.

Um enorme silêncio desabou. Barrido fez um gesto conciliador e indicou aquela que era conhecida como a poltrona das visitas, um trono escuro e fundo no qual eles encurralavam os autores e fornecedores, para que ficassem bem na altura do olhar de Barrido.

— Sente-se, Martín, e conte-me tudo. Sinto que está preocupado com alguma coisa. Pode se abrir conosco, você está em família.

Veneno e Escobillas concordaram com convicção, mostrando o tamanho de seu apreço com um olhar de embevecida devoção. Preferi ficar de pé. Todos fizeram o mesmo e contemplaram-me como se eu fosse uma estátua de sal prestes a falar a qualquer momento. Barrido devia estar com a cara doendo de tanto sorrir.

— E então?

— Ignatius B. Samson suicidou-se. Deixou inédito um conto de vinte páginas no qual morre junto com Chloé Permanyer, os dois abraçados depois de ingerirem veneno.

— O autor morre em uma de suas próprias novelas? — perguntou Herminia, confusa.

— É sua despedida *avant-garde* do mundo dos folhetins. Um detalhe que eu tinha certeza de que iria deixá-los encantados.

— E não poderia haver um antídoto ou?... — perguntou Veneno.

— Martín, não deve ser necessário lembrar que foi você, e não o supostamente defunto Ignatius, quem assinou um contrato... — disse Escobillas.

Barrido levantou a mão para calar seu colega.

— Acho que sei o que está havendo com você, Martín. Está esgotado. Há anos que não dá um descanso aos miolos, coisa que essa casa agradece e valoriza, e creio que precise de uma pausa. Nós entendemos, não é mesmo?

Barrido fitou Escobillas e a Veneno, que trataram de concordar com uma cara de conteúdo.

— Você é um artista e quer fazer arte, alta literatura, algo que brote do coração e inscreva seu nome em letras douradas nos anais da história universal.

— Do modo como você fala, parece ridículo — disse eu.

— Porque é — acrescentou Escobillas.

— Não, não é — atalhou Barrido. — É humano. E nós somos humanos. Eu, meu sócio e também Herminia, que, sendo mulher e criatura de sensibilidade delicada, é a mais humana de todos. Não é mesmo, Herminia?

— Humaníssima — concordou a Veneno.

— E como todos somos humanos, podemos entendê-lo e queremos apoiá-lo, pois temos muito orgulho de você e estamos convencidos de que seus êxitos serão os nossos e, nesta casa, no fim das contas, o que conta são as pessoas, não os números.

Ao término do discurso, Barrido fez uma pausa cênica. Talvez esperasse que eu rompesse em aplausos, mas quando viu que permanecia calado, prosseguiu sua exposição sem mais delongas.

— Por isso, vou lhe propor o seguinte: tire seis meses, nove, se necessário, pois um parto é um parto, e tranque-se em seu escritório para escrever o grande romance de sua vida. Quando estiver pronto, traga para nós, que o publicaremos com seu nome, apostando todas as fichas no seu livro e partindo para o tudo ou nada. Porque nós estamos do seu lado.

Olhei para Barrido e, em seguida, para Escobillas. A Veneno estava prestes a romper em prantos de tanta emoção.

— Sem adiantamento, é claro — esclareceu Escobillas.

Barrido deu uma palmada eufórica no ar.

— E então, o que me diz?

Comecei a trabalhar naquele mesmo dia. Meu plano era tão simples quanto descabido. De dia, reescreveria o livro de Vidal; de noite, trabalharia no meu. Lançaria mão de todas as artimanhas que Ignatius B. Samson tinha me ensinado e as poria a serviço do pouco que restava de digno e decente, se restasse, em meu coração. Escreveria por gratidão, por desespero e vaidade. Escreveria sobretudo para Cristina, para provar que também era capaz de pagar minha dívida com Vidal e que David Martín, embora estivesse prestes a cair morto, tinha ganhado o direito de olhá-la nos olhos sem se envergonhar de suas ridículas esperanças.

Não voltei ao consultório do dr. Trías. Não via necessidade. No dia em que não pudesse escrever mais nenhuma palavra, nem imaginá-la, seria o primeiro a perceber. Meu confiável e pouco escrupuloso farmacêutico me proporcionaria sem fazer perguntas quantas balinhas de codeína eu lhe pedisse e também uma ou outra delícia que incendiasse as veias e dinamitasse desde a dor até a consciência. Não falei com ninguém sobre minha consulta com o médico nem sobre o resultado dos exames.

Minhas necessidades básicas eram supridas por uma encomenda semanal que eu fazia a Can Gispert, um formidável empório de secos e molhados situado na rua Mirallers, atrás da catedral de Santa María del Mar. O pedido era sempre o mesmo. Quem costumava entregá-lo era a filha dos donos, uma moça que ficava me olhando como uma corça assustada quando a convidava a esperar no saguão, enquanto ia pegar o dinheiro para lhe pagar.

— Isso é para o seu pai e isso é para você.

Sempre lhe dava dez cêntimos de gorjeta, que ela aceitava em silêncio. Toda semana, voltava a bater na porta com meu pedido, e toda semana eu pagava e lhe dava os dez cêntimos de gorjeta. Durante nove meses e um dia, o tempo que me tomaria a feitura do único livro que levaria meu nome, aquela mocinha cujo nome desconhecia e cujo rosto esquecia a cada semana, até vê-la novamente no umbral de minha porta, foi a pessoa que vi com mais frequência.

Sem aviso prévio, Cristina deixou de comparecer ao nosso encontro de todas as tardes. Eu começava a temer que Vidal tivesse percebido nosso estratagema, quando, depois de uma semana de ausência, abri a porta pensando que era ela, em uma tarde em que ainda tinha esperança, e deparei-me com Pep, um dos empregados da Villa Helius. Trazia um pacote cuidadosamente fechado, da parte de Cristina, contendo todo o manuscrito de Vidal. Pep explicou que o pai de Cristina tinha sofrido um derrame causado por um aneurisma, que estava praticamente inválido e que ela o tinha levado para um hospital nos Pirineus, em Puigcerdà, onde, ao que parecia, havia um jovem médico especializado no assunto.

— O sr. Vidal encarregou-se de tudo — explicou Pep. — Sem olhar para os gastos.

Vidal nunca se esquece de seus empregados, pensei, não sem certa amargura.

— Ela pediu que lhe entregasse isso em mãos. E que não dissesse nada a ninguém.

O moço entregou o pacote, aliviado por se ver livre daquele objeto misterioso.

— Deixou alguma indicação de onde poderia encontrá-la, se necessário?

— Não, sr. Martín. Tudo o que sei é que o pai da srta. Cristina está internado em um lugar chamado Villa San Antonio.

Dias mais tarde, Vidal me fez uma de suas visitas surpresa e passou a tarde inteira em minha casa, bebendo meu anis, fumando meus cigarros e falando da desgraça que tinha acontecido com seu motorista.

— Parece mentira. Um homem forte como um carvalho e, de uma hora para outra, cai duro e já não é mais capaz nem de dizer quem é.

— E Cristina, como está?

— Pode imaginar. A mãe morreu há anos e Manuel é a única família que lhe resta. Levou um álbum de fotografias da família e mostra todo dia ao pai para ver se ele se lembra de algo.

Enquanto Vidal falava, seu romance — ou talvez devesse dizer meu — descansava em uma pilha de papéis, virado de capa para baixo, sobre a mesa da galeria, a meio metro de suas mãos. Contou que, na ausência de Manuel, tinha pedido a Pep — segundo ele, um bom cavaleiro — que se dedicasse à arte da direção, mas o jovem, por enquanto, era um desastre.

— Dê mais um tempo. Um automóvel não é como um cavalo. O segredo é a prática.

— Já que falou nisso, Manuel ensinou você a dirigir, não é?

— Um pouco — admiti. — E não é tão fácil quanto parece.

— Se esse romance que está escrevendo não vender, você sempre pode ser meu motorista.

— Não vamos enterrar o pobre Manuel tão cedo, dom Pedro.

— Foi um comentário de mau gosto — admitiu Vidal. — Sinto muito.

— E o seu romance, dom Pedro?

— Bem encaminhado. Cristina levou o manuscrito final para Puigcerdà para passar a limpo e dar uma forma, enquanto faz companhia ao pai.

— Muito me alegra vê-lo assim contente.

Vidal sorriu, triunfante.

— Acho que será grande. Depois de tantos meses que achei ter perdido, reli as primeiras cinquenta páginas que Cristina passou a limpo e fiquei surpreso comigo mesmo. Acho que vai surpreendê-lo também. Vai ver que ainda me restam alguns truques a lhe ensinar.

— Nunca duvidei disso, dom Pedro.

Naquela tarde, Vidal estava bebendo mais do que o normal. Os anos tinham me ensinado a ler seu leque de angústias e reservas, e supus que aquilo não era simplesmente uma visita de cortesia. Quando liquidou as reservas de anis, servi uma generosa dose de brandy e esperei.

— David, existem certas coisas sobre as quais nunca falamos...

— De futebol, por exemplo...

— Estou falando sério.

— Diga então, dom Pedro.

Olhou-me longamente, hesitando.

— Sempre tentei ser um bom amigo para você, David. Sabe disso, não é verdade?

— Tem sido muito mais do que isso, dom Pedro. Sei disso e o senhor também.

— Às vezes me pergunto se não deveria ter sido mais honesto com você.

— A respeito de quê?

Vidal afogou o olhar no copo de brandy.

— Há coisas que nunca lhe contei. Coisas sobre as quais deveria ter lhe falado há anos...

Deixei passar um minuto que me pareceu eterno. Fosse o que fosse o que Vidal queria contar, estava claro que nem todo o *brandy* do mundo arrancaria aquilo dele.

— Não se preocupe, dom Pedro. Se essas coisas esperaram tantos anos, é certo que podem esperar até amanhã.

— No mínimo, amanhã não terei coragem de falar.

Percebi que nunca o tinha visto tão assustado. Ele tinha algo atravessado no coração, e vê-lo naquele estado me fazia mal.

— Vamos fazer uma coisa, dom Pedro. Quando publicarem seu livro, e o meu também, nos encontraremos para celebrar e então poderá revelar tudo o que tem a dizer. Convide-me para um desses lugares caros e finos que não me deixam entrar se não estiver em sua companhia e poderá fazer todas as confidências que quiser. O que acha?

Ao anoitecer, acompanhei-o até o passeio Borne, onde Pep esperava ao pé do Hispano-Suiza, enfiado em um uniforme de Manuel que era pelo menos cinco vezes maior que ele, assim como o próprio automóvel. A carroceria estava tão cheia de arranhões e amassados de aparência recente, que até dava dó.

— Em um trote folgado, hein, Pep? — aconselhei. — Nada de galopes. Lento, mas seguro, como se fosse um cavalo percheron.

— Sim, sr. Martín. Lento, mas seguro.

Ao despedir-se, Vidal me abraçou com força e, quando entrou no carro, tive a impressão de que carregava todo o peso do mundo sobre os ombros.

16

Pouco depois de eu ter posto um ponto final nos dois romances, o de Vidal e o meu, Pep apresentou-se em minha casa sem aviso prévio. Estava enfiado naquele uniforme herdado de Manuel que lhe conferia um aspecto de menino fantasiado de marechal. De início, pensei que trazia algum recado de Vidal, ou talvez de Cristina, mas sua expressão sombria traía uma angústia que me fez descartar aquela possibilidade assim que trocamos o primeiro olhar.

— Más notícias, sr. Martín.

— O que houve?

— Foi o sr. Manuel.

Enquanto explicava o acontecido, sua voz lhe faltou e, quando perguntei se queria um copo d'água, quase caiu no choro. Manuel Sagnier tinha falecido três dias antes em um hospital de Puigcerdà, depois de uma longa agonia. Por decisão de sua filha, foi enterrado dois dias depois, em um pequeno cemitério aos pés dos Pirineus.

— Santo Deus — murmurei.

Em vez de água, dei a Pep uma taça de brandy bem servida e estacionei-o em uma cadeira na sala. Quando ficou mais calmo, ele explicou que Vidal tinha mandado que fosse pegar Cristina, que voltava naquela tarde de trem, com chegada prevista para as cinco horas.

— Imagine como deve estar a srta. Cristina... — murmurou, apavorado diante da perspectiva de ter que recebê-la e consolá-la no caminho para o pequeno apartamento sobre as cocheiras de Villa Helius, onde tinha vivido com o pai desde menina.

— Pep, não acho que seja uma boa ideia você ir buscar a srta. Sagnier.

— Ordens de dom Pedro.

— Diga a dom Pedro que assumo toda a responsabilidade.

À base de licor e retórica, convenci-o a ir embora e deixar o assunto em minhas mãos. Eu mesmo iria pegá-la e a levaria à Villa Helius de táxi.

— Agradeço muito, sr. Martín. O senhor, que é das letras, saberá melhor o que dizer à pobrezinha.

Faltavam quinze para as cinco quando me encaminhei para a recém-inaugurada Estação da França. A Exposição Universal daquele ano tinha semeado a cidade de prodígios, mas entre todos eles, aquela abóbada de aço e cristal com ares de catedral era minha favorita, nem que fosse porque ficava ao lado de minha casa e eu podia vê-la do escritório da torre. Era uma tarde de céu carregado com nuvens negras que cavalgavam desde o mar, reunindo-se sobre a cidade. O eco dos trovões no horizonte e um vento quente cheirando a poeira e eletricidade pressagiavam a chegada de uma tempestade de verão de envergadura considerável. Quando cheguei à estação, já se viam as primeiras gotas, brilhantes e pesadas como moedas caídas do céu. Quando entrei na plataforma à espera do trem, a chuva já golpeava com força a cúpula da estação e a noite caiu de repente, interrompida apenas pelas labaredas de luz que estalavam sobre a cidade, deixando um rastro de som e fúria.

O trem chegou com quase uma hora de atraso, uma serpente de vapor arrastando-se sob a tormenta. Aguardei junto à locomotiva, esperando que Cristina surgisse entre os viajantes que saltavam dos vagões. Dez minutos depois, todos os passageiros tinham descido e não havia sinal dela. Estava quase voltando para casa, pensando que talvez Cristina tivesse resolvido pegar outro trem, quando resolvi dar uma última olhada, percorrendo toda a plataforma até o final, prestando atenção nas janelas dos compartimentos. Encontrei-a no penúltimo vagão, sentada com a cabeça apoiada na janela e o olhar perdido. Subi no vagão e parei na soleira da porta da cabine. Ao ouvir meus passos, virou-se e olhou para mim sem surpresa, sorrindo debilmente. Levantou-se e me deu um abraço em silêncio.

— Bem-vinda — disse eu.

Cristina não carregava outra bagagem senão uma pequena maleta. Ofereci minha mão e descemos para a plataforma, que já estava deserta.

Percorremos o trecho até o salão da estação sem abrir a boca. Ao chegar à saída, paramos. O aguaceiro caía com violência e a fila de táxis que, quando cheguei, fazia ponto na porta da estação, tinha evaporado.

— Não quero voltar para a Villa Helius esta noite, David. Ainda não.

— Pode ficar em minha casa, se quiser, ou podemos procurar um quarto em um hotel.

— Não quero ficar sozinha.

— Vamos para a minha casa. Se tenho alguma coisa de sobra, são quartos.

Avistei um carregador parado na porta, contemplando a tempestade com um enorme guarda-chuva nas mãos. Fui até ele e me ofereci para comprá-lo por um preço cinco vezes maior que o habitual. Entregou-me o guarda-chuva imediatamente, estampando um sorriso subserviente.

Debaixo daquele guarda-chuva enfrentamos o dilúvio rumo à casa da torre, onde, por causa das rajadas de vento e das poças d'água, chegamos dez minutos depois, completamente encharcados. A tempestade tinha derrubado a rede elétrica e as ruas estavam mergulhadas em uma escuridão líquida, quebrada apenas pela luz de lampiões a óleo ou de velas acesas, que se projetava de varandas e portais. Não duvidei nem um instante de que a formidável instalação elétrica de minha casa teria sido uma das primeiras a pifar. Tivemos que subir as escadas tateando e, ao abrir a porta principal, o clarão dos relâmpagos revelou seu aspecto mais fúnebre e inóspito.

— Se mudar de ideia e preferir um hotel...

— Não, está tudo bem. Não se preocupe.

Deixei a maleta de Cristina na sala de estar e fui até a cozinha pegar uma caixa de velas de vários tamanhos que guardava no armário. Comecei a acendê-las, uma a uma, em pratos, copos e taças. Cristina observava da porta.

— É só um minuto — garanti. — Já tenho prática.

Comecei a distribuir as velas pelos aposentos, pelo corredor e em todos os cantos até que a casa toda mergulhou em uma suave penumbra dourada.

— Parece uma catedral — disse Cristina.

Acompanhei-a a um dos quartos que nunca usava, mas mantinha limpo e arrumado porque muitas vezes Vidal, bêbado demais para voltar para casa, passava a noite por lá.

— Já trago toalhas limpas. Se não tiver roupa para trocar, posso emprestar o amplo e sinistro figurino Belle Époque que os antigos proprietários deixaram nos armários.

Minhas desajeitadas tentativas de fazer humor mal conseguiram lhe arrancar um sorriso, e ela limitou-se a concordar. Deixei-a sentada na cama, enquanto corria para pegar as toalhas. Quando regressei, ainda estava lá, imóvel. Deixei as toalhas a seu lado sobre o leito e aproximei um par de velas que tinha colocado na entrada para que tivesse um pouco mais de luz.

— Obrigada — sussurrou ela.

— Enquanto você se troca vou preparar um caldinho quente.

— Estou sem apetite.

— Vai cair bem assim mesmo. Se precisar de alguma coisa, avise.

Deixei-a sozinha e fui para o meu quarto, pois precisava tirar os sapatos empapados. Botei a água para ferver e me sentei na sala para esperar. A chuva continuava caindo com força, metralhando as janelas com raiva e formando riachos nos ralos da torre e no terraço que soavam como passos no telhado. Mais adiante, o bairro da Ribera tinha sumido em uma escuridão quase absoluta.

De repente, ouvi a porta do quarto de Cristina se abrindo e seus passos se aproximando. Tinha vestido uma bata branca e jogado nos ombros um xale de lã que não combinava com ela.

— Peguei emprestado em um dos armários. Espero que não se importe.

— Pode ficar com ele, se quiser.

Cristina sentou-se em uma cadeira e passeou os olhos pela sala, detendo-se na pilha de laudas que estava sobre a mesa. Olhou-me e eu assenti com um gesto.

— Acabei faz alguns dias.

— E o seu?

A bem da verdade, sentia que os dois manuscritos eram meus, mas me limitei a assentir.

— Posso? — perguntou, pegando uma página e aproximando-se da luz.

— Claro.

Fiquei olhando-a ler em silêncio, com um sorriso suave nos lábios.

— Pedro nunca vai acreditar que ele mesmo escreveu isso.

— Confie em mim — repliquei.

Cristina devolveu a página à pilha e examinou-me longamente.

— Senti sua falta — disse ela. — Não queria, mas senti.

— Eu também.

— Havia dias em que, antes de ir para o hospital, ia até a estação e me sentava na plataforma esperando o trem que vinha de Barcelona, pensando que, com sorte, poderia encontrá-lo.

Engoli em seco.

— Pensei que não queria me ver.

— Eu também pensei. Meu pai perguntava muito por você, sabia? Pediu que cuidasse de você.

— Seu pai era um bom homem. Um bom amigo.

Cristina concordou com um sorriso, mas vi que seus olhos estavam cheios de lágrimas.

— No fim, já não se lembrava de nada. Tinha dias em que me confundia com minha mãe e pedia perdão pelos anos que passou na prisão. Em seguida, passavam-se várias semanas em que mal se dava conta de que estava ali. Com o tempo, a solidão entra na gente e não vai mais embora.

— Sinto muito, Cristina.

— Nos últimos dias, pensei que estava melhor. Começou a se lembrar de algumas coisas. Levei um álbum de fotografias que ele tinha em casa, mas precisava mostrar de novo quem era quem. Há uma foto muito antiga, na Villa Helius, na qual você e ele aparecem dentro do carro. Você no volante e meu pai lhe ensinando a dirigir. Os dois estão rindo. Quer ver?

Hesitei, mas não me atrevi a estragar aquele instante.

— Claro...

Cristina foi buscar as fotos na maleta e voltou com um pequeno álbum encadernado em couro. Sentou-se a meu lado e começou a passar as páginas repletas de velhos retratos, recortes e postais. Manuel, como meu pai, mal tinha aprendido a ler e escrever, e suas lembranças eram feitas de imagens.

— Olha, aqui está.

Olhei a fotografia e me lembrei com exatidão do dia de verão em que Manuel me deixou entrar no primeiro carro que Vidal comprou e me ensinou os rudimentos da direção. Em seguida, levamos o carro até a avenida

Panamá e, a uma velocidade de cerca de cinco quilômetros por hora, que me pareceu vertiginosa, fomos até a avenida Pearson e voltamos, sempre comigo no volante.

— Agora você é um ás do volante — vaticinara Manuel. — Se algum dia suas histórias o deixarem na mão, pode considerar um futuro na carreira.

Sorri, recordando um instante que pensava ter perdido. Cristina me entregou o álbum.

— Fique com ele. Meu pai gostaria que o guardasse.

— É seu, Cristina. Não posso aceitar.

— Eu também prefiro que fique com você.

— Fica emprestado, então, até que resolva pegá-lo de volta.

Comecei a passar as folhas, revisitando rostos que recordava e outros que nunca tinha visto. Lá estava a foto do casamento de Manuel Sagnier e sua esposa Marta, com quem Cristina se parecia tanto, retratos de estúdio de seus avós e tios, de uma rua no Raval com uma procissão passando e dos banhos de San Sebastián, na praia da Barceloneta. Manuel também colecionava velhos postais de Barcelona e recortes dos jornais com fotos de um Vidal rapazinho, fazendo pose na porta do Hotel Florida, no topo do Tibidabo, e outra em que aparecia de braços dados com uma beldade capaz de provocar um enfarte, nos salões do cassino da Rabasada.

— Seu pai venerava dom Pedro.

— Sempre disse que nós lhe devíamos tudo — replicou Cristina.

Continuei viajando pela memória de Manuel até topar com uma fotografia que não parecia se encaixar com o resto. Era uma menina de uns oito ou nove anos caminhando sobre um pequeno cais de madeira que penetrava em uma lâmina de mar luminosa. Estava de mãos dadas com um adulto, um homem vestido de terno branco, cortado pelo enquadramento. No fundo do cais, aparecia um pequeno bote à vela e um horizonte infinito, no qual o sol se punha. A menina, que estava de costas, era Cristina.

— É a minha predileta.

— Onde foi tirada?

— Não sei. Não me lembro desse lugar nem desse dia. Não estou nem muito certa de que o homem da foto seja meu pai. É como se esse momento nunca tivesse existido. Faz anos que a encontrei em um álbum de meu pai e nunca consegui saber o que significava. É como se ela quisesse me dizer alguma coisa.

Fui passando as páginas. Cristina ia contando quem era quem.

— Olhe, essa sou eu com catorze anos.

— Eu sei.

Cristina me olhou com tristeza.

— Eu não percebia, não é mesmo? — perguntou ela.

Dei de ombros.

— Nunca poderá me perdoar.

Preferi passar as páginas a encará-la.

— Não tenho nada que perdoar.

— Olhe para mim, David.

Fechei o álbum e fiz o que me pedia.

— É mentira. Eu percebia, sim. E todos os dias, mas pensava que não tinha esse direito.

— Por quê?

— Porque nossas vidas não nos pertencem. Nem a minha, nem a de meu pai, nem a sua...

— Tudo pertence a Vidal — respondi com amargura.

Lentamente, ela pegou minha mão e levou-a aos lábios.

— Hoje não — murmurou.

Sabia que ia perdê-la assim que aquela noite passasse, que a dor e a solidão que a devoravam por dentro se acalmassem. Sabia que tinha razão, não porque o que dissera fosse verdade, mas porque, no fundo, ambos acreditávamos naquilo e sempre seria assim. Fomos nos esconder em um dos quartos, como dois ladrões, sem nos atrevermos a acender uma vela, sem nos atrevermos sequer a falar. Eu a despi devagar, percorrendo sua pele com os lábios, consciente de que nunca mais voltaria a fazê-lo. Cristina entregou-se com raiva e abandono, e quando o cansaço nos venceu, adormeceu em meus braços sem necessidade de dizer nada. Resisti ao sono, saboreando o calor de seu corpo e pensando que, se a morte viesse a meu encontro no dia seguinte, eu a receberia em paz. Acariciei Cristina na penumbra, ouvindo a tempestade se afastar da cidade por trás das paredes, sabendo que ia perdê-la, mas que, por alguns minutos, tínhamos pertencido um ao outro, e a mais ninguém.

Quando o primeiro suspiro da aurora roçou as janelas, abri os olhos e encontrei a cama vazia. Saí até o corredor e fui para a sala. Cristina tinha deixado o álbum e levado o romance de Vidal. Percorri a casa, que já recendia à sua ausência, e fui apagando uma por uma as velas que tinha acendido na noite anterior.

17

Nove semanas depois, encontrava-me diante do número 17 da praça da Catalunha, onde a livraria Catalonia tinha aberto suas portas havia quatro anos, contemplando abobalhado uma vitrine que me pareceu infinita e coberta de exemplares de um romance que tinha como título *A casa das cinzas*, de Pedro Vidal. Sorri para mim mesmo. Meu mentor tinha mantido até o título sugerido por mim tempos atrás, quando propus a trama da história. Resolvi entrar e pedir um exemplar. Abri ao acaso e comecei a reler passagens que sabia de memória e em que tinha dado acabamento apenas alguns meses antes. Não encontrei uma única palavra em todo o livro que eu não tivesse escrito, exceto a dedicatória: "Para Cristina Sagnier, sem a qual...".

Quando devolvi o livro, o vendedor me disse que não hesitasse.

— Chegou há alguns dias e eu já li — acrescentou. — Um grande romance. Ouça o que digo e leve um. Sei que os jornais estão colocando o livro nas nuvens, o que quase sempre é um mau sinal, mas nesse caso a exceção confirma a regra. Se não gostar, pode trazer que devolvo o dinheiro.

— Obrigado — respondi, agradecendo a recomendação e sobretudo o resto. — Mas eu também já li.

— Posso lhe oferecer alguma outra coisa, então?

— Não tem um romance intitulado *Os passos do céu*?

O livreiro pensou alguns instantes.

— É do Martín, não?

Fiz que sim.

— Mandei pedir, mas a editora não enviou nenhum. Deixe eu ver direito.

Foi até o balcão, onde consultou um de seus colegas, que negou.

— Tinha que ter chegado ontem, mas o editor diz que não tem mais. Sinto muito. Se quiser, posso lhe reservar um quando chegar...

— Não se preocupe. Passarei outro dia. E muito obrigado.

— Sinto muito, cavalheiro. Não sei o que aconteceu, pois já deveria ter algum...

Ao sair da livraria, procurei uma banca de jornais que ficava na entrada da Rambla. Lá comprei quase todos os jornais do dia, desde *La Vanguarda* até *La Voz de la Industria*. Sentei no café Canaletas e comecei a folhear as páginas. A resenha do romance que tinha escrito para Vidal estava em todas as edições, em página inteira, com títulos enormes e um retrato de dom Pedro em que ele parecia pensativo e misterioso, exibindo um terno novo e saboreando seu cachimbo com afetado desdém. Comecei a ler os diferentes títulos e o primeiro e último parágrafo das resenhas.

O primeiro que encontrei começava assim: "*A casa das cinzas* é uma obra madura, rica e de grande alcance, que nos reconcilia com o melhor que a literatura contemporânea tem a oferecer". Outro jornal informava ao leitor que "ninguém escreve melhor na Espanha que Pedro Vidal, nosso mais respeitado e reconhecido romancista", e um terceiro sentenciava que a obra era "um romance capital, de feitura magistral e extraordinária qualidade". Um quarto diário apontava o grande sucesso internacional de Vidal e sua obra: "A Europa se rende ao mestre" (embora o romance tivesse acabado de sair na Espanha e, até ser traduzido, não seria publicado em nenhum outro país antes de um ano). A matéria se estendia em um comentário prolixo sobre o grande reconhecimento e o enorme respeito que o nome de Vidal suscitava entre "os mais notáveis especialistas internacionais", embora, que eu soubesse, nenhum de seus livros tivesse sido traduzido a língua alguma, à exceção de um romance cuja tradução para o francês o próprio dom Pedro tinha financiado e que havia vendido cento e vinte e seis exemplares. Milagres à parte, o consenso na imprensa era de que "havia nascido um clássico" e que o romance marcava "o retorno de um dos grandes, a melhor pena de nossos tempos: Vidal, mestre indiscutível".

Na página oposta de alguns daqueles jornais, em um espaço mais modesto de uma ou duas colunas, encontrei também uma ou outra resenha do romance do tal David Martín. A mais favorável começava assim: "Obra de principiante e de estilo rústico, *Os passos do céu*, do novato David Martín, evidencia desde a primeira página a falta de recursos e de talento de seu autor". Uma segunda estimava que "o principiante Martín tenta imitar o mestre Pedro Vidal sem conseguir". A última que consegui ler, publicada em *La Voz de la Industria*, abria sucintamente com uma chamada em negrito que dizia o seguinte: "David Martín, um completo desconhecido e redator de anúncios, nos surpreende com o que talvez seja a pior estreia literária do ano".

Deixei os jornais e o café que tinha pedido na mesa e desci Rambla abaixo até o escritório da Barrido & Escobillas. No caminho, passei diante de quatro ou cinco livrarias, todas enfeitadas com inúmeras cópias do romance de Vidal. Em nenhuma delas encontrei um só exemplar do meu. Em todas repetia-se o mesmo episódio vivido no Catalonia.

— Veja bem, não sei o que aconteceu, tinha que ter chegado anteontem, mas o editor diz que esgotou o estoque e que não sabe quando vai reimprimir. Se quiser deixar um nome e um telefone, posso avisar se chegar... Perguntou na Catalonia? Se eles não têm...

Os dois sócios me receberam com ar fúnebre e antipático. Barrido, atrás da escrivaninha, acariciando uma esferográfica, e Escobillas, de pé às suas costas, medindo-me com o olhar. Veneno se mordia de curiosidade, sentada em uma cadeira a meu lado.

— Não sabe como lamento, amigo Martín — explicava Barrido. — O problema é o seguinte: os livreiros fazem seus pedidos com base nas resenhas que aparecem nos jornais, não me pergunte por quê. Se for ao depósito aqui ao lado, verá que temos três mil exemplares de seu romance mortos de tédio.

— Com o custo e o prejuízo que isso implica — completou Escobillas, em tom claramente hostil.

— Passei pelo depósito antes de vir para cá e verifiquei que havia apenas trezentos exemplares. O encarregado disse que não imprimiram mais do que isso.

— É mentira — proclamou Escobillas.

Barrido interrompeu-o, conciliador.

— Perdoe o meu sócio, Martín. Deve entender que estamos tão ou mais indignados que você com o tratamento vergonhoso que a imprensa local dedicou a seu livro, pelo qual todos nessa casa estamos profundamente entusiasmados, mas rogo que entenda que, apesar de nossa fé ardorosa em seu talento, nesse caso estamos de pés e mãos atados pela confusão criada por essas notas maldosas da imprensa. Mas não desanime, pois Roma não foi feita em um dia. Estamos lutando com todas as nossas forças para dar à sua obra a projeção que seu altíssimo valor literário merece...

— Com uma edição de trezentos exemplares.

Barrido suspirou, ferido por minha falta de fé.

— É uma edição de quinhentos — precisou Escobillas. — Os outros duzentos foram retirados em pessoa por Barceló e Sempere, ontem. O resto sairá na próxima remessa, pois não foi possível incluir na primeira devido a um problema de acumulação de novidades. Se o senhor se interessasse por compreender nossos problemas e não fosse tão egoísta, entenderia perfeitamente.

Fitei os três, incrédulo.

— Não me digam que não vão fazer nada.

Barrido olhou para mim, desolado.

— E o que quer que façamos, meu amigo? Estamos apostando todas as nossas fichas em você. Ajude-nos um pouco também.

— Se pelo menos tivesse escrito um livro como o de seu amigo Vidal — disse Escobillas.

— Aquilo sim que é um grande romance — confirmou Barrido. — Até o *La Voz de la Industria* diz isso.

— Eu sabia que isso ia acontecer — prosseguiu Escobillas. — O senhor não passa de um mal-agradecido.

A meu lado, a Veneno me encarava com ar penalizado. Tive a impressão de que ia pegar minha mão para consolar-me e afastei-a rapidamente. Barrido deu um sorriso meloso.

— Talvez seja melhor assim, Martín. Quem sabe não é sinal de Nosso Senhor que, em sua infinita sabedoria, quer lhe mostrar o caminho de volta ao trabalho que tanta felicidade deu aos leitores de *A cidade dos malditos*?

Caí na gargalhada. Barrido juntou-se a mim e, a um sinal seu, Escobillas e a Veneno fizeram o mesmo. Contemplei aquele coro de hienas e pensei comigo mesmo que, em outra situação, aquele momento teria para mim um sabor de finíssima ironia.

— É assim que eu gosto, que encare as coisas positivamente — proclamou Barrido. — E então, o que me diz? Quando teremos o próximo capítulo de Ignatius B. Samson?

Os três me olharam solícitos e ansiosos. Pigarreei, clareando a voz para articular com toda a precisão, e sorri:

— Os senhores, por favor, vão à merda.

18

Ao sair de lá, vaguei pelas ruas de Barcelona durante horas, sem rumo. Sentia dificuldade para respirar e um aperto no peito. Um suor frio cobria minha testa e minhas mãos. Ao anoitecer, sem saber onde me esconder, tomei o caminho de volta para casa. Ao passar diante da livraria de Sempere & Filhos, vi que o livreiro tinha enchido sua vitrine de exemplares do meu romance. Já era tarde e a loja estava fechada, mas a luz ainda estava acesa e, quando quis apertar o passo, vi que Sempere tinha percebido minha presença e sorria para mim com uma tristeza que nunca tinha visto em todos aqueles anos de convivência.

— Entre um pouquinho, Martín.

— Outra dia, sr. Sempere.

— Faça isso por mim.

Pegou meu braço e me arrastou para dentro da livraria. Fui atrás dele até o fundo da loja, onde me ofereceu uma cadeira. Serviu dois copos com algo que parecia mais espesso que alcatrão e fez um sinal para que eu bebesse de um só gole. Ele fez o mesmo.

— Estive folheando o livro de Vidal — disse ele.

— O sucesso da temporada — comentei.

— Ele sabe que foi você quem escreveu?

Encolhi os ombros.

— E o que isso importa?

Sempere pousou em mim o mesmo olhar com o qual tinha recebido aquele moleque de oito anos, no dia longínquo em que ele se apresentou em sua casa ferido e com os dentes quebrados.

— Você está bem, Martín?

— Perfeitamente.

Sempere fez que não em silêncio e se levantou para pegar alguma coisa na estante. Vi que se tratava de um exemplar do meu romance, que me entregou junto com uma caneta e sorriu.

— Faria a gentileza de escrever uma dedicatória?

Assim que o fiz, Sempere pegou o livro de minhas mãos e dedicou-lhe um espaço de honra na vitrine atrás do balcão, onde guardava as primeiras edições que não estavam à venda. Era seu santuário particular.

— Não precisa fazer isso, sr. Sempere — murmurei.

— Estou fazendo porque quero e porque a ocasião merece. Esse livro é um pedaço de seu coração, Martín. E, no que me diz respeito, também do meu. Eu o guardo entre *Pai Goriot* e *Educação sentimental*.

— Isso é um sacrilégio.

— Bobagem. É um dos melhores livros que vendi nos últimos dez anos, e olhe que vendi muitos — disse o velho Sempere.

As palavras amáveis de Sempere mal conseguiram arranhar aquela calma fria e impenetrável que começava a me invadir. Voltei para casa passeando, sem pressa. Ao chegar à casa da torre, peguei um copo d'água e, enquanto bebia na cozinha, no escuro, comecei a rir.

Na manhã seguinte, recebi duas visitas de cortesia. A primeira foi de Pep, o novo motorista de Vidal. Trazia um recado do patrão convocando-me para um almoço na Maison Dorée, sem dúvida o banquete de comemoração que tinha me prometido meses atrás. Pep parecia tenso e ansioso para ir embora o quanto antes. A relação de cumplicidade que costumava ter comigo tinha se evaporado. Não quis entrar e preferiu esperar na porta. Estendeu o bilhete que Vidal tinha escrito sem me olhar nos olhos e, assim que eu disse que compareceria ao encontro, foi embora sem se despedir.

A segunda visita, meia hora depois, trouxe à minha porta os meus dois editores acompanhados de uma terceira pessoa de aspecto severo e olhar penetrante, que se identificou como advogado da casa. Tão formidável trio exibia uma expressão entre o luto e a beligerância, que não deixava dúvidas quanto à natureza da visita. Pedi que passassem para a sala, onde foram se acomodando, alinhados da direita para a esquerda no sofá, por ordem decrescente de altura.

— Posso lhes oferecer alguma coisa? Uma tacinha de cianureto?

Não esperava um sorriso, e não o recebi. Depois de uma breve introdução de Barrido sobre os terríveis prejuízos que o fracasso de *Os passos do céu* ia causar à editora, o advogado deu início a uma exposição sumária na qual dizia, como um paladino romântico, que se não voltasse ao trabalho, na encarnação de Ignatius B. Samson, e entregasse um manuscrito de *A cidade dos malditos* em um mês e meio, entrariam com um processo contra mim por descumprimento de contrato, por perdas e danos e cinco ou seis cláusulas que me escaparam, pois já tinha deixado de prestar atenção. Porém, nem tudo eram más notícias. Apesar dos dissabores provocados por minha conduta, Barrido e Escobillas encontraram em seu coração uma pérola de generosidade com a qual limar as arestas e sedimentar uma nova aliança de amizade e proveito.

— Se desejar, pode adquirir, por um custo preferencial de setenta por cento do preço de venda, todos os exemplares de *Os passos do céu*, já que constatamos que não há demanda pelo título e, portanto, não será possível incluí-lo na próxima remessa — explicou Escobillas.

— Por que não me devolvem os direitos? Afinal, não pagaram um tostão por eles e não têm intenção de vender um exemplar que seja.

— Não podemos fazer isso, meu amigo — contemporizou Barrido. — Embora não tenhamos feito adiantamento algum a sua pessoa, a edição acarretou um investimento importantíssimo para a editora, e o contrato que assinou é de vinte anos, renováveis automaticamente nos mesmos termos, caso a editora decida exercer seus legítimos direitos. Deve entender que nós também temos que receber alguma coisa. Não pode ser tudo para o autor.

Ao fim de sua preleção, convidei os três cavalheiros a procurarem a saída por vontade própria ou então, se assim o desejassem, a pontapés. Antes que eu fechasse a porta em seus narizes, Escobillas fez questão de fuzilar-me com seu mau-olhado.

— Exigimos uma resposta no prazo de uma semana ou vamos acabar com o senhor — ruminou.

— Em uma semana, você e o imbecil do seu sócio estarão mortos — repliquei com calma, sem saber muito bem por que tinha dito tais palavras.

Passei o resto da manhã olhando para as paredes, até que os sinos de Santa Maria me lembraram de que estava chegando a hora de meu encontro com dom Pedro Vidal.

Ele me esperava na melhor mesa do salão, brincando com uma taça de vinho branco nas mãos e ouvindo o pianista que acariciava uma peça de Enrique Granados com dedos de veludo. Ao ver-me, levantou-se e estendeu a mão.

— Parabéns — disse eu.

Vidal sorriu imperturbável e esperou que eu estivesse sentado para fazer o mesmo. Deixamos passar um minuto de silêncio, embalados pela música e pelos olhares das pessoas bem-nascidas que cumprimentavam Vidal de longe ou vinham à mesa para felicitá-lo pelo sucesso, que era o assunto de toda a cidade.

— David, não sabe como lamento pelo que aconteceu — começou.

— Não lamente, aproveite.

— Pensa que isso significa alguma coisa para mim? A adulação de meia dúzia de infelizes? Minha maior alegria seria vê-lo triunfar.

— Lamento tê-lo decepcionado de novo, dom Pedro.

Vidal suspirou.

— David, não tenho culpa de eles terem pulado em cima de você, mas você estava pedindo por isso aos gritos. Já está bem grandinho para saber como funcionam essas coisas.

— E como funcionam?

Vidal estalou a língua, como se minha ingenuidade o ofendesse.

— O que esperava? Não é um deles. Nunca vai ser, nunca quis ser e ainda acha que vão perdoá-lo? Fica trancado em seu casarão e pensa que pode sobreviver sem se juntar ao coro dos contentes e vestir a camisa do time. Pois está muito enganado, David. Sempre esteve. O jogo não é bem assim. Se quer jogar sozinho, melhor fazer as malas e ir para algum lugar onde possa ser dono de seu destino, se é que isso existe. Mas, se decidir ficar aqui, é melhor entrar para alguma panelinha, qualquer uma. É simples assim.

— É isso que tem feito, dom Pedro? Sido parte de uma panelinha?

— Eu não preciso disso, David. Eu lhes dou de comer, e isso você também nunca entendeu.

— Ficaria surpreso com a rapidez com que estou entendendo as coisas... Mas não se preocupe, pois essas resenhas são o de menos. Para o bem ou para o mal, amanhã ninguém vai se lembrar delas, nem das minhas, nem das suas.

— Qual é o problema, então?

— Deixe estar.

— São aqueles dois filhos da puta? Barrido e o ladrão de cadáveres?

— Pode esquecer, dom Pedro. Como acabou de dizer, a culpa é minha. De mais ninguém.

O maître aproximou-se com um olhar interrogativo. Eu não tinha olhado o cardápio e não pensava em fazê-lo.

— O de sempre, para os dois — ordenou dom Pedro.

O maître afastou-se com uma reverência. Vidal me observava como se eu fosse um animal perigoso preso em uma jaula.

— Cristina não pôde vir — disse. — Trouxe isso, para que escreva uma dedicatória para ela.

Pousou na mesa o exemplar de *Os passos do céu*, embrulhado em papel púrpura com o selo da livraria Sempere e Filhos, e empurrou para mim. Não fiz menção de pegá-lo. Vidal estava pálido. A veemência do discurso e o tom defensivo tinham desaparecido. *Lá vem porrada*, pensei.

— Diga de uma vez o que tem a dizer, dom Pedro. Não vou mordê-lo.

Vidal bebeu o vinho de um só gole.

— Há duas coisas que queria lhe dizer, e você não vai gostar.

— Estou começando a me acostumar.

— Uma tem a ver com seu pai.

Senti que aquele sorriso envenenado afundava em meus lábios.

— Passei anos querendo lhe contar, mas achei que não lhe faria bem algum. Vai pensar que não falei por covardia, mas eu juro, juro pelo que quiser que...

— O que é? — cortei.

Vidal suspirou.

— Na noite em que seu pai morreu...

— Em que o assassinaram — corrigi, em tom glacial.

— Foi um erro. A morte de seu pai foi um erro.

Olhei para ele sem entender.

— Aqueles homens não estavam atrás dele. Eles se enganaram.

Recordei o olhar daqueles três pistoleiros na escuridão, o cheiro de pólvora e o sangue de meu pai jorrando negro em minhas mãos.

— Era a mim que queriam matar — disse Vidal com um fio de voz. — Um antigo sócio de meu pai descobriu que a esposa dele e eu...

Fechei os olhos e escutei um riso escuro se formando dentro de mim. Meu pai tinha morrido crivado de balas por causa de uma confusão com um rabo de saia do grande Pedro Vidal.

— Diga algo, por favor.

Abri os olhos.

— Qual é a segunda coisa que tem para me dizer?

Nunca tinha visto Vidal assustado. Achei que lhe caía bem.

— Pedi a mão de Cristina em casamento.

Um longo silêncio.

— Ela aceitou.

Vidal baixou os olhos. Um dos garçons se aproximou com as entradas e colocou-as sobre a mesa desejando *bon appétit*. Vidal não se atreveu a me olhar de novo. As entradas esfriavam nos pratos. De repente, peguei o exemplar de *Os passos do céu* e saí.

Naquela tarde, saindo da Maison Dorée, surpreendi-me descendo a Rambla com aquele exemplar de *Os passos do céu*. À medida que me aproximava da esquina com a rua del Carmen, minhas mãos começaram a tremer. Parei diante das vitrines da joalheria Bagués, fingindo que apreciava medalhões de ouro em forma de fadas e flores, salpicados de rubis. A fachada barroca e exuberante das lojas El Indio ficava a poucos metros dali e qualquer um pensaria que aquilo era um grande bazar de prodígios e maravilhas inesperados, e não uma simples loja de tecidos. Aproximei-me lentamente e passei pelo hall que conduzia à porta. Sabia que ela não poderia me reconhecer e talvez eu também não pudesse mais reconhecê-la, mas mesmo assim fiquei ali quase cinco minutos antes de me atrever a entrar. Quando o fiz, meu coração batia com força e minhas mãos suavam.

As paredes eram cobertas por estantes com grandes bobinas de tecidos de todo tipo e, sobre as mesas, os vendedores, armados de fitas métricas e tesouras especiais amarradas à cintura, mostravam a senhoras da sociedade, escoltadas por suas criadas e costureiras, as mais refinadas tramas, como se fossem materiais preciosos.

— Posso ajudá-lo em alguma coisa, cavalheiro?

Era um homem corpulento e com voz esganiçada, enfiado em um terno de flanela que parecia a ponto de explodir a qualquer momento e encher a loja de retalhos flutuantes de tecido. Tinha um ar condescendente e um sorriso entre forçado e hostil.

— Não — murmurei.

Foi então que a vi. Minha mãe descia a escada com um punhado de retalhos na mão. Vestia uma blusa branca. Eu a reconheci no mesmo instante. Sua figura tinha se alargado um pouco e seu rosto, menos nítido, mostrava aquele leve desalento da rotina e da desilusão. O vendedor, irritado, continuava falando, mas eu mal percebia sua voz. Só via minha mãe, aproximando-se e passando bem na minha frente. Por um segundo, olhou para mim e, ao ver que eu a estava observando, sorriu docilmente, como se sorri a um cliente ou um patrão, e em seguida continuou seu trabalho. Um nó tão grande apertou minha garganta que mal pude abrir os lábios para interromper o vendedor e, já com lágrimas nos olhos, quase me faltou tempo para chegar à saída. Na rua, atravessei para o outro lado e entrei em um café. Sentei-me a uma mesa junto à janela, da qual podia ver a porta da El Indio, e esperei.

Tinha se passado quase uma hora e meia quando vi o vendedor que tinha me atendido sair e abaixar a grade da entrada. Aos poucos, as luzes começaram a se apagar e alguns dos vendedores da loja passaram por mim. Levantei e fui até a rua. Um moleque de cerca de dez anos estava sentado no portão ao lado, me olhando. Fiz um sinal para que se aproximasse. Ele veio e mostrei-lhe uma moeda. O menino sorriu de orelha a orelha e constatei que lhe faltavam vários dentes.

— Está vendo este pacote? Quero que o entregue a uma senhora que vai sair agora. Deve dizer que um cavalheiro mandou entregar, mas não diga que fui eu. Entendeu?

O moleque fez que sim. Dei-lhe a moeda e o livro.

— Agora, vamos aguardar.

Não precisei esperar muito tempo. Três minutos depois, a vi sair. Caminhava em direção à Rambla.

— É aquela senhora. Está vendo?

Minha mãe parou um momento diante do portão da igreja de Betlem e eu fiz um sinal ao moleque, que correu até ela. Assisti à cena de longe, sem poder ouvir o que dizia. O menino entregou o pacote e ela olhou espantada, hesitando entre aceitá-lo ou não. O menino insistiu e, finalmente, ela pegou o pacote e ficou olhando a criança, que saiu correndo. Desconcertada, virou-se para um lado e para outro, procurando com o olhar. Sentiu o peso do pacote, examinando o papel púrpura que o embrulhava. Finalmente, a curiosidade levou a melhor e ela o abriu.

Eu vi quando desembrulhou o livro. Segurou com uma das mãos, olhando a capa e depois virando o volume para examinar a contracapa. Senti que o fôlego me faltava e quis me aproximar dela, mas não consegui. Fiquei ali, a poucos metros de minha mãe, espiando-a sem que ela reparasse na minha presença, até que retomou a caminhada com o livro nas mãos, rumo a Colón. Ao passar diante do Palacio de la Virreina aproximou-se de uma lixeira e jogou-o lá dentro. Eu a vi partir Ramblas abaixo até se perder na multidão, como se nunca tivesse estado ali.

19

Sempere pai estava sozinho em sua livraria colando a lombada de um exemplar de *Fortunata e Jacinta* que estava caindo aos pedaços quando levantou os olhos e me viu do outro lado da porta. Só precisou de um segundo para perceber o estado em que me encontrava. Fez sinal para que entrasse. Assim que entrei, o livreiro me ofereceu uma cadeira.

— Não está com a cara boa, Martín. Deveria procurar um médico. Se não tiver coragem, vou com você. Também tenho horror a médico, todos de branco e com coisas pontiagudas nas mãos, mas às vezes não tem outro jeito.

— É só uma dor de cabeça, sr. Sempere. Já está passando.

Sempere me deu um copo de água de Vichy.

— Tome. Isso cura tudo, menos burrice, que é uma epidemia sempre em alta.

Sorri sem vontade para a piada de Sempere. Acabei de beber a água e suspirei. Senti a náusea nos lábios e uma forte pressão interna latejando atrás do meu olho esquerdo. Por um instante, pensei que fosse desmaiar e fechei os olhos. Respirei fundo, suplicando para não cair duro bem ali. O destino não podia ter um senso de humor tão perverso a ponto de ter me levado até a livraria de Sempere para, em agradecimento a tudo que tinha feito por mim, deixar-lhe meu cadáver como presente. Senti uma mão que segurava minha testa com delicadeza. Sempere. Abri os olhos e encontrei o livreiro junto com o filho, que tinha acorrido, observando-me com uma expressão de velório.

— Quer que chame o médico? — perguntou Sempere filho.

— Já estou melhor, obrigado. Muito melhor.

— Pois esse seu jeito de melhorar é de arrepiar os cabelos. Você está cinzento.

— Mais um pouquinho d'água?

Sempere filho apressou-se a encher meu copo de novo.

— Desculpem o espetáculo — disse eu. — Garanto que não planejei isso.

— Não diga bobagem.

— Talvez fosse melhor comer algo bem doce. Pode ser falta de açúcar... — sugeriu o filho.

— Vá à padaria da esquina e traga alguns doces — concordou o livreiro.

Quando ficamos sozinhos, Sempere cravou os olhos em mim.

— Juro que vou procurar o médico — contemporizei.

Dois minutos depois, o filho do livreiro voltou com um saco de papel contendo o que havia de melhor na confeitaria do bairro. Passou-me o saco e escolhi um brioche que, em outra ocasião, teria me parecido tão tentador quanto o traseiro de uma corista.

— Coma — ordenou Sempere.

Comi o brioche docilmente. Aos pouquinhos, comecei a me sentir melhor.

— Parece que está revivendo — observou o filho.

— O que os bolos da esquina não são capazes de curar...

Naquele instante, ouvimos a campainha da porta. Um cliente tinha entrado na livraria e, a um sinal positivo do pai, Sempere filho nos deixou para atendê-lo. O livreiro ficou a meu lado, tentando medir minha pulsação apertando meu pulso com o dedo.

— Sr. Sempere, lembra quando me disse, anos atrás, que se algum dia tivesse que salvar um livro, mas salvá-lo de verdade, viesse vê-lo?

Sempere passou os olhos pelo livro que eu tinha retirado da lixeira onde minha mãe o jogara, e que ainda estava em minhas mãos.

— Dê-me cinco minutos.

Começava a escurecer quando descemos pela Rambla entre a multidão que tinha saído para passear naquela tarde calorenta e úmida. Soprava apenas um arremedo de brisa, varandas e janelas estavam escancaradas, as pessoas se debruçavam contemplando aquele desfile de silhuetas sob o céu inflamado, cor de âmbar. Sempere caminhava a passos rápidos e não diminuiu a marcha até avistarmos o pórtico sombrio que se abria na entrada da rua Arco del Teatro. Antes de atravessar, olhou-me solenemente e disse:

— Martín, o que vai ver agora não pode ser contado a ninguém, nem a Vidal. A ninguém.

Concordei, intrigado com o ar de seriedade e segredo do livreiro. Segui Sempere pela ruazinha estreita, apenas uma brecha entre edifícios sombrios e deteriorados que pareciam se inclinar como salgueiros de pedra para fechar o pedaço de céu que se estendia entre os telhados. Logo chegamos a um grande portão de madeira que parecia ser de uma velha basílica que permanecera cem anos no fundo de um pântano. Sempere subiu os dois degraus que levavam ao portão e segurou a aldrava de bronze forjado, na forma de um sorridente diabinho. Bateu três vezes e desceu de novo para esperar a meu lado.

— O que vai ver agora não pode ser dito a...

— ... a ninguém. Nem a Vidal. A ninguém.

Sempere assentiu com severidade. Esperamos alguns minutos até que ouvimos um barulho que parecia ser de cem ferrolhos movendo-se simultaneamente. O portão entreabriu-se com um profundo gemido e o rosto de um homem de meia-idade, cabelos ralos, expressão aguda e olhar penetrante surgiu.

— Sempere, para variar. Era só o que me faltava! — implicou. — O que me traz hoje? Mais um viciado em letras que não arranja namorada porque prefere morar com a mamãe?

Sempere não deu nenhuma bola para a sarcástica recepção.

— Martín, esse é Isaac Monfort, guardião deste lugar e dono de uma simpatia sem igual. Ouça com atenção tudo que disser. Isaac, esse é David Martín, bom amigo, escritor e pessoa de minha confiança.

O tal Isaac olhou-me de cima a baixo com pouco entusiasmo e trocou um olhar com Sempere.

— Um escritor nunca é uma pessoa de confiança. Bem, Sempere já lhe explicou as regras?

— Só que não posso falar a ninguém sobre nada do que vou ver aqui.

— Essa é a primeira e mais importante. Se não a cumprir, eu mesmo vou atrás de você e torço seu pescoço. Entendeu o espírito da coisa?

— Totalmente.

— Pois então vamos — disse Isaac, fazendo um gesto para que entrasse.

— Tenho que me despedir agora, Martín, e deixar vocês. Estará seguro aqui.

Compreendi que Sempere se referia ao livro, não a mim. Abraçou-me com força e, em seguida, perdeu-se na noite. Cruzei a soleira, e o tal Isaac puxou uma alavanca do outro lado. Mil mecanismos emaranhados em uma teia de aranha de trilhos e roldanas fecharam o portão. Isaac pegou um candeeiro do chão e levantou à altura de meu rosto.

— Não está com uma cara boa — sentenciou.

— Indigestão — repliquei.

— De quê?

— De realidade.

— Melhor entrar na fila.

Avançamos por um longo corredor. Nas laterais, veladas pela penumbra, se entreviam afrescos e escadarias de mármore. Entramos naquele recinto palaciano e aos poucos vislumbrei à minha frente a entrada do que parecia ser uma grande sala.

— O que traz aqui? — perguntou Isaac.

— *Os passos do céu*. Um romance.

— Titulozinho pretensioso, não? E vossa senhoria seria por acaso o autor?

— Temo que sim.

Isaac suspirou, negando com a cabeça.

— E o que mais escreveu?

— *A cidade dos malditos*, volumes um a vinte e cinco, entre outras coisas.

Isaac virou-se e sorriu, satisfeito.

— Ignatius B. Samson?

— Seu criado. E que Deus o tenha.

Foi então que o enigmático guardião parou e deixou a lamparina pousar no que parecia ser um parapeito suspenso diante de uma grande abóbada. Levantei os olhos e fiquei pasmo. Um colossal labirinto de pontes, passagens e estantes repletas de centenas de milhares de livros se erguia, formando uma gigantesca biblioteca de perspectivas impossíveis. Um emaranhado de túneis atravessava a imensa estrutura, que parecia subir em espiral até uma grande cúpula de vidro, da qual se filtravam cortinas de luz e trevas. Pude ver alguns vultos isolados que percorriam passarelas e escadarias ou examinavam detidamente os corredores daquela catedral feita de livros e palavras. Não podia crer em meus próprios olhos e fitei Isaac Monfort, atônito. Ele sorria como uma velha raposa que saboreava seu truque predileto.

— Bem-vindo ao Cemitério dos Livros Esquecidos, Ignatius B. Samson.

20

Segui o guardião até a base da grande nave que sustentava o labirinto. O chão que pisávamos estava todo remendado com lousas e lápides, cheias de inscrições funerárias, cruzes e retratos diluídos na pedra. O guardião parou e deslizou o lampião a gás sobre algumas das peças daquele macabro quebra-cabeças para que eu apreciasse.

— Restos de um antigo cemitério — explicou. — Mas que isso não lhe dê a ideia de cair morto por aqui.

Continuamos até uma área localizada na frente da estrutura central e que parecia fazer as vezes de soleira. Isaac ia recitando normas e deveres sem parar, cravando em mim um olhar que eu tentava rebater com mansa concordância.

— Artigo um: a primeira vez que alguém vem aqui, tem direito de escolher um livro, o que desejar, dentre todos os que existem neste lugar. Artigo dois: quem adota um livro, assume a obrigação de protegê-lo e fazer tudo o que for possível para que nunca se perca. Para a vida inteira. Dúvidas até o momento?

Levantei os olhos para a imensidão do labirinto.

— Como escolher um só livro entre tantos?

Isaac deu de ombros.

— Há quem prefira acreditar que é o livro que escolhe a pessoa... o destino, por assim dizer. O que está vendo aqui é a soma de séculos de livros perdidos e esquecidos, livros que estavam condenados a ser destruídos e silenciados para sempre, livros que preservam a memória e a alma de tempos e prodígios que ninguém mais lembra. Nenhum de nós, nem os mais velhos, sabe exatamente quando foi criado ou por quem. Provavelmente, é quase tão antigo quanto a própria cidade e foi crescendo com ela, à sua sombra. Sabemos que o edifício foi construído com restos de todos os palácios, igrejas, prisões e hospitais que já existiram neste lugar. A origem da estrutura principal é do início do século XVIII e não parou de se transformar desde então. Anteriormente, o Cemitério dos Livros Esquecidos ficava oculto sob os túneis da cidade medieval. Há quem diga que, nos tempos da Inquisição, pessoas de saber e de mente livre escondiam os livros proibidos em sarcófagos ou os enterravam nas urnas que havia por toda a cidade para protegê-los, esperando que as gerações futuras pudessem desenterrá-los. Em meados do século passado, foi encontrado um longo túnel que conduz das entranhas do labirinto até os porões de uma velha biblioteca que hoje em dia está fechada e escondida sob as ruínas de uma antiga sinagoga no bairro do Call. Quando as últimas muralhas da cidade caíram, houve um deslizamento de terra, e o túnel foi inundado pelas águas da torrente subterrânea que corre há séculos sob aquilo que hoje em dia é a Rambla. Agora é impraticável, mas supomos que durante muito tempo esse túnel tenha sido uma das principais vias de acesso a este lugar. A maior parte da estrutura atual desenvolveu-se durante o século XIX. Não há mais de cem pessoas em toda a cidade que conheçam esse lugar e espero que Sempere não tenha cometido um erro ao incluí-lo entre elas...

Neguei energicamente, mas Isaac olhou para mim com ceticismo.

— Artigo três: pode enterrar seu livro onde quiser.

— E se eu me perder?

— Uma cláusula adicional, de minha lavra: tente não se perder.

— Alguém já se perdeu alguma vez?

Isaac deixou escapar um suspiro.

— Quando cheguei aqui, há anos, contava-se a história de Darío Alberti de Cymerman. Suponho que Sempere não deve ter lhe falado disso, claro...

— Cymerman? O historiador?

— Não, o domador de focas. Quantos Daríos Alberti Cymerman conhece? O caso é que, no inverno de 1889, Cymerman penetrou no labirinto e desapareceu dentro dele por uma semana. Foi encontrado escondido em um dos túneis, meio morto de terror. Tinha se emparedado atrás de várias fileiras de textos sagrados para não ser visto...

— Visto por quem?

Isaac olhou-me longamente.

— Pelo homem de preto. Tem certeza que Sempere não lhe contou isso?

— Tenho.

Isaac baixou a voz e adotou um tom confidencial.

— Ao longo dos anos, alguns associados afirmaram ter visto o homem de preto algumas vezes, nos túneis do labirinto. Cada um o descreve de uma maneira diferente. Há inclusive quem garanta que falou com ele. Houve um tempo em que correu o rumor de que o homem de preto era o espírito de um autor amaldiçoado, traído por um associado que tirou um livro seu daqui e não cumpriu a promessa feita: o livro se perdeu para sempre e o defunto autor vaga eternamente pelos corredores buscando vingança, sabe como é, essas coisas à moda de Henry James que as pessoas tanto apreciam.

— Não vá me dizer que acredita nisso.

— Claro que não. Tenho outra teoria. A de Cymerman.

— Que é...

— De que o homem de preto é o proprietário deste lugar, o pai de todo o conhecimento secreto e proibido, do saber e da memória, portador da luz dos contistas e escritores desde tempos imemoriais... É o nosso anjo da guarda, o anjo das mentiras e da noite.

— Está zombando de mim.

— Todo labirinto tem seu minotauro — pontificou o guardião. Isaac sorriu enigmaticamente e indicou a entrada do labirinto. — É todo seu.

Tomei uma passarela que conduzia a uma das entradas e penetrei lentamente em um largo corredor de livros que fazia uma curva ascendente. Ao chegar ao fim da curva, o túnel se bifurcava em quatro corredores e formava um pequeno círculo, de onde saía uma escada em caracol que se perdia nas alturas. Subi os degraus até encontrar um patamar do qual partiam três túneis. Escolhi um deles, o que achei que conduzia ao coração da estrutura, e me aventurei. Na passagem, roçava a lombada de centenas de livros com os dedos. Deixei-me impregnar pelo cheiro, pela luz que conseguia se filtrar pelas frestas e claraboias de vidro encravadas na estrutura de madeira e flutuava entre espelhos e penumbra. Andei sem rumo durante quase trinta minutos, até chegar a uma espécie de câmara fechada na qual havia uma mesa e uma cadeira. As paredes eram feitas de livros e pareciam sólidas, à exceção de uma pequena brecha que dava a impressão de que alguém tinha retirado dali o volume que a ocupava. Decidi que aquele seria o novo lar de *Os passos do céu*. Contemplei a capa pela última vez e reli o primeiro parágrafo, imaginando o instante, muitos anos depois que eu estivesse morto e esquecido, em que alguém percorreria aquele mesmo caminho e, se o acaso assim o desejasse, chegaria àquela mesma sala para encontrar um livro desconhecido, no qual eu tinha posto tudo o que tinha a oferecer. Enfiei-o ali, sentindo que era eu quem ficava naquela estante. Foi então que senti uma presença às minhas costas e me virei para encontrar, olhando-me fixamente nos olhos, o homem de preto.

21

No começo não reconheci meu próprio olhar no espelho, um dos muitos que formavam uma cadeia de luz tênue ao longo dos corredores do labirinto. Eram meu rosto e minha pele que eu via no reflexo, mas os olhos eram os de um estranho. Turvos, escuros e transbordantes de malícia. Afastei o olhar e senti que a náusea me rondava novamente. Sentei-me na cadeira diante da mesa e respirei profundamente. Imaginei até que o dr. Trías poderia achar bem divertida a ideia de que o inquilino de meu cérebro, o crescimento tumoral, como ele gostava de chamá-lo, tivesse resolvido dar seu golpe de misericórdia naquele lugar e conceder-me a honra de ser o primeiro cidadão permanente do Cemitério dos Romancistas Esquecidos. Enterrado em companhia de sua última e lamentável obra, aquela que o levou ao túmulo. Alguém me encontraria ali em dez meses, em dez anos, ou talvez nunca. Um *grand finale*, digno de *A cidade dos malditos*.

Creio que o que me salvou foi a risada amarga que me esvaziou a cabeça, devolvendo-me a noção de onde estava e do que tinha ido fazer. Ia levantar da cadeira quando o vi. Era um volume tosco, escuro e sem título visível na lombada. Estava em cima de uma pilha de quatro livros, bem na ponta da mesa. Tomei-o nas mãos. A capa parecia encadernada em couro ou alguma pele curtida e escurecida, mais pelo tato do que por algum tingimento. As palavras do título, que tinham sido gravadas na capa com o que supus ser algum tipo de impressão a fogo, estavam semiapagadas, mas na quarta página lia-se claramente o mesmo título.

Lux Aeterna
D.M.

Imaginei que as iniciais, que coincidiam com as minhas, correspondiam ao nome do autor, mas não havia nenhum outro indício no livro que confirmasse isso. Passei várias páginas rapidamente e reconheci pelo menos cinco línguas diferentes alternando-se no texto. Castelhano, alemão, latim, francês e hebraico. Li um parágrafo ao acaso, que me lembrou uma oração da liturgia tradicional, de que não me recordava muito bem, e imaginei se aquele caderno não seria uma espécie de missal ou apanhado de preces. O texto era marcado por numerais e estrofes com entradas sublinhadas, que pareciam indicar episódios ou divisões temáticas. Quanto mais o examinava, mais achava que aquilo me lembrava os evangelhos e catecismos de meus dias de escola.

Poderia sair dali, escolher qualquer outro volume entre centenas de milhares e abandonar aquele lugar para nunca mais voltar. Quase acreditei que era o que estava fazendo, quando percebi que estava apenas percorrendo os túneis e corredores do labirinto no sentido inverso, sempre com o livro na mão, como se ele fosse um parasita que tivesse grudado em minha pele. Por um instante, passou pela minha cabeça a ideia de que o livro tinha mais vontade do que eu de sair daquele lugar e, de algum modo, guiava meus passos. Depois de algumas voltas e de passar diante do mesmo exemplar do quarto tomo das obras completas de LeFanu duas vezes, encontrei-me, sem saber como, diante da escadaria que descia em espiral e, de lá, consegui encontrar o caminho que levava à saída do labirinto. Pensei que Isaac estaria me esperando na soleira, mas não havia nem sinal de sua presença, embora tivesse certeza de que alguém me observava na escuridão. A grande cúpula do Cemitério dos Livros Esquecidos estava mergulhada em um grande silêncio.

— Isaac? — chamei.

O eco de minha voz se perdeu na sombra. Esperei alguns segundos em vão e encaminhei-me para a saída. A penumbra azul que se filtrava da cúpula foi se apagando até que a escuridão a meu redor tornou-se quase absoluta. Alguns passos mais adiante, distingui uma luz que piscava no extremo da galeria e vi que o guardião tinha deixado o candeeiro ao pé do portão. Virei-me mais uma vez para examinar a escuridão da galeria. Puxei a alavanca que punha em marcha o mecanismo de trilhos e roldanas. Os enclaves do ferrolho foram se liberando um a um e a porta cedeu alguns centímetros. Empurrei apenas o suficiente para passar e saí. Em poucos segundos, a porta começou a se fechar de novo e cerrou-se com um eco profundo.

22

À medida que me afastava daquele lugar, sentia que a magia me abandonava, e a náusea e a dor me invadiam de novo. Caí duas vezes, a primeira na Rambla e a segunda ao tentar atravessar a Via Layetana, onde um menino me ajudou a levantar e me salvou de ser atropelado pelo bonde. A duras penas, consegui chegar até minha porta. A casa tinha ficado fechada o dia inteiro e o calor, aquele calor úmido e peçonhento que a cada dia sufocava a cidade um pouco mais, flutuava no interior em forma de luz poeirenta. Subi até o escritório da torre e abri totalmente as janelas. Havia apenas um sopro de brisa sob um céu batido por nuvens negras, que se moviam lentamente em círculos sobre Barcelona. Deixei o livro na escrivaninha e disse a mim mesmo que teria todo o tempo para examiná-lo mais detalhadamente. Ou talvez não. Talvez meu tempo já tivesse acabado. Isso parecia pouco importar agora.

Naquele momento, mal me aguentava em pé e precisava me esticar na escuridão. Consegui resgatar um dos frascos de comprimidos de codeína da gaveta e engoli três ou quatro de uma vez. Guardei o frasco no bolso e desci as escadas, não muito seguro de que poderia chegar ao quarto. Ao alcançar o corredor, tive a impressão de ver a linha de claridade que havia sob a porta principal piscar, como se houvesse alguém do outro lado. Aproximei-me lentamente da entrada, apoiando-me nas paredes.

— Quem está aí? — perguntei.

Não houve resposta nem ruído algum. Hesitei um segundo e em seguida abri e parei no patamar. Inclinei-me para olhar escada abaixo. Os degraus desciam em espiral, esvaindo-se nas trevas. Não havia ninguém.

Virei para a porta e percebi que o pequeno lampião que iluminava o patamar estava piscando. Entrei de novo na casa e fechei a porta à chave, algo que muitas vezes me esquecia de fazer. Foi então que o vi. Era um envelope de cor creme de bordas picotadas. Alguém o tinha enfiado por baixo da porta. Ajoelhei-me para pegá-lo. Era papel de alta gramatura, poroso. O envelope estava lacrado e tinha meu nome. A marca gravada sobre o lacre exibia a silhueta de um anjo com as asas abertas.

Abri.

Prezado sr. Martín:

Vou passar um tempo na cidade e gostaria muito de poder usufruir de sua companhia e, talvez, da oportunidade de retomar a discussão sobre a proposta que lhe fiz. Agradeceria muito se pudesse me acompanhar, caso não tenha compromisso prévio, em um jantar, na próxima sexta--feira, 13, deste mês, às dez horas da noite, em uma pequena casa que aluguei para minha estadia em Barcelona. A casa fica na esquina das ruas Olot e San José de la Montaña, junto à entrada do parque Güell. Confio e desejo que lhe seja possível comparecer.

Seu amigo,

Andreas Corelli

Deixei o bilhete cair no chão e arrastei-me até a galeria. Lá, estendi-me em um sofá, abrigado pela penumbra. Faltavam sete dias para o encontro. Sorri para mim mesmo. Não pensava que fosse viver sete dias. Fechei os olhos e tentei dormir. Aquele apito constante nos ouvidos parecia mais estrondoso que nunca. Pontadas de luz branca acendiam-se em minha mente com cada batida do coração.

Não poderá nem pensar em escrever.

Abri os olhos de novo e examinei a penumbra azul que velava a galeria. Próximo a mim, na mesa, ainda repousava o velho álbum de fotografias que Cristina tinha deixado. Não tive coragem de jogá-lo fora, nem mesmo de tocá-lo. Estiquei a mão e o abri. Fui passando as páginas até encontrar a imagem que procurava. Arranquei-a do papel e examinei. Cristina, ainda menina, caminhando de mãos dadas com um estranho por aquele cais que penetrava no mar. Apertei a fotografia contra o peito e abandonei-

-me ao cansaço. Lentamente, a amargura e a raiva daquele dia, daqueles anos, foram se apagando e fui envolvido por uma cálida escuridão cheia de vozes e mãos que me esperavam. Desejei perder-me nela como nunca tinha desejado nada na vida, mas algo me puxou e uma punhalada de luz e dor me arrancou daquele sonho prazeroso que prometia não ter fim.

Ainda não, sussurrou a voz, *ainda não*.

Soube que os dias passavam porque, de quando em quando, despertava e tinha a impressão de ver a luz do sol atravessando as lâminas dos postigos das janelas. Em várias ocasiões, pensei que ouvia batidas na porta e vozes que chamavam meu nome e que, de repente, sumiam. Horas ou dias depois, levantei e, quando levei as mãos ao rosto, percebi que havia sangue em meus lábios. Não sei se desci à rua ou sonhei que fazia isso, mas, sem saber como tinha chegado lá, eu me vi entrando no passeio do Borne e caminhando até a catedral de Santa María del Mar. As ruas estavam desertas sob a luz de mercúrio. Levantei os olhos e achei ter visto o espectro de uma grande tempestade abrindo as asas sobre a cidade. Um sopro de luz branca abriu o céu e um manto tecido de gotas de chuva desmoronou como uma cortina de punhais de cristal. Um instante antes que a primeira gota tocasse o solo, o tempo parou e centenas de milhares de lágrimas de luz ficaram suspensas no ar como partículas de poeira. Tive a sensação de que algo ou alguém caminhava às minhas costas e pude sentir seu hálito na nuca, frio e impregnado do fedor de carne putrefata e fogo. Senti que seus dedos, longos e afilados, fechavam-se sobre minha pele e, naquele exato momento, atravessando a chuva suspensa, apareceu aquela menina que só vivia no retrato que eu apertava contra o peito. Pegou minha mão e foi me guiando de volta para a casa da torre, deixando para trás aquela presença gelada que se arrastava às minhas costas. Quando recobrei a consciência, tinham se passado sete dias.

Amanhecia o dia 13 de julho, sexta-feira.

23

Pedro Vidal e Cristina Sagnier casaram-se naquela tarde. A cerimônia aconteceu às cinco horas na capela do monastério de Pedralbes e contou apenas com a presença de uma pequena parte do clã Vidal e com a funesta ausência da parte mais notável da família, inclusive o pai do noivo. Se as más-línguas lá estivessem, teriam dito que a decisão do caçula de contrair matrimônio com a filha do motorista caiu como um balde de água fria nas hostes da dinastia. Porém, não estavam. Em um discreto pacto de silêncio, os colunistas sociais tinham outras coisas para fazer naquela tarde e nem uma única publicação deu eco à cerimônia. Ninguém estava lá para contar que, nas portas da igreja, tinha se reunido um ramalhete de antigas amantes de dom Pedro, que choravam em silêncio como uma confraria de viúvas murchas, às quais nada mais restava senão perder a última esperança. Ninguém estava lá para contar que Cristina carregava um buquê de rosas brancas na mão, e seu vestido cor de marfim se confundia com a pele, fazendo parecer que a noiva estava nua no altar, sem outro adorno senão o véu branco que lhe cobria o rosto e um céu âmbar que parecia se unir em um redemoinho de nuvens sobre a agulha do campanário.

Ninguém estava lá para lembrar como ela desceu do carro, parou por um instante e pousou os olhos na praça que ficava na frente do portal da igreja, até que seus olhos encontraram aquele homem moribundo, cujas mãos tremiam e que murmurava, sem que ninguém pudesse ouvi-lo, palavras que ele levaria consigo para o túmulo.

— Malditos sejam. Malditos sejam os dois.

* * *

Duas horas depois, sentado na cadeira do escritório, abri o estojo que tinha chegado às minhas mãos anos atrás e que continha a única coisa que me restava de meu pai. Peguei a pistola enrolada em um pano e abri o tambor. Enfiei seis balas e fechei de novo. Apoiei o cano na têmpora, tensionei o gatilho e fechei os olhos. Naquele instante, senti que um golpe de vento açoitava a torre novamente e as janelas do escritório se abriam de par em par, batendo violentamente contra a parede. Uma brisa gelada acariciou minha pele, trazendo o alento perdido das grandes esperanças.

24

O táxi subia lentamente até as fronteiras do bairro de Gracia, rumo ao solitário e sombrio recinto do parque Güell. A colina surgia pontilhada de casarões que já tinham visto dias melhores, despontando por entre um arvoredo que balançava ao vento como água negra. Vislumbrei a grande porta da casa, bem no alto da ladeira. Três anos antes, quando da morte de Gaudí, os herdeiros do conde Güell tinham vendido à prefeitura aquela propriedade deserta, que nunca teve outro morador senão seu arquiteto, por uma peseta. Esquecido e abandonado, o jardim de colunas e torres agora lembrava um paraíso maldito. Pedi ao motorista que parasse diante das grades da entrada e paguei a corrida.

— Tem certeza de que quer ficar aqui? — perguntou o motorista, apreensivo. — Se quiser, posso esperar alguns minutos...

— Não será necessário.

O murmúrio do táxi perdeu-se colina abaixo e fiquei a sós com o eco do vento entre as árvores. As folhas se arrastavam na entrada do parque e rodopiavam aos meus pés. Aproximei-me das grades, fechadas por correntes corroídas de ferrugem, e examinei o interior. O luar lambia o contorno da silhueta de dragão que dominava a escadaria. Uma forma escura descia os degraus muito lentamente, observando-me com olhos que brilhavam como pérolas sob a água. Era um cão negro. O animal parou ao pé das escadas e só então percebi que não estava sozinho. Outros dois animais me observavam em silêncio. Um tinha se aproximado sorrateiramente pela sombra projetada pela casa do guarda, localizada de um lado da entrada. O outro, o maior dos três, tinha subido no muro e me encarava da beirada, a uns dois metros de distância. O vapor de seu hálito destilava-se entre os caninos expostos. Retirei-me lentamente, sem tirar os olhos dos dele e sem virar as costas. Passo a passo, cheguei à calçada oposta à entrada. O outro cão também tinha trepado no muro e me seguia com os olhos. Examinei o chão em busca de algum galho ou pedra que pudesse utilizar como defesa se resolvessem pular e atacar, mas tudo o que vi foram folhas secas. Sabia que, se desviasse os olhos e saísse correndo, os animais me caçariam e eu não conseguiria percorrer nem vinte metros antes que me alcançassem e me despedaçassem. O maior deles adiantou-se alguns passos sobre o muro e tive certeza de que ia pular. O terceiro, o único que vi no início e que provavelmente atuava como batedor, começou a escalar a parte baixa do muro para juntar-se aos outros dois. *Já era*, pensei.

Naquele momento, um lampejo de claridade se acendeu e iluminou a cara lupina dos três animais, que pararam bruscamente. Olhei por cima do ombro e pude ver a elevação que se erguia a meia centena de metros da entrada do parque. As luzes da casa estavam acesas, as únicas em toda a colina. Um dos animais emitiu um grunhido surdo e retirou-se para dentro do parque. Os outros o seguiram logo depois.

Sem pensar duas vezes, encaminhei-me à casa. Tal como tinha dito Corelli em seu convite, o casarão se erguia na esquina da rua Olot com San José de la Montaña. Era uma estrutura esbelta e angulosa de três andares, em forma de torre coroada de mansardas, contemplando como uma sentinela a cidade e o parque fantasmagórico a seus pés.

A casa ficava no final de uma ladeira íngreme e de uma escada que levava à sua porta. Halos de luz dourada emanavam das janelas. À medida que subia a escada de pedra, comecei a distinguir uma silhueta recortada em um parapeito do segundo andar, imóvel como uma aranha estendida em sua rede. Cheguei ao último degrau e parei para recuperar o fôlego. A porta principal estava entreaberta e uma lâmina de luz estendia-se até meus pés. Aproximei-me devagar e parei na soleira. Um cheiro de flores mortas exalava do interior. Com os nós dos dedos, bati na porta, que cedeu alguns centímetros para dentro. Diante de mim havia um saguão e um longo corredor que penetrava na casa. Detectei um som seco e repetitivo, como de uma portinhola batendo contra a janela com o vento, vindo de algum lugar da casa e que lembrava as batidas de um coração. Penetrei alguns passos no hall e vi que, à minha esquerda, encontravam-se as escadas que subiam para o alto da torre. Pensei ter ouvido passos ligeiros, passos de criança, escalando os últimos andares.

— Boa noite — chamei.

Antes que o eco de minha voz se perdesse no corredor, o som percussivo que pulsava em algum lugar da casa parou. Um silêncio absoluto desceu a meu redor e uma corrente de ar gelado acariciou meu rosto.

— Sr. Corelli? É Martín. David Martín...

Como não obtive resposta, aventurei-me pelo corredor que avançava para o interior da casa. As paredes estavam cobertas de fotografias emolduradas, de diversos tamanhos; pelas poses e roupas dos personagens, supus que a maioria dos retratos tinha pelo menos de vinte a trinta anos. Embaixo de cada moldura havia uma plaqueta com o nome do retratado e o ano em que a foto tinha sido tirada. Estudei aqueles rostos que me observavam de outra época. Crianças e velhos, damas e cavalheiros. Todos unidos pela sombra da tristeza no olhar, como um silencioso chamado. Todos olhavam para a câmera com uma ânsia de gelar o sangue.

— Gosta de fotografia, amigo Martín? — disse a voz junto a mim.

Virei-me, sobressaltado. Andreas Corelli contemplava as fotografias ao meu lado com um sorriso cheio de melancolia. Não tinha percebido sua aproximação e, quando sorriu, senti um calafrio.

— Pensei que não viria.

— Eu também.

— Então, permita que o convide para uma taça de vinho e um brinde aos nossos erros.

Segui-o até uma grande sala com amplas janelas voltadas para a cidade. Corelli indicou-me uma poltrona e começou a servir duas taças de uma garrafa de cristal que estava sobre a mesa. Estendeu-me uma taça e se sentou na poltrona em frente.

Experimentei o vinho. Era excelente. Bebi quase de um trago e logo senti o calor que descia pela garganta e temperava meus nervos; Corelli sentia o aroma do vinho, observando-me com um sorriso sereno e amigável.

— Você tinha razão — disse eu.

— Costumo ter — replicou Corelli. — É um hábito que raramente me proporciona alguma satisfação. Às vezes penso que poucas coisas me agradariam mais do que ter certeza de que estava enganado.

— Isso se resolve facilmente. Pergunte a mim. Estou sempre equivocado.

— Não, não está. Creio que vê as coisas tão claramente quanto eu e que isso também não lhe traz satisfação alguma.

Ouvindo-o, pensei que, naquele momento, a única coisa que poderia me proporcionar alguma satisfação seria tocar fogo no mundo inteiro e arder com ele. Corelli, como se tivesse lido meus pensamentos, sorriu mostrando os dentes e concordou.

— Posso ajudá-lo, meu amigo.

Surpreendi-me evitando o seu olhar e concentrando-me naquele pequeno broche com um anjo de prata pousado em sua lapela.

— Bonito broche — disse, apontando-o.

— Lembrança de família — respondeu Corelli.

Considerei que já tínhamos trocado gentilezas e trivialidades suficientes para toda a noite.

— Sr. Corelli, o que estou fazendo aqui?

Os olhos de Corelli brilhavam com a mesma cor do vinho que se movia lentamente em sua taça.

— É muito simples. Está aqui porque entendeu finalmente que este é o seu lugar. Está aqui porque faz um ano que lhe fiz uma proposta. Uma proposta que, naquele momento, não estava preparado para aceitar, mas que não esqueceu. E eu estou aqui porque continuo achando que é a pessoa que procuro e, por isso, preferi esperar doze meses antes de deixá-lo de lado.

— Uma proposta que nunca chegou a detalhar — recordei.

— Na verdade, a única coisa que lhe dei foram os detalhes.

— Cem mil francos por um ano inteiro de trabalho escrevendo um livro.

— Exatamente. Muitos pensariam que isso era o essencial. Mas você, não.

— Disse que quando me explicasse que tipo de livro queria que escrevesse para você, eu o faria mesmo que não me pagasse.

Corelli assentiu.

— Tem boa memória.

— Tenho uma memória excelente, sr. Corelli, tanto que não me lembro de ter visto, lido ou ouvido falar de nenhum livro editado pelo senhor.

— Está duvidando de mim?

Neguei, tentando dissimular o desejo e a cobiça que me corroíam por dentro. Quanto mais desinteresse mostrava, mais tentado pelas promessas do editor me sentia.

— Simplesmente seus motivos me intrigam — esclareci.

— É de se esperar.

— De qualquer forma, devo lembrar que tenho um contrato de exclusividade com Barrido & Escobillas por mais cinco anos. Ainda outro dia recebi uma visita muito ilustrativa dos dois, acompanhados por um advogado de aparência despachada. Mas suponho que pouco importa, pois cinco anos é tempo demais e se alguma coisa está clara para mim é que tempo é o que menos tenho.

— Não se preocupe com os advogados. Os meus têm uma aparência infinitamente mais despachada que os dessa dupla de pústulas e nunca perderam um caso. Deixe os detalhes legais e processuais por minha conta.

Pelo modo como sorriu ao pronunciar aquelas palavras, pensei que seria melhor nunca ter uma reunião com os conselheiros legais da Éditions de la Lumière.

— Acredito. Suponho que, diante disso, só resta uma questão: saber quais seriam os outros detalhes de sua proposta, os essenciais.

— Não há uma maneira simples de dizer isso, de modo que será melhor que eu diga sem rodeios.

— Por favor.

Corelli inclinou-se para a frente e cravou seus olhos em mim.

— Martín, quero que crie uma religião para mim.

De início pensei que não tinha ouvido bem.

— Como disse?

Corelli sustentou meu olhar com seus olhos sem fundo.

— Disse que quero que crie uma religião para mim.

Contemplei-o durante um longo instante, mudo.

— Está zombando de mim?

Corelli negou, saboreando seu vinho com deleite.

— Quero que reúna todo o seu talento e se dedique de corpo e alma, durante um ano, à maior história que poderia criar: uma religião.

Só pude cair na gargalhada.

— Está completamente louco. É essa a sua proposta? É esse o livro que quer que eu escreva?

Corelli fez que sim serenamente.

— Enganou-se de escritor. Não sei nada de religião.

— Não se preocupe com isso. Eu sei. A pessoa que procuro não é um teólogo, e sim um narrador. Sabe o que é uma religião, amigo Martín?

— Mal me lembro do pai-nosso.

— Uma oração preciosa e muito bem trabalhada. Poesia à parte, uma religião vem a ser um código moral que se expressa através de lendas, mitos ou qualquer tipo de objeto literário, com o objetivo de estabelecer um sistema de crenças, valores e normas que sirvam para regular uma cultura ou uma sociedade.

— Amém — repliquei.

— Como em literatura ou qualquer outro ato de comunicação, o que confere efetividade é a forma, e não o conteúdo — continuou Corelli.

— Mas então está dizendo que uma doutrina nada mais é que um conto.

— Tudo é um conto, Martín. O que cremos, o que conhecemos, o que recordamos e até o que sonhamos. Tudo é um conto, uma narração, uma sequência de acontecimentos e personagens que comunicam um conteúdo emocional. Um ato de fé é um ato de aceitação, aceitação de uma história que nos foi contada. Só aceitamos como verdadeiro aquilo que pode ser narrado. Não venha me dizer que a ideia não o tenta.

— Não.

— Não o tenta a ideia de escrever uma história pela qual os homens sejam capazes de viver e morrer, pela qual sejam capazes de matar e deixar-se matar, de sacrificar-se e de enfrentar a condenação, de entregar sua alma? Que desafio poderia ser maior para seu ofício do que criar uma história tão poderosa que transcenda a ficção e se converta em verdade revelada?

Ficamos nos olhando em silêncio durante vários segundos.

— Creio que já sabe qual é a minha resposta — disse eu, finalmente.

Corelli sorriu.

— Sei. Creio que quem ainda não sabe é você.

— Obrigado pela companhia, sr. Corelli. E pelo vinho e pelos discursos. Muito instigantes. Abra o olho com as pessoas a quem fala dessas coisas. Desejo que encontre seu homem e que o panfleto seja um sucesso completo.

Levantei e preparei-me para sair.

— Alguém o espera em algum lugar, Martín?

Não respondi, mas parei.

— Não sente raiva quando vê que poderia ter tantas coisas pelas quais viver, com saúde e fortuna, sem amarras? — disse Corelli às minhas costas. — Não sente raiva quando tudo isso é arrancado de suas mãos?

Virei lentamente.

— O que é um ano de trabalho diante da possibilidade de que tudo o que deseja vire realidade? O que é um ano de trabalho diante da promessa de uma longa existência de plenitude?

Nada, pensei a contragosto comigo mesmo. *Nada*.

— Essa é a sua promessa?

— Faça você o preço. Quer tocar fogo no mundo e arder com ele? Vamos fazê-lo juntos. Você fixa o preço. Estou disposto a lhe dar aquilo que mais quer.

— Não sei o que mais quero.

— Creio que sabe, sim.

O editor sorriu e piscou o olho. Levantou-se e se aproximou de uma cômoda sobre a qual repousava uma lamparina. Abriu a primeira gaveta e extraiu um envelope de pergaminho, que me estendeu. Não aceitei. Ele deixou o envelope sobre a mesa que havia entre nós e sentou-se de novo, sem dizer uma palavra. O envelope estava aberto e, em seu interior, entreviam-se vários maços de notas de cem francos. Uma fortuna.

— Guarda todo esse dinheiro em uma gaveta e deixa a porta aberta? — perguntei.

— Pode contar. Se não for suficiente, me diga o preço. Já disse que não discutiríamos por questões de dinheiro.

Olhei para aquela fortuna durante um longo instante e, finalmente, neguei. Pelo menos, eu o tinha visto. Era real. A proposta, assim como a vaidade que me comprava naqueles momentos de miséria e desesperança, eram reais.

— Não posso aceitar — disse.

— Acha que é dinheiro sujo?

— Todo dinheiro é sujo. Se fosse limpo, ninguém ia querer. Mas o problema não é esse.

— E então?

— Não posso aceitar porque não posso aceitar sua proposta. Não poderia nem que quisesse.

Corelli considerou minhas palavras.

— Posso lhe perguntar por quê?

— Porque estou morrendo, sr. Corelli. Porque me restam apenas algumas semanas de vida, talvez dias. Porque já não tenho mais nada a oferecer.

Corelli baixou os olhos e mergulhou em um longo silêncio. Ouvi o vento arranhando as janelas e arrastando-se sobre a casa.

— Não me diga que não sabia — acrescentei.

— Intuía.

Corelli permaneceu sentado, sem me olhar.

— Há muitos outros escritores que podem escrever esse seu livro, sr. Corelli. Agradeço sua oferta. Mais do que imagina. Boa noite.

Dirigi-me para a saída.

— Digamos que eu possa ajudá-lo a superar sua enfermidade — disse ele.

Parei no meio do corredor e me virei. Corelli estava apenas dois palmos atrás de mim, olhando-me fixamente. Tive a impressão de que estava mais alto do que quando o tinha visto pela primeira vez no corredor e que seus olhos eram maiores e mais escuros. Pude ver meu reflexo em suas pupilas, encolhendo à medida que estas se dilatavam.

— Minha aparência o perturba, amigo Martín?

Engoli em seco.

— Sim — confessei.

— Por favor, volte para a sala e sente-se. Dê-me a oportunidade de explicar melhor. O que tem a perder?

— Nada, acredito eu.

Corelli apoiou a mão em meu braço com delicadeza. Tinha os dedos longos e pálidos.

— Não tem por que ter medo de mim, Martín. Sou seu amigo.

Seu tato era reconfortante. Deixei-me levar de volta para a sala e sentei-me docilmente, como um menino esperando as palavras de um adulto.

Corelli ajoelhou-se junto à cadeira e pousou seu olhar no meu. Tomou minha mão e apertou-a com força.

— Você quer viver?

Quis responder, mas não encontrei palavras. Percebi que tinha um nó na garganta e que meus olhos se enchiam de lágrimas. Até então, não tinha compreendido o quanto desejava continuar a respirar, continuar a abrir os olhos toda manhã e sair para a rua, pisar as pedras e ver o céu e, sobretudo, continuar recordando.

Fiz que sim.

— Vou ajudá-lo, amigo Martín. Só peço que confie em mim. Aceite minha proposta. Deixe-me ajudá-lo. Deixe que lhe dê o que mais deseja. Essa é a minha promessa.

Fiz que sim de novo.

— Aceito.

Corelli sorriu e inclinou-se para beijar meu rosto. Tinha os lábios frios como gelo.

— Eu e você, meu amigo, vamos fazer grandes coisas juntos. Você verá — murmurou.

Ofereceu-me um lenço para que secasse as lágrimas. Eu o fiz sem sentir a vergonha muda de chorar diante de um estranho, algo que não fazia desde a morte de meu pai.

— Está esgotado, Martín. Passe a noite aqui. Nesta casa há quartos sobrando. Garanto que vai se sentir melhor amanhã e verá as coisas com mais clareza.

Dei de ombros, mas sabia que Corelli tinha razão. Mal me aguentava em pé e só o que desejava era dormir profundamente. Não tinha ânimo nem para levantar daquela poltrona, a mais cômoda e acolhedora da história universal de todas as poltronas.

— Se não se importa, prefiro ficar aqui mesmo.

— Claro. Vou deixá-lo descansar. Logo estará se sentindo bem melhor. Dou-lhe a minha palavra.

Corelli foi até a cômoda e apagou a lamparina a gás. A sala mergulhou na penumbra azul. Minhas pálpebras pesavam e uma sensação de embriaguez me inundava a cabeça, mas ainda vi a silhueta de Corelli atravessando a sala e desaparecendo nas sombras. Fechei os olhos e ouvi o sussurro do vento atrás das vidraças.

25

Sonhei que a casa estava afundando lentamente. No princípio, pequenas lágrimas de água escura começaram a brotar dos espaços entre as lajotas, das paredes, dos relevos do teto, das esferas das lâmpadas, dos orifícios das fechaduras. Era um líquido frio que escorria lenta e pesadamente, como gotas de mercúrio, e ia formando, paulatinamente, um manto que cobria o chão e escalava as paredes. Sentia que a água cobria meus pés e ia subindo muito rapidamente. Permaneci na poltrona, vendo que o nível da água cobria minha garganta e, em apenas alguns segundos, chegava até o teto. Sentia-me flutuar e pude ver que luzes pálidas ondulavam atrás das janelas. Eram figuras humanas suspensas, elas também, naquela penumbra aquosa. Fluíam arrastadas pela corrente e estendiam as mãos para mim, mas eu não podia ajudá-las e a água as arrastava sem que se pudesse fazer nada. Os cem mil francos de Corelli flutuavam a meu redor, ondulando como peixes de papel. Atravessei a sala e fui até uma porta fechada que havia no outro extremo. Um fio de luz emergia da fechadura. Abri a porta e vi que dava para uma escada que mergulhava até as profundezas da casa. Desci.

O final da escada se abria para uma sala oval em cujo centro eu podia distinguir um grupo de pessoas reunidas em um círculo. Ao perceberem minha presença, viraram-se e vi que estavam vestidas de branco e usavam máscaras e luvas. Intensas luzes brancas ardiam sobre o que me pareceu ser uma mesa de cirurgia. Um homem cujo rosto não tinha feições nem olhos arrumava instrumentos cirúrgicos sobre uma bandeja. Uma das figuras estendeu a mão para mim, para que me aproximasse. Fui até lá e senti que seguravam minha cabeça e meu corpo e me acomodavam sobre a mesa. As luzes me cegavam, mas consegui ver que eram todos idênticos e tinham o rosto do dr. Trías. Ri silenciosamente. Um dos médicos segurava uma seringa e injetou alguma coisa em meu pescoço. Não senti nenhuma picada, apenas uma agradável sensação de atordoamento e quentura espalhando-se pelo corpo. Dois dos médicos colocaram minha cabeça sobre um imobilizador e começaram a ajustar a coroa de parafusos que sustentava uma placa acolchoada na ponta do mecanismo. Senti que amarravam meus braços e pernas. Não ofereci nenhum tipo de resistência. Quando todo o meu corpo estava imobilizado dos pés à cabeça, um dos médicos estendeu um bisturi para um de seus gêmeos e ele se inclinou sobre mim. Senti que alguém tocava minha mão e a segurava. Era um menino que me olhava com ternura e que tinha o mesmo rosto que eu tinha no dia em que mataram meu pai.

Vi o fio do bisturi descendo nas trevas líquidas e senti que o metal fazia um corte em minha testa. Não senti dor. Senti que algo emanava do corte e vi que uma nuvem negra sangrava lentamente da ferida e se espalhava na água. O sangue subia em espiral até as luzes, como fumaça, e se contorcia em formas mutantes. Olhei para o menino, que me sorria e segurava minha mão com força. Foi então que notei. Algo se movia dentro de mim. Algo que, até aquele momento, estava apertado como um alicate ao redor do meu cérebro. Senti que algo era extraído, como um espinho cravado até a medula que estivesse sendo puxado com pinças. Senti pânico e quis me levantar, mas estava imobilizado. O menino me olhava nos olhos e balançava a cabeça afirmativamente. Achei que fosse desmaiar, ou despertar, e foi então que a vi. Eu a vi refletida nas luzes sobre a mesa da sala de cirurgia. Um par de filamentos negros surgiam de dentro da ferida, deslizando sobre minha pele. Era uma aranha negra do tamanho de um punho. Correu sobre meu rosto e, antes que conseguisse saltar da mesa, um dos cirurgiões espetou-a com o bisturi. Levantou-a sob a luz para que pudesse vê-la. A aranha agitava as patas e sangrava contra as luzes. Uma mancha branca cobria sua carapaça e sugeria uma silhueta de asas abertas. Um anjo. De repente, suas patas ficaram imóveis e seu corpo se desprendeu. Ficou flutuando e, quando o menino ergueu a mão para tocá-la, a aranha se desfez em pó. Os médicos soltaram minhas amarras e afrouxaram o mecanismo que apertava meu crânio. Com a ajuda deles, fiquei sentado na maca e botei a mão na testa. A ferida estava se fechando. Quando voltei a olhar ao redor, percebi que estava sozinho.

As luzes da sala de cirurgia apagaram-se e tudo ficou na penumbra. Voltei até a escada e subi os degraus que me levaram de volta à sala da casa. A luz do amanhecer penetrava na água e atingia mil partículas em suspensão. Estava cansado. Mais cansado do que jamais estivera em toda a minha vida. Arrastei-me até a poltrona e deixei-me cair. Meu corpo desmoronou lentamente e, ao ficar finalmente em repouso sobre a poltrona, pude ver que uma trilha de pequenas borbulhas começava a correr pelo teto. Uma pequena câmara de ar se formou no alto e compreendi que o nível da água começava a baixar. A água, densa e brilhante como gelatina, escapava pela fenda das janelas aos borbotões, como se a casa fosse um submarino emergindo das profundezas. Fui me encolhendo na poltrona, entregue a uma sensação de ausência de gravidade e de paz que não desejava abandonar nunca mais. Fechei os olhos e vislumbrei uma chuva de gotas que caíam muito lentamente do alto, como lágrimas que podiam parar bruscamente no ar. Estava cansado, muito cansado e só desejava dormir profundamente.

Abri os olhos à intensa claridade de um meio-dia cálido. A luz caía como poeira das janelas. A primeira coisa que vi foi que os cem mil francos continuavam em cima da mesa. Levantei e aproximei-me da janela. Abri as cortinas e um raio de claridade ofuscante inundou a sala. Barcelona continuava lá, ondulando como uma miragem de calor. Foi então que percebi que o zumbido em meus ouvidos, que os ruídos do dia costumavam mascarar, tinha desaparecido por completo. Ouvi um silêncio intenso, puro como água cristalina, que não me lembrava de ter experimentado antes. Ouvi a mim mesmo rindo. Levei as mãos à cabeça e apalpei a pele. Não senti pressão alguma. Minha visão era clara, era como se meus cinco sentidos tivessem acabado de despertar. Pude sentir o cheiro da madeira velha dos ornamentos de tetos e colunas. Procurei um espelho, mas não havia um em lugar algum da sala. Saí em busca de um banheiro ou de algum outro quarto onde houvesse um espelho para verificar se não tinha acordado no corpo de um estranho, se aquela pele e aqueles ossos eram os meus. Todas as portas da casa estavam trancadas. Percorri o andar inteiro sem conseguir abrir nenhuma delas. Voltei para a sala e vi que, onde havia, em meu sonho, uma porta que conduzia ao porão, havia apenas um quadro com a imagem de um anjo encolhido em uma rocha que despontava em um lago infinito. Dirigi-me à escada que levava aos andares superiores, mas assim que percorri os primeiros degraus, parei. Uma escuridão pesada e impenetrável se estendia depois do ponto alcançado pela claridade.

— Sr. Corelli? — chamei.

Minha voz se perdeu como se tivesse batido em algo sólido, sem deixar eco ou reflexo algum. Voltei à sala e fiquei observando o dinheiro na mesa. Cem mil francos. Peguei o envelope e senti seu peso. O papel se deixava acariciar. Enfiei-o no bolso e penetrei de novo no corredor que conduzia à saída. As dezenas de rostos dos retratos continuavam a me olhar com a intensidade de uma promessa. Preferi não enfrentar aqueles olhares e fui direto para a saída, mas, logo antes de sair, percebi que entre todas as molduras havia uma vazia, sem inscrição nem fotografia. Senti um cheiro doce e apergaminhado e percebi que vinha de meus dedos. Era o perfume do dinheiro. Abri a porta principal e saí para a luz do dia. A porta se fechou pesadamente às minhas costas. Virei-me para contemplar a casa, escura e silenciosa, alheia à claridade radiante daquele dia de céu azul e sol resplandecente. Consultei meu relógio e verifiquei que já passava da uma da tarde. Tinha dormido mais de doze horas seguidas em uma velha poltrona e, no entanto, nunca tinha me sentido tão bem em toda a minha vida. Caminhei colina abaixo de volta à cidade com um sorriso no rosto e a certeza de que, pela primeira vez em muito tempo, talvez a primeira em toda a minha vida, o mundo me sorria.

SEGUNDO ATO
LUX AETERNA

1

Comemorei meu retorno ao mundo dos vivos rendendo homenagem a um dos templos mais influentes de toda a cidade: os escritórios centrais do Banco Hispano Colonial, na Via Layetana. À visão dos cem mil francos, o diretor, os funcionários e todo um exército de caixas e contadores entraram em êxtase, elevando-me aos altares reservados aos clientes que inspiravam devoção e simpatia próximas à santidade. Resolvidos os trâmites bancários, decidi enfrentar outro cavalo do apocalipse e aproximei-me de uma banca de jornais da praça Urquinaona. Abri um exemplar do *La Voz de la Industria* no meio e procurei a seção de polícia que um dia tinha sido minha. Ainda dava para sentir a mão experiente de dom Basilio nos títulos e reconheci quase todas as assinaturas, como se o tempo quase não tivesse passado. Os seis anos de morna ditadura do general Primo de Rivera tinham trazido para a cidade uma calma venenosa e turva que não combinava bem com a seção de crimes e horrores. Na imprensa, quase não havia mais histórias de bombas ou tiroteios. Barcelona, a temível "Rosa de Fogo", começava a parecer mais uma panela de pressão que outra coisa. Estava prestes a fechar o jornal e pegar meu troco quando a vi. Era apenas uma nota em uma coluna na última página da editoria de polícia, que destacava quatro ocorrências.

INCÊNDIO À MEIA-NOITE NO RAVAL
DEIXA UM MORTO E DOIS FERIDOS

Joan Marc Huguet/ Redação. Barcelona.

Na madrugada de sexta-feira, um grave incêndio atingiu o número 6 da praça dos Àngels, sede da editora Barrido & Escobillas, no qual o gerente da empresa, sr. José Barrido, perdeu a vida. Seu sócio, sr. José Luis López Escobillas, assim como um empregado da empresa, sr. Ramón Guzmán, que foi alcançado pelas chamas quando tentava ajudar os proprietários, ficaram gravemente feridos. Segundo os bombeiros, a causa do sinistro incêndio pode ter sido a combustão de um material químico que estava sendo usado na reforma dos escritórios. No entanto, outras hipóteses não foram descartadas, pois testemunhas oculares afirmaram ter visto um homem saindo do edifício alguns instantes antes que o incêndio se instaurasse. As vítimas foram levadas para o Hospital Clínico, onde a primeira já chegou morta e as outras permanecem internadas em estado muito grave.

Cheguei tão rápido quanto pude. Dava para sentir o cheiro de queimado desde a Rambla. Um grupo de vizinhos e curiosos estava reunido na praça diante do edifício. Fiapos de fumaça branca subiam de um monte de escombros empilhados na entrada. Reconheci vários empregados da editora tentando salvar das ruínas o pouco que tinha restado. Caixas com livros chamuscados e móveis lambidos pelas chamas se amontoavam na rua. A fachada tinha ficado enegrecida, as janelas, arrebentadas pelo fogo. Rompi o círculo de bisbilhoteiros e entrei. Um fedor intenso grudou em minha garganta. Alguns dos trabalhadores da editora, agitados no afã de resgatar seus pertences, me reconheceram e me cumprimentaram cabisbaixos.

— Sr. Martín... uma grande desgraça — murmuravam.

Atravessei o que tinha sido a recepção e fui para o escritório de Barrido. As chamas tinham devorado os tapetes e reduzido os móveis a esqueletos em brasa. A sanca, desmoronada em um canto, tinha aberto uma via de luz para o pátio dos fundos. Um facho de cinzas flutuantes atravessava a sala. Uma cadeira tinha sobrevivido milagrosamente ao incêndio. Estava no centro da sala e nela encontrei a Veneno, chorando com os olhos baixos. Ajoelhei-me diante dela, que me reconheceu e sorriu por entre as lágrimas.

— Você está bem? — perguntei.

Fez que sim.

— Ele me disse para ir embora, sabe? Disse que já era tarde e que fosse descansar porque hoje teríamos um dia muito longo. Estávamos fechando toda a contabilidade do mês... se tivesse ficado um minuto a mais...

— O que aconteceu, Herminia?

— Ficamos trabalhando até tarde. Era quase meia-noite quando o sr. Barrido disse que eu podia ir para casa. Os editores estavam esperando por um cavalheiro, que viria encontrá-los...

— À meia-noite? Que cavalheiro?

— Um estrangeiro, acho. Tinha alguma coisa a ver com uma proposta, não sei bem. Teria ficado de bom grado, mas era tarde e o sr. Barrido disse...

— Herminia, por acaso se lembra do nome desse cavalheiro?

A Veneno me olhou com estranheza.

— Tudo o que lembro eu já contei para o inspetor que veio esta manhã. Ele perguntou por você.

— Um inspetor? Por mim?

— Estão falando com todo mundo.

— Claro.

A Veneno me olhava fixamente, com desconfiança, como se tentasse ler meus pensamentos.

— Não sabem se sairá vivo dessa — murmurou, referindo-se a Escobillas. — Não sobrou nada, os arquivos, os contratos... Tudo. A editora acabou.

— Sinto muito, Herminia.

Um sorriso retorcido e malicioso aflorou de seus lábios.

— Sente? Não é isso que queria?

— Como pode pensar uma coisa dessas?

A Veneno olhou-me com receio.

— Agora está livre.

Fiz menção de tocar seu braço, mas Herminia levantou e retrocedeu um passo, como se minha presença lhe causasse medo.

— Herminia...

— Saia daqui.

Deixei Herminia entre as ruínas fumegantes. Ao sair para a rua, tropecei em um grupo de crianças que remexia as pilhas de escombros. Uma delas tinha desenterrado um livro entre as cinzas e o examinava com uma mescla de curiosidade e desdém. A capa tinha sido apagada pelas chamas e a borda das páginas estava chamuscada, mas de resto o livro estava intacto. Soube pelo nome gravado na lombada que se tratava de um dos episódios de *A cidade dos malditos*.

— Sr. Martín.

Virei-me e dei de cara com três homens metidos em ternos baratos que não combinavam com o calor úmido e pegajoso que flutuava no ar. Um deles, que parecia ser o chefe, adiantou-se um passo e deu um sorriso cordial, de vendedor experiente. Os outros dois, que tinham a constituição e o temperamento de uma prensa hidráulica, limitaram-se a me lançar um olhar abertamente hostil.

— Sr. Martín, sou o inspetor Víctor Grandes e esses são meus colegas, agentes Marcos e Castelo, do Corpo de Investigação e Vigilância. Pergunto-me se teria a amabilidade de nos dar alguns minutos.

— Mas é claro — respondi.

Eu recordava o nome de Víctor Grandes de meus anos na editoria de polícia. Vidal tinha lhe dedicado algumas colunas e eu me lembrava particularmente de uma que o elogiava como a grande revelação da corporação, um valor sólido que confirmava a chegada na força policial de uma nova geração de profissionais, com melhor formação que seus predecessores, incorruptíveis e duros como aço. Os adjetivos e a hipérbole eram de Vidal, não meus. Imaginei que, desde aquela época, o inspetor Grandes não tivesse feito outra coisa senão galgar posições na Chefatura e que sua presença ali deixava evidente que a polícia estava levando o incêndio em Barrido & Escobillas a sério.

— Se não for inconveniente, gostaria que me acompanhasse a um café, onde poderíamos conversar sem interrupções — disse Grandes, sem afrouxar um milímetro sequer do seu sorriso oficial.

— Como quiserem.

Grandes levou-me até um barzinho que ficava na esquina das ruas Doctor Dou e Pintor Fortuny. Marcos e Castelo caminhavam atrás de nós, sem tirar os olhos de cima de mim. Grandes ofereceu um cigarro, que recusei. Voltou a guardar o maço. Não abriu a boca até chegarmos ao café, onde me escoltaram até uma mesa, no fundo, sentando-se a meu redor. Se tivessem me levado para algum calabouço escuro e úmido, talvez o encontro parecesse mais amigável.

— Sr. Martín, creio que já deve ter tido conhecimento do acontecido dessa madrugada.

— Só o que li nos jornais. E o que a Veneno me contou...

— A *Veneno*?

— Perdão. A srta. Herminia Duaso, secretária da direção.

Marcos e Castelo trocaram um olhar impagável. Grandes sorriu.

— Apelido interessante. Pode me dizer, sr. Martín, onde esteve ontem à noite?

Bendita ingenuidade, a pergunta me pegou de surpresa.

— É uma pergunta de rotina — esclareceu Grandes. — Estamos tentando estabelecer a localização de todas as pessoas que poderiam ter tido algum tipo de contato com as vítimas nos últimos dias. Empregados, fornecedores, familiares, conhecidos...

— Estava com um amigo.

Assim que abri a boca lamentei a escolha daquelas palavras. E Grandes percebeu.

— Um amigo?

— Mais do que um amigo, trata-se de uma pessoa relacionada a meu trabalho. Um editor. Tinha uma reunião marcada com ele ontem à noite.

— Poderia dizer até que horas esteve com essa pessoa?

— Até tarde. A bem dizer, acabei passando a noite em sua casa.

— Entendo. E como se chama essa pessoa que define como relacionada a seu trabalho?

— Corelli, Andreas Corelli. Um editor francês.

Grandes anotou o nome em um caderninho.

— O sobrenome parece italiano — comentou.

— Na verdade, não sei exatamente qual é sua nacionalidade.

— É compreensível. E o sr. Corelli, seja qual for a sua cidadania, poderia confirmar que vocês estiveram juntos ontem à noite?

Dei de ombros.

— Suponho que sim.

— Supõe?

— Tenho certeza que sim. Por que não o faria?

— Não sei, sr. Martín. Tem algum motivo para acreditar que não o faria?

— Não.

— Assunto resolvido, então.

Marcos e Castelo me olhavam como se eu não tivesse dito nada além de um amontoado de mentiras desde que tínhamos nos sentado.

— Para terminar, poderia esclarecer a natureza da reunião que manteve ontem à noite com esse editor de nacionalidade indeterminada?

— O sr. Corelli marcou um encontro comigo para fazer uma proposta.

— Uma proposta de que tipo?

— Profissional.

— Claro, claro. Para escrever um livro, talvez?

— Exatamente.

— Veja bem, é normal que, depois de uma reunião de trabalho, o senhor fique para passar a noite na residência da, digamos assim, parte contratante?

— Não.

— Mas o senhor disse que passou a noite na casa do editor.

— Fiquei porque não estava me sentindo bem e achei que não conseguiria chegar à minha casa.

— O jantar caiu mal, não foi?

— Tenho tido problemas de saúde ultimamente.

Grandes concordou com ar consternado.

— Enjoos, dores de cabeça... — completei.

— Mas seria razoável presumir que já está bem melhor, não?

— Sim. Bem melhor.

— Fico feliz. A verdade é que está com uma aparência invejável. Não acham?

Castelo e Marcos concordaram lentamente.

— Qualquer um diria que tirou um grande peso das costas — analisou Grandes.

— Não entendi.

— Estou falando dos enjoos e indisposições.

Grandes manipulava aquela farsa com um domínio exasperante.

— Desculpe minha ignorância a respeito dos pormenores de seu ambiente de trabalho, sr. Martín, mas não é verdade que tinha um contrato assinado com os dois editores que não terminaria antes de seis anos?

— Cinco.

— Mas esse contrato não o vinculava, por assim dizer, com exclusividade, à editora de Barrido e Escobillas?

— Sim, eram esses os termos.

— Então por que motivo estaria discutindo uma proposta da concorrência se seu contrato o impedia de aceitá-la?

— Era uma simples conversa. Nada mais.

— Sim, mas aconteceu em um jantar na casa desse cavalheiro.

— Meu contrato não me impede de falar com terceiros. Nem de passar a noite fora. Sou livre para dormir onde bem entender e falar com quem quiser, sobre o que quiser.

— Claro. Não pretendia insinuar o contrário, mas obrigado por esclarecer esse ponto.

— Posso esclarecer mais alguma coisa?

— Só um pequeno detalhe. Supondo que o sr. Escobillas, que Deus não permita, não se recupere de seus ferimentos e venha a falecer, assim como o sr. Barrido, a editora ficaria dissolvida e o mesmo aconteceria com seu contrato. Estou enganado?

— Não tenho certeza. Não conheço exatamente os estatutos que regiam a empresa.

— Mas é provável que seja assim, não acha?

— É. Mas deveria perguntar ao advogado dos editores.

— Na verdade, já perguntei. Ele confirmou que, se acontecer o que ninguém deseja e o sr. Escobillas passar desta para a melhor, é isso que vai acontecer.

— Então já tem a sua resposta.

— E o senhor, toda a liberdade para aceitar a proposta do senhor...

— ... Corelli.

— O senhor já aceitou?

— Posso perguntar que relação isso tem com as causas do incêndio?
— reagi.

— Nenhuma. Simples curiosidade.

— Isso é tudo?

Grandes olhou para os colegas e depois para mim.

— De minha parte, sim.

Fiz menção de me levantar. Os três policiais continuaram cravados em suas cadeiras.

— Sr. Martín, antes que me esqueça — disse Grandes —, pode confirmar que os srs. Barrido e Escobillas lhe fizeram uma visita no número 30 da rua Flassanders em companhia do advogado que mencionamos?

— Fizeram.

— E foi uma visita social ou de cortesia?

— Os editores vieram expressar seu desejo de que voltasse ao trabalho em uma série de livros que tinha abandonado para dedicar-me durante alguns meses a um outro projeto.

— E diria que a conversa que tiveram foi amigável e tranquila?

— Não me lembro de ninguém levantando a voz.

— E lembra de ter respondido, cito textualmente, que "em uma semana você e o imbecil de seu sócio estarão mortos"? Sem levantar a voz, claro.

Suspirei.

— Sim — admiti.

— O que significava isso?

— Estava irritado e disse a primeira coisa que me veio à cabeça, inspetor. Isso não significa que estivesse falando sério. Às vezes, a gente diz coisas que não sente de verdade.

— Obrigado por sua sinceridade, sr. Martín. Foi de grande ajuda para nós. Tenha um bom dia.

Fui embora com os três olhares cravados como punhais nas minhas costas e a certeza de que, nem se tivesse respondido cada pergunta do inspetor com uma mentira, estaria me sentindo tão culpado.

2

O gosto amargo que o encontro com Víctor Grandes e a dupla de serpentes que o escoltava deixou em minha boca não resistiu a cem metros de caminhada sob o sol, passeando com um corpo que mal podia reconhecer: forte, sem dor, sem náusea, sem zumbidos no ouvido, sem pontadas de agonia no crânio, sem cansaço e suores frios. Sem nenhuma lembrança da certeza da morte que me asfixiava havia apenas vinte e quatro horas. Alguma coisa me dizia que a tragédia da noite anterior, incluindo a morte de Barrido e o provável falecimento de Escobillas em breve, deveria ter me deixado cheio de pesar e angústia, mas eu e minha consciência fomos incapazes de sentir qualquer coisa além da mais agradável indiferença. Naquela manhã de julho, a Rambla era uma festa, e eu, seu príncipe.

Dando um passeio, fui na direção da rua Santa Ana pensando em fazer uma visita de surpresa ao sr. Sempere. Quando entrei na livraria, Sempere pai estava atrás do balcão fazendo contas enquanto o filho, trepado em uma escada, reorganizava as estantes. Quando me viu, o livreiro sorriu cordialmente, mas percebi que, por um segundo, não tinha me reconhecido. Logo em seguida, o sorriso se apagou e, boquiaberto, ele rodeou o balcão para me dar um abraço.

— Martín? É você mesmo? Santa Mãe de Deus! Está irreconhecível! Estava muito preocupado com você. Fomos várias vezes à sua casa, mas ninguém respondia. Perguntamos em todos os hospitais e delegacias da cidade.

Seu filho ficou me olhando do alto da escada, incrédulo. Fui obrigado a me lembrar de que o estado em que me viram uma semana antes não ficava devendo nada ao dos inquilinos do necrotério do quinto distrito.

— Sinto muito pelo susto que dei a vocês. Tive que me ausentar por uns dias, assunto de trabalho.

— Mas o que houve? Finalmente me ouviu e procurou um médico, não foi?

Fiz que sim.

— No fim, era uma bobagem. Excesso de tensão. Alguns dias tomando um tônico e fiquei como novo.

— Vai me dar o nome desse tônico: preciso tomar um banho dele... Que prazer e que alívio vê-lo tão bem!

A euforia desapareceu quando a notícia do dia veio à tona.

— Já soube da Barrido & Escobillas? — perguntou o livreiro.

— Estou vindo de lá. Difícil de acreditar...

— Quem poderia adivinhar? Não que tivesse grande simpatia por eles, mas daí a isso... Mas e então? Como você fica nisso tudo, para efeitos legais? Desculpe perguntar assim sem rodeios.

— Na verdade, ainda não sei. Acho que os dois sócios eram detentores da titularidade da empresa. Suponho que existam herdeiros, mas, se ambos morrerem, é provável que a sociedade se dissolva, e, junto, o meu vínculo com ela. É o que eu acho.

— Ou seja, se Escobillas, que Deus me perdoe, também bater as botas, você é um homem livre.

Concordei.

— Grande dilema... — murmurou o livreiro.

— Seja o que Deus quiser — arrisquei.

Sempere fez que sim, mas percebi que alguma coisa o inquietava e que preferia mudar de assunto.

— Enfim... O caso é que veio a calhar que tenha passado por aqui, porque preciso lhe pedir um favor.

— O senhor manda.

— Vou logo avisando que não vai gostar.

— Se gostasse não seria um favor, seria um prazer. E como é para o senhor, será um prazer.

— Na verdade não é para mim. Vou dizer e você resolve. Sem compromisso, certo?

Sempere se apoiou no balcão e adotou aquele ar de contador de histórias que me trazia muitas recordações da infância passada naquela loja.

— É uma moça, Isabella. Deve ter dezessete anos. Cheia de vida. Vem sempre aqui e eu lhe empresto alguns livros. Diz que quer ser escritora.

— Parece que já ouvi essa história — disse eu.

— O caso é que me entregou uma de suas histórias há uma semana. Quase nada, vinte ou trinta páginas, e pediu minha opinião.

— E?

Sempere baixou a voz, como se estivesse me confidenciando um segredo de confissão.

— Magistral. Melhor do que noventa e nove por cento do que tem sido publicado nos últimos vinte anos.

— Espero que tenha me incluído no um por cento restante ou terei que considerar que minha vaidade está sendo pisoteada e estou sendo apunhalado pelas costas.

— Era aonde eu queria chegar. Isabella adora você.

— Me adora?

— Sim, como se fosse a Virgem Negra de Montserrat e o Menino Jesus ao mesmo tempo. Leu *A cidade dos malditos* de cabo a rabo, dez vezes. E, quando lhe dei *Os passos do céu*, disse que morreria tranquila se conseguisse escrever um livro assim.

— Isso está me cheirando a cilada.

— Já sabia que ia tentar escapulir.

— Não vou escapulir. Mas ainda não me disse qual é o favor.

— Imagine.

Suspirei. Sempere estalou a língua.

— Falei que não ia gostar.

— Pode pedir qualquer outra coisa.

— Só precisa falar com ela. Estimular, aconselhar... ouvir, ler alguma coisa e dar uma orientação. Não vai custar tanto assim. A menina é rápida como uma bala. Você vai gostar dela. Ficarão amigos. E pode trabalhar como sua assistente.

— Não preciso de assistente. E menos ainda de uma desconhecida.

— Bobagem. E além do mais, conhecer, você já conhece. É o que ela diz. Diz que o conhece há anos, mas que com certeza não vai lembrar. O problema é que os pais são dois carolas e estão convencidos de que essa história de literatura só vai levá-la ou ao inferno ou à solteirice mundana, e hesitam entre enfiá-la em um convento e casá-la com algum cretino que lhe dê oito filhos, enterrando-a para sempre entre frigideiras e caçarolas. Se não fizer alguma coisa para salvá-la, será quase um assassinato.

— Deixe de drama, sr. Sempere.

— Olhe, não ia lhe pedir pois sei que é tão chegado ao altruísmo quanto a dançar ciranda, mas cada vez que a vejo entrar e me olhar com aqueles olhinhos cheios de inteligência e disposição e penso no futuro que a espera, meu coração fica apertado. Tudo o que podia lhe ensinar, já ensinei. A menina aprende rápido, Martín. E, se me lembra alguém, é você quando garoto.

Suspirei.

— Isabella de quê?

— Gispert. Isabella Gispert.

— Não conheço. Nunca ouvi esse nome na minha vida. Acho que está sendo vítima de um golpe.

O livreiro negou em silêncio.

— Ela previu que diria exatamente isso.

— Talentosa e adivinha. E o que mais ela disse?

— Disse que suspeita que é melhor como escritor do que como pessoa.

— Um anjo, essa Isabelita.

— Posso mandar que ela o procure? Sem compromisso?

Tive que me render e concordei. Sempere sorriu triunfante e quis selar o acordo com um abraço, mas escapuli antes que o velho livreiro pudesse completar sua missão de me transformar em uma boa pessoa.

— Não vai se arrepender, Martín. — Ainda ouvi quando saía porta afora.

3

Ao chegar em casa encontrei o inspetor Víctor Grandes sentado em um degrau do portão, saboreando calmamente um cigarro. Quando me viu, sorriu com aquele ar de galã da sessão da tarde, como se fosse um velho amigo em uma visita de cortesia. Sentei a seu lado e ele estendeu a cigarreira aberta. Gitanes, reconheci. E aceitei.

— E João e Maria?

— Marcos e Castelo não puderam vir. Um dedo-duro deu uma informação e eles foram recolher um velho conhecido em Pueblo Seco que provavelmente vai precisar de um pouco de persuasão para refrescar a memória.

— Pobre diabo.

— Mas, se tivesse dito que vinha vê-lo, eles certamente dariam um jeito. Sua pessoa realmente caiu nas graças daqueles dois.

— Amor à primeira vista, com certeza. E o que posso fazer pelo senhor, inspetor? Posso convidá-lo para um café lá em cima?

— Não ousaria invadir sua intimidade, sr. Martín. Na verdade, só queria lhe dar a notícia pessoalmente, antes que ficasse sabendo por outros meios.

— Que notícia?

— Escobillas morreu hoje no começo da tarde, no Hospital Clínico.

— Meu Deus! Não sabia.

Grandes deu de ombros e continuou fumando em silêncio.

— Era previsível. O que se há de fazer?

— E conseguiu averiguar mais alguma coisa sobre as causas do incêndio? — perguntei.

O inspetor olhou-me longamente e em seguida fez que sim.

— Tudo parece indicar que alguém derramou gasolina no sr. Barrido e ateou fogo. As chamas se propagaram quando ele, tomado pelo pânico, tentou escapar do escritório. Seu sócio e um outro empregado que acudiu para ajudá-lo foram envolvidos pelo fogo.

Engoli em seco. Grandes deu um sorriso tranquilizador.

— O advogado dos editores comentou comigo hoje à tarde que, dada a vinculação pessoal estabelecida no contrato que assinou, com o falecimento dos contratantes, ele perde a validade, embora seus herdeiros mantenham os direitos sobre as obras publicadas anteriormente. Acredito que vai lhe escrever uma carta informando-o de tudo, mas pensei que gostaria de saber antes, caso precise tomar alguma decisão a respeito da proposta do editor que mencionou.

— Obrigado.

— Não há de quê.

Grandes acabou seu cigarro e jogou a guimba no chão. Sorriu, afável, e se levantou. Deu uma palmada em meu ombro e afastou-se na direção da rua Princesa.

— Inspetor! — chamei.

Grandes parou e se virou para mim.

— Não estará pensando?...

Ele me lançou um sorriso cansado.

— Cuide-se, Martín.

Fui dormir cedo e acordei de repente, pensando que já era o dia seguinte, e logo em seguida comprovei que era um pouco mais de meia-noite.

Tinha sonhado com Barrido e Escobillas encurralados em seu escritório. As chamas subiam por suas roupas e cobriam cada centímetro de seus corpos. Por trás da roupa, a pele caía em tiras e os olhos, arregalados de pavor, explodiam por causa do fogo. Seus corpos estremeciam em espasmos de agonia e terror até caírem por cima dos escombros, com a carne se desprendendo dos ossos como cera fundida e formando a meus pés uma poça fumegante, onde meu rosto se refletia, sorrindo ao mesmo tempo em que soprava o fósforo que tinha entre os dedos.

Levantei para pegar um copo d'água e, supondo que já tinha escapado das garras do sonho, subi para o escritório e tirei da gaveta da escrivaninha o livro que tinha pegado no Cemitério dos Livros Esquecidos. Acendi a luminária e torci a haste que segurava a lâmpada para que o foco caísse diretamente no livro. Abri a primeira página e comecei a ler.

Lux Aeterna
D.M.

À primeira vista, era uma coleção de textos e preces que não tinha sentido algum. O volume era um original, um apanhado de páginas datilografadas e encadernadas em couro, sem muito requinte. Continuei a ler e logo comecei a intuir certo método na sequência de eventos, cantos e reflexões que pontuavam o texto. A linguagem tinha sua própria cadência e o que, de início, parecia ser uma completa ausência de estrutura ou estilo revelava pouco a pouco um canto hipnótico que ia, lentamente, envolvendo e mergulhando o leitor em um estado intermediário entre torpor e esquecimento. O mesmo acontecia com o conteúdo, cujo eixo central não ficava claro até bem depois do início da primeira seção ou canto, pois a obra parecia estruturada à maneira dos velhos poemas compostos em épocas nas quais o tempo e o espaço evoluíam a seu bel-prazer. Foi então que percebi que *Lux Aeterna* era, na falta de palavras melhores, uma espécie de livro dos mortos.

Passadas as primeiras trinta ou quarenta páginas, de rodeios e adivinhações, o leitor mergulhava em um preciso e extravagante quebra-cabeças de orações e súplicas cada vez mais inquietantes em que a morte, descrita em versos de métrica duvidosa às vezes como um anjo branco com olhos de réptil, às vezes como um menino luminoso, era apresentada como uma divindade única e onipresente que se manifestava na natureza, no desejo e na fragilidade da existência.

Quem quer que fosse aquele enigmático D.M., em seus versos a morte se manifestava como uma força voraz e eterna. Uma mistura bizantina de referências a diversas mitologias de paraísos e infernos retorcia-se ali em um único plano. Segundo D.M., só havia um princípio e um fim, um só criador e destruidor, que se apresentava sob diferentes nomes para confundir os homens e tentar sua fraqueza, um único Deus cujo verdadeiro rosto estava dividido em duas metades: uma, doce e piedosa; a outra, cruel e demoníaca.

Minhas deduções avançaram até aí, pois, depois desse início, o autor parecia ter perdido o rumo de sua narrativa e mal se podia decifrar as referências e imagens que povoavam o texto como visões proféticas. Tempestades de sangue e fogo precipitando-se sobre cidades e aldeias. Exércitos de cadáveres percorrendo planícies infinitas e arrasando a vida à sua passagem. Infantes enforcados com farrapos de bandeiras nas portas das fortalezas. Mares negros onde milhares de almas penadas flutuavam suspensas por toda a eternidade sob águas geladas e envenenadas. Nuvens de cinzas e oceanos de ossos e carnes putrefatas infestadas de insetos e serpentes. A sucessão de imagens infernais e nauseabundas continuava à exaustão.

À medida que passava as páginas, tive a impressão de que percorria passo a passo o mapa de uma mente doente e alquebrada. Linha a linha, o autor daquelas páginas ia documentando sem saber seu próprio mergulho em um abismo de loucura. O último terço do livro parecia ser uma tentativa de desfazer o caminho, um pedido desesperado de ajuda, vindo de dentro da prisão da insanidade, para tentar escapar do labirinto de túneis abertos por sua própria mente. O texto morria no meio de uma frase de súplica, em uma interrupção brusca, sem explicação alguma.

Quando cheguei a esse ponto, minhas pálpebras fechavam. Da janela, chegava uma brisa leve vinda do mar que varria a névoa dos telhados. Estava prestes a fechar o livro quando percebi que alguma coisa tinha ficado retida no filtro de minha mente, algo que tinha a ver com a composição mecânica daquelas páginas. Voltei ao início e comecei a repassar o texto. Encontrei a primeira mostra na quinta linha. A partir daí, a mesma marca aparecia a cada duas ou três linhas. Uma das letras, o S maiúsculo, sempre aparecia levemente caída para a direita. Extraí uma página em branco da gaveta e a coloquei no tambor da Underwood que estava na escrivaninha. Escrevi uma frase ao acaso.

Soam os sinos de Santa María del Mar.

Retirei a folha e examinei à luz da lâmpada.

soam… de santa María

Suspirei. *Lux Aeterna* tinha sido escrito naquela mesma máquina de escrever e, supus, naquela mesma escrivaninha.

4

Na manhã seguinte, desci para tomar café em um bar que ficava na frente das portas de Santa María del Mar. O bairro do Borne estava cheio de carroças e de gente que chegava ao mercado, além de comerciantes e atacadistas que abriam seus estabelecimentos. Sentei-me em uma das mesas do lado de fora e pedi um café com leite. Um exemplar do jornal *La Vanguardia* tinha ficado órfão na mesa ao lado e resolvi adotá-lo. Enquanto meus olhos deslizavam sobre manchetes e chamadas, percebi uma silhueta que subia a escadaria até a entrada da catedral e se sentava no último degrau, observando-me disfarçadamente. A moça devia andar pelos dezesseis ou dezessete anos e fingia anotar alguma coisa em um caderno, enquanto lançava olhares furtivos em minha direção. Degustei meu café com leite com toda a calma. Passado um tempo, fiz um sinal para que o garçom se aproximasse.

— Está vendo aquela mocinha sentada na porta da igreja? Diga a ela que pode pedir o que quiser, que é um convite meu.

O garçom concordou e foi até onde ela estava. Ao ver que alguém se aproximava, a moça enfiou o rosto no caderno e fez uma expressão de profunda concentração que me arrancou um sorriso. O garçom parou na frente dela e pigarreou. Ela levantou os olhos do caderno e o encarou. O garçom explicou sua missão e apontou para mim. A moça olhou, alarmada. Acenei com a mão. Seu rosto ficou vermelho como fogo. Levantou-se e foi até a mesa com passinhos miúdos e o olhar cravado no chão.

— Isabella? — perguntei.

A moça ergueu os olhos e suspirou, aborrecida consigo mesma.

— Como adivinhou?

— Intuição sobrenatural — respondi.

Ela estendeu a mão, que apertei sem entusiasmo.

— Posso me sentar?

Sentou-se sem esperar pela resposta. Durante meio minuto, mudou de posição umas seis vezes, até voltar à inicial. Eu a observava com calma e calculado desinteresse.

— Não se lembra de mim, não é, sr. Martín?

— Deveria?

— Durante anos, fui eu quem levei até sua casa a cesta com seus pedidos semanais ao Can Gispert.

A imagem da menina que durante tanto tempo trouxe minha encomenda do armazém me veio à memória e diluiu-se no rosto mais adulto e ligeiramente mais anguloso daquela Isabella mulher de formas suaves e olhar de aço.

— A menina da gorjeta — disse, embora lhe restasse pouco ou quase nada de menina.

Isabella concordou.

— Sempre me perguntei o que faria com todas aquelas moedas.

— Comprava livros na Sempere e Filhos.

— Se eu soubesse...

— Se estou incomodando, posso ir embora...

— Não está. Quer beber alguma coisa?

A moça negou.

— O sr. Sempere diz que você tem talento.

Isabella deu de ombros e respondeu com um sorriso cético.

— Em geral, quanto mais talento tem, mais a pessoa duvida que o tenha realmente — disse eu. — E o inverso também.

— Então devo ser um prodígio — replicou Isabella.

— Bem-vinda ao clube. Mas diga lá, o que posso fazer por você?

Isabella inspirou profundamente.

— O sr. Sempere disse que poderia pelo menos ler alguma coisa minha e dar sua opinião ou algum conselho.

Olhei-a nos olhos durante alguns segundos sem responder. Ela me encarou sem piscar.

— Isso é tudo?

— Não.

— Foi o que pensei. Qual é o capítulo dois?

Isabella hesitou apenas por um instante.

— Se gostar do que leu e pensar que tenho potencial, gostaria de pedir que me permitisse ser sua assistente.

— E o que a faz pensar que preciso de uma assistente?

— Posso organizar seus papéis, datilografar, corrigir erros e falhas...

— Erros e falhas?

— Não pretendia insinuar que comete erros e falhas...

— E o que pretendia insinuar, então?

— Nada. Mas quatro olhos sempre veem mais do que dois. E também posso cuidar da correspondência, dos recados, ajudar a encontrar documentação. Além disso, sei cozinhar e posso...

— Está pedindo um emprego como assistente ou como cozinheira?

— Estou pedindo uma oportunidade.

Isabella baixou os olhos. Não pude evitar um sorriso. Aquela curiosa criatura me despertava simpatia, mesmo a contragosto.

— Vamos fazer uma coisa. Traga as melhores vinte páginas que escreveu, as que, na sua opinião, demonstram melhor o que sabe fazer. Não traga nem uma a mais, porque não vou ler. Vou examiná-las com calma e, conforme for, conversaremos.

Seu rosto iluminou-se e, por um instante, aquele véu de dureza e tensão que enrijecia suas feições desapareceu.

— Não vai se arrepender. — Ela se levantou e me olhou nervosamente. — Posso levá-las à sua casa?

— Deixe na caixa de correio. Isso é tudo?

Ela fez que sim várias vezes e foi se retirando com aqueles passos curtos e nervosos que a sustentavam. Quando estava prestes a se virar e sair correndo, eu a chamei.

— Isabella!

Olhou para mim, solícita, o olhar nublado por uma súbita inquietação.

— Por que eu? — perguntei. — E não venha me dizer que sou seu autor preferido e todas as bajulações com as quais Sempere mandou que me enrolasse, porque, se fizer isso, esta será a primeira e última conversa que teremos.

Isabella hesitou um segundo. Lançou um olhar direto e franco e respondeu sem condescendências.

— Porque é o único escritor que conheço.

Sorriu atordoada e partiu com seu caderno, seu passo incerto e sua sinceridade. Observei-a dobrar a esquina da rua Mirallers e sumir atrás da igreja.

5

Ao voltar para casa, apenas uma hora depois, encontrei-a sentada em meu portão, esperando com algo nas mãos que supus que fossem seus escritos. Quando me viu, se levantou e forçou um sorriso.

— Disse para deixar na caixa de correio — falei.

Isabella fez que sim, mas deu de ombros.

— Como agradecimento trouxe um pouco de café da loja de meu pai. É colombiano. Muito bom. E o café não entrava na caixa de correio, de modo que achei que seria melhor esperá-lo.

Uma desculpa daquelas só podia ocorrer a uma romancista em potencial. Suspirei e abri o portão.

— Entre.

Subi as escadas com Isabella alguns degraus atrás de mim como um cachorrinho de estimação.

— Sempre leva tanto tempo para tomar o café da manhã? Não é que me importe, claro, mas como já estava aqui há quarenta e cinco minutos, esperando, comecei a me preocupar, quer dizer, não é possível que, quando finalmente encontro um escritor de carne e osso, ele resolva morrer entalado. Com a sorte que tenho, não seria estranho se ficasse entalado com uma azeitona e daí, pronto, fim da minha carreira literária — metralhou a moça.

Parei no meio da escada e olhei para ela com a expressão mais hostil que consegui fazer.

— Isabella, para que as coisas funcionem entre nós, vamos ter que estabelecer uma série de regras. A primeira é que quem faz perguntas sou eu, e você se limita a responder. Quando não houver perguntas de minha parte, da sua não haverá respostas nem discursos espontâneos. A segunda regra é que levo tanto tempo para tomar meu café, almoçar ou pensar na morte da bezerra quanto me der na telha e isso não deve ser motivo de discussão.

— Não pretendia ofendê-lo. Posso entender que uma digestão lenta ajuda a inspiração.

— A terceira regra é que não vou tolerar sarcasmos antes do meio-dia. Certo?

— Sim, sr. Martín.

— A quarta é que não deve me chamar de sr. Martín nem no dia do meu enterro. Devo parecer um fóssil para você, mas gosto de pensar que ainda sou jovem. Mais que isso, sou jovem, ponto final.

— E como devo chamá-lo?

— Pelo nome: David.

A moça concordou. Abri a porta da casa e fiz sinal para que entrasse. Isabella hesitou um instante e deu um pulinho para dentro.

— Acho que tem uma aparência bem jovem para a sua idade, David.

Olhei para ela, atônito.

— Quantos anos acha que tenho?

Isabella me olhou de cima a baixo, avaliando.

— Por volta de trinta? Mas bem conservado, hein?

— Faça o favor de calar a boca e tratar de fazer um bom café com essa gororoba que trouxe.

— Onde fica a cozinha?

— Procure.

Compartilhamos o delicioso café colombiano sentados na galeria. Isabella segurava sua xícara e me olhava de canto de olho enquanto eu lia as suas vinte páginas. Cada vez que virava uma folha e levantava os olhos, encontrava seu olhar ansioso.

— Se ficar aí me olhando como uma coruja, vou levar mais tempo para terminar.

— O que quer que eu faça?

— Não queria ser minha assistente? Pois comece. Procure alguma coisa que precise de arrumação e trate de organizar, por exemplo.

Isabella olhou ao redor.

— Está tudo desarrumado.

— Não dizem que devemos agarrar a oportunidade com unhas e dentes?

Isabella concordou e foi com determinação militar ao encontro do caos e da desordem que reinavam em minha casa. Ouvi seus passos afastando-se pelo corredor e continuei a ler. Seu relato mal tinha um fio narrativo. Falava, com uma sensibilidade afiada e palavras bem articuladas, das sensações e ausências que passavam pela mente de uma garota confinada em um quarto frio de uma água-furtada no bairro da Ribera, do qual contemplava a cidade e o vaivém de sua gente nas vielas estreitas e escuras. As imagens e a música triste de sua prosa delatavam uma solidão que beirava o desespero. A garota do conto passava as horas aprisionada em seu mundo e, de quando em quando, parava na frente do espelho e abria cortes nos braços e coxas com um caco de vidro, deixando cicatrizes como as que podiam ser vistas sob as mangas de Isabella. Estava quase acabando quando senti que ela me encarava da porta da galeria.

— O que foi?

— Desculpe a interrupção, mas o que há no quarto que fica no fundo do corredor?

— Nada.

— Tem um cheiro estranho.

— Umidade.

— Se quiser posso arrumar e...

— Não. Aquele quarto não é usado. E, além do mais, não é minha empregada e não tem que limpar coisa alguma.

— Só quero ajudar.

— Ajude servindo outra xícara de café.

— Por quê? Meu conto lhe dá sono?

— Que horas são, Isabella?

— Devem ser dez da manhã.

— E isso significa que?...

— ... nada de sarcasmo antes do meio-dia — replicou Isabella.

Sorri triunfante e estendi a xícara vazia, que ela pegou e levou para a cozinha.

Quando voltou com o café fumegante, eu tinha acabado de ler a última página. Isabella sentou-se diante de mim. Sorri e degustei com calma o excelente café. Ela torcia as mãos e apertava os dentes, lançando olhares furtivos às folhas de seu conto, que eu tinha deixado viradas para baixo na mesa. Não aguentou mais de dois minutos sem abrir a boca.

— E então? — disse, finalmente.

— Soberbo.

Seu rosto se iluminou.

— Meu conto?

— O café.

Olhou para mim, magoada, e se levantou para pegar seus escritos.

— Deixe onde estão — ordenei.

— Para quê? É claro que não gostou e pensa que sou uma pobre idiota.

— Não disse isso.

— Não disse nada, o que é pior.

— Isabella, se realmente pretende se dedicar a escrever, ou pelo menos a escrever para que os outros leiam, vai ter que se acostumar a, às vezes, ser ignorada, insultada, depreciada e a ser tratada com indiferença quase sempre. É uma das vantagens do ofício.

Isabella baixou os olhos e respirou profundamente.

— Não sei se tenho talento. Só sei que gosto de escrever. Ou melhor, preciso escrever.

— Mentirosa.

Ela levantou os olhos, encarando-me com dureza.

— Muito bem. Tenho talento. E não me importa nem um pingo se pensa que não tenho.

Sorri.

— Isso já é bem melhor. Não poderia estar mais de acordo.

Encarou-me, confusa.

— Que tenho talento ou que pensa que não tenho?

— O que você acha?

— Então acha que tenho potencial?

— Acho que tem talento e garra, Isabella. Mais do que pensa e menos do que espera. Mas existe muita gente com talento e garra e muitos não chegam a lugar algum. Isso é só o começo para se fazer qualquer coisa na vida. O talento natural é como a força de um atleta. Alguém pode nascer com maior ou menor capacidade, mas ninguém chega a ser um atleta simplesmente porque nasceu alto, forte ou rápido. O que faz o atleta, ou o artista, é o trabalho, o domínio do ofício e a técnica. A inteligência inata é simplesmente munição. Para chegar a fazer alguma coisa com ela é necessário transformar sua mente em uma arma de precisão.

— Por que a metáfora bélica?

— Toda obra de arte é agressiva, Isabella. E a vida de todo artista é uma guerra, grande ou pequena, a começar pela luta contra as próprias limitações. Para chegar a qualquer lugar que deseje alcançar, é preciso primeiro a ambição, depois o talento, o conhecimento e, finalmente, a oportunidade.

Isabella considerou minhas palavras.

— Costuma despejar esse discurso em cima de todo mundo ou acabou de lhe ocorrer?

— O discurso não é meu. Foi despejado, como diz você, por alguém a quem fiz as mesmas perguntas que está me fazendo. Foi há muitos anos, mas não há um dia em que não perceba quanta razão ele tinha.

— Então posso ser sua assistente?

— Vou pensar.

Isabella concordou, satisfeita. Estava sentada em uma ponta da mesa sobre a qual descansava o álbum de fotografias que Cristina tinha deixado. Abriu casualmente na última página e ficou olhando um retrato da nova sra. Vidal, tirado na porta da Villa Helius dois ou três anos antes. Engoli em seco. Isabella fechou o álbum e passeou os olhos pela galeria até voltar a pousá-los em mim. Eu a observava impaciente. Sorriu intimidada, como se eu a tivesse surpreendido bisbilhotando onde não devia.

— Sua namorada é muito bonita — comentou.

O olhar que lancei apagou seu sorriso de um só golpe.

— Não é minha namorada.

— Ah...

Caiu um longo silêncio.

— Suponho que a quinta regra diga que é melhor eu não me meter onde não sou chamada, certo?

Não respondi. Isabella concordou consigo mesma e se levantou.

— Então é melhor que o deixe em paz e pare de incomodar por hoje. Se concordar, volto amanhã e começaremos.

Recolheu seus escritos e sorriu timidamente. Correspondi, concordando.

Isabella saiu discretamente e desapareceu pelo corredor. Ouvi seus passos afastando-se e, em seguida, o ruído da porta se fechando. Em sua ausência, notei pela primeira vez o silêncio que assombrava aquela casa.

6

Talvez fosse o excesso de cafeína que corria em minhas veias ou apenas minha consciência que tentava voltar como a luz depois de um apagão, mas passei o resto da manhã virando e revirando uma ideia que podia ser qualquer coisa menos reconfortante. Era difícil acreditar que não houvesse uma conexão entre, primeiro, o incêndio no qual tinham perecido Barrido e Escobillas; segundo, a proposta de Corelli, de quem não tive mais notícias, o que me deixava com o pé atrás; e, por fim, aquele estranho manuscrito resgatado do Cemitério dos Livros Esquecidos e escrito, conforme suspeitava, entre aquelas mesmas quatro paredes.

A perspectiva de retornar à casa de Andreas Corelli sem ter sido convidado para perguntar a respeito da coincidência que fez com que nossa conversa e o incêndio se produzissem praticamente no mesmo momento me parecia pouco atraente. Meu instinto dizia que, quando o editor resolvesse me ver, ele o faria por iniciativa própria e, se havia algo que eu não tinha em relação àquele encontro inevitável, era pressa. A investigação sobre o incêndio estava nas mãos do inspetor Víctor Grandes e de seus cães de caça, Marcos e Castelo, em cuja lista de favoritos eu me considerava incluído com menção honrosa. Quanto mais distante me mantivesse deles, melhor seria. A única alternativa viável que restava era o manuscrito e sua relação com a casa da torre. Depois de anos dizendo a mim mesmo que o fato de ter ido morar justamente naquele lugar não era pura coincidência, essa ideia começava a ganhar outro significado.

Resolvi começar pelo lugar onde estava confinada a maior parte dos objetos e pertences que os antigos moradores da casa da torre tinham deixado para trás. Peguei a chave do último quarto do corredor na gaveta da cozinha, onde tinha passado os últimos anos. Desde que os empregados da companhia de eletricidade tinham ligado a instalação da casa, não voltei a entrar ali. Ao introduzir a chave na fechadura, senti uma corrente de ar frio que o buraco do trinco soprava sobre meus dedos e constatei que Isabella tinha razão: aquele quarto tinha um cheiro estranho, que lembrava flores mortas e terra revolvida.

Abri a porta e levei a mão ao rosto. O fedor era intenso. Apalpei a parede procurando o interruptor da luz, mas a lâmpada nua que pendia do teto não respondeu. A claridade que vinha do corredor permitia que entrevisse a pilha de caixas, livros e baús que tinha confinado naquele lugar tantos anos antes. Aborrecido, fiquei olhando aquilo tudo. A parede do fundo estava completamente coberta por um grande armário de carvalho. Ajoelhei-me diante de uma caixa com velhas fotografias, óculos, relógios e pequenos objetos pessoais. Comecei a remexer sem saber muito bem o que procurava. De repente, abandonei o projeto e suspirei. Se esperava averiguar alguma coisa, precisava de um plano. Estava prestes a deixar o quarto quando ouvi a porta do armário abrir-se, pouco a pouco, atrás de mim. Um sopro de ar gelado e úmido roçou minha nuca. Virei-me lentamente. A porta do armário estava entreaberta e, dentro dele, antigos vestidos e ternos carcomidos pelo tempo pendiam dos cabides, ondulando como algas sob a água. A corrente de ar frio que trazia aquele fedor vinha de lá. Caminhei lentamente até o guarda-roupa. Abri as portas de par em par e afastei as roupas penduradas. A madeira do fundo estava podre e tinha começado a descolar. Atrás, dava para perceber uma parede de gesso, na qual alguém tinha aberto um furo de cerca de dois centímetros. Inclinei-me para tentar ver o que havia do outro lado, mas a escuridão era quase absoluta. A claridade tênue do corredor penetrava no orifício e projetava um fio vaporoso de luz através da abertura. Não se via muito mais que uma atmosfera espessa. Aproximei o olho tentando ver alguma imagem do que havia do outro lado da parede, mas naquele instante uma aranha negra apareceu na boca do orifício. Recuei de súbito e a aranha apressou-se a trepar por entre as roupas, desaparecendo na sombra. Fechei a porta do armário e saí do quarto. Tirei a chave e guardei na primeira gaveta da cômoda que ficava no corredor. O fedor que antes estava preso lá agora se espalhava pelo corredor como um veneno. Amaldiçoei a hora em que tivera a ideia de abrir aquela porta e fui para a rua, tentando esquecer, nem que fosse por algumas horas, a escuridão que pulsava no coração daquela casa.

As más ideias nunca chegam desacompanhadas. Para comemorar o fato de ter descoberto uma espécie de câmara escura em minha própria casa, fui até a livraria de Sempere & Filhos com a ideia de convidá-los para comer na Maison Dorée. Sempere pai lia uma preciosa edição de *O manuscrito encontrado em Saragosa*, de Potocki, e não quis nem ouvir falar do assunto.

— Se quisesse ver esnobes e grã-finos se fazendo de importantes e se aplaudindo mutuamente, não precisaria pagar para isso, Martín.

— Não seja rabugento. Sou eu quem convido.

Sempere negou. Seu filho, que ouvia a conversa da soleira da porta dos fundos, olhava para mim, hesitante.

— E se levar seu filho, o que vai fazer? Parar de falar comigo?

— Vocês é que sabem onde desperdiçam tempo e dinheiro. Ficarei por aqui, lendo, que a vida é breve.

Sempere filho era o paradigma da timidez e da discrição. Embora nos conhecêssemos desde meninos, não me lembrava de ter tido mais que três ou quatro diálogos a sós com ele, de não mais que cinco minutos cada. Não tinha nenhum vício ou pecado conhecido. Sabia de boa fonte que era considerado o bonitão oficial e o solteiro de ouro por todas as moçoilas do bairro. Mais de uma dava um jeito de aparecer na livraria com uma desculpa qualquer e ficar parada na frente da estante, aos suspiros, mas o filho de Sempere, se notava alguma coisa, nunca fez nada para dar sequência àquelas promissórias de devoção e lábios entreabertos. Qualquer outro teria feito uma carreira estelar de conquistador com um décimo daquele capital. Qualquer um menos Sempere filho, a quem às vezes dava vontade de atribuir o título de carola.

— Nesse ritmo, vai ficar a ver navios — lamentava Sempere de vez em quando.

— Já tentou botar um bom punhado de pimenta na sopa dele para garantir a irrigação de certos pontos-chave? — perguntava eu.

— Pode rir, moleque, mas eu já estou chegando aos setenta e nada de uma porra de um neto.

Fomos recebidos pelo mesmo maître da última visita, mas sem o sorriso servil nem o gesto de boas-vindas. Quando comuniquei que não tinha feito reserva, fez uma careta de desprezo e estalou os dedos para invocar a presença de um recepcionista que nos escoltou, sem cerimônia, a uma mesa que supus ser a pior do salão, ao lado da porta da cozinha e enterrada em um canto escuro e barulhento. Nos vinte e cinco minutos seguintes, ninguém foi até a mesa, nem para oferecer o cardápio, nem para servir um copo d'água. O pessoal passava direto batendo a porta e ignorando completamente nossa presença e nossos gestos tentando chamar atenção.

— Isso não quer dizer que seria melhor irmos embora? — perguntou Sempere filho, finalmente. — Eu me viro com um sanduíche em qualquer lugar...

Ele mal tinha acabado de pronunciar essas palavras quando os vi aparecer. Vidal e senhora avançavam até a mesa, escoltados pelo maître e por dois garçons que se desfaziam em mesuras. Sentaram-se e em dois minutos teve início a procissão de beija-mãos na qual, um depois do outro, todos os comensais do salão iam cumprimentá-los. Vidal os recebia com graça divina e os despachava logo em seguida. Sempere filho, que percebeu a situação, me observava.

— Tudo bem, Martín? Por que não vamos embora?

Concordei lentamente. Nós nos levantamos e fomos para a saída, ladeando o balcão pelo extremo oposto à mesa de Vidal. Antes de abandonar a sala, ainda cruzamos com o maître, que nem se dignou a olhar para nós. Enquanto caminhávamos para a saída, pude ver pelo espelho pendurado em cima da porta que Vidal beijava Cristina nos lábios. Na rua, Sempere filho olhou para mim, mortificado.

— Sinto muito, Martín.

— Não se preocupe. Má escolha. Isso é tudo. Se não se importa, seu pai não...

— ... nem uma palavra — garantiu.

— Obrigado.

— Eles não merecem. O que me diz se o convidar para algo mais plebeu? Tem um restaurante na rua do Carmen que é de dar água na boca.

Meu apetite tinha sumido, mas concordei de bom grado.

— Vamos.

O lugar ficava perto da biblioteca e servia comida caseira a preços módicos para os moradores do bairro. Mal toquei na comida, que cheirava infinitamente melhor que qualquer coisa que tivesse provado na Maison Dorée em todos os seus anos de existência, mas na hora da sobremesa já tinha bebido, sozinho, uma garrafa e meia de tinto e minha cabeça tinha entrado em órbita.

— Sempere, diga cá uma coisa. O que você tem contra melhorar a raça? Como se explica então que um cidadão jovem e são, abençoado pelo Altíssimo com uma pinta como a sua, não tenha se beneficiado com o que há de melhor em exposição?

O filho do livreiro riu.

— E quem disse que não me beneficiei?

Fiz um gesto de pouca fé e pisquei o olho. Sempere filho concordou.

— Mesmo que me tome por moralista, gosto de imaginar que estou esperando.

— Esperando o quê? Que seus instrumentos parem de funcionar?

— Está falando igual ao meu pai.

— Grandes mentes pensam parecido.

— Pois eu acho que existe algo mais, não? — perguntou ele.

— Algo mais?

Sempere concordou.

— Sei lá — disse eu.

— Acho que sabe muito bem.

— Pois pode ver que isso não me adiantou de nada.

Ia servir outro copo quando Sempere me interrompeu.

— Prudência — murmurou.

— Está vendo como é moralista?

— Cada um é o que é.

— Mas tem cura. O que me diz de eu e você cairmos, agora mesmo, na farra?

Sempere me olhou com pena.

— Martín, acho que é melhor ir para casa e descansar. Amanhã é outro dia.

— Não vai contar a seu pai que tomei um porre, certo?

A caminho de casa, parei em pelo menos sete bares para degustar seus estoques de destilados até que, com uma ou outra desculpa, me botavam na rua e eu percorria mais cem ou duzentos metros atrás de um novo porto onde fazer escala. Nunca tinha sido um bebedor de fôlego e no fim da tarde estava tão bêbado que não me lembrava nem de onde morava. Lembrava que dois garçons da taverna Ambos Mundos na praça Real me levantaram, cada um por um braço, e me colocaram em um banco em frente ao chafariz, onde caí em um torpor espesso e escuro.

Sonhei que ia ao enterro de dom Pedro. Um céu ensanguentado oprimia o labirinto de cruzes e anjos que rodeava o grande mausoléu dos Vidal no cemitério de Montjuïc. Um cortejo silencioso de véus negros circundava o anfiteatro de mármore escurecido que formava o pórtico do mausoléu. Cada figura carregava um longo círio branco. A luz de cem chamas esculpia os contornos de um grande anjo de mármore abatido de dor e luto sobre um pedestal, aos pés do qual se estendia o túmulo de meu mentor e, em seu interior, um sarcófago de cristal. O corpo de Vidal, vestido de branco, jazia sob o cristal com os olhos abertos. Lágrimas negras escorriam por suas faces. No meio do cortejo, adiantava-se a silhueta de sua viúva, Cristina, que caía de joelhos diante do féretro, banhada em pranto. Um a um, os membros do cortejo desfilavam diante do defunto e depositavam rosas negras sobre o ataúde de cristal até cobri-lo inteiramente, deixando à mostra apenas o rosto. Dois coveiros sem face desciam o ataúde à fossa, cujo fundo estava inundado por um líquido espesso e escuro. O sarcófago ficava flutuando sobre o lençol de sangue, que lentamente se infiltrava pelas fendas do fecho de cristal. Pouco a pouco, o ataúde era inundado e o sangue cobria o cadáver de Vidal. Antes que seu rosto submergisse por completo, meu mentor movia os olhos e me encarava. Um bando de pássaros negros alçava voo e eu saía correndo, perdendo-me nas vielas da infinita cidade dos mortos.

Somente um pranto distante conseguia me guiar para a saída e permitia que me desviasse dos lamentos e das súplicas de figuras obscuras que barravam minha passagem, implorando que os levasse comigo, que os resgatasse de sua eterna escuridão.

Dois guardas me acordaram dando batidinhas em minha perna com o cassetete. Já tinha anoitecido e levei alguns segundos para distinguir se eram agentes da ordem pública ou da morte, em missão especial.

— Vamos, amigo, vá curtir sua bebedeira na sua caminha, certo?

— Às suas ordens, meu coronel.

— Circulando ou vai passar a noite na cadeia, para ver se acha graça.

Não precisou repetir duas vezes. Levantei como pude e caminhei para casa com a esperança de chegar antes que meus passos me guiassem para mais um botequim de quinta. O trajeto, que em condições normais levaria dez ou quinze minutos, prolongou-se por quase o triplo. Finalmente, em uma volta milagrosa, cheguei à porta de minha casa para encontrar, mais uma vez, Isabella sentada como se fosse alguma espécie de maldição, dessa vez no alpendre de casa, esperando por mim.

— Está bêbado — disse Isabella.

— Devo estar, pois em pleno *delirium tremens* tive a impressão de vê-la à meia-noite, dormindo na entrada da minha casa.

— Não tinha para onde ir. Meu pai e eu brigamos e ele me botou para fora de casa.

Fechei os olhos e suspirei. Meu cérebro embotado de álcool era incapaz de dar forma à torrente de negativas e maldições que estavam se acumulando em minha língua.

— Não pode ficar aqui, Isabella.

— Por favor, só essa noite. Amanhã procuro uma pensão. Estou implorando, sr. Martín.

— Não me olhe com essa cara de bezerro desmamado — ameacei.

— Além do mais, estou na rua por sua culpa — acrescentou ela.

— Por minha culpa. Essa é muito boa. Não sei se tem talento para escrever, mas imaginação delirante você tem de sobra. Por que infausto motivo, se é que se pode saber, seria culpa minha se o digníssimo senhor seu pai resolveu jogá-la no olho da rua?

— Fala muito estranho quando está bêbado, sr. Martín.

— Não estou bêbado. Nunca estive bêbado em toda a minha vida. Responda à pergunta.

— Disse a meu pai que o senhor tinha me contratado como assistente e que, a partir de agora, ia me dedicar à literatura e não poderia mais trabalhar no armazém.

— O quê?

— Podemos entrar? Estou com frio e meu traseiro ficou petrificado de dormir nessa escada.

Senti minha cabeça girar e a náusea rondando. Levantei os olhos para a suave penumbra que emanava da claraboia no alto da escada.

— É esse o castigo que os céus me mandaram para que me arrependa dessa vida de devassidão?

Isabella seguiu o rastro de meu olhar, intrigada.

— Com quem está falando?

— Com ninguém, é um monólogo. Prerrogativa dos ébrios. Mas amanhã bem cedo vou ter uma conversinha com seu pai e pôr um fim nesse absurdo.

— Não sei se é uma boa ideia. Meu pai jurou que quando o vir, vai matá-lo. Tem uma escopeta de dois canos escondida embaixo do balcão. Ele é assim mesmo. Uma vez matou um burro com ela. Foi no verão, perto de Argentona...

— Cale-se. Nem mais uma palavra. Silêncio.

Isabella fez que sim e ficou me olhando, na expectativa. Recomecei a procura da chave. Não dava para resolver as trapalhadas daquela adolescente tagarela naquele momento. Precisava cair em uma cama e perder a consciência, de preferência nessa ordem. Procurei por uns dois minutos, sem resultados visíveis. Finalmente, Isabella aproximou-se de mim e, sem dizer uma palavra, enfiou a mão no bolso de minha jaqueta, pelo qual meus dedos tinham passado cem vezes, e encontrou. Mostrou a chave e eu, derrotado, cedi.

Isabella abriu a porta da casa e me ajudou a subir. Foi me escorando até o quarto, como se fosse um inválido, e me ajudou a deitar na cama. Ajeitou minha cabeça no travesseiro e tirou meus sapatos. Olhei para ela, ressabiado.

— Fique tranquilo, não vou tirar suas calças.

Abriu os botões do colarinho e se sentou a meu lado, observando-me. Sorriu com uma melancolia que seus anos não mereciam.

— Nunca o tinha visto tão triste, sr. Martín. É por causa daquela mulher, não? A da foto. — Ela segurou e acariciou minha mão, e eu fui relaxando. — Tudo passa, acredite em mim. Tudo passa.

Meus olhos encheram-se de lágrimas, mesmo a contragosto, e virei a cabeça para que ela não visse meu rosto. Isabella apagou a luz da mesinha e continuou sentada a meu lado, na penumbra, ouvindo aquele bêbado desconsolado chorar sem fazer perguntas, sem julgamentos, sem nada além de sua companhia e sua bondade, até que adormeci.

7

Fui acordado pela agonia da ressaca, uma pressão comprimindo minhas têmporas, e pelo perfume do café colombiano. Isabella tinha arrumado uma mesinha junto à cama com um bule de café fresco e um prato com pão, queijo, presunto e uma maçã. A visão da comida revirou meu estômago, mas estendi a mão para o bule. Isabella, que vinha me observando da soleira da porta sem que eu percebesse, adiantou-se e serviu uma xícara, desfeita em sorrisos.

— Tome, está bem forte, vai cair que é uma maravilha.

Aceitei a xícara e bebi.

— Que horas são?

— Uma da tarde.

Deixei escapar um suspiro.

— Há quantas horas está acordada?

— Umas sete.

— Fazendo o quê?

— Limpando e arrumando, mas aqui tem trabalho para vários meses — replicou Isabella.

Tomei outro longo gole de café.

— Obrigado — murmurei. — Pelo café. E por arrumar e limpar, embora não seja sua obrigação.

— Não faço isso por você, se é o que está pensando. É por mim. Se vou morar aqui, prefiro pensar que não vou ficar grudada nas coisas se encostar nelas por acaso.

— Morar aqui? Pensei que tínhamos resolvido que...

Ao levantar a voz, uma pontada de dor me cortou a palavra e o pensamento.

— Psiiiiu — sussurrou Isabella.

Resolvi dar uma trégua. Naquele momento, não podia nem queria discutir com Isabella. Mais tarde, quando a ressaca batesse em retirada, teria tempo para devolvê-la à sua família. Acabei o café com um terceiro gole e me levantei bem devagar. Meia dúzia de espinhos de dor cravaram-se em minha cabeça. Deixei escapar um gemido. Isabella segurou meu braço.

— Não sou nenhum inválido. Posso cuidar de mim mesmo.

Isabella foi me soltando aos poucos. Dei alguns passos em direção ao corredor. Ela me seguia de perto, como se temesse que eu desabasse de uma hora para a outra. Parei em frente ao banheiro.

— Posso urinar sozinho? — perguntei.

— Vá com cuidado — sussurrou a moça. — Vou deixar seu café da manhã na sala.

— Não estou com fome.

— Precisa comer alguma coisa.

— Afinal, é minha aprendiz ou minha mãe?

— Estou falando para o seu bem.

Fechei a porta do banheiro e refugiei-me lá dentro. Meus olhos demoraram alguns segundos para se ajustar ao que viam. O banheiro estava irreconhecível. Limpo e reluzente. Cada coisa em seu lugar. Um sabonete novo na pia. Toalhas limpas que eu nem sabia que possuía. Cheiro de água sanitária.

— Deus do céu — murmurei.

Enfiei a cabeça embaixo da torneira e deixei a água fria escorrer durante alguns minutos. Saí para o corredor e caminhei lentamente para a sala. Se o banheiro estava irreconhecível, a sala pertencia a outro mundo. Isabella tinha limpado os vidros e o chão, arrumado móveis e cadeiras. Uma luz pura e clara se filtrava pelas vidraças e o cheiro de poeira tinha desaparecido. Meu café da manhã me esperava na mesa em frente ao sofá, sobre o qual a moça tinha posto uma manta limpa. As prateleiras cheias de livros pareciam organizadas e as vitrines da estante tinham recuperado a transparência. Isabella estava servindo uma segunda xícara de café para mim.

— Sei muito bem o que está fazendo, mas não vai funcionar — disse a ela.

— Encher outra xícara de café?

Isabella tinha organizado os livros espalhados em pilhas sobre as mesas e pelos cantos. Tinha esvaziado porta-jornais que estavam abarrotados havia mais de uma década. Em apenas sete horas, tinha varrido de um só golpe anos e anos de penumbra e trevas com sua disposição e sua presença e ainda tinha tempo e vontade de sorrir.

— Por mim, estava melhor antes — falei.

— Com certeza. Para você e para suas inquilinas, as cem mil baratas que despachei com ar fresco e amoníaco.

— Então é isso o fedor que estou sentindo?

— Esse *fedor* é cheiro de limpo — protestou Isabella. — Poderia ficar pelo menos um pouco agradecido.

— E estou.

— Não parece. Amanhã vou até o escritório e...

— Nem pensar...

Isabella deu de ombros, mas seu olhar continuava determinado e logo vi que em vinte e quatro horas o escritório sofreria uma transformação irreversível.

— Ah, esta manhã encontrei um envelope no saguão. Alguém deve ter enfiado por baixo da porta ontem à noite.

Olhei-a por cima da xícara.

— O portão lá de baixo está trancado — disse eu.

— Foi o que pensei. Na verdade, achei muito estranho e, embora tivesse seu nome...

— ... você abriu.

— Sim. Mas foi sem querer.

— Isabella, abrir a correspondência dos outros não é sinal de boa educação. Em alguns lugares, inclusive, é um crime passível de prisão.

— É o que sempre digo à minha mãe, que costuma abrir minhas cartas. E continua solta.

— Onde está a carta?

Isabella tirou o envelope do bolso do avental onde o tinha enfiado e estendeu para mim, evitando meu olhar. Tinha as bordas picotadas e era de papel grosso e poroso, com o selo do anjo sobre o lacre vermelho — aberto — e meu nome traçado em carmesim e tinta perfumada. Abri e retirei uma folha dobrada.

Querido David:

Confio em que esteja bem de saúde e tenha depositado a quantia recebida sem problemas. O que acha de nos vermos esta noite em minha casa, para começarmos a discutir os pormenores de nosso projeto? Uma ceia leve será servida por volta das dez. Estarei esperando.

Seu amigo,

Andreas Corelli

Dobrei a folha e enfiei de volta no envelope. Isabella me observava, intrigada.

— Boas notícias?

— Nada que lhe diga respeito.

— Quem é esse tal de sr. Corelli? Tem a letra bonita, não como a sua.

Olhei-a com reprovação.

— Se vou ser sua assistente, tenho que saber com quem costuma tratar. Quer dizer, para o caso de precisar mandar alguém passear.

Bufei.

— É um editor.

— E deve ser dos bons. Veja só o papel de carta e os envelopes que distribui. Que livro está escrevendo para ele?

— Nada que lhe interesse.

— Como posso ajudá-lo se não me diz em que está trabalhando? Não, não precisa responder. Vou ficar calada.

Durante dez milagrosos segundos, Isabella permaneceu calada.

— Como é esse sr. Corelli?

Olhei para ela friamente.

— Estranho.

— Um estranho reconhece o... Bem, não vou dizer mais nada.

Observando aquela moça de coração nobre, senti-me, como se isso fosse possível, ainda mais miserável e compreendi que quanto antes a afastasse de mim, mesmo com o risco de magoá-la, melhor seria para ambos.

— Por que está me olhando assim?

— Vou sair esta noite, Isabella.

— Preciso deixar alguma coisa para jantar? Vai voltar muito tarde?

— Vou jantar fora e não sei quando voltarei, mas seja a que hora for, quando voltar não quero mais encontrá-la aqui. Quero que pegue suas coisas e vá embora. Para onde, não me interessa. Aqui não há lugar para você. Entendeu?

Seu rosto empalideceu e seus olhos se encheram d'água. Mordeu os lábios e sorriu com as faces cheias de lágrimas.

— Estou sobrando. Entendi.

— E não limpe mais nada.

Levantei-me e deixei-a sozinha na sala. Fui me esconder no escritório da torre. Abri as janelas. O choro de Isabella chegava até lá. Contemplei a cidade estendida ao sol do meio-dia e voltei os olhos para o outro extremo, onde quase acreditei que via as telhas brilhantes que cobriam a Villa Helius e imaginei Cristina, esposa de Vidal, lá em cima, nas janelas do torreão, olhando para a Ribera. Algo escuro e turvo cobriu meu coração. Esqueci o pranto de Isabella e só desejei que chegasse logo a hora de encontrar Corelli para discutir sobre o maldito livro.

Fiquei no escritório da torre até o entardecer se espalhar pela cidade como sangue na água. Fazia calor, mais do que tinha feito em todo o verão, e os telhados da Ribera pareciam vibrar nos olhos como miragens de vapor. Desci para o andar de baixo e mudei de roupa. A casa estava em silêncio, as persianas da sala, fechadas, e as vidraças, tingidas por uma claridade âmbar que se derramava pelo corredor central.

— Isabella? — chamei.

Não obtive resposta. Aproximei-me da sala e verifiquei que a moça tinha partido. Antes de fazê-lo, no entanto, tinha se dedicado a limpar e organizar a coleção das obras completas de Ignatius B. Samson, que estava acumulando poeira e esquecimento havia anos e agora reluzia na vitrine transparente da estante. A moça tinha pegado um dos livros e deixado aberto na metade sobre um pedestal. Li uma frase ao acaso e tive a impressão de que viajava para um tempo em que tudo parecia tão simples quanto inevitável.

"'A poesia se escreve com lágrimas, o romance, com sangue, e a história, com águas passadas', disse o cardeal, enquanto untava o fio da faca com veneno, à luz de um candelabro."

A estudada ingenuidade daquelas linhas me arrancou um sorriso e devolveu uma suspeita que nunca deixou de rondar meus pensamentos: talvez tivesse sido melhor para todos, sobretudo para mim, se Ignatius B. Samson nunca tivesse se suicidado e David Martín nunca tivesse tomado seu lugar.

8

Anoitecia quando desci para a rua. O calor e a umidade tinham levado vários vizinhos do bairro a espalhar cadeiras pela calçada em busca de uma brisa que se recusava a chegar. Evitei as rodinhas improvisadas diante das portarias e esquinas e fui para a Estação da França, onde sempre havia pelo menos dois ou três táxis à espera de passageiros. Abordei o primeiro da fila. Levamos vinte minutos para atravessar a cidade e subir a ladeira da colina sobre a qual descansava o fantasmagórico parque do arquiteto Gaudí. As luzes da casa de Corelli podiam ser vistas de longe.

— Não sabia que tinha alguém morando aqui — comentou o motorista.

Assim que paguei a corrida, gorjeta incluída, ele não levou um segundo para sair dali às pressas. Esperei alguns instantes antes de bater na porta, saboreando o estranho silêncio que reinava naquele lugar. Nem uma única folha se agitava no bosque que cobria a colina às minhas costas. Um céu semeado de estrelas e pincelado de nuvens se estendia em todas as direções. Podia ouvir o som de minha própria respiração, de minhas roupas farfalhando ao andar, de meus passos aproximando-se da porta. Bati e esperei.

A porta se abriu momentos depois. Um homem de olhar e ombros caídos inclinou a cabeça ao deparar comigo e indicou que entrasse. Seus trajes sugeriam que se tratava de uma espécie de mordomo ou criado. Não emitiu nenhum som. Segui atrás dele pelo corredor do qual me lembrava repleto de retratos e, no final, o homem deu passagem para que eu entrasse no grande salão, do qual se podia contemplar toda a cidade a distância. Com uma leve reverência, deixou-me ali sozinho, retirando-se com a mesma lentidão com que tinha me acompanhado até lá. Aproximei-me das janelas e olhei por entre as cortinas, matando o tempo enquanto Corelli não vinha. Tinham se passado cerca de dois minutos, quando percebi que um vulto me observava de um canto da sala. Estava sentado, completamente imóvel, entre a penumbra e a luz de um abajur que só revelava as pernas e as mãos apoiadas nos braços da poltrona. Só o reconheci pelo brilho dos olhos que nunca piscavam e pelo reflexo da luz no broche em forma de anjo que sempre usava na lapela. Assim que pousei o olhar nele, levantou-se e veio em minha direção em passos rápidos, rápidos demais, com um sorriso lupino nos lábios que me gelou o sangue.

— Boa noite, Martín.

Acenei, tentando corresponder a seu sorriso.

— Vejo que o assustei de novo. Sinto muito. Posso lhe oferecer alguma coisa para beber ou passamos diretamente para o jantar?

— Na verdade, estou sem apetite.

— É esse calor, sem dúvida. Se preferir, podemos ir para o jardim e conversar lá.

O silencioso mordomo surgiu do nada e tratou de abrir as portas que davam para o jardim, onde um caminho de velas colocadas em pequenos pires de café levava a uma mesa de metal branca com duas cadeiras frente a frente. A chama das velas ardia imóvel, sem flutuação alguma. A lua derramava uma tênue claridade azulada. Sentei-me e Corelli fez o mesmo, enquanto o mordomo nos servia dois copos de uma garrafa que supus ser de vinho ou algum tipo de licor, mas que não tinha nenhuma intenção de provar. À luz da lua crescente, Corelli parecia mais jovem, os traços de seu rosto, mais afilados. Estava me observando com uma intensidade que beirava a voracidade.

— Alguma coisa o angustia, Martín.

— Suponho que tenha ouvido falar do incêndio.

— Um fim lamentável e, no entanto, poeticamente justo.

— Considera justo que dois homens morram dessa maneira?

— Um modo menos cruel seria mais aceitável? A justiça é uma questão de perspectiva, não um valor universal. Não vou fingir uma grande tristeza que não sinto e suponho que você também não, por mais que o diga. Mas, se preferir, podemos guardar um minuto de silêncio.

— Não será necessário.

— Claro que não. Só é necessário quando não se tem nada de válido a dizer. O silêncio faz com que até os idiotas pareçam sábios por um minuto. Mais alguma coisa que o preocupe, Martín?

— A polícia parece acreditar que tenho algo a ver com o acontecido. Eles me perguntaram sobre você.

Corelli balançou a cabeça demonstrando despreocupação.

— A polícia precisa fazer o seu trabalho, e nós, o nosso. Podemos considerar esse assunto encerrado?

Assenti lentamente. Corelli sorriu.

— Há alguns minutos, quando estava à sua espera, percebi que ainda temos uma pequena conversa retórica pendente. Quanto mais cedo nos livrarmos dela, mais cedo poderemos passar ao que interessa. Gostaria de começar perguntando o que é a fé para você.

Refleti alguns instantes.

— Nunca fui uma pessoa religiosa. Mais do que acreditar ou não acreditar, tenho dúvidas. A dúvida é minha fé.

— Muito prudente e muito burguês. Mas jogando a bola para fora não se ganha a partida. Que explicação daria para o fato de crenças de todo tipo aparecerem e desaparecerem ao longo da história?

— Não sei. Suponho que pelos fatores sociais, econômicos e políticos. Está falando com alguém que deixou de frequentar a escola aos dez anos. História não é o meu forte.

— A história é onde a biologia deságua, Martín.

— Acho que não fui à aula no dia em que deram essa lição.

— Essa lição não se aprende na escola, Martín. Ela nos é dada pela razão e pela observação da realidade. Essa é a lição que ninguém quer aprender e, portanto, a que devemos analisar melhor para poder fazer nosso trabalho direito. Toda oportunidade de negócio tem seu ponto de partida na incapacidade de uma outra pessoa para resolver um problema simples e inevitável.

— Estamos falando de religião ou de economia?

— Pode escolher a nomenclatura.

— Se entendi bem, está sugerindo que a fé, o ato de acreditar em mitos, ideologias ou lendas sobrenaturais, é consequência da biologia.

— Nem mais nem menos.

— Uma visão um tanto cínica para um editor de textos religiosos — comentei.

— Uma visão profissional e sem paixão — amenizou Corelli. — O ser humano acredita assim como respira, para sobreviver.

— Essa teoria é sua?

— Não é uma teoria, é uma estatística.

— Acredito que três quartos do mundo, pelo menos, estariam em desacordo com essa afirmação — argumentei.

— Claro. Se estivessem de acordo, não seriam crentes potenciais. Não se convence ninguém da veracidade de alguma coisa na qual não se precisa acreditar por imperativo biológico.

— Está sugerindo então que viver na ilusão faz parte de nossa natureza?

— Sobreviver faz parte de nossa natureza. A fé é uma resposta instintiva a certos aspectos da existência que não podemos explicar de outra forma, seja o vazio moral que percebemos no universo, a certeza da morte, o mistério da origem das coisas ou o sentido de nossa própria vida, ou ainda a completa ausência dele. São aspectos elementares e de extraordinária simplicidade, mas nossas próprias limitações nos impedem de responder de modo compreensível a tais perguntas e por isso criamos, como defesa, uma resposta emocional. É pura e simples biologia.

— A seu ver, portanto, todas as crenças ou ideais não seriam mais que uma ficção.

— Toda interpretação ou observação da realidade o é, necessariamente. Nesse caso, o problema reside no fato de que o homem é um animal moral em um universo amoral, condenado a uma existência finita e sem nenhum outro significado além de perpetuar o ciclo natural da espécie. É impossível sobreviver em um estado prolongado de realidade, pelo menos para um ser humano. Passamos boa parte de nossas vidas sonhando, sobretudo quando estamos acordados. Como disse, simples biologia.

Suspirei.

— E depois de tudo isso, pretende que eu invente uma fábula que faça os ingênuos caírem de joelhos, convencendo-os de que viram a luz, de que existe alguma coisa em que acreditar, pela qual viver, pela qual morrer e até mesmo matar.

— Exatamente. Não peço que invente nada que já não tenha sido inventado de alguma maneira. Peço simplesmente que me ajude a dar de beber a quem tem sede.

— Um propósito louvável e piedoso — ironizei.

— Não, uma simples proposta comercial. A natureza é um grande mercado livre. A lei da oferta e da procura é um fato molecular.

— Talvez devesse procurar um intelectual para essa tarefa. Falando de fatos moleculares e mercantis, garanto que a maioria deles nunca viu cem mil francos juntos em toda a sua vida e aposto que estariam dispostos a vender a própria alma, ou a inventá-la, por uma fração dessa quantia.

O brilho metálico em seus olhos me fez suspeitar de que Corelli ia me brindar com mais um de seus ácidos sermões de bolso. Lembrei-me do saldo que repousava em minha conta no Banco Hispano Colonial e pensei que cem mil francos bem que valiam uma missa ou alguns sermões.

— Um intelectual é alguém que, normalmente, não se distingue exatamente por seu intelecto — sentenciou Corelli. — Atribui tal qualitativo a si mesmo para compensar a impotência natural que intui em suas capacidades. É aquele velho e certíssimo ditado: diga-me do que se vangloria e eu lhe direi do que careces. É o que sempre acontece. O incompetente sempre se apresenta como capaz. O cruel, como piedoso. O pecador, como santo. O avarento, como generoso. O mesquinho, como patriota. O arrogante, como humilde. O vulgar, como elegante. E o tolo, como intelectual. Mais uma vez, tudo obra da natureza, que, longe de ser a figura delicada que os poetas cantam, é uma mãe cruel e voraz que se alimenta das criaturas que vai parindo para poder continuar viva.

Corelli e sua poética da biologia feroz começavam a me dar náusea. A veemência e o ódio contidos que as palavras do editor destilavam me incomodavam e fiquei me perguntando se haveria alguma coisa no universo que não lhe parecesse repugnante e desprezível, inclusive a minha pessoa.

— Poderia ministrar conferências muito inspiradoras em escolas e paróquias no Domingo de Ramos. Seu sucesso seria esmagador — sugeri.

Corelli riu friamente.

— Não mude de assunto. O que procuro é o oposto de um intelectual, quer dizer, procuro alguém inteligente. E já encontrei.

— Está me bajulando.

— Melhor que isso, estou pagando. E muito bem, que é o melhor afago verdadeiro nesta droga de mundo. Nunca aceite condecorações que não venham impressas em um cheque. Só beneficiam a quem as distribui. E já que pago, espero que me ouça e siga minhas instruções. Pode acreditar quando digo que não tenho nenhum interesse em fazê-lo perder tempo. Enquanto viver às minhas custas, seu tempo é também o meu.

Seu tom era amável, mas o brilho dos olhos parecia de aço e não deixava lugar a dúvidas.

— Não é necessário que me recorde disso a cada cinco minutos.

— Desculpe a minha insistência, amigo Martín. Se o aborreço com todos esses rodeios é para tirá-los de nosso caminho o quanto antes. O que quero de você é a forma, não a essência. A essência é sempre a mesma e existe desde que o ser humano surgiu. Está gravada em seu coração como um número de série. O que quero é que encontre um modo inteligente e sedutor de responder às perguntas que todos fazemos e que o faça a partir de sua própria leitura da alma humana, pondo sua arte e seu ofício em prática. Quero que me traga uma narrativa que desperte a alma.

— Nada mais...

— E nada menos.

— Está falando em manipular sentimentos e emoções. Não seria mais fácil convencer as pessoas com uma exposição racional, simples e clara?

— Não. É impossível estabelecer um diálogo racional com alguém a respeito de crenças e conceitos que não foram adquiridos através da razão. Tanto faz que falemos de Deus, de raça ou de patriotismo. Por isso, preciso de algo mais poderoso do que uma simples exposição retórica. Necessito da força da arte, preciso da encenação. A letra da canção é o que pensamos entender, mas o que faz com que acreditemos, ou não, é a melodia.

Tentei engolir todo aquele blá-blá-blá sem engasgar.

— Fique tranquilo, não haverá mais discursos por hoje — abreviou Corelli. — Agora, vamos ao lado prático: vamos nos reunir aproximadamente a cada quinze dias. Você apresentará o trabalho feito e discutiremos o seu progresso. Se tiver mudanças e observações a fazer, eu direi. O trabalho se estenderá por doze meses ou a fração disso necessária para que seja terminado. Ao final desse prazo, terá que entregar tudo o que tiver feito e a documentação que gerou, sem exceção, ao único proprietário e detentor dos direitos, ou seja, eu. Seu nome não vai figurar na autoria do documento e terá que assumir o compromisso de não reclamá-la posteriormente, de não discutir o trabalho realizado ou os termos desse acordo, em particular ou em público, com ninguém. Em troca, receberá o pagamento inicial de cem mil francos, que já foi efetivado, e, ao término, com a condição de que o trabalho entregue previamente seja considerado satisfatório, uma bonificação de mais cinquenta mil francos.

Engoli em seco. Ninguém estava plenamente consciente da cobiça que se escondia em seu coração até o momento em que ouvia o doce tilintar da grana no bolso.

— Não prefere formalizar um acordo por escrito?

— O nosso é um acordo de honra. A sua e a minha. E já foi estabelecido. Um acordo de honra que não pode ser quebrado, pois quebraria quem o firmou — disse Corelli, em um tom que me fez pensar que teria sido preferível assinar um papel, nem que fosse com sangue. — Alguma dúvida?

— Sim. Por quê?

— Não entendi, Martín.

— Por que quer esse material ou seja lá como queira chamá-lo? O que pensa fazer com ele?

— Problemas de consciência a essa altura, Martín?

— Talvez me tome por uma pessoa sem escrúpulos, mas, se vou participar de alguma coisa como a que me propõe, quero saber qual é o objetivo. Creio que tenho esse direito.

Corelli sorriu e pousou a mão sobre a minha. Senti um calafrio ao contato de sua pele gelada e lisa como mármore.

— Porque você quer viver.

— Isso soa vagamente ameaçador.

— Um simples e amistoso lembrete daquilo que já sabe. Vai me ajudar porque quer viver e porque o preço e as consequências não lhe importam. Porque, pouco tempo faz, estava às portas da morte e agora tem uma eternidade pela frente e uma vida para viver. Vai me ajudar porque é humano. E porque, embora não queira aceitar isso, tem fé.

Retirei a mão de seu alcance e fiquei olhando para ele enquanto se levantava, dirigindo-se ao extremo do jardim.

— Não se preocupe, Martín. Tudo vai correr bem. Pode confiar — disse Corelli em tom doce e hipnotizante, quase paternal.

— Já posso ir?

— Claro. Não quero prendê-lo aqui mais do que o necessário. Gostei muito de nossa conversa. Agora deixarei que se retire e vá refletindo sobre tudo que comentamos. Verá como, passada a indigestão, perceberá que as verdadeiras respostas vão chegar até você. Não há nada no caminho da vida que já não saibamos antes de começar. Não aprendemos nada de importante na vida, apenas recordamos.

Endireitou a postura e fez um sinal a seu silencioso mordomo, que esperava no fundo do jardim.

— Um carro vai pegá-lo e levá-lo à sua casa. Vamos nos encontrar de novo em duas semanas.

— Aqui?

— Deus é quem sabe — disse, lambendo os lábios como se aquilo fosse uma ironia deliciosa.

O mordomo aproximou-se e fez sinal para que eu o seguisse. Corelli acenou e voltou a sentar-se, com o olhar perdido novamente sobre a cidade.

9

O carro, se podia chamá-lo assim, esperava na porta do casarão. Não era um automóvel qualquer, mas uma peça de colecionador. Lembrava uma carruagem encantada, uma catedral móvel de cromados e curvas feitas de pura ciência, arrematada pela figura de um anjo de prata sobre o motor, como uma carranca de proa. Em outras palavras, era um Rolls-Royce. O mordomo abriu a porta e despediu-se com uma reverência. Por dentro mais parecia um quarto de hotel do que o interior de um veículo. O carro arrancou assim que me acomodei no banco e deslizou colina abaixo.

— Sabe o endereço? — perguntei.

O motorista, uma silhueta escura do outro lado de uma divisória de vidro, fez um breve sinal afirmativo. Atravessamos Barcelona no silêncio narcótico daquela carruagem de metal, que mal parecia roçar o solo. Vi ruas e edifícios desfilarem através das janelas como se fossem desfiladeiros submersos. Já passava de meia-noite quando o Rolls-Royce preto virou na rua Comercio e entrou no passeio do Borne. O carro parou junto à rua Flassanders, estreita demais para permitir sua passagem. O motorista desceu e abriu a porta para mim com uma reverência. Desci do carro e ele fechou a porta, voltando a entrar sem dizer uma palavra. Fiquei olhando enquanto se afastava, até que a silhueta escura se desfez em um véu de sombras. Perguntei-me o que eu tinha feito, mas, preferindo não encontrar a resposta, fui para casa sentindo como se o mundo inteiro fosse uma prisão sem escapatória.

Ao entrar em casa, fui diretamente para o escritório. Abri as janelas aos quatro ventos e deixei que a brisa úmida e ardente penetrasse no cômodo.

Em alguns terraços do bairro, viam-se figuras estendidas sobre colchões e lençóis, tentando escapar do calor asfixiante e dormir. Ao longe, as três grandes chaminés do Paralelo erguiam-se como piras funerárias, espalhando um manto de cinzas brancas que se estendia como poeira de vidro sobre Barcelona. Mais perto, a estátua da Mercè levantando voo da cúpula da igreja de Nossa Senhora das Mercês lembrava tanto o anjo do Rolls-Royce como o que estava sempre na lapela de Corelli. Senti que a cidade, depois de muitos meses de silêncio, voltava a falar comigo e a revelar seus segredos.

Foi então que a vi, encolhida no degrau de uma porta daquele túnel miserável e estreito que chamavam de rua das Moscas. Isabella. Fiquei me perguntando quanto tempo havia que estava lá e pensei que aquilo não era problema meu. Ia fechar a janela e sentar-me na escrivaninha quando percebi que não estava sozinha. Dois vultos aproximavam-se dela lentamente, talvez demais, vindos da extremidade da rua. Suspirei, desejando que passassem direto. Não foi o que fizeram. Um deles colocou-se do outro lado bloqueando a saída da viela. O outro abaixou-se diante da moça, esticando o braço em sua direção. Ela se mexeu. Instantes depois, os dois vultos lançaram-se sobre Isabella e pude ouvir seus gritos.

Levei cerca de um minuto para chegar lá. Quando cheguei, um dos homens tinha agarrado Isabella pelos braços e o outro tinha levantado sua saia. Uma expressão de terror tensionava o rosto da moça. O segundo indivíduo, que estava abrindo caminho entre suas coxas dando risadinhas, pressionava uma faca contra sua garganta. Três linhas de sangue escorriam do corte. Olhei ao redor. Um par de caixas com entulho, uma pilha de paralelepípedos e materiais de construção abandonados contra a parede. Agarrei uma barra de metal de meio metro, que era sólida e pesada. O primeiro a perceber minha presença foi o que segurava a faca. Dei um passo à frente, brandindo a barra de metal. Seu olhar saltou da barra para os meus olhos e vi que o sorrisinho se apagava em seus lábios. O outro se virou e me viu avançar na direção dele com a barra erguida. Bastou que eu fizesse um sinal com a cabeça para que soltasse Isabella e saltasse rapidamente para trás do parceiro.

— Vamos embora — murmurou.

O outro ignorou suas palavras. Olhava fixamente para mim com fogo nos olhos e a faca nas mãos.

— Quem convidou você para a festa, seu filho da puta?

Peguei Isabella pelo braço, puxando-a do chão sem tirar os olhos do homem com a arma. Peguei as chaves no bolso e dei para ela.

— Vá para casa — disse. — Faça o que estou mandando.

Isabella hesitou por um instante, mas ouvi seus passos afastando-se pela viela em direção à Flassanders. O sujeito que segurava a faca a viu ir embora e sorriu com raiva.

— Vou furar você, babaca.

Não duvidei de sua vontade nem da capacidade de cumprir a ameaça, mas algo em seu olhar me fazia pensar que meu adversário não era completamente idiota e que, se não tinha feito nada até agora, era porque estava avaliando o peso da minha barra de metal e, sobretudo, se eu teria força, coragem e tempo para esmagar seu crânio antes que conseguisse me atingir com aquela navalha.

— Pode tentar — convidei.

O sujeito sustentou meu olhar por vários segundos e depois riu. O que estava com ele suspirou de alívio. O homem fechou a navalha e cuspiu a meus pés. Deu meia-volta e se afastou em direção às sombras de onde tinha vindo, com o colega correndo atrás dele como um cãozinho fiel.

Encontrei Isabella acocorada no saguão interno da casa da torre. Tremia e segurava as chaves com as duas mãos. Quando me viu entrar, levantou de súbito.

— Quer que eu chame um médico?

Ela negou.

— Tem certeza?

— Ainda não tinham conseguido fazer nada — murmurou, engolindo as lágrimas.

— Não é o que parecia.

— Não me fizeram nada, tudo bem? — protestou.

— Certo.

Quis segurar seu braço enquanto subíamos a escada, mas ela recusou o contato.

Depois que subimos, acompanhei-a até o banheiro e acendi a luz.

— Tem uma muda de roupa limpa para vestir?

Isabella mostrou a bolsa que carregava e fez que sim.

— Vamos, tome um banho enquanto preparo algo para comermos.

— Como pode sentir fome em um momento desses?

— Pois sinto.

Isabella mordeu o lábio inferior.

— Para dizer a verdade, eu também...

— Discussão encerrada, portanto — respondi.

Fechei a porta do banheiro e esperei até ouvir a água correndo. Voltei para a cozinha e botei água para ferver. Ainda restava um pouco de arroz, bacon e algumas verduras que Isabella tinha levado na manhã anterior. Improvisei um ensopadinho de sobras e esperei quase meia hora até que Isabella saísse do banho, esvaziando quase meia garrafa de vinho. Ouvi que chorava com raiva do outro lado da parede. Quando apareceu na porta da cozinha, estava com os olhos vermelhos e parecia mais menina do que nunca.

— Não sei se ainda tenho apetite — murmurou.

— Sente-se e coma.

Nós nos sentamos na mesinha que ficava no centro da cozinha. Isabella examinou o prato de arroz e legumes variados que eu tinha posto na sua frente com certa desconfiança.

— Coma — ordenei.

Pegou uma garfada para experimentar e levou à boca.

— Está gostoso — disse.

Servi meio copo de vinho para ela e enchi o resto com água.

— Meu pai não me deixa tomar vinho.

— Não sou seu pai.

Jantamos em silêncio, trocando olhares. Isabella limpou o prato e comeu o pedaço de pão que tinha lhe dado. Sorria timidamente. Ainda não tinha se dado conta totalmente do susto. Em seguida, fui com ela até a porta de seu quarto e acendi a luz.

— Tente descansar um pouco. Se precisar de alguma coisa, dê uma batida na parede. Estarei no quarto ao lado.

Isabella concordou.

— Já ouvi seu ronco na outra noite.

— Eu não ronco.

— Deve ser o encanamento. Ou, no mínimo, algum vizinho que tem um urso de estimação.

— Mais uma palavra e está na rua de novo.

Isabella sorriu e assentiu.

— Obrigada — murmurou. — Não feche a porta totalmente, por favor. Deixe encostada.

— Boa noite — disse eu, apagando a luz e deixando Isabella no escuro.

Mais tarde, enquanto me despia no quarto, percebi que tinha uma marca escura no rosto, como uma lágrima negra. Aproximei-me do espelho e limpei com os dedos. Era sangue seco. Só então me dei conta de que estava exausto, e meu corpo inteiro doía.

10

Na manhã seguinte, antes que Isabella despertasse, fui até o armazém de importados que sua família possuía na rua Mirallers. Mal tinha amanhecido e a grade da loja já estava meio aberta. Enfiei-me para o interior e encontrei dois rapazes empilhando caixas de chá e outras mercadorias sobre o balcão.

— Está fechado — disse um deles.

— Pois não parece. Vá chamar o dono.

Enquanto esperava, distraí-me examinando o empório familiar de Isabella, a ingrata herdeira que renegava o mel do comércio para submeter-se às misérias da literatura. A loja era um pequeno bazar de maravilhas trazidas de todos os cantos do mundo. Geleias, doces e chás. Cafés, especiarias e conservas. Frutas e carnes curadas. Chocolates e presuntos defumados. Um paraíso pantagruélico para bolsos bem fornidos. Dom Odón, pai da garota e encarregado do estabelecimento, surgiu em carne e osso envergando um guarda-pó azul, um bigode de marechal e uma expressão de desolação que o punha a uma proximidade alarmante de um infarto. Resolvi pular as gentilezas.

— Sua filha disse que você guarda uma escopeta de dois canos, com a qual prometeu me matar — comentei, abrindo os braços em cruz. — Aqui estou eu.

— Quem é você, sem-vergonha?

— Sou o sem-vergonha que teve que hospedar uma mocinha porque o molenga do pai dela é incapaz de mantê-la na linha.

A raiva escorregou de seu rosto e o dono da mercearia exibiu um sorriso aflito e intimidado.

— Sr. Martín? Não reconheci o senhor... Como está a menina?
Suspirei.

— Está sã e salva em minha casa, roncando como um porco, mas com a honra e a virtude intactas.

O comerciante se benzeu duas vezes consecutivas, aliviado.

— Deus lhe pague.

— E o acompanhe, mas nesse meio-tempo vou pedir que faça o favor de ir buscar sua filha no decorrer do dia de hoje ou vou ter que partir sua cara, com escopeta ou não.

— Escopeta? — murmurou o homem, confuso.

Sua esposa, uma mulher miúda e de olhar nervoso, espiava atrás de uma cortina que escondia o fundo da loja. Algo me dizia que não ia haver tiro algum. Ofegante, dom Odón dava a impressão de que ia desmoronar.

— Bem que eu gostaria, sr. Martín. Mas a menina não quer ficar aqui — argumentou, desolado.

Ao ver que o comerciante não era o vilão que Isabella tinha pintado, fiquei arrependido do tom de minhas palavras.

— Então, não a expulsou de casa?

Dom Odón arregalou os olhos como dois pratos, magoado. Sua esposa adiantou-se e segurou a mão do marido.

— Tivemos uma discussão. Dissemos coisas que não deveríamos ter dito, de ambos os lados. Mas é que essa menina tem um gênio que não dá... Ameaçou ir embora e disse que nunca mais íamos botar os olhos nela. Sua santa mãe quase morre de taquicardia. E eu levantei a voz e disse que ia mandá-la para um convento.

— Um argumento infalível quando se quer convencer uma mocinha — comentei.

— Foi a primeira coisa que me ocorreu... — argumentou o comerciante. — Como poderia mandá-la para um convento?

— Pelo que pude ver, só com a ajuda de um regimento inteiro da Guarda Civil.

— Não sei o que minha filha lhe contou, sr. Martín, mas não acredite. Não somos pessoas refinadas, mas também não somos monstros. Não sei mais como lidar com ela. Não sou homem de tirar o cinto e fazer a ordem entrar na cabeça dela com sangue. E minha esposa aqui presente não se atreve a levantar a voz nem com o gato. Não sei de onde essa menina tirou esse gênio ruim. Acho que é de tanto ler. Bem que as freiras avisaram. Meu pai, que Deus o tenha, já dizia: no dia em que as mulheres tiverem permissão para ler e escrever, o mundo vai ficar ingovernável.

— Grande pensador, o senhor seu pai, mas isso não resolve nem o seu problema, nem o meu.

— E o que podemos fazer? Isabella não quer ficar conosco, sr. Martín. Diz que somos atrasados, que não entendemos nada, que queremos enterrá-la nesse armazém... O que eu poderia querer mais do que entender minha filha? Trabalho nessa loja desde que tinha sete anos, de sol a sol, e a única coisa que sei é que o mundo é um lugar feio e sem consideração para com uma mocinha que vive com a cabeça nas nuvens — explicou o comerciante, recostando-se em um barril. — Meu maior temor é que, se obrigar Isabella a voltar, ela fuja de verdade e caia nas mãos de algum... Não quero nem pensar.

— É verdade — acrescentou a esposa, que falava com uma pitada de sotaque italiano. — Fique sabendo que ela partiu nosso coração, mas não é a primeira vez que faz isso. Puxou a minha mãe, que tinha um caráter napolitano...

— Ai, a *mamma* — recordou dom Odón, apavorado só de invocar a memória da sogra.

— Quando falou que ia morar em sua casa por alguns dias, para ajudá-lo em seu trabalho, ficamos mais tranquilos — continuou a mãe de Isabella —, porque sabemos que é uma boa pessoa e que, na verdade, a menina está aqui ao lado, duas ruas para lá. Sabemos que saberá convencê-la a voltar.

Fiquei me perguntando o que Isabella teria dito a meu respeito para convencê-los de que só me faltava caminhar sobre a água.

— Essa noite mesmo, a poucos passos daqui, deram uma bruta surra em dois trabalhadores que estavam voltando para casa. O senhor sabe. Soube que bateram neles com um ferro como se fossem cães, até arrebentar mesmo. Dizem que não sabem se um sobreviverá e que o outro vai ficar inválido para o resto da vida — disse a mãe. — Em que mundo vivemos?

Dom Odón olhou para mim, triste.

— Se eu for buscá-la, vai fugir de novo. E dessa vez não sei se encontrará alguém como o senhor. Sabemos que não fica bem uma mocinha se hospedar na casa de um homem solteiro, mas pelo menos sabemos que o senhor é um homem honrado e vai cuidar dela.

O comerciante parecia prestes a cair no choro. Eu preferia que ele tivesse recorrido à escopeta. Mas sempre havia a possibilidade de algum primo napolitano se apresentar por lá para salvaguardar a honra da moça com um trabuco na mão. *Porca miseria*!

— Tenho sua palavra de que vai cuidar dela até que ouça a voz da razão e volte para casa?

Bufei.

— Tem a minha palavra.

Voltei para casa carregado de manjares e iguarias que dom Odón e sua esposa fizeram questão de me dar por conta da casa. Prometi que ia cuidar de Isabella durante alguns dias até que a menina caísse em si e compreendesse que seu lugar era ao lado da família. Os comerciantes insistiram em pagar por sua manutenção, extremo que recusei. Meu plano era que, em menos de uma semana, Isabella voltasse a dormir em sua casa, nem que para isso eu tivesse que manter a ilusão de que seria minha assistente durante o dia. Milagres podiam acontecer.

Ao entrar em casa, encontrei-a sentada à mesa da cozinha. Tinha lavado todos os pratos da noite anterior, feito café e estava vestida e penteada como se fosse uma imagem de um santinho de papel. Isabella, que nada tinha de boba, sabia perfeitamente de onde eu estava chegando: armou-se com seu melhor olhar de cachorrinho abandonado e sorriu, submissa. Deixei duas sacolas com o lote de delícias de dom Odón sobre a pia e a encarei.

— Meu pai não atirou em você?

— A munição tinha acabado e, em vez disso, ele resolveu jogar todos esses potes de geleia e pedaços de queijo da Mancha em cima de mim.

Isabella apertou os lábios e assumiu um ar de gravidade.

— Então quer dizer que o geniozinho de Isabella vem da vovó?

— A *mamma* — confirmou. — Era chamada de Vesúvio no bairro onde morava.

— Acredito.

— Dizem que pareço um pouco com ela. Na persistência.

Achei que não era mesmo necessário que um juiz lavrasse uma ata para confirmar isso.

— Seus pais são gente boa, Isabella. Não são menos capazes de compreendê-la do que você a eles.

A moça não disse nada. Serviu uma xícara de café e esperou pelo veredito. Tinha duas opções: jogá-la na rua e matar os dois comerciantes de desgosto ou fazer das tripas coração e encher-me de paciência por dois ou três dias. Supus que quarenta e oito horas de minha encarnação mais cínica e cortante seriam suficientes para quebrar a férrea determinação da garota e mandá-la de volta para as saias da mãe implorando de joelhos perdão e alojamento com pensão completa.

— Pode ficar aqui por enquanto...

— Obrigada!

— Calma. Pode ficar com as seguintes condições: um, passar todos os dias no armazém para cumprimentar seus pais e dizer que está bem; dois, obedecer-me e seguir as normas da casa.

Aquilo soava patriarcal, mas excessivamente acovardado. Mantive um semblante severo e resolvi reforçar um pouco o tom.

— E quais são as normas da casa? — inquiriu Isabella.

— Basicamente, o que me der na telha.

— Parece justo.

— Trato feito, então.

Isabella rodeou a mesa e me abraçou com gratidão. Pude sentir o calor e as formas firmes de seu corpo de dezessete anos contra o meu. Afastei-a com delicadeza e coloquei-a a uma distância mínima de um metro.

— A primeira norma é que isso aqui não é *Adoráveis Mulheres* e não trocamos abraços nem caímos no choro por qualquer bobagem.

— Como o senhor desejar.

— Pois esse será o lema sobre o qual construiremos nossa convivência: como eu desejar.

Isabella riu e partiu rapidamente para o corredor.

— Onde pensa que vai?

— Vou limpar e organizar o escritório. Não está pretendendo deixá-lo daquele jeito, está?

11

Precisava encontrar um lugar onde pensar e me esconder da dedicação doméstica e da mania de limpeza de minha nova assistente, de modo que fui até a biblioteca que ocupava a nave de arcos góticos de um antigo hospital medieval na rua del Carmen. Passei o resto do dia cercado de livros que cheiravam a sepultura papal, lendo a respeito de mitologia e história das religiões, até que meus olhos ficaram a ponto de cair e rolar pela biblioteca afora. Depois de horas de leitura sem trégua, calculei que só tinha arranhado uma milionésima parte de tudo que poderia encontrar sob os arcos daquele santuário de livros, para não falar de tudo o que já tinha sido escrito sobre o assunto. Resolvi voltar no dia seguinte, e no outro, e dedicar pelo menos uma semana inteira a alimentar a caldeira de meu pensamento com páginas e mais páginas sobre deuses, milagres e profecias, santos e aparições, revelações e mistérios. Qualquer coisa, menos pensar em Cristina e dom Pedro e em sua vida conjugal.

Já que dispunha de uma assistente solícita, dei instruções para que tratasse de obter cópias dos catecismos e textos escolares para o ensino religioso em uso na cidade e fizesse um resumo de cada um deles. Isabella não discutiu as ordens, mas franziu a testa ao recebê-las.

— Quero saber como ensinam essa tralha toda às crianças nos mínimos detalhes, desde Noé com a arca até o milagre dos peixes e a multiplicação dos pães — expliquei.

— E por quê?

— Porque sou assim e tenho um amplo leque de interesses.

— Está pesquisando para uma nova versão de *Jesusito de mi vida*?

— Não. Estou planejando uma versão romanceada de *La Monja Alferes*. Trate de fazer o que mandei sem discutir ou mando você de volta para o armazém de seus pais e vai vender marmelada até não poder mais.

— Que tirano!

— Fico contente em ver que estamos nos conhecendo.

— Isso tem alguma coisa a ver com o livro que vai escrever para aquele editor, Corelli?

— Talvez.

— Pois desconfio de que esse livro não tem nenhum potencial comercial.

— E o que sabe sobre isso?

— Mais do que pensa. E não tem por que ficar assim. Só estou tentando ajudar. Ou resolveu deixar de ser um escritor profissional para se transformar em um diletante de salão de chá?

— No momento estou ocupado fazendo papel de babá.

— Se fosse você, não ia querer discutir quem é que serve de babá para quem, porque essa eu ganho de lavada.

— E que tipo de discussão agradaria sua excelência?

— A arte comercial contra as estupidezes com moral da história.

— Querida Isabella, minha pequena Vesúvia: na arte comercial, e toda arte que mereça esse nome acaba, cedo ou tarde, sendo comercial, a estupidez está quase sempre no olhar do espectador.

— Está me chamando de estúpida?

— Estou dando uma chamada em você. Faça o que mandei. E ponto final. Calada!

Apontei a porta e Isabella revirou os olhos, murmurando algum insulto que não consegui ouvir enquanto se afastava pelo corredor.

Enquanto Isabella percorria colégios e livrarias atrás de livros didáticos e catecismos variados para resumir, eu ia à biblioteca del Carmen para aprofundar minha educação teológica, missão a que me entregava sustentado por doses extravagantes de café e muito estoicismo. Os primeiros sete dias daquela estranha criação só trouxeram dúvidas. Uma das poucas certezas que encontrei foi a de que a vasta maioria dos autores que se sentiram chamados a escrever sobre o divino, o humano e o sagrado podiam até ser estudiosos eruditos e piedosos em grau máximo, mas como escritores eram uma porcaria. O leitor que padecesse da obrigação de viajar por aquelas páginas tinha que dar um duro danado para não entrar em coma induzido pelo tédio a cada novo parágrafo.

Depois de conseguir sobreviver a centenas de páginas sobre o assunto, fiquei com a impressão de que as muitas crenças religiosas catalogadas ao longo da história da palavra escrita eram extraordinariamente semelhantes entre si. Atribuí essa primeira impressão à minha ignorância ou à falta de documentação adequada, mas não conseguia afastar a sensação de ter lido e relido o argumento de dezenas de histórias policiais nas quais o assassino podia ser esse ou aquele, mas a mecânica da trama era, na essência, sempre a mesma. Mitos e lendas, tanto sobre divindades quanto sobre a formação e a história de povos e raças, começaram a parecer imagens de quebra-cabeças vagamente diferenciadas e construídas invariavelmente com as mesmas peças, mas em uma ordem diferente.

Dois dias depois, já tinha feito amizade com Eulalia, a bibliotecária-chefe, que selecionava textos e volumes para mim no meio do oceano de papel que tinha sob sua responsabilidade. De vez em quando, vinha visitar minha mesa de canto para perguntar se precisava de algo mais. Devia ter a minha idade, e sua inteligência transbordava, geralmente em forma de alfinetadas penetrantes e vagamente venenosas.

— O cavalheiro realmente se dedica às coisas santas. Resolveu ser padre, agora, às portas da maturidade?

— É só uma pesquisa.

— Ah, é o que todos dizem.

As brincadeiras e a inteligência da bibliotecária eram um bálsamo inestimável para sobreviver no meio daqueles textos de composição pétrea e continuar minha peregrinação documental. Quando Eulalia tinha um tempo livre, aproximava-se de minha mesa e ajudava a arrumar todo aquele palavrório. Eram páginas em que abundavam relatos de pais e filhos, mães puras e santas, traições e conversões, profecias e profetas mártires, enviados do céu ou da glória, bebês nascidos para salvar o universo, entes malévolos de aspecto horripilante e geralmente de aparência animal, seres etéreos, mas com traços raciais aceitáveis, que atuavam como agentes do bem, e heróis submetidos a provas tenebrosas pelo destino. Percebia-se sempre a noção da existência terrena como uma espécie de estação de passagem que convidava à docilidade e à aceitação da própria vida e das normas da tribo, pois a recompensa sempre estava em um além que prometia paraísos transbordantes de tudo aquilo que havia faltado na vida corpórea.

Ao meio-dia de sexta-feira, Eulalia aproximou-se de minha mesa durante uma das pausas e perguntou se, além de ler missais, eu comia de vez em quando. Convidei-a para almoçar na Casa Leopoldo, que tinha acabado de abrir as portas não muito longe dali. Enquanto degustávamos uma excelente rabada, contou que estava havia anos naquele cargo e que tinha dois anos que trabalhava em um romance que nunca acabava e que tinha como cenário central a biblioteca del Carmen e como argumento uma série de misteriosos crimes que acontecia em seus domínios.

— Gostaria de escrever algo parecido com aqueles folhetins de Ignatius B. Samson — disse. — Já ouviu falar?

— Vagamente — respondi.

Eulalia sentia que faltava algum detalhe em seu livro e sugeri que lhe desse um tom ligeiramente sinistro e que centrasse a história em um livro secreto possuído por um espírito atormentado, com subtramas de aparente conteúdo sobrenatural.

— É o que Ignatius B. Samson faria em seu lugar — arrisquei.

— E o que faz lendo tudo isso sobre anjos e demônios? Não me diga que é um ex-seminarista arrependido.

— Investigando o que as origens das diversas religiões e mitos têm em comum — expliquei.

— E o que aprendeu até agora?

— Quase nada. Não quero chateá-la com ladainhas.

— Não chateia. Conte.

Dei de ombros.

— Bem, o que me pareceu mais interessante até agora é que a maioria dessas crenças parte de um fato ou de um personagem com alguma base histórica, mas evolui rapidamente na forma de movimentos sociais delimitados de acordo com as circunstâncias políticas, econômicas e sociais do grupo que as aceita. Ainda está acordada?

Eulalia fez que sim.

— Boa parte da mitologia que se desenvolve em torno de cada uma dessas doutrinas, desde sua liturgia até as normas e os tabus, deriva da burocracia que vai se gerando à medida que evoluem, e não do suposto fato sobrenatural que lhes deu origem. A maior parte das narrativas simples e pacíficas mistura senso comum e folclore, e toda a carga beligerante que desenvolvem deriva de uma interpretação posterior desses princípios, quando não tendem a se deturpar, por parte de seus administradores. O aspecto administrativo e hierárquico parece um ponto-chave em sua evolução. No princípio, a verdade é revelada a todos os homens, mas rapidamente surgem alguns indivíduos que se atribuem o poder e o dever de interpretar, administrar e, caso necessário, alterar essa verdade em nome do bem comum e, para isso, estabelecem uma organização poderosa e potencialmente repressiva. Esse fenômeno, que a biologia mostra que é próprio de qualquer grupo animal social, logo transforma a doutrina em um elemento de controle e luta política. Divisões, guerras e desavenças tornam-se inevitáveis. Cedo ou tarde, a palavra se faz carne e a carne sangra.

Percebi que estava falando como Corelli e suspirei. Eulalia sorria suavemente e me observava com certa reserva.

— É isso que está procurando? Sangue?

— É a palavra que se transforma em sangue, não o contrário.

— Eu não estaria tão segura disso.

— Tenho a impressão de que estudou em colégio de freiras.

— As damas negras. Oito anos.

— É verdade o que dizem, que as alunas dos colégios de freiras são as que guardam os desejos mais obscuros e inconfessáveis?

— Aposto que ia adorar descobrir isso.

— Pode apostar todas as suas fichas.

— E o que mais aprendeu em seu cursinho intensivo de teologia para mentes perversas?

— Não muito. Minhas primeiras conclusões deixaram um gosto de banalidade e inconsequência. Tudo isso já era mais ou menos evidente para mim, sem necessidade de digerir enciclopédias e tratados sobre o sexo dos anjos, talvez porque seja incapaz de superar meus preconceitos ou porque não haja o que entender e o X da questão esteja simplesmente em acreditar ou não, sem parar para pensar por quê. Mas que tal a minha retórica? Continua a impressioná-la?

— Ela me deixa arrepiada. Uma pena não tê-lo conhecido nos meus anos de colegial com desejos obscuros.

— Está sendo cruel, Eulalia.

A bibliotecária riu com vontade e olhou-me longamente, olhos nos olhos.

— Diga-me uma coisa, Ignatius B., quem partiu seu coração com tanta raiva?

— Vejo que sabe ler mais que livros.

Ficamos sentados na mesa alguns minutos, contemplando o vaivém dos garçons no salão da Casa Leopoldo.

— Sabe o que é bom nos corações partidos? — perguntou a bibliotecária.

Neguei.

— É que só podem se partir de verdade uma vez. O resto são apenas arranhões.

— Ponha isso em seu livro — disse, depois apontei seu anel de noivado. — Não sei quem é esse bobo, mas espero que saiba que é o homem mais feliz do mundo.

Eulalia sorriu com certa tristeza e fez que sim. Voltamos à biblioteca, cada um para seu lugar, ela em sua escrivaninha, eu no meu canto. Despedi-me dela no dia seguinte, quando resolvi que não podia, nem queria, ler nem mais uma linha sobre revelações e verdades eternas. A caminho da biblioteca, comprei uma rosa branca em uma banca na Rambla e deixei em sua escrivaninha vazia. Encontrei com ela em um dos corredores, organizando livros.

— Já está me abandonando, tão rápido? — disse ao me ver. — E quem vai me elogiar agora?

— Ah, e quem não vai?...

Acompanhou-me até a saída e apertou minha mão no alto da escadaria que descia para o pátio do velho hospital. Encaminhei-me escada abaixo. No meio do caminho parei e me virei. Ela continuava lá, me olhando.

— Boa sorte, Ignatius B. Espero que encontre o que procura.

12

Estava jantando com Isabella na mesa da sala quando percebi que minha nova assistente estava me olhando de rabo de olho.

— Não gostou da sopa? Nem provou... — arriscou a moça.

Olhei o prato intacto, que já estava frio sobre a mesa. Tomei uma colherada e fiz cara de quem saboreava o mais fino manjar.

— Ótima — disse.

— Também não disse uma palavra desde que voltou da biblioteca — acrescentou Isabella.

— Mais alguma reclamação?

Isabella desviou os olhos, chateada. Tomei a sopa fria sem apetite, como desculpa para não ter que conversar.

— Por que está tão triste? É por causa daquela mulher?

Larguei a colher sobre o prato ainda pela metade.

Não respondi e recomecei a remar na sopa com o talher. Isabella não tirava os olhos de cima de mim.

— Ela se chama Cristina. E não estou triste. Estou contente porque ela se casou com meu melhor amigo e vai ser muito feliz.

— E eu sou a rainha de Sabá.

— Não, você não passa de uma intrometida.

— Prefiro quando fica assim, de mau humor, mas falando a verdade.

— Vamos ver então o que acha dessa: vá para seu quarto e me deixe em paz de uma vez, porra.

Isabella tentou sorrir, mas quando estendi a mão para ela, seus olhos estavam cheios de lágrimas. Pegou meu prato e o seu e foi para a cozinha.

Ouvi os pratos caindo na pia e, segundos depois, a porta do quarto dela batendo. Suspirei e saboreei o copo de vinho que ainda restava, um néctar excepcional vindo da mercearia dos pais de Isabella. De repente, me levantei, fui até a porta de seu quarto e bati suavemente com os nós dos dedos. Ela não respondeu, mas pude ouvi-la soluçando lá dentro. Tentei abrir a porta, mas estava trancada por dentro.

Subi para o escritório que, depois da passagem de Isabella, cheirava a flores frescas e parecia um camarote de cruzeiro de luxo. Ela tinha arrumado todos os livros, tirado a poeira, deixando tudo reluzente e desconhecido. A velha Underwood parecia uma escultura e as letras das teclas podiam ser lidas sem dificuldades. Uma pilha de papéis nitidamente organizados descansava sobre a escrivaninha com os resumos de vários textos escolares de religião e catequese, junto com a correspondência do dia. Em um pratinho de café, havia um par de charutos que desprendiam um perfume delicioso. Macanudos, uma das delícias caribenhas que o pai de Isabella obtinha por baixo dos panos através de um contato na *Tabacalera*. Peguei um e acendi. Tinha um sabor intenso que fazia intuir que em seu alento cálido encontravam-se todos os aromas e venenos que um homem poderia desejar para morrer em paz. Sentei-me à escrivaninha e olhei a correspondência do dia. Ignorei tudo menos um envelope de pergaminho ocre, escrito com aquela caligrafia que poderia reconhecer em qualquer lugar. A carta de meu novo editor e mecenas, Andreas Corelli, marcava um encontro no domingo, no meio da tarde, no alto da torre do novo teleférico que cruzava o porto de Barcelona.

A torre de San Sebastián erguia-se a cem metros de altura em um amontoado de cabos e aço que dava vertigem só de olhar. A linha do teleférico tinha sido inaugurada naquele mesmo ano para a Exposição Universal, que deixou tudo de cabeça para baixo e semeou Barcelona de maravilhas. O teleférico ia desde a primeira torre do cais do porto até uma grande sentinela central, com certo ar de torre Eiffel, que servia de meridiano e da qual partiam as cabines suspensas no vazio, na segunda parte do trajeto até a montanha de Montjuïc, onde se localizava o coração da Exposição. O prodígio de técnica prometia vistas da cidade que até então só eram acessíveis a dirigíveis, aves de certa envergadura e pedras de granizo. Do modo como eu via as coisas, o homem e a gaivota não foram concebidos para partilhar o mesmo espaço aéreo e, assim que pus os pés no elevador da torre, senti que meu estômago ia se encolhendo até ficar do tamanho de uma bolinha de gude. A subida me pareceu infinita; o pipocar daquela cápsula de latão, um puro exercício de náusea.

Encontrei Corelli olhando por uma das janelas que contemplavam o cais do porto e a cidade inteira, com o olhar perdido nas aquarelas de velas e mastros que deslizavam sobre as águas. Vestia um terno de seda branca e brincava com um torrão de açúcar nas mãos, que logo tratou de engolir com voracidade lupina. Pigarreei e o patrão se virou, sorrindo satisfeito.

— Uma vista maravilhosa, não acha? — perguntou Corelli.

Concordei, branco como papel.

— Tem medo de altura?

— Sou um animal da superfície — respondi, mantendo-me a uma distância prudente da janela.

— Tomei a liberdade de comprar bilhetes de ida e volta — informou ele.

— Pensou em tudo.

Fui atrás dele até a passarela de acesso às cabines que partiam da torre e ficavam suspensas no vazio a quase uma centena de metros de altura durante o que me pareceu uma barbaridade de tempo.

— Como passou a semana, Martín?

— Lendo.

Olhou-me brevemente.

— Pelo seu ar de tédio, suponho que não foi exatamente Alexandre Dumas.

— Estava mais para uma coleção de acadêmicos bolorentos com texto empedrado.

— Ah, intelectuais. E ainda queria que eu contratasse um deles. Por que será que quanto menos se tem a dizer, mais pomposa e pedante é a forma que se escolhe? — perguntou Corelli. — Será para enganar o mundo ou para enganar-se a si mesmo?

— Provavelmente as duas coisas.

O patrão me entregou as passagens e acenou para que eu fosse na frente. Entreguei os bilhetes para o encarregado que mantinha aberta a portinhola da cabine. Entrei sem entusiasmo algum. Resolvi ficar bem no meio, tão longe dos vidros quanto possível. Corelli sorria como um menino excitado.

— Talvez parte de seu problema se deva ao fato de ter lido os comentaristas, e não os comentados. Um erro comum, mas fatal, quando se pretende aprender algo de útil — indicou Corelli.

As portas da cabine se fecharam e um solavanco brusco nos colocou em órbita. Agarrei-me a uma barra de metal e respirei fundo.

— Percebo que os estudiosos e teóricos não são os santos de sua devoção — disse eu.

— Não sou devoto de santo algum, amigo Martín, e menos ainda dos que se autocanonizam ou canonizam uns aos outros. A teoria é a prática dos impotentes. Minha sugestão é que se afaste dos enciclopedistas e de suas resenhas e vá às fontes. Diga-me uma coisa, já leu a Bíblia?

Hesitei um instante. A cabine alcançou o vazio. Olhei para o solo.

— Um ou outro fragmento, acho eu — murmurei.

— Acha. Como quase todo mundo. Um grave erro. Todo mundo deveria ler a Bíblia. E reler. Crentes ou não, tanto faz. Eu releio pelo menos uma vez por ano. É meu livro favorito.

— Mas, afinal, você é um crente ou um cético? — perguntei.

— Sou um profissional. E posso dizer o mesmo a seu respeito. Aquilo em que acreditamos, ou não, é irrelevante para a realização de nosso trabalho. Acreditar ou não é um ato de covardia. Ou se sabe ou não se sabe, ponto final.

— Então confesso que não sei nada.

— Siga por esse caminho e encontrará os passos do grande filósofo. E de passagem leia a Bíblia de cabo a rabo. É uma das maiores histórias já contadas. Não cometa o erro de confundir a palavra de Deus com a indústria do missal que dela vive.

Quanto mais tempo passava em companhia do editor, menos o entendia.

— Acho que me perdi. Estávamos falando de lendas e fábulas e agora vem me dizer que devo pensar na Bíblia como na palavra de Deus?

Uma sombra de impaciência e irritação nublou seu olhar.

— Estou falando em sentido figurado. Deus não é um charlatão. A palavra é moeda humana.

E então sorriu como se sorri a uma criança incapaz de entender as coisas mais elementares: para não ter que lhe dar um tapa. Observando-o, percebi que era impossível saber quando o editor estava falando sério ou zombando. Tão impossível quanto adivinhar o objetivo daquele empreendimento extravagante pelo qual estava me pagando um salário nababesco. Nesse meio-tempo, a cabine agitava-se ao vento como uma maçã em uma árvore açoitada pelo vendaval. Nunca pensei tanto em Isaac Newton em toda a minha vida.

— Deixe de ser covarde, Martín. Essa engenhoca é completamente segura.

— Vou acreditar quando voltar a pisar em terra firme.

Estávamos nos aproximando do meio do trajeto, a torre de San Jaime, que se erguia nas docas próximas do Palácio das Aduanas.

— Importa-se se descermos aqui? — perguntei.

Corelli deu de ombros e concordou de má vontade. Não respirei tranquilo enquanto não entrei no elevador da torre e senti que ele tocava o chão. Ao sair para as docas, encontramos um banco de frente para as águas do porto e a montanha de Montjuïc e nos sentamos para ver o teleférico voando nas alturas: eu com alívio, Corelli, com pesar.

— Fale de suas primeiras impressões. Daquilo que esses dias de estudo e leitura intensiva sugeriram.

Comecei a resumir o que pensava ter aprendido, ou desaprendido, naqueles dias. O editor ouvia atentamente, concordando e gesticulando com as mãos. Ao término de meu informe pericial sobre mitos e crenças do ser humano, Corelli pronunciou-se favoravelmente.

— Creio que fez um excelente trabalho de síntese. Não encontrou a proverbial agulha no palheiro, mas entendeu que a única coisa que realmente interessa em toda essa montanha de palha é um desgraçado de um alfinete, o resto não passa de alimento para os asnos. Falando em burros, gosta de fábulas?

— Quando criança, durante alguns meses quis ser Esopo.

— Todos nós abandonamos grandes esperanças pelo caminho.

— E o que desejava ser quando criança, sr. Corelli?

— Deus.

Seu sorriso de chacal apagou o meu instantaneamente.

— Martín, as fábulas talvez sejam um dos mecanismos literários mais interessantes que já se inventou. Sabe o que elas ensinam?

— Lições morais?

— Não. Ensinam que os seres humanos aprendem e absorvem ideias e conceitos através de narrativas, de histórias, e não de lições magistrais ou discursos teóricos. Esse mesmo ensinamento é transmitido por qualquer texto religioso. Todos eles são relatos de personagens que enfrentam a vida e superam obstáculos, figuras que embarcam em uma viagem de enriquecimento espiritual através de peripécias e revelações. Todos os livros sagrados são, antes de qualquer coisa, grandes histórias cujas tramas abordam os aspectos básicos da natureza humana, situando-os em um contexto moral e no limite de determinados dogmas sobrenaturais. Permiti que passasse uma semana miserável lendo teses, discursos, opiniões e comentários para que percebesse por si mesmo que não há nada a aprender com eles, pois de fato não são mais que exercícios feitos de boa ou má vontade, que normalmente não dão em nada. Acabaram as conversas de cátedra. A partir de hoje, quero que comece a ler os contos dos irmãos Grimm, as tragédias de Ésquilo, o Ramayana e as lendas celtas. Pessoalmente. Quero que analise o funcionamento desses textos, que destile sua essência e a forma como provocam uma reação emocional. Quero que aprenda a gramática, não a lição de moral. E quero que, dentro de duas ou três semanas, já apresente algo de seu, o início de uma história. Quero que me faça acreditar.

— Pensei que éramos profissionais e que não podíamos cometer o pecado de acreditar em alguma coisa.

Corelli sorriu, mostrando os dentes.

— Só é possível converter um pecador, nunca um santo.

13

Os dias passavam entre leituras e tropeços. Acostumado a anos de vida solitária, naquele estado de metódica e subestimada anarquia, própria dos homens solteiros, a presença contínua de uma mulher em casa, embora fosse uma adolescente rebelde e de caráter volátil, começava a dinamitar meus hábitos e costumes de uma maneira sutil, mas sistemática. Eu acreditava na desordem categorizada; Isabella, não. Acreditava que os objetos encontravam seu próprio lugar dentro do caos de uma casa; Isabella, não. Acreditava na solidão e no silêncio; Isabella, não. Em apenas dois dias, descobri que era incapaz de encontrar o que quer que fosse em minha própria casa. Se precisava de um abridor de cartas, um copo ou um par de sapatos, tinha que perguntar a Isabella onde a providência tinha decidido inspirá-la a escondê-los.

— Não escondo nada. Ponho as coisas em seus lugares, o que é muito diferente.

Não se passava um dia sem que sentisse o impulso de esganá-la pelo menos umas duzentas vezes. Quando me refugiava no escritório em busca de paz e sossego para pensar, Isabella aparecia em alguns minutos para trazer uma xícara de chá ou doces, toda sorridente. Começava a dar voltas pelo escritório, ficava na janela, começava a organizar o que havia na escrivaninha e logo estava perguntando o que eu fazia ali, tão calado e misterioso. Descobri que as mocinhas de dezessete anos possuíam uma capacidade verbal de tal magnitude que seu cérebro as obrigava a exercê--la a cada vinte segundos. No terceiro dia, atinei que precisava arrumar um namorado para ela, se possível, surdo.

— Isabella, como é que uma moça tão cheia de qualidades como você não tem pretendentes?

— E quem disse que não tenho?

— Não gosta de nenhum rapaz?

— Os rapazes da minha idade são chatos. Não têm nada a dizer e, ainda por cima, metade deles parece estúpida.

Ia dizer que certamente não melhorariam com a idade, mas não quis dar um banho de água fria nela.

— Prefere de que idade, então?

— Velhos. Como você.

— Pareço velho?

— Bem, não é mais nenhum menino, com certeza.

Preferi acreditar que estava zombando de mim a registrar aquele golpe em plena vaidade. E resolvi dar o troco com umas gotas de sarcasmo.

— A boa notícia é que as mocinhas gostam de homens mais velhos e a má, que os homens mais velhos, sobretudo os decrépitos e babões, gostam de mocinhas.

— Eu sei. Não pense que sou criança.

Isabella ficou me observando e sorriu com malícia. *Lá vem*, pensei.

— E você, também gosta de mocinhas?

Já tinha a resposta na ponta da língua antes que ela formulasse a pergunta. Adotei um tom professoral e isento, como um professor catedrático de geografia.

— Gostava quando tinha a sua idade. Geralmente, gosto das moças da minha idade.

— Na sua idade não são moças, são senhoritas ou, se quer mesmo saber, senhoras.

— Fim de papo. Não tem nada para fazer lá embaixo?

— Não.

— Então comece a escrever. Não veio para cá para lavar pratos e esconder minhas coisas. Veio porque disse que queria aprender a escrever e que eu era o único idiota que conhecia que poderia ajudá-la.

— Não precisa se chatear. É que estou sem inspiração.

— A inspiração virá quando fincar os cotovelos na mesa, o traseiro na cadeira e começar a suar. Escolha um tema, uma ideia e esprema o cérebro até doer. É isso que se chama inspiração.

— Tema eu já tenho.

— Aleluia.

— Vou escrever sobre você.

Um longo silêncio de olhares que se enfrentavam, de adversários que se encaravam através do tabuleiro.

— Por quê?

— Porque acho que é interessante. E especial.

— E velho.

— E suscetível. Quase como um menino da minha idade.

Apesar dos pesares, estava começando a me acostumar com a companhia de Isabella, suas alfinetadas e a luz que trazia àquela casa. Se continuasse assim, meus piores temores iam se realizar e acabaríamos nos tornando bons amigos.

— E você, já escolheu um tema com todos esses calhamaços que anda consultando?

Decidi que quanto menos contasse a Isabella sobre minha tarefa, melhor seria.

— Ainda estou na fase de juntar documentação.

— Documentação? E como é que funciona?

— Basicamente, lendo milhares de páginas para aprender o necessário e chegar ao essencial do tema, à sua verdade emocional, e em seguida, desaprender tudo para começar do zero.

Isabella suspirou.

— O que é verdade emocional?

— É a sinceridade dentro da ficção.

— Então é preciso ser honesto e bom para escrever ficção?

— Não. É preciso perícia. A verdade emocional não é uma qualidade moral, é uma técnica.

— Está falando como um cientista — protestou Isabella.

— A literatura, pelo menos a boa, é uma ciência com sangue de arte. Como a arquitetura ou a música.

— Pensei que era algo que brotava do artista, assim, sem mais nem menos.

— A única coisa que brota sem mais nem menos é pelo e verruga.

Isabella considerou aquelas revelações com pouco entusiasmo.

— Está dizendo tudo isso para me desanimar porque quer que eu volte para casa.

— Quem dera!

— E você é o pior professor do mundo.

— O aluno faz o professor, e não o contrário.

— Não dá para discutir com você, pois sabe todos os truques de retórica. Não é justo.

— Nada é justo. O máximo que se pode desejar é que seja lógico. A justiça é uma enfermidade rara em um mundo que, de resto, é saudável como um carvalho.

— Amém. É isso que acontece quando a gente fica velho? Deixar de acreditar nas coisas, como você?

— Não. À medida que envelhece, a maioria das pessoas continua acreditando em bobagens, em geral cada vez maiores. Eu nado contra a corrente, pois gosto de provocar as pessoas.

— Não diga. Pois quando eu ficar velha, vou continuar a acreditar nas coisas — ameaçou Isabella.

— Boa sorte.

— E além do mais, acredito em você.

Não desviou os olhos quando olhei para ela.

— Porque não me conhece.

— Isso é o que você acha. Não é tão misterioso quanto pensa.

— Não pretendo ser misterioso.

— Era um substituto amável para antipático. Eu também conheço alguns truques de retórica.

— Isso não é retórica. É ironia. São coisas diferentes.

— Precisa ganhar todas as discussões?

— Quando facilitam tanto as coisas, sim.

— E esse homem, seu patrão...

— Corelli?

— Corelli. Facilita as coisas?

— Não. Corelli conhece ainda mais truques de retórica do que eu.

— Foi o que pensei. E confia nele?

— Por que pergunta isso?

— Não sei. Você confia?

— Por que não iria confiar?

Isabella deu de ombros.

— E o que foi exatamente que ele encomendou? Não vai me contar?

— Já disse. Quer que escreva um livro para sua editora.

— Um romance?

— Não exatamente. É mais uma fábula. Uma lenda.

— Um livro infantil?

— Mais ou menos isso.

— E você vai escrever?

— Ele paga muito bem.

Isabella franziu as sobrancelhas.

— É por isso que escreve? Porque lhe pagam bem?

— Às vezes.

— E dessa vez?

— Dessa vez vou escrever um livro porque tenho que fazê-lo.

— Está em dívida com ele?

— Pode-se dizer que sim, acho eu.

Isabella avaliou o assunto. Tive a impressão de que ia dizer algo, mas pensou duas vezes e mordeu os lábios. Em troca, ofereceu um sorriso inocente e um daqueles olhares angelicais com que costumava mudar de assunto em um piscar de olhos.

— Eu também gostaria que me pagassem para escrever — comentou.

— Todo mundo que escreve gostaria de ser pago, o que não significa que alguém vai fazer isso.

— E como fazer, então?

— Começando por descer para a sala, pegar o papel e...

— ... fincar os cotovelos e espremer o cérebro até doer. Certo.

Olhou dentro dos meus olhos, hesitando. Já fazia duas semanas e meia que estava em minha casa e eu não tinha tomado nenhuma providência para mandá-la de volta. Supus que estivesse se perguntando quando ia fazê-lo ou por que não o tinha feito ainda. Era o que eu também me perguntava. E não tinha resposta.

— Gosto de ser sua assistente, mesmo você sendo do jeito que é — disse, finalmente.

Olhava para mim como se sua vida dependesse de uma palavra amável. Sucumbi à tentação. As boas palavras eram bondades inúteis que não exigiam sacrifício algum e recebiam mais agradecimentos do que as verdadeiras bondades.

— Eu também gosto, Isabella, mesmo sendo do jeito que sou. E vou gostar mais ainda quando não precisar mais ser minha assistente e não tiver mais nada para aprender comigo.

— Acha que essa possibilidade existe?

— Não tenho nenhuma dúvida. Em dez anos, você vai ser a mestra e eu, o aprendiz — disse eu, repetindo aquelas palavras que ainda tinham um sabor de traição.

— Mentiroso — disse, beijando meu rosto para, em seguida, sair correndo escada abaixo.

14

À tarde, deixei Isabella instalada na escrivaninha que tínhamos arrumado para ela na sala, enfrentando as páginas em branco, e fui até a livraria de dom Gustavo Barceló, na rua Fernando, com a intenção de adquirir uma boa e legível edição da Bíblia. Todos os jogos de novos e velhos testamentos que eu tinha em casa eram impressos em uma letra microscópica em papel Oxford semitransparente, e sua leitura, mais que fervor ou inspiração divina, provocava enxaqueca. Barceló, que entre muitas outras coisas era um persistente colecionador de livros sagrados e textos apócrifos cristãos, mantinha uma área reservada nos fundos da livraria, onde se encontrava um formidável sortimento de evangelhos, memórias de santos e beatos e todo tipo de textos religiosos.

Quando me viu entrar, um de seus empregados correu para avisar o patrão na sala dos fundos. Barceló emergiu eufórico de seu escritório.

— Benditos sejam os meus olhos. Sempere já tinha me dito que você tinha renascido, mas essa é antológica. A seu lado, Rodolfo Valentino parece recém-chegado da roça. Onde andava metido, seu moleque?

— Por aí — disse eu.

— Em toda parte menos no casamento de Vidal. Ele sentiu sua falta, caro amigo.

— Duvido muito.

O livreiro assentiu, dando a entender que já tinha percebido meu desejo de não tocar naquele assunto.

— Aceitaria uma xícara de chá?

— Até duas. E uma Bíblia. Legível, se possível.

— Isso não é problema — disse o livreiro. — Dalmau?

Um dos vendedores atendeu solícito à chamada.

— Dalmau, o amigo Martín aqui precisa de uma edição da Bíblia de caráter não decorativo, mas legível. Estou pensando em Torres Amat, 1823. O que acha?

Uma das particularidades da livraria de Barceló era que lá se falava de livros como se fossem vinhos raros, catalogando buquê, aroma, consistência e ano da colheita.

— Excelente escolha, sr. Barceló, mas eu daria preferência à versão atualizada e revista.

— Mil oitocentos e sessenta?

— Mil oitocentos e noventa e três.

— Claro. Resolvido. Embrulhe para o amigo Martín, por conta da casa.

— De maneira nenhuma — objetei.

— No dia em que cobrar a um descrente como você pela palavra de Deus, será o dia em que serei fulminado por um raio destruidor, e com toda a razão.

Dalmau partiu rapidamente em busca da Bíblia e segui com Barceló para seu escritório, onde o livreiro encheu duas xícaras de chá e me brindou com um charuto saído de seu umidificador. Aceitei e acendi na chama de uma vela que Barceló me ofereceu.

— Macanudo?

— Vejo que está educando seu paladar. Um homem tem que ter vícios, se possível de categoria, ou não terá do que se redimir quando ficar velho. De fato, se o diabo der licença, vou acompanhá-lo.

Uma nuvem da preciosa fumaça do charuto nos cobriu como maré alta.

— Estive em Paris há alguns meses e tive a oportunidade de fazer algumas indagações sobre o assunto que mencionou tempos atrás ao amigo Sempere — replicou Barceló.

— Éditions de la Lumière.

— Exatamente. Gostaria de ter conseguido mais, mas lamentavelmente, desde que a editora fechou, parece que ninguém comprou o catálogo e foi muito difícil obter alguma coisa.

— Disse que fechou? Quando?

— Mil novecentos e catorze, se não me falha a memória.

— Deve haver um erro.

— Não se estivermos falando de Éditions de la Lumière, no boulevard Saint-Germain.

— Ela mesma.

— Olhe, pode ver que anotei tudo para não esquecer quando nos víssemos.

Barceló foi até a gaveta da escrivaninha e tirou um caderninho de notas.

— Aqui está: "Éditions de la Lumière, editora de textos religiosos com escritórios em Roma, Paris, Londres e Berlim. Fundador e editor, Andreas Corelli. Data de abertura do primeiro escritório em Paris, 1881".

— Impossível — murmurei.

Barceló deu de ombros.

— Bem, posso ter me enganado, porém...

— Teve oportunidade de visitar o escritório?

— Bem que eu tentei, pois meu hotel ficava ali perto, na frente do Panthéon, e os antigos escritórios da editora ficam na calçada sul do boulevard, entre a rue Saint-Jacques e o boulevard Saint-Michel.

— E então?

— O edifício estava vazio e cercado de tapumes, dava a impressão de ter sofrido um incêndio ou algo assim. A única coisa intacta era o batedor da porta, uma peça realmente excepcional em forma de anjo. Bronze, eu diria. Teria trazido comigo se não fosse um policial que me vigiava de rabo de olho. Não tive coragem de provocar um incidente diplomático que ainda podia acabar com a França nos invadindo outra vez.

— Diante do panorama, estariam nos fazendo um favor.

— Se tivesse dito antes... Mas, voltando ao assunto, quando vi o estado de tudo aquilo, fui a um café que ficava ao lado, onde disseram que o edifício já estava daquele jeito havia vinte anos.

— Conseguiu descobrir alguma coisa acerca do editor?

— Corelli? Pelo que entendi, a editora fechou quando ele resolveu se aposentar, embora ainda não tivesse cinquenta anos. Creio que se mudou para uma mansão no sul da França, no Luberon, e que morreu pouco depois. Mordida de cobra, disseram. Uma víbora. Retirar-se para a Provence para acabar assim...

— Tem certeza de que morreu?

— Pére Coligny, um antigo concorrente nosso, mostrou seu obituário, que guardava como se fosse um troféu. Disse que olhava para ele todos os dias a fim de certificar-se de que aquele maldito filho da mãe estava mesmo morto e enterrado. Disse com essas palavras, embora soasse mais bonito e musical em francês.

— Coligny mencionou se o editor tinha algum filho?

— Tive a impressão de que o tal Corelli não era seu assunto predileto e, assim que pôde, Coligny escafedeu-se. Ao que parece, houve um caso escandaloso, no qual Corelli roubou um de seus autores, um tal de Lambert.

— O que aconteceu?

— O mais divertido de toda a história é que Coligny nunca chegou a ver Corelli. Todo o seu contato com ele se resumia a correspondência comercial. O X da questão, acho eu, era que monsieur Lambert tinha assinado um contrato em que se comprometia a escrever um livro para as Éditions de la Lumière às escondidas de Coligny, para quem trabalhava com exclusividade. Lambert era um viciado em ópio em estado terminal e acumulava dívidas suficientes para pavimentar a rue de Rivoli de ponta a ponta. Coligny suspeitava que Corelli tinha lhe oferecido uma soma astronômica e o pobre, que estava morrendo, aceitou porque queria deixar os filhos amparados.

— Que tipo de livro?

— Alguma coisa com conteúdo religioso. Coligny mencionou o título, um latinório que não me vem à memória agora. Sabe que todos os missais têm o mesmo estilo. *Pax Gloria Mundi* ou algo assim.

— E o que aconteceu com o livro de Lambert?

— É aí que a história se complica. Ao que parece, o pobre Lambert, em um acesso de loucura, quis queimar o manuscrito e incendiou-se junto com ele na própria editora. Muitos pensam que o ópio acabou fritando seus miolos, mas Coligny suspeita que Corelli o induziu ao suicídio.

— E por que o faria?

— Quem sabe? Talvez não quisesse pagar a quantia que havia prometido. Talvez tudo isso não passe de fantasia de Coligny, que, devo dizer, é um aficionado do *Beaujolais* trezentos e sessenta e cinco dias por ano. Sem me estender demais, ele disse que Corelli tinha tentado matá-lo para libertar Lambert de seu contrato e que só o deixou em paz quando ele decidiu rescindir o tal contrato com o escritor e deixá-lo livre.

— Não disse que nunca o tinha visto?

— Mais um ponto a meu favor. Creio que Coligny delirava. Quando fui visitá-lo em seu apartamento, vi mais crucifixos, virgens e imagens de santos do que em uma loja de presépios. Tive a impressão de que não batia muito bem da bola. Quando me despedi, insistiu para que me mantivesse afastado de Corelli.

— Mas não tinha dito que ele estava morto?

— Pois é.

Fiquei calado. Barceló me observava, intrigado.

— Tenho a impressão de que minhas descobertas não causaram grandes surpresas.

Esbocei um sorriso despreocupado, como quem não dava muita importância ao assunto.

— Muito pelo contrário. Agradeço que tenha usado seu tempo para investigar.

— Não é preciso. Para mim, fuçar em Paris é um prazer por si só, já me conhece...

Barceló arrancou do caderninho a página com os dados que tinha anotado e estendeu para mim.

— Se um dia vier a precisar, aqui tem tudo o que pude verificar.

Levantei-me e apertei sua mão. Ele me acompanhou até a saída, onde Dalmau me esperava com o pacote pronto.

— Se quiser uma imagem do Menino Jesus, dessas em que abre e fecha os olhinhos conforme o ângulo em que se olha, também tenho. Ou outra com a Virgem rodeada de cordeirinhos que, virando um pouco, se transformam em rechonchudos querubins. Um prodígio da tecnologia estereoscópica.

— No momento, a palavra revelada já é suficiente para mim.

— Assim seja.

Agradeci os esforços do livreiro para animar-me, mas, à medida que me afastava de lá, uma angústia fria foi tomando conta de mim e tive a impressão de que as ruas e meu destino estavam pavimentados sobre areias movediças.

15

A caminho de casa, parei na frente da vitrine de uma papelaria na rua Argenteria. Sobre um arranjo de panos drapeados reluzia um estojo que continha uma caneta-tinteiro de marfim com várias penas, acompanhada de um tinteiro branco gravado com algo que pareciam musas ou fadas. O conjunto tinha certo ar melodramático e parecia roubado da escrivaninha de algum romancista russo, daqueles que se derramavam em milhares e milhares de páginas. Isabella tinha uma caligrafia refinada que eu invejava, pura e límpida como sua consciência, e achei que aquele conjunto era a cara dela. Entrei e disse ao vendedor que queria vê-lo. As penas eram banhadas a ouro e a brincadeira custava uma pequena fortuna, mas resolvi que não seria exagerado corresponder à amabilidade e paciência de minha jovem assistente com alguma pequena cortesia. Pedi que embrulhasse em papel púrpura brilhante, com um laço do tamanho de uma carruagem.

Ao chegar em casa, estava disposto a desfrutar daquela satisfação egoísta que colocar um belo presente nas mãos de alguém proporcionava. Ia chamar Isabella como se fosse um mascote fiel, sem nada a fazer senão esperar o regresso de seu amo, mas o que vi ao abrir a porta me deixou mudo. O corredor estava escuro como um túnel. A porta do quarto do fundo estava aberta e projetava uma faixa de luz amarelada e oscilante sobre o chão.

— Isabella? — chamei, com a boca seca.

— Estou aqui.

A voz provinha do interior do quarto. Larguei o pacote em cima da mesa do saguão e fui para lá. Parei na soleira e olhei para dentro. Isabella estava sentada no chão do aposento. Tinha posto uma vela dentro de um copo longo e dedicava-se animadamente à sua segunda vocação depois da literatura: organizar imóveis alheios.

— Como entrou aqui?

Ela olhou para mim sorridente e deu de ombros.

— Estava na sala e ouvi um barulho. Pensei que era você que tinha regressado e, quando cheguei no corredor, vi que a porta deste quarto estava aberta. Achei que você tinha dito que o mantinha fechado à chave.

— Saia daqui. Não gosto que entre neste quarto. É muito úmido.

— Que bobagem! Isso aqui vai exigir uma quantidade enorme de trabalho. Venha, olhe quanta coisa achei.

Hesitei.

— Entre, vamos.

Entrei no quarto e ajoelhei-me a seu lado. Isabella tinha separado os objetos e as caixas por categorias: livros, brinquedos, fotografias, roupas, sapatos, óculos. Olhei todos aqueles objetos com apreensão. Isabella parecia encantada, como se tivesse encontrado as minas do rei Salomão.

— Tudo isso é seu?

Neguei.

— Do antigo proprietário.

— Você o conhecia?

— Não. Tudo isso estava aqui havia anos quando me mudei.

Isabella segurava um pacote de correspondência, que me mostrou como se fosse a prova de um sumário de culpa.

— Pois acho que consegui descobrir como ele se chamava.

— Não diga.

Isabella sorriu, claramente encantada com seus avanços de detetive.

— Marlasca — sentenciou. — Chamava-se Diego Marlasca. Não acha curioso?

— O quê?

— Que as iniciais sejam as mesmas que as suas: D.M.

— É uma simples coincidência. Dezenas de milhares de pessoas nesta cidade têm as mesmas iniciais.

Isabella piscou para mim.

— Olhe o que achei.

Tinha resgatado uma caixa de latão cheia de velhas fotografias. Eram imagens de outros tempos, velhos postais da antiga Barcelona, dos palácios derrubados no Parque da Ciudadela, depois da Exposição Universal de 1888, de grandes casarões em ruínas e avenidas semeadas de gente vestida com os trajes cerimoniosos da época, de carruagens e memórias que tinham a cor de minha infância. Nelas, rostos e olhares perdidos me contemplavam a trinta anos de distância. Em várias daquelas fotografias tive a impressão de reconhecer o rosto de uma atriz que era muito popular nos meus anos de juventude e que caíra no esquecimento havia muito tempo. Isabella me observava, em silêncio.

— Você a reconhece? — perguntou.

— Acho que se chamava Irene Sabino, não tenho certeza. Era uma atriz bastante famosa nos teatros do Paralelo. Mas já faz muito tempo. Foi antes de você nascer.

— Pois veja essa.

Isabella estendeu uma foto em que Irene Sabino aparecia apoiada em uma janela que não foi difícil de identificar como a de meu escritório no alto da torre.

— Interessante, não é verdade? — perguntou Isabella. — Acha que vivia aqui?

Dei de ombros.

— Vai ver era amante desse tal de Diego Marlasca...

— Em todo caso, não acho que seja da nossa conta.

— Como você é chato às vezes.

Isabella guardou as fotografias na caixa, mas ao fazê-lo, uma delas escorregou de sua mão. A imagem ficou a meus pés. Peguei e examinei. Era ela, Irene Sabino, com um deslumbrante vestido preto, posando com um grupo de pessoas em trajes de gala em um salão em que pensei reconhecer o Círculo Equestre. Era uma simples foto de festa que não me chamaria atenção se não fosse porque, no segundo plano, quase apagado, aparecia um cavalheiro de cabelos brancos no alto de uma escadaria. Andreas Corelli.

— Você está pálido — disse Isabella.

Pegou a fotografia de minhas mãos e examinou sem dizer nada. Levantei e fiz um sinal a Isabella para que saísse do quarto.

— Não quero que volte a entrar aqui — disse, sem forças.

— Por quê?

Esperei que Isabella saísse e tranquei a porta. A menina olhava para mim como se eu não estivesse muito lúcido.

— Amanhã você vai chamar as irmãs de caridade e dizer que passem aqui para pegar tudo isso. Quero que levem tudo. O que não servir, que joguem fora.

— Mas...

— Não discuta.

Não quis enfrentar seu olhar e tomei a direção da escada que subia para o escritório. Isabella ficou me olhando do corredor.

— Quem é esse homem, sr. Martín?

— Ninguém — murmurei. — Ninguém.

16

Subi para o escritório. Era noite fechada, sem lua nem estrelas no céu. Abri as janelas de par em par e me debrucei para contemplar a cidade em sombras. Só um sopro de brisa circulava e o suor mordia minha pele. Sentei sobre o parapeito e peguei o segundo dos dois charutos que Isabella tinha deixado em minha escrivaninha dias atrás, esperando uma lufada de vento fresco ou uma ideia um pouco mais apresentável que toda aquela coleção de lugares-comuns para poder cumprir as determinações do patrão. Foi então que ouvi o som das janelinhas do quarto de Isabella se abrindo no andar de baixo. Um retângulo de luz caiu sobre o pátio e vi o perfil de sua silhueta recortada nele. Isabella aproximou-se da janela e olhou para a escuridão sem perceber minha presença. Fiquei olhando enquanto se despia lentamente. Vi quando se aproximou do espelho do armário e examinou seu corpo, acariciando o ventre com a ponta dos dedos e percorrendo os cortes que tinha feito no interior das coxas e dos braços. Contemplou-se longamente, sem nenhum véu além de um olhar derrotado, e depois apagou a luz.

Voltei para a escrivaninha e me sentei diante da pilha de anotações que tinha reunido para o livro do patrão. Reli aqueles esboços de histórias repletas de revelações místicas e profetas que sobreviviam a provas terríveis e retornavam com a verdade revelada, de infantes messiânicos abandonados na porta de famílias humildes e de alma pura e perseguidos por impérios laicos e malévolos, de paraísos prometidos em outras dimensões a quem aceitasse a própria sina e as regras do jogo com espírito esportivo, e de divindades ociosas e antropomórficas sem nada melhor para fazer do que manter uma vigilância telepática sobre a consciência de milhões de frágeis primatas que tinham aprendido a pensar bem a tempo de descobrir que estavam abandonados à própria sorte em um rincão remoto do universo e que, levados pela vaidade, ou pelo desespero, acreditavam de pés juntos que céu e inferno se revelavam ao sabor de seus pecadilhos triviais e mesquinhos.

Perguntei-me se era aquilo mesmo que o patrão tinha visto em mim, uma mente mercenária e sem escrúpulos, capaz de criar uma história narcótica para fazer dormir as crianças ou convencer um pobre-diabo sem esperança a assassinar seu vizinho em troca da gratidão eterna de divindades adeptas da ética do banditismo. Alguns dias antes, tinha chegado mais uma daquelas cartas marcando um encontro com ele para discutir os progressos de meu trabalho. Cansado de meus próprios escrúpulos, pensei comigo mesmo que só faltavam vinte e quatro horas para o encontro marcado e, no ritmo em que iam as coisas, acabaria me apresentando de mãos vazias e cabeça cheia de dúvidas e suspeitas. Sem outra alternativa, fiz o que já tinha feito durante anos em situações semelhantes. Enfiei uma folha na Underwood e, com as mãos sobre o teclado como um pianista à espera do compasso justo, comecei a dar tratos à bola para ver o que saía.

17

— Interessante — comentou o patrão, ao finalizar a décima e última página. — Peculiar, mas interessante.

Estávamos sentados em um banco sob a sombra dourada da estufa do Parque da Ciudadela. Cúpulas feitas de finas ripas filtravam a luz até reduzi-la a poeira de ouro, e as plantas esculpiam o claro-escuro de sombras daquela estranha penumbra luminosa que nos rodeava. Acendi um cigarro e contemplei a fumaça subindo de meus dedos em espirais azuis.

— Vindo de quem vem, peculiar é um adjetivo inquietante — comentei.

— Usei peculiar em oposição a comum — precisou Corelli.

— Mas?...

— Não tem mas, amigo Martín. Creio que você encontrou um caminho interessante e cheio de possibilidades.

Para um romancista, quando alguém dizia que alguma de suas páginas era interessante e tinha possibilidades era sinal de que as coisas não iam nada bem. Pareceu que Corelli leu minha apreensão.

— Você deu a volta na questão. Em vez de ir às referências mitológicas, começou pelas fontes mais prosaicas. Posso perguntar de onde tirou a ideia de um messias guerreiro em vez de pacífico?

— De sua menção à biologia.

— Tudo o que precisamos saber está escrito no grande livro da natureza. Basta ter a coragem e a clareza de espírito e de mente para ler — disse Corelli.

— Um dos livros que consultei explicava que, na espécie humana, o homem alcança o apogeu de fertilidade aos dezessete anos de idade. A mulher, além de chegar mais tarde, o mantém por mais tempo, atuando, de certa forma, como seletora e juíza dos genes que aceita reproduzir e dos que rejeita. O homem, em troca, simplesmente os oferece e se consome muito mais rápido. A idade em que alcança sua máxima potência reprodutiva é quando seu espírito combativo também está no auge. Um rapazinho é o soldado perfeito. Tem um grande potencial de agressividade e um senso crítico escasso ou nulo para analisar esse potencial e decidir como canalizá-lo. Ao longo da história, várias sociedades encontraram um meio de usar esse capital de agressão, transformando seus adolescentes em soldados, bucha de canhão com a qual conquistar os vizinhos ou se defender de seus ataques. Algo me dizia que nosso protagonista era um enviado dos céus, mas um enviado que, em sua primeira juventude, pegava em armas e revelava a verdade a golpes de ferro.

— Resolveu misturar a história com a biologia, Martín?

— Pelo que pude entender de suas palavras, concluí que eram uma coisa só.

Corelli sorriu. Não sei se ele se dava conta disso, mas, quando sorria, parecia um lobo faminto. Engoli em seco e ignorei aquele semblante que me deixava de cabelo em pé.

— Estive pensando e percebi que a maioria das grandes religiões se originou ou alcançou o ápice de expansão e influência nos momentos da história em que as sociedades que as adotavam tinham uma base demográfica mais jovem e empobrecida. Sociedades nas quais setenta por cento da população tinha menos de dezoito anos, a metade formada por rapazes adolescentes com as veias ardendo de agressividade e de impulsos férteis, eram campos adequados para a aceitação e para o apogeu da fé.

— Isso é uma simplificação, mas estou acompanhando seu raciocínio, Martín.

— Eu sei. Mas levando em conta essas linhas gerais, pergunto por que não ir direto ao ponto e estabelecer uma mitologia em torno desse messias guerreiro, feito de sangue e raiva, que salva seu povo, seus genes, suas fêmeas e seus anciãos do dogma político e racial dos inimigos, ou seja, de todos aqueles que não aceitam ou não se submetem à sua doutrina?

— E os adultos?

— Chegaremos aos adultos apelando para sua frustração. À medida que a vida avança e eles são obrigados a renunciar aos sonhos e desejos da juventude, cresce a sensação de que são vítimas do mundo e dos outros. Sempre encontramos alguém que é culpado por nossos infortúnios ou fracassos, alguém a quem queremos excluir. Abraçar uma doutrina que concretize esse rancor e vitimismo reconforta e dá forças. Assim, o adulto se sente parte do grupo e sublima por meio da comunidade os seus desejos e anseios perdidos.

— Talvez — concedeu Corelli. — E toda essa iconografia da morte e de bandeiras e escudos? Não lhe parece contraproducente?

— Não. Acho que é essencial. O hábito faz o monge, mas sobretudo, o devoto.

— E o que me diz das mulheres, da outra metade? Lamento, mas não consigo ver uma parte substancial das mulheres de uma sociedade acreditando em bandeirinhas e escudos. A psicologia do escoteiro é coisa de menino.

— Toda religião organizada, com raras exceções, tem como pilar básico a sujeição, a repressão e a anulação da mulher no grupo. A mulher deve aceitar o papel de presença etérea, passiva e maternal, nunca de autoridade ou independência, ou terá que pagar as consequências. Pode ter seu lugar de honra entre os símbolos, mas não na hierarquia. A religião e a guerra são negócios masculinos. E, em todo caso, a mulher acaba sempre por se converter em cúmplice e executora de sua própria sujeição.

— E os velhos?

— A velhice é a vaselina da credulidade. Quando a morte bate na porta, o ceticismo pula pela janela. Um bom susto cardiovascular bota qualquer um para acreditar até em Chapeuzinho Vermelho.

Corelli riu.

— Cuidado, Martín, acho que está ficando mais cínico do que eu.

Olhei-o como se fosse um aluno dócil, ansioso para obter a aprovação de um professor difícil e exigente. Corelli bateu em meu joelho, concordando satisfeito.

— Gostei. Gostei do cheiro de tudo isso. Quero que vá burilando a coisa até encontrar a forma certa. Vou lhe dar mais tempo. Voltaremos a nos encontrar em duas ou três semanas, avisarei com alguns dias de antecedência.

— Vai sair da cidade?

— Assuntos da editora exigem minha presença e temo que terei alguns dias de viagem pela frente. Mas vou contente. Fez um bom trabalho. Eu sabia que tinha encontrado meu candidato ideal.

O patrão se levantou e estendeu a mão. Sequei o suor que encharcava minha palma na perna das calças e a apertei.

— Sentirei sua falta — improvisei.

— Não exagere, Martín, estava indo muito bem.

Eu o vi sumir na penumbra da estufa, o eco de seus passos desvanecendo-se na sombra. Fiquei ali um bom tempo, perguntando-me se o patrão tinha mordido a isca e engolido aquele amontoado de bravatas que acabava de lhe propor. Tinha certeza de ter dito exatamente o que ele queria ouvir. Confiando nisso, esperava que tivesse ficado satisfeito com aquela série de barbaridades, pelo menos por enquanto, e convencido de que seu servidor, o infeliz romancista fracassado, tinha se convertido às teorias do movimento. Pensei comigo mesmo que qualquer coisa que pudesse me dar um pouco mais de tempo para investigar onde tinha me metido valia a tentativa. Quando me levantei dali e saí da estufa, minhas mãos ainda tremiam.

18

Anos de experiência escrevendo intrigas policiais tinham me proporcionado uma série de princípios básicos para considerar ao começar uma investigação. Um deles pregava que qualquer intriga medianamente sólida, inclusive as passionais, nascia e morria com cheiro de dinheiro e de propriedade imobiliária. Saindo da estufa, fui para o cartório de Registros de Propriedade na rua do Consejo de Ciento e pedi para consultar os volumes referentes a compra, venda e propriedade de minha casa. Os tomos da biblioteca do Registro continham quase tanta informação essencial sobre as realidades da vida quanto as obras completas dos mais refinados filósofos, talvez até mais.

Comecei consultando a seção que registrava o processo de aluguel, em meu nome, do imóvel situado no número 30 da rua Flassanders. Lá encontrei as indicações necessárias para rastrear a história do imóvel antes que o Banco Hispano Colonial assumisse a propriedade, em 1911, como parte de um processo de embargo contra a família Marlasca, que, ao que tudo indicava, tinha herdado a propriedade quando do falecimento do dono. Os documentos mencionavam um advogado chamado S. Valera, que tinha atuado como representante da família durante o processo. Um novo salto ao passado me permitiu encontrar os dados correspondentes à compra do imóvel por parte de dom Diego Marlasca Pongiluppi, em 1902, de um tal Barnabé Massot y Caballé. Anotei todos os dados em uma folha à parte, desde o nome do advogado e das partes envolvidas na transação até as respectivas datas. Um dos funcionários avisou em voz alta que faltavam quinze minutos para o cartório fechar. Preparei-me para ir embora, mas, antes de fazê-lo, tratei de consultar a situação da propriedade da residência de Andreas Corelli no Parque Güell. Transcorridos os quinze minutos, e sem sucesso em minha pesquisa, levantei os olhos do volume de registros para fitar o olhar cinzento do funcionário. Era um sujeito descarnado e reluzente de gomalina do bigode aos cabelos, que destilava aquela indiferença beligerante de quem fazia de seu emprego uma tribuna para dificultar a vida dos outros.

— Desculpe. Não consigo encontrar uma propriedade.

— Deve ser porque não existe ou porque você não sabe como procurar. Por hoje, já encerramos.

Correspondi à manifestação de amabilidade e eficiência com o melhor dos meus sorrisos.

— Mas posso contar com sua ajuda de especialista — sugeri.

O homem dedicou-me um olhar de nojo e arrancou o volume de minhas mãos.

— Volte amanhã.

Minha parada seguinte foi no cerimonioso edifício do Colégio de Advogados na rua Mallorca, a algumas travessas de lá. Subi as escadas guardadas por lustres de cristal e pelo que, para mim, parecia ser uma estátua da Justiça, mas com busto e jeito de estrela do Paralelo. Um homenzinho com cara de rato me recebeu com um sorriso afável, perguntando em que poderia ajudar.

— Estou procurando um advogado.

— Pois veio ao lugar certo. Nós aqui não sabemos como nos livrar deles. Cada dia há mais. Reproduzem-se como coelhos.

— É o mundo moderno. O advogado que procuro se chama, ou se chamava, Valera. S. Valera.

O homenzinho se perdeu em um labirinto de arquivos, murmurando baixinho. Esperei apoiado no balcão, passeando os olhos por aquela decoração que lembrava o contundente peso da lei. Cinco minutos depois, o homenzinho voltou com uma pasta.

— Encontrei dez Valeras. Dois com S. Sebastián e Soponcio.

— Soponcio?

— Você ainda é muito novo, mas anos atrás esse era um nome decente, aceitável para o exercício da profissão legal. Foi depois da onda do charleston que virou o que é.

— E dom Soponcio ainda vive?

— Segundo os arquivos e sua baixa no pagamento da cota do Colégio, Soponcio Valera y Menacho foi recebido na glória de Nosso Senhor no ano de 1919. *Memento mori*. Sebastián é seu filho.

— Em exercício.

— Constante e pleno. Suponho que vá querer o endereço.

— Se não for muito incômodo.

O homenzinho anotou o endereço em um pedaço de papel e me entregou.

— Diagonal, 442. Fica a um pulo daqui, mas já são quase duas e a essa hora os advogados de categoria costumam levar ricas viúvas herdeiras ou fabricantes de tecidos ou explosivos para almoçar. Eu esperaria até as quatro.

Guardei o endereço no bolso do paletó.

— É o que farei. Muitíssimo obrigado por sua ajuda.

— É para isso que estamos aqui. Vá com Deus.

Tinha um par de horas para matar antes de fazer uma visita ao advogado Valera, de modo que peguei o bonde que descia até a Via Layetana e desci na altura da rua Condal. A livraria Sempere & Filhos ficava a um passo dali e sabia por experiência própria que o velho livreiro, na contramão da prática imutável do comércio local, não fechava ao meio-dia. Encontrei-o como sempre, ao lado do balcão, arrumando livros e atendendo a um bem nutrido grupo de clientes que passeava entre as mesas e estantes à caça de algum tesouro. Quando me viu, sorriu e veio me cumprimentar. Estava mais magro e pálido do que da última vez em que o tinha visto. Devia ter lido a preocupação em meu olhar, pois deu de ombros e fez um gesto de quem não dava importância ao assunto.

— Uns com tanto, outros com tão pouco. Você com essa estampa, e eu feito um pano de chão, como pode ver.

— Mas está bem?

— Eu, fresco como uma rosa! É a maldita angina de peito. Nada de grave. Mas o que o traz aqui, amigo Martín?

— Pensei em convidá-lo para almoçar.

— Agradeço muito, mas não posso abandonar o leme. Meu filho foi a Sarrià avaliar uma coleção, e as contas não estão tão boas assim para poder fechar com clientes na porta.

— Não me diga que está com problemas de dinheiro.

— Isso é uma livraria, Martín, não um cartório. Aqui, tudo é a conta justa, às vezes nem isso.

— Se precisar de ajuda...

Sempere me interrompeu, levantando a mão.

— Se quiser me ajudar, compre um livro.

— A conta que tenho com o senhor não se paga com dinheiro, sabe disso, não?

— Mais uma razão para que isso nem lhe passe pela cabeça. Não se preocupe conosco, Martín, pois daqui só sairemos dentro de um caixão. Mas, se quiser, pode partilhar comigo um suculento almoço de pão com passas e queijo fresco de Burgos. Com isso e *O conde de Montecristo* dá para sobreviver cem anos.

19

Sempere mal tocou a comida. Sorria cansado e fingia interesse por meus comentários, mas pude perceber que às vezes tinha dificuldade de respirar.

— E então, Martín, está trabalhando em quê?

— Difícil de explicar. Um livro sob encomenda.

— Romance?

— Não exatamente. Não sei muito bem como definir.

— O importante é que esteja trabalhando. Sempre disse que o ócio enfraquece o espírito. É preciso manter o cérebro ocupado. E se não tiver cérebro, pelo menos as mãos.

— Mas tem gente que trabalha além da conta, sr. Sempere. Não acha que deveria tirar uma folga? Há quantos anos está aqui na linha de frente, sem parar?

Sempere olhou ao redor.

— Este lugar é minha vida, Martín. Para onde iria? Tomar sol em um banco de parque, dando de comer aos pombos e reclamando do reumatismo? Morreria em dez minutos. Meu lugar é aqui. E meu filho ainda não está preparado para tomar as rédeas, embora pense que sim.

— Mas é muito trabalhador. E muito boa pessoa.

— Boa pessoa demais, cá entre nós. Às vezes, olho para ele e me pergunto o que vai ser no dia em que eu lhe faltar. Como vai se virar...

— Todos os pais sentem isso, sr. Sempere.

— O seu também? Perdoe, não queria...

— Não se preocupe. Meu pai já tinha preocupação suficiente com ele mesmo para carregar as que eu pudesse causar. Tenho certeza de que seu filho tem mais recursos do que imagina.

Sempere olhava para mim, hesitante.

— Sabe o que eu acho que falta a ele?

— Malícia?

— Uma mulher.

— Não devem faltar candidatas entre todas as moçoilas que se apinham nas vitrines para admirá-lo.

— Estou falando de uma mulher de verdade, daquelas que fazem você ser aquilo que tem que ser.

— Ainda é muito jovem. Deixe que se divirta mais algum tempo.

— Essa é boa. Quem me dera que se divertisse. Na idade dele, se tivesse esse monte de pretendentes, teria cometido mais pecados do que um cardeal.

— Deus dá a noz a quem não tem dentes.

— É disso que ele precisa: dentes. E vontade de morder.

Tive a impressão de que alguma ideia andava rondando a cabeça do livreiro. Olhava para mim e sorria.

— Talvez você possa ajudá-lo...

— Eu?

— Você é um homem do mundo, Martín. E não faça essa cara. Tenho certeza de que, se quiser, pode encontrar uma boa moça para meu filho. Cara bonita ele já tem. O resto você ensina...

Fiquei sem palavras.

— Não queria me ajudar? — perguntou o livreiro. — Aí está.

— Estava falando de dinheiro.

— E eu, do meu filho, do futuro desta casa. De minha vida inteira.

Suspirei. Sempere segurou minha mão e apertou com o pouco de força que lhe restava.

— Prometa que não me deixará partir desse mundo sem ver meu filho estabelecido com uma boa mulher, dessas pelas quais vale a pena morrer. E que me dê um neto.

— Se soubesse que me pediria isso, tinha ido comer no café Novedades.

Sempere sorriu.

— Às vezes penso que você deveria ser meu filho, Martín.

Olhei para ele, mais frágil e velho que nunca, apenas uma sombra do homem forte e imponente que eu me lembrava dos meus anos de juventude entre aquelas paredes, e senti que o mundo desmoronava a meus pés. Fui até ele e, antes que me desse conta, estava fazendo o que nunca tinha feito naqueles anos todos. Dei um beijo em sua testa pontilhada de manchas, encimada por uns poucos fios grisalhos.

— Promete?

— Prometo — disse eu, a caminho da saída.

20

O escritório de advocacia de Valera ocupava a cobertura de um extravagante edifício modernista encaixado no número 442 da avenida Diagonal, a um passo da esquina com o Passeio de Gracia. O edifício, na falta de melhores palavras, parecia o cruzamento de um gigantesco carrilhão com um navio pirata, cheio de janelas grandiosas e com um telhado de mansardas verdes. Em qualquer outro lugar do planeta, aquela estrutura barroca e bizantina seria considerada uma das sete maravilhas do mundo ou um engenho diabólico, obra de algum artista louco possuído por espíritos do além. No Ensanche de Barcelona, onde peças similares brotavam por todo lado como trevos depois da chuva, mal provocava um arquear de sobrancelhas.

Entrei no vestíbulo e encontrei um elevador que me fez pensar que havia passado por ali uma grande aranha que tecia catedrais em vez de teias. O porteiro abriu a porta e encarcerou-me naquela estranha cápsula, que logo começou a subir pelo vão central da escada. Uma secretária de cara fechada abriu a porta de carvalho entalhado e fez sinal para que eu entrasse. Dei meu nome e avisei que não tinha hora marcada, mas que meu assunto se relacionava com o processo de compra e venda de um imóvel no bairro da Ribera. Alguma coisa mudou em seu olhar impenetrável.

— A casa da torre? — perguntou a secretária.

Fiz que sim. Ela me levou até um escritório vazio e mandou que entrasse. Intuí que aquela não era a sala de espera oficial.

— Espere um momento, sr. Martín. Avisarei o dr. Valera que o senhor está esperando por ele.

Passei os quarenta e cinco minutos seguintes naquele escritório, rodeado de estantes repletas de volumes do tamanho de lápides funerárias, tendo nas lombadas inscrições do tipo "1888-1889, B.C.A. Seção primeira. Título segundo", um convite à leitura compulsiva. O escritório dispunha de uma ampla janela suspensa sobre a Diagonal, de onde se podia contemplar toda a cidade. Os móveis cheiravam a madeira nobre envelhecida e macerada em dinheiro. Tapetes e poltronas de couro sugeriam uma atmosfera de clube inglês. Levantei um dos abajures que dominavam a sala e calculei que devia pesar pelo menos uns trinta quilos. Um grande óleo, que repousava sobre uma lareira que não mostrava sinais de uso, exibia uma rotunda e expansiva figura que não poderia ser ninguém mais do que dom Soponcio Valera y Menacho. O titânico advogado exibia costeletas e bigodes que mais pareciam uma juba de leão velho, e seus olhos, de fogo e aço, dominavam cada canto da sala desde o além-túmulo, com uma gravidade de sentença de morte.

— Ele não fala, mas se você ficar algum tempo olhando para o quadro, dá a impressão de que vai começar a qualquer momento — disse uma voz às minhas costas.

Não o ouvira entrar. Sebastián Valera era um homem de andar discreto que parecia ter passado a maior parte da vida tentando se arrastar para fora da sombra do pai e que, agora, aos cinquenta e tantos anos, tinha se cansado de tentar. Tinha um olhar inteligente e penetrante, respaldado por aquela postura refinada que só as princesas e os advogados realmente caros costumavam ostentar. Ele me estendeu a mão e eu a apertei.

— Lamento pela espera, mas não contava com sua visita — disse, indicando que me sentasse.

— Ao contrário: agradeço a amabilidade de me receber.

Valera sorria como só podia quem sabia e determinava o preço de cada minuto.

— Minha secretária disse que seu nome é David Martín. David Martín, o escritor?

Minha cara de surpresa deve ter me delatado.

— Venho de uma família de grandes leitores — explicou. — Em que posso ajudá-lo?

— Gostaria de consultá-lo a respeito da compra e venda de uma propriedade situada na...

— A casa da torre? — cortou o advogado, cortês.

— Sim.

— O senhor a conhece?

— Moro lá.

Valera olhou-me longamente sem abandonar o sorriso. Ajeitou-se na cadeira e adotou uma postura tensa e fechada.

— É o atual proprietário?

— Na verdade, moro no imóvel em regime de aluguel.

— E o que gostaria de saber, sr. Martín?

— Queria conhecer, se for possível, os detalhes da aquisição do imóvel por parte do Banco Hispano Colonial e reunir alguma informação sobre o antigo proprietário.

— Dom Diego Marlasca — murmurou o advogado. — Posso saber a natureza de seu interesse?

— Circunstancial. Recentemente, durante uma reforma na propriedade, encontrei uma série de objetos que acredito que lhe pertenciam.

O advogado franziu o cenho.

— Objetos?

— Um livro. Ou, mais propriamente, um manuscrito.

— O sr. Marlasca era um grande amante da literatura. De fato, era autor de numerosos livros de direito e também de história e outros assuntos. Um homem muito erudito. E um grande homem, embora no final da vida algumas pessoas tenham tentado manchar sua reputação.

O advogado percebeu a estranheza em meu rosto.

— Vejo que não está familiarizado com as circunstâncias da morte do sr. Marlasca.

— Temo que não.

Valera suspirou como se cogitasse se devia ou não continuar falando.

— Não vai escrever sobre isso, não é mesmo, nem sobre Irene Sabino?

— Não.

— Tenho sua palavra?

Fiz que sim.

Valera deu de ombros.

— Creio que também não poderia dizer nada que já não tenha sido dito na época — disse, mais para si mesmo que para mim.

O advogado olhou brevemente para o retrato do pai e, em seguida, pousou os olhos em mim.

— Diego Marlasca era sócio e melhor amigo de meu pai. Juntos, fundaram este escritório. O sr. Marlasca era um homem brilhante. Lamentavelmente, também era um homem complexo e afetado por longos períodos de melancolia. As coisas chegaram a um ponto em que meu pai e ele resolveram dissolver seu vínculo. O sr. Marlasca abandonou a advocacia para se dedicar à sua primeira vocação: a literatura. Dizem que quase todos os advogados acalentam um desejo secreto de abandonar o exercício da profissão para serem escritores...

— ... até a hora em que comparam os vencimentos.

— O caso é que dom Diego tinha iniciado uma relação de amizade com uma atriz de certa popularidade na época, Irene Sabino, para quem pretendia escrever uma comédia dramática. Nada além disso. O sr. Marlasca era um cavalheiro e nunca foi infiel à esposa, mas sabe como são as pessoas. Falatórios. Rumores e ciúmes. Na verdade, correu o boato de que dom Diego vivia um romance ilícito com Irene Sabino. Sua esposa nunca o perdoou e o casamento se desfez. O sr. Marlasca, destroçado, comprou a casa da torre e mudou-se para lá. Por desgraça, estava morando lá havia apenas um ano quando morreu em um acidente infeliz.

— Que tipo de acidente?

— O sr. Marlasca morreu afogado. Uma tragédia.

Valera tinha abaixado os olhos e falava em um suspiro.

— E o escândalo?

— Digamos que algumas línguas viperinas andaram insinuando que o sr. Marlasca tinha se suicidado depois de sofrer uma desilusão amorosa com Irene Sabino.

— E foi isso mesmo?

Valera tirou os óculos e esfregou os olhos.

— A bem da verdade, não sei. Nem sei e nem importa. O passado é passado.

— E o que foi feito de Irene Sabino?

Valera voltou a pôr os óculos.

— Pensei que seu interesse se limitava ao sr. Marlasca e a certos aspectos da compra e venda da casa.

— É uma simples curiosidade. Entre os objetos pessoais do sr. Marlasca encontrei várias fotografias de Irene Sabino, assim como cartas dela para o sr. Marlasca.

— Aonde pretende chegar com tudo isso? — atacou Valera. — É dinheiro que quer?

— Não.

— Ainda bem, pois ninguém vai lhe dar. Ninguém mais se importa com esse assunto. Entendeu?

— Perfeitamente, sr. Valera. Não queria incomodá-lo nem fazer insinuações inconvenientes. Lamento tê-lo ofendido com minhas perguntas.

O advogado sorriu e deixou escapar um suspiro gentil, como se a conversa já tivesse terminado.

— Não tem importância. Quem pede desculpas sou eu.

Aproveitando a veia conciliadora do advogado, utilizei minha expressão mais doce.

— Talvez dona Alicia Marlasca, a viúva...

Valera retraiu-se na poltrona, visivelmente incomodado.

— Sr. Martín, não quero que me interprete mal, mas parte do meu dever como advogado da família é preservar sua intimidade. Por motivos óbvios. Muito tempo se passou, mas não gostaria que velhas feridas que não levam a parte alguma fossem reabertas.

— Entendo.

O advogado me observava, tenso.

— O senhor disse que encontrou um livro? — perguntou.

— Sim... um manuscrito. Provavelmente não tem importância.

— Provavelmente. E sobre o que versava a obra?

— Teologia, eu diria.

Valera fez que sim.

— Não o surpreende? — perguntei.

— Não. Muito pelo contrário. Dom Diego era uma autoridade em história das religiões. Um homem de grande sabedoria. Nesta casa ainda é lembrado com muito carinho. Mas diga, então, que aspectos da aquisição desejava conhecer?

— Creio que já me ajudou muito, sr. Valera. Não gostaria de lhe roubar mais tempo.

O advogado concordou, aliviado.

— É a casa, não é? — perguntou.

— É um lugar inusitado, sim — concordei.

— Lembro-me de ter estado lá quando bem jovem, um pouco antes de dom Diego a comprar.

— Sabe por que ele a comprou?

— Disse que sempre tinha sido fascinado por ela, desde muito jovem, e que sempre pensou que gostaria de morar lá. Dom Diego tinha dessas coisas. Às vezes, era como um menino capaz de dar tudo o que tinha em troca de uma simples ilusão.

Fiquei calado.

— O senhor está bem?

— Perfeitamente. Sabe de alguma coisa sobre o proprietário de quem o sr. Marlasca comprou a casa? Um tal de Bernabé Massot?

— Um retornado das Américas. Nunca passou mais que uma hora nela. Comprou quando voltou de Cuba, mas a deixou vazia durante anos. E nunca explicou seus motivos. Vivia em um casarão que mandou construir em Arenys de Mar. Vendeu-a por dois tostões. Não queria nada com ela.

— E antes dele?

— Creio que havia um sacerdote. Um jesuíta. Mas não tenho certeza. Quem tratava dos assuntos de dom Diego era meu pai e, com sua morte, destruiu todos os arquivos.

— E por que faria algo assim?

— Por tudo que lhe contei. Para evitar rumores e preservar a memória de seu amigo, acho. Na verdade, ele nunca me disse. Meu pai não era um homem muito inclinado a dar explicações de seus atos. Tinha lá suas razões. Boas razões, sem dúvida alguma. Dom Diego tinha sido um grande amigo, além de sócio, e tudo aquilo foi muito doloroso para meu pai.

— E o tal jesuíta?

— Acho que tinha problemas disciplinares com a ordem. Era amigo de monsenhor Cinto Verdaguer e acredito que estivesse envolvido em algumas de suas histórias, o senhor deve saber.

— Exorcismos.

— Rumores.

— Como um jesuíta expulso da ordem poderia se permitir uma casa daquelas?

Valera deu de ombros outra vez e supus que tinha chegado ao ponto final.

— Gostaria de poder ajudá-lo, sr. Martín, mas não sei como. Pode acreditar.

— Muito obrigado por seu tempo, sr. Valera.

O advogado assentiu e pressionou uma campainha embaixo da escrivaninha. A secretária que tinha me recebido apareceu na porta. Valera estendeu a mão, que eu apertei.

— O sr. Martín está de saída. Pode acompanhá-lo, Margarita.

A secretária concordou e foi me guiando. Antes de sair do escritório, me virei para olhar o advogado, que estava parado, abatido sob o retrato do pai. Segui Margarita até a porta e justo quando começou a fechá-la, me virei e armei o sorriso mais inocente que sabia fazer.

— Desculpe. O dr. Valera me deu o endereço da sra. Marlasca, mas agora devo dizer que não tenho tanta certeza de que o número que guardei é correto...

Margarita suspirou, ansiosa por se ver livre de mim.

— Treze. Estrada de Vallvidrera, número 13.

— Claro.

— Boa tarde — disse Margarita.

Antes que pudesse dar uma resposta, a porta se fechou no meu nariz com a solenidade e o impacto de um santo sepulcro.

21

Ao voltar para a casa da torre, tinha aprendido a olhar com outros olhos aquele que fora meu lar e minha prisão durante tantos anos. Entrei pelo portão sentindo que atravessava a goela de um ser de pedra e sombras. Subi a escadaria como se penetrasse em suas entranhas e abri a porta do andar principal para me deparar com o longo corredor escuro que se perdia na penumbra e que, pela primeira vez, parecia ser a antessala de uma mente medrosa e envenenada. No fundo, recortada contra o brilho escarlate do crepúsculo que se filtrava da sala, distingui a figura de Isabella avançando em minha direção. Fechei a porta e acendi a luz do saguão.

Isabella tinha se vestido como uma moça chique, com o cabelo preso e alguns traços de maquiagem que a transformavam em uma mulher dez anos mais velha.

— Vejo que está muito bonita e elegante — disse friamente.

— Quase uma moça de sua idade, não é verdade? Gostou do vestido?

— Onde o encontrou?

— Estava em um dos baús do quarto dos fundos. Creio que era de Irene Sabino. O que acha? Não cai em mim como uma luva?

— Mandei que avisasse às freiras para virem pegar tudo.

— Foi o que fiz. Essa manhã fui perguntar na paróquia e disseram que elas não podiam pegar nada e que, se quiséssemos, teríamos que levar nós mesmos.

Olhei sem dizer nada.

— É verdade — disse ela.

— Tire isso e coloque onde encontrou. E lave o rosto. Parece...

— Uma qualquer? — terminou Isabella.

Neguei, suspirando.

— Não. Você nunca vai parecer uma qualquer, Isabella.

— Claro. É por isso que gosta tão pouco de mim — murmurou, dando meia-volta e tomando a direção de seu quarto.

— Isabella.

Ela me ignorou e entrou no quarto.

— Isabella — repeti, levantando a voz.

Ela me deu uma olhada hostil e bateu a porta com força. Ouvi que começava a remexer nas coisas dentro do quarto e fui até lá. Bati na porta. Não houve resposta. Bati de novo. Nada. Abri a porta e encontrei Isabella recolhendo a meia dúzia de coisas que tinha trazido consigo e enfiando tudo em uma bolsa.

— O que está fazendo?

— Vou embora, é isso que estou fazendo. Vou embora e vou deixar você em paz. Ou em guerra, pois com você nunca se sabe.

— Posso perguntar para onde vai?

— E o que isso lhe importa? É uma pergunta retórica ou irônica? Para você, é claro, dá tudo no mesmo, mas, como sou uma idiota, não sei distinguir.

— Isabella, espere um momento, eu...

— Não se preocupe com o vestido, que vou tirá-lo agora mesmo. E pode devolver as penas e a caneta, pois não gostei, nem usei. É uma cafonice de menininha de jardim de infância.

Cheguei junto dela e pus a mão em seu ombro. Ela afastou-se de um salto, como se tivesse sido picada por uma serpente.

— Não me toque.

Retirei-me para a soleira da porta, em silêncio. As mãos e os lábios de Isabella tremiam.

— Isabella, me perdoe. Por favor. Não queria ofendê-la.

Olhou para mim com lágrimas nos olhos e um sorriso amargo.

— Mas não fez outra coisa desde que estou aqui. Não fez outra coisa a não ser me insultar e me tratar como se fosse uma pobre idiota que não entende nada de nada.

— Desculpe — repeti. — Largue essas coisas. Não vá embora.

— E por que não?

— Porque estou pedindo por favor.

— Se precisasse de pena e caridade, teria ido procurar em outro lugar.

— Não é pena, nem caridade, a menos que seja o que sente por mim. Estou pedindo para você ficar porque o idiota sou eu, e não quero ficar sozinho. Não posso ficar sozinho.

— Que lindo! Sempre pensando nos outros. Pois compre um cachorro.

Ela deixou a bolsa cair na cama e encarou-me, secando as lágrimas e botando para fora a raiva que estava acumulada dentro dela. Engoli em seco.

— Pois já que estamos brincando de jogo da verdade, deixe que lhe diga uma coisa: estará sempre só. Estará sozinho porque não sabe amar nem compartilhar. Você é como essa casa, que me deixa de cabelos em pé. Não me estranha que sua dama de branco o tenha largado aqui sozinho e que todos o deixem. Não ama e não se deixa amar.

Olhei-a abatido, como se acabasse de levar uma surra e não soubesse de onde tinham vindo as pancadas. Procurei palavras para responder e só consegui gaguejar.

— É verdade que não gostou da caneta com o jogo de penas? — consegui articular, por fim.

Isabella revirou os olhos, exausta.

— Não faça essa cara de cachorro que apanhou, porque sou idiota, mas nem tanto.

Fiquei em silêncio, apoiado na soleira da porta. Isabella me observava entre a hesitação e a compaixão.

— Não queria dizer aquilo de sua amiga, aquela das fotos. Desculpe — murmurou.

— Não precisa se desculpar. É verdade.

Baixei os olhos e saí do quarto. Refugiei-me no escritório para contemplar a cidade escura e enterrada na neblina. De repente, ouvi passos na escada, hesitantes.

— Está aí em cima? — perguntou ela.

— Sim.

Isabella entrou. Tinha mudado de roupa e lavado do rosto os sinais de choro. Sorriu e eu correspondi.

— Por que você é assim?

Dei de ombros. Isabella se aproximou e se sentou no parapeito, a meu lado. Usufruímos do espetáculo de silêncios e sombras sobre os telhados da cidade sem necessidade de dizer nada. De repente, Isabella sorriu e olhou para mim.

— E se acendêssemos um desses charutos que meu pai lhe manda de presente e fumássemos juntos?

— Nem pensar.

Isabella mergulhou em um de seus longos silêncios. Às vezes olhava para mim brevemente e sorria. Eu a observava de lado e percebia que, só de olhar para ela, ficava menos difícil acreditar que talvez restasse algo de bom e decente nesta porcaria de mundo e, com sorte, em mim mesmo.

— Vai ficar? — perguntei.

— Só se me der uma boa razão. Uma razão sincera, ou seja, em seu caso, egoísta. E é melhor que não seja nenhum conto da carochinha ou vou embora agora mesmo.

Entrincheirou-se atrás de um olhar defensivo, esperando mais alguma de minhas lisonjas e, por um instante, transformou-se na única pessoa no mundo para quem não queria e não podia mentir. Baixei os olhos e, pelo menos por uma vez, disse a verdade, mesmo que fosse apenas para que pudesse ouvi-la em voz alta.

— Porque você é a única amiga que me resta.

A dureza de sua expressão esvaneceu-se e, antes de reconhecer um sentimento de compaixão em seus olhos, afastei o olhar.

— E o que me diz do sr. Sempere e daquele outro, o pedante, Barceló?

— Você é a única que me resta que se atreve a me dizer a verdade.

— E seu amigo, o patrão, não lhe diz a verdade?

— Não chute cachorro morto. O patrão não é meu amigo. E não acredito que alguma vez na vida tenha dito a verdade.

Isabella examinou-me detidamente.

— Está vendo? Eu sabia que não confiava nele. Vi em sua cara desde o primeiro dia.

Tentei recuperar um pouco de dignidade, mas só o que encontrei foi sarcasmo.

— E quando foi que acrescentou a leitura das caras à sua lista de talentos?

— Para ler a sua não é preciso talento algum — rebateu Isabella. — É como a história do Pequeno Polegar.

— E o que você leu em meu rosto, minha cara pitonisa?

— Que está com medo.

Tentei rir sem vontade.

— Não tenha vergonha de ter medo. Ter medo é sinal de bom senso. Os únicos que não têm medo de nada são os idiotas completos. Li isso em um livro.

— O manual do covarde?

— Não precisa admitir se isso põe seu senso de masculinidade em risco. Sei que para vocês, homens, o tamanho da teimosia corresponde ao tamanho daquelas partes.

— Também leu isso em algum livro?

— Não, essa é de minha própria produção.

Deixei cair os braços, rendido diante da evidência.

— Está certo. Sim, admito que sinto uma vaga inquietação.

— Quem é vago é você. Está é morto de medo. Desabafe!

— Devagar com o andor, que o santo é de barro. Digamos que tenho certas dúvidas a respeito de minha relação com meu editor, o que, tendo em vista a minha experiência anterior, é compreensível. Pelo que sei, Corelli é um perfeito cavalheiro, e nossa relação profissional será produtiva e positiva para ambos.

— Por isso tem dor de barriga cada vez que ouve alguém dizer o nome dele?

Suspirei, sem fôlego para continuar a discussão.

— O que quer que eu lhe diga, Isabella?

— Que não vai mais trabalhar para ele.

— Não posso fazer isso.

— E por que não? Não pode devolver o dinheiro e mandá-lo passear?

— Não é assim tão simples.

— Por que não? Está metido em alguma enrascada?

— Acho que sim.

— De que tipo?

— É o que estou tentando averiguar. De qualquer forma, sou o único responsável e, portanto, sou eu quem tem que resolver a questão. Não deve se preocupar com isso.

Isabella olhou para mim, resignada por enquanto, mas não convencida.

— Você é um completo desastre como pessoa, sabia?

— Estou começando a perceber.

— Se quiser que eu fique, as regras desta casa vão ter que mudar.

— Sou todo ouvidos.

— Acabou-se o despotismo esclarecido. A partir de hoje, essa casa será uma democracia.

— Liberdade, igualdade, fraternidade.

— Atenção com essa história de fraternidade. De qualquer maneira, chega de "eu faço, eu aconteço" e de surtos de *mister* Rochester.

— Como quiser, *miss* Eyre.

— E não se alimente de ilusões, porque não vou me casar com você nem que acabe ficando cego.

Estendi a mão para selar nosso pacto. Isabella a apertou, hesitou, e logo me abraçou. Deixei que seus braços me envolvessem e apoiei o rosto em seus cabelos. Seu contato era de paz e boas-vindas, a luz de vida de uma moça de dezessete anos que por um instante acreditei que se parecia com o abraço que minha mãe nunca teve tempo de me dar.

— Amigos? — murmurei.

— Até que a morte nos separe.

22

As novas regras do reinado isabelino entraram em vigor às nove horas do dia seguinte, quando minha assistente surgiu na cozinha e, sem mais nem menos, informou como seriam as coisas a partir daquele instante.

— Concluí que você precisa de uma rotina em sua vida. Senão, perde o rumo e acaba agindo de forma dissoluta.

— De onde tirou essa expressão?

— De um de seus livros. Dis-so-lu-ta. Soa bem.

— E tem uma rima ótima...

— Não mude de assunto.

Durante o dia, ambos trabalharíamos em nossos respectivos manuscritos. Jantaríamos juntos e ela me mostraria as páginas do dia para discutirmos. Eu tinha que jurar que seria sincero e lhe daria indicações oportunas, e não conversa fiada para mantê-la satisfeita. Os domingos seriam feriados e eu a levaria ao cinema, ao teatro ou para passear. Ela me ajudaria a procurar documentação em bibliotecas e arquivos e se encarregaria de manter a despensa sempre sortida graças à conexão com o empório familiar. Eu faria o café da manhã e ela, o jantar. O almoço seria feito por quem estivesse livre na hora. Dividiríamos as tarefas de limpeza da casa e eu me comprometeria desde já a aceitar o fato incontestável de que a casa precisava ser limpa regularmente. Não tentaria arranjar mais nenhum namorado para ela, sob nenhuma circunstância, e ela se absteria de questionar os motivos pelos quais eu trabalhava para o patrão ou de manifestar sua opinião a esse respeito, a menos que eu solicitasse. Quanto ao resto, improvisaríamos ao sabor dos acontecimentos.

Levantei minha xícara de café e brindamos à minha derrota e rendição incondicional.

Em apenas dois dias, entreguei-me à paz e à serenidade do vassalo. Isabella tinha um despertar lento e espesso e, quando emergia de seu quarto com os olhos semicerrados e arrastando um par de chinelos meus que sobravam meio pé, eu já estava com o café pronto e um jornal diferente a cada dia.

A rotina tinha as chaves da inspiração. Mal tinham transcorrido quarenta e oito horas da instauração do novo regime quando descobri que começava a recuperar a disciplina de meus anos mais produtivos. As horas de confinamento no escritório cristalizavam-se rapidamente em páginas e páginas nas quais, não sem certa inquietação, comecei a reconhecer que o trabalho tinha alcançado aquele ponto de consistência em que deixava de ser uma ideia e se transformava em realidade.

O texto fluía, brilhante e elétrico. Assumia os contornos de uma lenda, uma saga mitológica de prodígios e misérias, cheia de personagens e cenários que giravam em torno de uma profecia de esperança para a raça. A narração preparava o caminho para a chegada de um guerreiro salvador, que libertaria a nação de toda dor e de toda vergonha para devolver-lhe a glória e o orgulho arrebatados por inimigos astutos, que desde sempre e para sempre conspiraram e conspirariam contra o povo, ou coisa semelhante. O mecanismo era impecável e funcionava da mesma forma para qualquer credo, raça ou tribo. Bandeiras, deuses e proclamações eram curingas em um baralho que distribuía sempre as mesmas cartas. Dada a natureza do trabalho, tinha optado por empregar um dos artifícios mais complexos e difíceis de executar em qualquer texto literário: a aparente ausência de qualquer artifício. A linguagem soava clara e simples: a voz honesta e límpida de uma consciência que não narrava, simplesmente revelava. Às vezes, parava para ler o que tinha escrito até o momento e era invadido pela vaidade cega de ver que o mecanismo que estava construindo funcionava com precisão impecável. Percebi que, pela primeira vez em muito tempo, passava horas e horas sem pensar em Cristina e Pedro Vidal. As coisas estavam melhorando, pensei comigo mesmo. Talvez por isso, porque parecia que, finalmente, ia sair do atoleiro, fiz o que sempre tinha feito, todas as vezes em que minha vida parecia ter tomado um bom caminho: botei tudo a perder.

Certa manhã, depois do café, vesti um dos meus ternos de cidadão respeitável. Fui até a sala para me despedir de Isabella, que encontrei debruçada sobre a escrivaninha, relendo as páginas do dia anterior.

— Não vai escrever hoje? — perguntou, sem levantar os olhos.

— Pausa para balanço.

Percebi que o jogo de penas e o tinteiro com as musas estavam arrumados junto de seu caderno.

— Não disse que era coisa de menininha?

— E acho mesmo, mas sou uma moça de dezessete anos e tenho todo o direito do mundo de gostar de cafonices de menininha. É como você com seus charutos.

O cheiro de colônia chegou até ela, que me deu um olhar intrigado. Ao ver que tinha me vestido para sair, franziu as sobrancelhas.

— Vai brincar de detetive de novo? — perguntou.

— Um pouco.

— Não precisa de guarda-costas? Ou de uma dra. Watson? Alguém com bom senso?

— Não deve aprender a encontrar desculpas para não escrever antes de aprender a escrever. Isso é um privilégio de profissionais que terá de conquistar.

— Penso que, se sou mesmo sua assistente, tem que ser para tudo.

Sorri mansamente.

— Já que falou, é verdade que tenho uma coisa para pedir a você. Não, não se assuste. Tem a ver com Sempere. Soube que anda meio mal de dinheiro e que a livraria está perigando.

— Não pode ser.

— Lamentavelmente, é sim. Mas não vai acontecer nada, porque nós dois não vamos permitir que a coisa vá mais além.

— Olhe que o sr. Sempere é muito orgulhoso e não vai deixar que... Você já tentou, não foi?

Fiz que sim.

— E pensei, por isso mesmo, que teremos que ser mais espertos e recorrer à heterodoxia e às artes da trapaça.

— Sua especialidade.

Ignorei o tom de reprovação e continuei minha exposição.

— É o seguinte: como quem não quer nada, você aparece na livraria e diz a Sempere que sou um monstro, que não aguenta mais...

— Até aí é cem por cento verossímil.

— Não me interrompa. Vai dizer isso tudo e também que o que lhe pago para ser minha assistente é uma miséria.

— Mas você não paga nem um tostão...

Suspirei, armando-me de paciência.

— Quando ele disser que lamenta muito, o que ele vai dizer, você faz uma cara de mocinha em apuros e confessa, se possível com uma lágrima disfarçada, que seu pai a deserdou e quer trancá-la em um convento. Em seguida, diz que pensou que poderia trabalhar na livraria, talvez apenas algumas horas, como experiência, em troca de dois ou três por cento de comissão pelo que vender, para construir um futuro longe do convento, como uma mulher libertária e dedicada à difusão das letras.

Isabella fez cara feia.

— Três por cento? Quer ajudar Sempere ou depená-lo?

— Quero que use um vestido como aquele da outra noite, se arrume como você sabe bem e que faça a visita quando o filho dele estiver na livraria, o que acontece normalmente à tarde.

— Estamos falando do bonitão?

— E quantos filhos mais o sr. Sempere tem?

Isabella fez as contas e quando começou a ver aonde eu queria chegar, lançou-me um olhar sulfúrico.

— Se meu pai soubesse que tipo de mente perversa você tem, teria comprado a tal escopeta.

— A única coisa que pedi é que o filho a veja. E que o pai veja que o filho viu.

— Mas é ainda pior do que eu estava pensando. Resolveu se dedicar ao tráfico de escravas brancas?

— É simples caridade cristã. Além do mais, você foi a primeira a admitir que o filho de Sempere é bem-apanhado.

— Bem-apanhado e ligeiramente bobo.

— Não exageremos. Sempere Júnior é só um pouco tímido na presença do gênero feminino, o que só conta a seu favor. É um cidadão modelo que, apesar de saber do efeito de suas maneiras e de sua figura, exercita o autocontrole e o ascetismo por respeito e devoção à pureza sem mácula da mulher barcelonense. Não me diga que isso não lhe confere uma aura de nobreza e encanto capaz de apelar a seus instintos, o maternal e os periféricos?

— Às vezes acho que odeio você, sr. Martín.

— Pois agarre esse sentimento, mas não ponha a culpa por minhas deficiências como ser humano no pobre rebento Sempere, pois ele é pura e simplesmente um santo homem.

— Combinamos que não ia ficar me arrumando namorados.

— Ninguém aqui falou em namoro. Se me deixar terminar, explicarei o resto.

— Continue, Rasputin.

— Quando Sempere pai disser que sim, e vai dizer, quero que passe umas duas ou três horas por dia no balcão da livraria.

— Vestida de quê? De Mata Hari?

— Vestida com o decoro e bom gosto que a caracterizam. Linda, insinuante, mas sem dar na vista. Se precisar, pode pegar um dos vestidos de Irene Sabino, mas bem recatado.

— Uns dois ou três me caem que é uma beleza — disse Isabella, presenteando-se com antecedência.

— Pois vista o que for mais coberto.

— Você não passa de um reacionário. E a minha formação literária, onde fica?

— Quer uma escola melhor que Sempere & Filhos para ampliá-la? Lá estará rodeada de obras-primas e vai poder aprender à beça.

— E o que devo fazer? Respiro fundo e espero para ver se acontece alguma coisa?

— São só algumas horas por dia. Portanto, pode continuar com seu trabalho aqui, como até agora, e aproveitar os meus conselhos, que não têm preço e que farão de você uma nova Jane Austen.

— E onde está o truque?

— O truque é que todo dia eu lhe darei algumas pesetas que, cada vez que cobrar de um cliente e abrir a caixa, você põe junto com o resto do dinheiro, com toda a discrição.

— Então é esse o plano...

— Esse é o plano e, como pode ver, não tem nada de perverso.

Isabella franziu a testa.

— Não vai funcionar. Ele vai perceber que tem alguma coisa estranha. O sr. Sempere é esperto como uma raposa.

— Vai funcionar. Se Sempere estranhar, você diz que os clientes, quando veem uma jovem elegante e simpática atrás do balcão, abrem a mão, são mais generosos.

— Isso deve acontecer nos buracos de má fama que você frequenta, não em uma livraria.

— Discordo. Se entro em uma livraria e encontro uma vendedora tão encantadora como você, sou capaz de comprar até o último prêmio nacional de literatura.

— É porque você tem uma mente mais suja que pau de galinheiro.

— E também porque tenho, ou deveria dizer, temos, uma dívida de gratidão com Sempere.

— Isso é golpe baixo.

— Então não me faça descer mais baixo ainda.

Toda manobra de persuasão que se prezasse apelava primeiro para a curiosidade, depois para a vaidade e, por último, para a bondade ou o remorso. Isabella baixou os olhos e concordou lentamente.

— E quando pretende pôr em prática esse plano da bela dama sem par?

— Não deixe para amanhã o que pode fazer hoje.

— Hoje?

— À tarde.

— Diga a verdade. Por acaso isso é um estratagema para lavar o dinheiro que o patrão lhe dá e limpar sua consciência ou sabe-se lá o que você colocou no lugar onde ela deveria estar?

— Sabe muito bem que meus motivos são sempre egoístas.

— E o que vai acontecer se o sr. Sempere disser que não?

— Trate de garantir que o filho esteja lá e de ir com roupa de domingo, mas não de missa.

— É um plano degradante e ofensivo.

— E você adorou.

Isabella sorriu, enfim, felina.

— E se o filho perde o freio e resolve se exceder?

— Posso garantir que o herdeiro não vai se atrever a encostar um dedo em você, se não for na presença de um padre e com um certificado da diocese na mão.

— Uns tanto, outros tão pouco...

— Vai topar?

— Por você?

— Pela literatura.

23

Quando saí, fui surpreendido por uma brisa fria e cortante que varria as ruas com impaciência e fiquei sabendo que o outono tinha entrado em Barcelona na ponta dos pés. Na praça Palacio, peguei um bonde que esperava vazio como uma grande ratoeira de ferro batido. Sentei em um lugar perto da janela e paguei a passagem ao trocador.

— Vai até Sarrià? — perguntei.

— Até a praça.

Apoiei a cabeça contra a janela e em alguns minutos o bonde arrancou com um sacolejo. Fechei os olhos e me abandonei a um desses cochilos que só se podia usufruir a bordo de algum engenho mecânico, o sonho do homem moderno. Sonhei que viajava em um trem feito de ossos negros, com vagões em forma de ataúde, que atravessava uma Barcelona deserta e pontilhada de roupas abandonadas, como se os corpos que as ocupavam tivessem evaporado. Uma turba de chapéus e vestidos, ternos e sapatos abandonados cobria as ruas envolvidas no silêncio. A locomotiva desprendia um rastro de fumaça escarlate que se espalhava sobre o céu como tinta derramada. O patrão, sorridente, viajava a meu lado. Estava vestido de branco e usava luvas. Uma coisa escura e gelatinosa gotejava de seus dedos.

— *O que aconteceu com as pessoas?*

— *Tenha fé, Martín. Tenha fé.*

Quando acordei, o bonde deslizava lentamente na entrada da praça de Sarrià. Desci antes que tivesse parado completamente e entrei pela ladeira da rua Mayor de Sarrià. Quinze minutos mais tarde chegava a meu destino.

* * *

A estrada de Vallvidrera nascia em um arvoredo sombrio que se estendia às costas do castelo de tijolos vermelhos do Colegio San Ignacio. A rua subia até a colina, margeada por casarões solitários e coberta por um manto de folhas. Nuvens baixas deslizavam pela ladeira e se desfaziam em sopros de névoa. Fui pela calçada dos números ímpares e percorri muros e grades, tentando encontrar a numeração. Mais adiante, entreviam-se fachadas de pedra escurecida e fontes secas encalhadas entre veredas invadidas pelo matagal. Percorri um trecho de calçada à sombra de uma longa fileira de ciprestes e descobri que a numeração pulava do 11 para o 15. Confuso, refiz meus passos e voltei procurando o número 13. Começava a suspeitar que a secretária do dr. Valera tinha se mostrado mais esperta do que eu esperava e tinha me dado um endereço falso, quando reparei na entrada de uma passagem que se abria na calçada e se prolongava por quase meia centena de metros até uma grade escura com uma crista de lanças em cima.

Entrei pela estreita trilha de pedras e me aproximei da grade. Um jardim frondoso e descuidado tinha avançado para o lado de cá e os ramos de um eucalipto atravessavam as lanças da grade como braços suplicando entre as barras de uma cela. Afastei as folhas que cobriam parte do muro e encontrei as letras e cifras lavradas na pedra.

Casa Marlasca

13

Segui a cerca gradeada que margeava o jardim, tentando vislumbrar o interior. Cerca de vinte metros depois, encontrei uma porta metálica encaixada no muro de pedra. Uma aldrava repousava sobre a lâmina de ferro, soldada por lágrimas de ferrugem. A porta estava entreaberta. Empurrei com o ombro e consegui que cedesse o suficiente para passar sem que as ásperas pedras do muro rasgassem minhas roupas. Um cheiro intenso de terra molhada impregnava o ar.

Um caminho de placas de mármore abria-se entre as árvores e levava até uma clareira recoberta de pedras brancas. De um lado, via-se uma garagem com o portão aberto e os restos daquilo que algum dia tinha sido um Mercedes-Benz e que agora parecia um carro funerário abandonado à própria sorte. A casa era uma estrutura de estilo modernista que se erguia em três andares de linhas curvas, arrematada por uma crista de sótãos em torreões e arcos. Janelas estreitas e afiladas como punhais se abriam na fachada salpicada de relevos e gárgulas. Os vidros refletiam a passagem silenciosa das nuvens. Tive a impressão de ver um rosto perfilado atrás de uma das janelas do primeiro andar.

Sem saber muito bem por que, ergui a mão e acenei. Não queria que me tomassem por um ladrão. A figura permaneceu ali me observando, imóvel como uma aranha. Baixei os olhos por um instante e, quando voltei a olhar, tinha desaparecido.

— Bom dia? — chamei.

Esperei alguns segundos e, como não obtive resposta, aproximei-me lentamente da casa. Uma piscina oval ladeava a fachada leste. Do outro lado, erguia-se uma galeria envidraçada. Cadeiras de lona desfiada rodeavam a piscina. Um trampolim coberto de hera se estendia sobre o espelho de águas escuras. Cheguei até a borda e vi que estava cheia de folhas mortas e algas que ondulavam sobre a superfície. Estava contemplando meu próprio reflexo nas águas da piscina quando percebi que um vulto escuro pairava às minhas costas.

Virei-me bruscamente e me deparei com um rosto afilado e sombrio examinando-me com inquietude e receio.

— Quem é o senhor e o que está fazendo aqui?

— Meu nome é David Martín e venho da parte do advogado Valera — improvisei.

Alicia Marlasca apertou os lábios.

— A senhora é a esposa de Marlasca? Dona Alicia?

— O que aconteceu com o rapaz que vem sempre?

Compreendi que a sra. Marlasca tinha me confundido com um dos estagiários do escritório de Valera e achava que lhe trazia alguns papéis para assinar ou uma mensagem da parte dos advogados. Por um instante, considerei a possibilidade de adotar a identidade, mas alguma coisa no semblante daquela mulher me disse que ela já tinha ouvido mentiras suficientes em sua vida para não aceitar mais nenhuma.

— Não trabalho para o escritório, sra. Marlasca. A razão de minha visita é particular. Gostaria de saber se dispõe de alguns minutos para falarmos sobre uma das antigas propriedades de seu finado marido, dom Diego.

A viúva empalideceu e afastou o olhar. Apoiava-se em uma bengala e vi que na soleira da casa havia uma cadeira de rodas na qual, supus, passava mais tempo do que gostaria de admitir.

— Já não me resta mais nenhuma das propriedades de meu marido, senhor...

— Martín.

— Os bancos ficaram com tudo, sr. Martín. Tudo menos esta casa que, graças aos conselhos do dr. Valera, o pai, ele pôs em meu nome. O resto os carniceiros levaram...

— Estava me referindo à casa da torre, na rua Flassanders.

A viúva suspirou. Calculei que devia andar pela casa dos sessenta anos. O eco daquilo que certamente foi uma beleza deslumbrante mal tinha se evaporado.

— Esqueça essa casa. É um lugar amaldiçoado.

— Lamentavelmente, não posso fazer isso. Eu moro lá.

A sra. Marlasca franziu a testa.

— Pensei que ninguém queria viver lá. Esteve vazia por muitos anos.

— Aluguei-a já faz um tempo. A razão de minha visita é que, no decorrer de algumas obras de reforma, encontrei uma série de objetos pessoais que pertenciam, acho eu, a seu marido e, suponho, à senhora também.

— Não há nada meu naquela casa. O que quer que tenha encontrado lá, deve ser daquela mulher...

— Irene Sabino?

Alicia Marlasca sorriu com amargura.

— O que deseja saber, sr. Martín? Pode dizer a verdade. Não veio até aqui para me devolver velharias pertencentes a meu falecido marido.

Ficamos nos olhando em silêncio e vi que não podia nem queria mentir para aquela mulher, a preço algum.

— Estou interessado em descobrir o que aconteceu com seu marido, sra. Marlasca.

— Por quê?

— Porque temo que a mesma coisa esteja acontecendo comigo.

* * *

A Casa Marlasca tinha aquela atmosfera de panteão abandonado das grandes casas que viviam de ausência e de carência. Longe de seus dias de fortuna e glória, de tempos em que um exército de criados a mantinha brilhante e cheia de esplendor, a casa agora era uma ruína. A pintura das paredes, descascada; as tábuas do chão, soltas; os móveis, carcomidos pela umidade e pelo frio; os tetos, caídos; e os grandes tapetes, puídos e desbotados. Ajudei a viúva a se sentar na cadeira de rodas e, seguindo suas indicações, levei-a até um salão de leitura despojado de seus livros e quadros.

— Tive que vender a maioria das coisas para sobreviver — explicou a viúva. — Não fosse o dr. Valera mandar todo mês uma pequena pensão a cargo do escritório, não saberia para onde ir.

— Vive sozinha aqui?

A viúva fez que sim.

— Esta é minha casa. O único lugar onde fui feliz, embora tantos anos tenham se passado. Sempre vivi aqui e morrerei aqui. Desculpe por não ter lhe oferecido nada. Faz tempo que não recebo visitas e já nem sei como tratar um convidado. Gostaria de um café, um chá?

— Estou bem, obrigado.

A sra. Marlasca sorriu e indicou a poltrona em que estava sentado.

— Era a favorita de meu marido. Costumava sentar-se aí e ler até muito tarde, diante do fogo. Às vezes, eu sentava aqui, a seu lado, e ficava ouvindo. Ele gostava de contar coisas, pelo menos nessa época. Fomos muito felizes nesta casa...

— O que houve?

A viúva deu de ombros, o olhar perdido nas cinzas da lareira.

— Tem certeza de que quer ouvir essa história?

— Por favor.

24

— Para ser sincera, não sei muito bem quando meu marido Diego a conheceu. Só lembro que um dia começou a mencioná-la, de passagem, e que logo não havia dia em que não o ouvisse pronunciar seu nome: Irene Sabino. Disse que lhe tinha sido apresentada por um homem chamado Damián Roures, que organizava sessões espíritas em um local na rua Elisabets. Diego era um estudioso das religiões e já havia frequentado várias delas como observador. Naquela época, Irene Sabino era uma das atrizes mais famosas do Paralelo. Era uma beleza, não posso negar. À parte isso, não creio que fosse capaz de contar além de dez. Diziam que tinha nascido nas barracas da praia do Bogatell, que sua mãe a tinha abandonado no Somorrostro e que tinha crescido entre mendigos e pessoas que procuravam o local para se esconder. Começou a dançar em cabarés e casas noturnas do Raval e do Paralelo aos catorze anos. Dançar é apenas uma forma de falar. Suponho que começou a se prostituir antes de aprender a ler, se é que aprendeu... Por um período, foi a grande estrela do La Criolla, pelo menos era o que diziam. Em seguida, passou para locais de melhor categoria. Acho que foi no Apolo que conheceu um tal de Juan Corbera, que todo mundo chamava de Jaco. Jaco era seu empresário e provavelmente seu amante. Foi ele quem inventou o nome Irene Sabino e a lenda de que era a filha secreta de uma grande vedete de Paris e de um príncipe da nobreza europeia. Não sei qual é seu verdadeiro nome. Nem sei se algum dia chegou a ter um. Jaco a introduziu nas sessões espíritas, acredito que por sugestão de Roures, e ambos repartiam os lucros da venda de sua suposta virgindade a homens endinheirados e entediados que compareciam àquelas farsas para espantar a monotonia. Sua especialidade eram os casais, diziam.

"O que Jaco e seu sócio Roures não suspeitavam era de que Irene estava obcecada pelas sessões e realmente acreditava que era possível fazer contato com o mundo dos espíritos naquelas encenações. Estava convencida de que sua mãe lhe enviava mensagens do outro mundo e, mesmo depois de ficar famosa, continuou a frequentar as sessões para tentar estabelecer contato com ela. Foi lá que conheceu meu marido Diego. E estávamos vivendo um período ruim, como acontece em todos os casamentos. Fazia tempo que Diego desejava abandonar a advocacia e dedicar-se exclusivamente à escrita. Reconheço que não encontrou em mim o apoio de que necessitava. Eu achava que ele ia jogar sua vida fora, embora provavelmente fosse apenas medo de perder tudo isso, a casa, os criados... e acabei perdendo da mesma forma, assim como o perdi. Mas o que acabou nos separando foi a morte de Ismael. Ismael era nosso filho, Diego era louco por ele. Nunca vi um pai tão ligado a seu filho. Ismael era sua vida, e não eu. Estávamos discutindo no quarto do primeiro andar. Eu tinha começado a recriminá-lo pelo tempo que passava escrevendo e porque seu sócio, Valera, farto de ter que fazer o trabalho dos dois, tinha feito um ultimato e estava pensando inclusive em dissolver a sociedade e estabelecer-se por conta própria. Diego disse que não se importava, que estava disposto a vender sua participação no escritório e dedicar-se à sua vocação. À tarde, sentimos falta de Ismael. Não estava em seu quarto nem no jardim. Pensei que, ao ouvir nossa discussão, tivesse se assustado e saído da casa. Não seria a primeira vez. Meses antes, nós o tínhamos encontrado em um banco da praça de Sarrià, chorando. Estava anoitecendo quando saímos para procurá-lo, mas não havia sinal dele em lugar nenhum. Procuramos na casa dos vizinhos, hospitais... Quando voltamos, ao amanhecer, depois de passar a noite procurando, encontramos seu corpo no fundo da piscina. Tinha se afogado na tarde anterior e não ouvimos seus gritos de socorro porque estávamos gritando um com o outro. Tinha sete anos. Diego nunca me perdoou, nem a si mesmo. Em pouco tempo, não éramos mais capazes de suportar a presença um do outro. Cada vez que nos olhávamos ou nos tocávamos, víamos o corpo de nosso filho morto no fundo daquela maldita piscina. Um belo dia acordei e vi que Diego tinha me abandonado. Deixou o escritório e foi viver em um casarão do bairro da Ribera, pelo qual era obcecado havia anos. Dizia que estava escrevendo, que tinha recebido uma encomenda muito importante de um editor de Paris, que eu não precisava me preocupar com dinheiro. Eu sabia que estava com Irene, embora ele não admitisse. Era um homem destroçado. Estava convencido de que lhe restava pouco tempo de vida. Acreditava que tinha contraído uma enfermidade, uma espécie de parasita, que o devorava por dentro. Só falava da morte. Não ouvia ninguém. Nem a mim, nem a Valera... só a Irene e Roures, que envenenavam sua cabeça com histórias de espíritos e extorquiam dinheiro com promessas de colocá-lo em contato com Ismael. Certa ocasião, fui até a casa da torre e supliquei que abrisse para mim. Não me deixou entrar. Disse que estava ocupado, que estava trabalhando em algo que ia permitir que salvasse Ismael. Foi então que percebi que estava começando a perder a razão. Acreditava que, se escrevesse aquele maldito livro para o editor de Paris, nosso filho regressaria da morte. Creio que Irene, Roures e Jaco conseguiram tirar todo o dinheiro que lhe restava, que nos restava... Meses depois, quando já não via mais ninguém e passava todo o tempo trancado naquele lugar horrível, foi encontrado morto. A polícia disse que tinha sido um acidente, mas nunca acreditei nisso. Jaco tinha desaparecido e não havia sinal do dinheiro. Roures afirmou que não sabia de nada. Declarou que não tinha contato com Diego havia meses, porque ele tinha enlouquecido e lhe dava medo. Contou que, em suas últimas aparições nas sessões espíritas, Diego tinha assustado os clientes com histórias de almas amaldiçoadas e que não permitiu que voltasse mais. Dizia que havia um grande lago de sangue sob a cidade. Dizia que seu filho falava com ele em sonhos, que Ismael tinha sido capturado por uma sombra com pele de serpente que se fazia passar por outro menino e brincava com ele... Ninguém se surpreendeu quando foi encontrado morto. Irene disse que Diego tinha abandonado a vida por minha culpa, que aquela esposa fria e calculista, que permitiu que o filho morresse porque não queria renunciar a uma vida de luxo, tinha-o empurrado para a morte. Disse também que era a única que o amava de verdade e que nunca tinha aceitado um centavo sequer. Creio que, pelo menos nisso, dizia a verdade. Acho que Jaco a usou para seduzir Diego e roubar tudo o que tinha. Depois, na hora da verdade, deixou-a para trás e fugiu sem dividir um centavo com ela. Foi o que a polícia disse, ou pelo menos alguns deles. Sempre achei que não queriam mexer muito naquele assunto e que a versão do suicídio foi muito conveniente. Mas não acredito que Diego tenha tirado a própria vida. Não acreditei na época e não acredito agora. Creio que foi assassinado por Irene e Jaco. E não somente por dinheiro. Havia algo mais. Lembro que um dos policiais encarregados do caso, um homem muito jovem chamado Salvador, Ricardo Salvador, também pensava assim. Dizia que havia algo que não batia com a versão oficial dos fatos e que alguém estava encobrindo a verdadeira causa da morte de Diego. Salvador lutou para esclarecer os fatos até ser afastado do caso e, algum tempo depois, foi expulso da corporação. Mas mesmo assim continuou a investigar por conta própria. De vez em quando, vinha me ver. Nós nos tornamos bons amigos... Eu era uma mulher sozinha, arruinada e desesperada. Valera costumava dizer que devia me casar de novo. Ele também me culpava pelo que tinha acontecido com meu marido e chegou a insinuar que havia muitos comerciantes solteiros de olho em uma viúva de ar aristocrático e boa presença para esquentar sua cama nos anos dourados. Com o tempo, até Salvador parou de me visitar. Não o culpo. Na tentativa de me ajudar, tinha arruinado sua vida. Às vezes tenho a impressão de que tudo o que consegui fazer pelos outros neste mundo foi arruinar suas vidas... Não tinha contado essa história a ninguém até hoje, sr. Martín. Se quer um conselho, esqueça-se dessa casa, de mim, de meu marido e dessa história. Vá para bem longe. Esta é uma cidade maldita. Maldita."

25

Abandonei a Casa Marlasca com a alma arrasada e caminhei sem rumo pelo labirinto de ruas solitárias que conduziam até Pedralbes. O céu estava coberto por uma teia de aranha de nuvens cinzentas que mal permitiam a passagem do sol. Agulhas de luz perfuravam aquele sudário e varriam a encosta da montanha. Segui aquelas linhas de claridade com os olhos e pude ver, de longe, que acariciavam o telhado esmaltado da Villa Helius. As janelas brilhavam na distância. Sem dar ouvidos ao bom senso, caminhei naquela direção. À medida que me aproximava, o céu foi escurecendo e um vento cortante começou a levantar espirais de folhas secas à minha passagem. Parei ao chegar ao pé da rua Panamá. A Villa Helius erguia-se bem ali em frente. Não me atrevi a atravessar a rua e aproximar-me do muro que rodeava o jardim. Fiquei ali sabia Deus quanto tempo, incapaz de fugir ou de ir até a porta e bater. Foi então que a vi cruzar uma das janelas do segundo andar. Senti um frio intenso nas entranhas. Estava começando a bater em retirada quando ela deu meia-volta e parou. Aproximou-se do vidro e pude sentir seus olhos sobre os meus. Levantou a mão, como se quisesse cumprimentar, mas não chegou a abrir os dedos. Não tive coragem suficiente para sustentar seu olhar e bati em retirada, afastando-me pela rua afora. Minhas mãos tremiam e as enfiei nos bolsos, para que ela não percebesse. Antes de dobrar a esquina, virei mais uma vez e comprovei que ela continuava ali, olhando. Mas, quando quis odiá-la, as forças me faltaram.

Cheguei em casa com frio nos ossos, ou pelo menos era o que queria pensar. Ao cruzar o portão, vi um envelope saindo pela caixa do correio que ficava no vestíbulo. Pergaminho e lacre. Notícias do patrão. Abri enquanto me arrastava escada acima. Sua caligrafia afilada marcava encontro para o dia seguinte. Ao chegar ao patamar de entrada, vi que a porta estava entreaberta e que Isabella, sorridente, me esperava.

— Estava no escritório e vi que estava chegando — disse.

Tentei sorrir, mas acho que não fui muito convincente, pois assim que Isabella me olhou nos olhos, adotou uma expressão preocupada.

— Está tudo bem?

— Não é nada. Parece que peguei um resfriado.

— Tenho um caldo no fogo que vai ser uma bênção. Venha.

Isabella pegou meu braço e me conduziu até a sala.

— Não sou nenhum inválido, Isabella.

Ela soltou meu braço e baixou os olhos.

— Desculpe.

Não tinha ânimo para brigar com ninguém, e menos ainda com minha obstinada assistente, de modo que me deixei levar até uma das poltronas da sala e desmoronei como um saco de ossos. Isabella sentou-se diante de mim e ficou me olhando, alarmada.

— O que aconteceu?

Sorri para tranquilizá-la.

— Nada. Não houve nada. Não ia me dar um pouco do tal caldo?

— É pra já.

Saiu em disparada para a cozinha e pude ouvir seu vaivém atarefado. Respirei fundo e fechei os olhos até ouvir os passos de Isabella se aproximando.

Ela me estendeu uma tigela fumegante de dimensões exageradas.

— Parece um penico — disse.

— Beba e pare de dizer besteira.

Aspirei o perfume do caldo. Cheirava bem, mas não quis dar mostras de excessiva docilidade.

— Cheiro estranho. O que tem aqui?

— Tem cheiro de galinha porque é de galinha com sal e umas gotinhas de xerez. Trate de tomar.

Tomei um gole e devolvi a tigela. Isabella fez que não.

— Tudo.

Suspirei e tomei outro gole. Embora eu não quisesse admitir, estava muito bom.

— Como foi seu dia, então? — perguntou Isabella.

— Teve seus momentos. E você, como foi?

— Você está diante da nova estrela do departamento de vendas da Sempere & Filhos.

— Excelente.

— Antes das cinco já tinha vendido dois exemplares de *O retrato de Dorian Gray* e as obras completas de Petrarca a um cavalheiro muito distinto, de Madri, que me deu gorjeta. Não faça essa cara, que coloquei a gorjeta na caixa junto com o resto.

— E Sempere filho, disse o quê?

— Dizer não disse grande coisa. Passou o tempo todo como um ratinho, fingindo que não estava me vendo, mas sem tirar os olhos de mim. Não consigo nem me sentar de tanto que ele olhou para o meu traseiro cada vez que subia na escada para pegar um livro. Satisfeito?

Sorri e concordei.

— Obrigado, Isabella.

Ela olhou bem nos meus olhos, fixamente.

— Diga isso de novo.

— Obrigado, Isabella. De todo o coração.

Ela ficou vermelha e desviou o olhar. Ficamos algum tempo em um plácido silêncio, usufruindo daquela camaradagem que às vezes não precisava nem de palavras. Tomei todo o caldo, embora já não tivesse mais espaço algum no estômago, e mostrei a tigela vazia. Ela aprovou.

— Foi vê-la, não é? Aquela mulher, Cristina — disse Isabella, evitando meus olhos.

— Isabella, a leitora de expressões...

— Diga a verdade.

— Só a vi de longe.

Isabella examinou-me com cautela, como se pensasse se devia ou não me dizer alguma coisa que estava engasgada em sua consciência.

— Você a ama? — perguntou.

Olhamo-nos em silêncio.

— Não sei amar ninguém. Você sabe disso. Sou egoísta e tudo o mais. Vamos falar de outra coisa.

Isabella concordou, com o olhar preso no envelope que despontava em meu bolso.

— Notícias do patrão?

— A convocatória do mês. O excelentíssimo sr. Andreas Corelli tem o prazer de convidar-me, amanhã às sete da manhã, para um encontro nas portas do cemitério do Pueblo Nuevo. Não podia escolher melhor lugar.

— E está pensando em ir?

— E o que mais posso fazer?

— Pode pegar um trem hoje à noite e desaparecer para sempre.

— É a segunda pessoa que me propõe isso hoje. Sumir daqui.

— Algum motivo deve haver.

— E quem seria seu guia e incentivador nos desastres da literatura?

— Eu vou com você.

Sorri e segurei sua mão.

— Com você, até o fim do mundo, Isabella.

Isabella retirou a mão de um só golpe e olhou para mim, ofendida.

— Está zombando de mim.

— Isabella, no dia em que me ocorrer zombar de você, dou um tiro na cabeça.

— Não diga isso. Não gosto quando fala assim.

— Perdão.

Minha assistente voltou para a sua escrivaninha e mergulhou em um de seus longos silêncios. Fiquei observando-a revisar as páginas do dia, fazendo correções e riscando parágrafos inteiros com o jogo de canetas que tinha lhe dado.

— Se ficar me olhando, não vou conseguir me concentrar.

Levantei e rodeei sua escrivaninha.

— Vou deixar você trabalhando e depois do jantar quero ver o que tem aí.

— Não está pronto. Tenho que corrigir e reescrever e...

— Nunca está pronto, Isabella. Vá se acostumando. Vamos ler juntos depois do jantar.

— Amanhã.

Eu me rendi.

— Amanhã.

Isabella concordou e tratei de deixá-la sozinha com suas palavras. Estava fechando a porta da sala quando ouvi sua voz me chamando.

— David?

Parei em silêncio do outro lado da porta.

— Não é verdade. Não é verdade que não é capaz de amar ninguém.

Refugiei-me no meu quarto e fechei a porta. Deitei de lado na cama, encolhido, e fechei os olhos.

26

Saí de casa depois do amanhecer. Nuvens escuras se arrastavam sobre os telhados e roubavam a cor das ruas. Estava atravessando o Parque da Ciudadela quando vi as primeiras gotas batendo nas folhas das árvores e estalando no caminho, levantando espirais de poeira como se fossem balas. Do outro lado do parque, um bosque de fábricas e torres de gás multiplicava-se até o horizonte, a poeira de carvão de suas chaminés diluindo-se naquela chuva negra que desmoronava do céu em lágrimas de alcatrão. Percorri a alameda de ciprestes que conduzia até as portas leste do cemitério, o mesmo caminho que tinha feito muitas vezes com meu pai. Lá estava o patrão. Eu o vi de longe, esperando imperturbável sob a chuva, ao pé de um dos grandes anjos de pedra que guardavam a entrada principal do campo-santo. Estava vestido de preto e a única coisa que o distinguia de uma das centenas de estátuas por trás das grades do recinto eram os olhos. Não piscou até eu chegar bem perto e, sem saber o que fazer, estendi-lhe a mão. Fazia frio e o vento cheirava a cal e enxofre.

— Os visitantes ocasionais acreditam ingenuamente que sempre faz sol e calor nesta cidade — disse o patrão. — Mas posso dizer que, mais cedo ou mais tarde, Barcelona sempre acaba refletindo no céu a sua alma antiga, turva e escura.

— Deveria editar guias turísticos em vez de textos religiosos — sugeri.

— Dá no mesmo. Que tal esses dias de paz e tranquilidade? O trabalho avançou? Tem boas notícias para mim?

Abri o paletó e estendi um maço de páginas para ele. Penetramos no recinto do cemitério procurando um lugar abrigado da chuva. O patrão escolheu um velho mausoléu que dispunha de uma cúpula sustentada por colunas de mármore e rodeada de anjos de rosto afilado e dedos demasiadamente longos. Nós nos sentamos em um banco de pedra fria. O patrão dedicou-me um de seus sorrisos caninos e piscou, suas pupilas amarelas e brilhantes fechando-se em um ponto negro, no qual podia ver refletido o meu rosto pálido e visivelmente perturbado.

— Relaxe, Martín. Está dando importância demais aos adereços.

O patrão começou a ler as páginas que eu tinha lhe dado.

— Acho que vou dar uma volta para deixá-lo ler — disse eu.

Corelli concordou sem levantar os olhos das páginas.

— Não vá fugir — murmurou.

Afastei-me dali tão rápido quanto pude sem deixar evidente que o estava fazendo e me perdi entre as ruas e os rodeios da necrópole. Evitei obeliscos e sepulcros, adentrando o coração do cemitério. A lápide ainda estava lá, marcada por um jarro vazio ostentando um esqueleto de flores petrificadas. Vidal tinha pagado o enterro e até encomendado de um escultor de certa reputação na associação dos agentes funerários uma *Pietà*, que guardava o túmulo erguendo os olhos para o céu, com as mãos no peito em atitude de súplica. Ajoelhei-me diante da lápide e limpei o musgo que cobria as letras gravadas com cinzel.

JOSÉ ANTONIO MARTÍN CLARÉS

1875-1908

Herói da guerra das Filipinas

Seu país e seus amigos nunca o esquecerão

— Bom dia, pai.

Contemplei a chuva negra deslizando sobre o rosto da *Pietà*, o som da água batendo nas lápides, e sorri à saúde daqueles amigos que ele nunca teve e daquele país que o mandou para a morte em vida a fim de enriquecer quatro caciques que nunca nem souberam que ele existia. Sentei na lápide e pus a mão no mármore.

— Quem diria, hein, pai?

Meu pai, que tinha vivido uma existência à beira da miséria, descansava eternamente em uma tumba de burguês. Quando criança, nunca tinha entendido por que o jornal tinha pagado um funeral com padre elegante e carpideiras, com flores e um túmulo de importador de açúcar. Ninguém me contou que Vidal havia bancado as pompas do homem que tinha morrido em seu lugar, embora eu sempre tivesse suspeitado disso, atribuindo o gesto à bondade e à generosidade infinitas com que o céu abençoara o meu mentor e ídolo, o grande dom Pedro Vidal.

— Tenho que lhe pedir perdão, pai. Eu o odiei durante muitos anos por ter me deixado aqui sozinho. Pensava que tinha tido a morte que procurava. Por isso nunca vim vê-lo. Perdoe-me.

Meu pai nunca gostou de lágrimas. Acreditava que um homem nunca chorava pelos outros, mas por si mesmo. E se o fazia, era um covarde e não merecia piedade alguma. Não quis chorar por ele e, mais uma vez, traí-lo.

— Gostaria tanto que visse meu nome em um livro, apesar de não saber ler. Gostaria que estivesse aqui, comigo, para ver que seu filho está conseguindo abrir caminho e fazendo algumas das coisas que nunca lhe deixaram fazer. Gostaria de conhecê-lo, pai, e de que você me conhecesse. Transformei você em um estranho para esquecê-lo e agora o estranho sou eu.

Não o ouvi chegar, mas, quando levantei a cabeça, vi que o patrão me observava em silêncio a apenas alguns metros. Levantei-me e fui até ele como um cachorrinho amestrado. Fiquei me perguntando se ele sabia que meu pai estava enterrado ali e se tinha marcado o encontro naquele lugar de propósito. Creio que era possível ler meu rosto como um livro aberto, pois o patrão negou e colocou a mão em meu ombro.

— Não sabia, Martín. Sinto muito.

Não estava disposto a lhe abrir aquela porta de camaradagem. Virei-me para fugir de seu gesto de afeto e compaixão e apertei os olhos para conter minhas lágrimas de raiva. Comecei a caminhar rumo à saída, sem esperar por ele. O patrão esperou alguns segundos e depois resolveu me seguir. Caminhou a meu lado em silêncio até chegarmos à porta principal. Parei ali e fitei-o com impaciência.

— E então? Tem algum comentário?

O patrão ignorou meu tom vagamente hostil e sorriu pacientemente.

— O trabalho é excelente.

— Porém...

— Se tivesse que fazer uma observação, seria que acertou na mosca ao construir toda a história do ponto de vista de uma testemunha dos fatos, que se sente vítima e fala em nome de um povo que espera por seu guerreiro salvador. Quero que continue por esse caminho.

— Não lhe parece forçado, artificioso?...

— Ao contrário. Nada nos leva a acreditar mais que o medo, a certeza de estarmos ameaçados. Quando nos sentimos vítimas, todas as nossas ações e crenças são legitimadas, por mais questionáveis que sejam. Nossos oponentes, ou simplesmente nossos vizinhos, deixam de estar no mesmo nível que nós e se convertem em inimigos. Deixamos de ser agressores para nos transformarmos em defensores. A inveja, a cobiça ou o ressentimento que nos movem são santificados, pois nos convencemos de estar agindo em defesa própria. O mal, a ameaça, sempre está no outro. O primeiro passo para acreditar apaixonadamente em alguma coisa é o medo. O medo de perder nossa identidade, nossa vida, nossa condição ou nossas crenças. O medo é a pólvora, e o ódio, o pavio. O dogma, em última instância, é apenas um fósforo aceso. É nesse ponto, a meu ver, que sua trama tem um ou outro furo.

— Explique uma coisa. Está procurando por fé ou por dogma?

— Não basta que as pessoas acreditem. Precisam acreditar no que queremos que acreditem. E não podem questioná-lo e nem ouvir a voz de quem quer que ouse questionar. O dogma tem que fazer parte da própria identidade. Qualquer pessoa que o questione é nosso inimigo. É o mal. E estamos em nosso direito, e dever, ao enfrentá-lo e destruí-lo. Esse é o único caminho da salvação. Acreditar para sobreviver.

Suspirei e desviei os olhos, concordando a contragosto.

— Vejo que não está convencido, Martín. Pode dizer o que pensa. Acha que estou equivocado?

— Não sei. Acho que simplifica as coisas de um modo perigoso. Todo o seu discurso parece um simples mecanismo para gerar e dirigir ódio.

— O adjetivo que ia empregar não era *perigoso*, era *repugnante*, mas não levarei isso em conta.

— Por que devemos reduzir a fé a um ato de repúdio e obediência cega? Não é possível acreditar em valores de aceitação, de concórdia?

O patrão sorriu, divertido.

— Pode-se acreditar em qualquer coisa, Martín, no livre mercado ou no patinho feio. Até acreditar que não se acredita em nada, como faz você, que é a maior das credulidades. Tenho razão ou não?

— O cliente sempre tem razão. Qual é o furo que viu na história?

— Sinto falta de um vilão. A maioria de nós, mesmo que não perceba, se define por oposição a algo ou a alguém, muito mais do que a favor de algo ou de alguém. É mais fácil reagir que agir, por assim dizer. Nada estimula tanto a fé e o zelo do dogma como um bom antagonista. E quanto mais inverossímil, melhor.

— Achei que esse papel poderia funcionar melhor se fosse algo abstrato. O antagonista seria o não crente, o estranho, o que está fora do grupo.

— Sim, mas gostaria que concretizasse mais. É difícil odiar uma ideia. Requer certa disciplina intelectual e um espírito obsessivo e doentio que não é muito comum. É muito mais fácil odiar alguém cujo rosto é reconhecível e a quem podemos culpar por tudo aquilo que nos incomoda. Não precisa ser um personagem individual. Pode ser uma nação, uma raça, um grupo... não importa.

Até eu me deixava dominar pelo cinismo limpo e sereno do patrão. Suspirei, abatido.

— Não venha se fazer de cidadão modelo, Martín. Para você dá no mesmo, e precisamos de um vilão nesse folhetim. Deveria saber disso melhor do que ninguém. Não há drama sem conflito.

— Que tipo de vilão seria de seu agrado? Um tirano invasor? Um falso profeta? O homem do saco?

— Deixo a embalagem por sua conta. Qualquer um dos suspeitos de sempre está ótimo para mim. Uma das funções do nosso vilão será permitir que adotemos o papel de vítimas e reivindiquemos nossa superioridade moral. Projetaremos nele tudo o que somos incapazes de reconhecer em nós mesmos e que demonizamos de acordo com nossos interesses particulares. É a aritmética básica do farisaísmo. Já disse que deveria ler a Bíblia. Todas as respostas que procura estão lá.

— É justamente o que estou fazendo.

— Basta convencer um santarrão de que está livre de todo pecado para que comece a atirar pedras, ou bombas, no maior entusiasmo. E, de fato, não é preciso um grande esforço, pois para convencer basta um mínimo de ânimo e intimidação. Não sei se estou me fazendo entender.

— Maravilhosamente. Seus argumentos têm a sutileza de uma caldeira siderúrgica.

— Não creio que esse tom condescendente me agrade, Martín. Acaso lhe parece que não estou à altura de sua pureza moral ou intelectual?

— Em absoluto — murmurei, covardemente.

— Então o que é que está espicaçando a sua consciência, caro amigo?

— O de sempre. Não tenho muita certeza de ser o niilista de que necessita.

— Ninguém é. O niilismo é uma pose, não uma doutrina. Ponha a chama de uma vela sob os testículos de um niilista e verá a rapidez com que ele vai descobrir a luz da existência. O que o está incomodando é outra coisa.

Levantei os olhos e resgatei o tom mais desafiante que era capaz de usar, encarando o patrão nos olhos.

— No mínimo, o que me incomoda é que posso entender tudo o que diz, mas não sou capaz de sentir.

— E por acaso está sendo pago para sentir?

— Às vezes sentir e pensar são a mesma coisa. A ideia é sua, não minha.

O patrão sorriu em uma de suas pausas dramáticas, como um professor que prepara a estocada fatal para calar um aluno rebelde e malcriado.

— O que você sente, Martín?

A ironia e o desprezo que haviam em sua voz me encheram de valentia e abri a torneira da humilhação acumulada durante meses à sua sombra. Raiva e vergonha por sentir-me amedrontado por sua presença e de aceitar seus discursos envenenados. Raiva e vergonha por ele ter demonstrado que, embora eu preferisse acreditar que tudo o que havia dentro de mim era desesperança, minha alma era tão mesquinha e miserável quanto o seu humanismo de sarjeta. Raiva e vergonha por sentir, por saber que ele sempre tinha razão, sobretudo quando aceitar isso era mais doloroso.

— Eu lhe fiz uma pergunta, Martín. O que *sente* afinal?

— Sinto que o melhor seria deixar as coisas como estão e devolver seu dinheiro. Sinto que, sejam quais forem os seus objetivos com esse projeto absurdo, prefiro não fazer parte disso. E, sobretudo, sinto tê-lo conhecido.

O patrão deixou as pálpebras caírem e mergulhou em um longo silêncio. Virou-se e afastou-se alguns passos em direção às portas da necrópole. Observei sua silhueta escura recortada contra o jardim de mármore e sua sombra imóvel sob a chuva. Senti medo, um temor turvo que nascia em minhas entranhas e inspirava um desejo infantil de pedir perdão e aceitar qualquer castigo que me desse, desde que não tivesse que suportar aquele silêncio. E senti nojo. De sua presença e especialmente de mim mesmo.

O patrão deu meia-volta e aproximou-se de novo. Parou a alguns centímetros de mim e inclinou o rosto para perto do meu. Senti seu hálito frio e me perdi em seus olhos negros, sem fundo. Dessa vez, sua voz e seu tom eram gélidos, desprovidos daquela humanidade prática e estudada com que pontilhava seus discursos e gestos.

— Vou dizê-lo só uma vez. Você vai cumprir sua parte, e eu, a minha. Isso é a única coisa que pode e tem que sentir.

Não me dei conta de que estava concordando repetidamente, até que o patrão extraiu o maço de folhas do bolso e estendeu em minha direção. Deixou-as cair, antes que eu pudesse pegá-las. O vento carregou-as em um redemoinho e vi quando se espalharam até a entrada do cemitério. Corri para tentar resgatá-las da chuva, mas algumas tinham caído em poças e sangravam na água, e as palavras deslizavam do papel em rios de tinta. Reuni todas elas em um maço molhado. Quando levantei os olhos e vasculhei a meu redor, o patrão tinha sumido.

27

Se alguma vez na vida precisei de um ombro amigo que me amparasse, foi naquela hora. O velho edifício do *La Voz de la Industria* despontava atrás dos muros do cemitério. Rumei para lá com a esperança de encontrar meu velho mestre, dom Basilio, uma dessas almas raras, imunes à estupidez do mundo, que sempre tinha um bom conselho a oferecer. Ao entrar na sede do jornal, descobri que ainda reconhecia a maioria do pessoal. Parecia que não tinha se passado nem um minuto desde que tinha ido embora de lá, anos antes. Os que me reconheceram, por sua vez, olhavam para mim com receio e desviavam os olhos para não ter que me cumprimentar. Atravessei a sala da redação e fui direto para o escritório de dom Basilio, que ficava no fundo. A sala estava vazia.

— Está procurando alguém?

Virei-me e dei de cara com Rosell, um dos redatores que já me pareciam velhos quando eu trabalhava lá, ainda moleque, e que tinha assinado a venenosa resenha publicada pelo jornal sobre *Os passos do céu*, em que ele me qualificava de "redator de classificados".

— Sr. Rosell, sou eu, Martín. David Martín. Não se lembra de mim?

Rosell levou vários minutos me examinando, fingindo grande dificuldade para identificar quem eu era, até que, finalmente, fez que sim.

— E dom Basilio?

— Foi embora há dois meses. Pode encontrá-lo na redação do *La Vanguardia*. Dê-lhe lembranças minhas se o vir.

— Farei isso.

— Sinto muito por seu livro — disse Rosell com um sorriso complacente.

Atravessei a redação navegando entre olhares esquivos, sorrisos tortos e murmúrios em clave de fel. *O tempo cura tudo*, pensei, *menos a verdade*.

Meia hora mais tarde, um táxi me deixou na porta da sede do jornal *La Vanguardia*, na rua Pelayo. Ao contrário da sinistra decrepitude de meu antigo jornal, tudo ali tinha um ar de distinção e opulência. Identifiquei-me no balcão da portaria e um rapazola com cara de estagiário, que me fazia pensar em mim mesmo nos meus anos de Grilo Falante, foi enviado para avisar dom Basilio da visita. A presença leonina de meu velho mestre não tinha se apequenado com o passar dos anos. Apesar do tempo e com a bonificação do novo vestuário adequado ao cenário primoroso, poderia dizer que dom Basilio tinha uma figura tão formidável quanto em seus tempos de *La Voz de la Industria*. Seus olhos se iluminaram de alegria ao me ver e, quebrando seu férreo protocolo, recebeu-me com um abraço que poderia facilmente ter quebrado duas ou três costelas se não houvesse público presente, pois, contente ou não, dom Basilio tinha que manter as aparências e a reputação.

— Então estamos nos aburguesando, hein, dom Basilio?

Meu antigo chefe deu de ombros, fazendo um gesto que desdenhava da nova decoração que o rodeava.

— Não se deixe impressionar.

— Não seja modesto, dom Basilio, isso aqui é a joia da coroa. Já está botando todo mundo na linha?

Dom Basilio pegou seu eterno lápis vermelho e apontou para mim, piscando um olho.

— Chego a quatro por semana.

— Dois menos do que no *La Voz*.

— Dê-me um pouco de tempo, que tenho por aqui algumas eminências que pontuam como umas antas e pensam que lide é um aperitivo típico da província de Logroño.

Apesar de suas palavras, era evidente que dom Basilio estava à vontade em seu novo lar e tinha, inclusive, uma aparência mais saudável.

— Não me diga que veio pedir trabalho, porque sou capaz de dar — ameaçou.

— Agradeço muito, dom Basilio, mas sabe que larguei as vestes e que o jornalismo não é o meu negócio.

— Então diga em que esse velho rabugento pode ajudá-lo.

— Preciso de informações sobre um caso antigo para uma história em que estou trabalhando: a morte de um advogado de renome chamado Marlasca, Diego Marlasca.

— E estamos falando de quando?

— Mil novecentos e quatro.

Dom Basilio suspirou.

— Quanto tempo! Muita água já passou debaixo da ponte desde essa época.

— Não o suficiente para esclarecer as coisas — comentei.

Dom Basilio pôs a mão em meu ombro e indicou que o seguisse até o interior da redação.

— Não se preocupe, veio ao lugar certo. Essa boa gente mantém um arquivo de fazer inveja ao Vaticano. Se alguma coisa saiu na imprensa, estará aqui. E, além do mais, o chefe do arquivo é meu amigo. Mas vou logo avisando que, comparado com ele, sou uma Branca de Neve. Mas não ligue para seu temperamento meio arisco. No fundo, no fundo, é uma doce figura.

Segui dom Basilio através de um vestíbulo de madeiras nobres. De um lado, abria-se uma sala circular com uma grande mesa redonda e uma série de retratos de onde uma constelação de aristocratas de expressão severa nos observava.

— A sala dos sabás — explicou dom Basilio. — Aqui se reúnem os redatores-chefes, o diretor-adjunto, esse que vos fala, e o diretor e, como bons cavaleiros da távola redonda, encontramos o Santo Graal todos os dias às sete da tarde.

— Impressionante.

— Ainda não viu nada — disse dom Basilio, piscando. — Veja essa!

Dom Basilio ficou bem embaixo de um dos ilustres retratos e empurrou o painel de madeira que cobria a parede. O painel cedeu com um rangido, dando passagem a um corredor secreto.

— Então, o que me diz, Martín? E essa é apenas uma das passagens secretas da casa. Nem os Borgia tinham um barraco assim.

Segui dom Basilio através da passagem e chegamos a uma grande sala de leitura rodeada de estantes envidraçadas que abrigavam a biblioteca secreta de *La Vanguardia*. No fundo da sala, sob o facho de luz de uma lamparina de cristal esverdeado, distinguia-se a figura de um homem de meia-idade, sentado em uma mesa examinando um documento com lente de aumento. Quando nos viu entrar, levantou os olhos e lançou um olhar capaz de transformar em pedra qualquer pessoa de menos idade ou muito impressionável.

— Apresento-lhe José María Brotons, senhor do submundo e chefe das catacumbas desta santa casa — anunciou dom Basilio.

Sem soltar a lente, Brotons limitou-se a examinar-me com aqueles olhos capazes de paralisar ao menor contato. Aproximei-me e estendi a mão.

— Esse é meu antigo pupilo, David Martín.

Brotons apertou minha mão a contragosto e olhou para dom Basilio.

— É o escritor?

— Ele mesmo.

Brotons assentiu.

— Coragem ele tem, para sair na rua depois da porrada que levou. E o que quer aqui?

— Implorar sua ajuda, sua bênção e um conselho sobre um assunto de elevada pesquisa e arqueologia da documentação — explicou dom Basilio.

— E o sacrifício de sangue? — alfinetou Brotons.

Engoli em seco.

— Sacrifício? — perguntei.

Brotons me olhou como se eu fosse idiota.

— De uma cabra, um bezerro, um galo capão, para ser mais explícito...

Fiquei ali, boquiaberto. Brotons sustentou meu olhar sem pestanejar por um instante infinito. Depois, quando senti a coceira do suor brotando em minhas costas, o chefe do arquivo e dom Basilio caíram na gargalhada. Deixei que rissem com vontade às minhas custas até que ficaram sem ar e tiveram que limpar as lágrimas. Claro que dom Basilio tinha encontrado no novo colega a sua alma gêmea.

— Venha por aqui, meu rapaz — indicou Brotons, com a cara feroz em franca retirada. — Vamos ver o que encontramos.

28

Os arquivos do jornal estavam localizados em um dos porões do edifício, sob o andar que abrigava todo o maquinário da rotativa, um engenho de tecnologia pós-vitoriana que parecia o cruzamento de uma monstruosa locomotiva a vapor com uma máquina de fabricar relâmpagos.

— Apresento-lhe a rotativa, mais conhecida como Leviatã. Olho nela, pois dizem que já engoliu mais de um desprevenido — disse dom Basilio.

— Como Jonas e a baleia, mas em pedaços.

— Não vamos exagerar.

— Um dia desses podemos jogar esse novo bolsista, o que diz que é sobrinho de Macià e se faz de sabichão — propôs Brotons.

— Marque dia e hora e comemoraremos com um picadinho — concordou dom Basilio.

Os dois caíram na risada como dois colegiais. *Feitos um para o outro*, pensei eu.

A sala do arquivo tinha a forma de um labirinto de corredores formados por estantes de três metros de altura. Duas criaturas pálidas com jeito de não terem saído daquele porão nos últimos quinze anos atuavam como assistentes de Brotons. Ao vê-lo, vieram a seu encontro como mascotes fiéis à espera de suas ordens. Brotons lançou um olhar interrogativo.

— O que estamos procurando?

— Mil novecentos e quatro. Morte de um advogado chamado Diego Marlasca. Membro proeminente da sociedade barcelonesa, sócio fundador do escritório de advocacia Valera & Marlasca.

— Mês?

— Novembro.

A um gesto de Brotons, os dois assistentes partiram em busca dos exemplares correspondentes ao mês de novembro de 1904. Naquela época, a morte estava tão presente na atmosfera dos dias que a maioria dos jornais ainda abria a primeira página com grandes anúncios fúnebres. Era de se supor que um personagem importante como Marlasca tivesse dado oportunidade a mais de uma nota de falecimento na imprensa da cidade e que seu obituário fosse matéria de capa. Os assistentes regressaram com vários volumes, que depositaram em uma ampla escrivaninha. Dividimos a tarefa e, entre os cinco presentes, encontramos o obituário de dom Diego Marlasca em uma manchete, como imaginamos. A edição era de 23 de novembro de 1904.

— *Habemus* cadáver — anunciou Brotons, que foi o descobridor.

Havia quatro anúncios fúnebres dedicados a Marlasca. Um da família, outro do escritório de advocacia, outro do Colégio de Advogados de Barcelona e o último da associação cultural do Ateneu Barcelonês.

— É o que acontece com quem é rico. Morre cinco ou seis vezes — comentou dom Basilio.

Os anúncios em si não eram muito interessantes. Preces pela alma imortal do falecido, indicações de que o funeral seria apenas para os íntimos, elogios grandiosos a um grande cidadão, erudito e membro insubstituível da sociedade barcelonesa etc.

— O que lhe interessa deve estar nas edições de um ou dois dias antes ou depois — indicou Brotons.

Começamos a examinar os jornais da semana do falecimento do advogado e encontramos uma sequência de notícias relacionadas a Marlasca. A primeira anunciava que o distinto defensor de causas tinha falecido em um acidente. Dom Basilio leu o texto em voz alta.

— Foi redigido por um orangotango — sentenciou. — Três parágrafos repetitivos que não dizem nada e uma explicação final falando que a morte foi acidental, mas sem esclarecer que tipo de acidente.

— Temos aqui uma coisa mais interessante — disse Brotons.

Um artigo do dia seguinte noticiava que a polícia estava investigando as circunstâncias do acidente, para apontar com exatidão o que tinha acontecido. O mais interessante era a menção à parte dos autos que indicava a causa da morte, afirmando que Marlasca tinha morrido afogado.

— Afogado? — interrompeu dom Basilio. — Como? Onde?

— A matéria não esclarece. Provavelmente tiveram que cortar a notícia para incluir uma urgente e extensa apologia à dança sardana que abre em três colunas sob o título de "Ao som da flauta tenora: espírito e têmpera" — observou Brotons.

— Informa quem estava encarregado da investigação? — perguntei.

— Menciona um tal de Salvador. Ricardo Salvador — respondeu Brotons.

Relemos o resto das notícias relacionadas à morte de Marlasca, mas não havia nada de interessante. Os textos espelhavam-se uns nos outros, repetindo uma cantilena que soava excessivamente parecida com a versão oficial divulgada pelo escritório de Valera e companhia.

— Isso tem toda cara de cortina de fumaça — sentenciou Brotons.

Suspirei, desanimado. Tinha esperança de encontrar mais do que simples e melosos elogios fúnebres e notícias ocas que nada esclareciam sobre os fatos.

— Você não tinha um contato na Chefatura de Polícia? — perguntou dom Basilio. — Como se chamava mesmo?

— Víctor Grandes — indicou Brotons.

— Talvez ele possa lhe dizer como contatar o tal Salvador.

Pigarreei e os dois homenzarrões me encararam franzindo as sobrancelhas.

— Por motivos que não vêm ao caso ou que vêm demais ao caso, preferia não envolver o inspetor Grandes no assunto.

Brotons e dom Basilio trocaram um olhar.

— Certo. Mais algum nome para cortar da lista?

— Marcos e Castelo.

— Vejo que perdeu o talento de fazer amigos nos lugares que frequenta — considerou dom Basilio.

Brotons coçou o queixo.

— Não vamos nos alarmar. Acho que posso encontrar outro meio de levantar informações sem despertar suspeitas.

— Se encontrar Salvador, sacrifico o que quiser em sua honra, até um porco.

— O diagnóstico da gota me afastou do toucinho, mas não saberia dizer não a um bom charuto cubano — sugeriu Brotons.

— Dois — acrescentou dom Basilio.

Enquanto eu corria até uma tabacaria da rua Tallers em busca de dois exemplares dos mais caros e refinados charutos cubanos disponíveis na casa, Brotons deu alguns discretos telefonemas para a Chefatura e confirmou que Salvador tinha abandonado a corporação, a bem dizer à força, e tinha começado a trabalhar como guarda-costas para industriais ou detetive particular para diversos escritórios de advocacia da cidade. Quando voltei à redação para entregar os respectivos charutos a meus dois benfeitores, o chefe do arquivo me estendeu um cartão com um endereço.

Ricardo Salvador
Rua da Lleona, 21. Cobertura.

— Que o conde de Godó lhes pague — disse eu.

— E o acompanhe.

29

A rua da Lleona, mais conhecida entre o pessoal local como rua dos *Tres Llits* em honra ao famoso prostíbulo que hospedava, era um beco quase tão tenebroso quanto sua reputação. Começava nos arcos à sombra da praça Real e evoluía por uma viela úmida e alheia à luz do sol entre velhos edifícios empilhados uns sobre os outros e costurados por uma perpétua teia de aranha de cordas para estender roupa. Suas fachadas decrépitas se desfaziam em tons de ocre, e as lajes de pedra que cobriam o chão viviam banhadas de sangue, na época dos pistoleiros. Utilizei-a mais de uma vez como cenário para minhas histórias de *A cidade dos malditos* e, mesmo agora, deserta e esquecida, para mim continuava a ter cheiro de pólvora e intrigas. À vista daquele cenário sombrio, tudo indicava que a aposentadoria forçada do comissário Salvador não tinha sido muito generosa.

O número 21 era um imóvel modesto encravado entre dois edifícios que o espremiam. O portão estava aberto e não era mais do que um poço de sombra do qual partia uma escada estreita e íngreme que subia em espiral. O chão estava encharcado e um líquido escuro e viscoso brotava entre as frestas das lajotas. Subi as escadas como foi possível, sem soltar o corrimão, mas sem confiar muito nele. Só havia uma porta por andar e, a julgar pelo aspecto da construção, não acreditava que algum daqueles apartamentos passasse dos quarenta metros quadrados. Uma pequena claraboia coroava o vão da escada e banhava os andares superiores com uma claridade suave. A porta do último andar ficava no final de um pequeno corredor. Fiquei surpreso ao encontrá-la aberta. Bati, mas não obtive resposta. A porta dava para uma sala pequena, na qual se viam uma cadeira, uma mesa e uma estante com livros e caixas de latão. Um combinado de cozinha e área de serviço ocupava a peça contígua. A única bênção que aquela cela oferecia era uma varanda que dava para o terraço. A porta da varanda também estava aberta e deixava passar uma brisa fresca que trazia o cheiro de comida e água sanitária dos telhados da cidade velha.

— Alguém em casa? — chamei de novo.

Como não obtive resposta, entrei até a porta da varanda e debrucei-me sobre o terraço. A selva de telhados, torres, caixas-d'água, para-raios e chaminés crescia em todas as direções. Não tinha dado um passo dentro do terraço, quando senti o toque do metal frio em minha nuca e ouvi o estalido seco de um gatilho de revólver sendo armado. Não me ocorreu nada além de levantar as mãos e tentar nem piscar.

— Meu nome é David Martín. Consegui seu endereço na Chefatura. Queria falar com o senhor sobre um caso em que trabalhou nos seus anos de polícia.

— Costuma entrar na casa dos outros sem bater, sr. David Martín?

— A porta estava aberta. Bati, mas não deve ter me ouvido. Posso abaixar as mãos?

— Nunca disse que deveria levantá-las. Que caso?

— A morte de Diego Marlasca. Sou o inquilino da casa que foi sua última residência. A casa da torre, na rua Flassanders.

A voz se calou. A pressão do revólver ainda estava lá, firme.

— Sr. Salvador? — perguntei.

— Estou pensando se não seria melhor arrebentar sua cabeça de uma vez.

— Não quer ouvir minha história antes?

Salvador afrouxou a pressão do revólver. Ouvi quando desengatilhou e me virei lentamente. Ricardo Salvador tinha uma aparência imponente e sombria, o cabelo grisalho e os olhos azul-claros penetrantes como agulhas. Calculei que devia rondar os cinquenta anos, mas devia ser difícil encontrar um homem, mesmo com a metade de sua idade, que ousasse se meter em seu caminho. Engoli em seco. Salvador baixou a arma e virou--se de costas, voltando-se para o interior da casa.

— Desculpe a recepção — murmurou.

Fui atrás dele até a diminuta cozinha e parei na soleira da porta. Salvador deixou a pistola sobre a pia e acendeu uma das bocas do fogão a lenha com papel e papelão. Pegou uma cafeteira e olhou para mim interrogativamente.

— Não, obrigado.

— Aviso que é a única coisa decente que tenho.

— Então vou acompanhá-lo.

Salvador pôs duas generosas colheradas de café no recipiente, encheu com água de uma jarra e colocou no fogo.

— Quem lhe falou de mim?

— Fiz uma visita à sra. Marlasca, a viúva, alguns dias atrás. Foi ela quem mencionou seu nome. Disse que era a única pessoa que tinha tentado realmente descobrir a verdade e que isso tinha lhe custado o seu posto.

— É uma maneira de descrever a situação, acho eu.

Percebi que a menção da viúva tinha turvado seu olhar e fiquei me perguntando o que teria acontecido entre eles naqueles dias de infortúnio.

— Como está ela? — perguntou. — A sra. Marlasca.

— Acho que sente sua falta — aventurei.

Salvador concordou, a ferocidade completamente domada.

— Faz muito tempo que não vou vê-la.

— Ela acha que você a culpa pelo que aconteceu. Acho que gostaria de vê-lo de novo, embora tenha se passado tanto tempo.

— Talvez tenha razão. Talvez devesse visitá-la...

— Pode me dizer o que aconteceu?

Salvador recuperou a fisionomia severa e fez que sim.

— O que quer saber?

— A viúva Marlasca contou que você nunca aceitou a versão de que o sr. Marlasca teria tirado a própria vida e que tinha algumas suspeitas.

— Mais que suspeitas. Alguém já lhe contou como Marlasca morreu?

— Só sei que disseram que foi um acidente.

— Marlasca morreu afogado. Pelo menos era o que o relatório final da Chefatura dizia.

— Afogado como?

— Só há uma maneira de se afogar, mas logo voltaremos a isso. O curioso é o local.

— No mar?

Salvador sorriu. Era um sorriso negro e amargo como o café que começava a brotar. Salvador aspirou o cheiro.

— Tem certeza de que quer mesmo ouvir essa história?

— Nunca estive tão seguro de nada em toda a minha vida.

Ele estendeu uma xícara e olhou-me de cima a baixo, analisando.

— Suponho que já tenha ido visitar aquele filho da puta do Valera.

— Se está se referindo ao sócio de Marlasca, ele já morreu. Falei com o filho dele.

— Igualmente filho da puta, só que menos audacioso. Não sei o que lhe contou, mas tenho certeza de que não disse que os dois conseguiram que me expulsassem da corporação e que eu me transformasse em um pária a quem não davam nem esmola.

— Temo que ele tenha se esquecido de incluir isso em sua versão dos fatos — concedi.

— Não me espanta.

— Mas estava me contando como Marlasca se afogou.

— É aí que as coisas começam a ficar interessantes — disse Salvador. — Sabia que o sr. Marlasca, além de advogado, erudito e escritor, quando era jovem foi duas vezes campeão da travessia natalina do porto organizada pelo Clube de Natação Barcelona?

— E como um campeão de natação se afoga? — perguntei de volta.

— A questão é onde. O cadáver do sr. Marlasca foi encontrado no tanque do terraço do Depósito das Águas do Parque da Ciudadela. Conhece o lugar?

Engoli em seco e fiz que sim. Era o local de meu primeiro encontro com Corelli.

— Então deve saber que, quando está cheio, o tanque tem apenas um metro de profundidade e que é, essencialmente, uma poça. No dia em que o corpo do advogado foi encontrado, o tanque estava meio vazio e o nível da água não chegava a sessenta centímetros.

— Um campeão de natação não se afoga sem mais nem menos em sessenta centímetros de água — comentei.

— Foi o que pensei comigo mesmo na época.

— Havia outras versões?

Salvador sorriu amargamente.

— Para começar, o duvidoso era que tivesse se afogado. O legista que fez a autópsia do cadáver encontrou alguma água nos pulmões, mas seu parecer diz que a morte foi causada por uma parada cardíaca.

— Não estou entendendo.

— Quando Marlasca caiu no tanque, ou quando alguém o empurrou, seu corpo estava em chamas. O cadáver apresentava queimaduras de terceiro grau no torso, nos braços e no rosto. A opinião do legista era de que o corpo poderia ter queimado durante quase um minuto antes de entrar em contato com a água. Restos encontrados nas roupas do advogado indicavam a presença de algum tipo de solvente nos tecidos. Marlasca foi queimado vivo.

Levei alguns segundos para digerir tudo aquilo.

— Por que alguém haveria de fazer uma coisa dessas?

— Ajuste de contas? Simples crueldade? Pode escolher. Minha opinião é que alguém queria atrasar a identificação do corpo de Marlasca para ganhar tempo e confundir a polícia.

— Quem?

— Jaco Corbera.

— O empresário de Irene Sabino.

— Que desapareceu no mesmo dia da morte de Marlasca com o saldo de uma conta pessoal que o advogado tinha no Banco Hispano Colonial, conta essa que sua esposa desconhecia totalmente.

— Cem mil francos franceses — indiquei.

Salvador me olhou, intrigado.

— Como sabe disso?

— Não importa. O que Marlasca estava fazendo no terraço do Depósito das Águas? Não é exatamente um lugar de passagem.

— Esse é outro ponto confuso. Encontramos uma agenda no escritório de Marlasca que indicava que ele teria um encontro marcado naquele lugar, às cinco da tarde. Pelo menos era o que parecia. Na agenda havia apenas um horário, um lugar e uma inicial. Um "C". Provavelmente Corbera.

— O que acha que aconteceu então?

— O que eu acho, e o que a evidência sugere, é que Jaco enganou Irene Sabino para que ela manipulasse Marlasca. Deve saber que o advogado estava totalmente obcecado por todas essas superstições de sessões espíritas, sobretudo depois da morte do filho. Jaco tinha um sócio, Damián Roures, que andava metido nesses ambientes. Um farsante completo. Os dois, e com a ajuda de Irene Sabino, conseguiram enrolar Marlasca, prometendo que ele poderia estabelecer contato com o menino no reino dos espíritos. Marlasca era um homem desesperado e disposto a acreditar em qualquer coisa. Aquele trio de vermes tinha tramado o negócio perfeito, até que Jaco ficou mais ganancioso do que o previsto. Há quem diga que Sabino não agia de má-fé, que estava genuinamente apaixonada por Marlasca e que acreditava em tudo aquilo, tanto quanto ele. A mim, essa história não convence, mas isso é irrelevante no que diz respeito ao acontecido. Jaco ficou sabendo que Marlasca dispunha daquela quantia no banco e resolveu tirá-lo de seu caminho, desaparecendo com o dinheiro e deixando um rastro de confusão. O encontro marcado na agenda pode perfeitamente ser uma pista falsa plantada por Sabino ou Jaco. Não havia evidência alguma de que o próprio Marlasca tivesse escrito aquilo.

— E de onde vinham os cem mil francos que Marlasca tinha no Hispano Colonial?

— O próprio Marlasca tinha depositado a quantia, em dinheiro vivo, um ano antes. Não tenho nem a mais remota ideia da forma como arranjou uma quantia daquelas. Tudo que sei é que o que restava foi retirado, em dinheiro, na manhã do dia em que Marlasca morreu. Os advogados apressaram-se a dizer que o dinheiro tinha sido transferido para uma espécie de fundo de investimento e que não tinha desaparecido, que Marlasca estava simplesmente reorganizando as finanças. Mas acho muito difícil que uma pessoa resolva reorganizar suas finanças e transfira quase cem mil francos de manhã e apareça queimado vivo à tarde. Não creio que esse dinheiro tenha ido parar em algum fundo misterioso. Hoje em dia, não há nada que me convença de que o dinheiro não foi parar nas mãos de Jaco Corbera e Irene Sabino. Pelo menos de início, pois acho que, no fim das contas, ela não viu um centavo. Jaco sumiu com todo o dinheiro. Para sempre.

— E o que aconteceu com ela, então?

— Esse é outro dos pontos que me fazem pensar que Jaco passou Roures e Irene Sabino para trás. Pouco depois da morte de Marlasca, Roures abandonou o negócio do além-túmulo e abriu uma loja de artigos de magia na rua Princesa. Que eu saiba, continua lá até hoje. Irene Sabino trabalhou mais alguns anos em cabarés e locais de categoria cada vez mais baixa. A última coisa que ouvi a seu respeito foi que estava se prostituindo no Raval e que vivia na miséria. Obviamente, não ficou com um único franco daqueles cem mil. Nem Roures.

— E Jaco?

— O mais provável é que tenha abandonado o país com nome falso e esteja vivendo confortavelmente de rendas em algum lugar.

A verdade era que tudo aquilo, em vez de esclarecer as coisas, me deixava com mais questionamentos. Salvador devia ter percebido isso em meu olhar ansioso e lançou um sorriso de pena.

— Valera e seus amigos na Prefeitura conseguiram fazer com que a imprensa divulgasse a versão de um acidente. Ele resolveu a questão com um funeral em grande estilo para não manchar a imagem dos negócios do escritório que, em grande parte, eram também os negócios da Prefeitura e da Câmara dos Deputados, e passou por cima do estranho comportamento do sr. Marlasca nos últimos doze meses de sua vida, desde que tinha abandonado a família e resolvido adquirir uma casa em ruínas em uma parte da cidade em que nunca, em toda a sua vida, tinha colocado os pés, para dedicar-se, segundo o antigo sócio, a escrever.

— Valera disse o que Marlasca queria escrever?

— Um livro de poesia ou algo assim.

— E acreditou nele?

— Já vi coisas muito estranhas em meu trabalho, amigo, mas advogados cheios de dinheiro que abandonam tudo para escrever sonetos não fazem parte do repertório.

— E então?

— Então o razoável seria esquecer o assunto e fazer o que me diziam.

— Mas não foi o que fez.

— Não. E não porque fosse um herói ou um imbecil. Fiz isso porque cada vez que via aquela pobre mulher, a viúva de Marlasca, minhas tripas davam um nó e não ia conseguir me olhar no espelho se não fizesse o que era supostamente pago para fazer.

Ele apontou o cenário miserável e frio que lhe servia de lar e riu.

— Pode acreditar que, se soubesse, teria preferido ser um covarde e não sair da linha. Não posso dizer que não me avisaram na Chefatura. Morto e enterrado o advogado, era hora de virar a página e dedicar nosso tempo a perseguir anarquistas mortos de fome e professores de ideias muito suspeitas.

— Enterrado, você disse... Onde está enterrado Diego Marlasca?

— Acho que no mausoléu familiar do cemitério de Sant Gervasi, não muito longe da casa onde mora a viúva. Posso perguntar por que tanto interesse por esse assunto? E não venha me dizer que sua curiosidade foi despertada apenas pelo fato de morar na casa da torre.

— É difícil de explicar.

— Se quer um conselho de amigo, olhe para mim e já vá se prevenindo: deixe isso para lá...

— Bem que gostaria. O problema é que essa história não me larga.

Salvador me olhou longamente e assentiu. Pegou um papel e anotou um número.

— Esse é o telefone dos vizinhos de baixo. São gente boa e é o único telefone em todo o prédio. Pode mandar me chamar ou deixar recado. Pergunte por Emilio. Se precisar de ajuda, não hesite em me telefonar. E tome cuidado. Jaco desapareceu do panorama há muitos anos, mas ainda tem gente que não tem nenhum interesse em mexer nesse assunto. Cem mil francos é muito dinheiro.

Aceitei o número e guardei o papel.

— Agradeço.

— De nada. Afinal, o que mais podem me fazer?

— Não teria por acaso uma fotografia de Diego Marlasca? Não encontrei nenhuma em toda a casa.

— Sei lá... Acho que devo ter alguma. Deixe ver.

Salvador foi até uma escrivaninha no canto da sala e tirou uma caixa de latão cheia de papéis.

— Ainda guardo coisas desse caso. Como pode ver, nem os anos de isolamento... Olhe só. Quem me deu essa foto foi a viúva.

Ele me estendeu um velho retrato de estúdio que mostrava um homem alto e bem-apessoado, de quarenta e tantos anos, sorrindo para a câmera sobre um fundo de veludo. Perdi-me naquele olhar límpido, perguntando como era possível que atrás dele se ocultasse o mundo tenebroso que tinha encontrado nas páginas de *Lux Aeterna*.

— Posso ficar com ela?

Salvador hesitou.

— Acho que pode. Mas não vá perdê-la.

— Prometo que vou devolver.

— Prometa que terá cuidado e ficarei mais tranquilo. E que, se não tiver e se meter em confusão, vai me ligar.

Estendi a mão, que ele apertou.

— Prometido.

30

O sol estava começando a se pôr quando deixei Ricardo Salvador em seu terraço gelado e regressei à praça Real, banhada na luz poeirenta que pintava de vermelho as silhuetas dos estranhos e de quem tinha descido para passear. Saí caminhando e acabei me refugiando no único lugar em que sempre me senti bem recebido e protegido. Quando cheguei à rua Santa Ana, a livraria de Sempere & Filhos estava prestes a fechar. O crepúsculo caía sobre a cidade e uma fenda azul e púrpura tinha se aberto no céu. Parei diante da vitrine e vi que Sempere filho tinha acabado de acompanhar até a porta um cliente que se despedia. Quando me viu, sorriu e me cumprimentou com aquela timidez que, mais do que qualquer outra coisa, transmitia decência.

— Estava pensando justamente em você, Martín. Tudo bem?

— Não podia estar melhor.

— Está na cara. Venha, entre. Vamos preparar um cafezinho.

Abriu a porta da loja para me dar passagem. Entrei na livraria e aspirei aquele perfume de papel e magia que, inexplicavelmente, ninguém ainda tinha tido a ideia de engarrafar. Sempere filho acenou para que o seguisse até a salinha no fundo da loja, onde começou a preparar o café.

— E seu pai? Como vai? Achei-o um pouco abatido no outro dia.

Sempere filho assentiu, como se agradecesse a pergunta. Percebi que provavelmente não tinha ninguém com quem falar do assunto.

— Para dizer a verdade, ele já viu tempos melhores. O médico diz que deve cuidar dessa angina de peito, mas ele insiste em trabalhar ainda mais do que antes. Às vezes tenho que brigar com ele, mas parece que acha que, se deixar a livraria nas minhas mãos, o negócio vai a pique. Essa manhã, quando me levantei, disse a ele que fizesse o favor de ficar na cama o dia inteiro e de não descer para trabalhar. Pois acredita que dois minutos depois ele estava na sala, calçando os sapatos?

— É um homem de ideias firmes — sentenciei.

— É teimoso como uma mula — replicou Sempere filho. — Ainda bem que agora temos ajuda, senão...

Desencavei minha expressão de surpresa e inocência, tão batida e fora de forma.

— A moça — esclareceu Sempere filho. — Isabella, sua assistente. Por isso estava pensando em você. Espero que não se importe de ela passar algumas horas aqui. A verdade é que, do modo como as coisas estão, qualquer ajuda é sempre bem-vinda, mas se for um inconveniente para você...

Reprimi um sorriso pela forma como ele caprichou na pronúncia do nome de Isabella.

— Bem, como é temporário... A verdade é que Isabella é uma ótima moça. Inteligente e trabalhadora. De toda confiança. Nos damos muito bem.

— Pois ela diz que você é um déspota.

— Ela disse isso?

— A bem da verdade, tem até um apelido para você: *mister* Hyde.

— Um anjinho. Não leve em conta. Sabe como são as mulheres.

— Sim, sei — replicou Sempere filho em um tom que deixava claro que sabia muita coisa, mas daquele assunto não tinha a mais remota ideia.

— Se Isabella disse isso a meu respeito, não pense que não me falou de você também — aventurei.

Vi que alguma coisa se abalava em seu rosto. Deixei que minhas palavras fossem corroendo lentamente as várias camadas de sua armadura. Ele estendeu uma xícara de café com um sorriso solícito e voltou ao assunto com um recurso que não teria passado nem pelo filtro de uma opereta da pior qualidade.

— Imagino o que deve dizer a meu respeito — soltou.

Deixei que ruminasse a incerteza por mais alguns instantes.

— Gostaria de saber? — perguntei casualmente, escondendo o sorriso atrás da xícara.

Sempere filho deu de ombros.

— Disse que é um homem bom e generoso, que as pessoas não o entendem porque é um pouco tímido e não conseguem ver além de sua, nas palavras dela, pinta de galã de cinema e personalidade marcante.

Sempere filho engoliu em seco e olhou para mim, atônito.

— Não vou mentir, amigo Sempere. A bem dizer, fico muito contente que tenha puxado esse assunto pois, na verdade, já tem algum tempo que estava querendo conversar com você sobre isso e não sabia como.

— Conversar o quê?

Abaixei a voz e fitei-o bem nos olhos.

— Cá entre nós, Isabella quis trabalhar aqui porque o admira e, temo dizer, está secretamente apaixonada por você.

Sempere olhava para mim à beira do assombro.

— Mas um amor puro, hein? Atenção! Espiritual. Como uma heroína de Dickens, para deixar bem claro. Nada de frivolidades ou criancices. Isabella, embora jovem, é uma mulher. Já deve ter percebido, tenho certeza...

— Agora que falou nisso...

— E não estou falando apenas das formas excepcionalmente bem carnudas, se me permite a liberdade, mas desse manancial de bondade e beleza interior que traz dentro de si, esperando o momento oportuno para aflorar e fazer de algum sortudo o homem mais feliz do mundo.

Sempere não sabia onde se enfiar.

— E além do mais, tem talentos ocultos. Fala vários idiomas. Toca piano como um anjo. Tem uma cabeça para os números de fazer inveja a Isaac Newton. E, ainda por cima, cozinha maravilhosamente. Engordei vários quilos desde que começou a trabalhar para mim. Delícias que nem a Tour d'Argent... Não me diga que ainda não tinha percebido?

— Bem, ela não falou que sabia cozinhar...

— Não, estou falando da quedinha por você.

— Bem, na verdade...

— Sabe o que acontece? No fundo, e apesar desse ar de megera indomada, a moça é mansa e tímida a extremos quase patológicos. A culpa é das freiras, que desnorteiam as meninas com tanta aula de costura e histórias sobre o inferno. Viva a escola livre!

— Poderia jurar que ela me acha um bobalhão — garantiu Sempere.

— Aí está. É uma prova irrefutável. Amigo Sempere, quando uma mulher trata você como se fosse um bobo, significa que os hormônios estão entrando em ação.

— Tem certeza?

— Mais do que da solidez do Banco de Espanha. Pode levar fé, pois disso entendo um pouquinho...

— É o que meu pai diz. Mas o que vou fazer?

— Bem, depende. Gosta da moça?

— Gostar? Não sei. Como se sabe se...

— É muito simples. Costuma olhar para ela disfarçadamente e sentir vontade de morder?

— Morder?

— O traseiro, por exemplo.

— Sr. Martín...

— Não seja pudico, pois estamos entre cavalheiros e todos sabem que os homens são o elo perdido entre o pirata e o suíno. Afinal, gosta ou não gosta?

— Bem, Isabella é uma moça cheia de graça.

— E o que mais?

— Inteligente. Simpática. Trabalhadora.

— Continue.

— E boa cristã, acho eu. Não é que seja muito praticante, mas...

— Nem me fale. Isabella gosta mais de missa do que a caixa de esmolas. As freiras, posso garantir.

— Mas, para dizer a verdade, nunca me passou pela cabeça mordê-la.

— Não lhe passou pela cabeça até que eu dei a ideia.

— Devo dizer que me parece falta de respeito falar assim dela, ou de qualquer outra, e que deveria se envergonhar — protestou Sempere filho.

— *Mea culpa* — entoei, levantando as mãos em um gesto de rendição. — Mas não importa, cada um manifesta devoção à sua maneira. Sou uma criatura frívola e superficial, por isso o enfoque malicioso, mas você, com essa *aurea gravitas*, é um homem de sentimento místico e profundo. O que conta é que a moça o adora e que o sentimento é recíproco.

— Bem...

— Nem bem nem mal. As coisas são como são, Sempere, e você é um homem respeitável e responsável. Se fosse eu, vá lá, mas você não é homem de brincar com os sentimentos nobres e puros de uma mulher em flor. Estou enganado?

— ... acho que não.

— Então tudo certo.

— Tudo certo o quê?

— Não está claro?

— Não.

— Hora de bancar o gavião.

— O quê?

— De paquerar ou, em linguagem científica, de arrastar a asa. Olhe, Sempere, por algum motivo estranho, séculos de suposta civilização nos conduziram a uma situação em que não podemos mais ir derrubando as mulheres nas esquinas ou propondo casamento sem mais nem menos. Primeiro é preciso fazer a corte.

— Casamento? Está ficando doido?

— O que quero lhe dizer, e isso no fundo é ideia sua, embora não tenha se dado conta, é que precisa pelo menos convidar Isabella, hoje, amanhã ou depois, quando passar a tremedeira para não dar a impressão de que está babando, para um lanche em algum lugarzinho encantador no fim do horário de trabalho; logo vão se dar conta de que foram feitos um para o outro. Talvez o *Els Quatre Gats*, já que lá, como os donos são meio pão-duros, a luz é bem fraquinha para economizar eletricidade, o que é sempre bom nesses casos. Peça uma boa ricota com uma bela colher de mel para a moça, que isso é bom para abrir o apetite, e em seguida empurre, como quem não quer nada, dois tragos de um moscatel, que sobe que é uma beleza e, ao mesmo tempo em que põe a mão em seu joelho, trate de deixá-la tonta com essa lábia que eu sei muito bem que você tem guardada aí, bem escondida, meu caro.

— Mas não sei nada sobre ela, nem sobre os seus interesses, nem...

— São os mesmos que os seus. Se interessa por livros, literatura, o cheiro desses tesouros que você tem aqui e a promessa de romance e aventura dos melodramas baratos. Tem interesse em espantar a solidão e em compreender, sem perda de tempo, que nessa droga de mundo nada vale um centavo sequer se não se tem alguém com quem compartilhar. Já sabe o essencial. O resto, pode aprender e aproveitar pelo caminho.

Sempere ficou pensativo, alternando olhares entre a xícara de café e um empregado, que aos trancos e barrancos sustentava um sorriso de vendedor de títulos da Bolsa.

— Não sei se devo agradecer ou denunciá-lo à polícia — disse finalmente.

Naquele exato momento, ouviram-se os passos pesados de Sempere pai na livraria. Dois segundos depois, enfiava o rosto na porta da salinha e olhava para nós de cara fechada.

— O que é isso? A loja abandonada e você aqui de chacrinha como se fosse feriado. E se chegar algum cliente? Ou um sem-vergonha decidido a carregar toda a mercadoria?

Sempere filho suspirou, revirando os olhos.

— Não tenha medo, sr. Sempere, que os livros são a única coisa neste mundo que ninguém quer roubar — disse eu, piscando.

Um sorriso cúmplice iluminou seu rosto. Sempere filho aproveitou a ocasião para fugir de minhas garras e escapulir para a livraria. O pai sentou-se a meu lado e aspirou o cheiro do café que seu filho nem tinha tocado.

— O que diz o médico sobre os efeitos da cafeína para o coração? — perguntei.

— Aquele lá não é capaz de encontrar um traseiro nem com um manual de anatomia, vai saber o que de coração?

— Mais que o senhor, com certeza — repliquei, arrancando a xícara de suas mãos.

— Deixe disso, Martín, estou forte feito um touro.

— Teimoso feito uma mula, isso sim. Faça o favor de subir para casa e enfiar-se na cama.

— Só vale a pena ficar na cama quando se é jovem e se está em boa companhia.

— Se quiser companhia, posso procurar, mas não creio que essa seja a conjuntura cardíaca adequada para isso.

— Martín, na minha idade, o erotismo se limita a saborear um bom pudim ou admirar o colo das viúvas. O que me preocupa aqui é o herdeiro. Algum progresso nesse terreno?

— Estamos na fase de adubar para semear. Depois tem que esperar para ver se o tempo colabora para termos uma boa colheita. Em dois ou três dias posso avaliar melhor os resultados, com sessenta ou setenta por cento de confiabilidade.

Sempere sorriu, satisfeito.

— Golpe de mestre mandar Isabella trabalhar aqui. Mas não acha que ela é um pouco jovem para meu filho?

— Para ser bem sincero, quem eu acho um pouco verde é ele. Se não ficar esperto, Isabella o engole cru em cinco minutos. Menos mal que é feito de boa massa, senão...

— Como poderei agradecer?

— Indo para casa e para a cama. Se precisa de alguma companhia mais picante, leve *Fortunata e Jacinta*.

— Tem razão. Dom Benito Pérez Galdós não falha nunca.

— Nem querendo. Então já para a cama.

Sempere se levantou. Tinha dificuldade de locomoção e respirava com esforço, aspirando o ar com um sopro rouco que era de arrepiar os cabelos. Segurei seu braço para ajudá-lo e percebi que sua pele estava fria.

— Não se assuste, Martín. É o meu metabolismo que está um pouco lento.

— Lento como o de *Guerra e paz*, a julgar por hoje.

— Uma sonequinha e fico como novo.

Resolvi acompanhá-lo até o apartamento em que pai e filho viviam, bem em cima da livraria, para ter certeza de que ia se enfiar debaixo dos cobertores. Levamos uns quinze minutos lutando contra um lance de escada. No caminho, encontramos um dos vizinhos, um amável professor do ensino médio chamado Anacleto, que dava aula de língua e literatura no Jesuítas de Caspe, voltando para casa.

— Como está a vida hoje, amigo Sempere?

— Íngreme, dom Anacleto.

Com a ajuda do professor, consegui chegar ao primeiro andar com Sempere praticamente pendurado em meu pescoço.

— Com sua licença, vou descansar depois de um dia com aquele bando de primatas que tenho como alunos — anunciou o catedrático. — Ouçam o que digo, este país vai se desintegrar no prazo de uma geração. Vão se despedaçar uns aos outros como ratazanas.

Com um gesto, Sempere deu a entender que era para eu não dar muita importância a dom Anacleto.

— É um bom homem — murmurou —, mas faz tempestade em copo d'água.

Ao entrar na casa, assaltou-me a lembrança daquela manhã distante em que cheguei ali ensanguentado, com um exemplar de *Grandes esperanças* nas mãos, e Sempere me carregou nos braços até sua casa, me ofereceu uma xícara de chocolate quente, que bebi enquanto esperávamos o médico. Ele sussurrava palavras tranquilizadoras e limpava o sangue de meu corpo com uma toalha morna e uma delicadeza que nunca ninguém tinha tido comigo. Na época, Sempere era um homem forte e, para mim, em todos os sentidos, parecia um gigante, sem o qual acredito que não teria sobrevivido àqueles anos de poucas alegrias. Pouco ou nada restava daquela fortaleza quando o segurei em meus braços para ajudá-lo a se deitar e o cobri com um par de cobertores. Sentei a seu lado e peguei sua mão sem saber o que dizer.

— Ouça, se vamos desatar a chorar, os dois, é melhor que vá embora — disse ele.

— Trate de se cuidar, ouviu bem?

— Como se fosse de porcelana, não tenha medo.

Fiz que sim e fui em direção à saída.

— Martín?

Parei na soleira da porta e virei o rosto. Sempere me olhava com a mesma preocupação com que tinha me olhado na manhã em que perdi alguns dentes e boa parte de minha inocência. Fui embora antes que perguntasse o que estava acontecendo comigo.

31

Um dos primeiros recursos próprios de um escritor profissional que Isabella aprendeu comigo foi a prática e a arte de *procrastinar*. Todo veterano no ofício sabia que qualquer ocupação, desde apontar o lápis até catalogar variedades de moscas, tinham prioridade sobre o ato de sentar-se à mesa e pôr a cabeça para funcionar. Isabella tinha absorvido essa lição fundamental por osmose e, quando cheguei em casa, em vez de encontrá-la em sua escrivaninha, fui surpreendê-la na cozinha dando os últimos retoques em um jantar que cheirava e brilhava como se sua elaboração tivesse sido questão de várias horas.

— Estamos comemorando alguma coisa? — perguntei.

— Pela sua cara, acho que não.

— E o cheiro é de quê?

— Pato *confit* com peras ao forno e molho de chocolate. Encontrei a receita em um de seus livros de cozinha.

— Não tenho livros de cozinha.

Isabella se levantou e trouxe um volume encadernado em couro, que pôs em cima da mesa. O título: *As 101 melhores receitas da cozinha francesa*, por Michel Aragon.

— Isso é o que você pensa. Na segunda fileira das estantes da biblioteca, encontrei de tudo, inclusive um manual de higiene matrimonial do doutor Pérez-Aguado com umas ilustrações bastante sugestivas e frases do tipo "a fêmea, por desígnio divino, não conhece desejo carnal e sua realização espiritual e sentimental se sublima no exercício natural da maternidade e nas tarefas do lar". Você tem um tesouro aí.

— Pode se saber o que estava procurando na segunda fileira das estantes?

— Inspiração e, como pode ver, encontrei.

— Mas de tipo culinário. Combinamos que escreveria todo santo dia, com inspiração ou não.

— Estou bloqueada. E a culpa é sua, por sua causa tenho vários empregos e ainda estou envolvida em suas tramas com aquele beato do Sempere filho.

— Acha justo zombar de um homem que está perdidamente apaixonado por você?

— O quê?

— Ouviu muito bem. Sempere filho confessou que você está tirando o sono dele. Literalmente. Não dorme, não come, não bebe, nem urinar o pobre consegue de tanto pensar em você dia e noite.

— Está delirando.

— Quem está delirando é o pobre Sempere filho. Precisava ver. Por um triz não dei um tiro em seu peito para livrá-lo da dor e da miséria que o afligem.

— Mas ele nem me dá bola — protestou Isabella.

— Porque não sabe como abrir seu coração e encontrar as palavras que expressem o que sente. Nós, os homens, somos assim. Brutos e primitivos.

— Mas bem que soube encontrar as palavras certas para me dar uma bronca por ter cometido um erro na organização da coleção dos *Episódios Nacionais*. Bela lábia!

— Não é a mesma coisa. Uma coisa são os trâmites burocráticos, outra, a linguagem da paixão.

— Bobagens.

— Não há nada de bobo no amor, minha prezada assistente. Mas, mudando de assunto, vamos jantar ou não?

Isabella tinha arrumado uma mesa à altura do festim que tinha preparado. Havia um arsenal de pratos, travessas e copos que eu nunca tinha visto.

— Não sei por que não usa essas preciosidades, já que estão aqui. Estava tudo dentro de umas caixas no quarto ao lado da lavanderia — disse Isabella. — Só podia mesmo ser um homem.

Levantei uma das facas e examinei à luz das velas que Isabella tinha posto na mesa. Compreendi que aqueles eram os talheres de Diego Marlasca e senti que perdia totalmente o apetite.

— Aconteceu alguma coisa? — perguntou Isabella.

Neguei. Minha assistente serviu os pratos e ficou olhando para mim, cheia de expectativa. Provei o primeiro bocado e sorri, aprovando.

— Muito bom.

— Um pouco borrachudo, acho. A receita dizia para assar em fogo baixo por não sei quanto tempo, mas esse seu fogão só tem fogo inexistente ou abrasador, sem meio-termo.

— Está muito bom — repeti, comendo sem fome.

Isabella continuava a me observar de canto de olho. E continuamos jantando em silêncio, tendo o tilintar dos talheres e pratos como única companhia.

— Estava falando sério sobre Sempere filho?

Concordei sem levantar os olhos do prato.

— E que mais ele falou de mim?

— Disse que tem uma beleza clássica, que é inteligente, intensamente feminina, porque ele é brega assim mesmo, e que sente que existe uma ligação espiritual entre vocês.

Isabella cravou um olhar assassino em mim.

— Jure que não está inventando tudo isso.

Pus a mão direita sobre o livro de receitas e levantei a esquerda.

— Juro sobre *As 101 melhores receitas da cozinha francesa* — declarei.

— Não é com essa mão que se jura.

Troquei de mão e repeti o gesto com expressão de solenidade. Isabella bufou.

— E o que vou fazer agora?

— Não sei. O que fazem os casais apaixonados? Passear, dançar...

— Mas não estou apaixonada por esse cavalheiro.

Continuei degustando o *confit* de pato, alheio a seu olhar insistente. De repente, Isabella deu um tapa na mesa.

— Faça o favor de olhar para mim. Isso tudo é culpa sua.

Larguei os talheres lentamente, limpei a boca no guardanapo e olhei para ela.

— O que vou fazer? — perguntou Isabella novamente.

— Isso depende. Gosta de Sempere ou não?

Uma nuvem de dúvida cruzou seu rosto.

— Não sei. Para começar, é um pouco velho para mim.

— Tem praticamente a minha idade — precisei. — No máximo, um ou dois anos a mais. Talvez três.

— Ou quatro, ou cinco.

Suspirei.

— Está na flor da idade. E você me disse que preferia os mais maduros.

— Não deboche.

— Isabella, quem sou eu para dizer o que deve ou não fazer...

— Essa é muito boa.

— Deixe eu acabar. Quero dizer que existe alguma coisa entre Sempere e você. Se quer um conselho, eu diria que deve lhe dar uma oportunidade. Só isso. Se um desses dias ele resolver dar o primeiro passo e convidá-la, digamos, para um lanche, aceite o convite. De repente vocês começam a conversar, a se conhecer melhor e ainda acabarão sendo grandes amigos; mas talvez não aconteça nada. Penso que Sempere é um homem bom, seu interesse por você é genuíno e me atreveria a dizer que, se pensar um pouco, verá que no fundo também sente alguma coisa por ele.

— Você é cheio de manha.

— Mas Sempere não. Acho que não respeitar o afeto e a admiração que ele sente por você seria mesquinho. E você não é mesquinha.

— Isso é chantagem emocional.

— Não, é a vida.

Isabella me fulminou com o olhar. Eu sorri.

— Pelo menos faça o favor de terminar o jantar — ordenou ela.

Acabei de comer, limpei o prato com pão e deixei escapar um suspiro de satisfação.

— O que temos de sobremesa?

Depois do jantar, deixei uma Isabella pensativa, ruminando suas dúvidas e inquietudes na sala de leitura, e subi para o escritório da torre. Peguei o retrato de Diego Marlasca que Salvador tinha emprestado e apoiei no pé da luminária. Em seguida, passei os olhos pela pequena cidadela de blocos, notas e folhas que tinha acumulado para o patrão. Com o frio dos talheres de Diego Marlasca ainda nas mãos, não foi difícil imaginá-lo sentado ali, contemplando a mesma vista dos telhados da Ribera. Peguei uma das páginas ao acaso e comecei a ler. Reconhecia as palavras e as frases porque tinham sido criadas por mim, mas o espírito perturbado que as alimentava me parecia mais distante que nunca. Deixei o papel cair no chão e levantei os olhos para encarar meu reflexo no vidro da janela, um estranho acima da penumbra azul que sepultava a cidade. Logo vi que naquela noite não ia conseguir trabalhar, que não seria capaz de alinhavar um único parágrafo para o patrão. Apaguei a luz da escrivaninha e fiquei sentado na sombra, ouvindo o vento arranhar as janelas e imaginando Diego Marlasca mergulhando em chamas nas águas do tanque e o momento em que as últimas borbulhas de ar escaparam de seus lábios, enquanto o líquido gelado inundava seus pulmões.

Acordei de madrugada com o corpo dolorido e encaixado na poltrona do escritório. Levantei ao som dos rangidos de duas ou três engrenagens de minha anatomia. Fui me arrastando e abri as janelas de par em par. A geada fazia os terraços da cidade velha reluzirem e um céu cor de púrpura se fechava sobre Barcelona. Ao som dos sinos de Santa María del Mar, uma nuvem de asas negras levantou voo de um pombal. Um vento frio e cortante trouxe o cheiro das docas e as cinzas de carvão destiladas pelas chaminés do bairro.

Desci para a cozinha para preparar café. Abri o armário e fiquei atônito. Desde a chegada de Isabella, minha despensa parecia o armazém Ravell. Entre o desfile de exóticas iguarias importadas pela mercearia do pai de Isabella, encontrei uma caixa de latão com biscoitos ingleses recobertos de chocolate e resolvi experimentar. Meia hora mais tarde, assim que minhas veias começaram a bombear açúcar e cafeína, meu cérebro entrou em funcionamento e tive a ideia genial de começar meu dia complicando um pouco mais, se isso fosse possível, minha existência. Assim que o comércio abrisse, faria uma visita à loja de artigos de magia e prestidigitação da rua Princesa.

— O que está fazendo acordado a essa hora?

A voz de minha consciência, Isabella, me observava da porta.

— Comendo biscoito.

Isabella sentou-se à mesa e serviu uma xícara de café. Tinha cara de quem não tinha pregado o olho.

— Meu pai costuma dizer que essa é a marca favorita da rainha-mãe.

— Uma senhora formosa assim, como se pode ver.

Isabella pegou um biscoito e mordiscou com ar ausente.

— Já pensou no que vai fazer? Quer dizer, sobre o Sempere...

Isabella me lançou um olhar venenoso.

— E você, o que vai fazer hoje? Nada de bom, aposto.

— Tenho uns assuntos a resolver.

— Sim...

— Sim, sim, ou sim, duvido?

Isabella largou a xícara na mesa e me encarou com seu ar de interrogatório sumário.

— Por que nunca fala desse sei lá o quê entre você e esse sujeito, o patrão?

— Entre outras coisas, para o seu bem.

— Para o meu bem. Claro. Que idiota que eu sou. A propósito, esqueci de dizer que ontem o seu amigo inspetor passou por aqui.

— Grandes? Estava sozinho?

— Não. Acompanhado de dois capangas grandes como armários e com cara de cães farejadores.

A ideia de Marcos e Castelo na minha porta produziu um nó em meu estômago.

— E o que Grandes queria?

— Não disse.

— Mas o que disse então?

— Perguntou quem eu era.

— E você falou o quê?

— Que era sua amante.

— Muito bonito.

— Pois um dos grandalhões achou muito engraçado.

Isabella pegou outro biscoito e o devorou em duas dentadas. Percebeu que eu continuava a olhar para ela de rabo de olho e parou de mastigar imediatamente.

— O que foi agora? — perguntou, espalhando uma nuvem de migalhas de biscoito.

32

Um dedo de luz vaporosa caía do manto de nuvens e acendia a pintura vermelha da fachada da loja de artigos de magia na rua Princesa. O estabelecimento
ficava atrás de uma marquise de madeira entalhada. As vidraças da porta mal
insinuavam os contornos de um interior sombrio e vestido com cortinados
de veludo negro, que envolviam vitrines com máscaras e engenhos de gosto
vitoriano, baralhos viciados e adagas trucadas, livros de magia e frascos de
cristal polido que continham um arco-íris de líquidos com etiquetas em latim e engarrafados, provavelmente, em Albacete. A campainha da entrada
anunciou minha presença. No fundo, havia um balcão vazio. Esperei alguns
segundos, examinando a coleção de curiosidades do bazar. Estava procurando
meu rosto em um espelho que refletia toda a loja, exceto eu, quando percebi
pelo rabo do olho uma figura miúda que surgia por trás da cortina dos fundos.

— Um truque interessante, não é mesmo? — disse o homenzinho de
cabelo branco e olhar penetrante.

Fiz que sim.

— Como funciona?

— Ainda não sei. Chegou há poucos dias de um fabricante de espelhos
trucados de Istambul. O criador chama de inversão refratária.

— É um bom lembrete de que nada é o que parece — comentei.

— Menos a magia. Em que posso ajudá-lo, cavalheiro?

— Estou falando com o sr. Damián Roures?

O homenzinho concordou lentamente, sem pestanejar. Percebi que
seus lábios desenhavam uma careta risonha que, como seu espelho, não
era o que parecia. Seu olhar era frio e cauteloso.

— Um amigo recomendou seu estabelecimento.

— Posso perguntar quem teve a gentileza?

— Ricardo Salvador.

A pretensão de sorriso afável desapareceu de seu rosto.

— Não sabia que ainda estava vivo. Não o vejo há vinte e cinco anos.

— E Irene Sabino?

Roures suspirou, negando em silêncio. Rodeou o balcão e aproximou-se da porta. Pendurou o cartaz de fechado e passou a chave.

— Quem é o senhor?

— Meu nome é Martín. Estou tentando esclarecer as circunstâncias que cercaram a morte do sr. Diego Marlasca, a quem tenho ouvido dizer que conhecia.

— Que eu saiba, essas circunstâncias foram esclarecidas há muitos anos. O sr. Marlasca se suicidou.

— Pois sei de outra versão.

— Não sei o que esse policial lhe contou. O ressentimento afeta a memória, sr... Martín. Salvador tentou, na época, vender a ideia de uma conspiração da qual, no entanto, não tinha prova alguma. Todos sabiam que a viúva Marlasca estava esquentando a cama dele e que ele queria se transformar no herói da história. Como era de se esperar, seus superiores o colocaram na linha e ele ainda acabou expulso da corporação.

— Ele acha que o que aconteceu foi uma tentativa de ocultar a verdade.

Roures riu.

— A verdade... Não me faça rir. O que se tentou abafar foi o escândalo. O escritório de advocacia de Valera e Marlasca estava metido em quase todas as tramoias armadas nesta cidade. Ninguém tinha interesse em que uma história desse tipo viesse a público. Marlasca tinha abandonado a profissão, o trabalho e o casamento para se trancafiar naquele casarão e fazer sabe Deus o quê. Qualquer um com um pouco de juízo perceberia que aquilo não podia acabar bem.

— O que não impediu que você e seu sócio Jaco tentassem transformar a loucura de Marlasca em lucro, prometendo estabelecer contato com o além nas sessões espíritas que organizavam...

— Nunca lhe prometi nada. Aquelas sessões eram simples diversão. Todo mundo sabia disso. Não venha jogar a culpa em cima de mim, pois eu nunca fiz nada além de ganhar a vida honestamente.

— E seu sócio Jaco?

— Só respondo por mim mesmo. O que Jaco fez ou deixou de fazer não é responsabilidade minha.

— Então ele fez alguma coisa.

— O que quer que diga? Que levou todo o dinheiro que Salvador insistia em dizer que estava em uma conta secreta? Que matou Marlasca e enganou todo mundo?

— E não foi isso?

Roures ficou me olhando longamente.

— Não sei. Não voltei a vê-lo desde o dia em que Marlasca morreu. Já disse tudo o que sabia a Salvador e aos outros policiais. Nunca menti. Nunca. Se Jaco fez algo, nunca tive conhecimento nem obtive benefício algum.

— E o que me diz de Irene Sabino?

— Irene amava Marlasca. Ela nunca teria feito coisa alguma para prejudicá-lo.

— Sabe o que foi feito dela? Ainda está viva?

— Acho que sim. Disseram que está trabalhando em uma lavanderia do Raval. Irene era uma boa mulher. Boa até demais. Acabou assim. Acreditava naquelas coisas. Acreditava com todo o coração.

— E Marlasca? O que estava procurando no outro mundo?

— Marlasca estava metido em alguma coisa, mas não me pergunte o quê. Algo que nem eu nem Jaco tínhamos vendido ou poderíamos vender para ele. Tudo o que sei é o que ouvi Irene dizer certa vez. Ao que tudo indica, Marlasca tinha encontrado alguém, alguém que eu não conhecia, e olhe que conhecia e conheço tudo e todos nessa profissão, que prometeu que, se fizesse certa coisa, não sei o quê, conseguiria trazer seu filho Ismael de volta do mundo dos mortos.

— Irene contou quem era esse alguém?

— Ela nunca o viu. Marlasca não permitia que o visse. Mas sabia que ele tinha medo.

— Medo de quê?

Roures estalou a língua.

— Marlasca acreditava que estava amaldiçoado.

— Explique melhor.

— Já disse. Estava doente. Convencido de que algo tinha se apoderado de seu corpo.

— Alguma coisa?

— Um espírito. Um parasita. Sei lá. Olhe, nesse negócio você acaba conhecendo muita gente que não está exatamente em seu juízo perfeito. Uma tragédia pessoal acontece, a perda de um amante ou de uma fortuna, e eles caem no buraco. O cérebro é o órgão mais frágil do corpo. O sr. Marlasca não estava em seu juízo perfeito, e isso podia ser visto por qualquer um que conversasse com ele por cinco minutos. Foi por isso que me procurou.

— E você lhe disse exatamente o que ele queria ouvir.

— Não. Eu lhe disse a verdade.

— Sua verdade?

— A única que conheço. Para mim, aquele homem parecia estar seriamente desequilibrado e não quis me aproveitar dele. Essas coisas nunca acabam bem. Nesse nosso negócio, existe um limite que quem sabe onde pisa não deve ultrapassar. Podemos atender quem vem procurar diversão ou um pouco de emoção e consolo do além e cobramos pelos serviços prestados. Mas quem vem à beira de perder a razão deve ser mandado de volta para casa. Esse é um espetáculo como outro qualquer. O que procuramos são espectadores, não iluminados.

— Uma ética exemplar. O que disse então a Marlasca?

— Disse que tudo aquilo eram superstições, histórias. Disse que eu era um farsante que ganhava a vida organizando sessões de espiritismo para pobres infelizes que tinham perdido seus entes queridos e queriam acreditar que amantes, pais e amigos esperavam por eles do outro mundo. Disse que não havia nada do outro lado, só um grande vazio, que esse mundo era tudo o que tínhamos. Disse que esquecesse os espíritos e voltasse para sua família.

— E ele acreditou?

— Claro que não. Parou de comparecer às sessões e procurou ajuda em outro lugar.

— Onde?

— Irene foi criada nas barracas da praia do Bogatell e, embora tivesse feito fama dançando e representando no Paralelo, continuava pertencendo àquele lugar. Ela me contou que tinha levado Marlasca para ver uma mulher que todos chamavam de Bruxa do Somorrostro para pedir proteção contra essa pessoa com a qual Marlasca estava em dívida.

— Irene mencionou o nome dessa pessoa?

— Se mencionou, eu não lembro. Como disse, eles deixaram de comparecer às minhas sessões.

— Andreas Corelli?

— Nunca ouvi esse nome.

— Onde posso encontrar Irene Sabino?

— Já lhe disse tudo o que sei — respondeu Roures, exasperado.

— Uma última pergunta e vou embora.

— Vamos ver se é verdade.

— Lembra de ter ouvido Marlasca mencionar alguma vez uma coisa chamada *Lux Aeterna*?

Roures franziu a testa e negou.

— Muito obrigado por sua ajuda.

— De nada. Se possível, não volte mais aqui.

Concordei e fui me dirigindo para a saída. Roures me seguia com os olhos, receoso.

— Espere — chamou, antes que eu atravessasse a soleira.

Virei-me. O homenzinho me observava, hesitante.

— Acho que *Lux Aeterna* era o nome de uma espécie de panfleto religioso que usamos algumas vezes nas sessões do apartamento da rua Elisabets. Fazia parte de uma coleção de livretos semelhantes, provavelmente tomado emprestado da biblioteca de superstições da sociedade *O Porvir*. Não sei se está se referindo a isso.

— Lembra do que se tratava?

— Quem o conhecia melhor era meu sócio, Jaco, que comandava as sessões. Mas pelo que sei, *Lux Aeterna* era um poema sobre a morte e os sete nomes do Filho da Manhã, do Portador da Luz.

— O Portador da Luz?

Roures sorriu.

— Lúcifer.

33

Já na rua, rumei de volta à minha casa perguntando-me o que faria. Estava me aproximando da entrada da rua Montcada quando o vi. O inspetor Víctor Grandes, apoiado contra a parede, saboreava um cigarro e sorria para mim. Cumprimentou-me com a mão, e atravessei a rua em sua direção.

— Não sabia que estava interessado em magia, Martín.

— E eu também não sabia que estava me seguindo, inspetor.

— Não estou. No entanto, é um homem difícil de ser localizado e resolvi que, se a montanha não vinha a mim, eu iria à montanha. Dispõe de cinco minutos para bebermos alguma coisa? Convite da Chefatura de Polícia.

— Nesse caso... Não trouxe a carabina?

— Marcos e Castelo ficaram na Chefatura tratando da papelada, mas tenho certeza de que, se tivesse dito que vinha encontrá-lo, teriam arrumado um jeito de me acompanhar.

Descemos pelo desfiladeiro de velhos palácios medievais até El Xampanyet e ocupamos uma mesa no fundo. Um garçom armado com um pano que cheirava a água sanitária olhou para nós e Grandes pediu duas cervejas e um tira-gosto de queijo da Mancha. Quando as cervejas e o aperitivo chegaram, o inspetor estendeu-me o prato, mas recusei.

— Peço licença. Hora dessas já fico morrendo de fome.

— *Bon appétit.*

Grandes engoliu um pedacinho de queijo e lambeu os beiços com os olhos fechados.

— Não lhe disseram que passei ontem em sua casa?

— Recebi o recado com muito atraso.

— Compreensível. Que gracinha, a menina, pode acreditar. Como se chama mesmo?

— Isabella.

— Sem-vergonha, tem gente que sabe viver. Tenho inveja. E que idade tem o bombonzinho?

Lancei um olhar venenoso e o inspetor sorriu, satisfeito.

— Um passarinho me disse que está dando uma de detetive ultimamente. Não quer deixar nada para os profissionais?

— E como se chama o seu passarinho?

— Está mais para gavião. Um de meus superiores é amigo íntimo do dr. Valera.

— E também está sob o controle deles?

— Ainda não, meu amigo. Sabe como eu sou. Velha escola. A honra e essas merdas todas.

— Pena.

— Mas diga, como está o pobre Ricardo Salvador? Acredita que fazia uns vinte anos que não ouvia esse nome? Todos o davam como morto.

— Um diagnóstico precipitado.

— E como está, afinal?

— Sozinho, traído e esquecido.

O inspetor concordou lentamente.

— Faz a gente pensar no futuro que essa profissão pode oferecer, não é?

— Aposto que em seu caso as coisas vão ser diferentes e a subida aos mais altos cargos da corporação será coisa de alguns poucos anos. Posso vê-lo como comandante geral da corporação antes dos quarenta e cinco, beijando mãos de bispos e generais do Exército no desfile do dia de Corpus Christi.

Grandes assentiu friamente, ignorando meu tom sarcástico.

— Falando de beija-mãos, já ouviu a última de seu amigo Vidal?

Grandes nunca começava uma conversa sem ter um ás escondido na manga. Observou-me sorridente, saboreando meu desassossego.

— O que houve? — murmurei.

— Dizem que na outra noite sua esposa tentou se suicidar.

— Cristina?

— Claro, é verdade, você a conhece...

Não percebi que tinha levantado e que minhas mãos tremiam.

— Fique tranquilo. A sra. Vidal está bem. Foi apenas um susto, nada mais. Ao que tudo indica, exagerou um pouco com o láudano... Mas por favor, sente-se, Martín. Por favor.

Sentei. Meu estômago se contraía em um nó de prego.

— Quando foi isso?

— Uns dois ou três dias atrás.

A imagem de Cristina na janela da Villa Helius alguns dias antes me veio à memória, cumprimentando-me com a mão, enquanto eu desviava os olhos e lhe dava as costas.

— Martín? — chamou o inspetor, passando a mão diante de meus olhos como se eu tivesse desmaiado.

— Que foi?

O inspetor observou-me com o que me pareceu ser genuína preocupação.

— Tem alguma coisa para me contar? Sei que não vai acreditar, mas gostaria de poder ajudá-lo.

— Ainda acha que fui eu quem matou Barrido e seu sócio?

Grandes negou.

— Nunca acreditei nisso, mas outras pessoas bem que gostariam.

— Então por que está me investigando?

— Calma. Não estou investigando você, Martín. Nunca o investiguei. No dia em que resolver investigá-lo, logo vai perceber. Por enquanto, estou apenas observando, porque caiu em minha simpatia e não quero que se meta em nenhuma confusão. Por que não confia em mim e diz o que está acontecendo?

Nossos olhares se encontraram e, por um instante, fiquei tentado a confessar tudo. E teria feito isso mesmo, se soubesse por onde começar.

— Não está acontecendo nada, inspetor.

Grandes assentiu e olhou para mim com pesar, ou talvez fosse apenas decepção. Terminou de beber a cerveja e deixou algumas moedas na mesa. Deu um tapa em minhas costas e se levantou.

— Tome cuidado, Martín. E veja bem onde pisa. Nem todo mundo tem por você a mesma estima que eu.

— Não vou esquecer.

* * *

Era quase meio-dia quando voltei para casa sem conseguir afastar o pensamento daquilo que o inspetor tinha me contado. Quando cheguei na casa da torre, subi os degraus da escada lentamente, como se até a alma me pesasse. Abri a porta de entrada, temendo encontrar Isabella cheia de vontade de conversar. A casa estava em silêncio. Percorri o corredor até a galeria dos fundos e a encontrei lá, adormecida no sofá com um livro aberto no peito, um de meus velhos romances. Não pude deixar de sorrir. A temperatura dentro da casa tinha baixado sensivelmente naqueles dias de outono e fiquei com medo de que Isabella se resfriasse. Às vezes, eu a via andando pela casa com uma manta de lã nos ombros. Dei um pulo até seu quarto para pegar a manta e cobri-la em segredo. A porta estava entreaberta e, embora estivesse em minha própria casa, na verdade não tinha entrado naquele quarto desde que Isabella se instalara ali, e não me senti à vontade ao fazê-lo naquele momento. Vi a manta dobrada sobre uma cadeira e entrei para pegá-la. O quarto cheirava àquele aroma doce, meio de limão, de Isabella. A cama ainda estava desfeita e inclinei-me para arrumar os lençóis e cobertores, porque sabia que quando me dedicava a alguma daquelas tarefas domésticas, minha categoria moral ganhava pontos aos olhos de minha assistente.

Foi então que percebi que havia algo encaixado entre o colchão e o estrado. Uma ponta de papel aparecia por baixo da dobra do lençol. Quando puxei, verifiquei que se tratava de um maço de papéis. Puxei completamente e descobri que tinha em mãos cerca de vinte envelopes de papel azul amarrados com uma fita. Uma sensação de frio me invadiu, mas neguei para mim mesmo. Desfiz os nós da fita e peguei um dos envelopes. Tinha meu nome e endereço. No verso, apenas o nome do remetente: *Cristina*.

Sentei-me na cama de costas para a porta e examinei os envelopes um a um. O primeiro tinha várias semanas, o último, três dias. Todos os envelopes estavam abertos. Fechei os olhos e senti que as cartas caíam de minhas mãos. Foi quando a ouvi respirar atrás de mim, imóvel na entrada do quarto.

— Perdoe-me — murmurou Isabella.

Aproximou-se lentamente e se ajoelhou para pegar as cartas, uma a uma. Quando juntou todas elas em um maço, entregou-me com um olhar ferido.

— Fiz isso para protegê-lo.

Seus olhos encheram-se de lágrimas e ela pousou a mão em meu ombro.

— Saia — eu disse.

Afastei-a e me levantei. Isabella deixou-se cair no chão, gemendo como se alguma coisa a queimasse por dentro.

— Saia dessa casa.

Saí de lá sem me preocupar em fechar a porta às minhas costas. Cheguei na rua e deparei-me com um mundo de fachadas e rostos estranhos e distantes. Saí caminhando sem rumo, alheio ao frio e àquele vento cheio de chuva que começava a açoitar a cidade como o hálito de uma maldição.

34

O bonde parou às portas da torre de Bellesguard, onde a cidade morria ao pé da colina. Encaminhei-me para as portas do cemitério de San Gervasio, seguindo a trilha de luz amarelada que a iluminação do bonde perfurava na chuva. Os muros do campo-santo se erguiam a cerca de cinquenta metros, em uma fortaleza de mármore sobre a qual emergia um cortejo de estátuas da cor da tempestade. Na entrada do recinto, encontrei uma guarita onde um vigia envolto em um casaco esquentava as mãos no hálito de um braseiro. Quando me viu aparecer por entre a chuva, levantou sobressaltado. Examinou-me alguns segundos antes de abrir a portinhola.

— Estou procurando o mausoléu da família Marlasca.

— Vai escurecer em menos de meia hora. Melhor voltar outro dia.

— Quanto mais rápido disser onde fica, mais rápido irei embora.

O vigia consultou uma lista e mostrou a localização, assinalando com o dedo sobre o mapa do cemitério pendurado na parede. Afastei-me sem agradecer.

Não foi difícil encontrar o mausoléu no meio da cidadela de túmulos e jazigos que se aglomeravam dentro dos muros do cemitério. A estrutura tinha sido construída sobre uma base de mármore. De estilo modernista, o mausoléu descrevia uma espécie de arco formado por duas grandes escadarias dispostas em forma de anfiteatro, que subiam até uma galeria sustentada por colunas, cujo interior abrigava um pátio cercado pelas lápides. Uma cúpula coroava a galeria e ostentava no vértice uma figura de mármore escurecido. Seu rosto estava escondido por um véu, mas, quando se chegava mais perto do jazigo, parecia que aquela sentinela do além-túmulo girava a cabeça para seguir quem se aproximasse. Subi por uma das escadarias e, quando cheguei à entrada da galeria, parei e olhei para trás. Entreviam-se as luzes da cidade por entre a chuva, ao longe.

Entrei. A estátua de uma figura feminina abraçada a um crucifixo em atitude de súplica erguia-se bem no centro. Seu rosto tinha sido desfigurado por pancadas e alguém tinha pintado os olhos e os lábios de preto, dando-lhe um aspecto lupino. Aquele não era o único sinal de profanação do mausoléu. As lápides exibiam marcas ou arranhões que pareciam ter sido feitos com algum objeto pontiagudo e algumas estavam cobertas de desenhos obscenos e palavras que mal dava para ler na penumbra. O túmulo de Diego Marlasca ficava no fundo. Aproximei-me e apoiei a mão sobre a lápide. Peguei o retrato de Marlasca que Salvador tinha me dado e examinei.

Foi então que ouvi os passos na escadaria que dava acesso ao mausoléu. Guardei o retrato no casaco e me virei de frente para a entrada da galeria. Os passos tinham parado e não se ouvia nada além da chuva batendo sobre o mármore. Aproximei-me cautelosamente da entrada e coloquei a cabeça para fora. A silhueta estava de costas, contemplando a cidade à distância. Era uma mulher vestida de branco com a cabeça coberta por um manto. Virou-se lentamente e olhou para mim. Sorria. Apesar dos anos, a reconheci de imediato. Irene Sabino. Dei um passo em sua direção e só então compreendi que havia mais alguém às minhas costas. O impacto na nuca projetou um espasmo de luz branca. Senti que caía de joelhos. Um segundo mais tarde, desmoronei sobre o mármore encharcado. Uma silhueta escura recortava-se contra a chuva. Irene ajoelhou-se a meu lado. Senti sua mão rodear minha cabeça e apalpar o lugar onde tinha recebido a pancada. Vi como seus dedos voltavam banhados de sangue. Acariciou meu rosto com eles. A última coisa que vi antes de perder os sentidos foi que Irene Sabino pegava uma navalha de barbear e começava a abri-la devagar, e gotas prateadas de chuva deslizavam pelo fio, enquanto ela se aproximava de mim.

Abri os olhos ao brilho ofuscante de uma lamparina a óleo. O rosto do vigia me observava sem expressão alguma. Tentei piscar enquanto uma labareda de dor atravessava meu crânio a partir da nuca.

— Está vivo? — perguntou o vigia, sem especificar se a questão era dirigida a mim ou não passava de simples retórica.

— Sim — gemi. — Não se atreva a enfiar-me em alguma cova.

O vigia ajudou-me a me recostar. Cada centímetro me custava uma pontada na cabeça.

— O que houve?

— O senhor é quem sabe. Já devia ter fechado há uma hora, mas como não o vi voltar, vim ver o que estava acontecendo e encontrei o senhor aqui, dormindo como um bebê.

— E a mulher?

— Que mulher?

— Eram duas.

— Duas mulheres?

Suspirei, negando.

— Pode me ajudar a levantar?

Com a ajuda do vigia, consegui levantar. Foi então que senti uma ardência e percebi que estava com a camisa aberta. Várias linhas de cortes superficiais percorriam meu peito.

— Ouça, isso não está com cara boa...

Fechei o casaco e, ao fazê-lo, aproveitei para apalpar o bolso interno. O retrato de Marlasca tinha desaparecido.

— Tem telefone na guarita?

— Ah, claro... Fica na sala dos banhos turcos.

— Pode me ajudar a chegar pelo menos à torre Bellesguard para que possa chamar um táxi de lá?

O vigia reclamou e me segurou por baixo dos ombros.

— Eu avisei para voltar outro dia — disse ele, resignado.

35

Faltavam apenas alguns minutos para a meia-noite quando finalmente cheguei à casa da torre. Assim que abri a porta, soube que Isabella tinha ido embora. O som dos meus passos no corredor tinha outro eco. Não me dei ao trabalho de acender a luz. Entrei na casa na penumbra e cheguei à porta daquele que tinha sido seu quarto. Isabella tinha limpado e arrumado tudo. Os lençóis e cobertores estavam cuidadosamente dobrados sobre uma cadeira, o colchão despido. Seu cheiro ainda flutuava no ar. Fui até a galeria e sentei-me à escrivaninha que minha assistente costumava usar. Isabella tinha apontado os lápis, deixando-os arrumados dentro de um vaso. As folhas em branco estavam perfeitamente empilhadas em uma bandeja. O jogo de penas de caneta que tinha lhe dado de presente repousava em um extremo da mesa. A casa nunca me parecera tão vazia.

No banheiro, tirei as roupas encharcadas e coloquei uma gaze com álcool na nuca. A dor tinha diminuído até se transformar em um latejo surdo e em uma sensação geral não muito diferente de uma ressaca monumental. No espelho, os cortes que tinha no peito pareciam linhas traçadas com caneta. Eram cortes limpos e superficiais, mas ardiam que era uma beleza. Limpei com álcool e esperei que não inflamassem.

Enfiei-me na cama, cobrindo-me até o pescoço com dois ou três cobertores. As únicas partes do corpo que não doíam eram as que o frio e a chuva tinham amortecido até privá-las de qualquer sensação. Esperei até me esquentar, ouvindo aquele silêncio frio, um silêncio de ausência e vazio que afogava a casa. Antes de ir embora, Isabella tinha deixado o maço de envelopes com as cartas de Cristina na mesinha de cabeceira. Estiquei a mão e peguei uma ao acaso, datada de duas semanas antes.

Querido David:

Os dias passam e continuo a escrever cartas que você prefere não responder, se é que chega a abri-las. Comecei a pensar que, na verdade, escrevo essas linhas só para mim, para matar a solidão e poder acreditar que, pelo menos por um instante, ainda tenho você por perto. Todos os dias pergunto a mim mesma o que terá sido feito de você, e o que estará fazendo.

Às vezes, penso que foi embora de Barcelona para nunca mais voltar e imagino você em algum lugar rodeado de estranhos, começando uma vida nova que nunca poderei conhecer. Outras, penso que ainda me odeia, que destrói as cartas que escrevo e preferia nunca ter me conhecido. Não o culpo. É curioso como é fácil contar, sozinha diante de um pedaço de papel, aquilo que não me atreveria a dizer-lhe frente a frente.

As coisas não são fáceis para mim. Pedro não poderia ser melhor e mais compreensivo comigo, tanto que às vezes a sua paciência e vontade de me fazer feliz chegam a me irritar, o que só faz com que me sinta ainda mais miserável. Pedro me mostrou que tenho o coração vazio, que não mereço que ninguém me ame. Passa quase o dia inteiro comigo. Não quer me deixar sozinha.

Sorrio todo o dia e partilho com ele o leito. Quando me pergunta se o amo, digo que sim, mas quando vejo a verdade refletida em seus olhos, desejo estar morta. Nunca me cobrou por isso. Fala muito em você. Sente sua falta. Tanto que às vezes penso que a pessoa que ele mais ama neste mundo é você. Vejo que está envelhecendo sozinho com a pior das companhias, a minha. Não pretendo que você me perdoe, mas se desejo alguma coisa nesse mundo, é que você o perdoe. Não lhe negue sua amizade e sua companhia por minha causa.

Acabei ontem de ler um de seus livros. Pedro tem todos eles e gosto de lê-los, pois é a única maneira de me sentir perto de você. Era uma história triste e estranha, de dois bonecos quebrados e abandonados em um circo ambulante que, por uma noite, ganham vida, sabendo que morrerão ao amanhecer. Enquanto a lia, tive a impressão de que estava falando de nós dois.

Há algumas semanas, sonhei que voltava a vê-lo, que nos esbarrávamos na rua e você não se lembrava de mim. Sorria e perguntava como eu me chamava. Não sabia nada de mim. Não me odiava. Todas as noites, quando Pedro dorme a meu lado, fecho os olhos e imploro aos céus que me permita ter esse sonho de novo.

Amanhã, ou talvez depois, vou escrever de novo para dizer que o amo, embora isso não signifique mais nada para você.

CRISTINA

Deixei a carta cair no chão, incapaz de continuar lendo. *Amanhã será outro dia*, disse a mim mesmo. Dificilmente pior que aquele. Porém, nem imaginava que as delícias daquela jornada estavam apenas começando. Devo ter conseguido dormir no máximo umas duas horas quando despertei de repente, no meio da madrugada. Alguém estava batendo com força na porta da casa. Fiquei alguns segundos atordoado no escuro, procurando o fio do interruptor da luz. De novo, batidas na porta. Acendi a luz, saí da cama e aproximei-me da entrada. Abri o olho mágico. Três rostos na penumbra do patamar. O inspetor Grandes e, atrás dele, Marcos e Castelo, os três olhando fixamente para o visor. Respirei fundo algumas vezes antes de abrir.

— Boa noite, Martín. Desculpe a hora.

— E que horas seriam?

— Hora de mexer o traseiro, filho da puta — mastigou Marcos, arrancando um sorriso de Castelo que poderia me fazer em pedaços.

Grandes lançou um olhar de reprovação e suspirou.

— Um pouco mais de três da manhã. Posso entrar?

Suspirei aborrecido, mas concordei, dando-lhe passagem. O inspetor fez um sinal a seus homens para que esperassem no patamar. Marcos e Castelo concordaram a contragosto e lançaram-me um olhar de réptil. Fechei a porta em seus narizes.

— Deveria ter mais cuidado com esses dois — disse Grandes, enquanto caminhava pelo corredor, totalmente à vontade.

— Por favor, sinta-se em casa... — disse eu.

Voltei ao quarto e vesti de qualquer jeito a primeira coisa que encontrei, ou seja, roupas sujas empilhadas em uma cadeira. Quando fui para o corredor não havia sinal de Grandes.

Segui o caminho até a sala e lá o encontrei, contemplando as nuvens baixas deslizando sobre os terraços através das janelas.

— E o bombonzinho? — perguntou.

— Na casa dela.

Grandes se virou, todo sorridente.

— Homem sábio. Não oferece pensão completa — disse ele, indicando uma poltrona. — Sente-se.

Joguei-me na poltrona. Grandes ficou em pé, olhando-me fixamente.

— O que foi? — perguntei finalmente.

— Não está com boa aparência, Martín. Andou se metendo em alguma briga?

— Eu caí.

— Certo. Ouvi dizer que hoje visitou a loja de artigos de magia de propriedade do sr. Damián Roures, na rua Princesa.

— Ora, viu quando saí de lá ao meio-dia. O que significa isso?

Grandes me observava friamente.

— Pegue um casaco e um cachecol ou o que for. Está fazendo frio. Vamos à delegacia.

— Por quê?

— Faça o que mandei.

Um carro da Chefatura nos esperava no passeio do Borne. Marcos e Castelo enfiaram-me para dentro sem muita delicadeza e trataram de se sentar um de cada lado, apertando-me no meio.

— Está confortável, cavalheiro? — perguntou Castelo, enfiando o cotovelo em minhas costelas.

O inspetor sentou-se na frente, ao lado do motorista. Nenhum deles abriu o bico nos cinco minutos que demoramos para percorrer a Via Layetana, deserta e sepultada em uma névoa ocre. Quando chegamos à Delegacia Central, Grandes desceu do carro e entrou sem esperar. Marcos e Castelo me seguraram cada um por um braço como se quisessem pulverizar meus ossos e me arrastaram por um labirinto de escadas, corredores e celas até uma sala sem janelas que fedia a suor e urina. No centro da sala havia uma mesa de madeira carcomida e duas cadeiras bambas. Uma lâmpada nua pendia do teto e havia um ralo de escoamento no centro do aposento, no ponto para o qual convergiam os dois leves declives que formavam a superfície do chão. Fazia um frio atroz. Antes que me desse conta, a porta se fechou atrás de mim com força. Ouvi passos que se afastavam. Dei doze voltas naquela masmorra antes de resolver me abandonar em uma das cadeiras, que bamboleava. Na hora seguinte, além de minha respiração, do rangido da cadeira e do eco de uma goteira que não consegui localizar, não ouvi mais nenhum som.

Uma eternidade depois, ouvi o eco de passos que se aproximavam e em seguida a porta se abriu. Marcos apareceu, sorridente. Segurou a porta e deu passagem a Grandes, que entrou sem pousar os olhos em mim e se sentou na cadeira do outro lado da mesa. Fez um sinal afirmativo a Marcos e ele fechou a porta, não sem antes me jogar um beijo silencioso e piscar. O inspetor levou uns bons trinta segundos para se dignar a me olhar nos olhos.

— Se pretendia me impressionar, já conseguiu, inspetor.

Grandes não deu importância à minha ironia e cravou os olhos em mim como se nunca tivesse me visto antes em toda a vida.

— O que sabe sobre Damián Roures? — perguntou.

Dei de ombros.

— Não muito. Que é dono de uma loja de artigos de magia. Na verdade, não sabia nada até uns dias atrás, quando Ricardo Salvador me falou dele. Hoje, ou ontem, por que não sei mais que horas são, fui procurá-lo em busca de informação sobre o antigo morador da casa em que moro. Salvador disse que Roures e o antigo proprietário...

— Marlasca.

— Sim, Diego Marlasca. Como dizia, Salvador me contou que Roures e ele tiveram negócios anos atrás. Formulei algumas perguntas que ele respondeu como pôde ou como soube. Não sei muito mais que isso.

Grandes aprovou repetidamente.

— É essa a sua história?

— Não sei. Qual é a sua? Podemos comparar e no mínimo ficarei sabendo que merda estou fazendo no meio da noite, congelando em um porão que cheira a mijo.

— Não levante a voz para mim, Martín.

— Desculpe, inspetor, mas penso que podia pelo menos se dignar a dizer o que estou fazendo aqui.

— Vou lhe dizer o que está fazendo aqui. Cerca de três horas atrás, um vizinho do edifício onde se localiza o estabelecimento do sr. Roures voltava para casa bem tarde, quando encontrou a porta da loja aberta e as luzes acesas. Estranhou, entrou e, como não viu o dono e este não respondeu a seus chamados, foi até a sala dos fundos da loja, onde o encontrou de pés e mãos amarrados com arame a uma cadeira, e sobre uma poça de sangue.

Grandes fez uma longa pausa que dedicou a tentar me perfurar com os olhos. Supus que devia saber de mais alguma coisa. Grandes sempre deixava uma jogada de efeito para o final.

— Morto? — perguntei.

Grandes fez que sim.

— Bastante. Alguém tinha se divertido, arrancando seus olhos e cortando sua língua com uma tesoura. O legista supõe que tenha morrido afogado no próprio sangue cerca de meia hora depois disso.

Senti que o ar me faltava. Grandes caminhava ao meu redor. Parou às minhas costas e ouvi que acendia um cigarro.

— Como foi que aconteceu essa pancada? Dá para ver que é recente.

— Escorreguei na chuva e bati com a nuca.

— Não me faça de idiota, Martín. Não lhe convém. Prefere que o deixe um instante com Marcos e Castelo para ver se lhe ensinam boas maneiras?

— Certo. Alguém me bateu.

— Quem?

— Não sei.

— Essa conversa está começando a me aborrecer, Martín.

— Imagine a mim, então.

Grandes sentou-se novamente na minha frente e ofereceu um sorriso conciliador.

— Não acha que tenho algo a ver com a morte desse homem, acha?

— Não, Martín. Não acho. Mas acredito que você não está me dizendo a verdade e que, de alguma forma, a morte desse pobre infeliz está relacionada com sua visita. Como a de Barrido e Escobillas.

— E o que o faz pensar isso?

— Pode chamar de palpite.

— Já lhe disse tudo o que sei.

— Já avisei que não me faça de idiota, Martín. Marcos e Castelo estão aí fora à espera de uma oportunidade de conversar com você a sós. É isso que quer?

— Não.

— Então me ajude a tirá-lo dessa enrascada e mandá-lo para casa antes que seus lençóis acabem de esfriar.

— O que quer ouvir?

— A verdade, por exemplo.

Empurrei a cadeira para trás e me levantei, exasperado. O frio tinha se encravado em meus ossos e eu tinha a sensação de que minha cabeça ia explodir. Comecei a caminhar em círculos ao redor da mesa, cuspindo as palavras sobre o inspetor como se fossem pedras.

— A verdade? Pois eu lhe direi a verdade. A verdade é que não sei qual é a verdade. Não sei o que lhe contar. Não sei por que fui ver Roures nem Salvador. Não sei o que estou procurando nem o que está me acontecendo. Essa é a verdade.

Grandes me observava, impávido.

— Pare de dar voltas e sente-se. Está me deixando tonto.

— Não tenho vontade.

— Martín, o que acabou de dizer e nada são a mesma coisa. Só estou pedindo que me ajude para que eu possa ajudá-lo também.

— Não poderia me ajudar nem que quisesse.

— Quem poderia então?

Voltei a cair na cadeira.

— Eu não sei... — murmurei.

Tive a impressão de ver um sinal de pena, mas talvez fosse apenas cansaço, nos olhos do inspetor.

— Olhe, Martín. Vamos começar de novo. Vamos fazer as coisas à sua maneira. Conte-me uma história. Comece pelo começo.

Olhei para ele, em silêncio.

— Martín, não pense que não vou fazer meu trabalho só porque tenho simpatia por você.

— Faça o que tem que fazer. Chame João e Maria se lhe parecer melhor.

Naquele instante, percebi uma ponta de inquietude em seu rosto. Passos se aproximavam pelo corredor e alguma coisa me disse que o inspetor não estava esperando por eles. Ouviram-se algumas palavras e Grandes, nervoso, foi até a porta. Bateu três vezes e Marcos, que guardava a entrada, abriu. Um homem vestido com um casaco de pelo de camelo e terno combinando entrou na sala, olhou ao redor com cara de nojo e, em seguida, me deu um sorriso de infinita doçura, enquanto, calmamente, tirava as luvas. Fiquei olhando, atônito, reconhecendo o advogado Valera.

— Está tudo bem, sr. Martín? — perguntou.

Fiz que sim. O advogado foi com o inspetor até um canto. Ouvi que murmuravam. Grandes gesticulava com fúria contida. Valera olhava para ele friamente e negava. A conversa se prolongou por quase um minuto. Finalmente, Grandes bufou e deixou cair as mãos.

— Pegue seu cachecol, sr. Martín, que nós já vamos — disse Valera. — O inspetor já fez as perguntas que queria.

Às suas costas, Grandes mordeu os lábios, fulminando Marcos com os olhos enquanto ele sacudia os ombros. Sem desmanchar o sorriso amável e experiente, Valera pegou meu braço e me tirou daquela masmorra.

— Espero que o tratamento dispensado por esses agentes tenha sido correto, sr. Martín.

— Sim — consegui balbuciar.

— Um momento — chamou Grandes às nossas costas.

Valera parou e, indicando com um gesto para que eu me calasse, se virou.

— Qualquer pergunta que deseje fazer ao sr. Martín deve ser dirigida ao nosso escritório, onde será respondida com muito prazer. Entretanto, a menos que o senhor tenha algum motivo maior para deter o sr. Martín nestas dependências, vamos nos retirar por hoje, desejando-lhes muito boa noite e agradecendo sua gentileza, que terei prazer em mencionar a seus superiores, em especial o inspetor-chefe Salgado que, como o senhor bem sabe, é um grande amigo nosso.

O sargento Marcos fez menção de aproximar-se, mas o inspetor o deteve. Troquei um último olhar com ele antes que Valera agarrasse meu braço de novo e saísse me arrastando.

— Não pare — murmurou.

Percorremos o longo corredor ladeado por luzes fracas até uma escada que nos levou a outro longo corredor que chegava a uma portinhola que dava para o hall do andar térreo e para a saída, onde um Mercedes-Benz nos esperava com o motor ligado e um motorista que abriu a porta assim que viu o dr. Valera. Entrei e acomodei-me na cabine. O automóvel tinha calefação e os bancos de couro estavam mornos. Valera sentou-se a meu lado e, com um toque no vidro que separava a cabine do compartimento do motorista, ordenou que partisse. Assim que o carro arrancou e entrou na pista central da Via Layetana, Valera sorriu para mim como se nada tivesse acontecido e apontou para a névoa que se abria à nossa passagem como um matagal.

— Noite desagradável, não é mesmo? — perguntou casualmente.

— Para onde vamos?

— Para a sua casa, claro. A menos que prefira ir para um hotel ou...

— Não, está bem assim.

O carro descia lentamente pela Via Layetana. Valera observava as ruas desertas com desinteresse.

— O que está fazendo aqui? — perguntei finalmente.

— O que acha que estou fazendo? Cuidando de seus interesses como seu representante.

— Diga ao motorista que pare o carro — respondi.

O motorista procurou os olhos de Valera pelo retrovisor. Valera fez que não e o mandou seguir.

— Não diga bobagens, sr. Martín. É tarde, faz frio e vou acompanhá-lo até sua casa.

— Prefiro ir a pé.

— Seja razoável.

— Quem o enviou?

Valera suspirou e esfregou os olhos.

— Tem bons amigos, Martín. Nessa vida, é importante ter bons amigos e sobretudo saber mantê-los. Tão importante quanto se dar conta de que está enveredando por um caminho equivocado.

— E esse caminho passaria por acaso pela Casa Marlasca, no número 13 da estrada de Vallvidrera?

Valera sorriu pacientemente, como se estivesse repreendendo afetuosamente uma criança levada.

— Sr. Martín, deve acreditar quando digo que, quanto mais afastado se mantiver dessa casa e desse assunto, melhor será. Aceite pelo menos esse conselho.

O motorista virou no passeio de Colón e dirigiu-se para a entrada do passeio do Borne através da rua Comercio. Os caminhões de carne e peixes, de gelo e especiarias, começavam a se apinhar diante do grande recinto do mercado. Quando passamos, quatro rapazes descarregavam a carcaça de uma vitela aberta ao meio, deixando um rastro de sangue cujo cheiro se espalhava no ar.

— Um bairro cheio de encanto e vistas pitorescas esse seu, sr. Martín.

O motorista parou na entrada da rua Flassanders e desceu do carro para abrir a porta. O advogado desceu comigo.

— Vou acompanhá-lo até o portão — disse.

— Vão pensar que estamos namorando.

Entramos pelo desfiladeiro de sombras do beco rumo à minha casa. Ao chegar ao portão, o advogado estendeu a mão com cortesia profissional.

— Obrigado por me tirar daquele lugar.

— Não deve agradecer a mim — respondeu Valera, extraindo um envelope do bolso interno de seu casaco.

Reconheci o selo do anjo sobre o lacre até na penumbra que gotejava do lampião da parede sobre nossas cabeças. Valera estendeu-me o envelope e, com um último aceno de cabeça, afastou-se de volta ao carro que esperava por ele. Abri o portão e subi as escadas até o patamar de entrada. Ao entrar, fui direto para o escritório e pus o envelope na escrivaninha. Abri e extraí uma folha dobrada sobre a caligrafia do patrão.

Amigo Martín:

Confio e desejo que esta nota o encontre gozando de boa saúde e com boa disposição. Quis o acaso que estivesse de passagem por essa cidade e gostaria muito de poder desfrutar de sua companhia na próxima sexta-feira, às sete da noite, no salão de bilhar do Círculo Equestre, para discutirmos os progressos de nosso projeto.

Até então, receba os cumprimentos afetuosos do amigo,

Andreas Corelli

Dobrei o papel de novo e recoloquei-o cuidadosamente no envelope. Acendi um fósforo e, segurando pela pontinha, aproximei o envelope da chama e fiquei olhando enquanto ardia, até que o lacre se desmanchou em lágrimas escarlates que se derramavam sobre a escrivaninha e meus dedos ficaram cobertos de cinzas.

— Vá para o inferno — murmurei, enquanto a noite, mais escura do que nunca, caía por trás das vidraças.

36

Esperei um amanhecer que não chegava, sentado na poltrona do escritório até que a raiva tomou conta de mim e saí para a rua disposto a desafiar o alerta do advogado Valera. Soprava aquele vento frio que precedia o amanhecer, no inverno. Ao atravessar o passeio do Borne, tive a impressão de ouvir passos às minhas costas. Virei-me um instante, mas não vi ninguém exceto os empregados do mercado que descarregavam os caminhões, e continuei meu caminho. Quando cheguei à praça Palacio, avistei as luzes do primeiro bonde do dia esperando no meio da neblina que se arrastava desde as águas do porto. Serpentes de luz azul faiscavam sobre os cabos. Subi e me sentei na parte da frente. O mesmo trocador da outra vez me cobrou a passagem. Uma dúzia de passageiros foi gotejando pouco a pouco, todos sozinhos. Em alguns minutos, o bonde arrancou e começamos a viagem enquanto uma rede de cabos avermelhados se estendia no céu por entre as nuvens negras. Não era preciso ser poeta ou sábio para saber que aquele seria um dia ruim.

Quando chegamos a Sarrià, o dia tinha amanhecido com uma luz cinzenta e fraca que impedia que se apreciassem as cores. Subi pelas vielas solitárias do bairro em direção ao sopé da montanha. De repente, tive de novo a impressão de ouvir passos atrás de mim, mas cada vez que parava e olhava para trás, não havia ninguém. Finalmente cheguei à entrada do beco que levava à Casa Marlasca e abri caminho por entre o manto de folhas que gemia aos meus pés. Atravessei o pátio lentamente e subi os degraus até a porta principal, examinando as janelas da fachada. Bati três vezes e dei alguns passos para trás. Esperei um minuto sem obter nenhuma resposta e bati de novo. Ouvi o eco das batidas se perdendo no interior da casa.

— Alguém em casa? — chamei.

O arvoredo que envolvia a construção absorvia o eco de minha voz. Rodeei a casa até o pavilhão que hospedava a piscina e aproximei-me da galeria envidraçada. As janelas estavam cobertas por postigos de madeira semicerrados que impediam a visão do interior. Uma das janelas junto à porta de vidro que fechava a galeria estava entreaberta. Dava para ver o trinco que segurava a porta através do vidro. Enfiei o braço pela abertura e soltei a tranca do ferrolho. A porta cedeu com um som metálico. Olhei às minhas costas mais uma vez, para assegurar-me de que não havia ninguém, e entrei.

À medida que meus olhos se ajustavam à penumbra, comecei a perceber os contornos da sala. Fui até as janelas e as abri um pouco para ganhar mais alguma iluminação. Um leque de feixes de luz atravessou as trevas e desenhou o perfil da sala.

— Alguém em casa? — chamei de novo.

Ouvi o som de minha voz mergulhando nas entranhas da casa como uma moeda em um poço sem fundo. Encaminhei-me para um canto da sala, onde um arco de madeira entalhada dava passagem para um corredor com paredes de veludo cobertas de quadros que eu mal conseguia ver. No outro extremo, abria-se um salão circular com piso de mosaico e um mural de vidro esmaltado no qual se distinguia a figura de um anjo branco com um braço estendido e dedos de fogo. Uma grande escadaria de pedra subia em uma espiral que rodeava a sala. Parei ao pé da escada e chamei de novo.

— Bom dia? Sra. Marlasca?

A casa estava mergulhada em um silêncio absoluto e um eco enfraquecido carregava minhas palavras. Subi as escadas até o primeiro andar e parei no patamar, de onde se podia contemplar o salão e o mural. De lá, pude ver o rastro que meus passos tinham deixado na fina camada de poeira que cobria o solo. Além de minhas pegadas, o único sinal de passos que pude perceber foi uma espécie de esteira traçada sobre a poeira por duas linhas contínuas separadas por três palmos e um rastro de pegadas entre elas. Pegadas grandes. Observei aquelas marcas, desorientado, até que finalmente compreendi o que estava acontecendo. A passagem de uma cadeira de rodas e as pegadas de quem a empurrava.

Ouvi um ruído às minhas costas e me virei. Uma porta entreaberta no extremo de um dos corredores balançava levemente. Uma lufada de ar frio vinha de lá. Fui lentamente até a porta. Enquanto o fazia, passei os olhos pelos quartos que ficavam de ambos os lados. Eram dormitórios cujos móveis estavam cobertos por panos e lençóis. As janelas fechadas e uma densa penumbra sugeriam que não eram usados havia muito tempo, à exceção de um quarto bem maior do que os outros, um dormitório de casal. Entrei nesse quarto e verifiquei que tinha um cheiro estranho, aquela mescla de perfume e enfermidade que acompanhava os anciãos. Supus que aquele fosse o quarto da viúva Marlasca, mas não vi nenhum sinal de sua presença.

A cama estava feita com cuidado. Diante do leito havia uma cômoda sobre a qual repousavam vários retratos emoldurados. Em todos eles, sem exceção, via-se um menino de cabelos claros e expressão risonha. Ismael Marlasca. Em algumas fotos aparecia com a mãe ou com outras crianças. Não havia sinal de Diego Marlasca em nenhuma das fotografias.

O barulho de uma porta no corredor sobressaltou-me de novo e saí do quarto, deixando os retratos do modo como os tinha encontrado. A porta do quarto que ficava na ponta do corredor continuava a balançar. Fui até lá e parei um instante antes de entrar. Respirei fundo e a abri.

Tudo era branco. As paredes e o teto estavam pintados de branco imaculado. Cortinas de seda branca. Uma pequena cama coberta de panos brancos. Um tapete branco. Estantes e armários brancos. Depois da penumbra que reinava em toda a casa, aquele contraste ofuscou minha visão por alguns segundos. O aposento parecia tirado de uma visão de sonho, de uma fantasia de conto de fadas. Havia brinquedos e livros de história nas estantes. Um arlequim de porcelana de tamanho real estava sentado diante de um toucador, olhando-se no espelho. Um móbile de pássaros brancos pendia do teto. À primeira vista, parecia o quarto de um menino criado com muito mimo, Ismael Marlasca, mas tinha o ar opressivo de uma câmara mortuária.

Sentei-me na cama e suspirei. Foi então que percebi que alguma coisa estava fora de lugar naquele quarto. Um fedor adocicado flutuava no ar. Levantei e olhei ao redor. Sobre um gaveteiro havia um prato de porcelana com uma vela negra, a cera caída em um cacho de lágrimas escuras. Virei-me. O cheiro parecia vir da cabeceira da cama. Abri a gaveta e encontrei um crucifixo quebrado em três partes. Senti que o cheiro estava mais perto. Dei algumas voltas pelo quarto, mas não consegui localizar a fonte daquele fedor. Foi então que a vi. Havia alguma coisa embaixo da cama. Ajoelhei e olhei sob o leito. Uma caixa de latão, dessas que as crianças usavam para guardar seus tesouros de infância. Peguei a caixa e a coloquei em cima da cama. O fedor agora estava muito mais forte e penetrante. Ignorei a náusea e abri a caixa. No interior havia uma pomba branca com o coração atravessado por uma agulha. Dei um passo atrás, tapando a boca e o nariz, e fui retrocedendo até o corredor. Os olhos do arlequim com seu sorriso de chacal me observavam pelo espelho. Corri escada abaixo, em busca do corredor que levava para a sala de leitura e para a porta que tinha conseguido abrir no jardim. Em algum momento, pensei que estava perdido e que a casa, como uma criatura capaz de deslocar corredores e salões a seu bel-prazer, não queria me deixar escapar. Finalmente, avistei a galeria envidraçada e corri para a porta. Só então, enquanto lutava com o ferrolho, ouvi a risadinha maliciosa às minhas costas e vi que não estava sozinho. Virei-me no mesmo instante e pude apreciar uma silhueta escura que me observava do fundo do corredor com um objeto reluzente na mão. Um punhal.

O ferrolho cedeu sob minhas mãos e abri a porta com um empurrão. O impulso me fez cair de frente nas lajotas de mármore que cercavam a piscina. Meu rosto ficou a apenas um palmo da superfície e senti o fedor das águas estagnadas. Por um instante, examinei a escuridão no fundo da piscina. Um clarão se abriu entre as nuvens e a luz do sol deslizou através das águas, varrendo o fundo de ladrilhos meio soltos. A visão durou apenas um instante. A cadeira de rodas estava caída para a frente, encalhada no fundo. A luz seguiu seu percurso até a parte mais funda da piscina e foi lá que a encontrei. Apoiado contra a parede jazia algo que parecia um corpo envolto em um vestido branco esfarrapado. Pensei que fosse uma boneca, os lábios rubros carcomidos pela água e os olhos brilhantes como safiras. Seu cabelo ruivo balançava suavemente nas águas putrefatas, e sua pele era azul. Era a viúva Marlasca. Um segundo depois, o clarão no céu se apagou e as águas voltaram a ser um espelho escuro no qual só pude ver meu próprio rosto e uma silhueta materializando-se às minhas costas no umbral da galeria, com o punhal na mão. Levantei-me rapidamente e saí correndo para o jardim, atravessando o arvoredo, arranhando o rosto nos arbustos até ganhar o portão metálico e sair para o beco. Continuei correndo e não parei até chegar à estrada de Vallvidrera.

Uma vez lá, sem fôlego, virei e vi que a Casa Marlasca se escondia de novo no fundo do beco, invisível para o mundo.

37

Voltei para casa no mesmo bonde, percorrendo a cidade que escurecia a cada minuto sob um vento gelado que levantava as folhas secas das ruas. Ao descer na praça Palacio, ouvi dois marinheiros que vinham das docas falarem de uma tempestade que se aproximava por mar e que atingiria a cidade antes do anoitecer. Levantei os olhos e vi que um manto de nuvens vermelhas começava a cobrir o céu, espalhando-se sobre o mar como sangue derramado. Nas ruas que rodeavam o Borne, as pessoas apressavam-se a prender portas e janelas, os comerciantes fechavam suas lojas antes da hora e as crianças saíam para a rua para brincar contra o vento, erguendo os braços em cruz e rindo para o estrondo de trovões distantes. Os lampiões piscavam e o brilho dos relâmpagos velava as fachadas com sua luz branca. Corri até o portão da casa da torre e subi as escadas apressadamente. Dava para ouvir o rumor da tempestade através das paredes, aproximando-se.

Fazia tanto frio dentro de casa que dava para ver o contorno do meu hálito no corredor quando entrei. Fui direto para o quarto onde havia um velho aquecedor a carvão que só tinha usado umas quatro ou cinco vezes desde que morava ali. Acendi o aquecedor com um rolo de jornais velhos e secos. Acendi também a lareira da sala e me sentei sozinho diante das chamas. Minhas mãos tremiam, e eu não sabia se era de frio ou de medo. Esperei que o calor entrasse, contemplando a retícula de luz branca que os raios deixavam no céu.

A chuva não chegou antes do anoitecer e, quando começou a cair, desmoronou em cortinas de gotas furiosas que em apenas alguns minutos cegaram a noite e afogaram telhados e becos sob um manto negro que batia com força em paredes e vidros. Pouco a pouco, entre o aquecedor e a lareira, a casa foi esquentando, mas eu continuava com frio. Levantei-me e fui até o quarto em busca de cobertores para me aquecer. Abri o armário e comecei a remexer nos dois grandes gavetões da parte de baixo. O estojo continuava ali, escondido no fundo. Peguei-o e coloquei sobre a cama.

Abri e contemplei o velho revólver de meu pai, tudo o que me restava dele. Empunhei-o acariciando o gatilho com o dedo. Abri o tambor e coloquei seis balas da caixa de munição que havia no fundo duplo do estojo. Deixei a caixa sobre a mesinha de cabeceira e levei o revólver e um cobertor para a sala. Uma vez lá, caí no sofá enrolado no cobertor, com o revólver no peito, e abandonei o olhar na tempestade atrás das janelas. Podia ouvir o som do relógio que repousava na prateleira acima da lareira. Não precisava consultá-lo para saber que faltava apenas meia hora para o meu encontro com o patrão no salão de bilhar do Círculo Equestre.

Fechei os olhos e imaginei-o percorrendo as ruas da cidade, desertas e encharcadas de água. Imaginei-o sentado no banco de trás de seu carro, seus olhos dourados brilhando na escuridão e o anjo de prata sobre o capô do Rolls-Royce abrindo caminho na tormenta. Imaginei-o imóvel como uma estátua, sem respiração nem sorriso, sem expressão alguma. De repente, ouvi o barulho da lenha ardendo e da chuva atrás dos vidros e adormeci com a arma nas mãos e a certeza de que não iria àquele encontro.

Pouco depois da meia-noite, abri os olhos. A lareira estava quase apagada e a sala jazia mergulhada na penumbra ondulante projetada pelas chamas azuis que consumiam as últimas brasas. Continuava chovendo intensamente. O revólver ainda estava em minhas mãos, tépido. Fiquei ali estendido por alguns segundos, quase sem piscar. Adivinhei que havia alguém na porta antes que batesse.

Afastei o cobertor e me levantei. Ouvi de novo o barulho. Batidas na porta de casa. Levantei com a arma na mão e fui para o corredor. Mais uma vez, a batida. Dei alguns passos em direção à porta e parei. Imaginei-

-o sorrindo no patamar, o anjo de sua lapela brilhando no escuro. Tensionei o gatilho da arma. De novo, o som de uma mão batendo na porta. Quis acender a luz, mas não havia eletricidade. Continuei avançando até chegar à entrada. Ia abrir o visor, mas não me atrevi. Fiquei ali imóvel, quase sem respirar, segurando a arma no alto, apontando para a porta.

— Vá embora — gritei, sem força na voz.

Foi então que ouvi aquele pranto do outro lado e abaixei a arma. Abri a porta para a escuridão e encontrei-a ali. Estava com a roupa encharcada e tremendo. Sua pele estava gelada. Quando me viu, quase desmoronou em meus braços. Segurei-a e, sem encontrar palavras, abracei-a com força. Ela sorriu debilmente e, quando passei a mão em seu rosto, beijou-a, fechando os olhos.

— Perdoe-me — murmurou Cristina.

Ela abriu os olhos e pousou em mim aquele olhar ferido e partido que me perseguiria até o inferno. Sorri para ela.

— Bem-vinda de volta.

38

Despi Cristina à luz de uma vela. Tirei seus sapatos cheios de água, o vestido encharcado e as meias desfiadas. Sequei seu corpo e seu cabelo com uma toalha limpa. Ainda tremia de frio quando a deitei na cama e me estendi junto dela, abraçando-a para lhe passar calor. Ficamos assim por um longo período, em silêncio, ouvindo a chuva. Lentamente, senti que seu corpo ia esquentando sob minhas mãos e que começava a respirar profundamente. Pensei que tinha adormecido, quando a ouvi falar na penumbra.

— Sua amiga foi me ver.

— Isabella.

— Contou que tinha escondido minhas cartas de você. E que não o fez de má-fé. Achava que estava fazendo aquilo para o seu bem, e não deixa de ter razão.

Inclinei-me sobre ela e procurei seus olhos. Acariciei seus lábios e, pela primeira vez, ela sorriu levemente.

— Pensei que tinha se esquecido de mim — disse ela.

— Bem que tentei.

Tinha o rosto marcado pelo cansaço. Os meses de ausência tinham desenhado linhas sobre sua pele, e seu olhar tinha um ar de derrota e vazio.

— Já não somos mais jovens — disse Cristina, lendo meus pensamentos.

— E quando é que pudemos ser jovens, eu e você?

Puxei o cobertor para o lado e contemplei seu corpo nu estendido sobre o lençol branco. Acariciei seu pescoço e seu peito, mal roçando sua pele com a ponta dos dedos. Desenhei círculos em seu ventre e tracei o contorno dos ossos que se insinuavam sob os quadris. Deixei que meus dedos brincassem na penugem quase transparente entre suas coxas.

Cristina me observava em silêncio, com seu sorriso triste e seus olhos entreabertos.

— O que vamos fazer? — perguntou ela.

Voltei a me inclinar sobre ela e beijei seus lábios. Abraçou-me e ficamos ali estendidos, enquanto a luz da vela se extinguia lentamente.

— Pensaremos em alguma coisa — murmurou.

Pouco depois da aurora, acordei e descobri que estava sozinho na cama. Levantei-me de um salto, temendo que Cristina tivesse ido embora de novo no meio da noite. Então vi que suas roupas e seus sapatos continuavam na cadeira e respirei fundo. Encontrei-a na sala, enrolada em um cobertor e sentada no chão de frente para a lareira, onde a lenha em brasa desprendia um hálito de fogo azul. Sentei-me a seu lado e beijei seu pescoço.

— Não consegui dormir — disse ela, com o olhar fixo no fogo.

— Devia ter me acordado.

— Não tive coragem. Você estava com jeito de quem dormia pela primeira vez em meses. Preferi explorar sua casa.

— E?

— Essa casa está enfeitiçada de tristeza. Deveria pôr fogo nela.

— E onde iríamos viver?

— No plural?

— Por que não?

— Pensei que não escrevia mais contos de fadas.

— É como andar de bicicleta. Quando se aprende...

Cristina me olhou longamente.

— O que há naquele quarto no fim do corredor?

— Nada. Trastes velhos.

— Está fechado à chave.

— Quer ir ver?

Ela negou.

— É só uma casa, Cristina. Um monte de pedras e recordações. Nada mais.

Cristina assentiu, não muito convencida.

— Por que não vamos embora? — perguntou.

— Para onde?

— Para longe.

Não pude evitar um sorriso, mas ela não correspondeu.

— Até onde? — perguntei.

— Até onde ninguém saiba quem somos e nem se importe com isso.

— É isso que deseja?

— E você, não?

Hesitei por um instante.

— E Pedro? — perguntei, quase engasgando com as palavras.

Ela deixou cair o cobertor que cobria seus ombros e olhou-me desafiadoramente.

— Por acaso precisa da permissão dele para dormir comigo?

Mordi a língua. Cristina olhava para mim com lágrimas nos olhos.

— Perdão — murmurou ela. — Não tinha o direito de dizer isso.

Peguei o cobertor no chão e tentei cobri-la, mas ela saiu de lado e rejeitou meu gesto.

— Pedro me deixou — disse com voz alquebrada. — Foi ontem para o Ritz esperar que eu partisse. Disse que sabe muito bem que não o amo, que me casei com ele por gratidão e por pena. Disse que não deseja minha compaixão, que cada dia que passo a seu lado fingindo amá-lo só lhe faz mal. Disse que, fizesse o que fizesse, ele sempre me amaria e que por isso não queria me ver nunca mais.

Suas mãos tremiam.

— Amou-me com toda a sua alma, e eu só consegui torná-lo mais infeliz — murmurou.

Ela fechou os olhos e seu rosto se contorceu em uma máscara de dor. Um instante depois, deixou escapar um gemido profundo e começou a bater no próprio rosto e corpo com os punhos. Joguei-me sobre ela, rodeando-a com meus braços, imobilizando-a. Cristina lutava e gritava. Fiz pressão contra o solo, agarrando suas mãos. Ela rendeu-se lentamente, exausta, com o rosto coberto de lágrimas e saliva e os olhos vermelhos.

Ficamos ali parados quase meia hora, até que senti que seu corpo relaxava e ela mergulhava em um longo silêncio. Envolvi-a no cobertor e abracei-a por trás, escondendo minhas próprias lágrimas.

— Iremos para longe — murmurei em seu ouvido, sem saber se podia me ouvir ou me entender. — Iremos para longe, onde ninguém saiba quem somos e isso não tenha importância. Eu prometo.

Cristina virou a cabeça e olhou para mim. Sua expressão era devastada, como se tivessem quebrado sua alma a marteladas. Abracei-a com força e beijei sua testa. A chuva continuava batendo atrás dos vidros, e presos naquela luz cinza e pálida da aurora morta, pensei que, pela primeira vez, nos fundíamos.

39

Abandonei o trabalho para o patrão naquela mesma manhã. Enquanto Cristina dormia, subi para o escritório e guardei a pasta que continha todas as páginas, notas e observações do projeto em um velho baú que ficava junto à parede. Meu primeiro impulso foi queimar tudo, mas não tive coragem. Sempre senti, a vida inteira, que as páginas que ia deixando à minha passagem eram parte de mim. As pessoas normais traziam filhos ao mundo; os romancistas traziam livros. Estávamos condenados a deixar a vida neles, embora quase nunca nos agradecessem por isso. Estávamos condenados a morrer em suas páginas e, às vezes, a permitir que elas acabassem nos tirando a vida. Entre todas as estranhas criaturas de papel e tinta que trouxera para esse mundo miserável, aquela, minha oferenda mercenária às promessas do patrão, era sem dúvida a mais grotesca. Não havia nada naquelas páginas que merecesse algo além do fogo e, no entanto, não deixavam de ser sangue do meu sangue e não tinha coragem de destruí-las. Abandonei-as no fundo daquele baú e saí do escritório acabrunhado, quase envergonhado de minha covardia e da nebulosa sensação de paternidade que aquele manuscrito feito de trevas me inspirava. Provavelmente, o patrão saberia apreciar a ironia daquela situação. A mim inspirava nojo, simplesmente.

Cristina dormiu até o meio da tarde. Aproveitei para ir até uma leiteria perto do mercado para comprar leite, pão e queijo. A chuva tinha parado, enfim, mas as ruas estavam encharcadas e a umidade era palpável no ar, como se fosse uma poeira fria que penetrava nas roupas e nos ossos. Enquanto esperava minha vez na leiteria, tive a impressão de que alguém me observava. Quando saí à rua de novo e atravessei o passeio do Borne, olhei para trás e vi que um menino que não tinha mais que cinco anos estava me seguindo. Parei e olhei para ele. O menino também parou e me encarou.

— Não tenha medo — disse eu. — Venha cá.

O menino se aproximou alguns passos e parou a cerca de dois metros de mim. Sua pele era pálida, quase azulada, como se nunca tivesse visto a luz do sol. Vestia-se de preto e usava sapatos de verniz novos e reluzentes. Tinha a íris escura e pupilas tão grandes que mal dava para ver o branco dos olhos.

— Como se chama? — perguntei.

O menino sorriu e apontou para mim com o dedo. Quis dar um passo em sua direção, mas ele saiu correndo e fiquei olhando, enquanto se perdia no passeio.

Quando cheguei no portão de casa, encontrei um envelope encaixado na porta. O selo de lacre vermelho ainda estava quente. Olhei para um lado e outro da rua, mas não vi ninguém. Entrei e tranquei o portão com uma volta dupla. Parei ao pé da escada e abri o envelope.

Querido amigo:

Lamento profundamente que não tenha podido comparecer a nosso encontro da noite passada. Espero que esteja bem e que não tenha acontecido nenhuma emergência ou contratempo. Sinto não ter podido desfrutar do prazer de sua companhia nessa ocasião, mas espero e desejo que, não importa qual tenha sido o motivo que o impediu de reunir-se comigo, a questão tenha uma rápida e favorável solução e que, da próxima vez, a ocasião seja mais propícia a nosso encontro. Precisarei ausentar-me da cidade por alguns dias, mas assim que retornar lhe darei notícias. Ansioso para saber de você e dos progressos de nosso projeto, receba os cumprimentos sempre afetuosos de seu amigo,

Andreas Corelli

Apertei a carta na mão e enfiei-a no bolso. Entrei na casa silenciosamente e fechei a porta com suavidade. Cheguei à porta do quarto e vi que Cristina ainda estava dormindo. Fui para a cozinha e comecei a preparar um café da manhã completo. Poucos minutos depois, ouvi os passos de Cristina às minhas costas. Estava me observando da porta, metida em um velho pulôver meu que chegava à metade de suas coxas. Estava com o cabelo despenteado e os olhos inchados. Tinha marcas escuras dos tapas nos lábios e nas maçãs do rosto, como se alguém a tivesse esbofeteado com força. Evitava meu olhar.

— Desculpe — murmurou.

— Está com fome? — perguntei.

Negou, mas ignorei seu gesto e acenei para que se sentasse à mesa. Servi uma xícara de café com leite e açúcar e uma fatia de pão recém-saído do forno com queijo e um pouco de presunto. Ela não fez nem menção de tocar no prato.

— Só uma mordida — sugeri.

Cristina flertou com o queijo sem vontade e sorriu debilmente.

— Tem uma cara boa.

— Quando experimentar vai ver que é melhor ainda.

Comemos em silêncio. Cristina, para minha surpresa, comeu metade do prato. Em seguida, escondeu-se atrás da xícara de café e ficou me observando com o canto dos olhos.

— Se você quiser, posso ir embora hoje — disse ela, por fim. — Não se preocupe. Pedro me deu dinheiro e...

— Não quero que vá a lugar algum. Não quero que vá embora nunca mais. Ouviu bem?

— Não sou boa companhia, David.

— Então somos dois.

— Estava falando de verdade? Sobre irmos para longe?

Fiz que sim.

— Meu pai costumava dizer que a vida não nos dá segundas chances.

— Dá, mas somente para aqueles a quem não deu uma primeira. Na realidade, são chances de segunda mão que alguém não soube aproveitar, mas são melhores que nada.

Ela sorriu tristemente.

— Leve-me para dar um passeio — disse de repente.

— E onde quer ir?

— Quero me despedir de Barcelona.

40

No meio da tarde, o sol despontou sob o manto de nuvens que a tempestade tinha deixado para trás. As ruas reluzentes de chuva se transformaram em espelhos sobre os quais os passantes caminhavam e o céu cor de âmbar se refletia. Lembro que andamos até o começo da Rambla, onde a estátua de Colombo se erguia no meio da névoa. Caminhávamos em silêncio, contemplando as fachadas e a multidão como se fossem uma miragem, como se a cidade já estivesse deserta e esquecida. Barcelona nunca me pareceu tão bonita e tão triste quanto naquela tarde. Quando começou a anoitecer, fomos até a livraria Sempere & Filhos. Escondemo-nos em um portão do outro lado da rua, onde ninguém podia nos ver. A vitrine da velha livraria projetava um sopro de luz sobre os paralelepípedos úmidos e brilhantes. No interior, vimos Isabella montada em uma escada organizando os livros na última prateleira, enquanto o filho de Sempere fingia que revisava um livro de contabilidade atrás do balcão e olhava seus tornozelos de rabo de olho. Sentado em um canto, velho e cansado, o sr. Sempere observava os dois com um sorriso triste.

— Esse é o lugar onde encontrei quase todas as coisas boas de minha vida — disse eu, sem pensar. — Não quero lhe dizer adeus.

Quando voltamos para a casa da torre, já tinha escurecido. Ao entrar, fomos recebidos pelo calor do fogo que tinha deixado aceso antes de sair. Cristina adiantou-se pelo corredor e, sem dizer uma palavra, foi se despindo e deixando um rastro de roupa pelo chão. Encontrei-a deitada na cama, me esperando. Deitei a seu lado e deixei que guiasse minhas mãos. Enquanto a acariciava, sentia seus músculos tensionando-se sob a pele. Em seus olhos não havia ternura, mas um desejo de calor e de urgência. Abandonei-me em seu corpo, penetrando-a com raiva enquanto sentia suas unhas em minha pele. Ouvi quando gemeu de dor e de vida, como se o ar lhe faltasse. Finalmente, caímos exaustos e cobertos de suor, um ao lado do outro. Cristina apoiou a cabeça em meu ombro e procurou meus olhos.

— Sua amiga disse que você tinha se metido em uma enrascada.

— Isabella?

— Estava muito preocupada com você.

— Isabella tem certa tendência a pensar que é minha mãe.

— Não, acho que não é nada disso.

Evitei seu olhar.

— Contou que estava trabalhando em um livro novo, uma encomenda de um editor estrangeiro. Ela o chama de patrão. Diz que lhe paga uma fortuna, mas que você se sente culpado por ter aceitado o dinheiro. Diz que tem medo desse homem, o patrão, e que tem alguma coisa estranha nessa história.

Suspirei, irritado.

— Tem alguma coisa que Isabella não tenha lhe contado?

— O resto vai ficar entre nós duas — replicou ela, piscando. — Estava mentindo, por acaso?

— Não, mentindo não, especulando.

— E o tal livro é sobre o quê?

— É uma história para crianças.

— Isabella já tinha me avisado que diria isso.

— Se Isabella já lhe deu todas as respostas, por que fica perguntando?

Cristina olhou para mim com severidade.

— Para sua tranquilidade, e a de Isabella, decidi abandonar o livro. C'est fini — garanti.

— E quando foi isso?

— Esta manhã, enquanto você dormia.

Cristina franziu a testa, descrente.

— E esse homem, o patrão, já sabe disso?

— Ainda não falei com ele. Mas suponho que imagine. E, se não imagina, logo ficará sabendo.

— Terá que devolver o dinheiro, então?

— Não acredito que o dinheiro tenha a mínima importância para ele.

Cristina mergulhou em um longo silêncio.

— Posso lê-lo? — perguntou enfim.

— Não.

— Por que não?

— É um rascunho sem pé nem cabeça. Trata-se de um amontoado de ideias e notas, fragmentos soltos. Nada que seja legível. Ficaria entediada.

— Gostaria de ler assim mesmo.

— Por quê?

— Porque foi você quem escreveu. Pedro sempre diz que a única maneira de conhecer realmente um escritor é através do rastro de tinta que ele vai deixando: a pessoa que a gente pensa que vê nada mais é que um personagem oco, e a verdade se esconde sempre na ficção.

— Deve ter lido isso em algum postal.

— Na verdade, tirou de um livro seu. Sei disso porque também o li.

— O plágio não tira o pensamento da categoria das bobagens.

— Pois eu acho que faz sentido.

— Então deve ser verdade.

— Posso ler então?

— Não.

Jantamos o que tinha sobrado do pão e do queijo da manhã, sentados um em frente ao outro na mesa da cozinha, olhando-nos ocasionalmente. Cristina mastigava sem apetite, examinando cada bocado de pão à luz do candeeiro antes de levar à boca.

— Tem um trem que sai da Estação da França para Paris, amanhã ao meio-dia — disse ela. — É cedo demais?

Não conseguia tirar da cabeça a imagem de Andreas Corelli subindo as escadas e batendo à minha porta a qualquer momento.

— Acho que não.

— Conheço um hotelzinho na frente do Jardim de Luxemburgo que aluga quartos por mês. É um pouco caro, mas...

Preferi não perguntar como tinha conhecido o tal hotelzinho.

— O preço não importa, mas não falo francês — argumentei.

— Mas eu falo.

Baixei os olhos.

— Olhe nos meus olhos, David.

Levantei a vista a contragosto.

— Se preferir que eu vá embora...

Neguei repetidamente. Cristina agarrou minha mão e a levou aos lábios.

— Vai dar tudo certo. Você vai ver. Tenho certeza. Será a primeira coisa em minha vida que vai dar certo.

Olhei para ela, uma mulher arrasada na penumbra, com lágrimas nos olhos, e não desejei nada no mundo além de poder lhe devolver o que nunca tinha tido.

Deitamos no sofá da galeria, abrigados sob um par de cobertores, contemplando as brasas do fogo. Dormi acariciando o cabelo de Cristina e pensando que aquela seria a última noite que passaria naquela casa, a prisão em que tinha enterrado minha juventude. Sonhei que corria pelas ruas de uma Barcelona infestada de relógios cujos ponteiros giravam no sentido inverso. Becos e avenidas retorciam-se à minha passagem como túneis com vontade própria, formando um labirinto vivo que frustrava todos os meus esforços para seguir adiante. Finalmente, sob um sol do meio-dia que ardia no céu como em uma esfera de metal quente, conseguia chegar à Estação da França, dirigindo-me com toda pressa para a plataforma onde o trem começava a deslizar. Corria atrás dele, mas o trem ganhava velocidade e, apesar dos meus esforços, só conseguia roçá-lo com a ponta dos dedos. Continuava correndo até perder o fôlego e, ao chegar ao final da plataforma, caía no vazio. Quando levantava os olhos, já era tarde. O trem se afastava na distância, e o rosto de Cristina me fitava da última janela.

Abri os olhos e vi imediatamente que Cristina não estava lá. O fogo tinha se reduzido a um punhado de cinzas que quase não faiscavam mais.

Levantei-me e olhei através da janela. Amanhecia. Grudei o rosto no vidro e percebi uma claridade bruxuleante na janela do escritório. Fui até a escada que subia para a torre. Um clarão cor de cobre derramava-se sobre os degraus. Subi lentamente. Quando cheguei ao escritório, parei no umbral. Cristina estava de costas, sentada no chão. O baú junto à parede estava aberto. Ela segurava a pasta que continha o manuscrito do patrão e estava desfazendo o laço que a fechava.

Ao ouvir meus passos, parou.

— O que está fazendo aqui? — perguntei, tentando ocultar o alarme em minha voz.

Cristina virou-se para mim e sorriu.

— Bisbilhotando.

Ela seguiu a linha do meu olhar até a pasta que tinha nas mãos e esboçou uma careta maliciosa.

— O que tem aqui dentro?

— Nada. Notas. Observações. Nada que interesse...

— Mentiroso. Aposto que isso é o livro em que estava trabalhando — disse ela, começando a desfazer o laço. — Estou morrendo de vontade de ler...

— Preferia que não o fizesse — respondi, procurando o tom mais relaxado que fui capaz.

Cristina franziu a testa. Aproveitei o momento para ajoelhar-me diante dela e, delicadamente, arrebatar-lhe a pasta.

— O que está havendo, David?

— Nada, não está havendo nada — assegurei com um sorriso estúpido estampado no rosto.

Amarrei o laço novamente e recoloquei a pasta no baú.

— Não vai passar a chave? — perguntou Cristina.

Virei-me, disposto a dar uma desculpa, mas Cristina tinha desaparecido escada abaixo. Suspirei e fechei a tampa do baú.

Encontrei Cristina lá embaixo, no quarto. Por um instante, olhou para mim como se eu fosse um estranho. Fiquei parado na porta.

— Desculpe — comecei.

— Não tem nenhum motivo para me pedir desculpas. Não deveria ter metido o nariz onde não sou chamada.

— Não é isso.

Ela deu um sorriso abaixo de zero e fez um gesto de despreocupação capaz de cortar o ar.

— Não tem importância.

Concordei, deixando um segundo assalto para outra hora.

— Os guichês da Estação da França abrem cedo — comentei. — Acho que vou indo para estar lá quando abrirem e comprar as passagens para hoje ao meio-dia. Em seguida, irei ao banco tirar dinheiro.

Cristina se limitou a concordar.

— Muito bem.

— Por que não prepara uma maleta com um pouco de roupa nesse meio-tempo? Estarei de volta em duas horinhas, no máximo.

Cristina sorriu debilmente.

— Aqui estarei.

Aproximei-me dela e tomei seu rosto entre as mãos.

— Amanhã à noite estaremos em Paris — murmurei.

Beijei sua testa e parti.

41

O saguão da Estação da França estendia um espelho a meus pés, no qual se refletia o grande relógio suspenso no teto. Os ponteiros marcavam 7h35 da manhã, mas os guichês continuavam fechados. Um funcionário armado de escovão e espírito preciosista lustrava o chão assobiando uma canção e, dentro das limitações que o fato de ser capenga impunha, mexia-se com certo garbo. Na falta de coisa melhor para fazer, dediquei-me a observá-lo. Era um homenzinho miúdo que o mundo parecia ter encurvado até tirar-lhe tudo, menos o sorriso e o prazer de poder limpar aquele pedaço de chão como se fosse a Capela Sistina. Não havia mais ninguém no recinto e, finalmente, ele percebeu que estava sendo observado. Quando sua quinta passagem transversal o fez atravessar bem na frente de meu posto de vigilância em um dos bancos de madeira que ladeavam o saguão, o funcionário parou e, apoiando-se no escovão com as duas mãos, animou-se a olhar para mim abertamente.

— Nunca abrem na hora em que dizem — explicou, fazendo um gesto em direção aos guichês.

— E por que colocam um cartaz dizendo que abrirão às sete?

O homenzinho deu de ombros e suspirou com um ar filosófico.

— Bem, também põem horários para os trens e, nos quinze anos em que trabalho aqui, nunca vi um só trem que chegasse ou partisse na hora prevista — comentou.

O funcionário deu prosseguimento a sua limpeza profunda e quinze minutos mais tarde ouvi que a janelinha do guichê se abria. Aproximei-me e sorri para o encarregado.

— Pensei que abrissem às sete.

— É o que diz o cartaz. Mas o que deseja?

— Duas passagens de primeira classe para Paris no trem do meio-dia.

— Para hoje?

— Se não for muito incômodo.

A expedição dos bilhetes levou quase quinze minutos. Assim que deu por terminada a sua obra-prima, o encarregado os deixou cair no balcão com displicência.

— À uma. Plataforma quatro. Não se atrase.

Paguei e, ao não me retirar, fui presenteado com um olhar hostil e inquisitivo.

— Mais alguma coisa?

Sorri e neguei, oportunidade que ele aproveitou para fechar a janelinha na minha cara. Virei-me e atravessei o recinto imaculado e reluzente por cortesia daquele funcionário, que me cumprimentou de longe, desejando *bon voyage*.

A agência central do Banco Hispano Colonial na rua Fontanella lembrava um templo. Um grande pórtico dava passagem para uma nave com uma fileira de estátuas de cada lado, que se estendia até outra fileira de janelas dispostas como um altar. De ambos os lados, à semelhança de capelas e confessionários, havia mesas de carvalho e poltronões dignos de um marechal, tudo servido por um pequeno exército de funcionários e empregados variados, vestidos com esmero e armados de sorrisos cordiais. Retirei quatro mil francos em dinheiro e recebi as instruções sobre como retirar fundos na agência que o banco tinha na esquina da rue de Rennes com o boulevard Raspail, em Paris, perto do hotel que Cristina tinha mencionado. Com aquela pequena fortuna no bolso, despedi-me desobedecendo os conselhos do gerente sobre a imprudência de circular com tal quantidade de dinheiro pelas ruas da cidade.

O sol se levantava sobre o céu azul com a cor da boa fortuna e uma brisa limpa trazia o cheiro do mar. Meus passos eram leves, como se tivesse me livrado de uma carga tremenda, e comecei a pensar que a cidade tinha resolvido me deixar partir sem rancor. No passeio do Borne, parei para comprar flores para Cristina, rosas brancas presas em um buquê com um laço vermelho. Subi as escadas da casa da torre de dois em dois, com um sorriso estampado nos lábios e a certeza de que aquele seria o primeiro dia de uma vida que acreditava perdida para sempre. Estava pronto para abrir quando, ao introduzir a chave na fechadura, a porta cedeu. Estava aberta.

Empurrei-a para dentro e penetrei no vestíbulo. A casa estava em silêncio.

— Cristina?

Deixei as flores sobre a prateleira do saguão e fui até o quarto. Cristina não estava lá. Percorri o corredor até a sala do fundo. Não havia sinal de sua presença. Aproximei-me da escada do escritório e chamei em voz alta.

— Cristina?

O eco devolveu minha voz. Dei de ombros e consultei o relógio que havia em uma das vitrines da biblioteca da galeria. Eram quase nove da manhã. Supus que Cristina tivesse saído para pegar alguma coisa e que, mal-acostumada por sua vida em Pedralbes, na qual tratar com portas e fechaduras eram questões resolvidas pelos criados, tinha deixado a porta aberta ao sair. Enquanto esperava, resolvi me deitar no sofá da sala. O sol entrava pela vidraça, um sol limpo e brilhante de inverno, e convidava a deixar-se acariciar. Fechei os olhos e tratei de pensar no que ia levar comigo. Tinha vivido metade da minha vida cercado por aqueles objetos e agora, no momento de dizer adeus, era incapaz de fazer uma lista breve dos que considerava imprescindíveis. Pouco a pouco, sem que eu percebesse, estendido sob a luz tépida do sol e daquelas suaves esperanças, fui adormecendo placidamente.

Quando despertei e olhei para o relógio da biblioteca, era meio-dia e meia. Faltava apenas meia hora para a partida do trem. Levantei de um salto e corri até o quarto.

— Cristina?

Dessa vez percorri a casa inteira, aposento por aposento, até chegar ao escritório. Não havia ninguém, mas tive a impressão de perceber um cheiro estranho. Fósforo. A luz que penetrava pelas janelas exibia uma rede tênue de filamentos de fumaça azul suspensos no ar. Penetrei no escritório e vi um par de palitos de fósforo queimados no chão. Senti uma pontada de inquietude e me ajoelhei diante do baú. Abri e suspirei, aliviado. A pasta com o manuscrito continuava lá. Foi quando estava prestes a fechar o baú que percebi. O laço de fita vermelho que fechava a pasta estava desfeito. Peguei a pasta e abri. Revisei as páginas, mas não senti falta de nada. Fechei a pasta novamente, dessa vez com um nó duplo, e a devolvi a seu lugar. Fechei o baú e desci para o primeiro andar de novo. Sentei-me em uma cadeira da galeria, de frente para o longo corredor que conduzia à porta de entrada, disposto a esperar. Os minutos desfilaram com infinita crueldade.

Lentamente, a consciência do que tinha acontecido foi desmoronando a meu redor, e aquele desejo de acreditar e confiar foi se transformando em fel e amargura. Logo ouvi os sinos da Santa María soarem as duas horas. O trem para Paris já tinha deixado a estação e Cristina não tinha regressado. Compreendi então que tinha ido embora, que aquelas breves horas que compartilhamos tinham sido uma miragem. Olhei através das vidraças para o dia deslumbrante que já não tinha cor de boa sorte e imaginei Cristina de volta à Villa Helius, buscando abrigo nos braços de Pedro Vidal. Senti que o rancor ia envenenando meu sangue vagarosamente e ri de mim e de minhas absurdas esperanças. Fiquei ali, incapaz de dar um passo sequer, contemplando a cidade escurecer sob o crepúsculo e as sombras alongando-se sobre o chão do escritório. Levantei-me e fui até a vidraça. Escancarei os dois lados da janela ao mesmo tempo e me debrucei. Uma queda vertical de metros suficientes se abria diante de mim. Suficientes para pulverizar meus ossos, para transformá-los em punhais que atravessariam meu corpo, deixando-o apagar-se em uma poça de sangue no meio do pátio. Conjecturei se a dor seria tão atroz quanto imaginava ou se a força do impacto bastaria para adormecer os sentidos e me dar uma morte rápida e eficiente.

Foi então que ouvi as batidas na porta. Uma, duas, três. Chamavam insistentemente. Virei-me, ainda aturdido por aqueles pensamentos. Bateram de novo. Havia alguém lá embaixo, batendo em minha porta. Meu coração deu um salto e lancei-me escadas abaixo convencido de que

Cristina tinha voltado, que algo tinha acontecido no caminho, que meus miseráveis e desprezíveis sentimentos de ciúme eram injustificados, que aquele seria, afinal, o primeiro dia de uma vida prometida. Corri até a porta e abri. Ela estava ali, na penumbra, vestida de branco. Quis abraçá--la, mas então olhei para seu rosto cheio de lágrimas e compreendi que aquela mulher não era Cristina.

— David — murmurou Isabella, com a voz trêmula. — O sr. Sempere morreu.

TERCEIRO ATO
O JOGO DO ANJO

1

Quando chegamos à livraria, já tinha anoitecido. Um brilho dourado rompia o azul da noite na porta da Sempere & Filhos, onde uma centena de pessoas tinha se reunido com velas acesas nas mãos. Alguns choravam em silêncio, outros entreolhavam-se sem saber o que dizer. Reconheci alguns rostos, amigos e clientes de Sempere, gente à qual o velho livreiro tinha dado livros de presente, leitores que tinham se iniciado na leitura com ele. À medida que a notícia se espalhava pelo bairro, chegavam mais leitores e amigos que não podiam acreditar que o sr. Sempere estivesse morto.

As luzes da livraria estavam acesas e, no interior, via-se dom Gustavo Barceló abraçando com força um rapaz que mal se aguentava em pé. Não percebi que era o filho de Sempere até que Isabella apertou minha mão e levou-me para dentro. Quando me viu entrar, Barceló levantou os olhos e me lançou um sorriso derrotado. O filho do livreiro chorava em seus braços e não tive coragem de me aproximar para cumprimentá-lo. No entanto, Isabella foi até lá e pousou a mão em suas costas. Sempere filho virou-se e pude ver seu rosto desfeito. Isabella levou-o até uma cadeira e fez com que se sentasse. O filho do livreiro desmoronou em cima da cadeira como um boneco quebrado. Isabella se ajoelhou a seu lado e abraçou-o. Nunca tinha me sentido tão orgulhoso de ninguém quanto de Isabella naquele momento: já não parecia uma mocinha apenas; era uma mulher, mais forte e mais sábia que qualquer um dos que estavam ali.

Barceló aproximou-se de mim e estendeu a mão, que tremia. Eu a apertei.

— Faz umas duas horas — explicou com voz rouca. — Ficou um instante sozinho na livraria e, no que o filho voltou... Dizem que estava discutindo com alguém... Não sei. O médico diz que foi o coração.

Engoli em seco.

— Onde está?

Barceló indicou com a cabeça a porta da salinha de trás. Assenti e fui naquela direção. Antes de entrar, respirei fundo e fechei as mãos, apertando-as. Atravessei a soleira da porta e o vi. Estava estendido na mesa, com as mãos cruzadas sobre o ventre. Sua pele estava branca como papel, e os traços de seu rosto pareciam apagados, como se fossem de papelão. Ainda estava com os olhos abertos. Senti que o ar me faltava, e foi como se alguma coisa me golpeasse o estômago com uma força enorme. Busquei apoio na mesa e respirei profundamente. Inclinei o corpo sobre ele e fechei suas pálpebras. Acariciei sua face, que estava fria, e olhei ao redor, para aquele mundo de páginas e sonhos que ele tinha criado. Desejei acreditar que Sempere continuava ali, entre seus livros e seus amigos. Ouvi alguns passos às minhas costas e me virei. Barceló escoltava dois homens de semblante sombrio, vestidos de preto, cuja profissão era inquestionável.

— Esses senhores vieram da funerária — explicou.

Ambos cumprimentaram-nos com gravidade profissional e aproximaram-se para examinar o corpo. Um deles, alto e enxuto, fez uma avaliação sumaríssima e indicou alguma coisa ao companheiro, que concordou e anotou as indicações em um caderninho de notas.

— A princípio, o enterro será amanhã à tarde, no cemitério do Leste — disse Barceló. — Resolvi me encarregar do assunto, pois o filho, como vimos, está arrasado. E essas coisas, quanto antes...

— Obrigado, dom Gustavo.

O livreiro olhou para o velho amigo e sorriu entre lágrimas.

— O que vamos fazer agora que o velho nos deixou sozinhos?

— Não sei...

Um dos empregados da funerária pigarreou discretamente, indicando que tinha algo a comunicar.

— Se os senhores estiverem de acordo, meu colega e eu vamos buscar o ataúde e...

— Faça o que tiver que fazer — cortei.

— Alguma preferência no que diz respeito aos últimos ritos?

Olhei para ele sem entender.

— O falecido era religioso?

— O sr. Sempere acreditava nos livros — disse eu.

— Entendo — respondeu, retirando-se.

Olhei para Barceló, que deu de ombros.

— Deixe que ele pergunte ao filho — acrescentei.

Regressei para a parte da frente da livraria. Isabella me lançou um olhar interrogador e levantou do lado de Sempere filho. Aproximou-se e falei com ela sobre minhas dúvidas.

— O sr. Sempere era muito amigo do padre da igreja de Santa Ana, aqui ao lado. Dizem por aí que os padres do arcebispado tentam afastá-lo há anos por rebeldia e insubordinação, mas como não podem com ele, preferem esperar que morra, já que é bem velhinho.

— É o homem de que precisamos — respondi.

— Pode deixar que falo com ele — disse Isabella.

Apontei para Sempere filho.

— Como ele está?

Isabella olhou-me nos olhos.

— E você?

— Estou bem — menti. — Quem vai ficar com ele essa noite?

— Eu — disse ela, sem hesitar nem um segundo.

Assenti e beijei seu rosto antes de voltar para a salinha dos fundos. Lá encontrei Barceló sentado diante do velho amigo e, enquanto os empregados da funerária tomavam medidas e perguntavam sobre roupas e sapatos, serviu duas doses de brandy e me passou uma. Sentei-me a seu lado.

— À saúde do amigo Sempere, que nos ensinou a ler, quando não a viver.

Brindamos e bebemos em silêncio. Ficamos ali até os empregados da funerária voltarem com o caixão e as roupas com as quais Sempere seria enterrado.

— Se os senhores concordarem, nos encarregamos disso — sugeriu o que parecia mais despachado.

Concordei. Antes de passar para a frente da livraria, procurei pelo velho exemplar de *Grandes esperanças* que nunca tinha pegado de volta e coloquei nas mãos do sr. Sempere.

— Para a viagem — disse.

Quinze minutos depois, os empregados da funerária puseram o ataúde sobre uma grande mesa disposta no centro da livraria. Uma multidão tinha se reunido na rua e esperava em profundo silêncio. Fui até a porta e abri. Um a um, os amigos de Sempere foram desfilando no interior da loja para ver o livreiro. Mais de um não conseguiu conter as lágrimas e, diante do espetáculo, Isabella pegou Sempere filho pela mão e levou-o para o apartamento em cima da livraria onde tinha passado a vida inteira com o pai. Barceló e eu ficamos ali, acompanhando o velho Sempere, enquanto as pessoas chegavam para se despedir. Alguns, os mais chegados, ficavam. O velório durou a noite inteira. Barceló ficou até as cinco da manhã e eu fiquei até que Isabella desceu do apartamento, logo depois do amanhecer, e ordenou que fosse para casa, nem que fosse para tomar um banho e trocar de roupa.

Olhei o pobre Sempere e sorri. Não podia acreditar que nunca mais iria passar por aquelas portas e encontrá-lo atrás do balcão. Lembrei-me da primeira vez em que tinha visto a livraria, quando era apenas um menino, e o livreiro me pareceu muito alto e forte. Indestrutível. O homem mais sábio do mundo.

— Vá para casa, por favor — sussurrou Isabella.

— Para quê?

— Por favor...

Acompanhou-me até a rua e me abraçou.

— Sei o quanto gostava dele e o que significava para você — comentou ela.

Ninguém sabe, pensei. *Ninguém*. Porém, concordei e, depois de beijar seu rosto, saí andando sem rumo, percorrendo ruas que me pareciam mais vazias que nunca, fantasiando que, se não parasse, se continuasse caminhando, não iria perceber que o mundo que pensava conhecer não estava mais lá.

2

A multidão tinha se reunido na porta do cemitério esperando a chegada do carro fúnebre. Ninguém se atrevia a falar. Ouvia-se o barulho do mar à distância e o eco do trem de carga deslizando para a cidade de fábricas que se estendia às costas do campo-santo. Fazia frio e os flocos de neve flutuavam ao vento. Pouco depois das três da tarde, o carro fúnebre, puxado por cavalos negros, penetrou em uma avenida margeada de ciprestes e velhos armazéns. Sempere filho e Isabella acompanhavam o corpo. Seis colegas da associação de livreiros de Barcelona, dom Gustavo entre eles, ergueram o caixão e entraram no recinto. As pessoas os seguiram, formando um cortejo silencioso que percorreu ruas e pavilhões do cemitério sob um manto de nuvens baixas que ondulavam como uma lâmina de mercúrio. Ouvi alguém dizer que o filho do livreiro parecia ter envelhecido quinze anos em uma noite. Referia-se a ele como o sr. Sempere, pois agora seria o responsável pela livraria: por quatro gerações aquele bazar encantado da rua Santa Ana nunca tinha mudado de nome, sempre sob o comando de algum sr. Sempere. Isabella estava de braços dados com ele e dava a impressão de que, se não estivesse ali, o homem desabaria como uma marionete sem fios.

O pároco da igreja de Santa Ana, um veterano da idade do falecido, esperava ao pé do túmulo, uma lápide de mármore sóbria e sem adornos que quase passava despercebida. Os seis livreiros que tinham carregado o ataúde deixaram-no descansar sobre o túmulo. Barceló, que tinha me visto, cumprimentou-me com a cabeça. Preferi ficar atrás, não sei se por covardia ou por respeito. De lá, podia ver o túmulo de meu pai, cerca de trinta metros além. Assim que o cortejo se dispôs ao redor da tumba, o padre levantou os olhos e sorriu.

— O sr. Sempere e eu fomos amigos por quase quarenta anos, e em todo esse tempo só falamos de Deus e dos mistérios da vida em uma ocasião. Quase ninguém sabe disso, mas o amigo Sempere não pisava em uma igreja desde o funeral de sua esposa, Diana, ao lado de quem o colocamos hoje, para que descansem um junto ao outro para sempre. Talvez por isso, todos pensassem que fosse um ateu. Mas era um homem de fé. Acreditava em seus amigos, na verdade das coisas e em algo em que não se atrevia a pôr um nome ou um rosto, pois dizia que para isso existíamos nós, os padres. O sr. Sempere acreditava que todos fazíamos parte de algo e que, ao deixar esse mundo, nossas lembranças e nossos desejos não se perdiam, mas passavam a ser lembranças e desejos de quem viesse ocupar nosso lugar. Não sabia se havíamos criado Deus à nossa imagem e semelhança ou se Ele nos tinha criado sem saber muito bem o que fazia. Acreditava que Deus, ou o que quer que seja que nos trouxe para esse mundo, vivia em cada uma de nossas ações, em cada uma de nossas palavras e se manifestava em tudo o que nos fazia ser algo além de simples imagens de barro. O sr. Sempere acreditava que Deus vivia um pouco, ou muito, nos livros, e por isso dedicou sua vida a partilhá--los, a protegê-los e a garantir que suas páginas, como nossas lembranças e nossos desejos, não se perdessem jamais, pois acreditava, e me fez acreditar também, que, enquanto restar uma só pessoa no mundo capaz de lê-los e vivê-los, haverá um pedaço de Deus ou de vida. Sei que meu amigo não gostaria que nos despedíssemos dele com orações e cânticos. Sei que para ele bastaria saber que seus amigos, todos os que vieram aqui hoje para a despedida, nunca o esquecerão. Não tenho dúvida de que o Senhor, embora o velho Sempere não esperasse por isso, acolherá nosso querido amigo e sei também que viverá para sempre no coração de todos os que estamos aqui agora, de todos que algum dia descobriram a magia dos livros graças a ele e de todos que, mesmo sem tê-lo conhecido, algum dia atravessarão as portas de sua pequena livraria onde, como ele gostava de dizer, a história sempre acabava de começar. Descanse em paz, amigo Sempere, e que Deus nos dê a oportunidade de honrar sua lembrança e de agradecer o privilégio de tê-lo conhecido.

Um infinito silêncio apoderou-se do recinto quando o pároco acabou de falar e retrocedeu alguns passos, abençoando o ataúde e baixando os olhos. A um sinal do chefe dos empregados da funerária, os coveiros se adiantaram e desceram o caixão lentamente com cordas. Lembro-me do som que fez ao tocar o fundo e dos soluços abafados entre as pessoas. Lembro que fiquei ali, incapaz de dar um passo, vendo como os coveiros cobriam o túmulo com a grande lápide de mármore em que se lia apenas a palavra *Sempere* e sob a qual sua esposa Diana jazia havia vinte e seis anos.

Lentamente, o cortejo foi se retirando rumo às portas do cemitério, onde as pessoas se separaram em grupos sem saber para onde ir, pois ninguém queria ir embora, deixando para trás o pobre sr. Sempere. Barceló e Isabella, um de cada lado, levaram o filho do livreiro. Fiquei ali até que todos se afastaram e só então ousei me aproximar do túmulo de Sempere. Ajoelhei-me e pousei a mão sobre o mármore.

— Até breve — murmurei.

Ouvi quando se aproximava e soube que era ele, antes mesmo de vê-lo. Levantei-me e me virei. Pedro Vidal me ofereceu a mão e o sorriso mais triste que já vi.

— Não vai apertar minha mão? — perguntou.

Não o fiz e alguns segundos depois Vidal balançou a cabeça e retirou a mão.

— O que está fazendo aqui?

— Sempere também era meu amigo — replicou Vidal.

— Sim. E veio sozinho?

Vidal me olhou sem entender.

— Onde está? — perguntei

— Quem?

Deixei escapar um riso amargo. Barceló, que tinha nos visto, estava se aproximando com ar consternado.

— O que prometeu a ela agora para comprá-la?

O olhar de Vidal endureceu.

— Você não sabe o que diz, Martín.

Adiantei-me até sentir seu hálito em meu rosto.

— Onde está ela? — insisti.

— Não sei — disse Vidal.

— Claro — respondi, desviando o olhar.

Dei meia-volta, disposto a ir diretamente para a saída, mas Vidal agarrou meu braço e me deteve.

— David, espere...

Antes que pudesse perceber o que estava fazendo, virei-me e acertei-lhe um soco com todas as minhas forças. Meu punho estalou contra seu rosto e vi quando caiu para trás. Vi que havia sangue em minha mão e ouvi passos que se aproximavam correndo. Braços me seguraram e me afastaram de Vidal.

— Pelo amor de Deus, Martín... — disse Barceló.

O livreiro ajoelhou-se junto a Vidal, que estava com a boca cheia de sangue e ofegava. Barceló segurou sua cabeça e lançou-me um olhar furioso. Fui embora o mais rápido que pude, cruzando no caminho com alguns passantes que tinham parado para ver a briga. Não tive coragem de olhar para eles.

3

Passei vários dias sem sair de casa, dormindo fora de hora, mal tocando em comida. À noite, sentava-me na galeria diante do fogo e escutava o silêncio, esperando ouvir passos na porta, pensando que Cristina ia voltar, que assim que soubesse da morte do sr. Sempere voltaria para mim, nem que fosse por pena, o que naquele momento já me bastava. Quando fazia quase uma semana da morte do livreiro e já sabia que Cristina não voltaria, comecei a subir de novo para o escritório. Resgatei o manuscrito do patrão do baú e comecei a reler, saboreando cada frase e cada parágrafo. A leitura me inspirava nojo e, ao mesmo tempo, uma obscura satisfação. Quando pensava nos cem mil francos que pareciam tanta coisa no início, sorria para mim mesmo, pensando que aquele filho da mãe tinha me comprado por muito pouco. A vaidade embaçava a amargura, e a dor fechava a porta da consciência. Em um ato de soberba, reli *Lux Aeterna*, a obra de meu predecessor, Diego Marlasca, e, em seguida, entreguei suas páginas às chamas da lareira. Onde ele tinha fracassado, eu triunfaria. Onde ele tinha se perdido pelo caminho, eu encontraria a saída do labirinto.

Voltei ao trabalho no sétimo dia. Esperei que desse meia-noite e me sentei na escrivaninha. Uma página limpa no tambor da Underwood e a cidade escura atrás das janelas. As palavras e imagens brotaram de minhas mãos como se estivessem esperando com raiva na prisão da alma. As páginas fluíam sem consciência nem medida, sem outra vontade senão a de enfeitiçar e envenenar os sentidos e o pensamento. Tinha parado de pensar no patrão, em suas recompensas ou exigências. Pela primeira vez na vida, escrevia para mim e para mais ninguém. Escrevia para atear fogo ao mundo e consumir-me com ele. Trabalhava todas as noites até cair exausto. Batia nas teclas da máquina até os dedos sangrarem e a febre nublar minha vista.

Certa manhã de janeiro, quando já tinha perdido a noção de tempo, ouvi alguém bater na porta. Estava estendido na cama, a vista perdida na velha fotografia de Cristina menina, caminhando de mãos dadas com um desconhecido naquele cais que penetrava em um mar de luz, naquela imagem que agora parecia ser a única coisa boa que me restava e a chave de todos os mistérios. Ignorei as batidas por vários minutos, até que ouvi sua voz e percebi que não ia desistir.

— Abre de uma vez, droga. Sei que você está aí e não pretendo ir embora enquanto não abrir essa porta ou enquanto eu não derrubá-la.

Quando abri a porta, Isabella deu um passo para trás e contemplou-me horrorizada.

— Sou eu, Isabella.

Isabella desviou de mim e foi direto para a sala abrir as janelas de uma só vez. Em seguida foi até o banheiro e começou a encher a banheira. Pegou meu braço e me arrastou para lá. Mandou que me sentasse na borda e me olhou nos olhos, levantou minhas pálpebras com os dedos, balançando a cabeça silenciosamente. Sem dizer uma palavra, começou a tirar minha camisa.

— Isabella, não estou de bom humor.

— Que cortes são esses? Mas o que andou fazendo?

— São apenas uns arranhões.

— Quero que um médico veja isso.

— Não.

— Não se atreva a dizer não para mim — replicou ela com dureza. — Agora vai entrar nessa banheira e trate de se lavar com água e sabão e depois se barbear. Tem duas opções: ou faz você mesmo ou quem vai fazer sou eu. Não pense que seria um problema para mim.

Sorri.

— Já sei que não.

— Então faça o que digo. Enquanto isso, vou buscar um médico.

Ia dizer alguma coisa, mas ela ergueu a mão e me silenciou.

— Não diga nem uma palavra. Se pensa que é a única pessoa que sente a dor das coisas, está muito enganado. E se não se importa em morrer como um cão, pelo menos tenha a decência de lembrar que outras pessoas se importam, mesmo que, para dizer a verdade, não saibam nem por quê.

— Isabella...

— Já para a água. E faça o favor de tirar a calça e a cueca.

— Eu sei tomar banho.

— Quem diria.

Enquanto Isabella ia buscar o médico, rendi-me às suas ordens e me submeti a um batismo de água fria e sabão. Não tinha me lavado desde o enterro e minha imagem no espelho era a de um lobo. Tinha os olhos injetados de sangue e a pele de uma palidez doentia. Vesti roupas limpas e me sentei para esperar na galeria. Isabella retornou em vinte minutos em companhia de um médico que achei que já tinha visto pelas redondezas.

— Aí está o paciente, doutor. Não dê atenção a nada do que disser, pois não passa de um mentiroso — anunciou Isabella.

O médico me deu uma olhada, avaliando meu grau de hostilidade.

— Esteja à vontade, doutor — convidei. — Como se eu não estivesse aqui.

O médico começou o ritual sutil de medição da pressão, checagens variadas, exame das pupilas, da boca, perguntas de índole misteriosa e olhares de soslaio que constituíam a base da ciência médica. Quando examinou os cortes que Irene Sabino tinha feito em meu peito com uma navalha, levantou a sobrancelha e olhou para mim.

— E isso aqui?

— A explicação é longa, doutor.

— Foi o senhor mesmo quem se feriu?

Neguei.

— Vou deixar uma pomada, mas temo que fique com uma cicatriz.

— Creio que a ideia era exatamente essa.

O doutor continuou com seu reconhecimento. Eu me submeti a tudo com docilidade, contemplando Isabella, que observava ansiosa da porta. Percebi o quanto tinha sentido a sua falta e o quanto apreciava sua companhia.

— Belo susto — murmurou com reprovação.

O médico examinou minhas mãos e franziu a testa ao ver as pontas dos dedos quase em carne viva. Tratou de fazer um curativo em cada uma, resmungando ininteligivelmente.

— Quanto tempo faz que não come?

Dei de ombros. O médico trocou um olhar com Isabella.

— Não há motivo para alarme, mas gostaria de examiná-lo em meu consultório amanhã, no mais tardar.

— Acho que não será possível, doutor — respondi.

— Ele estará lá — garantiu Isabella.

— Entretanto, recomendo que comece a comer alguma coisa quente, primeiro um caldo, depois sólidos, muita água, mas nada de café nem excitantes, e sobretudo repouso. E pegue um pouco de sol e ar, mas sem fazer esforço. Está com um quadro clássico de esgotamento e desidratação, e um princípio de anemia.

Isabella suspirou.

— Não é nada — arrisquei.

O médico me olhou duvidando e se levantou.

— Amanhã em meu consultório, às quatro da tarde. Aqui não tenho nem condições nem o instrumental para examiná-lo corretamente.

Fechou a maleta e despediu-se de mim com uma saudação cortês. Isabella o acompanhou até a porta e ouvi que sussurravam no patamar por alguns minutos. Recoloquei as roupas e esperei como um bom paciente, sentado na cama. Ouvi a porta se fechar e os passos do médico se afastarem escada abaixo. Sabia que Isabella estava no saguão, esperando um segundo antes de entrar no quarto. Quando finalmente o fez, foi recebida com um sorriso.

— Vou fazer alguma coisa para comer.

— Não estou com fome.

— Não me interessa. Vai comer e depois vamos dar uma volta para tomar ar. E ponto final.

Isabella preparou um caldo que, fazendo um esforço, enchi de pedacinhos de pão e engoli com expressão afável, embora para mim tivessem sabor de pedra. Deixei o prato limpo e mostrei a Isabella, que ficou de guarda a meu lado, como um sargento, enquanto eu comia. Em seguida, foi comigo até o quarto e procurou um casaco no armário. Enfiou-me luvas e cachecol e tratou de me empurrar porta afora. Quando chegamos ao portão, soprava um vento frio, mas o céu reluzia com um sol crepuscular que pontilhava as ruas de âmbar. Pegou meu braço e começamos a caminhar.

— Como se estivéssemos noivos — disse eu.

— Muito engraçadinho.

Andamos até o Parque da Ciudadela e penetramos nos jardins que circundavam a estufa. Chegamos até o lago do grande chafariz e nos sentamos em um banco.

— Obrigado — murmurei.

Isabella não respondeu.

— Não lhe perguntei como vai — comecei.

— O que não é nenhuma novidade.

— E então, como vai?

Isabella deu de ombros.

— Meus pais estão felicíssimos desde que voltei. Dizem que você foi uma boa influência. Mal sabem eles... A verdade é que estamos nos dando bem melhor. Também é verdade que não os vejo muito. Passo quase todo o tempo na livraria.

— E Sempere? Como está reagindo à morte do pai?

— Não muito bem.

— E você, como vai a história com ele?

— É um bom homem.

Isabella guardou um longo silêncio e abaixou a cabeça.

— Ele me pediu em casamento. Faz uns dois dias, no *Els Quatre Gats*.

Contemplei seu perfil, sereno e já privado daquela inocência juvenil que quis ver nela e que provavelmente nunca esteve lá.

— E então? — perguntei finalmente.

— Disse que ia pensar.

— E vai pensar?

Os olhos de Isabella estavam perdidos na fonte.

— Disse que quer formar uma família, ter filhos... que viveríamos no apartamento em cima da livraria e que conseguiríamos manter o negócio apesar das dívidas que o sr. Sempere tinha.

— Bem, você ainda é jovem...

Ela virou a cabeça e olhou-me nos olhos.

— Gosta dele?

Isabella sorriu com infinita tristeza.

— Não sei... Acho que sim, mas não tanto quanto ele pensa que me ama.

— Às vezes acontece, em circunstâncias difíceis, de confundirmos compaixão com amor — comentei.

— Não se preocupe comigo.

— Só lhe peço que se dê um pouco de tempo.

Olhamo-nos, amparados por uma infinita cumplicidade que já não precisava de palavras, e abracei-a.

— Amigos?

— Até que a morte nos separe.

4

De volta à casa, paramos em uma mercearia da rua Comercio para comprar leite e pão. Isabella disse que ia pedir a seu pai que mandasse uma remessa de suas iguarias e que era melhor que eu tratasse de comer tudo.

— E como vão as coisas na livraria? — perguntei.

— As vendas caíram muitíssimo. Acho que as pessoas não sentem vontade de ir até lá, porque lembram do pobre sr. Sempere. E a verdade é que, do jeito que estão as contas, as perspectivas não são nada boas.

— E como estão as contas?

— Bem mal. Nas semanas em que trabalhei lá estive refazendo o balanço e verifiquei que o sr. Sempere, que Deus o tenha em sua glória, era um desastre. Dava livros de presente para quem não podia pagar ou emprestava e não lhe devolviam. Comprava coleções, embora soubesse bem que nunca ia conseguir vendê-las, porque os proprietários ameaçavam queimá-las ou simplesmente jogar tudo fora. Mantinha à base de esmolas um monte de poetas de quinta categoria que não tinham onde cair mortos. E por aí vai, pode imaginar.

— Credores à vista?

— Uma média de dois por dia, sem contar as cartas e os avisos do banco. A boa notícia é que não faltam ofertas.

— De compra?

— Uma dupla de donos de lojas de embutidos de Vic está muito interessada no local.

— E o que diz Sempere filho?

— Que do porco tudo se aproveita. O realismo não é seu forte. Diz que conseguiremos superar, que devemos ter fé.

— E você não tem?

— Tenho fé na aritmética e quando faço os números concluo que em dois meses as vitrines da livraria estarão repletas de chouriços e linguiças brancas.

— Encontraremos uma solução.

Isabella sorriu.

— Esperava que dissesse isso. E falando de contas pendentes, diga que não está mais trabalhando para o patrão.

Mostrei as mãos limpas.

— Voltei a ser um produtor independente.

Ela me acompanhou escadas acima e, quando já estava se despedindo, vi que hesitou.

— O que foi? — perguntei.

— Tinha pensado em não dizer nada, mas... prefiro que saiba por mim do que por outras pessoas. É sobre o sr. Sempere.

Entramos e nos sentamos na galeria diante do fogo, que Isabella reatiçou jogando mais lenha. As cinzas do *Lux Aeterna* de Marlasca continuavam lá e minha antiga assistente me deu uma olhada que eu deveria emoldurar.

— O que ia me dizer a respeito de Sempere?

— Soube por dom Anacleto, um dos vizinhos do prédio. Contou que, na tarde em que o sr. Sempere faleceu, ele o viu discutir com alguém na loja. Estava voltando para casa e disse que dava para ouvi-los até da rua.

— Estava discutindo com quem?

— Era uma mulher. Um pouco mais velha. Dom Anacleto tinha a impressão de nunca tê-la visto por ali, embora lhe parecesse vagamente familiar, mas com dom Anacleto nunca se sabe, gosta mais dos advérbios que de qualquer guloseima.

— Ele ouviu sobre o que discutiam?

— Acha que estavam falando de você.

— De mim?

Isabella fez que sim.

— Sempere filho tinha saído um instante para entregar um pedido na rua Canuda. Não ficou fora mais de quinze minutos. Quando retornou, encontrou o pai caído no chão, atrás do balcão. Quando o médico chegou, já era tarde demais...

Parecia que o mundo tinha desabado em cima de mim.

— Não sei se deveria ter lhe dito... — murmurou Isabella.

— Não. Fez muito bem. E dom Anacleto não disse mais nada sobre essa mulher?

— Só que estavam discutindo. Achou que era sobre um livro. Um livro que ela queria comprar e o sr. Sempere não queria vender.

— E por que falaram de mim? Não entendo.

— Porque o livro era seu. *Os passos do céu*. Aquele único exemplar que o sr. Sempere guardava em sua coleção pessoal e que não estava à venda...

Fui invadido por uma obscura certeza.

— E o livro?... — comecei.

— ... não está mais lá. Desapareceu — completou Isabella. — Olhei o registro, pois o sr. Sempere anotava todos os livros que vendia ali, com data e preço, mas não havia nada.

— O filho sabe disso?

— Não. Não contei a mais ninguém senão você. Ainda estou tentando compreender o que houve na livraria naquela tarde. E o porquê. Pensava que talvez você soubesse.

— A mulher tentou levar o livro à força e, na briga, o sr. Sempere sofreu um ataque do coração. Eis o que houve — eu disse. — E tudo por causa da merda de um livro meu.

Senti que minhas entranhas se contorciam.

— E tem mais — disse Isabella.

— O quê?

— Dias depois, encontrei dom Anacleto na escada e ele disse que já sabia de onde se lembrava da tal mulher, que no dia em que a viu a ficha não caiu imediatamente, mas que agora tinha quase certeza de tê-la visto antes, muitos anos atrás, no teatro.

— No teatro?

Isabella fez que sim.

Mergulhei em um longo silêncio. Isabella me observava, inquieta.

— Agora não vou ficar tranquila se deixá-lo aqui sozinho. Não deveria ter dito nada.

— Não, fez bem. Estou bem. De verdade.

Isabella negou.

— Vou ficar aqui com você essa noite.

— E a sua reputação?

— É a sua que vai correr perigo. Vou até a loja de meus pais um instantinho para ligar para a livraria avisando.

— Não precisa, Isabella.

— Não precisaria se você tivesse aceitado que vivemos no século xx e mandado instalar um telefone neste mausoléu. Voltarei em quinze minutos. Não adianta discutir.

Na ausência de Isabella, a certeza de que a morte de meu velho amigo Sempere pesava sobre minha consciência começou a calar fundo. Lembrei que o velho livreiro sempre tinha dito que os livros tinham alma, a alma de quem os tinha escrito e de quem os tinha lido e sonhado com eles. Compreendi então que até o último momento tinha lutado para me proteger, sacrificando-se para salvar aquele pedaço de papel e tinta que ele acreditava que guardava minha alma escrita. Quando Isabella retornou, carregada com uma bolsa de quitutes da mercearia de seus pais, bastou que me olhasse para adivinhar.

— Você conhece essa mulher. A mulher que matou o sr. Sempere...

— Acho que sim. Irene Sabino.

— Não é aquela das velhas fotografias que encontramos no quarto do fundo? A atriz?

Concordei.

— E para que ela ia querer esse livro?

— Não sei.

Mais tarde, depois de jantar parte dos manjares de Can Gispert, nós nos sentamos na grande poltrona diante do fogo. Cabíamos os dois, e Isabella apoiou a cabeça em meu ombro, enquanto olhávamos o fogo.

— Na outra noite sonhei que tinha um filho — disse ela. — Sonhei que me chamava, mas eu não conseguia ouvir nem chegar até ele porque estava presa em um lugar onde fazia muito frio e eu não conseguia me mexer. Ele chamava e eu não podia ir até ele.

— Foi só um sonho — respondi.

— Parecia real.

— No mínimo, deveria escrever essa história — arrisquei.

Isabella negou.

— Andei pensando muito nisso. E resolvi que prefiro viver a vida a escrevê-la. Não me leve a mal.

— Pois me parece uma sábia decisão.

— E você? Vai viver?

— Temo que minha vida já esteja um tanto vivida.

— E aquela mulher? Cristina?

Respirei fundo.

— Cristina foi embora. Voltou para o marido. Outra sábia decisão.

Isabella afastou-se de mim e me olhou, franzindo as sobrancelhas.

— O que foi? — perguntei.

— Acho que você está enganado.

— Em quê?

— No outro dia, dom Gustavo Barceló esteve lá em casa e falamos de você. Disse que tinha visto o marido de Cristina, o tal de...

— Pedro Vidal.

— Esse mesmo. E que ele havia comentado que Cristina tinha ido embora com você, que não sabia dela havia mais de um mês. De fato, achei estranho quando não a encontrei aqui com você, mas não me atrevi a perguntar...

— Tem certeza de que Barceló disse isso mesmo?

Isabella fez que sim.

— O que foi que eu disse agora? — perguntou Isabella, alarmada.

— Nada.

— Tem alguma coisa aí que não está me contando...

— Cristina não está aqui. Não está aqui desde o dia em que o sr. Sempere morreu.

— Onde está então?

— Não sei.

Pouco a pouco fomos ficando em silêncio, enrodilhados na poltrona diante do fogo, e quando a madrugada já ia longe, Isabella adormeceu. Rodeei-a com o braço e fechei os olhos, pensando em tudo o que tinha dito e tentando encontrar algum significado naquilo. Quando a claridade do dia acendeu as vidraças da galeria, abri os olhos e descobri que Isabella já estava acordada, me olhando.

— Bom dia — disse eu.

— Estive pensando...

— E?

— Estou pensando em aceitar a proposta do filho do sr. Sempere.

— Tem certeza?

— Não. — Ela riu.

— O que os seus pais vão dizer?

— Vai ser um desgosto para eles, mas vai passar. Preferiam que escolhesse um próspero comerciante de salsichas e salames a um de livros, mas vão ter que aceitar.

— Poderia ser pior — comentei.

Isabella concordou.

— Sim. Poderia acabar com um escritor.

Olhamo-nos longamente, até que Isabella se levantou da poltrona. Vestiu seu casaco e o abotoou de costas para mim.

— Tenho que ir.

— Obrigado pela companhia — respondi.

— Não a deixe escapar — disse Isabella. — Vá atrás dela, onde quer que esteja, e diga que a ama mesmo que seja mentira. Nós mulheres gostamos de ouvir isso.

Nesse exato momento, inclinou-se e roçou seus lábios nos meus. Apertou minha mão com força e foi embora sem dizer adeus.

5

Consumi o resto daquela semana percorrendo Barcelona em busca de alguém que se lembrasse de ter visto Cristina no último mês. Visitei os lugares que tinha compartilhado com ela e refiz em vão a rota predileta de Vidal por cafés, restaurantes e lojas de luxo. Mostrava a todos que encontrava uma das fotografias do álbum que Cristina tinha deixado em minha casa e perguntava se a tinham visto recentemente. Em algum lugar, achei alguém que a reconheceu e que recordava de tê-la visto em companhia de Vidal em uma ocasião qualquer. Alguns conseguiram até recordar seu nome. Ninguém a tinha visto nas últimas semanas. No quarto dia de busca, comecei a suspeitar que Cristina tinha saído da casa da torre naquela manhã em que fui comprar as passagens de trem e se evaporado da face da Terra.

Lembrei então que a família Vidal mantinha um apartamento sempre reservado no hotel Espanha da rua San Pablo, atrás do Liceo, para usufruto dos membros da família que não tivessem vontade de voltar para Pedralbes de madrugada depois de uma noite na ópera. Segundo constava, pelo menos nos anos de glória, o próprio Vidal e o senhor seu pai utilizavam o quarto para entreter senhoras e senhoritas cuja presença nas residências oficiais de Pedralbes, seja pela alta ou pela baixa estirpe da interessada, resultaria em falatórios pouco convenientes. Mais de uma vez, quando eu ainda vivia na pensão de dona Carmen, ele tinha me oferecido o quarto para a eventualidade, como dizia ele, de querer despir uma dama em algum lugar que não desse medo. Não pensava que Cristina tivesse escolhido aquele lugar como refúgio, se era que sabia de sua existência, mas era o último lugar da minha lista e nenhuma outra possibilidade me ocorria. Entardecia quando cheguei ao hotel Espanha e pedi para falar com o gerente fazendo alarde de minha condição de amigo do sr. Vidal. Quando mostrei a fotografia de Cristina, o gerente, um cavalheiro que zelava muito pela discrição, sorriu com cortesia e disse que "outros" empregados do sr. Vidal já tinham passado por lá perguntando por aquela mesma pessoa semanas antes e que ele lhes dissera o mesmo que diria a mim. Nunca tinha visto aquela senhora no hotel. Agradeci sua gentileza glacial e encaminhei-me para a saída, derrotado.

Ao passar diante da vidraça que dava para o restaurante, tive a impressão de registrar um perfil familiar com o rabo do olho. O patrão estava sentado em uma das mesas, o único hóspede do restaurante, degustando o que parecia ser um potinho de torrões de açúcar para café. Estava disposto a desaparecer a toda velocidade, quando ele se virou e me cumprimentou com um aceno, sorridente. Amaldiçoei minha sorte e devolvi o cumprimento. O patrão fez sinal para que me juntasse a ele. Arrastei-me até a porta do restaurante e entrei.

— Que agradável surpresa encontrá-lo aqui, querido amigo. Estava justamente pensando em você — disse Corelli.

Apertei sua mão sem vontade.

— Pensei que estivesse fora da cidade — comentei.

— Voltei antes do previsto. Posso convidá-lo para alguma coisa?

Neguei. Ele mandou que me sentasse à sua mesa e obedeci. Em seu estilo habitual, o patrão vestia um terno de lã preta e uma gravata de seda vermelha. Impecável como era normal em sua pessoa, embora sentisse falta de alguma coisa. Levei alguns segundos para descobrir. O broche do anjo não estava na lapela. Corelli seguiu meu olhar e assentiu.

— Lamentavelmente, perdi o broche, e não sei onde foi — explicou.

— Espero que não seja muito valioso.

— Valor puramente sentimental. Mas vamos falar de coisas mais importantes. Como vai você, meu amigo? Senti muita falta de nossas conversas, apesar de um ou outro desacordo esporádico. É difícil para mim encontrar bons interlocutores.

— Está me superestimando, sr. Corelli.

— Muito pelo contrário.

Um breve silêncio transcorreu sem outra companhia além daquele olhar sem fundo. Pensei comigo mesmo que ainda preferia quando embarcava em sua conversa de sempre. Quando parava de falar, seu aspecto parecia mudar e o ar ficava mais carregado a seu redor.

— Está hospedado aqui? — perguntei, para romper o silêncio.

— Não, continuo na casa ao lado do Parque Güell. Tinha um encontro marcado com um amigo hoje à tarde, mas parece que se atrasou. A informalidade de algumas pessoas é deplorável.

— Penso que não deve haver muita gente que se atreva a lhe deixar esperando, sr. Corelli.

O patrão olhou-me nos olhos.

— Não muitas. De fato, a única que me vem à mente é você.

O patrão pegou um torrão de açúcar e deixou cair na xícara. Depois um segundo e um terceiro. Provou o café e colocou mais quatro torrões. Em seguida, pôs um quinto e levou o café à boca.

— Adoro açúcar — comentou.

— Estou vendo.

— Você não disse nada a respeito de nosso projeto, amigo Martín. Algum problema?

Engoli em seco.

— Está quase acabado.

O rosto do patrão iluminou-se em um sorriso que preferi evitar.

— Essa sim que é uma boa notícia. E quando irei recebê-lo?

— Umas duas semanas. Preciso revisar certos detalhes. Mais carpintaria e acabamentos do que qualquer outra coisa.

— Podemos fixar uma data, então?

— Se quiser...

— Que tal sexta-feira, 23 deste mês? Aceitaria então um convite para jantar e comemorar o sucesso de nossa empreitada?

Sexta-feira, 23 de janeiro, dentro de exatamente duas semanas.

— De acordo — aceitei.

— Confirmado, então.

Ele levantou a xícara de café transbordante de açúcar, como se brindasse, e tomou de um só gole.

— E você? — perguntou casualmente. — O que o traz por aqui?

— Estava procurando uma pessoa.

— Alguém que eu conheça?

— Não.

— E encontrou?

— Não.

O patrão fez que sim lentamente, saboreando meu mutismo.

— Tenho a impressão de que o estou prendendo aqui contra a sua vontade, meu amigo.

— Estou um pouco cansado, é só.

— Então não quero lhe roubar mais tempo. Às vezes me esqueço de que, embora aprecie sua companhia, talvez a minha não seja do seu agrado.

Sorri docilmente e aproveitei para me levantar. E me vi refletido em suas pupilas, um boneco pálido preso em um poço escuro.

— Cuide-se, Martín. Por favor.

— Vou me cuidar.

Despedi-me com um aceno e fui em direção à saída. Enquanto me afastava, pude ouvir que levava mais um torrão de açúcar à boca e o triturava com os dentes.

A caminho da Rambla vi que as marquises do Liceo estavam acesas e que uma longa fila de carros, guardados por um pequeno regimento de motoristas uniformizados, esperava na calçada. Os cartazes anunciavam *Così fan tutte* e fiquei me perguntando se Vidal teria se animado a deixar o castelo e comparecer à sua antiga convenção. Examinei o grupo de motoristas que tinha se formado no meio da rua e não demorei a reconhecer Pep entre eles. Fiz sinal para que se aproximasse.

— O que faz por aqui, sr. Martín?

— Onde está?

— O senhor está lá dentro, assistindo à representação.

— Não estou falando de dom Pedro. Cristina. A esposa de Vidal. Onde está?

O pobre Pep engoliu em seco.

— Não sei. Ninguém sabe.

404

Explicou que Vidal estava tentando localizá-la havia semanas e que seu pai, o patriarca do clã, tinha até contratado vários membros do departamento de polícia para encontrá-la.

— No começo, ele pensou que estivesse com o senhor...

— Não ligou ou mandou uma carta, um telegrama?...

— Não, sr. Martín. Eu juro. Estamos todos muito preocupados, e o patrão, bem... Nunca tinha visto ele assim, desde que o conheço. Hoje é a primeira noite em que sai desde que a senhorita, a senhora, quer dizer...

— Lembra se Cristina disse alguma coisa, qualquer coisa, antes de ir embora da Villa Helius?

— Bem... — disse Pep, baixando o tom da voz até o sussurro. — Dava para ouvir quando discutia com o patrão. Andava triste. Passava muito tempo sozinha. Escrevia cartas e ia todo dia ao posto do correio que fica no passeio Reina Elisenda para enviá-las.

— Falou com ela algum dia, a sós?

— Um dia, pouco antes de ela ir embora, o senhor pediu que a levasse de carro ao médico.

— Estava doente?

— Não conseguia dormir. O doutor receitou umas gotas de láudano.

— Disse alguma coisa no caminho?

Pep sacudiu os ombros.

— Perguntou pelo senhor, se sabia alguma coisa a seu respeito, se tinha visto o senhor...

— Nada mais?

— Estava muito triste. Começou a chorar e quando perguntei o que havia, disse que sentia muita falta do pai, o sr. Manuel.

Foi então que atinei, amaldiçoando-me por não ter pensado nisso antes. Pep ficou me olhando com estranheza e perguntou por que estava sorrindo.

— Sabe onde ela está? — perguntou.

— Acho que sim — murmurei.

Tive então a impressão de reconhecer uma voz do outro lado da rua e de ver uma sombra familiar desenhada na antessala do Liceo. Vidal não tinha aguentado nem o primeiro ato. Pep se virou um segundo para atender ao chamado do patrão e, quando quis me dizer que me escondesse, eu já tinha me perdido na noite.

6

Até de longe tinham aquele aspecto inconfundível das más notícias. A brasa de um cigarro no azul da noite, silhuetas apoiadas contra o negro das paredes e espirais de vapor no hálito de três figuras guardando o portão da casa da torre. O inspetor Víctor Grandes, em companhia de seus oficiais de caça, Marcos e Castelo, formavam um comitê de boas-vindas. Não foi difícil imaginar que já tinham encontrado o corpo de Alicia Marlasca no fundo da piscina de sua casa em Sarrià e que minha cotação na lista de desafetos tinha subido vários pontos. Assim que os vi, parei e mergulhei nas sombras da rua. Fiquei observando alguns instantes, até ter certeza de que não tinham reparado na minha presença a apenas cinquenta metros deles. Distingui o perfil de Grandes no reflexo do lampião pendurado na parede. Retrocedi lentamente, ao abrigo da escuridão que inundava as ruas e enfiei-me pelo primeiro beco, perdendo-me no emaranhado de passagens e arcos da Ribera.

Dez minutos depois chegava às portas da Estação da França. Os guichês estavam fechados, mas ainda havia vários trens alinhados nas plataformas sob a grande abóbada de cristal e aço. Consultei o painel de horários e verifiquei que, tal como temia, não havia partidas previstas até o dia seguinte. Não podia me arriscar a voltar para casa e tropeçar com Grandes e companhia. Alguma coisa me dizia que aquela visita à delegacia ofereceria pensão completa e que nem a boa atuação do advogado Valera conseguiria me tirar tão facilmente quanto da última vez.

Decidi passar a noite em um hotelzinho barato que ficava em frente ao edifício da Bolsa, na praça Palacio, onde contava a lenda que sobreviviam alguns cadáveres ambulantes de antigos especuladores, cuja aritmética caseira e cobiça tinham explodido na própria cara. Escolhi um antro daqueles porque supus que nem a Parca viria me procurar ali. Registrei-me sob o nome de Antonio Miranda e paguei adiantado. O porteiro, um indivíduo com aspecto de molusco, que parecia colado na guarita que fazia as vezes de recepção, toalheiro e loja de suvenires, me entregou a chave, um sabonete da marca El Cid Campeador que fedia a alvejante e que me pareceu usado, e informou que, se quisesse companhia feminina, podia me mandar uma dama que atendia pelo apelido de Tuerta, assim que ela regressasse de uma consulta em domicílio.

— Vai deixá-lo como novo — garantiu.

Recusei a oferta alegando um princípio de lumbago e escapei pelas escadas desejando-lhe boa noite. O quarto tinha a aparência e o tamanho de um sarcófago. Com uma simples olhada fiquei convencido de que seria melhor deitar vestido na cama e não me enfiar entre os lençóis para confraternizar com o que estivesse grudado neles. Usei uma manta esfiapada que encontrei no armário como cobertor — falando de cheiro, essa pelo menos cheirava a naftalina — e apaguei a luz, tentando imaginar que me encontrava no tipo de suíte que alguém com cem mil francos no banco podia se permitir. Mal consegui pregar o olho.

Deixei o hotel no meio da manhã e encaminhei-me para a estação. Comprei um bilhete de primeira classe com a esperança de dormir no trem tudo o que não tinha dormido naquele antro e, vendo que ainda dispunha de vinte minutos antes da partida, fui até uma fila de cabines de telefones públicos. Dei à telefonista o número que Ricardo Salvador tinha me passado, dos vizinhos de baixo.

— Gostaria de falar com Emilio, por favor.

— Alô?

— Meu nome é David Martín. Sou amigo do sr. Ricardo Salvador. Disse que poderia ligar para esse número em caso de urgência.

— Certo... vou chamar, pode esperar um momento?

Olhei o relógio da estação.

— Sim, posso. Obrigado.

Passaram-se mais de três minutos antes que ouvisse passos e a voz de Ricardo Salvador me enchesse de tranquilidade.

— Martín? Está tudo bem?

— Sim.

— Graças a Deus. Li no jornal sobre Roures e fiquei muito preocupado. Onde está?

— Sr. Salvador, não tenho muito tempo agora. Preciso me ausentar da cidade.

— Tem certeza de que está bem?

— Sim. Ouça: Alicia Marlasca está morta.

— A viúva? Morta?

Um longo silêncio. Tive a impressão de que Salvador soluçava e me arrependi de ter dado a notícia com tão pouca delicadeza.

— Ainda está aí?

— Estou...

— Liguei para avisar que deve ter cuidado. Irene Sabino está viva e anda me seguindo. Tem alguém com ela. Acho que é Jaco.

— Jaco Corbera?

— Não tenho certeza se é ele mesmo. Acho que sabem que estou na pista deles e estão tentando silenciar todos os que falaram comigo. Tenho certeza de que tinha razão...

— Mas por que Jaco voltaria agora? — perguntou Salvador. — Não faz sentido.

— Não sei. Preciso ir agora. Só queria avisá-lo.

— Não se preocupe comigo. Se esse filho da puta aparecer por aqui, estarei preparado. Faz vinte e cinco anos que espero por ele.

O chefe da estação anunciou a partida do trem com um apito.

— Não confie em ninguém, está ouvindo? Ligarei assim que voltar à cidade.

— Obrigado por ligar, Martín. Tenha muito cuidado.

7

O trem começava a deslizar pela plataforma quando me refugiei em minha cabine e desabei na poltrona. Abandonei-me ao hálito morno da calefação e ao suave ruído da locomotiva. Deixamos a cidade para trás, atravessando o bosque de fábricas e chaminés que a rodeava e escapando do sudário de luz escarlate que a cobria. Lentamente, a terra agreste de hangares e trens abandonados em estacionamentos foi se diluindo em um plano infinito de campos e colinas coroados por casarões e torres de observação, bosques e rios. Carroções e aldeias surgiam entre bancos de névoa. Pequenas estações passavam ao longo da via, enquanto campanários e casas de campo desenhavam miragens a distância.

Em algum momento do trajeto, adormeci e, quando despertei, a paisagem tinha mudado completamente. Atravessávamos vales escarpados e penhascos de pedra que se erguiam entre lagos e riachos. O trem margeava grandes bosques que escalavam as encostas de montanhas que pareciam infinitas. De repente, o novelo de montes e túneis cortados na pedra abriu-se em um grande vale semeado de planícies infinitas, onde manadas de cavalos selvagens corriam sobre a neve, e pequenas aldeias de casas de pedra se distinguiam a distância. O pico dos Pirineus erguiam-se do outro lado, as escarpas nevadas acesas pelo âmbar do crepúsculo. À frente, um agrupamento de casas e edifícios se aninhava sobre uma colina. O cobrador apareceu na cabine e sorriu.

— Próxima parada, Puigcerdà — anunciou.

O trem parou exalando uma tempestade de vapor que inundou a plataforma. Desci e me vi envolvido por aquela névoa que cheirava a eletricidade. Porém, logo ouvi o sino do chefe da estação e o trem retomando a marcha outra vez. Lentamente, enquanto os vagões desfilavam sobre os trilhos, o contorno da estação foi emergindo como uma miragem a meu redor. Estava sozinho na plataforma. Uma fina cortina de neve em flocos finos caía com infinita lentidão. Um sol avermelhado despontava a oeste sob as nuvens e tingia a neve com pequenas brasas acesas. Fui até a sala do chefe da estação. Bati no vidro e ele levantou os olhos. Abriu a porta e examinou-me com um olhar de desinteresse.

— Poderia me dizer como se chega em um lugar chamado Villa San Antonio?

O chefe da estação levantou uma sobrancelha.

— O hospital?

— Creio que sim.

O chefe da estação adotou aquele ar pensativo de quem avaliava como dar informações e endereços a um forasteiro e, depois de exibir todo o seu catálogo de gestos e caretas, delineou o seguinte quadro:

— Tem que atravessar o vilarejo, passar pela praça da igreja e chegar até o lago. Do outro lado, encontrará uma longa avenida de casarões que vai até o passeio da Rigolisa. Ali, na esquina, encontrará uma grande casa, de três andares, rodeada por um amplo jardim. É o hospital.

— E sabe onde posso encontrar um quarto?

— No caminho, passará bem em frente ao hotel do Lago. Diga que foi o Sebas quem mandou.

— Obrigado.

— Boa sorte...

Atravessei as ruas solitárias do povoado sob a neve, procurando o perfil da torre da igreja. No caminho, passei por alguns moradores que me cumprimentaram com um aceno e me examinaram de rabo de olho. Ao chegar à praça, dois rapazes que descarregavam um carroção de carvão indicaram o caminho que levava ao lago e, cerca de dois minutos depois, entrei em uma rua que margeava uma grande lagoa gelada e branca, rodeada por imponentes casarões de torreões afilados e perfil senhoril. Um passeio pontilhado por bancos e árvores formava uma cintura em torno da extensa lâmina de gelo, na qual pequenos botes a remo tinham ficado encalhados. Aproximei-me da borda e parei para contemplar o reservatório congelado que se estendia a meus pés. A capa de gelo devia ter um palmo de espessura e em alguns pontos reluzia como um vidro opaco, insinuando a corrente de águas negras que deslizava embaixo daquela carapaça.

O hotel do Lago era um casarão de dois andares, pintado de vermelho-escuro, situado exatamente à margem desse reservatório. Antes de seguir caminho, parei para reservar um quarto por duas noites e paguei adiantado. O recepcionista informou que o hotel estava praticamente vazio e disse que eu podia escolher o quarto.

— O 101 tem uma vista espetacular do amanhecer sobre o lago — ofereceu. — Mas se prefere a vista para o norte, tenho...

— Pode escolher — interrompi, indiferente à beleza altaneira daquela paisagem crepuscular.

— Então o 101. Na temporada de verão, é o preferido dos recém-casados.

Ele estendeu as chaves daquela suposta suíte nupcial e me informou sobre os horários do restaurante para o jantar. Eu disse que voltaria mais tarde e perguntei se a Villa San Antonio ficava longe dali. O encarregado adotou a mesma expressão que já tinha visto no chefe da estação e negou com um sorriso afável.

— Fica bem perto, cerca de dez minutos. Se pegar o passeio que fica no final da rua, poderá vê-la lá no fundo. Não tem erro.

Dez minutos mais tarde, encontrava-me às portas de um grande jardim semeado de folhas secas presas na neve. Mais adiante, a Villa San Antonio erguia-se como uma sentinela sombria envolta no reflexo de luz dourada que suas janelas emanavam. Atravessei o jardim sentindo que meu coração batia com força e que, apesar do frio, minhas mãos estavam suadas. Subi as escadas que conduziam à porta principal. A entrada era uma sala cujo assoalho formava um tabuleiro de xadrez e que conduzia a uma escadaria, na qual se via uma jovem vestida de enfermeira, segurando pela mão um homem trêmulo que parecia eternamente suspenso entre os degraus, como se toda a sua existência tivesse ficado pendurada em um sopro.

— Boa tarde — disse uma voz à minha direita.

A mulher tinha os olhos negros e severos, as feições desenhadas sem nenhum sinal de simpatia e aquele ar grave de quem aprendeu a não esperar nada além de más notícias. Devia andar pela casa dos cinquenta e, embora envergasse o mesmo uniforme que a jovem enfermeira que acompanhava o velho, tudo nela respirava autoridade e categoria.

— Boa tarde. Estou procurando uma pessoa chamada Cristina Sagnier. Tenho razões para acreditar que está hospedada aqui...

Ela me examinou sem pestanejar.

— Aqui ninguém se hospeda, cavalheiro. Isso não é um hotel ou uma residência.

— Desculpe. Acabo de fazer uma longa viagem em busca dessa pessoa...

— Não se desculpe — disse a enfermeira. — Posso perguntar se é parente ou amigo próximo?

— Meu nome é David Martín. Cristina Sagnier está aqui? Por favor...

A expressão da enfermeira suavizou-se. Seguiram-se uma sombra de sorriso amável e um aceno afirmativo. Respirei fundo.

— Sou Teresa, a enfermeira-chefe do turno da noite. Se tiver a gentileza de me seguir, sr. Martín, vou levá-lo até o escritório do dr. Sanjuán.

— Como está a srta. Sagnier? Posso vê-la?

Outro sorriso leve e impenetrável.

— Por aqui, por favor.

O aposento descrevia um retângulo sem janelas, encaixado entre quatro paredes pintadas de azul e iluminado por dois lustres que pendiam do teto e emitiam uma luz metálica. Os três únicos objetos que ocupavam a sala eram uma mesa desnuda e duas cadeiras. O ar cheirava a desinfetante e fazia frio. A enfermeira o tinha chamado de escritório, mas depois de dez minutos esperando sozinho, aboletado em uma das cadeiras, não conseguia ver mais do que uma cela. A porta estava fechada, mas mesmo assim dava para ouvir vozes, às vezes gritos isolados entre as paredes. Começava a perder a noção do tempo em que estava ali quando a porta se abriu e um homem entre os trinta e os quarenta anos entrou, vestido com um jaleco branco e um sorriso tão gelado quanto o ar que impregnava a sala. O dr. Sanjuán, supus. Ele rodeou a mesa e sentou-se na cadeira que havia do outro lado. Apoiou as mãos sobre o tampo e examinou-me com uma curiosidade vaga durante alguns segundos antes de abrir a boca.

— Soube que acabou de fazer uma longa viagem e, portanto, deve estar cansado, mas gostaria de saber por que o sr. Pedro Vidal não está aqui — disse, por fim.

— Ele não pôde vir.

O médico me observava sem piscar, esperando. Tinha um olhar frio e aquela atitude especial de quem não ouvia, escutava.

— Posso vê-la?

— Não poderá ver ninguém antes de me dizer a verdade e de eu saber exatamente o que está procurando aqui.

Suspirei e concordei. Não tinha viajado cento e cinquenta quilômetros para mentir.

— Meu nome é Martín, David Martín. Sou amigo de Cristina Sagnier.

— Nós aqui a chamamos de sra. Vidal.

— Não me importa a forma como vocês a chamam. Quero vê-la. Agora.

O médico suspirou.

— Por acaso o senhor seria o tal escritor?

Levantei-me, impaciente.

— Que tipo de lugar é esse? Por que não posso vê-la agora?

— Sente-se, por favor. Eu lhe peço.

O médico indicou a cadeira e esperou que eu me sentasse de novo.

— Posso lhe perguntar quando foi a última vez que a viu ou falou com ela?

— Cerca de um mês atrás — respondi. — Por quê?

— Sabe de alguém que a tenha visto ou falado com ela depois do senhor?

— Não. Não sei. O que está acontecendo?

O médico levou a mão direita aos lábios, pesando suas palavras.

— Sr. Martín, temo que tenha más notícias.

Senti que um nó se formava na boca de meu estômago.

— O que houve com ela?

O médico olhou para mim sem responder e pela primeira vez pude perceber um sinal de dúvida em seu olhar.

— Não sei.

Percorremos um corredor curto pontilhado por portas metálicas. O dr. Sanjuán ia na frente, segurando um molho de chaves nas mãos. Tive a impressão de ouvir vozes atrás das portas, sussurrando à nossa passagem, afogadas entre risos e prantos. O quarto ficava no final do corredor. O médico abriu a porta e parou na soleira, olhando-me sem expressão alguma.

— Quinze minutos — disse.

Entrei no quarto e ouvi que o dr. Sanjuán trancava a porta às minhas costas. À minha frente, abria-se um aposento de teto alto e paredes brancas que se refletiam no chão de lajotas brilhantes. De um lado, havia uma cama de armação metálica envolvida por uma cortina de gaze, vazia. Uma ampla janela contemplava o jardim sob a neve, as árvores e, mais adiante, a silhueta do lago. Não reparei nela até me aproximar mais alguns passos.

Estava sentada em uma poltrona na frente da janela. Vestia um camisolão branco e tinha o cabelo preso em uma trança. Rodeei a poltrona e olhei para ela. Seus olhos permaneciam imóveis. Quando me ajoelhei a seu lado, nem pestanejou. Quando pousei a mão sobre a sua, não moveu um único músculo do corpo. Percebi então as bandagens que cobriam seus braços, do punho aos cotovelos, e as cintas que a mantinham presa à poltrona. Acariciei seu rosto, recolhendo uma lágrima que deslizava pela face.

— Cristina — murmurei.

Seu olhar permaneceu preso em lugar nenhum, alheio à minha presença. Puxei uma cadeira e me sentei na frente dela.

— Sou eu, David — murmurei.

Durante quinze minutos, permanecemos assim, em silêncio, sua mão na minha, seu olhar extraviado e minhas palavras sem resposta. Em algum momento, ouvi que a porta se abria de novo e senti que alguém segurava meu braço com delicadeza e me puxava. Era o dr. Sanjuán. Deixei que me conduzisse até o corredor sem oferecer resistência. O médico fechou a porta e me acompanhou de volta àquele escritório gelado. Desmoronei na cadeira e olhei para ele, incapaz de articular uma palavra.

— Quer que o deixe sozinho por alguns minutos? — perguntou.

Fiz que sim. Retirou-se e encostou a porta ao sair. Olhei minha mão direita, que tremia, e a fechei. Já não sentia o frio da sala nem ouvia os gritos e as vozes que se filtravam pelas paredes. Só sabia que o ar me faltava e que precisava sair daquele lugar.

8

O dr. Sanjuán me encontrou no restaurante do hotel do Lago, sentado diante do fogo acompanhado de um prato que não tinha sido tocado. Não havia mais ninguém ali, exceto uma mocinha que percorria as mesas desertas e lustrava com um pano os talheres apoiados nas toalhas. Atrás das vidraças tinha anoitecido e a neve caía lentamente, como pó de cristal azul. O médico se aproximou de minha mesa e sorriu.

— Imaginei que o encontraria aqui. Todos os forasteiros acabam aqui. Foi onde passei minha primeira noite nesse povoado, dez anos atrás. Que quarto lhe deram?

— Dizem que é o favorito dos recém-casados, com vista para o lago.

— Não acredite. É o que dizem de todos eles.

Uma vez fora do recinto do hospital e sem o jaleco branco, o dr. Sanjuán tinha uma aparência mais relaxada e afável.

— Sem o uniforme, quase não o reconheceria — comentei.

— A medicina é como o exército. Sem hábito, não há monge — replicou. — E o senhor, como vai?

— Estou bem. Já tive dias piores.

— Certo. Senti sua falta antes, quando voltei ao escritório para buscá-lo.

— Precisava de um pouco de ar.

— Entendo. Mas eu esperava que fosse se mostrar um pouco menos impressionável.

— Por quê?

— Porque preciso do senhor. Melhor dizendo, é Cristina quem precisa do senhor.

Engoli em seco.

— Deve estar pensando que sou um covarde — comentei.

O doutor discordou.

— Há quanto tempo está assim?

— Semanas. Praticamente desde que chegou aqui. Foi piorando com o tempo.

— Tem consciência de onde está?

O doutor encolheu os ombros.

— É difícil saber.

— O que aconteceu?

O dr. Sanjuán suspirou.

— Há quatro semanas foi encontrada não muito longe daqui, no cemitério do povoado, deitada sobre a lápide de seu pai. Sofria de hipotermia e delirava. Foi levada para o hospital porque um dos guardas civis a reconheceu dos meses em que morou aqui no ano passado, visitando o pai. Muita gente da cidade a conhecia. Foi internada e ficou em observação por dois dias. Estava desidratada e possivelmente sem dormir havia dias. Recuperava a consciência apenas por alguns instantes e, quando o fazia, falava de você. Dizia que você estava correndo um grande perigo. Me fez jurar que não avisaria ninguém, nem o marido, até que ela pudesse fazê-lo por si só.

— Mesmo assim, por que não avisou Vidal do que tinha acontecido?

— Deveria ter avisado, porém... vai achar absurdo.

— O quê?

— Estava convencido de que estava fugindo e pensei que seria meu dever ajudá-la.

— Fugindo de quem?

— Não tenho certeza — respondeu ele com uma expressão ambígua.

— O que está tentando me dizer, doutor?

— Sou um simples médico. Há coisas que não entendo.

— Que coisas?

O dr. Sanjuán sorriu nervosamente.

— Cristina acredita que algo, ou alguém, entrou nela e quer destruí-la.

— Quem?

— Só sei que acredita que tudo isso está relacionado com a sua pessoa e que se trata de algo ou de alguém que lhe dá medo. Por isso penso que ninguém mais pode ajudá-la. Por isso não avisei Vidal, como seria meu dever. Porque sabia que mais cedo ou mais tarde o senhor apareceria por aqui.

Olhou-me com uma estranheza que misturava pena e despeito.

— Eu também gosto dela, sr. Martín. Nos meses que Cristina passou aqui visitando o pai... chegamos a ser bons amigos. Suponho que não lhe falou de mim, e possivelmente não teria por que fazê-lo. Foi uma temporada muito difícil para ela. Contou-me muitas coisas e eu a ela também, coisas que nunca disse a ninguém. De fato, cheguei a pedi-la em casamento: como pode ver, por aqui até os médicos têm um parafuso solto. Claro que recusou. Não sei por que estou lhe contando tudo isso.

— Mas ela vai ficar bem de novo, não é, doutor? Vai se recuperar...

O dr. Sanjuán desviou os olhos para o fogo, sorrindo com tristeza.

— É o que espero — respondeu.

— Quero levá-la comigo.

O médico ergueu as sobrancelhas.

— Levá-la? Para onde?

— Para casa.

— Sr. Martín, permita que lhe fale com toda a franqueza. Além do fato de que não é parente direto nem, claro, o marido da paciente, o que é um simples requisito legal, Cristina não está em condições de ir com ninguém para lugar nenhum.

— E está melhor aqui trancada em um casarão com o senhor, amarrada a uma cadeira e drogada? Não diga que voltou a lhe propor casamento.

O médico me observou longamente, engolindo a ofensa que minhas palavras certamente significavam.

— Sr. Martín, alegro-me de que esteja aqui, pois acredito que, juntos, vamos poder ajudar Cristina. Penso que sua presença vai permitir que saia do lugar onde se refugiou. Acredito nisso porque a única palavra que pronunciou nas últimas semanas foi seu nome. Seja o que for que tenha lhe acontecido, acho que tem a ver com o senhor.

O médico me olhava como se esperasse algo de mim, algo que respondesse a todas as perguntas.

— Pensei que tinha me abandonado — comecei. — Íamos partir, abandonar tudo. Tinha saído um instante para pegar as passagens de trem e tomar uma providência. Não estive fora mais do que noventa minutos. Quando voltei para casa, Cristina tinha desaparecido.

— Aconteceu alguma coisa antes que ela fosse embora? Discutiram?

Mordi os lábios.

— Não diria que foi uma discussão.

— E diria o quê?

— Eu a surpreendi remexendo em uns papéis relacionados a meu trabalho e acredito que tenha ficado magoada com uma atitude que interpretou como desconfiança.

— Era algo importante?

— Não. Um simples manuscrito, um rascunho.

— Posso perguntar que tipo de manuscrito era?

Hesitei.

— Uma fábula.

— Para crianças?

— Digamos que era para um público familiar.

— Entendo.

— Não, não creio que entenda. Não houve discussão alguma. Cristina só ficou um pouco chateada porque não permiti que o lesse, nada além disso. Quando a deixei, ela estava bem, arrumando as malas. Esse manuscrito não tem importância alguma.

O doutor fez um aceno mais de cortesia que de convencimento.

— É possível que alguém tenha ido vê-la em sua casa, enquanto estava fora?

— Ninguém sabia que estava lá.

— Tem ideia de algum motivo que a levasse a deixar sua casa antes que voltasse?

— Não. Por quê?

— São apenas perguntas, sr. Martín. Estou tentando esclarecer o que aconteceu entre o momento em que a viu pela última vez e sua aparição aqui.

— Ela disse o que ou quem tinha entrado nela?

— É só uma maneira de falar, sr. Martín. Nada entrou em Cristina. Não é incomum que pacientes que sofreram uma experiência traumática sintam a presença de familiares falecidos ou de pessoas imaginárias, e até que se refugiem em sua própria mente e fechem as portas para o exterior. É uma resposta emocional, uma defesa contra sentimentos ou emoções que se mostram inaceitáveis. Não deve se preocupar com isso agora. O que conta e que vai nos ajudar é que, se existe alguém importante para ela nesse momento, esse alguém é o senhor. Pelas coisas que me contou naquela época, e que ficaram entre nós, e por tudo o que pude observar nessas últimas semanas, concluo que Cristina o ama, sr. Martín. Ela o ama como nunca amou ninguém e certamente como nunca irá me amar. Por isso, peço que me ajude, que não se deixe cegar pelo medo ou pelo ressentimento e me ajude, pois nós dois queremos a mesma coisa. Queremos que Cristina consiga sair desse lugar.

Concordei envergonhado.

— Desculpe se antes...

O médico ergueu a mão, interrompendo. Levantou-se e vestiu o casaco. Estendeu a mão, que eu apertei.

— Amanhã estarei esperando — disse ele.

— Obrigado, doutor.

— Obrigado também ao senhor. Por ficar do lado dela.

Na manhã seguinte, saí do hotel quando o sol começava a se levantar sobre o lago gelado. Um grupo de crianças brincava à beira do espelho d'água, jogando pedras e tentando alcançar o casco de um pequeno bote preso no gelo. Tinha parado de nevar e viam-se as montanhas brancas à distância e as grandes nuvens que deslizavam sobre o céu como monumentais cidades de vapor. Cheguei ao hospital de Villa San Antonio pouco antes das nove da manhã. Dr. Sanjuán me esperava no jardim com Cristina. Estavam sentados ao sol, e o médico segurava a mão de Cristina enquanto falava com ela. Ela só olhava para ele. Quando me viu atravessando o jardim, o doutor fez sinal para que me aproximasse. Tinha reservado uma cadeira para mim de frente para Cristina. Sentei-me e olhei para ela, seus olhos sobre os meus sem me ver.

— Cristina, olhe quem está aqui — disse o médico.

Peguei a mão de Cristina e aproximei-me dela.

— Fale com ela — disse Sanjuán.

Concordei, perdido naquele olhar ausente, sem encontrar as palavras. O médico se levantou e nos deixou a sós. Vi quando desapareceu no interior do hospital, não sem antes dizer a uma das enfermeiras que não tirasse os olhos de cima de nós. Ignorei a presença da enfermeira e aproximei minha cadeira de Cristina. Afastei o cabelo de sua testa e ela sorriu.

— Lembra de mim? — perguntei.

Podia ver meu reflexo em seus olhos, mas não sabia se me via ou se podia ouvir minha voz.

— O doutor me disse que vai se recuperar logo e poderemos voltar para casa. Para onde você quiser. Resolvi abandonar a casa da torre, e iremos para bem longe, como você queria. Onde ninguém nos conheça e ninguém se importe em saber quem somos nem de onde viemos.

Suas mãos estavam cobertas com luvas de lã, escondendo as bandagens que tinha nos braços. Havia perdido peso e linhas profundas marcavam sua pele, tinha os lábios rachados e os olhos apagados e sem vida. Limitei-me a sorrir e acariciar seu rosto e sua testa, falando sem parar, contando como tinha sentido sua falta e como tinha procurado por ela em toda parte. Passamos umas duas horas ali, até que o médico voltou com uma enfermeira que a levou de volta para dentro. Fiquei ali sentado no jardim, sem saber aonde ir, até que o dr. Sanjuán surgiu outra vez na porta. Aproximou-se e sentou a meu lado.

— Não falou uma palavra — disse eu. — Acho que nem se deu conta de que eu estava aqui...

— Está enganado, meu amigo — replicou. — Trata-se de um processo lento, mas posso garantir que sua presença a ajuda, e muito.

Fiz que sim para as esmolas e mentiras piedosas do médico.

— Amanhã tentaremos de novo — disse ele.

Ainda era só meio-dia.

— E o que vou fazer até amanhã?

— Não é escritor? Escreva. Escreva alguma coisa para ela.

9

Regressei para o hotel margeando o lago. O recepcionista informou como encontrar a única papelaria do povoado, onde pude comprar folhas e uma caneta que estavam lá desde tempos imemoriais. Uma vez armado, tranquei-me no quarto. Desloquei a mesa para diante da janela e pedi uma garrafa térmica de café. Passei quase uma hora olhando o lago e as montanhas distantes antes de escrever uma única palavra. Recordei aquela velha fotografia que Cristina tinha me dado, com a imagem de uma menina caminhando em um cais de madeira estendido sobre o mar, cujo mistério sua memória sempre evitou. Imaginei que seguia por aquele cais que meus passos me levavam atrás dela e lentamente as palavras começaram a fluir, e a armação de uma pequena história insinuou-se nelas. Descobri que ia escrever a história que Cristina nunca conseguiu recordar, a história que a tinha levado a caminhar, quando criança, sobre aquelas águas reluzentes pela mão de um estranho. Escreveria a história daquela lembrança que nunca existiu, a memória de uma vida roubada. As imagens e a luz que surgiam por entre as frases levaram-me de volta àquela velha Barcelona de trevas que gerou nós dois. Escrevi até o sol se pôr e não restar nem uma gota de café na garrafa, até que o lago gelado acendeu-se com a lua azul e meus olhos e minhas mãos doeram. Deixei cair a caneta e afastei as folhas da mesa. Quando o recepcionista bateu na porta para perguntar se eu ia descer para jantar, não ouvi. Tinha adormecido profundamente, acreditando e sonhando, por uma vez, que as palavras, inclusive as minhas, tinham o poder de curar.

* * *

Passaram-se quatro dias ao som da mesma rotina. Despertava ao clarear e ia para a varanda do quarto ver o sol tingir o lago de vermelho a meus pés. Chegava ao hospital por volta das oito e meia da manhã e costumava encontrar o dr. Sanjuán sentado nos degraus da entrada, contemplando o jardim com uma xícara de café fumegante nas mãos.

— Nunca dorme, doutor?

— Não mais que o senhor.

Lá pelas nove, o médico me acompanhava até o quarto de Cristina e abria a porta. Depois nos deixava sozinhos. Sempre a encontrava sentada na mesma poltrona diante da janela. Aproximava uma das cadeiras e pegava sua mão. Mal reconhecia minha presença. Em seguida, começava a ler as páginas que tinha escrito para ela na noite anterior. Todo dia, começava a ler desde o início. Às vezes, interrompia a leitura e, quando levantava os olhos, me surpreendia ao encontrar a sombra de um sorriso em seus lábios. Passava o dia com ela até o médico voltar ao anoitecer e pedir que eu fosse embora. Em seguida, arrastava-me pelas ruas desertas sob a neve e voltava ao hotel, jantava alguma coisa e subia para o meu quarto onde continuava a escrever até que o cansaço me vencesse. Os dias deixaram de ter nome.

No quinto dia, entrei no quarto de Cristina como todas as manhãs e encontrei a poltrona onde sempre me esperava vazia. Alarmado, procurei ao redor e encontrei-a acocorada no chão, enrolada como um novelo em um canto do quarto, abraçando os joelhos com o rosto coberto de lágrimas. Ao me ver, sorriu, e compreendi que tinha me reconhecido. Ajoelhei junto dela e a abracei. Pensei que nunca tinha sido tão feliz quanto naqueles míseros segundos em que senti seu hálito no rosto e vi que um sinal de luz tinha regressado a seus olhos.

— Onde esteve? — perguntou ela.

Naquela tarde, o dr. Sanjuán permitiu que eu a levasse para passear durante uma hora. Caminhamos até o lago e nos sentamos em um banco. Cristina começou a falar de um sonho que tinha tido, a história de uma menina que vivia em uma cidade labiríntica e escura cujas ruas e cujos edifícios estavam vivos e se alimentavam das almas de seus habitantes.

Em seu sonho, como na história que li para ela durante dias, a menina conseguia escapar e chegava a um cais estendido sobre um mar infinito. Caminhava de mãos dadas com o estranho sem nome nem rosto que a tinha salvado e que a acompanhava agora até o fim daquela plataforma de madeira estendida sobre as águas, onde alguém esperava por ela, alguém que nunca conseguia ver, pois seu sonho, como a história que eu tinha começado a escrever, estava inacabado.

Cristina se lembrava vagamente da Villa San Antonio e do dr. Sanjuán. Ruborizou-se quando me contou que achava que ele a tinha pedido em casamento na semana anterior. O tempo e o espaço se confundiam em seus olhos. Às vezes, acreditava que o pai estava internado em um dos quartos e que tinha vindo visitá-lo. Um instante depois, não lembrava como tinha chegado lá e, certas vezes, nem queria saber disso. Recordava que eu tinha saído para comprar passagens de trem e, de repente, se referia à manhã em que tinha desaparecido como se tudo tivesse acontecido no dia anterior. Às vezes me confundia com Vidal e me pedia perdão. Outras, o medo sombreava seu rosto e ela começava a tremer.

— Está se aproximando. Tenho que ir. Antes que veja você.

E então, mergulhava em um longo silêncio, alheia à minha presença e ao mundo, como se algo a tivesse arrastado para algum lugar remoto e inalcançável. Passados alguns dias, a certeza de que Cristina tinha perdido a razão começou a calar fundo dentro de mim. A esperança do primeiro momento nublou-se de amargura e às vezes, ao regressar à noite para minha cela no hotel, sentia que o velho abismo de escuridão e ódio que pensava ter esquecido se reabria dentro de mim. O dr. Sanjuán, que me observava com a mesma paciência e determinação que reservava a seus pacientes, tinha avisado que aquilo poderia acontecer.

— Não deve perder a esperança, meu amigo. Estamos fazendo grandes progressos. Tenha confiança.

Eu concordava, dócil, e voltava dia após dia ao hospital para levar Cristina para um passeio no lago, para ouvir aquelas recordações sonhadas, que ela recontava dezenas de vezes, mas descobria novamente a cada dia. Todos os dias, perguntava onde tinha estado, por que não tinha voltado para buscá-la, por que a tinha deixado sozinha. Todos os dias me olhava de sua jaula invisível e me pedia que a abraçasse. Todos os dias, ao despedir-me dela, perguntava se eu a amava e eu sempre respondia a mesma coisa.

— Vou amá-la para sempre. Sempre.

Uma noite acordei ouvindo batidas na porta do meu quarto. Eram três da madrugada. Arrastei-me até a porta, atordoado, e encontrei uma das enfermeiras do hospital.

— O dr. Sanjuán pediu que viesse chamá-lo.

— O que aconteceu?

Dez minutos mais tarde, entrava pelas portas da Villa San Antonio. Os gritos podiam ser ouvidos do jardim. Cristina tinha trancado a porta de seu quarto por dentro. O dr. Sanjuán, com cara de quem não dormia havia uma semana, e dois enfermeiros estavam tentando arrombar a porta. No interior, ouvia-se a voz de Cristina gritando e batendo nas paredes, derrubando os móveis e destruindo tudo o que encontrava pela frente.

— Quem está aí dentro com ela? — perguntei, gelado.

— Ninguém — respondeu o médico.

— Mas está falando com alguém... — protestei.

— Está sozinha.

Um zelador chegou correndo, trazendo uma grande alavanca de metal.

— Foi tudo o que encontrei — disse.

O doutor assentiu, e o zelador enfiou a barra de metal na fenda ao lado da fechadura e começou a forçar.

— Como conseguiu se trancar aí dentro? — perguntei.

— Não sei...

Pela primeira vez, percebi temor no rosto do médico, que evitava meu olhar. O zelador estava prestes a arrebentar a fechadura com a alavanca, quando, de repente, fez-se silêncio do outro lado da porta.

— Cristina? — chamou o doutor.

Não houve resposta. A porta finalmente cedeu e se abriu de um golpe. Segui o médico e entramos no quarto imerso na penumbra. A janela estava aberta e um vento gelado inundava o aposento. As cadeiras, mesas e poltronas estavam caídas. As paredes estavam manchadas de algo que parecia um traçado irregular de tinta preta. Era sangue. Não havia sinal de Cristina.

Os enfermeiros correram para a varanda e esquadrinharam o jardim em busca de pegadas na neve. O doutor olhava de um lado para outro, em busca de Cristina. Foi então que ouvimos uma risada vinda do banheiro. Aproximei-me da porta e abri. O piso estava coberto de vidro. Cristina estava sentada no chão, apoiada na banheira de metal como um boneco quebrado. Suas mãos e seus pés sangravam, cheios de cortes e cacos de vidro. Seu sangue ainda deslizava pelas rachaduras do espelho, que tinha destruído aos socos. Tomei-a nos braços e busquei seu olhar. Ela sorriu.

— Não deixei ele entrar — murmurou.

— Quem?

— Eu queria esquecer, mas não o deixei entrar — repetiu.

O médico ajoelhou-se ao meu lado e examinou os cortes e ferimentos que cobriam todo o corpo de Cristina.

— Por favor — murmurou, afastando-me. — Agora não.

Um dos enfermeiros tinha corrido para pegar uma maca. Ajudei-os a deitar Cristina e segurei sua mão enquanto a conduziam para o consultório, onde o dr. Sanjuán aplicou um calmante que em apenas alguns segundos lhe roubou a consciência. Fiquei a seu lado, olhando-a nos olhos até que seu olhar se transformasse em um espelho vazio e uma das enfermeiras me segurasse pelo braço, tirando-me de lá. Fiquei ali, no meio de um corredor mal iluminado, cheirando a desinfetante, com as mãos e a roupa manchadas de sangue. Encostei na parede e fui deslizando até o chão.

Cristina despertou no dia seguinte e se viu presa com correias de couro a uma cama, trancada em um quarto sem janelas e nenhuma luz além da lâmpada amarelada presa no teto. Eu tinha passado a noite em uma cadeira num canto, observando-a, sem noção do tempo transcorrido. Abriu os olhos de repente, e fez uma careta de dor ao sentir as pontadas das feridas que cobriam os braços.

— David?

— Estou aqui — respondi.

Aproximei-me da cama para que visse meu rosto e o sorriso anêmico que tinha ensaiado para ela.

— Não consigo me mexer.

— Está presa com correias. É para o seu bem. Quando o doutor chegar, vai retirá-las.

— Tire você.

— Não posso. Tem que ser o médico a...

— Por favor — suplicou.

— Cristina, é melhor que...

— Por favor.

Havia dor e medo em seu olhar, mas sobretudo uma clareza e uma presença que não tinha visto em todos os dias em que estive naquele lugar com ela. Era Cristina de novo. Desatei as primeiras correias que se cruzavam nos ombros e na cintura. Acariciei seu rosto. Estava tremendo.

— Está com frio?

Negou.

— Quer que avise o médico?

Negou de novo.

— David, olhe para mim.

Sentei-me na beira da cama e olhei dentro de seus olhos.

— Precisa destruí-lo — disse.

— Não estou entendendo.

— Tem que destruí-lo.

— O quê?

— O livro.

— Cristina, é melhor eu avisar o médico...

— Não. Ouça.

Ela agarrou minha mão com força.

— A manhã em que foi comprar as passagens, lembra? Subi outra vez ao escritório e abri o baú.

Suspirei.

— Encontrei o manuscrito e comecei a ler.

— É só uma fábula, Cristina...

— Não minta. Eu li, David. Pelo menos o suficiente para saber que precisava destruí-lo...

— Não se preocupe com isso agora. Já lhe disse que tinha abandonado esse manuscrito.

— Mas ele não abandonou você. Tentei queimá-lo...

Por um instante, soltei sua mão ao ouvir aquelas palavras, reprimindo uma raiva silenciosa ao me lembrar dos fósforos queimados que encontrei no escritório.

— Tentou queimá-lo?

— Mas não consegui — murmurou. — Havia mais alguém na casa.

— Não havia mais ninguém na casa, Cristina. Ninguém.

— Assim que acendi o fósforo e aproximei a chama do manuscrito, intuí que havia alguém atrás de mim. Senti uma pancada na nuca e caí.

— Quem bateu em você?

— Estava muito escuro, como se a luz do dia tivesse se retirado e não pudesse voltar. Virei, mas estava tudo muito escuro. Só vi os olhos. Olhos como os de um lobo.

— Cristina...

— Ele tirou o manuscrito de minhas mãos e guardou outra vez no baú.

— Cristina, você não está bem. Deixe eu chamar o médico e...

— Não está me ouvindo.

Sorri e beijei-a na testa.

— Claro que estou ouvindo. Mas não havia mais ninguém naquela casa...

Ela fechou os olhos e virou a cabeça, gemendo como se minhas palavras fossem punhais que se retorciam em suas entranhas.

— Vou avisar o médico.

Inclinei-me para beijá-la de novo e me levantei. Fui até a porta, sentindo seu olhar nas minhas costas.

— Covarde — disse ela.

Quando retornei ao quarto com o dr. Sanjuán, Cristina tinha desatado a última correia e cambaleava pelo quarto em direção à porta, deixando pegadas ensanguentadas sobre o piso branco. Nós dois a seguramos e conseguimos deitá-la de novo na cama. Cristina gritava e lutava com uma raiva de gelar o sangue. O alvoroço alertou o pessoal da enfermaria. Um zelador nos ajudou a contê-la, enquanto o médico atava de novo as correias. Depois de imobilizá-la, ele me olhou com severidade.

— Vou sedá-la novamente. Fique aqui e nem pense em soltar as correias outra vez.

Fiquei a sós com ela um minuto, tentando acalmá-la. Cristina continuava lutando para escapar das correias. Segurei seu rosto e tentei captar seu olhar.

— Cristina, por favor...

Ela cuspiu na minha cara.

— Saia daqui.

O médico voltou acompanhado de uma enfermeira que segurava uma bandeja metálica com uma seringa, curativos e um frasco contendo uma solução amarelada.

— Saia — ordenou.

Fui na direção da porta. A enfermeira segurou Cristina contra a cama e o doutor injetou o calmante em seu braço. Cristina gritava com uma voz lancinante. Tapei os ouvidos e saí para o corredor.

Covarde, disse a mim mesmo. *Covarde*.

10

Depois do hospital de Villa San Antonio, abria-se um caminho cercado de árvores que margeava um canal e se afastava do vilarejo. O mapa emoldurado no restaurante do hotel do Lago o identificava com o nome meloso de Passeio dos Apaixonados. Naquela tarde, ao deixar o hospital, aventurei-me por aquela trilha sombria que, mais que amores, sugeria solidões. Andei quase meia hora sem encontrar vivalma, deixando o povoado para trás até que a silhueta angulosa de Villa San Antonio e os grandes casarões que rodeavam o lago parecessem apenas recortes de papelão sobre o horizonte. Sentei-me em um dos bancos que pontilhavam o trajeto do passeio e contemplei o pôr do sol no outro extremo do vale da Cerdanya. De lá, a cerca de duzentos metros, via-se o perfil de uma pequena capela de pedra isolada no centro de um campo nevado. Sem saber muito bem por quê, levantei-me e abri caminho na neve em direção ao santuário. Quando me encontrava a uma dezena de metros, percebi que a capela não tinha porta. As chamas que devoraram a estrutura tinham enegrecido as pedras. Subi os degraus que conduziam ao local onde ficava a entrada e dei alguns passos. Os restos de bancos queimados e madeiras soltas do teto despontavam entre as cinzas. O mato tinha rastejado até o interior e subia pelo que um dia tinha sido um altar. A luz do crepúsculo penetrava pelas estreitas janelas de pedra. Sentei-me no que restava de um banco diante do altar e escutei o vento sussurrar entre as fendas da abóbada carcomida pelo fogo. Levantei os olhos e desejei ter nem que fosse um sopro daquela fé que meu velho amigo Sempere carregava consigo, fé em Deus ou nos livros, com a qual implorar a Deus ou ao inferno que me concedesse outra oportunidade e me deixasse tirar Cristina daquele lugar.

— Por favor — murmurei, segurando as lágrimas.

Sorri amargamente, um homem já vencido e suplicando mesquinharias a um Deus no qual nunca tinha confiado. Olhei ao redor e vi aquela casa de Deus feita de ruína e cinzas, de vazio e solidão, e decidi que voltaria naquela mesma noite para pegá-la, sem nenhum milagre ou bênção além de minha determinação de tirá-la daquele lugar e arrancá-la das mãos daquele doutorzinho covarde e meloso que tinha resolvido fazer dela a sua bela adormecida. Tocaria fogo na casa antes de permitir que alguém voltasse a encostar as mãos nela. Ia levá-la para casa para morrer a seu lado. O ódio e a raiva iluminariam meu caminho.

Deixei a velha capela ao anoitecer. Atravessei o campo prateado que ardia à luz da lua e retornei à trilha do arvoredo seguindo o rastro do canal no meio da escuridão, até avistar as luzes da Villa San Antonio ao longe e a cidadela de torreões e mansardas que rodeavam o lago. Ao chegar ao hospital, não perdi tempo batendo na cancela. Pulei o muro e atravessei o jardim deslizando no escuro. Rodeei a casa até uma das entradas dos fundos. Estava fechada por dentro, mas não hesitei um segundo em dar com o cotovelo no vidro e quebrá-lo para alcançar a maçaneta. Entrei pelo corredor, ouvindo as vozes e os murmúrios, sentindo no ar o perfume de um caldo vindo da cozinha. Atravessei o andar até o quarto do fundo onde o bom doutor tinha trancafiado Cristina, sem dúvida com a fantasia de fazer dela a sua bela adormecida, eternamente mergulhada em um limbo de medicamentos e correias.

Estava certo de que encontraria a porta do quarto trancada, mas a maçaneta cedeu sob minha mão, que pulsava com a dor surda dos cortes. Empurrei a porta e entrei. A primeira coisa que percebi foi que podia ver meu próprio hálito flutuando diante do meu rosto. A segunda foi que o chão de cerâmica branca estava manchado de pegadas de sangue. A janela que dava para o jardim estava completamente aberta e as cortinas ondulavam ao vento. O leito estava vazio. Aproximei-me e peguei uma das correias com que o médico e seus enfermeiros tinham amarrado Cristina.

Exibia um corte limpo, como se fosse de papel. Fui para o jardim e vi, brilhando sobre a neve, um rastro de pegadas vermelhas que se afastavam até o muro. Segui o rastro até lá e apalpei a parede de pedra que cercava o jardim. Havia sangue nas pedras. Trepei e saltei do outro lado. As pegadas, erráticas, afastavam-se em direção ao povoado. Comecei a correr.

Segui as marcas sobre a neve até o parque que rodeava o lago. A lua cheia ardia sobre a grande lâmina de gelo. Foi ali que a vi. Claudicava lentamente, penetrando no lago gelado, deixando um rastro de pegadas ensanguentadas às suas costas. A brisa agitava a camisola que envolvia seu corpo. Quando cheguei à margem, Cristina já tinha avançado mais de vinte metros em direção ao centro do lago. Gritei seu nome e parei. Ela se virou lentamente e vi que sorria, enquanto uma teia de rachaduras ia se formando a seus pés. Saltei no gelo, sentindo a superfície gelada quebrar-se à minha passagem, e corri para ela. Cristina ficou imóvel, olhando para mim. Os raios sob seus pés aumentavam em uma rosácea de fios negros. O gelo cedia sob meus passos e caí de cara.

— Eu te amo. — Ouvi-a dizer.

Arrastei-me até lá, mas a rede de fendas crescia sob minhas mãos e cercava Cristina. Apenas alguns metros nos separavam quando ouvi o gelo se partir e ceder sob seus pés. Uma goela negra abriu-se embaixo dela e a engoliu como um poço de alcatrão. Assim que ela desapareceu sob a superfície, as placas de gelo se uniram fechando a abertura na qual Cristina tinha sumido. Seu corpo deslizou alguns metros sob a lâmina de gelo, impulsionado pela corrente. Consegui me arrastar até o lugar onde ficou presa e soquei o gelo com todas as minhas forças. Cristina, com os olhos abertos e o cabelo ondulando na corrente, olhava para mim do outro lado daquela lâmina translúcida. Bati até destruir inutilmente as mãos. Cristina não afastou os olhos dos meus nem um segundo. Pousou as mãos no gelo e sorriu. As últimas borbulhas de ar escaparam de seus lábios e suas pupilas se dilataram pela última vez. Um segundo depois, lentamente, começou a mergulhar para sempre na escuridão.

11

Não retornei ao quarto para pegar minhas coisas. Oculto entre as árvores que rodeavam o lago, pude ver pela vidraça quando o médico, acompanhado de dois policiais civis, chegou ao hotel e foi falar com o gerente. Ao abrigo das ruas escuras e desertas, atravessei o povoado até a estação enterrada na neblina. Dois lampiões a gás permitiam que eu vislumbrasse a silhueta de um trem que esperava na plataforma. O sinal vermelho aceso na saída da estação tingia seu esqueleto de metal escuro. A máquina estava parada, lágrimas de gelo pendiam de trilhos e alavancas como gotas de gelatina. Os vagões estavam às escuras, as janelas, veladas pela geada. Não havia luz alguma na sala do chefe da estação. Ainda faltavam horas para a partida do trem, e a estação estava deserta.

Aproximei-me de um dos vagões e tentei abrir uma portinhola. Estava trancada por dentro. Desci para os trilhos e rodeei o trem. Protegido pela sombra, subi na plataforma de engate entre os dois últimos vagões e tentei a sorte com a porta que fazia a comunicação entre os carros. Estava aberta. Enfiei-me no vagão e avancei na penumbra até uma das cabines. Entrei e puxei o ferrolho por dentro. Tremendo de frio, desmoronei na poltrona. Não me atrevia a fechar os olhos com medo de encontrar o olhar de Cristina sob o gelo, me esperando. Passaram-se alguns minutos, talvez horas. Em algum momento, perguntei-me por que estava me escondendo e por que era incapaz de sentir qualquer coisa.

Refugiei-me naquele vazio e esperei ali, escondido como um fugitivo, ouvindo os mil queixumes do metal e da madeira contraindo-se com o frio. Esquadrinhei as sombras atrás das janelas até que a luz de uma lanterna roçou as paredes do vagão e ouvi vozes na plataforma. Limpei com os dedos um pedaço da camada de vapor que mascarava os vidros e vi que o maquinista e dois operários se dirigiam para a parte dianteira do trem. A uma dezena de metros, o chefe da estação conversava com os dois policiais civis que estavam com o médico no hotel um pouco antes. Vi que concordava e pegava um molho de chaves, aproximando-se do trem seguido pelos guardas. Escondi-me de novo na cabine. Alguns segundos depois, ouvi o barulho das chaves e o estalido da portinhola do vagão se abrindo. Passos avançaram da ponta do vagão. Levantei o ferrolho, deixando a porta da cabine aberta e me estendi no chão, colado à parede, sob um dos assentos. Ouvi os passos dos guardas aproximando-se, o facho das lanternas que carregavam traçando agulhas de luz azul que escorregavam pelas vidraças dos compartimentos. Quando os passos se detiveram diante da minha cabine, contive a respiração. As vozes tinham se calado. Ouvi a portinhola se abrir e as botas passaram a dois palmos de meu rosto. O guarda permaneceu ali alguns segundos e saiu em seguida, fechando a porta. Seus passos afastaram-se pelo vagão.

Fiquei ali, imóvel. Alguns minutos depois, ouvi um estalido e o hálito quente espalhado pela grade da calefação acariciou meu rosto. Uma hora mais tarde, as primeiras luzes do amanhecer roçaram as janelas. Saí de meu esconderijo e olhei para fora. Viajantes solitários percorriam a plataforma arrastando seus vultos e suas malas. Podia sentir o rumor da locomotiva em marcha nas paredes e no chão do vagão. Em alguns minutos, os viajantes começaram a subir no trem e o cobrador acendeu as luzes. Voltei a me sentar no banco, perto da janela, e devolvi o cumprimento de alguns dos passageiros que cruzavam diante da cabine. Quando o grande relógio da estação bateu oito horas, o trem começou a deslizar. Só então fechei os olhos e ouvi os sinos da igreja repicarem na distância com o eco de uma maldição.

O trajeto de volta transcorreu cheio de atrasos. Parte da rede elétrica tinha caído e só chegamos a Barcelona ao entardecer daquela sexta-feira, 23 de janeiro. A cidade estava sepultada sob um céu escarlate sobre o qual se estendia uma teia de aranha de fumaça negra. Fazia calor, como se o inverno tivesse se retirado repentinamente, e um hálito sujo e úmido subisse das grades da rede de esgoto. Ao abrir o portão da casa da torre, encontrei um envelope branco no chão. Reconheci o selo de lacre vermelho que o fechava e nem me dei ao trabalho de pegá-lo, pois sabia perfeitamente o que continha: um lembrete do encontro marcado com o patrão para entregar o manuscrito naquela mesma noite no casarão do Parque Güell. Subi as escadas no escuro e abri a porta do andar principal. Não acendi a luz e fui direto para o escritório. Aproximei-me da janela e contemplei a sala sob o resplendor infernal que aquele céu em chamas destilava. Imaginei-a ali, tal como tinha descrito, de joelhos diante do baú. Abrindo-o e extraindo dele a pasta com o manuscrito. Lendo aquelas páginas malditas com a certeza de que precisava destruí-las. Acendendo os fósforos e aproximando a chama do papel.

Havia mais alguém na casa.

Aproximei-me do baú e parei a alguns passos, como se estivesse às costas de Cristina, espiando-a. Inclinei-me para a frente e abri. O manuscrito continuava lá, esperando. Estiquei a mão para tocar a pasta com os dedos, acariciando-a. Foi então que o vi. A silhueta de prata brilhava no fundo do baú como uma pérola no fundo de um lago. Peguei-o entre os dedos e examinei à luz daquele céu ensanguentado. O broche do anjo.

— Filho da puta. — Ouvi-me dizer.

Peguei a caixa com o velho revólver de meu pai no fundo do armário. Abri o tambor e verifiquei que estava carregado. Guardei o resto da caixinha de munição no bolso esquerdo do casaco. Enrolei a arma em um pano e enfiei no bolso direito. Antes de sair, parei um instante para contemplar aquele estranho que me olhava de dentro do espelho do saguão. Sorri, com a paz do ódio ardendo em minhas veias, e saí para a noite.

12

A casa de Andreas Corelli erguia-se na colina contra o manto de nuvens vermelhas. Atrás dela ondulava o bosque de sombras do Parque Güell. A brisa agitava os ramos e as folhas sussurravam como serpentes na escuridão. Parei diante da entrada e examinei a fachada da casa. Não havia nem uma luz sequer acesa. As portinholas das janelas estavam fechadas. Escutei a respiração dos cães que perambulavam dentro dos muros do parque às minhas costas, seguindo meus passos. Tirei o revólver do bolso e me virei para a entrada, onde se percebiam os vultos dos animais, sombras líquidas que observavam no escuro.

Aproximei-me da porta principal da casa e dei três pancadas secas com a aldrava. Não esperei resposta. Teria arrebentado a fechadura a tiros, mas não foi preciso. A porta estava aberta. Girei a maçaneta de bronze até soltar o trinco da fechadura, e a porta de carvalho deslizou lentamente para o interior com a inércia de seu próprio peso. O longo corredor abria-se à frente, a camada de poeira que cobria o chão brilhava como areia fina. Adiantei-me alguns passos e cheguei até a escadaria que subia de um lado do saguão, desaparecendo em uma espiral de sombras. Avancei pelo corredor para chegar ao salão. Dezenas de olhares me seguiam na galeria de velhos retratos emoldurados que cobriam as paredes. Os únicos sons que conseguia perceber eram meus passos e minha respiração. Cheguei ao fim do corredor e parei. A claridade noturna filtrava-se pelas portinholas desenhando punhais de luz avermelhada. Ergui o revólver e entrei no salão. Ajustei meus olhos à escuridão. Os móveis estavam no mesmo lugar que recordava, mas até naquela luz escassa dava para ver que eram velhos e cobertos de poeira. Ruínas. Os cortinados pendiam desfiados e a pintura das paredes descascava em tiras que lembravam escamas. Fui até uma das janelas para abrir os postigos e deixar entrar alguma luz. Estava a cerca de dois metros do parapeito quando compreendi que não estava só. Parei, gelado, e me virei lentamente.

O vulto distinguia-se claramente no canto da sala, sentado na poltrona de sempre. A luz que entrava pelas janelas só revelava os sapatos brilhantes e o contorno do terno. O rosto estava mergulhado na sombra, mas sabia que estava olhando para mim. E que sorria. Levantei o revólver e apontei.

— Sei o que fez.

Corelli não moveu um músculo. Sua figura permaneceu imóvel como uma aranha. Dei um passo à frente, apontando para seu rosto. Tive a impressão de ouvir um suspiro no meio das trevas e, por um instante, a luz avermelhada refletiu-se em seus olhos e tive a certeza de que ia saltar em cima de mim. Disparei. O recuo da arma golpeou meu antebraço como uma martelada seca. Uma nuvem de fumaça azul ergueu-se do cano do revólver. Uma das mãos de Corelli caiu do braço da poltrona e balançou, as unhas roçando o chão, e disparei outra vez. A bala atingiu seu peito e abriu um orifício fumegante na roupa. Fiquei sustentando o revólver com as duas mãos, sem me atrever a dar um passo, esquadrinhando o vulto imóvel sobre a poltrona. O balanço do braço foi parando lentamente, até que o corpo ficou inerte e suas unhas, longas e polidas, se ancoraram no piso de carvalho. Não houve ruído algum, nem sequer um vestígio de movimento naquele corpo em que acabava de encaixar dois balaços, um no rosto e outro no peito. Retrocedi alguns passos até a janela, que abri com um chute, sem afastar os olhos da poltrona onde jazia Corelli. Uma coluna de luz vaporosa abriu caminho da balaustrada até o canto da sala, iluminando o corpo e o rosto do patrão. Tentei engolir saliva, mas minha boca estava seca. O primeiro disparo tinha aberto um buraco entre seus olhos. O segundo tinha esburacado sua lapela. Não havia uma gota de sangue. Em seu lugar destilava-se uma poeira fina e brilhante como a de um relógio de areia, que deslizava pelas dobras da roupa. Os olhos brilhavam e os lábios estavam congelados em um sorriso sarcástico. Era um boneco.

Abaixei o revólver, com a mão ainda tremendo, e aproximei-me vagarosamente. Inclinei-me para aquele fantoche grotesco e lentamente aproximei a mão de seu rosto. Por um instante, temi que a qualquer momento os olhos de vidro se movessem e aquelas mãos de unhas longas saltassem em meu pescoço. Rocei a face com a ponta dos dedos. Madeira esmaltada. Não pude evitar uma risada amarga. Não se podia esperar menos que isso do patrão. Defrontei-me mais uma vez com aquela expressão zombeteira e brindei-a com uma coronhada que derrubou o boneco de lado. Vi quando caiu no chão e investi a pontapés contra ele. A armação de madeira foi se deformando até que braços e pernas ficaram embaralhados em uma posição impossível. Dei alguns passos para trás e olhei ao redor. Examinei a grande tela com a figura do anjo e a arranquei com um puxão. Atrás do quadro estava a porta de acesso ao porão que lembrava a noite em que tinha dormido ali. Testei a fechadura. Estava aberta. Vasculhei a escada que descia para um poço escuro. Fui até a cômoda onde recordava ter visto Corelli guardar os cem mil francos durante o nosso primeiro encontro na casa e procurei nas gavetas. Em uma delas encontrei uma caixa de latão com velas e fósforos. Hesitei um instante, perguntando-me se o patrão não teria deixado tudo ali esperando que eu encontrasse, como tinha encontrado o fantoche. Acendi uma das velas e atravessei o salão em direção à porta. Passei os olhos pelo boneco caído mais uma vez e, com a vela no alto e o revólver firmemente empunhado na mão direita, resolvi descer. Avancei degrau por degrau, parando a cada passo para olhar para trás. Quando cheguei à sala do porão, segurei a vela tão longe de mim quanto era possível e descrevi um semicírculo com ela. Estava tudo ali: a mesa de operação, as luzes a gás e a bandeja de instrumentos cirúrgicos. Tudo coberto por uma pátina de poeira e teias de aranha. Porém, havia algo mais. Havia outras silhuetas apoiadas na parede. Tão imóveis quanto a do patrão. Deixei a vela na mesa de operações e aproximei-me daqueles corpos inertes. Reconheci o criado que tinha nos atendido na primeira noite e o motorista que me levou para casa depois do jantar com Corelli nos jardins da casa. Havia outras figuras que não consegui identificar. Uma delas estava virada para a parede, com o rosto escondido. Empurrei com a ponta da arma, fazendo-a girar e, um segundo depois, estava olhando para mim mesmo. Senti que um calafrio me percorria. O boneco que me imitava só tinha meio rosto. A outra metade não tinha feições formadas. Estava prestes a esmagar aquela face com uma cacetada quando ouvi a risada de um menino no alto da escadaria. Prendi a respiração e então escutei uma série de estalidos secos. Corri escada acima e, ao chegar ao primeiro andar, o boneco do patrão já não estava no chão onde tinha ficado caído. Um rastro de pegadas afastava-se de lá em direção ao corredor. Engatilhei o revólver e segui aquele rastro até o corredor que conduzia ao saguão. Parei no umbral e levantei a arma. As pegadas se detinham no meio do caminho. Procurei pela forma oculta do patrão entre as sombras, mas não havia sinal dele. No fundo do corredor, a porta principal continuava aberta. Avancei lentamente até o ponto onde o rastro terminava. Só reparei naquilo alguns segundos mais tarde, quando percebi que o espaço vazio que tinha visto entre as fotografias da parede não estava mais lá. Em seu posto havia uma nova moldura, com uma fotografia que parecia saída da mesma objetiva de todas as outras que formavam aquela macabra coleção: Cristina vestida de branco, o olhar perdido no olho da lente. Não estava sozinha. Braços a rodeavam e a mantinham em pé, e seu dono sorria para a câmera. Andreas Corelli.

13

Afastei-me colina abaixo, rumo ao novelo de ruas escuras da Gracia. Encontrei um café aberto que reunia uma bem fornida congregação de vizinhos, discutindo animadamente: era difícil determinar se falavam de política ou de futebol. Esquivei-me das pessoas e atravessei uma nuvem de fumaça para chegar até o balcão, onde o taberneiro me encarou com um olhar vagamente hostil, com o qual supus que recebesse todos os estranhos, que naquele caso deveriam ser todos os moradores de qualquer lugar que ficasse a mais de duas quadras de seu estabelecimento.

— Preciso usar o telefone.

— O telefone é só para os clientes.

— Sirva-me um conhaque. E o telefone.

O taberneiro pegou um copo e indicou um corredor no fundo da sala que se abria sob um cartaz que dizia *Sanitários*. Bem no final, encontrei um arremedo de cabine telefônica, na frente da entrada dos banheiros, exposta a um intenso fedor de amoníaco e ao barulho que se filtrava da sala. Peguei o fone e esperei até obter linha. Alguns segundos depois, a telefonista da central da companhia telefônica respondeu.

— Preciso fazer uma ligação para o escritório de advocacia de Valera, no número 442 da avenida Diagonal.

A telefonista levou dois minutos para encontrar o número e fazer a ligação. Esperei ali, segurando o fone na mão e tapando o ouvido esquerdo com a outra. Finalmente, confirmou que ia transferir a chamada e em poucos segundos reconheci a voz da secretária do dr. Valera.

— Sinto muito, mas o dr. Valera não se encontra aqui nesse momento.

— É muito importante. Diga que meu nome é Martín, David Martín. E que é um assunto de vida ou morte.

— Sei quem é o senhor, sr. Martín. Sinto muito, mas não posso chamar o advogado Valera porque ele não está. São nove e meia da noite e já faz um tempo que se retirou.

— Então diga o endereço de sua casa.

— Não posso lhe dar essa informação, sr. Martín. Lamento muito. Se desejar, pode ligar amanhã de manhã e...

Desliguei e voltei a esperar a linha. Dessa vez, dei à telefonista o número que Ricardo Salvador tinha me fornecido. O vizinho respondeu à chamada e disse que ia subir para ver se o ex-policial estava em casa. Salvador respondeu quase imediatamente.

— Martín? Está bem? Está em Barcelona?

— Acabei de chegar.

— Tem que tomar muito cuidado. A polícia está à sua procura. Estiveram aqui fazendo perguntas sobre você e sobre Alicia Marlasca.

— Víctor Grandes?

— Acho que sim. Estava com um par de grandalhões de quem não gostei nem um pouco. Parece que quer jogar as mortes de Roures e da viúva Marlasca nas suas costas. É melhor que fique de olho. Com certeza, está sendo vigiado. Se quiser, pode vir para cá.

— Obrigado, sr. Salvador. Vou pensar. Não quero metê-lo em nenhuma enrascada.

— Faça como quiser, mas fique de olho. Você tinha razão: Jaco voltou. Não sei por quê, mas voltou. Tem algum plano?

— Agora vou tentar encontrar o advogado Valera. Acredito que quem está no centro de tudo isso é o editor para quem Marlasca trabalhava e que Valera é o único que sabe a verdade.

Salvador fez uma pausa.

— Quer que o acompanhe?

— Não creio que seja necessário. Ligarei assim que tiver falado com Valera.

— Como preferir. Está armado?

— Sim.

— Fico mais tranquilo.

— Sr. Salvador... Roures falou de uma mulher no Somorrostro a quem Marlasca tinha consultado. Alguém que ele conheceu através de Irene Sabino.

— A Bruxa do Somorrostro.

— O que sabe dela?

— Não há muito o que saber. Não creio nem que exista, assim como esse editor. Deve se preocupar é com Jaco e com a polícia.

— Certo, considerarei isso.

— Ligue assim que souber de alguma coisa, combinado?

— Claro. Obrigado.

Desliguei o telefone e, ao passar diante do balcão, deixei umas moedas para pagar a ligação e o copo de conhaque que continuava lá, intacto.

Vinte minutos depois estava embaixo do número 442 da avenida Diagonal, observando as luzes acesas no escritório de Valera no alto do edifício. A portaria estava fechada, mas bati na porta até o porteiro aparecer com uma cara de poucos amigos. Assim que abriu uma fresta suficiente para me mandar embora de maus modos, dei um empurrão e entrei na portaria, ignorando seus protestos. Fui direto para o elevador e, quando o porteiro tentou segurar meu braço, lancei um olhar tão envenenado que ele desistiu de seu intento.

Quando a secretária de Valera abriu a porta, sua surpresa se transformou rapidamente em medo, particularmente quando enfiei o pé na abertura para evitar que fechasse a porta na minha cara e entrei sem esperar por convite.

— Avise ao advogado — falei. — Agora.

A secretária olhou para mim, pálida.

— O sr. Valera não está...

Peguei-a pelo braço e a empurrei até o escritório do advogado. As luzes estavam acesas, mas não havia sinal de Valera. A secretária soluçava, aterrorizada, e percebi que estava apertando seu braço. Soltei-a e ela retrocedeu alguns passos. Estava tremendo. Suspirei e tentei esboçar um gesto tranquilizador que só serviu para que visse o revólver despontando na cintura das minhas calças.

— Por favor, sr. Martín... juro que o dr. Valera não está.

— Acredito. Fique tranquila. Só quero falar com ele. Nada mais.

A secretária assentiu. Sorri.

— Teria a gentileza de pegar o telefone e ligar para sua casa? — pedi.

A secretária levantou o fone e murmurou o número do advogado para a telefonista. Quando obteve resposta, passou-me o fone.

— Boa noite — arrisquei.

— Martín, que surpresa desagradável — disse Valera do outro lado da linha. — Posso saber o que faz em meu escritório a essa hora da noite, além de aterrorizar meus empregados?

— Lamento o incômodo, doutor, mas preciso localizar um cliente seu urgentemente, o sr. Andreas Corelli. O senhor é a única pessoa que pode me ajudar.

Um longo silêncio.

— Temo que esteja equivocado, Martín. Não posso ajudá-lo.

— Achei que conseguiria resolver isso tudo amigavelmente, dr. Valera.

— Não está entendendo, Martín. Não conheço o sr. Corelli.

— Como?

— Nunca o vi ou falei com ele, e muito menos sei onde poderia encontrá-lo.

— Lembro que foi contratado por ele para me tirar da delegacia.

— Recebemos uma carta semanas antes, bem como um cheque assinado por ele, dizendo que o senhor era seu associado, que o inspetor Grandes o estava importunando e que nos encarregássemos de sua defesa, caso necessário. Junto com a carta estava o envelope que pediu que lhe entregássemos pessoalmente. Limitei-me a depositar o cheque e a pedir a meus contatos na Chefatura de Polícia que me avisassem se o senhor aparecesse por lá. Foi o que aconteceu e, como bem se lembra, cumpri minha parte do trato: tirei-o de lá, ameaçando Grandes com uma enxurrada de aborrecimentos se não facilitasse sua libertação. Não tem por que se queixar de nossos serviços.

Agora o silêncio era meu.

— Se não acredita, peça à srta. Margarita que lhe mostre a carta — acrescentou Valera.

— E o seu pai? — perguntei.

— Meu pai?

— Seu pai e Marlasca tinham negócios com Corelli. Ele devia saber de alguma coisa...

— Posso garantir que meu pai nunca fez negócios diretamente com o tal sr. Corelli. Toda a sua correspondência, se é que havia alguma, pois nada consta nos arquivos do escritório, era tocada pelo sr. Marlasca, pessoalmente. De fato, já que perguntou, posso dizer que meu pai chegou a duvidar da existência desse sr. Corelli, sobretudo nos últimos meses de vida do sr. Marlasca, quando ele começou a tratar, por assim dizer, com aquela mulher.

— Que mulher?

— A corista.

— Irene Sabino?

Ouvi que suspirava, irritado.

— Antes de morrer, o sr. Marlasca deixou um fundo de crédito sob a administração e tutela do escritório para efetuar uma série de pagamentos em uma conta em nome de um tal Juan Corbera e de María Antonia Sanahuja.

Jaco e Irene Sabino, pensei.

— De quanto era esse fundo?

— Era um depósito em moeda estrangeira. Lembro que rondava os cem mil francos franceses.

— Marlasca disse onde tinha conseguido esse dinheiro?

— Somos um escritório de advocacia, não uma agência de detetives. O escritório limitou-se a seguir as instruções estipuladas no testamento do sr. Marlasca, não a questioná-las.

— Que outras instruções deixou?

— Nada de especial. Simples pagamentos a terceiros que não tinham nenhuma relação com o escritório nem com a sua família.

— Lembra de algum em especial?

— Meu pai encarregava-se desses assuntos pessoalmente para evitar que os empregados da firma tivessem acesso a informações, digamos, comprometedoras.

— E seu pai não achou estranho que seu ex-sócio quisesse entregar tanto dinheiro a desconhecidos?

— Claro que achou estranho. Muitas coisas lhe pareceram estranhas.

— Lembra onde esses pagamentos deveriam ser feitos?

— Como quer que me lembre? Faz pelo menos vinte e cinco anos.

— Faça um esforço. Pela srta. Margarita.

A secretária me lançou um olhar de terror, que correspondi piscando para ela.

— Não tenha a ousadia de encostar um dedo nela — ameaçou Valera.

— Não me dê ideias — atalhei. — E a memória? Não estaria refrescando?

— Posso consultar as agendas pessoais de meu pai. Isso é tudo.

— E onde estão?

— Aqui, entre seus papéis. Mas levarei algumas horas...

Desliguei o telefone e contemplei a secretária de Valera, que tinha começado a chorar. Passei-lhe um lenço e dei uma palmadinha em seu ombro.

— Vamos, mulher, não fique assim, que já estou indo. Viu como só queria falar com ele?

Ela concordou, aterrorizada, sem afastar os olhos do revólver. Fechei o casaco e sorri.

— Uma última coisa.

Ela levantou os olhos, temendo o pior.

— Escreva o endereço do advogado. E não tente me enganar, porque, se inventar alguma mentira, voltarei e garanto que deixarei a simpatia natural que me caracteriza na portaria.

Antes de sair, pedi à srta. Margarita que me mostrasse onde ficava o fio telefônico e tratei de cortá-lo, poupando-a assim da tentação de avisar Valera e dizer que eu estava prestes a lhe fazer uma visita de cortesia ou de ligar para a polícia para informar sobre nosso pequeno desentendimento.

14

O advogado Valera vivia em uma mansão monumental com ares de castelo normando, encravada na esquina das ruas Girona e Ausiàs March. Supus que tinha herdado aquela monstruosidade do pai, junto com o escritório, e que cada pedra que a sustentava tinha sido forjada com o sangue e o fôlego de gerações e gerações de barceloneses que nunca sequer sonharam em colocar os pés em um palácio como aquele. Disse ao porteiro que tinha alguns papéis do escritório para o advogado, de parte de srta. Margarita e, depois de hesitar um instante, ele me deixou subir. Subi as escadas sem pressa, sob o olhar atento do porteiro. O patamar do andar principal era mais amplo do que a maioria das moradias que conheci na minha infância no velho bairro da Ribera, a apenas um metro dali. A aldrava da porta era um punho de bronze. Assim que toquei nele, percebi que a porta estava aberta. Empurrei suavemente e passei para o interior. O saguão dava para um longo corredor de cerca de três metros de largura, com paredes revestidas de veludo azul e cobertas de quadros. Fechei a porta atrás de mim e examinei a penumbra quente que se entrevia no fundo do corredor. Uma música suave flutuava no ar, um lamento de piano de ar elegante e melancólico. Granados.

— Sr. Valera? — chamei. — Martín.

Como não obtive resposta, aventurei-me lentamente pelo corredor, seguindo o rastro daquela música triste. Avancei entre os quadros e os nichos que hospedavam imagens de virgens e santos. O corredor era balizado por arcos sucessivos velados por pequenas cortinas. Fui atravessando véu após véu até chegar ao final do corredor, onde se abria uma grande sala imersa na penumbra. O salão era retangular e tinha as paredes cobertas por estantes de livros, do chão ao teto. No fundo, via--se uma grande porta entreaberta e, mais além, a penumbra dançante e alaranjada de uma lareira.

— Valera? — chamei de novo, levantando a voz.

Uma silhueta perfilou-se no facho de luz que o fogo projetava pela porta encostada. Dois olhos brilhantes me examinaram com receio. Um cachorro que parecia ser um pastor alemão, mas tinha pelo todo branco, aproximou-se lentamente. Fiquei quieto, desabotoando lentamente o casaco e procurando o revólver. O animal parou a meus pés e olhou para mim, deixando escapar um lamento. Acariciei sua cabeça e ele lambeu meus dedos. Depois, deu meia-volta e foi até a porta atrás da qual brilhava a luz do fogo. Parou no umbral e olhou mais uma vez para mim. Eu o segui.

Do outro lado da porta, encontrei uma sala de leitura dominada por uma grande lareira. Não havia outro foco de luz além das chamas, e uma dança de sombras ondulantes deslizava pelas paredes e pelo teto. No centro da sala havia uma mesa sobre a qual repousava o gramofone de onde saía aquela música. De frente para o fogo, de costas para a porta, havia uma grande poltrona de couro. O cão se aproximou da cadeira e se virou de novo para olhar para mim. Fui naquela direção, apenas o suficiente para ver a mão que descansava sobre o braço da poltrona, sustentando um cigarro aceso que desprendia uma linha de fumaça azul que subia nitidamente.

— Valera? Sou eu, Martín. A porta estava aberta...

O cão estendeu-se aos pés da poltrona, sem parar de olhar fixamente para mim. Aproximei-me devagar e rodeei a cadeira. O advogado Valera estava sentado diante do fogo, com os olhos abertos e um leve sorriso nos lábios. Vestia um terno e, na outra mão, segurava um caderno de couro no colo. Fiquei bem diante dele e fitei seus olhos. Não piscava. Foi então que percebi uma lágrima vermelha, uma lágrima de sangue que descia lentamente por sua face. Ajoelhei-me diante dele e peguei o caderno que segurava. O cão me lançou um olhar desolado. Acariciei sua cabeça.

— Sinto muito — murmurei.

O caderno estava escrito à mão e parecia uma espécie de agenda com as entradas de parágrafo datadas e separadas por uma linha em branco.

Valera tinha aberto o caderno bem na metade. A primeira entrada da página aberta indicava que a anotação correspondia ao dia 23 de novembro de 1904.

Aviso de caixa (356-a/23-11-04), 7500 pesetas, conta fundo D.M. Envio por Marcel (pessoalmente) no endereço dado por D.M. Passagem atrás do cemitério velho — oficina de escultura Sanabre & Filhos.

Reli aquela entrada várias vezes, tentando entender seu sentido. Conhecia aquela passagem dos meus anos na redação do *La Voz de la Industria*. Era uma viela miserável mergulhada atrás do cemitério do Pueblo Nuevo, onde se amontoavam oficinas funerárias de lápides e esculturas e que morria em um dos riachos que cruzavam a praia do Bogatell e a cidadela de barracos que se estendia até o mar, o Somorrostro. Por algum motivo, Marlasca tinha deixado instruções para que uma soma considerável fosse entregue a uma daquelas oficinas.

Na página correspondente ao mesmo dia, aparecia outra anotação relacionada a Marlasca, indicando o início dos pagamentos a Jaco e Irene Sabino.

Transferência bancária do fundo D.M. para conta Banco Hispano Colonial (agência rua Fernando) nº 008965-2564-1. Juan Corbera — María Antonia Sanahuja. 1ª mensalidade de 7000 pesetas. Estabelecer programa de pagamentos.

Continuei passando as páginas. A maioria das anotações referia-se a gastos e operações menores relacionadas com o escritório. Tive que passar várias páginas repletas de lembretes cifrados até encontrar outra anotação que mencionasse Marlasca. Mais uma vez, tratava-se de um pagamento em dinheiro entregue através do tal Marcel, provavelmente um dos estagiários do escritório.

Aviso de caixa (379-a/20-12-04), 15000 pesetas em conta fundo D.M. Entrega por Marcel. Praia do Bogatell, junto da passagem de nível. 9 horas. Pessoa de contato se identificará.

A Bruxa do Somorrostro, pensei. Mesmo depois de morto, Diego Marlasca continuava repartindo somas importantes de dinheiro através de seu sócio. Aquilo contradizia a suspeita de Salvador de que Jaco teria fugido com todo o dinheiro. Marlasca tinha dado ordens para que os pagamentos fossem feitos pessoalmente e tinha deixado o dinheiro em um fundo tutelado pelo escritório de advocacia. Os outros pagamentos sugeriam que, pouco antes de morrer, Marlasca teve negócios com uma oficina de esculturas funerárias e com algum nebuloso personagem de Somorrostro, negócios que se traduziam em uma grande quantidade de dinheiro trocando de mãos. Fechei o caderno, mais perdido que nunca.

Estava prestes a abandonar aquele lugar, quando, ao virar, percebi que uma das paredes do salão de leitura estava coberta de retratos nitidamente enquadrados sobre um fundo de veludo grená. Cheguei mais perto e reconheci o rosto sério e imponente do patriarca Valera, cujo retrato a óleo ainda dominava o escritório de seu filho. O advogado aparecia na maior parte das imagens em companhia de uma série de figurões e personagens importantes da cidade em momentos que pareciam fazer parte de acontecimentos sociais e eventos cívicos. Bastava examinar uma dúzia daquelas fotografias, identificando o elenco de personagens que posavam sorridentes junto ao velho advogado, para constatar que o escritório de Valera e Marlasca era um órgão vital no funcionamento de Barcelona. O filho de Valera, bem mais jovem, mas absolutamente reconhecível, também aparecia em alguns retratos, sempre em segundo plano, sempre com o olhar enterrado na sombra do patriarca.

Percebi antes mesmo de ver. No retrato apareciam Valera pai e filho. A foto tinha sido tirada nas portas do 442 da Diagonal, ao pé do escritório. Junto a eles aparecia um cavalheiro alto e distinto. Seu rosto também aparecia em muitas das outras fotos da coleção, sempre ombro a ombro com Valera. Diego Marlasca. Concentrei-me naquele olhar turvo, o semblante afilado e sereno contemplando-me de dentro do instantâneo tirado vinte e cinco anos antes. Assim como o patrão, não tinha envelhecido um só dia. Sorri amargamente ao compreender minha ingenuidade. Aquele rosto não era o que aparecia na fotografia que meu amigo, o velho ex-policial, tinha me dado.

O homem que eu conhecia como Ricardo Salvador não era nada mais nada menos do que Diego Marlasca.

15

A escada estava às escuras quando abandonei o palácio da família Valera. Cruzei o hall tateando as paredes e, quando abri a porta, os lampiões da rua projetaram no interior um retângulo de claridade azul em cuja extremidade encontrei o olhar do porteiro. Afastei-me dali rapidamente, rumo à rua Trafalgar, de onde partia o bonde noturno que ia até a porta do cemitério Pueblo Nuevo, o mesmo que tomei tantas noites com meu pai, quando lhe fazia companhia no turno de vigia no *La Voz de la Industria*.

O bonde quase não tinha passageiros e sentei na frente. À medida que nos aproximávamos do Pueblo Nuevo, o bonde mergulhava em um emaranhado de ruas tenebrosas, cobertas por grandes poças que o vapor encobria. Quase não havia iluminação pública e as luzes do bonde iam revelando contornos como uma tocha através de um túnel. Finalmente, avistei as portas do cemitério e o perfil de cruzes e esculturas recortado contra o horizonte sem fim de fábricas e chaminés, que injetavam o céu de vermelho e negro. Um bando de cães famélicos perambulava ao pé dos grandes anjos que guardavam o recinto. Por um instante, ficaram imóveis olhando os faróis do bonde, os olhos acesos como os de chacais; em seguida, dispersaram-se nas sombras.

Saltei do bonde ainda em marcha e comecei a rodear os muros do campo-santo. O veículo afastou-se como um barco na neblina e apertei o passo. Podia ouvir e sentir o cheiro dos cães que me seguiam na escuridão. Ao chegar à parte traseira do cemitério, parei na esquina do beco e joguei uma pedra na direção deles, às cegas. Ouvi um ganido agudo e pisadas rápidas afastando-se na noite. Entrei no beco, nada mais que uma passagem apertada entre o muro e a fileira de oficinas de escultura que se apinhavam uma atrás da outra. O cartaz de Sanabre & Filhos balançava a trinta metros dali, iluminado por um lampião que projetava uma luz ocre e poeirenta. Fui até a porta, apenas uma grade fechada por correntes e por um cadeado enferrujado, que destrocei com um tiro.

O vento que soprava da extremidade do beco, impregnado de maresia, pois o mar ficava a uma centena de metros dali, carregou o eco do disparo. Abri a grade e entrei na oficina Sanabre & Filhos. Afastei a cortina de tecido escuro que escondia o interior e deixei que a claridade do lampião penetrasse pela entrada. Mais adiante, abria-se uma sala profunda e estreita povoada de figuras de mármore congeladas na escuridão, os rostos semiesculpidos. Dei alguns passos entre virgens e madonas com seus infantes nos braços, damas brancas com rosas de mármore nas mãos erguendo os olhos para o céu, e blocos de pedra onde olhares começavam a se delinear. Dava para sentir o cheiro de poeira no ar. Não havia ninguém ali, além daquelas efígies sem nome. Ia dar meia-volta quando o vi. A mão despontava atrás do perfil de um retábulo de figuras coberto por um pano, no fundo da oficina. Aproximei-me lentamente e sua silhueta foi se revelando centímetro a centímetro. Parei na sua frente e contemplei aquele grande anjo de luz, o mesmo que o patrão costumava usar na lapela e que tinha encontrado no fundo do baú, no escritório. A imagem devia ter cerca de dois metros e meio e, ao contemplar seu rosto, reconheci as feições e sobretudo o sorriso. A seus pés havia uma lápide. Gravada na pedra, lia-se uma inscrição:

David Martín
1900-1930

Sorri. Se tinha que reconhecer uma coisa em meu bom amigo Diego Marlasca, era seu senso de humor e seu gosto pelas surpresas. Pensei que não deveria estranhar que, em sua dedicação, tivesse se adiantado às circunstâncias e preparado com antecedência uma sentida despedida. Ajoelhei-me diante da lápide e acariciei meu nome. Passos leves e pausados se fizeram ouvir às minhas costas. Virei-me e descobri um rosto familiar. O menino vestia o mesmo terno preto que usava quando tinha me seguido, semanas antes, no passeio do Borne.

— A senhora vai recebê-lo agora.

Concordei e me levantei. O menino estendeu a mão, que peguei.

— Não tenha medo — disse, guiando-me para a saída.

— Não tenho — murmurei.

O menino levou-me até o final do beco. Dali podia vislumbrar a linha da praia, oculta atrás de uma fileira de armazéns dilapidados e restos de um trem de carga abandonado em um depósito coberto de mato. Os vagões estavam carcomidos pela ferrugem, e a locomotiva, reduzida a um esqueleto de caldeiras e trilhos que esperavam pelo desmanche.

No alto, a lua despontou pelas fendas de uma cúpula de nuvens de chumbo. Mar adentro, vislumbravam-se alguns cargueiros sepultados entre as ondas e, diante da praia do Bogatell, um ossário de velhos cascos de pesqueiros e navios de cabotagem cuspidos pelo temporal e encalhados na areia. Do outro lado, como um manto de lixo estendido nas costas da fortaleza de escuridão industrial, estendia-se o acampamento de barracos do Somorrostro. A arrebentação estourava a poucos metros da primeira linha de barracos de bambu e madeira. Tufos de fumaça branca serpenteavam entre os telhados daquela aldeia de miséria que crescia entre a cidade e o mar como uma infindável lixeira humana. O fedor de lixo queimado flutuava no ar. Penetramos pelas ruas daquela cidade esquecida, passagens abertas entre estruturas feitas de tijolos roubados, barro e pedaços de madeira devolvidos pela maré. O menino conduziu-me para o interior, alheio aos olhares desconfiados das pessoas do lugar. Trabalhadores sem trabalho, ciganos expulsos de outros acampamentos similares nas encostas da montanha de Montjuïc ou diante das fossas comuns do cemitério de Can Tunis, crianças e velhos desenganados. Todos me observavam com receio. À nossa passagem, mulheres de idade indefinida esquentavam água ou comida em recipientes de latão em pequenas fogueiras diante dos barracos. Paramos na frente de uma estrutura esbranquiçada em cuja porta uma menina com cara de velha, mancando de uma perna roída pela pólio, arrastava um cubo no qual se agitava algo acinzentado e viscoso. Enguias. O menino indicou a porta.

— É aqui.

Dei uma última olhada no céu. A lua se escondia de novo entre as nuvens e um véu de escuridão avançava do mar.

Entrei.

16

Tinha o rosto desenhado por lembranças e um olhar que poderia ter dez ou cem anos. Estava sentada junto de um pequeno fogareiro e contemplava a dança das chamas com a fascinação de uma criança. Seu cabelo era cor de cinza e estava preso em uma trança. Tinha o porte esbelto e austero, o gesto breve e pausado. Vestia-se de branco e usava um lenço de seda amarrado ao redor do pescoço. Sorriu suavemente e ofereceu uma cadeira a seu lado. Sentei-me. Ficamos alguns minutos em silêncio, ouvindo o crepitar das brasas e o rumor da maré. Em sua presença, o tempo parecia ter parado e, estranhamente, a urgência que tinha me levado até lá tinha se desvanecido. Lentamente, o hálito do fogo penetrou em mim e o frio que sentia nos ossos fundiu-se ao abrigo de sua companhia. Só então ela afastou os olhos do fogo e, pegando minha mão, abriu a boca.

— Minha mãe viveu nesta casa durante quarenta e cinco anos. Não era nem uma casa então, apenas um barraco feito de bambu e restos trazidos pela maré. Mesmo quando construiu certa reputação e teve a possibilidade de sair desse lugar, sempre se recusou a partir. Costumava dizer que morreria no dia em que deixasse o Somorrostro. Tinha nascido aqui, com a gente da praia, e aqui permaneceu até o último dia. Muitas coisas foram ditas a seu respeito. Muitos falaram dela e poucos a conheceram de verdade. Muitos a temiam e odiavam. Mesmo depois de morta. Estou lhe contando tudo isso porque me parece justo que saiba que não sou a pessoa que procura. A pessoa que procura, ou pensa que procura, que muitos chamavam de Bruxa do Somorrostro, era minha mãe.

Olhei para ela, confuso.

— Quando?...

— Minha mãe morreu em 1905 — disse ela. — Foi morta a alguns metros daqui, na beira da praia, com uma facada no pescoço.

— Sinto muito. Pensava que...

— Muita gente pensa. O desejo de acreditar pode mais que a morte.

— Quem a matou?

— Sabe bem quem foi.

Demorei alguns segundos para responder.

— Diego Marlasca...

Ela concordou.

— Por quê?

— Para silenciá-la. Para ocultar o próprio rastro.

— Não compreendo. Sua mãe o ajudou... Ele chegou a lhe dar uma grande quantidade de dinheiro em troca de sua ajuda.

— Resolveu matá-la por isso mesmo, para que levasse seu segredo para o túmulo.

Observou-me com um leve sorriso, como se minha confusão a divertisse e, ao mesmo tempo, inspirasse pena.

— Minha mãe era uma mulher comum, sr. Martín. Cresceu na miséria, e o único poder que tinha era a vontade de sobreviver. Nunca aprendeu a ler nem escrever, mas conseguia ver dentro das pessoas. Sentia o que sentiam, o que escondiam, o que desejavam. Lia em seus olhos, em seus gestos, em sua voz, no modo como caminhavam ou gesticulavam. Sabia o que iam dizer e fazer antes que o fizessem. Por isso, muitos a chamavam de feiticeira, porque era capaz de ver neles o que eles mesmos se negavam a ver. Ganhava a vida vendendo poções de amor e encantamentos que preparava com água dos riachos, ervas e uns grãos de açúcar. Ajudava as almas perdidas a acreditar no que queriam acreditar. Quando seu nome começou a ficar conhecido, muita gente de posição começou a visitá-la e a solicitar seus favores. Os ricos queriam ficar ainda mais ricos. Os poderosos queriam mais poder. Os mesquinhos queriam se sentir santos, e os santos queriam ser castigados por pecados que lamentavam não ter tido a coragem de cometer. Minha mãe ouvia a todos e aceitava suas moedas. Com esse dinheiro, eu e meus irmãos pudemos estudar nos colégios que os filhos de seus clientes frequentavam. Comprou para nós outro nome e outra vida longe deste lugar. Minha mãe era uma boa pessoa, sr. Martín. Não se engane. Nunca se aproveitou de ninguém, nem fez ninguém acreditar em nada além daquilo em que precisava acreditar. A vida lhe ensinou que todos nós precisamos tanto de grandes e pequenas mentiras quanto de ar. Dizia que, se fôssemos capazes de ver a realidade do mundo e de nós mesmos, sem rodeios, por um só dia, do amanhecer ao entardecer, daríamos cabo da própria vida ou perderíamos a razão.

— Mas...

— Se veio até aqui procurando magia, sinto decepcioná-lo. Minha mãe me explicou que não existe magia, que não existe mais mal ou bem no mundo do que aquele que nós mesmos imaginamos, por cobiça ou ingenuidade. E também por loucura, às vezes.

— Não foi isso que contou a Diego Marlasca quando aceitou seu dinheiro — objetei. — Sete mil pesetas naquela época davam para comprar vários anos de bom nome e bons colégios.

— Diego Marlasca precisava acreditar. Minha mãe o ajudou a fazê-lo. Isso foi tudo.

— Acreditar em quê?

— Na própria salvação. Estava convencido de que tinha traído a si mesmo e àqueles que o amavam. Acreditava que tinha conduzido sua vida por um caminho de maldade e falsidade. Minha mãe achou que isso não o tornava muito diferente dos homens que, em algum momento de suas vidas, resolvem se olhar no espelho. São sempre os mais bestiais e mesquinhos que se consideram mais virtuosos e olham o resto do mundo por cima do ombro. Mas Diego Marlasca era um homem de consciência e não estava satisfeito com o que via. Por isso procurou minha mãe. Porque tinha perdido a esperança e, provavelmente, a razão.

— Marlasca contou o que tinha feito?

— Disse que tinha entregado a alma a uma sombra.

— Uma sombra?

— Essas foram suas palavras. Uma sombra que o seguia, que tinha sua mesma forma, seu mesmo rosto e sua mesma voz.

— O que isso significava?

— A culpa e o remorso não têm significado. São sentimentos, emoções, não ideias.

Ocorreu-me que nem o patrão explicaria a coisa com mais clareza.

— E o que sua mãe poderia fazer por ele? — perguntei.

— Nada além de consolá-lo e ajudá-lo a encontrar alguma paz. Diego Marlasca acreditava em magia e por esse motivo minha mãe pensou que deveria convencê-lo de que seu caminho para a salvação passava por ela. Falou de um velho encantamento, uma lenda de pescadores que tinha ouvido quando era menina entre as cabanas da praia. Quando um homem perde seu rumo na vida e sente que a morte já pôs um preço por sua alma, diz a lenda que, se encontrar uma alma pura que aceite se sacrificar por ele, poderá esconder seu coração sombrio por trás dela, e a morte, ofuscada, passará direto.

— Uma alma pura?

— Livre de pecado.

— E como fazer isso?

— Com dor, é claro.

— Que tipo de dor?

— Um sacrifício de sangue. Uma alma em troca de outra. Morte em troca de vida.

Um longo silêncio. O barulho do mar na praia e do vento entre os barracos.

— Irene teria arrancado seus olhos e seu coração por Marlasca. Era a sua única razão de viver. Ela o amava cegamente e, como ele, acreditava que sua única salvação estava na magia. No princípio, quis oferecer a própria vida em sacrifício, mas minha mãe a dissuadiu. Disse o que ela já sabia, que sua alma não estava livre de pecado e que seu sacrifício seria em vão. Disse isso para salvá-la. Para salvar os dois.

— De quem?

— Deles mesmos.

— Mas cometeu um erro...

— Nem mesmo a minha mãe era capaz de enxergar tudo.

— E o que Marlasca fez?

— Minha mãe nunca quis me dizer, não queria que eu e meus irmãos fizéssemos parte disso. Mandou-nos para longe, separados, cada um em um internato diferente para que esquecêssemos de onde vínhamos e de quem éramos. Dizia que agora nós também estávamos amaldiçoados.

Morreu pouco depois, sozinha. Não soubemos de nada até muito tempo depois. Quando encontraram seu cadáver, ninguém se atreveu a tocá-lo e deixaram que o mar o levasse. Ninguém se atrevia a falar de sua morte. Mas eu sabia quem a tinha matado e por quê. E ainda hoje, acredito que minha mãe sabia que ia morrer logo e nas mãos de quem. Sabia e não fez nada porque, afinal, ela também acreditou. Acreditou que não era capaz de aceitar o que tinha feito. Acreditou que entregando sua alma salvaria a nossa e a deste lugar. Por isso não quis fugir daqui, porque a velha lenda dizia que a alma que se entregava devia ficar eternamente no lugar em que tinha cometido a traição, uma venda nos olhos da morte, encarcerada para sempre.

— E onde está a alma que salvou Diego Marlasca?

A mulher sorriu.

— Não há almas nem salvações, sr. Martín. São velhas histórias e boatos. A única coisa que há são cinzas e recordações, mas, se elas existem, estarão no mesmo lugar em que Marlasca cometeu seu crime, o segredo que tem escondido durante todos esses anos para enganar o próprio destino.

— A casa da torre... Vivi quase dez anos lá, e não há nada.

Ela sorriu de novo e, me olhando fixamente nos olhos, inclinou-se e beijou meu rosto. Seus lábios eram gelados como os de um cadáver. Seu hálito cheirava a flores mortas.

— Talvez não tenha olhado onde devia — sussurrou em meu ouvido. — Talvez essa alma aprisionada seja a sua.

Então desamarrou o lenço que protegia seu pescoço e pude ver que uma grande cicatriz o cruzava. Dessa vez, seu sorriso foi malicioso e seus olhos brilharam com luz cruel e zombeteira.

— Logo o sol vai nascer. Vá embora enquanto pode — disse a Bruxa do Somorrostro, virando-me as costas e voltando a olhar para o fogo.

O menino de roupa preta apareceu na porta e estendeu a mão para mim, indicando que meu tempo tinha acabado. Levantei-me e fui atrás dele. Quando me virei, fui surpreendido por meu reflexo em um espelho pendurado na parede. Nele se via a silhueta encurvada e envolta em farrapos de uma velha sentada ao pé do fogo. Seu riso escuro e cruel me acompanhou até a saída.

17

Quando cheguei à casa da torre, começava a amanhecer. O ferrolho da porta da rua estava arrebentado. Empurrei a porta e entrei no vestíbulo. Do outro lado, o mecanismo do ferrolho fumegava e exalava um cheiro intenso. Ácido. Subi as escadas lentamente, convencido de que encontraria Marlasca me esperando nas sombras do patamar ou que estaria lá, sorrindo às minhas costas, se me virasse de repente. Ao percorrer o último trecho da escada, percebi que o buraco da fechadura também mostrava vestígios de ácido. Introduzi a chave e tive que me esforçar durante quase dois minutos para desbloquear a fechadura, que estava avariada, mas aparentemente não tinha cedido. Tirei a chave mordida por aquela substância e abri a porta com um empurrão. Deixando-a aberta às minhas costas, entrei pelo corredor sem tirar o casaco. Tirei o revólver do bolso e abri o tambor. Retirei os cartuchos usados, substituindo por novas balas, tal como tinha visto meu pai fazer tantas vezes quando voltava para casa de madrugada.

— Salvador? — chamei.

O eco de minha voz espalhou-se pela casa. Engatilhei o revólver. Continuei avançando pelo corredor até chegar ao quarto dos fundos. A porta estava encostada.

— Salvador?

Apontei o revólver para a porta e abri com um pontapé. Não havia sinal de Marlasca no interior, apenas a montanha de caixas e objetos velhos empilhados. Senti de novo aquele cheiro que parecia filtrar-se pelas paredes. Fui até o armário que cobria a parede do fundo e abri as portas de par em par. Retirei as roupas velhas que pendiam dos cabides. A corrente fria e úmida que brotava daquele orifício acariciou meu rosto. O que Marlasca tinha escondido naquela casa, fosse o que fosse, estava atrás daquela parede.

Guardei a arma no bolso e tirei o casaco. Fui até o extremo do armário e introduzi o braço no vão que ficava entre ele e a parede. Consegui segurar a parte de trás da estrutura com a mão e puxei com força. O primeiro puxão permitiu que eu ganhasse um par de centímetros para segurar melhor e puxei de novo. O armário cedeu quase um palmo. Continuei puxando até ter espaço para me enfiar ali. Uma vez lá atrás, empurrei com o ombro e consegui arrastá-lo completamente, até a parede contígua. Parei para recuperar o fôlego e examinei a parede. Era pintada em um tom de ocre diferente do resto do quarto. Sob a pintura, se vislumbrava uma espécie de massa argilosa que não tinha sido lixada. Bati nela. O eco resultante não dava margem a nenhuma dúvida. Aquilo não era uma parede mestra. Havia alguma coisa do outro lado. Apoiei a cabeça contra a parede e fiquei atento. Foi quando ouvi um barulho. Passos no corredor, aproximando-se... Retrocedi lentamente e estiquei a mão até o casaco que tinha deixado em uma cadeira, para pegar o revólver. Uma sombra se estendeu diante da porta. Segurei a respiração. A silhueta apareceu lentamente no interior do quarto.

— Inspetor... — murmurei.

Víctor Grandes sorriu friamente. Imaginei que estivessem me esperando havia horas escondidos em algum portão da rua.

— Está fazendo reformas, Martín?

— Arrumando.

O inspetor olhou a pilha de vestidos e gavetas atirados no chão e o armário desencaixado e limitou-se a assentir.

— Pedi a Marcos e Castelo que me esperassem lá embaixo. Ia chamá-lo, mas como deixou a porta aberta, tomei a liberdade. Disse a mim mesmo: o amigo Martín deve estar esperando por mim.

— O que posso fazer pelo senhor, inspetor?

— Acompanhar-me à delegacia, se tiver a gentileza.

— Estou preso?

— Temo que sim. Vai ser do jeito fácil ou vamos escolher o mais difícil?

— Não — garanti.

— Agradeço.

— Posso pegar meu casaco? — perguntei.

Grandes olhou dentro dos meus olhos por um instante. Depois, pegou o casaco e ajudou-me a vesti-lo. Senti o peso do revólver contra a perna. Abotoei o casaco com calma. Antes de sair do quarto, o inspetor deu uma última olhada na parede que tinha ficado descoberta. Em seguida, indicou que fosse para o corredor. Marcos e Castelo tinham chegado ao patamar e esperavam com um sorriso triunfante. Ao chegar ao fim do corredor, parei um momento para olhar para dentro da casa, que parecia se encolher em um poço de sombra. Perguntei-me se a veria de novo. Castelo sacou as algemas, mas Grandes fez um gesto negativo.

— Não será necessário, não é mesmo, Martín?

Concordei. Grandes fechou a porta e empurrou-me suavemente para a escada.

18

Dessa vez não houve efeitos especiais, nem cenografia apavorante, nem ecos de calabouços úmidos e escuros. A sala era ampla, luminosa, com pé-direito alto. Fazia pensar em uma sala de aula de colégio religioso de elite, com crucifixo na parede e tudo. Estava situada no primeiro andar da Chefatura de Polícia, com amplas janelas que davam vista para as pessoas e os bondes que já começavam seu desfile matutino pela Via Layetana. No centro da sala, estavam dispostas duas cadeiras e uma mesa de metal que, abandonadas entre tanto espaço vazio, pareciam minúsculas. Grandes levou-me até a mesa e ordenou que Marcos e Castelo nos deixassem a sós. Os dois policiais levaram algum tempo para acatar a ordem. Dava para sentir no ar o cheiro da raiva que exalavam. Grandes esperou que saíssem e relaxou.

— Pensei que ia me atirar aos leões — disse eu.

— Sente-se.

Obedeci. Não fossem os olhares de Marcos e Castelo ao sair, a porta de metal e as grades do outro lado dos vidros, ninguém diria que minha situação era grave. A garrafa térmica de café e o maço de cigarros que Grandes deixou sobre a mesa acabaram de me convencer disso, mas sobretudo o seu sorriso sereno e afável. Determinado. Dessa vez o inspetor falava a sério.

Sentou-se na minha frente e abriu uma pasta, da qual extraiu fotografias que dispôs sobre a mesa, uma ao lado da outra. Na primeira, aparecia o advogado Valera na poltrona de sua sala. Junto à dele, havia a imagem do cadáver da viúva Marlasca, ou o que restava dele logo depois de ser retirado do fundo da piscina de sua casa na estrada de Vallvidrera. Uma terceira fotografia mostrava um homenzinho com a garganta arrebentada que parecia com Damián Roures. A quarta imagem era de Cristina Sagnier e percebi que tinha sido tirada no dia de seu casamento com Pedro Vidal. As duas últimas eram retratos feitos em estúdio de meus antigos editores, Barrido e Escobillas. Uma vez alinhadas cuidadosamente as seis fotografias, Grandes me dedicou um olhar impenetrável e deixou que dois minutos se passassem em silêncio, estudando minha reação, ou falta de reação, diante das imagens. Em seguida, com infinita calma, serviu duas xícaras de café e empurrou uma para mim.

— Antes de mais nada, gostaria de lhe dar a oportunidade de me contar tudo, Martín. À sua maneira e sem pressa — disse finalmente.

— Não vai adiantar nada — repliquei. — Não vai mudar nada.

— Prefere que façamos uma acareação com outros possíveis implicados? Com sua assistente, por exemplo? Como se chamava? Isabella?

— Deixe-a em paz. Ela não sabe de nada.

— Convença-me.

Olhei para a porta.

— Só há uma maneira de sair dessa sala, Martín — disse o inspetor, mostrando-me a chave.

Senti de novo o peso do revólver no bolso do casaco.

— Por onde quer que comece?

— Você é o narrador. Só peço que me diga a verdade.

— Não sei qual é a verdade.

— A verdade é o que dói.

Durante mais ou menos duas horas, Víctor Grandes não abriu a boca uma única vez. Ouviu atentamente, concordando ocasionalmente e fazendo anotações em seu caderno de vez em quando. No começo, estava olhando para ele, mas logo esqueci que estava ali e descobri que estava contando a história para mim mesmo. As palavras me fizeram viajar a um tempo que acreditava perdido, à noite em que assassinaram meu pai na porta do jornal. Recordei meus dias na redação do *La Voz de la Industria*, os anos em que tinha sobrevivido escrevendo histórias de terror e aquela primeira carta assinada por Andreas Corelli, prometendo grandes esperanças. Recordei o primeiro encontro com o patrão no Depósito das Águas e aqueles dias em que a certeza da morte era todo o horizonte que havia diante de mim. Falei de Cristina, de Vidal e de uma história cujo final qualquer um poderia intuir, menos eu. Falei dos livros que tinha escrito, um com meu nome e outro com o de Vidal, da perda daquelas míseras esperanças e da tarde em que vi minha mãe abandonar na lixeira a única coisa boa que acreditava ter feito na vida. Não buscava a compaixão nem a compreensão do inspetor. Para mim, bastaria traçar um mapa imaginário dos acontecimentos que tinham me conduzido até aquela sala, até aquele instante de vazio absoluto. Voltei à casa junto ao Parque Güell e à noite em que o patrão tinha feito uma oferta que eu não podia recusar. Confessei minhas primeiras suspeitas, minhas investigações sobre a história da casa da torre, sobre a estranha morte de Diego Marlasca e a rede de enganos na qual tinha me envolvido ou que tinha escolhido para satisfazer minha vaidade, minha cobiça e minha vontade de viver a qualquer preço. Viver para contar a história.

Não deixei nada de fora. Nada exceto o mais importante, o que não me atrevia a contar nem a mim mesmo. Em meu relato, voltava ao hospital de Villa San Antonio para buscar Cristina e não encontrava mais que pegadas que se perdiam na neve. Talvez, se repetisse muitas e muitas vezes, até poderia chegar a acreditar que tinha sido assim. Minha história terminava naquela mesma manhã, voltando dos barracos de Somorrostro para descobrir que Diego Marlasca tinha resolvido que o retrato que faltava naquele desfile que o inspetor dispusera em cima da mesa era o meu.

Ao acabar minha narrativa, mergulhei em um longo silêncio. Nunca em minha vida tinha me sentido mais cansado. Gostaria de dormir e não acordar nunca mais. Grandes me observava do outro lado da mesa. Pareceu-me confuso, triste, colérico e, sobretudo, perdido.

— Diga alguma coisa — pedi.

Grandes suspirou. Levantou-se da cadeira que não tinha abandonado durante toda a minha fala e aproximou-se da janela, dando-me as costas. Vi a mim mesmo tirando o revólver do casaco, disparando em sua nuca e saindo dali com a chave que tinha guardado em seu bolso. Em sessenta segundos poderia estar na rua.

— A razão pela qual estamos conversando é que ontem recebemos um telegrama do quartel da polícia civil de Puigcerdà, dizendo que Cristina Sagnier desapareceu do hospital de Villa San Antonio e que você é o principal suspeito. O diretor do hospital garante que você chegou a manifestar a disposição de tirá-la de lá e que, na ocasião, ele se negou a dar alta. Estou contando tudo isso para que entenda exatamente por que estamos aqui, nesta sala, com café quente e cigarros, conversando como velhos amigos. Estamos aqui porque a esposa de um dos homens mais ricos de Barcelona desapareceu e você é o único que sabe onde ela está. Estamos aqui porque o pai de seu amigo Pedro Vidal, um dos homens mais poderosos dessa cidade, interessou-se pelo caso, pois ao que tudo indica, é um velho conhecido seu, e pediu amavelmente a meus superiores que antes de tocar em um fio sequer de seu cabelo, tratemos de obter essa informação, deixando qualquer outra consideração para depois. Não fosse por isso, e por minha insistência em ter uma chance de esclarecer o assunto à minha maneira, nesse momento você estaria em um calabouço do Campo de la Bota e, em vez de falar comigo, estaria falando diretamente com Marcos e Castelo, os quais, para sua informação, acreditam que tudo o que não seja começar por quebrar seus joelhos com um martelo é perda de tempo, além de colocar a vida da senhora de Vidal em risco, opinião que a cada minuto que passa meus superiores compartilham mais, pois pensam que estou lhe dando muita corda em honra à nossa amizade.

Grandes virou-se e olhou para mim contendo a raiva.

— Não me escutou — disse eu. — Não ouviu uma palavra do que disse.

— Ouvi perfeitamente, Martín. Ouvi que, moribundo e desesperado, firmou um acordo com um misteriosíssimo editor parisiense, do qual ninguém nunca ouviu falar nem nunca viu, para que, em suas próprias palavras, inventasse uma nova religião em troca de cem mil francos franceses, só para descobrir que, na realidade, tinha caído em um sinistro complô no qual estariam envolvidos um advogado, Diego Marlasca, que simulou a própria morte há vinte e cinco anos, e sua amante, uma corista decadente, tudo com o objetivo de escapar do destino deles, que agora é o seu. Ouvi que esse destino o levou a cair na armadilha de um casarão amaldiçoado, que já tinha aprisionado seu predecessor, o mesmo Marlasca, onde achou a prova de que alguém estava seguindo seus passos e assassinando todos aqueles que podiam revelar o segredo desse homem que, a julgar por suas palavras, estava quase tão louco quanto você. Esse homem na sombra, que teria assumido a identidade de um antigo policial para ocultar que continuava vivo, cometeu uma série de crimes com a ajuda da amante, inclusive o assassinato do sr. Sempere por algum estranho motivo que nem você sabe explicar.

— Irene Sabino matou Sempere para roubar um livro. Um livro que ela acreditava que continha a minha alma.

Grandes deu com a palma da mão na testa, como se acabasse de descobrir a pólvora.

— Claro. Que idiota eu sou. Isso explica tudo. Assim como a história do terrível segredo que uma feiticeira da praia do Bogatell lhe revelou. A Bruxa do Somorrostro. Gostei. Bem a sua cara. Vamos ver se entendi direito. O tal Marlasca mantém uma alma prisioneira para ocultar a sua própria, evitando assim uma suposta maldição. Diga-me uma coisa, tirou isso de *A cidade dos malditos* ou acabou de inventar?

— Não inventei nada.

— Ponha-se em meu lugar e veja se acreditaria em alguma coisa do que me disse.

— Acredito que não. Mas contei tudo o que sei.

— Claro. Forneceu dados e provas concretas para que eu possa comprovar a veracidade de seu relato, desde a sua visita ao dr. Trías, sua conta bancária no Banco Hispano Colonial, sua própria lápide mortuária em uma oficina do Pueblo Novo e até um vínculo legal entre o homem que chama de patrão e o escritório de advocacia de Valera, entre muitos outros detalhes factuais que não desmerecem sua experiência na criação de histórias policiais. A única coisa que não me contou e que, francamente, esperava ouvir, para o seu bem e o meu, é onde está Cristina Sagnier.

Compreendi que a única coisa que poderia me salvar naquele momento seria mentir. No instante em que contasse a verdade sobre Cristina, minhas horas estariam contadas.

— Não sei onde ela está.

— Está mentindo.

— Já disse que não ia adiantar de nada contar a verdade — respondi.

— Exceto para me fazer passar por imbecil por querer ajudá-lo.

— É isso que está tentando fazer, inspetor? Ajudar-me?

— Sim.

— Então verifique tudo o que disse. Encontre Marlasca e Irene Sabino.

— Meus superiores só me deram vinte e quatro horas com você. Se até lá não entregar Cristina Sagnier sã e salva, ou pelo menos viva, vão me afastar do caso e passá-lo para as mãos de Marcos e Castelo, que esperam há muito tempo por uma oportunidade de demonstrar seus méritos e não vão perdê-la.

— Então não perca tempo.

Grandes bufou, mas concordou.

— Espero que saiba o que está fazendo, Martín.

19

Calculei que deviam ser nove da manhã quando o inspetor Grandes me deixou naquela sala sem outra companhia além da garrafa de café frio e do maço de cigarros. Colocou um de seus homens na porta e ouvi quando deu ordens de não permitir a entrada de ninguém, sob pretexto algum. Cinco minutos depois de sua partida, ouvi que alguém batia na porta e reconheci o rosto do sargento Marcos recortado na janelinha de vidro. Não podia ouvir suas palavras, mas o movimento de seus lábios não deixava dúvidas:

Vá se preparando, filho da puta.

Passei o resto da manhã sentado no parapeito da janela, contemplando as pessoas que se acreditavam livres passando atrás das grades, fumando e comendo torrões de açúcar com o mesmo deleite com que tinha visto o patrão fazê-lo em mais de uma ocasião. O cansaço, ou talvez fosse apenas o impacto do desespero, tomaram conta de mim por volta do meio-dia e estendi-me no chão, a cara contra a parede. Adormeci em menos de um minuto. Quando acordei, a sala estava na penumbra. Já tinha anoitecido, e a claridade ocre dos lampiões da Via Layetana desenhava sombras de carros e bondes no teto. Levantei-me, o frio do chão penetrava em todos os músculos do corpo, e me aproximei de um aquecedor no canto da sala, que estava mais gelado do que minhas mãos.

Naquele momento ouvi que a porta se abria às minhas costas e me virei, dando de cara com o inspetor, que me observava da entrada. A um sinal de Grandes, um de seus homens acendeu a luz da sala e fechou a porta. A luz dura e metálica golpeou meus olhos, cegando-me momentaneamente. Quando os reabri, vi que o inspetor tinha uma aparência quase tão ruim quanto a minha.

— Precisa ir ao banheiro?

— Não. Aproveitando as circunstâncias, resolvi mijar nas calças e praticar um pouco para quando me enviar para a câmara dos horrores dos inquisidores Marcos e Castelo.

— Fico contente em ver que não perdeu seu senso de humor. Vai precisar dele. Sente-se.

Reocupamos nossas posições de várias horas antes e nos olhamos em silêncio.

— Fui verificar os detalhes de sua história.

— E?

— Por onde quer que comece?

— O policial é o senhor, inspetor.

— Minha primeira visita foi à clínica do dr. Trías na rua Muntaner. Foi breve. O dr. Trías faleceu há doze anos e o consultório pertence, há oito anos, a um dentista chamado Bernat Llofriu que, devo dizer, nunca ouviu falar de você.

— Impossível.

— Espere que o melhor vem depois. Saindo de lá, passei pelos escritórios centrais do Banco Hispano Colonial. Decoração impressionante e um serviço impecável. Tive até vontade de abrir uma conta. Lá pude verificar que você nunca teve nenhuma conta na instituição, que nunca ouviram falar de ninguém chamado Andreas Corelli e que não há nenhum cliente, neste momento, que tenha uma conta em dinheiro no montante de cem mil francos franceses. Devo continuar?

Apertei os lábios, mas fiz que sim.

— Minha parada seguinte foi no escritório do defunto advogado Valera. Lá pude comprovar que você tem sim uma conta bancária, não no Hispano Colonial, mas no Banco de Sabadell, da qual transferiu fundos para a conta dos advogados no valor de duas mil pesetas, cerca de seis meses atrás.

— Não estou entendendo.

— Muito simples. Contratou Valera anonimamente, ou pelo menos era o que pretendia, mas os bancos têm memória de elefante e, tendo visto voar um centavo uma única vez, não esquecem mais. Confesso que nessa altura dos fatos, já estava começando a gostar da história e resolvi fazer uma visita à oficina de escultura funerária de Sanabre & Filhos.

— Não me diga que não viu o anjo...

— Vi, vi o anjo. Impressionante. Assim como a carta de próprio punho, assinada com sua letra e datada de três meses atrás, na qual encomenda o trabalho, além do recibo de pagamento adiantado que o bom Sanabre guarda em seus livros. Um homem encantador e orgulhoso de seu trabalho. Disse que é sua obra-prima, que recebeu uma inspiração divina.

— Não perguntou pelo dinheiro que Marlasca pagou há vinte e cinco anos?

— Perguntei. Ele guardava os recibos. O pagamento foi pelas obras de melhoria, manutenção e reformas do mausoléu da família.

— O corpo enterrado no túmulo de Marlasca não é o dele.

— É o que você diz. Mas, se quer que profane uma sepultura, deve entender que terá de dispor de argumentos mais sólidos. Mas permita que continue com minha verificação de sua história.

Engoli em seco.

— Aproveitando que estava lá, fui até a praia do Bogatell, onde encontrei pelo menos dez pessoas dispostas a revelar, por alguns tostões, o terrível segredo da Bruxa do Somorrostro. Não lhe contei essa manhã para não arruinar o drama, mas a verdade é que a mulher que se fazia chamar assim morreu há muitos anos. A velha que vi essa manhã não é capaz de assustar nem uma criança e está presa a uma cadeira. Um detalhe que vai deixá-lo encantado: é muda.

— Inspetor...

— Ainda não terminei. Não poderá dizer que não levo meu trabalho a sério. Tanto que saí de lá e fui para o casarão que descreveu junto do Parque Güell, que está abandonado há pelo menos dez anos e no qual lamento lhe dizer que não havia nem fotografias, nem estampas, nem nada além de merda de gato. O que acha?

Não respondi.

— Diga-me, Martín. Ponha-se em meu lugar. O que faria caso se encontrasse nessa situação?

— Desistiria, imagino.

— Exatamente. Mas não sou você e, como um idiota, depois de tão proveitoso périplo, decidi seguir seu conselho e procurar a temível Irene Sabino.

— E conseguiu encontrá-la?

— Dê um pouco de crédito para as forças da ordem, Martín. Claro que a encontramos. Morta de tédio em uma pensão miserável do Raval onde vive há anos.

— Falou com ela?

Grandes fez que sim.

— Longamente.

— E?

— Não tem a mais remota ideia de quem é você.

— Foi isso que lhe disse?

— Entre outras coisas.

— Que coisas?

— Contou que conheceu Diego Marlasca em uma sessão organizada por Roures em um apartamento da rua Elisabets, onde a associação espírita *O Porvir* se reunia, no ano de 1903. Contou que se deparou com um homem que buscou refúgio em seus braços, arrasado pela perda de um filho e preso em um casamento que já não tinha sentido algum. Contou que Marlasca era um homem bom, mas perturbado, que acreditava que algo tinha tomado conta de seu corpo e que estava convencido de que ia morrer em breve. Contou que, antes de morrer, deixou uma quantia para que ela e o homem que havia abandonado quando resolveu ficar com Marlasca, Juan Corbera, vulgo Jaco, pudessem contar com algum dinheiro em sua ausência. Contou que Marlasca tirou a própria vida porque não conseguia suportar a dor que o consumia. Contou que ela e Juan Corbera viveram daquela caridade de Marlasca até que o fundo se esgotou e o homem que você chama de Jaco a abandonou pouco depois. E que soube que tinha morrido só e consumido pelo álcool quando trabalhava como vigia noturno na fábrica de Casaramona. Contou que sim, levou Marlasca para ver aquela mulher que chamavam de Bruxa do Somorrostro, pois acreditava que ela poderia consolá-lo e fazê-lo acreditar que encontraria com seu filho no além... Quer que eu continue?

Abri a camisa e mostrei os cortes que Irene Sabino tinha gravado em meu peito na noite em que ela e Marlasca me atacaram no cemitério de San Gervasio.

— Uma estrela de seis pontas. Não me faça rir, Martín. Esses cortes podem ter sido feitos por você mesmo. Não significam nada. Irene Sabino nada mais é que uma pobre mulher que ganha a vida trabalhando em uma lavanderia da rua Cadena, não uma feiticeira.

— E sobre Ricardo Salvador?

— Ricardo Salvador foi expulso da corporação em 1906, depois de passar dois anos remexendo no caso da morte de Diego Marlasca, ao mesmo tempo em que mantinha uma relação ilícita com a viúva do falecido. A última coisa que se soube dele foi que tinha resolvido embarcar para as Américas a fim de começar uma vida nova.

Não pude evitar e comecei a rir diante da enormidade daquele engano.

— Não está percebendo, inspetor? Não percebe que está caindo exatamente na mesma armadilha que Marlasca armou para mim?

Grandes me contemplava com pena.

— Quem não se dá conta do que está acontecendo é você, Martín. O relógio está correndo e, em vez de me dizer o que fez com Cristina Sagnier, insiste em tentar me convencer de uma história que parece saída de *A cidade dos malditos*. Aqui só existe uma armadilha: a que você armou para si mesmo. E cada minuto que passa sem dizer a verdade torna mais difícil para mim livrá-lo dela.

Grandes passou a mão diante dos meus olhos um par de vezes, como se quisesse verificar se eu ainda conservava o sentido da visão.

— Não? Nada? Como preferir. Permita que acabe de lhe contar o que o dia ofereceu de melhor. Depois de minha visita a Irene Sabino, a verdade é que estava cansado e voltei um instante para a Chefatura, onde ainda achei tempo e vontade de ligar para o quartel da polícia civil de Puigcerdà. Lá, confirmaram que você foi visto saindo do quarto de Cristina Sagnier na noite em que ela desapareceu, que não regressou ao hotel para recolher sua bagagem e que o diretor do hospital afirma que você cortou as correias de couro que prendiam a paciente. Liguei então para um velho amigo seu, Pedro Vidal, que teve a amabilidade de vir até a Chefatura. O pobre homem está arrasado. Contou que da última vez em que se viram, você o agrediu. É verdade?

Fiz que sim.

— Saiba que ele não tem nada contra você. De fato, quase tentou me convencer a deixá-lo livre. Diz que tudo isso deve ter alguma explicação. Que você teve uma vida difícil. Que perdeu o pai por culpa dele. Que se sente responsável. Que a única coisa que quer é recuperar sua esposa e que não tem nenhuma intenção de tomar medidas de represália contra você.

— Contou toda essa história a Vidal?

— Não tive outro remédio.

Escondi o rosto nas mãos.

— O que ele disse? — perguntei.

Grandes deu de ombros.

— Pensa que você perdeu a razão. Que deve ser inocente e que não quer que nada lhe aconteça, seja inocente ou não. Sua família já é outra história. Consta que o pai de seu amigo Vidal, que como eu já disse, não o tem como santo de devoção, ofereceu por baixo do pano uma bonificação a Marcos e Castelo se conseguissem arrancar uma confissão em menos de doze horas. Eles garantiram que em apenas uma manhã você vai recitar até os versos do *Canigó*.

— E o senhor, inspetor, acredita em quê?

— A verdade? A verdade é que gostaria de acreditar que Pedro Vidal está certo, que você perdeu a razão.

Não lhe disse que, naquele exato momento, eu também começava a acreditar naquilo. Olhei para Grandes e percebi que havia algo em sua expressão que não batia com o resto.

— Tem alguma coisa que ainda não me contou.

— Pois eu diria que lhe contei bem mais do que o suficiente — replicou ele.

— O que é que você não me falou?

Grandes me observou atentamente e, em seguida, deixou escapar uma risada contida.

— Essa manhã, quando contou que, na noite em que o sr. Sempere morreu alguém esteve na livraria e os vizinhos ouviram uma discussão, sua suspeita era de que essa pessoa queria comprar um livro, um livro seu, e quando Sempere se negou a vendê-lo houve uma briga e o livreiro sofreu um ataque do coração. Segundo sua versão, era uma peça quase única, da qual há apenas alguns exemplares. Como se chamava o livro?

— *Os passos do céu.*

— Exatamente. É esse o livro que, segundo suas suspeitas, foi roubado na noite em que Sempere morreu.

Concordei. O inspetor pegou um cigarro, acendeu, saboreou algumas tragadas e apagou.

— Esse é o meu dilema, Martín. Por um lado, acho que tentou me fazer engolir um monte de disparates que foi inventando simplesmente porque acha que sou idiota ou, o que talvez seja pior ainda, coisas em que começou a acreditar de tanto repetir. Tudo aponta para você e seria muito mais fácil lavar as mãos e entregá-lo a Marcos e Castelo.

— Porém...

— Porém, e trata-se de um porém minúsculo, tão insignificante que meus colegas não teriam problema nenhum em deixá-lo de lado, mas que me incomoda como um cisco no olho, fico indeciso pensando que talvez, e o que vou dizer contradiz tudo o que aprendi em vinte anos de profissão, o que me contou não seja verdade, mas também não seja totalmente falso.

— Só posso lhe dizer que contei tudo o que recordo, inspetor. Pode acreditar ou não. Na verdade, até eu deixo de acreditar às vezes. Mas é o que recordo.

Grandes se levantou e começou a dar voltas ao redor da mesa.

— Essa tarde, quando falava com María Antonia Sanahuja, ou Irene Sabino, no seu quarto de pensão, perguntei se sabia quem era você. Ela disse que não. Expliquei que morava na casa da torre, onde ela e Marlasca passaram vários meses juntos. Perguntei de novo se lembrava de você. Respondeu que não. Um pouco depois, disse que você tinha ido ao mausoléu da família Marlasca e que tinha garantido que ela estava lá. Pela terceira vez, a mulher confirmou que nunca o tinha visto na vida. E eu acreditei. Acreditei até que, quando eu já estava indo embora, ela disse que estava com frio e se virou para abrir o armário e pegar uma manta de lã para jogar nos ombros. Foi quando percebi um livro em cima da mesa. Chamou minha atenção porque era o único em todo o quarto. Aproveitando que estava de costas para mim, abri o livro e li uma dedicatória escrita à mão na primeira página.

— "Para o sr. Sempere, o melhor amigo que um livro poderia desejar, por abrir-me as portas do mundo e me ensinar a atravessá-las" — citei de memória.

— Assinado, David Martín — completou Grandes.

O inspetor parou diante da janela, de costas para mim.

— Em meia hora, virão buscá-lo e serei afastado do caso. Passará então para a custódia do sargento Marcos e já não poderei fazer nada. Tem algo a dizer que me ajude a salvar seu pescoço?

— Não.

— Então pegue esse revólver ridículo que está escondido em seu casaco há horas e, tomando cuidado para não disparar no próprio pé, trate de ameaçar que vai estourar meus miolos se eu não lhe entregar a chave desta porta.

Olhei para a porta.

— Em troca, peço-lhe apenas que me diga onde está Cristina Sagnier, se é que está viva.

Baixei os olhos, incapaz de encontrar a voz.

— Foi você quem a matou?

Deixei passar um longo silêncio.

— Não sei.

Grandes aproximou-se e me entregou a chave da porta.

— Desapareça daqui, Martín.

Hesitei um instante antes de pegar a chave.

— Não vá pela escada principal. Saindo pelo corredor, no final, do lado esquerdo, há uma porta azul que só abre por dentro e que dá para a escada de incêndio. A saída dá para o beco atrás do prédio.

— Como posso agradecer?

— Pode começar não perdendo tempo. Tem trinta minutos antes que todo o departamento de polícia comece a pisar em seus calcanhares. Não desperdice — disse o inspetor.

Peguei a chave e fui para a porta. Antes de sair, virei um instante. Grandes estava sentado na mesa e me observava sem expressão alguma.

— Esse broche de anjo — disse ele, indicando minha lapela.

— Sim?

— Eu o vejo em sua lapela desde que o conheço.

20

As ruas do Raval eram túneis de sombra pontilhados de lampiões vacilantes que mal conseguiam arranhar a escuridão. Precisei de um pouco mais do que os trinta minutos que o inspetor Grandes tinha me concedido para descobrir que havia duas lavanderias na rua Cadena. A primeira, apenas uma cova no fundo de uma escadaria reluzente de vapor, só empregava crianças com as mãos roxas de tinta e os olhos amarelados. A segunda, um depósito de sebo e fedor de solvente, do qual era difícil acreditar que pudesse sair alguma coisa limpa, estava sob o comando de uma mulherona que, à vista de algumas moedas, não perdeu tempo em admitir que María Antonia Sanahuja trabalhava ali seis tardes por semana.

— O que foi que ela fez agora? — perguntou a matrona.

— Recebeu uma herança. Diga onde posso encontrá-la e, no mínimo, poderá ganhar alguma coisinha.

A matrona riu e seus olhos brilharam de cobiça.

— Que eu saiba vive na pensão Santa María, na rua Marqués de Barberá. E quanto foi que herdou?

Joguei algumas moedas no balcão e saí daquele poço imundo sem me dar ao trabalho de responder.

A pensão onde Irene Sabino vivia definhava em um edifício sombrio que parecia feito de ossos desenterrados e lápides roubadas. As placas das caixas de correio da portaria estavam cobertas de ferrugem. Nos dois primeiros andares, não havia nome algum. O terceiro andar hospedava um ateliê de costura e confecção com o retumbante nome de *A Têxtil*

Mediterrânea. O quarto e o último andar eram ocupados pela pensão Santa María. Uma escada que dava passagem a apenas uma pessoa subia na penumbra, o hálito dos esgotos infiltrando-se nas paredes e roendo a pintura como ácido. Subi os quatro lances até chegar a um patamar inclinado que dava para uma única porta. Bati e logo apareceu um homem alto e magro como um pesadelo de El Greco.

— Estou procurando por María Antonia Sanahuja.

— É o médico? — perguntou.

Empurrei-o para o lado e entrei. O apartamento não era mais do que um amontoado de quartos estreitos e escuros que se apinhavam dos dois lados de um corredor que morria em uma janela diante de um respiradouro. O fedor que subia dos encanamentos impregnava a atmosfera. O homem que tinha aberto a porta tinha ficado na entrada, olhando para mim, desconcertado. Supus que se tratava de um hóspede.

— Qual é o quarto?

Olhou-me em silêncio, impenetrável. Tirei o revólver e mostrei a ele. O homem, sem perder a serenidade, indicou a última porta do corredor junto ao vão do respiradouro. Fui para lá e, quando descobri que a porta estava fechada, comecei a tentar forçar a fechadura. O resto dos hóspedes tinha aparecido no corredor, um coro de almas esquecidas que não pareciam ter visto a luz do sol nos últimos anos. Lembrei-me dos meus dias de miséria na pensão de dona Carmen e pensei que meu antigo domicílio parecia o novo hotel Ritz comparado com aquele miserável purgatório, um dos muitos na colmeia do Raval.

— Voltem para seus quartos — falei.

Ninguém pareceu ter ouvido. Levantei a mão mostrando a arma. Imediatamente, todos se enfiaram em seus quartos como roedores assustados, à exceção do cavalheiro de triste e espigada figura. Concentrei minha atenção de novo na porta.

— Está trancada por dentro — explicou o hóspede. — Ficou trancada aí dentro a tarde inteira.

Um cheiro que me fez pensar em amêndoas amargas se insinuava por baixo da porta. Bati com o punho várias vezes, sem obter resposta.

— A zeladora tem uma chave mestra — ofereceu o hóspede. — Se quiser esperar... acho que não vai demorar muito.

Como única resposta, dei um passo até o outro lado do corredor e investi com toda a força contra a porta. A fechadura cedeu na segunda tentativa. Assim que entrei no quarto, fui assaltado por um fedor acre e nauseabundo.

— Meu Deus — murmurou o hóspede às minhas costas.

A antiga estrela do Paralelo jazia sobre um catre, pálida e coberta de suor. Tinha os lábios negros e, quando me viu, sorriu. Suas mãos agarravam com força um frasco de veneno. Tinha bebido até a última gota. O fedor de seu hálito de sangue e bile impregnava o quarto. O hóspede tapou o nariz e a boca com a mão e recuou para o corredor. Contemplei Irene Sabino contorcendo-se enquanto o veneno a corroía por dentro. A morte estava fazendo seu trabalho com toda a calma.

— Onde está Marlasca?

Ela me olhou por entre as lágrimas da agonia.

— Já não precisava mais de mim — disse ela. — Nunca me amou.

Sua voz era áspera e entrecortada. Foi assaltada por uma tosse seca que arrancou de seu peito um som desgarrado e, um segundo depois, um líquido escuro aflorou entre seus dentes. Irene Sabino olhava para mim agarrando-se a seu último sopro de vida. Pegou minha mão e apertou com força.

— Você foi amaldiçoado, como ele.

— E o que posso fazer?

Ela meneou lentamente a cabeça. Um novo arranco de tosse sacudiu seu peito. Os vasos de seus olhos se rompiam e uma rede de linhas sangrentas avançava para as pupilas.

— Onde está Ricardo Salvador? No túmulo de Marlasca, no mausoléu?

Irene Sabino negou. Uma palavra muda se formou em seus lábios: *Jaco*.

— Onde está Salvador, então?

— Ele sabe onde está. Pode vê-lo. Virá atrás de você.

Achei que estava começando a delirar. A pressão de sua mão foi perdendo força.

— Eu o amava — disse ela. — Era um bom homem. Um bom homem. Ele o transformou. Era um bom homem...

Um som de carne arrancada emergiu de seus lábios e seu corpo se retesou em um espasmo muscular. Irene Sabino morreu com os olhos cravados nos meus, levando para sempre o segredo de Diego Marlasca. Agora só restava eu.

Cobri seu rosto com o lençol e suspirei. Na entrada da porta, o hóspede se benzeu. Olhei ao redor, tentando encontrar algo que pudesse me ajudar, algum indício de qual deveria ser meu próximo passo. Irene Sabino tinha passado seus últimos dias em uma cela de quatro metros de comprimento e dois de largura. Não havia janelas. O catre de metal em que seu corpo jazia, um armário do outro lado e uma mesinha contra a parede eram todo o mobiliário. Uma maleta despontava sob o catre, junto de um urinol e de uma caixa de chapéu. Sobre a mesa havia um prato com migalhas de pão, um jarro d'água e uma pilha de cartões que pareciam postais, mas na verdade eram santinhos e lembranças de funerais e enterros. Envolto em um pano branco havia algo que parecia ser um livro. Desembrulhei e encontrei o exemplar de *Os passos do céu* que tinha dedicado ao sr. Sempere. A compaixão que a agonia daquela mulher tinha despertado em mim evaporou-se na mesma hora. Aquela infeliz tinha matado meu bom amigo para roubar aquela merda de livro. Lembrei-me então do que Sempere tinha me dito da primeira vez em que entrei em sua livraria: que cada livro tinha uma alma, a alma de quem o escreveu e a alma de quem o leu e sonhou com ele. Sempere tinha morrido acreditando naquelas palavras e compreendi que Irene Sabino, à sua maneira, também acreditara.

Passei as páginas, relendo a dedicatória. Encontrei a primeira marca na página sete. Uma linha amarronzada borrava as palavras, desenhando uma estrela de seis pontas, idêntica à que ela tinha gravado em meu peito com o fio de uma navalha, semanas antes. Compreendi que o desenho tinha sido feito com sangue. Fui virando as páginas e encontrando novos desenhos. Lábios. Uma mão. Olhos. Sempere tinha sacrificado sua vida por um mísero e ridículo feitiço de barraca de feira.

Guardei o livro no bolso interno do casaco e ajoelhei-me junto ao leito. Peguei a maleta e esvaziei seu conteúdo no chão. Não havia nada além de roupas e sapatos velhos. Abri a caixa de chapéu e encontrei um estojo de couro contendo a navalha de barbear com que Irene Sabino tinha feito as marcas que eu carregava no peito. De repente, percebi uma sombra estendendo-se no chão e virei bruscamente, apontando o revólver. O hóspede de talhe espigado olhou-me com certa surpresa.

— Parece que tem companhia — disse sucintamente.

Saí até o corredor e caminhei na direção da entrada. Debrucei-me na escada e ouvi os passos pesados que subiam os degraus. Um rosto perfilou-se no vão, olhando para cima, e me deparei com os olhos do sargento Marcos dois andares abaixo. Ele retirou-se e os passos se aceleraram. Não estava sozinho. Fechei a porta e me apoiei nela, tentando pensar. Meu cúmplice me observava, calmo, mas na expectativa.

— Tem alguma saída além dessa? — perguntei.

Ele negou.

— Saída para o terraço?

O homem indicou a porta que tinha acabado de fechar. Três segundos mais tarde, senti o impacto dos corpos de Marcos e Castelo tentando derrubá-la. Afastei-me, retrocedendo pelo corredor com a arma apontada para a porta.

— Qualquer coisa, estarei em meu quarto — disse o inquilino. — Foi um prazer.

— Igualmente.

Fixei os olhos na porta, que balançava com força. A madeira envelhecida começou a rachar ao redor das dobradiças e da fechadura. Fui para o fundo do corredor e abri a janela do respiradouro. Um túnel vertical de aproximadamente um metro por um metro e meio de largura mergulhava nas sombras. Cerca de três metros acima da janela, entrevia-se a borda do terraço. Do outro lado do vão, havia um cano preso à parede por argolas carcomidas pela ferrugem. A umidade aflorava, salpicando sua superfície de lágrimas negras. O som das batidas continuava fazendo estrondo às minhas costas. Virei-me e comprovei que a porta estava praticamente desmantelada. Calculei que me restavam apenas alguns segundos. Sem outra alternativa, subi na moldura da janela e saltei.

Consegui agarrar o cano com as mãos e apoiar um pé em uma das argolas que o seguravam. Levantei a mão para pegar o trecho superior do encanamento, mas assim que me agarrei com força, senti que o cano se desfazia e um metro inteiro mergulhava pelo vão do respiradouro. Quase caí junto com ele, mas agarrei a peça de metal que sustentava a argola cravada na parede. Agora, o cano pelo qual pensei que poderia subir até o terraço estava completamente fora de meu alcance. Não havia mais que duas saídas: voltar para o corredor no qual Marcos e Castelo estariam em menos de dois segundos ou descer pela garganta negra do vão. Ouvi a porta bater com força contra a parede interna do apartamento e me deixei cair lentamente, segurando no encanamento como podia e arrancando boa parte da pele da mão esquerda. Tinha conseguido descer um metro e meio quando vi as silhuetas dos dois policiais recortadas no facho de luz que a janela projetava sobre a escuridão daquele vão. O rosto de Marcos foi o primeiro a despontar. Sorriu e eu me perguntei se ia atirar em mim ali mesmo, sem mais contemplações. Castelo apareceu a seu lado.

— Fique aqui. Vou para o andar de baixo — ordenou Marcos.

Castelo concordou sem tirar os olhos de cima de mim. Eles me queriam vivo, pelo menos durante algumas horas. Ouvi os passos de Marcos afastando-se apressados. Em alguns segundos, poderia vê-lo despontar na janela que ficava apenas um metro abaixo de mim. Olhei para baixo e vi que as janelas do segundo e do primeiro andar desenhavam intervalos nítidos de luz, mas a do terceiro estava às escuras. Desci lentamente até sentir que meu pé se apoiava na argola seguinte. A janela escura do terceiro andar ficou na minha frente, dando para o corredor vazio, onde ao fundo tinha a porta onde Marcos batia. Naquela hora, o ateliê de costura estava fechado e não havia ninguém lá. As batidas na porta pararam e compreendi que Marcos tinha descido para o segundo andar. Olhei para cima e vi que Castelo continuava a me seguir com os olhos, deleitando-se como um gato.

— Não vá cair, quando pegarmos você, vamos nos divertir um bocado — disse.

Ouvi vozes no segundo andar, indicando que Marcos tinha conseguido que alguém lhe abrisse a porta. Sem pensar duas vezes, lancei-me com toda a força que pude reunir contra a janela do terceiro andar. Atravessei a vidraça, cobrindo o rosto e o pescoço com os braços do casaco, e aterrissei em uma poça de vidro quebrado. Levantei-me com dificuldade e vi na penumbra que uma mancha escura se espalhava no meu braço esquerdo. Um caco de vidro, afiado como uma adaga, despontava logo acima do cotovelo. Agarrei-o e puxei. O frio deu lugar a uma labareda de dor que me fez cair de joelhos no chão. Dali, pude ver que Castelo tinha começado a descer pelo encanamento e me observava do mesmo lugar de onde eu tinha pulado. Antes que eu pudesse sacar a arma, ele saltou para a janela. Vi suas mãos agarrarem a moldura e, em um reflexo, fechei a janela quebrada com todas as minhas forças, apoiando todo o peso de meu corpo. Ouvi os ossos de seus dedos se quebrarem com um estalido seco e Castelo urrar de dor. Tirei o revólver e apontei para seu rosto, mas ele já tinha começado a sentir que as mãos se soltavam da moldura. Um segundo de terror em seus olhos e ele despencou pelo respiradouro, seu corpo batendo nas paredes e deixando um rastro de sangue nas manchas de luz que se projetavam das janelas dos andares de baixo.

Arrastei-me pelo corredor na direção da porta. A ferida no braço latejava com força e percebi que também tinha vários cortes nas pernas. Continuei avançando. De ambos os lados, abriam-se na penumbra quartos cheios de máquinas de costura, carretéis de linha e mesas com grandes rolos de tecido. Cheguei à porta e coloquei a mão na maçaneta. Um décimo de segundo depois, senti que girava sob meus dedos. Soltei-a. Marcos estava tentando forçar a entrada. Retrocedi alguns passos. Um estrondo ensurdecedor sacudiu a porta e parte do ferrolho foi projetado em uma nuvem de faíscas e fumaça azulada. Marcos estava despedaçando a fechadura a tiros. Refugiei-me no primeiro quarto, repleto de silhuetas imóveis em que faltavam braços ou pernas. Eram manequins de vitrine, apertados uns contra os outros. Deslizei entre os torsos que reluziam na penumbra. Ouvi um segundo disparo. A porta se abriu de um só golpe. A luz do patamar, amarelada e presa em um clarão de pólvora, penetrou no apartamento. O corpo de Marcos desenhou um perfil de arestas no facho de luz. Seus passos pesados aproximaram-se pelo corredor. Ouvi quando encostou a porta. Grudei na parede, escondido atrás dos manequins, com o revólver nas mãos trêmulas.

— Saia, Martín — disse Marcos com calma, avançando lentamente.
— Não vou lhe fazer mal. Tenho ordens de Grandes para levá-lo à delegacia. Encontramos aquele homem, Marlasca. Ele confessou tudo. Você está livre. Não vá fazer nenhuma bobagem agora. Saia e vamos conversar na Chefatura.

Vi quando cruzou o umbral da porta do quarto e passou direto.
— Martín, ouça. Grandes está a caminho. Podemos esclarecer tudo isso sem necessidade de complicar mais as coisas.

Engatilhei o revólver. Os passos de Marcos pararam. Um roçar sobre os tacos do chão. Estava do outro lado da parede. Sabia perfeitamente que eu estava dentro daquele quarto, sem nenhuma outra saída senão atravessar na frente dele. Lentamente, vi sua silhueta amoldando-se às sombras da entrada. Seu perfil se fundiu na penumbra líquida, e o brilho de seus olhos era o único rastro de sua presença. Estava a apenas quatro metros de mim. Comecei a deslizar contra a parede até chegar ao chão, dobrando os joelhos. As pernas de Marcos se aproximavam por trás das dos manequins.

— Sei que está aqui, Martín. Deixe de criancice.

Ele parou, imóvel. Vi quando se ajoelhou e apalpou com os dedos o rastro de sangue que eu tinha deixado. Levou um dedo aos lábios. Imaginei que sorria.

— Está sangrando muito, Martín. Precisa de um médico. Saia e vou acompanhá-lo a um pronto-socorro.

Fiquei em silêncio. Marcos parou diante de uma mesa e pegou um objeto brilhante que repousava entre rolos de tela. Era uma grande tesoura de costura.

— Você mesmo, Martín.

Ouvi o som produzido pelas lâminas da tesoura ao se abrir e fechar em suas mãos. Uma pontada de dor alfinetou meu braço e mordi os lábios para não gemer. Marcos virou o rosto para o local onde me encontrava.

— Falando de sangue, vai gostar de saber que pegamos a sua putinha, a tal de Isabella, e que antes de começar com você, vamos passar um tempinho com ela...

Levantei a arma e apontei para sua cara. O brilho do metal delatou-me. Marcos saltou em mim, derrubando os manequins e esquivando-se do disparo. Senti seu peso sobre meu corpo e seu hálito em minha cara. As lâminas da tesoura se fecharam com força a um centímetro de meu olho esquerdo. Dei com a testa em seu rosto com toda a força que ainda me restava e ele caiu de lado. Levantei a arma e mirei sua cabeça. Marcos, com o lábio partido em dois, levantou-se e cravou os olhos em mim.

— Não tem colhões — murmurou ele.

Pousou a mão sobre o cano e riu para mim. Apertei o gatilho. A bala arrancou a mão dele, projetando o braço para trás como se tivesse recebido uma martelada. Marcos caiu de costas contra o chão, segurando a munheca mutilada e fumegante, enquanto seu rosto salpicado de queimaduras de pólvora mergulhava em uma careta de dor que urrava sem voz. Levantei e o deixei lá, sangrando sobre uma poça da própria urina.

21

A duras penas, consegui me arrastar através dos becos do Raval até o Paralelo, onde uma fileira de táxis se estendia na porta do teatro Apolo. Enfiei-me no primeiro que consegui. Ao ouvir a porta, o motorista se virou e, ao me ver, fez uma careta desanimada. Deixei-me cair no banco traseiro, ignorando seus protestos.

— Ouça, não vai morrer aí atrás, vai?

— Quanto mais cedo me levar para onde quero ir, mais cedo se verá livre de mim.

O motorista murmurou uma praga e acionou o motor.

— E para onde quer ir?

Não sei, pensei.

— Vá indo e já vou lhe dizer.

— Indo para onde?

— Pedralbes.

Vinte minutos mais tarde avistei as luzes de Villa Helius na colina. Indiquei-as ao motorista, que não via a hora de livrar-se de mim. Deixou-me na porta do casarão e quase se esqueceu de cobrar a corrida. Arrastei-me até o portão e apertei a campainha. Caí sobre as escadarias e apoiei a cabeça na parede. Ouvi passos que se aproximavam e em algum momento tive a impressão de que a porta se abria e uma voz pronunciava meu nome. Senti uma mão na testa e reconheci os olhos de Vidal.

— Perdoe, dom Pedro — supliquei. — Não tinha para onde ir...

Ouvi que erguia a voz e em poucos segundos senti várias mãos que seguravam meus braços e pernas e me levantavam. Quando voltei a abrir os olhos, estava no quarto de dom Pedro, estendido na mesma cama que ele tinha partilhado com Cristina durante os poucos meses de duração de seu casamento. Suspirei. Vidal me observava ao pé do leito.

— Não diga nada agora. O médico já está a caminho.

— Não acredite neles, dom Pedro — gemi. — Não acredite.

Vidal fez que sim, apertando os lábios.

— Claro que não.

Dom Pedro pegou um cobertor e me cobriu.

— Vou descer para esperar o médico — disse ele. — Descanse.

De repente, ouvi passos e vozes entrando no quarto. Senti que tiravam minha roupa e consegui ver as dezenas de cortes que cobriam meu corpo como uma hera sanguinolenta. Senti as pinças remexendo nas feridas, extraindo farpas de vidro que arrancavam retalhos de carne à sua passagem. Senti o calor dos antissépticos e as pontadas da agulha com que o doutor costurava as feridas. Já não sentia dor, apenas cansaço. Uma vez sedado, costurado e remendado como se fosse uma marionete quebrada, o médico e Vidal me cobriram e apoiaram minha cabeça no travesseiro mais suave e fofo que tinha conhecido em toda a minha vida. Abri os olhos e encontrei o rosto do médico, um cavalheiro de porte aristocrático e sorriso tranquilizador. Segurava uma seringa nas mãos.

— Teve sorte, meu jovem — disse ele, ao mesmo tempo em que enfiava a agulha em meu braço.

— O que é isso? — murmurei.

O rosto de Vidal despontou ao lado do médico.

— Vai ajudá-lo a descansar.

Uma nuvem de frio se espalhou por meu braço e cobriu meu peito. Caí em um poço de veludo negro enquanto Vidal e o médico me observavam do alto. O mundo foi se fechando até ficar reduzido a uma gota de luz que se evaporou em minhas mãos. Mergulhei em uma paz morna, química e infinita, da qual nunca desejaria escapar.

Lembrava-me de um mundo de águas negras sob o gelo. A luz da lua roçava a abóbada gelada lá no alto e se decompunha em mil facetas poeirentas que ondulavam na corrente que me arrastava. O manto branco que a envolvia balançava lentamente, a silhueta de seu corpo visível contra a luz. Cristina estendia a mão para mim, e eu lutava contra aquela corrente fria e espessa. Quando faltavam apenas alguns milímetros entre minha mão e a sua, uma nuvem de escuridão desdobrava suas asas atrás dela e a envolvia em uma explosão de tinta. Tentáculos de luz negra rodeavam seus braços, sua garganta e seu rosto para arrastá-la com força para a escuridão.

22

Acordei ao som de meu nome nos lábios do inspetor Víctor Grandes. Levantei de chofre, sem reconhecer o lugar onde me encontrava e que, tentando identificar, parecia a suíte de um grande hotel. As chibatadas de dor que percorriam meu peito me devolveram à realidade. Estava no quarto de Vidal na Villa Helius. Uma luz de meio de tarde se insinuava entre as frestas da janela. Havia fogo na lareira e fazia calor. As vozes provinham do andar inferior. Pedro Vidal e Víctor Grandes.

Ignorei os puxões e pontadas mordendo minha pele e saí da cama. Minha roupa suja e ensanguentada estava atirada sobre uma poltrona. Procurei o casaco. O revólver continuava no bolso. Engatilhei a arma e saí do quarto, seguindo o rastro das vozes até a escada. Desci alguns degraus apoiando-me contra a parede.

— Lamento muito por seus homens, inspetor. — Ouvi Vidal dizer. — Não tenha dúvida de que, se Martín entrar em contato comigo ou souber alguma coisa de seu paradeiro, avisarei imediatamente.

— Agradeço a sua ajuda, sr. Vidal. Lamento ter que incomodá-lo nessas circunstâncias, mas a situação é extraordinariamente grave.

— Eu entendo. Obrigado por sua visita.

Passos até a entrada e o som da porta principal. Pisadas no jardim afastando-se. A respiração de Vidal, pesada, perto da escada. Desci alguns degraus e encontrei-o com a testa apoiada contra a porta. Quando me ouviu, abriu os olhos e virou-se.

Não disse nada. Limitou-se a olhar o revólver que eu sustentava nas mãos. Deixei-o sobre a mesinha que havia ao pé da escada.

— Venha, vamos ver se encontramos alguma roupa limpa para você — disse ele.

Fui atrás dele até um imenso quarto de vestir que parecia um verdadeiro museu do vestuário. Todos os mais requintados ternos que recordavam os anos de glória de Vidal estavam ali. Dezenas de gravatas, sapatos e abotoaduras em estojos de veludo vermelho.

— Tudo isso é de quando eu era jovem. Vai lhe cair bem.

Vidal escolheu por mim. Estendeu uma camisa que provavelmente valia tanto quanto um pequeno lote de terreno, um terno feito sob medida em Londres e sapatos italianos que não perdiam em nada para o guarda-roupa do patrão. Fui me vestindo em silêncio, enquanto Vidal me observava, pensativo.

— Um pouco largo de ombros, mas vai ter que se conformar — disse ele, estendendo-me as abotoaduras de safira.

— O que disse o inspetor?

— Tudo.

— E acreditou?

— O que importa se eu acredito ou não?

— Para mim, importa.

Vidal se sentou em uma banqueta que repousava contra uma parede coberta de espelhos do chão ao teto.

— Diga que sabe onde está Cristina.

Assenti.

— Está viva?

Olhei-o nos olhos e, muito lentamente, fiz que sim. Vidal sorriu debilmente, evitando meu olhar. Depois, começou a chorar, deixando escapar um gemido que brotava do fundo de seu ser. Sentei-me junto dele e o abracei.

— Perdoe-me, dom Pedro, perdoe-me...

Mais tarde, quando o sol começava a cair sobre o horizonte, dom Pedro recolheu minhas roupas velhas e lançou-as no fogo. Antes de abandonar o casaco às chamas, tirou o exemplar de *Os passos do céu* e o estendeu para mim.

— Dos dois livros que escreveu no ano passado, este era o bom.

Observei enquanto ele remexia minhas roupas ardendo no fogo.

— Quando percebeu?

Vidal deu de ombros.

— É difícil enganar para sempre até mesmo um bobo vaidoso, David.

Não consegui distinguir se havia rancor em sua voz ou apenas tristeza.

— Fiz isso porque pensei que estava ajudando, dom Pedro.

— Sei disso.

Ele sorriu sem ânimo.

— Perdoe-me — murmurei.

— Precisa sair desta cidade. Há um cargueiro ancorado no cais de San Sebastián que zarpa à meia-noite. Está tudo acertado. Pergunte pelo capitão Olmo, ele estará à sua espera. Pegue um dos carros da garagem. Pode deixá-lo no cais. Pep irá pegá-lo amanhã de manhã. Não fale com ninguém. Não volte para casa. Vai precisar de dinheiro.

— Tenho dinheiro suficiente — menti.

— Nunca é suficiente. Quando desembarcar em Marselha, Olmo vai acompanhá-lo a um banco, onde lhe entregará cinquenta mil francos.

— Dom Pedro...

— Ouça-me. Esses dois homens que Grandes diz que você matou...

— Marcos e Castelo. Acho que trabalhavam para seu pai, dom Pedro.

Vidal negou.

— Nem o meu pai, nem seus advogados tratam com gente dos escalões intermediários, David. Como acha que esses dois sabiam exatamente onde encontrá-lo trinta minutos depois de você ter deixado a delegacia?

A fria certeza desabou sobre minha cabeça, transparente.

— Pelo meu amigo, o inspetor Víctor Grandes.

Vidal assentiu.

— Grandes deixou que saísse porque não queria sujar as mãos dentro da delegacia. Assim que saiu, seus dois homens seguiram sua pista. A sua era uma morte telegrafada. Suspeito de assassinato consegue fugir, mas morre ao resistir à voz de prisão.

— Como nos velhos tempos da editoria de polícia — comentei.

— Tem coisas que não mudam nunca, David. Deveria saber disso melhor que ninguém.

Ele abriu o armário e estendeu-me um casaco novinho em folha. Aceitei e guardei o livro no bolso interno. Vidal sorriu.

— Por uma vez na vida, posso dizer que está bem vestido.

— Pois ficaria melhor no senhor, dom Pedro.

— Ora, isso é evidente.

— Dom Pedro, há muitas coisas que...

— Agora não tem mais importância, David. Não me deve nenhuma explicação.

— Devo-lhe muito mais do que uma explicação...

— Então, fale-me dela.

Vidal me encarava com olhos desesperados, suplicando que mentisse para ele. Nós nos sentamos no salão, diante das janelas de onde ele dominava Barcelona inteira, e menti com toda a minha alma. Disse que Cristina tinha alugado uma pequena cobertura na rue de Soufflot sob o nome de madame Vidal e que tinha dito que esperaria por mim todo dia, no meio da tarde, diante do chafariz dos jardins de Luxemburgo. Disse que falava constantemente dele, que nunca o esqueceria e que eu sabia que, por mais tempo que passasse a seu lado, nunca poderia preencher a ausência que ele tinha deixado. Dom Pedro aprovava, com o olhar perdido na distância.

— Tem que me prometer que vai cuidar dela, David. Que nunca a abandonará. Que aconteça o que acontecer, estará sempre a seu lado.

— Eu prometo, dom Pedro.

Na luz pálida do entardecer, não pude deixar de ver em Vidal apenas um homem velho e vencido, doente de recordações e remorsos, um homem que nunca tivera crenças e a quem só restava agora o bálsamo da credulidade.

— Gostaria de ter sido um amigo melhor para você, David.

— Mas foi o melhor dos amigos, dom Pedro. Foi muito mais que isso.

Vidal estendeu o braço e pegou minha mão. Estava tremendo.

— Grandes me falou desse homem, esse que você chama de patrão... Diz que lhe deve algo e que acredita que o único modo de pagar a dívida é entregando-lhe uma alma pura...

— Isso são bobagens, dom Pedro. Não dê atenção a isso.

— Não serve uma alma impura e cansada como a minha?

— Não conheço alma mais pura que a sua, dom Pedro.

Vidal sorriu.

— Se pudesse trocar de lugar com seu pai, David, eu o faria.

— Eu sei.

Levantou-se e contemplou o entardecer abatendo-se sobre a cidade.

— Deveria ir. Vá até a garagem e escolha um carro. O que quiser. Vou ver se tenho algum dinheiro vivo.

Concordei e peguei o casaco. Saí para o jardim e fui até a garagem da Villa Helius, que abrigava dois automóveis reluzentes como carruagens reais. Escolhi o menor e mais discreto, um Hispano-Suiza preto que parecia não ter saído de lá mais que duas ou três vezes e ainda tinha cheiro de novo. Sentei ao volante e liguei o carro. Tirei-o da garagem e esperei no pátio. Um minuto se passou e, ao ver que dom Pedro não aparecia, saí do carro deixando o motor ligado. Voltei a entrar na casa para despedir--me dele e dizer que não se preocupasse com dinheiro que eu daria um jeito. Ao atravessar o vestíbulo, lembrei que tinha deixado minha arma ali, sobre a mesinha. Quando fui pegá-la, não estava mais lá.

— Dom Pedro?

A porta que dava para a sala estava encostada. Cheguei até a entrada e o vi bem no centro da sala. Ele levou o revólver de meu pai ao peito e encostou o cano em cima do coração. Corri para ele, mas o estrondo do disparo afogou meus gritos. A arma caiu de suas mãos. Seu corpo caiu contra a parede e deslizou lentamente até o chão, deixando um rastro escarlate sobre o mármore. Caí de joelhos a seu lado e segurei-o em meus braços. O disparo tinha aberto um orifício fumegante em suas roupas, do qual um filete de sangue escuro e espesso saía aos borbotões. Dom Pedro olhava fixamente para meus olhos, enquanto seu sorriso se enchia de sangue e seu corpo parava de tremer e desabava, cheirando a pólvora e miséria.

23

Voltei para o carro e me sentei, as mãos manchadas de sangue sobre o volante. Mal podia respirar. Esperei um minuto e em seguida soltei o freio de mão. O entardecer tinha coberto o céu com um sudário vermelho sob o qual latejavam as luzes da cidade. Parti rua abaixo, deixando para trás a silhueta da Villa Helius no alto da colina. Ao chegar à avenida Pearson, parei e olhei pelo espelho retrovisor. Um carro saía de um beco escondido e situava-se a cinquenta metros de mim. Não tinha acendido as luzes. Víctor Grandes.

Continuei descendo pela avenida Pedralbes até ultrapassar o grande dragão de ferro forjado que guardava o portão principal do Parque Güell. O carro do inspetor Grandes continuava lá, a cerca de cem metros. Ao chegar à Diagonal, virei à esquerda em direção ao centro da cidade. Apenas veículos circulavam, e Grandes me seguiu sem dificuldade, até que resolvi dobrar à direita na esperança de conseguir despistá-lo nas ruas estreitas de Las Corts. Nesse ínterim, o inspetor, percebendo que sua presença não era mais um segredo, tinha ligado os faróis, encurtando distâncias. Durante vinte minutos, fomos costurando entre ruas e bondes. Deslizei entre ônibus e carros, encontrando sempre os faróis de Grandes na retaguarda, sem trégua. De repente, a montanha de Montjuïc se ergueu na minha frente. O grande palácio da Exposição Universal e os restos dos outros pavilhões tinham sido fechados apenas duas semanas antes, mas já se perfilavam na bruma do crepúsculo como ruínas de uma grande civilização esquecida. Penetrei na grande avenida que subia até a cascata de luzes fantasmagóricas e fogos-fátuos dos chafarizes da Exposição e acelerei até onde o motor aguentava. À medida que subíamos pela estrada que rodeava a montanha e serpenteava até o Estádio Olímpico, Grandes foi ganhando terreno até que pude distinguir seu rosto claramente no espelho. Por um instante, senti a tentação de pegar a estrada que ia até o castelo militar no alto da montanha, mas, se havia algum lugar sem saída, era aquele. Minha única esperança era chegar à encosta da montanha que dava para o mar e desaparecer em alguma das docas do porto. Por isso, precisava ganhar uma margem de tempo. Grandes agora estava a cerca de quinze metros de mim. As grandes balaustradas de Miramar se abriam diante da cidade estendida a nossos pés. Apertei o pedal do freio com todas as minhas forças e deixei que Grandes se estatelasse contra o Hispano-Suiza. O impacto nos arrastou juntos por quase vinte metros, levantando uma grinalda de faíscas sobre a estrada. Soltei o freio e avancei um pouco. Enquanto Grandes tentava recobrar o controle, engrenei a marcha à ré e acelerei fundo. Quando Grandes se deu conta do que eu estava fazendo, já era tarde demais. Bati nele com a força de uma carroceria e de um motor que eram joias da mais seleta escuderia da cidade, notavelmente mais robustos do que os dele. A força do choque sacudiu-o no interior do carro e pude ver sua cabeça bater contra o para-brisa, estilhaçando-o completamente. Um vapor branco brotou da capota de seu carro, e os faróis se apagaram. Mudei a marcha e acelerei, deixando-o para trás e dirigindo-me para a praia de Miramar. Em poucos segundos, percebi que o choque tinha amassado o para-lama traseiro contra o pneu, que ao girar entrava em atrito com o metal. O cheiro de borracha queimada inundou o carro. Vinte metros à frente, o pneu estourou e o carro começou a serpentear até parar, envolto em uma nuvem de fumaça negra. Abandonei o veículo e olhei para o lugar onde o carro de Grandes tinha ficado. O inspetor se arrastava para fora, erguendo-se lentamente. Olhei ao redor. A parada do teleférico que atravessava o porto da cidade, da montanha de Montjuïc até a torre de San Sebastián, ficava a cerca de cinquenta metros de lá. Distingui a silhueta das cabines suspensas nos cabos deslizando sobre o vermelho do crepúsculo e corri para lá.

Um dos empregados do teleférico estava se preparando para fechar as portas da estação quando me viu chegar apressado. Segurou a porta aberta e indicou o interior.

— Última viagem do dia — avisou. — É melhor se apressar.

O guichê estava prestes a fechar quando comprei o último bilhete e fui me juntar a um grupo de quatro pessoas que esperavam ao pé da cabine. Não reparei em suas roupas até que o empregado abriu a portinhola e convidou-nos a entrar. Padres.

— O teleférico foi construído para a Exposição Internacional e é dotado de tecnologia de ponta. Sua segurança é garantida. Assim que se inicia o trajeto, essa porta de segurança, que só pode ser aberta por fora, fica travada para evitar acidentes ou, não permita Deus, tentativas de suicídio. Claro que, com os senhores, eminências, não existe o perigo de...

— Jovem — interrompi. — Não daria para agilizar o cerimonial, que já vai anoitecer?

O encarregado me lançou um olhar hostil. Um dos sacerdotes percebeu as manchas de sangue em minhas mãos e se benzeu. O encarregado continuou sua discurseira.

— Viajaremos através dos céus de Barcelona a cerca de setenta metros de altitude, por cima das águas do porto, gozando das vistas mais espetaculares de toda a cidade, que até agora eram exclusividade de andorinhas, gaivotas e outras criaturas dotadas pelo Altíssimo de envoltura penosa. A viagem tem uma duração de dez minutos e realiza duas paradas, a primeira na torre central do porto, a torre de San Jaime, ou, como gosto de chamá-la, a torre Eiffel de Barcelona, e a segunda e última na torre de San Sebastián. Sem mais demora, desejo a suas eminências uma feliz travessia e reitero o desejo da companhia de voltar a vê-los em breve a bordo do teleférico do porto de Barcelona.

Fui o primeiro a entrar na cabine. O encarregado estendeu a mão à passagem dos quatro padres, à espera de uma gorjeta que nunca chegou a receber. Visivelmente decepcionado, fechou a portinhola com um golpe e deu meia-volta, pronto para empurrar a alavanca. O inspetor Víctor Grandes o esperava do outro lado, maltratado, mas sorridente, com sua identificação na mão. O encarregado abriu a comporta e Grandes entrou na cabine, cumprimentando os sacerdotes com a cabeça e piscando para mim. Segundos mais tarde, estávamos flutuando no vazio.

A cabine foi subindo a partir do edifício da estação, rumo à borda da montanha. Os sacerdotes estavam todos apinhados de um lado, claramente dispostos a usufruir das vistas do anoitecer sobre Barcelona e a ignorar o motivo nebuloso que nos juntava, Grandes e eu, naquele local. O inspetor aproximou-se lentamente e mostrou a arma que empunhava. Grandes nuvens vermelhas flutuavam sobre as águas do porto. A cabine do teleférico mergulhou em uma delas e, por um instante, parecia que tínhamos submergido em um lago de fogo.

— Já tinha subido alguma vez? — perguntou Grandes.

Fiz que sim.

— Minha filha adora. Uma vez por mês, pede para trazê-la aqui e fazemos a viagem de ida e volta. Um pouco caro, mas vale a pena.

— Com o que o velho Vidal lhe pagou para me entregar, tenho certeza de que poderá trazer sua filha todos os dias, se lhe der na telha. Uma curiosidade: qual foi o meu preço?

Grandes sorriu. A cabine emergiu da grande nuvem escarlate e ficamos suspensos sobre o cais do porto, as luzes da cidade derramadas sobre as águas escuras.

— Quinze mil pesetas — respondeu, apalpando um envelope branco que despontava do bolso de seu casaco.

— Suponho que deveria me sentir lisonjeado. Há quem mate por dois tostões. Isso inclui o preço de trair seus dois homens?

— Devo lembrar que, aqui, o único que matou alguém foi você.

Nessa altura dos fatos, os quatro sacerdotes nos observavam atônitos, alheios aos encantos da vertigem e do voo sobre a cidade. Grandes deu-lhes uma olhadela superficial.

— Quando chegarmos à primeira parada, se não for pedir muito, agradeceria se suas eminências descessem e nos deixassem resolver nossos assuntos mundanos.

A torre do cais do porto erguia-se à nossa frente, como uma cúpula de aço e cabos arrancada de uma catedral mecânica. A cabine penetrou na cúpula da torre e parou na plataforma. Quando a portinhola se abriu, os quatro sacerdotes saíram em disparada. Grandes, com a pistola em punho, indicou que me dirigisse para o fundo da cabine. Um dos padres, ao descer, olhou-me com preocupação.

— Não se preocupe, meu jovem, vamos avisar a polícia — disse, antes que a porta se fechasse novamente.

— Não hesitem em fazê-lo — replicou Grandes.

Uma vez travada a porta, a cabine continuou seu trajeto. Emergimos da torre do cais e iniciamos o último trecho da travessia. Grandes aproximou-se da janela e contemplou a vista da cidade, uma miragem de luzes e névoas, catedrais e palácios, becos e grandes avenidas entrelaçadas em um labirinto de sombras.

— A cidade dos malditos — disse Grandes. — Quanto mais de longe se vê, mais bonita parece.

— Esse é o meu epitáfio?

— Não vou matá-lo, Martín. Não mato ninguém. Você vai nos fazer esse favor. A mim e a você mesmo. Sabe que tenho razão.

Sem mais, o inspetor descarregou três tiros no mecanismo de fechamento da comporta que, em seguida, abriu com um pontapé. A portinhola ficou pendurada no ar, e uma lufada de vento úmido inundou a cabine.

— Não vai sentir nada, Martín. Pode acreditar em mim. O golpe não leva nem um décimo de segundo. Instantâneo. E depois, a paz.

Olhei para a comporta aberta. Uma queda de setenta metros no vazio se abria diante de mim. Olhei para a torre de San Sebastián e calculei que restavam alguns minutos até chegarmos lá. Grandes leu meu pensamento.

— Em um minuto, tudo estará acabado, Martín. Deveria me agradecer.

— Acredita realmente que matei todas aquelas pessoas, inspetor?

Grandes ergueu o revólver e apontou para meu coração.

— Não sei, nem me importa.

— Pensei que fôssemos amigos.

Grandes sorriu e negou em silêncio.

— Você não tem amigos, Martín.

Ouvi o estrondo do disparo e senti um impacto no peito, como se um martelo industrial tivesse golpeado minhas costelas. Caí de costas, sem fôlego, com um espasmo de dor se espalhando em meu corpo como gasolina. Grandes tinha me agarrado pelos pés e me puxava para a portinhola. O alto da torre de San Sebastián apareceu do outro lado entre véus de nuvens. Grandes cruzou por cima de mim e se ajoelhou às minhas costas. Empurrou-me pelos ombros para a porta. Senti o vento úmido nas pernas. Grandes me deu outro empurrão e vi que minha cintura tinha passado da plataforma da cabine. O puxão da gravidade foi instantâneo. Estava começando a cair.

Estiquei os braços para o policial e cravei meus dedos em seu pescoço. Com o peso de meu corpo, o inspetor ficou travado na comporta. Apertei com todas as forças, segurando sua traqueia e esmagando as artérias do pescoço. Grandes tentou se livrar do meu aperto com uma das mãos, enquanto a outra tateava em busca da arma. Seus dedos encontraram a culatra da pistola e deslizaram pelo gatilho. O disparo roçou minha face e explodiu contra a borda da porta. A bala ricocheteou para o interior da cabine e atravessou a palma de sua mão em um furo limpo. Enfiei as unhas em seu pescoço, sentindo que a pele cedia. Grandes emitiu um gemido. Puxei com força e subi de novo até ficar com mais de meio corpo dentro da cabine. Assim que consegui me segurar nas paredes de metal, soltei Grandes e consegui me mover para o lado.

Apalpei meu peito e encontrei o orifício que o revólver do inspetor tinha feito. Abri o casaco e extraí o exemplar de *Os passos do céu*. A bala tinha atravessado a capa e as quase quatrocentas páginas e despontava como um dedo de prata na quarta capa. A meu lado, Grandes se contorcia no chão, agarrando o pescoço com desespero. Seu rosto estava arroxeado e as veias da testa e das têmporas pulsavam como cabos tensos. Fitou-me com um olhar de súplica. Uma teia de aranha de vasos quebrados se espalhava por seus olhos e compreendi que tinha esmagado sua traqueia com as mãos e que estava se asfixiando sem nada que pudesse ser feito.

Fiquei contemplando enquanto ele se sacudia no chão em sua lenta agonia. Puxei a ponta do envelope branco que despontava de seu bolso. Abri e contei quinze mil pesetas. O preço de minha vida. Guardei o envelope. Grandes se arrastava pelo chão na direção da arma. Levantei-me e afastei-a com um pontapé. Ele agarrou meu tornozelo implorando misericórdia.

— Onde está Marlasca? — perguntei.

Sua garganta emitiu um gemido surdo. Pousei meus olhos nos seus e compreendi que estava rindo. A cabine já tinha entrado no interior da torre de San Sebastián quando o empurrei pela portinhola e vi seu corpo mergulhar quase oitenta metros através de um labirinto de trilhos, cabos, rodas dentadas e barras de aço que o despedaçaram pelo caminho.

24

A casa da torre estava enterrada na escuridão. Subi tateando os degraus da escadaria de pedra até chegar ao patamar e encontrar a porta entreaberta. Empurrei-a com a mão e fiquei na entrada, esquadrinhando as sombras que inundavam o longo corredor. Penetrei alguns passos. Fiquei ali, imóvel, esperando. Apalpei a parede até encontrar o interruptor de luz. Girei quatro vezes sem obter resultado. A primeira porta à direita ia dar na cozinha. Percorri lentamente os três metros que me separavam dela e parei bem em frente. Lembrei que guardava um lampião a óleo em um dos armários. Fui até lá e encontrei-o entre latas de café ainda por abrir trazidas do armazém de Can Gispert. Deixei o lampião sobre a mesa e tratei de acendê-lo. Uma suave claridade cor de âmbar impregnou as paredes da cozinha. Peguei o lampião e saí de novo para o corredor.

Avancei lentamente, a luz oscilante no alto, esperando ver alguma coisa ou alguém surgir a qualquer momento de alguma das portas que ladeavam o corredor. Sabia que não estava sozinho. Podia sentir o cheiro. Um fedor acre, de raiva e ódio, que flutuava no ar. Andei até o fundo do corredor e parei diante da porta do último quarto. O clarão do lampião acariciou o contorno do armário afastado da parede, as roupas atiradas no chão exatamente como as tinha deixado quando Grandes veio me prender duas noites antes. Fui até o pé da escada em espiral que subia para o escritório. Subi lentamente, olhando para trás a cada dois ou três passos, até que cheguei à sala. O vapor avermelhado do crepúsculo penetrava pelas janelas. Atravessei rapidamente até a parede onde estava o baú e o abri. A pasta com o manuscrito do patrão tinha desaparecido.

Caminhei outra vez para a escada. Ao passar diante de minha escrivaninha, pude ver que o teclado de minha velha máquina de escrever estava destruído, como se alguém tivesse batido nele com os punhos. Desci as escadas lentamente. Ao entrar de novo no corredor, enfiei a cabeça na entrada da sala. Mesmo na penumbra, pude ver que todos os meus livros estavam atirados pelo chão e o couro das poltronas, em farrapos. Dei meia-volta e examinei os vinte metros de corredor que me separavam da porta de entrada. A claridade que o lampião projetava só permitia que discernisse os contornos até a metade daquela distância. Além, a sombra ondulava como água negra.

Lembrava-me de ter deixado a porta da casa aberta, quando entrei. Agora estava fechada. Avancei mais dois metros, mas alguma coisa me deteve quando passei de novo diante do último quarto do corredor. Não tinha percebido antes, pois a porta se abria para a esquerda e quando parei diante dela não entrei o suficiente para que ficasse ao alcance de meus olhos, mas agora, vindo no sentido contrário, pude ver claramente. Uma pomba branca com as asas abertas em cruz estava cravada sobre a porta. As gotas de sangue desciam pela madeira, frescas.

Entrei no quarto. Olhei atrás da porta, mas não havia ninguém. O armário continuava afastado de lado. O hálito frio e úmido que saía do orifício na parede inundava o aposento. Deixei o lampião no chão e apoiei as mãos na massa quase pastosa que rodeava o buraco. Comecei a arranhar com as unhas e senti que se desfazia sob meus dedos. Olhei ao redor e encontrei um velho abridor de cartas na gaveta de uma das mesinhas empilhadas em um canto. Cravei a ponta na massa e comecei a escavar. O gesso se desprendia com facilidade. A crosta não tinha mais de três centímetros. Do outro lado, havia algo de madeira.

Uma porta.

Procurei as bordas com o abridor e lentamente o contorno da porta foi se desenhando na parede. Nessa altura, já tinha esquecido aquela presença próxima que envenenava a casa e espreitava na sombra. A porta não tinha maçaneta, apenas um ferrolho enferrujado afogado no gesso amolecido por anos de umidade. Enfiei o abridor de cartas e forcei inutilmente. Comecei a desferir pontapés, até que a massa que sustentava o ferrolho foi se desfazendo lentamente. Acabei de liberar o encaixe da fechadura com o abridor e, uma vez solto, um simples empurrão derrubou a porta.

Uma lufada de ar putrefato emanou do interior, impregnando minhas roupas e minha pele. Peguei o lampião e entrei. O aposento era um retângulo de cinco ou seis metros de profundidade. As paredes estavam cobertas de desenhos e inscrições que pareciam feitos com os dedos. Eram traços acastanhados e obscuros. Sangue seco. O chão estava coberto com algo que, inicialmente, pensei que fosse poeira, mas que, quando abaixei o lampião, vi que eram restos de pequenos ossos. Ossos de animais, esmigalhados em uma maré de cinzas. Do teto caíam inúmeros objetos pendurados em um cordão preto. Reconheci imagens religiosas de santos e virgens com o rosto queimado e os olhos arrancados, crucifixos presos com arame farpado e restos de brinquedos de latão e bonecas com olhos de vidro. A silhueta estava no fundo, quase invisível.

Uma cadeira virada para o canto. Sobre ela, distinguia-se uma figura. Vestida de preto. Um homem. As mãos estavam presas nas costas por algemas. Um arame grosso prendia seus membros à armação da cadeira. Fui invadido por um frio que nunca tinha sentido.

— Salvador? — consegui articular.

Avancei lentamente para ele. A silhueta permaneceu imóvel. Parei a um passo dela e estendi a mão lentamente. Meus dedos roçaram seu cabelo e pousaram no ombro. Quis virar o corpo, mas senti que alguma coisa cedia sob meus dedos. Um segundo depois de tocá-lo, ouvi como um sussurro e o cadáver se desfez em cinzas que se derramaram entre as roupas e os arames, elevando-se em uma nuvem escura que ficou flutuando entre as paredes da prisão que o tinha ocultado durante tantos anos. Contemplei o véu de cinzas sobre minhas mãos e levei-as ao rosto, espalhando os restos da alma de Ricardo Salvador sobre minha pele. Quando abri os olhos, vi que Diego Marlasca, seu carcereiro, esperava no umbral da cela, trazendo o manuscrito do patrão na mão e fogo nos olhos.

— Estive lendo enquanto esperava por você, Martín — disse Marlasca. — Uma obra-prima. O patrão saberá me recompensar quando lhe entregar isso em seu nome. Reconheço que nunca fui capaz de cumprir o acordo. Fiquei pelo meio do caminho. Mas me alegra ver que o patrão soube encontrar um substituto com mais talento que eu.

— Afaste-se.

— Sinto muito, Martín. Acredite, sinto muito. Tinha começado a gostar de você — disse, extraindo o que parecia ser um cabo de marfim do bolso. — Mas não posso deixá-lo sair deste quarto. É hora de ocupar o lugar do pobre Salvador.

Ele pressionou o botão no cabo e uma lâmina de fio duplo brilhou na penumbra.

Marlasca lançou-se sobre mim com um grito de raiva. A lâmina da navalha abriu meu rosto e teria me arrancado o olho esquerdo se eu não tivesse saltado para o lado. Caí de costas no chão coberto de pequenos ossos e poeira. Marlasca agarrou a navalha com as duas mãos e jogou-se em cima de mim, apoiando todo o seu peso na lâmina. A ponta ficou a poucos centímetros do meu peito, enquanto minha mão direita agarrava Marlasca pela garganta.

Ele virou o rosto para morder meu pulso e enfiei-lhe um soco na cara com a mão esquerda. Mal se mexeu. Estava tomado por uma raiva que ficava além da razão e da dor, e vi que não me deixaria sair com vida daquela cela. Investiu contra mim com uma força que parecia impossível. Senti a ponta da faca perfurando minha pele. Bati nele de novo, com todas as forças que me restavam. Meu punho estatelou-se contra seu rosto e senti que os ossos de seu nariz se quebravam. Seu sangue jorrou sobre meus dedos. Marlasca gritou de novo e enfiou a faca um centímetro em minha carne. Uma pontada de dor percorreu meu peito. Bati de novo, procurando a cavidade ocular com os dedos, mas Marlasca levantou o queixo e só pude enfiar as unhas em sua cara. Dessa vez, senti seus dentes em meus dedos.

Enfiei o punho em sua boca, rasgando-lhe os lábios e arrancando vários dentes. Ouvi que urrava e a pressão de seus dentes vacilou por um instante. Empurrei-o para o lado e ele caiu no chão, o rosto transformado em uma máscara de sangue trêmula de dor. Afastei-me, rezando para que não se levantasse de novo. Um segundo depois, arrastou-se até a navalha e começou a se erguer.

Ele pegou a faca e jogou-se em cima de mim com um berro ensurdecedor. Dessa vez não me pegou de surpresa. Peguei o lampião pela alça e o atirei com todas as minhas forças quando Marlasca passou por mim. O lampião estatelou-se em seu rosto e o óleo derramou em seus olhos, lábios, garganta e peito. As chamas o lamberam imediatamente. Em apenas dois segundos, o fogo estendeu um manto que se espalhou por seu corpo. Seu cabelo evaporou instantaneamente. Vi seu olhar de ódio através das chamas que devoravam suas pálpebras. Peguei o manuscrito e saí de lá. Marlasca ainda segurava a navalha quando tentou me seguir para fora daquele quarto amaldiçoado e caiu de cara sobre a pilha de roupas velhas que arderam no mesmo instante. As labaredas saltaram para a madeira seca do armário e para os móveis empilhados contra a parede. Fugi para o corredor e ainda pude vê-lo caminhar às minhas costas com os braços estendidos, tentando me alcançar. Corri até a porta, mas, antes de sair, parei para contemplar Diego Marlasca consumindo-se entre as chamas e batendo com ódio nas paredes que se incendiavam à sua passagem. O fogo se espalhou pelos livros esparramados pela galeria e chegou aos cortinados. As labaredas cobriram o teto como serpentes de fogo, lambendo a moldura das portas e janelas, arrastando-se pelas escadas do escritório. A última coisa que lembro é a imagem daquele homem maldito caindo de joelhos no final do corredor, as esperanças vãs de sua loucura perdidas e seu corpo reduzido a uma tocha de carne e ódio engolida pela tormenta de fogo que se espalhava inevitavelmente pelo interior da casa da torre. Em seguida, abri a porta e corri escada abaixo.

Alguns habitantes das redondezas tinham se reunido na rua quando viram as primeiras chamas despontarem nas janelas da torre. Ninguém reparou em mim enquanto eu me afastava pela rua. Em pouco tempo, ouvi os vidros do escritório explodirem e me virei para ver o fogo rugir e incendiar a rosa dos ventos em forma de dragão. Pouco depois, afastei-me até o passeio do Borne, caminhando contra uma maré de vizinhos que chegavam com os olhos postos nas alturas, o olhar perdido no brilho da fogueira que se erguia contra o céu negro.

25

Naquela noite voltei pela última vez à livraria de Sempere & Filhos. O cartaz de fechado estava pendurado na porta, mas, quando me aproximei, vi que ainda tinha luz no interior e Isabella estava atrás do balcão, sozinha, com o olhar concentrado em um grosso livro de contas que, a julgar pela expressão de seu rosto, prometia o fim da linha para a velha livraria. Vendo-a mordiscar a ponta do lápis e coçar o nariz com o indicador, tive a certeza de que, enquanto ela estivesse lá, aquele lugar não desapareceria. Sua presença o salvaria, assim como tinha me salvado. Não me atrevi a quebrar o encanto daquele instante e fiquei observando sem que ela se desse conta de minha presença, sorrindo para mim mesmo. De repente, como se tivesse lido meus pensamentos, Isabella levantou os olhos e me viu. Cumprimentei com a mão e vi que, mesmo contra a vontade, seus olhos se enchiam de lágrimas. Ela fechou o livro e saiu correndo, rodeando o balcão para abrir a porta. Olhava para mim como se não conseguisse acreditar no que via.

— Aquele homem disse que tinha fugido... que não voltaríamos a vê-lo nunca mais.

Supus que Grandes tivesse lhe feito uma visita.

— Quero que saiba que não acreditei em uma única palavra do que ele contou — disse Isabella. — Vou chamar...

— Não tenho muito tempo, Isabella.

Ela me fitou, abatida.

— Vai partir, não é?

Fiz que sim. Isabella engoliu em seco.

— Já disse que não gosto de despedidas.

— E eu menos ainda. Por isso, não vim aqui me despedir. Vim devolver umas coisas que não me pertencem.

Peguei o exemplar de *Os passos do céu* e entreguei a ela.

— Nunca deveria ter saído da estante da coleção pessoal do sr. Sempere.

Isabella pegou-o e, ao ver a bala ainda presa em suas páginas, olhou para mim sem dizer nada. Então peguei o envelope branco com as quinze mil pesetas com que o velho Vidal tinha tentado comprar minha morte e deixei em cima do balcão.

— É a conta de todos os livros que Sempere me deu de presente durante esses anos todos.

Isabella abriu e contou o dinheiro, atônita.

— Não sei se devo aceitar...

— Considere como meu presente de casamento adiantado.

— E eu que ainda tinha esperança de que você me levasse ao altar algum dia, nem que fosse como padrinho.

— Nada me daria mais prazer.

— Mas tem que ir embora.

— Sim.

— Para sempre.

— Por um tempo.

— E se eu for com você?

Beijei sua testa e a abracei.

— Onde quer que eu esteja, você estará sempre comigo, Isabella. Sempre.

— Não tenho a menor intenção de sentir a sua falta.

— Sei muito bem disso.

— Posso pelo menos acompanhá-lo ao trem ou ao que for?

Hesitei tempo demais para ser capaz de negar a mim mesmo aqueles últimos minutos em sua companhia.

— Para garantir que vai embora mesmo e de que estarei livre de você para sempre — acrescentou ela.

— Trato feito.

Descemos lentamente pela Rambla, Isabella de braços dados comigo. Ao chegar à rua Arco del Teatro, atravessamos para o beco escuro que abria caminho em meio ao Raval.

— Isabella, o que vai ver essa noite não pode ser revelado a ninguém.

— Nem ao meu Sempere Júnior?

Suspirei.

— Claro que sim. Para ele pode contar tudo o que quiser. Com ele quase não temos segredos.

Quando abriu a porta, Isaac, o guardião, sorriu e ficou de lado, dando passagem.

— Já era tempo de termos uma visita de categoria — disse ele, fazendo uma reverência a Isabella. — Posso adivinhar que vai preferir guiá-la você mesmo, não, Martín?

— Se não se importa...

Isaac concordou e estendeu a mão, que apertei.

— Boa sorte — disse ele.

O guardião retirou-se para as sombras, deixando-me a sós com Isabella. Minha antiga assistente e brilhante nova gerente de Sempere & Filhos examinava tudo em um misto de assombro e apreensão.

— Que espécie de lugar é esse? — perguntou.

Peguei sua mão e, lentamente, guiei-a durante o resto do trajeto, até chegar à grande sala que hospedava a entrada.

— Bem-vinda ao Cemitério dos Livros Esquecidos, Isabella.

Ela ergueu os olhos para a cúpula de cristal lá no alto e se perdeu naquela visão impossível de feixes de luz branca perfurando uma babel de túneis, passarelas e pontes estendidas até as entranhas da catedral feita de livros.

— Esse lugar é um mistério. Um santuário. Cada livro, cada volume que está vendo aqui, tem alma. A alma de quem o escreveu e a alma daqueles que o leram e viveram e sonharam com ele. Cada vez que um livro troca de mãos, cada vez que alguém desliza os olhos por suas páginas, seu espírito cresce e se fortalece. Neste lugar, os livros que ninguém mais lembra, os livros que se perderam no tempo, vivem para sempre, esperando o dia em que chegarão às mãos de um novo leitor, de um novo espírito...

Mais tarde, deixei Isabella esperando na entrada do labirinto e penetrei sozinho nos túneis, carregando aquele manuscrito amaldiçoado que não tivera a coragem de destruir. Confiei que meus passos me guiariam até encontrar o lugar no qual ele ficaria enterrado para sempre. Dobrei mil esquinas antes de perceber que tinha me perdido. Então, quando tive certeza de que já tinha percorrido aquele mesmo trajeto pelo menos dez vezes, encontrei a entrada da pequena sala na qual tinha me defrontado com meu próprio reflexo naquele pequeno espelho em que o olhar do homem de preto estava sempre presente. Descobri um espaço entre as lombadas de couro negro e, sem titubear, enfiei a pasta do patrão. Estava disposto a abandonar aquele lugar quando me virei e me aproximei novamente da estante. Peguei o volume junto ao qual tinha confinado o manuscrito e abri. Bastou ler um par de frases para sentir de novo aquele riso obscuro às minhas costas. Devolvi o livro a seu lugar e peguei outro ao acaso, folheando-o rapidamente. Peguei outro e mais outro, e assim sucessivamente até que tinha examinado dezenas dos volumes que povoavam a sala e verificado que todos eles continham diferentes traçados das mesmas palavras, que as mesmas imagens os assombravam e que a mesma fábula se repetia, como uma dança em uma galeria infinita de espelhos. *Lux Aeterna.*

Ao sair do labirinto, encontrei Isabella sentada em um degrau com o livro que tinha escolhido nas mãos. Sentei-me a seu lado e ela apoiou a cabeça em meu ombro.

— Obrigada por me trazer aqui.

Compreendi então que nunca mais voltaria a ver aquele lugar, que estava condenado a sonhar com ele e a esculpir sua lembrança em minha memória, mas que podia me considerar um felizardo por ter percorrido seus corredores e roçado seus segredos. Fechei os olhos um instante e deixei que aquela imagem se gravasse para sempre em minha mente.

Em seguida, sem me atrever a olhar de novo, peguei a mão de Isabella e encaminhei-me para a saída, deixando atrás de mim, para sempre, o Cemitério dos Livros Esquecidos.

Isabella me acompanhou até o cais onde o navio que me levaria para longe daquela cidade e de tudo o que conhecia esperava por mim.

— Como é mesmo o nome do capitão? — perguntou Isabella.

— Caronte.

— Não achei graça nenhuma.

Abracei-a pela última vez e olhei nos seus olhos, em silêncio. Pelo caminho, tínhamos feito um pacto de que não haveria despedidas, nem palavras solenes, nem promessas a cumprir. Quando os sinos da meia-noite repicaram em Santa María del Mar, subi a bordo. O capitão Olmo me deu as boas-vindas e se ofereceu para me levar até o camarote. Eu disse que preferia esperar. A tripulação soltou as amarras e lentamente o barco foi se separando do cais. Pus-me na popa, contemplando a cidade se afastar em uma maré de luzes. Isabella ficou ali, imóvel, seu olhar no meu, até que o cais se perdeu na escuridão e a grande miragem de Barcelona mergulhou nas águas negras. Uma a uma, as luzes da cidade se extinguiram na distância e compreendi que já tinha começado a recordar.

EPÍLOGO
1945

Passaram-se quinze longos anos desde aquela noite em que fugi para sempre da cidade dos malditos. Durante muito tempo, a minha foi uma existência de ausências, sem nenhum nome ou presença senão a de um estrangeiro itinerante. Tive cem nomes e outros tantos ofícios, nenhum deles o meu.

Desapareci em cidades infinitas e em aldeias tão pequenas que nelas ninguém tinha passado ou futuro. Não me detive em lugar algum mais do que o necessário. Antes cedo do que tarde, fugia de novo sem aviso prévio, só deixando um par de livros velhos e roupas de segunda mão em quartos lúgubres onde o tempo não tinha idade e as lembranças queimavam. Não tive outra memória senão a incerteza. Os anos me ensinaram a viver no corpo de um estranho, que não sabia se cometera aqueles crimes cujo cheiro ainda podia sentir nas mãos, se perdera a razão e estava condenado a vagar pelo mundo em chamas com que ele mesmo sonhou um dia em troca de algumas moedas e da promessa de enganar uma morte que agora lhe parecia a mais doce das recompensas. Perguntei-me muitas vezes se a bala que o inspetor Grandes disparou em meu coração atravessou as páginas daquele livro, se fui eu quem morreu naquela cabine suspensa no céu.

Em meus anos de peregrinação, vi que o inferno prometido nas páginas que escrevi para o patrão ganhava vida à minha passagem. Mil vezes, fugi de minha própria sombra, sempre olhando às minhas costas, sempre esperando encontrá-la ao virar uma esquina, do outro lado da rua ou ao pé de minha cama nas horas intermináveis que precediam a aurora. Nunca permiti que ninguém me conhecesse por tempo suficiente para poder me perguntar por que não envelhecia nunca, por que não se desenhavam linhas em meu rosto, por que meu reflexo era exatamente o mesmo que deixou Isabella no cais de Barcelona, nem um minuto mais velho.

Houve um tempo em que acreditei que tinha esgotado todos os esconderijos do mundo. Estava tão cansado de ter medo, de viver e de morrer de lembranças, que parei lá onde a terra acabava e começava o oceano que, como eu, amanhecia todo dia exatamente como no anterior, e deixei-me cair.

Hoje faz um ano que cheguei a este lugar e recuperei meu nome e meu ofício. Comprei esse velho casebre na praia, apenas um galpão que compartilho com os livros que o antigo proprietário deixou e uma máquina de escrever que gosto de pensar que poderia ser a mesma com a qual escrevi centenas de páginas das quais nunca saberei se alguém se lembra. De minha janela, vejo um pequeno cais de madeira que penetra no mar e, amarrado em sua extremidade, o bote que veio junto com a casa, apenas um esquife com o qual às vezes saio navegando até onde despontam os recifes e a costa quase desaparece de vista.

Não tinha voltado a escrever até chegar aqui. A primeira vez que enfiei uma página em branco na máquina e pousei as mãos sobre o teclado tive medo de não ser capaz de criar uma linha sequer. Escrevi as primeiras páginas desta história durante minha primeira noite na casa da praia. Escrevi até o amanhecer, como costumava fazer anos atrás, sem saber ainda para quem estava escrevendo. Durante o dia, caminhava pela praia ou me sentava no cais de madeira diante do casebre — uma passarela entre o céu e o mar —, lendo os montes de jornais velhos que achei em um dos armários. Suas páginas narravam histórias da guerra, do mundo em chamas que tinha sonhado para o patrão.

Foi assim, lendo aquelas crônicas sobre a guerra na Espanha e depois na Europa e no mundo, que decidi que não tinha mais nada a perder e que a única coisa que desejava saber era se Isabella estava bem e se, porventura, ainda se lembrava de mim. Ou talvez só quisesse mesmo saber se estava viva. Escrevi uma carta endereçada à antiga livraria Sempere & Filhos, na rua Santa Ana de Barcelona, que levaria semanas, talvez meses, para chegar, se é que chegaria, a seu destino. Como remetente, assinei *Mr. Rochester*, sabendo que, se a carta chegasse às suas mãos, Isabella saberia de quem se tratava e, se quisesse, poderia abandoná-la fechada e continuar esquecida de mim para sempre.

Durante meses, continuei escrevendo esta história. Voltei a ver o rosto de meu pai e a percorrer a redação do *La Voz de la Industria*, sonhando em rivalizar algum dia com o grande Pedro Vidal. Voltei a ver Cristina Sagnier pela primeira vez e entrei de novo na casa da torre, para mergulhar na loucura que tinha consumido Diego Marlasca. Escrevia da meia-noite ao amanhecer sem descanso, sentindo-me vivo pela primeira vez desde que tinha fugido da cidade.

A carta chegou em um dia de junho. O carteiro tinha enfiado o envelope por baixo de minha porta enquanto eu dormia. Estava endereçada a *Mr. Rochester* e o remetente dizia simplesmente Livraria Sempere & Filhos, Barcelona. Durante vários minutos fiquei dando voltas pela casa, sem me atrever a abri-la. Finalmente, saí e sentei-me na beira do mar para ler. A carta continha uma folha e um segundo envelope, menor. O segundo envelope, envelhecido, tinha somente o meu nome, David, em uma caligrafia que não esqueci apesar dos anos em que a perdera de vista.

Na carta, Sempere filho contava que Isabella e ele, depois de vários anos de noivado tumultuado e interrompido, tinham se casado em 1934, na igreja de Santa Ana. A cerimônia, contra todos os prognósticos, tinha sido celebrada pelo nonagenário sacerdote que pronunciou o elogio fúnebre do sr. Sempere e que, apesar de todas as tentativas e tramoias do arcebispado, se recusava a morrer e continuava fazendo as coisas à sua maneira. Um ano mais tarde, dias antes de estourar a Guerra Civil, Isabella dera à luz um menino que recebeu o nome de Daniel Sempere. Os anos terríveis da guerra trouxeram todo tipo de penúrias e pouco depois do fim das hostilidades, naquela paz negra e maldita que haveria de envenenar a terra e o céu para sempre, Isabella contraiu cólera e morreu nos braços de seu marido no apartamento que compartilhavam, em cima da livraria. Foi enterrada em Montjuïc no dia do quarto aniversário de Daniel, sob uma chuva que durou dois dias e duas noites, e, quando o menino perguntou ao pai se o céu estava chorando, ele ficou sem voz para responder.

O envelope que tinha meu nome continha uma carta que Isabella escreveu para mim durante seus últimos dias de vida e que fez o marido jurar que faria chegar às minhas mãos, se algum dia soubesse de meu paradeiro.

Querido David:

Às vezes me parece que comecei a escrever esta carta faz muitos anos e que ainda não fui capaz de terminá-la. Muito tempo se passou desde que o vi pela última vez, muitas coisas terríveis e mesquinhas e, no entanto, não há um dia sequer que não pense em você e não me pergunte por onde andará, se encontrou a paz, se está escrevendo, se virou um velho carrancudo, se está apaixonado ou se ainda se lembra de nós da pequena livraria Sempere & Filhos e da pior assistente que já teve.

Temo que tenha partido sem ter me ensinado a escrever e não sei nem por onde começar a pôr em palavras tudo o que queria lhe dizer. Gostaria que soubesse que fui feliz, que graças a você encontrei um homem que amei e que me amou e que juntos tivemos um filho, Daniel, a quem sempre falo de você e que deu um sentido à minha vida que nem todos os livros do mundo conseguiriam começar a explicar.

Ninguém sabe, mas às vezes ainda volto àquele cais em que o vi partir para sempre e me sento por um momento, sozinha, à espera, como se acreditasse que você vai voltar. Se o fizesse, comprovaria que, apesar de tudo o que aconteceu, a livraria continua aberta, que o solar onde se erguia a casa da torre continua vazio, que todas as mentiras que disseram sobre você foram esquecidas e que nestas ruas tem tanta gente com a alma manchada de sangue que as pessoas já não se atrevem nem a recordar ou, quando o fazem, mentem a si mesmas porque não conseguem se olhar no espelho. Na livraria, continuamos a vender seus livros, mas por baixo do pano, pois foram considerados imorais e o país tem mais gente que quer destruir e queimar livros do que gente que quer lê-los. Os tempos que correm não são bons e muitas vezes penso que os que estão por vir serão ainda piores.

Meu marido e os médicos pensam que me enganam, mas sei que me resta pouco tempo. Sei que logo morrerei e que, quando receber essa carta, já não estarei aqui. Por isso queria tanto escrever, porque queria que soubesse que não tenho medo, que minha única tristeza é deixar um homem bom que me deu sua vida e o meu Daniel sozinhos em um mundo que a cada dia, acho eu, é mais como você dizia que era e menos como eu acreditava que poderia ser.

Queria escrever para que soubesse que, apesar de tudo, eu vivi e estou agradecida pelo tempo que passei por aqui, agradecida por tê-lo conhecido e por ter sido sua amiga. Queria escrever porque gostaria que se lembrasse de mim e que, algum dia, se amar alguém como eu amo o meu pequeno Daniel, lhe falasse de mim e me fizesse viver para sempre em suas palavras.

De quem lhe quer bem,

Isabella

Dias depois de receber aquela carta, percebi que não estava sozinho na praia. Senti sua presença na brisa da aurora, mas não quis nem pude voltar a fugir. Aconteceu em uma tarde, quando tinha me sentado para escrever diante da janela, esperando que o sol mergulhasse no horizonte. Ouvi os passos sobre as tábuas de madeira do cais, levantei os olhos e o vi.

O patrão, vestido de branco, caminhava lentamente pelo cais levando pela mão uma menina de cerca de sete ou oito anos. Reconheci a imagem instantaneamente: aquela velha fotografia que Cristina tinha guardado a vida inteira sem saber de onde vinha. O patrão foi até o final do cais e se ajoelhou junto à menina. Ambos contemplaram o sol se derramando sobre o oceano em uma lâmina infinita de ouro candente. Saí da casa e segui pelo cais. Ao chegar à extremidade, o patrão virou-se e me sorriu. Não havia ameaça nem rancor em seu rosto, apenas uma sombra de melancolia.

— Senti sua falta, meu amigo — disse ele. — Senti falta de nossas conversas, até mesmo de nossas pequenas discussões...

— E veio ajustar contas?

O patrão sorriu e negou lentamente.

— Todos cometemos erros, Martín. Eu em primeiro lugar. Roubei de você o que mais queria. Não o fiz para feri-lo, mas por medo. Por medo de que ela o afastasse de mim, de nosso trabalho. Estava errado. Demorei um tempo para reconhecer, mas se há alguma coisa de que disponho é de tempo.

Observei-o detidamente. O patrão, assim como eu, não tinha envelhecido um único dia.

— E por que veio, então?

O patrão deu de ombros.

— Vim me despedir de você.

Seu olhar se concentrou na menina que levava pela mão e que me olhava com curiosidade.

— Como você se chama? — perguntei.

— Chama-se Cristina — disse o patrão.

Olhei-o nos olhos e ele assentiu. Senti que meu sangue gelava nas veias. As feições eram parecidas, mas o olhar era inconfundível.

— Cristina, cumprimente o meu amigo David. A partir de agora, você vai viver com ele.

Troquei um olhar com o patrão, mas não disse nada. A menina estendeu a mão, como se tivesse ensaiado o gesto mil vezes, e sorriu envergonhada. Inclinei-me para ela e apertei sua mão.

— Olá — murmurou.

— Muito bem, Cristina — aprovou o patrão. — E o que mais?

A menina concordou, recordando imediatamente.

— Disseram-me que você é um fabricante de histórias e contos.

— Dos melhores — acrescentou o patrão.

— Pode fazer um para mim?

Vacilei alguns segundos. A menina olhou para o patrão, inquieta.

— Martín? — murmurou o patrão.

— Claro — respondi, finalmente. — Escreverei para você todos os contos que quiser.

A menina sorriu e, aproximando-se, beijou meu rosto.

— Por que não vai até a praia e espera ali, enquanto me despeço de meu amigo, Cristina? — sugeriu o patrão.

Cristina concordou e afastou-se lentamente, olhando para trás a cada passo e sorrindo. A meu lado, a voz do patrão sussurrou sua maldição eterna com doçura.

— Resolvi que ia lhe devolver o que mais quis e que lhe roubei. Decidi que, por uma vez, você vai caminhar em meu lugar e sentir o que sinto: não envelhecerá um só dia e verá Cristina crescer, irá se apaixonar por ela outra vez e vê-la envelhecer a seu lado e, algum dia, vai vê-la morrer em seus braços. Essa é minha bênção e minha vingança.

Fechei os olhos, negando para mim mesmo.

— Isso é impossível. Nunca será a mesma.

— Isso vai depender unicamente de você, Martín. Entrego-a como uma página em branco. Essa história já não me pertence.

Ouvi seus passos afastando-se e, quando voltei a abrir os olhos, o patrão já não estava mais lá. Cristina, ao pé do cais, me observava solícita. Sorri e ela se aproximou lentamente, hesitando.

— Onde está o senhor?

— Foi embora.

Cristina olhou ao redor, a praia infinita deserta em ambas as direções.

— Para sempre?

— Para sempre.

Cristina sorriu e se sentou ao meu lado.

— Sonhei que éramos amigos — disse ela.

Olhei para ela e assenti.

— E somos amigos. Sempre fomos.

Ela riu e pegou minha mão. Apontei para a frente, para o sol que mergulhava no mar, que Cristina contemplou com lágrimas nos olhos.

— Recordarei, algum dia? — perguntou ela.

— Algum dia.

Soube então que dedicaria cada minuto que tivéssemos juntos a fazê-la feliz, a reparar o mal que lhe causei e a devolver o que não tinha sabido lhe dar. Essas páginas serão nossa memória, até que seu último suspiro se apague em meus braços e eu a acompanhe mar adentro, onde nasce a corrente, para mergulhar com ela para sempre e poder, enfim, fugir para um lugar onde nem o céu nem o inferno possam nos encontrar, jamais.

2ª EDIÇÃO [2017] 6 reimpressões

ESTA OBRA FOI COMPOSTA PELA ABREU'S SYSTEM EM CAPITOLINA REGULAR
E IMPRESSA EM OFSETE PELA LIS GRÁFICA SOBRE PAPEL PÓLEN DA
SUZANO S.A. PARA A EDITORA SCHWARCZ EM ABRIL DE 2024

A marca FSC® é a garantia de que a madeira utilizada na fabricação do papel deste livro provém de florestas que foram gerenciadas de maneira ambientalmente correta, socialmente justa e economicamente viável, além de outras fontes de origem controlada.